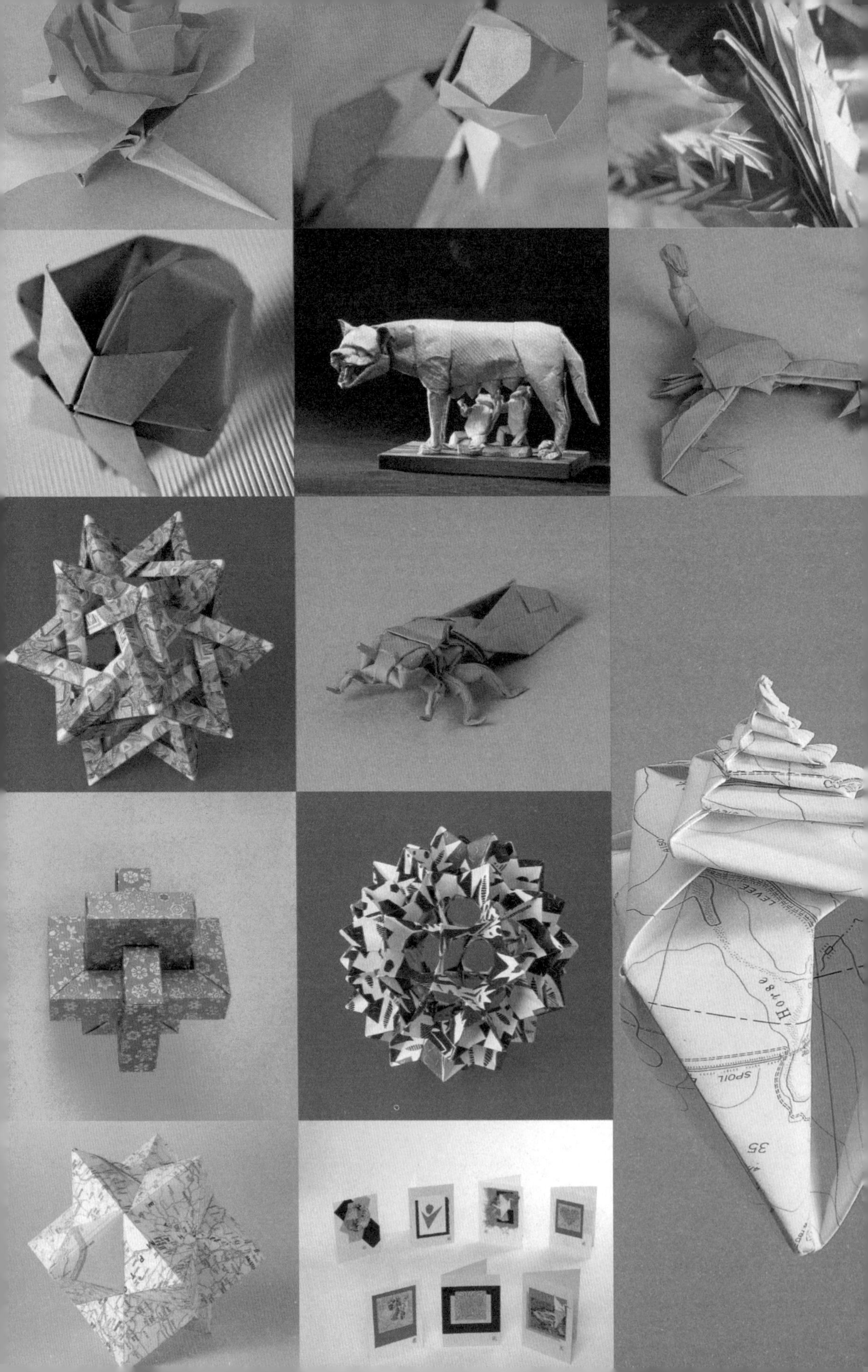
LEVEE
Horse
SPOIL
35

生活、居家、工作必备书

新编纸张创意与折纸大全

才林 主编

图书在版编目（CIP）数据

新编纸张创意与折纸大全 / 才林主编. -- 北京：北京联合出版公司，2014.10（2021.12 重印）
ISBN 978-7-5502-3695-0

Ⅰ. ①新… Ⅱ. ①才… Ⅲ. ①折纸－技法（美术）Ⅳ. ① J528.2

中国版本图书馆 CIP 数据核字（2014）第 227220 号

新编纸张创意与折纸大全

主　　编：才　林
责任编辑：徐秀琴
封面设计：彼　岸
责任校对：李　波
美术编辑：潘　松

出　　版：北京联合出版公司
地　　址：北京市西城区德外大街 83 号楼 9 层　100088
经　　销：新华书店
印　　刷：德富泰（唐山）印务有限公司
开　　本：720mm×1020mm　1/16　印张：27.5　字数：400 千字
版　　次：2014 年 10 月第 1 版　2021 年 12 月第 13 次印刷
书　　号：ISBN 978-7-5502-3695-0
定　　价：75.00 元

本书若有质量问题，请与本公司图书销售中心联系调换。
电话：（010）88893001　82062656

前 言

PREFACE

折一个纸飞机，一只纸船，一只纸鹤，在我们的童年时代，这曾是多么熟悉的游戏！这些简简单单的折叠，曾给我们带来了多少欢乐！

折纸所吸引的不仅仅是孩子，也有成年人，以及无数将折纸视为终生事业的折纸艺术家们。古往今来，折纸是一门非常受人欢迎的艺术形式，拥有非常广泛的爱好者。据考证，大约纸张发明后人们便开始创造了这一艺术。此后的近 2000 年里，折纸已经传播到世界各地，成为风靡全球的一项游戏。目前，英、美、德、法、意、日、澳等许多国家都成立了专门的折纸协会，以促进折纸艺术的发展。

折纸的巨大魔力来自于折纸的过程：充满了无穷变化，变化中带来无数惊喜。也来自于动手的乐趣和折成后的成就感：一张小小的纸片，通过简单的折、剪、翻、拉，在短短的时间里（有时连一分钟都不到），一个个栩栩如生、精美绝伦的纸孔雀、纸玫瑰、纸船、纸果篮等便在手中诞生了。还来自于制作过程中闪现的灵感和创意所带来的喜悦：只要发挥想象力，可以折叠出任何你想要的东西。如果在折纸的基础上，再加上剪、切、粘、绘等手法进行更进一步的艺术加工，在材料上再加上颜料、胶水、金属片、绸缎、塑料等，就创造了一个更为广阔更为精彩的艺术世界，人们通常把这一艺术活动称为纸张创意制作。在这一艺术天地里，人们可以尽情展现自己的心灵手巧，尽情挥洒自己的想象力和创造力，越折越喜欢，越折越快乐，越折越聪明。

折纸是一门兼具趣味性、艺术性、实用性等于一体的艺术活动。它不仅是一种娱乐休闲的益智游戏，锻炼和提高人的动手能力，开发智力，受到各年龄层读者特别是老师、家长的喜爱和推崇，可用于学校的美术教育，也常用于家庭的亲子活动中；而且是一种实用性很强的手工技艺，被广泛应用于家居生活、礼品包装和装潢装饰等方面；更是一项极富创造性的艺术形式，千变万化的造型和巧妙新奇的构思激发了人们无限的想象力和创造力。为了使读者更好地学习折纸技法，享受折纸艺术的魅力，我们组织编写了这本百科全书式的《新编纸张创意与折纸大全》。

全书分为“折纸艺术的历史”、“折纸的经典之作”、“折纸技巧”、“动物・植物”、“人物・服饰”、“玩具”、“装饰品”、“日常用品”等八部分，全方位、多角度讲解折纸艺术，介绍折纸方法，解析折纸技巧，同时重点介绍了历来为人们所喜欢的经典作品、当今世界流行的折纸作品和顶级折纸大师的最新创意。全书为读者清晰展现了折纸艺术的源流和发展演变历程；鼎力献上极富创造性和美感的折纸艺术精品以供赏鉴参考；详细地介绍和解析折纸技法，引导读者从基础入门并亲自动手；精心择取大量常见事物的折纸艺术品范例，充分激发读者学习折纸的兴趣，为他们带去更多的思维启迪。此外，还编选了一些在折叠的基础上运用剪、切、粘、绘等手法完成的纸艺作品，以满足广大读者更多的艺术需求。

本书作为一部内容最全面、讲解最细致的折纸书，不仅让普通读者通过实际操作提高动手能力，发散思维，享受折纸带来的快乐；同时，其中所展示的精美作品，和独具匠心的设计方案如同一个巨大的艺术品宝库，激发设计人员灵感，为专业设计公司提供了丰富多彩的创意资料，为商家提供了世界上最流行的精美包装设计和装饰方案。此外，2000 多幅折纸技法步骤图，每件作品的详细制作过程，和提示要领的文字说明，让读者轻松掌握，开启思路。

来吧，拿起纸来，动动手指，动动脑筋，跟大师一起折，在这缤纷的折纸世界里，乐趣无限。

目录

CONTENTS

第六篇 玩 具

第七篇 装饰品

第八篇　日常用品

第一篇

折纸艺术的历史

从纸张折叠艺术出现后至今的2000来年，折纸已经成为快乐的源泉、艺术的享受，以及成人与儿童智力开发的工具。最近几十年，折纸还逐渐变成了一种教育手段，一种和平与纪念的象征手段。对世界各地的千百万人来说，折纸也是一种极佳的消遣方式。

传统与创新

折纸大约起源于1世纪或者2世纪时的中国，6世纪时传入日本。和日本文化中的其他艺术一样，折纸开始的时候是建立在偶然的启示上。举个例子来说，当时折纸上一些简单的折痕唤起了人们对一个动物、一朵花或者是一只鹤的灵魂的想象，而不是创作一个直接描绘实物的写实作品。

日本的传统

接下来的几个时代，折纸慢慢从各个方面渗透进日本文化，开始被人们所熟悉。在平安时代（794 ~ 1185），折纸是日本贵族阶级各项仪式中的重要组成部分。武士们互相交换经过装饰的折纸礼物，这是一种折纸作品加上鲍鱼条或者干肉组成的代表好运的纪念品。日本神道教的贵族们用装饰了代表新娘新郎的雌雄纸蝴蝶的清酒（一种日本米酒）来庆祝婚礼。茶道硕士收到他们的文凭的时候，为了保密，通常把文凭的外包装特别折叠，一旦它的包装被打开，就不能重新被折叠回去，除非另外再加上折痕。也就是说，如果有另加的折痕的话，就说明这个文件已经被人看过了。

当纸张便宜到每个人都有能力使用的时候，折纸就开始有了一个新的社会作用，它开始作为一个划分社会阶层的手段。在室町时代（1338 ~ 1573），折纸的不同类型和贵族统治下的日本武士的不同阶层相互对应。在德川幕府时代(1603 ~ 1867)，又出现了折纸的平民化，从此折纸作为日本一种艺术和文化开始繁荣发展。《千只鹤折纸法》的出现见证了这个时代。这本书是现存的描写折纸艺术的最古老的出版物。从这本书出发，能够创作出一些通过精心制作的纸鹤的花样。1845年，《冬季的橱窗》出版，这是第一本全面的折纸作品集。

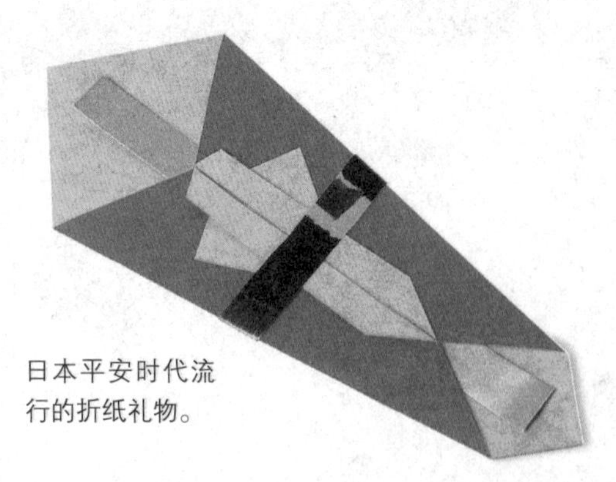

日本平安时代流行的折纸礼物。

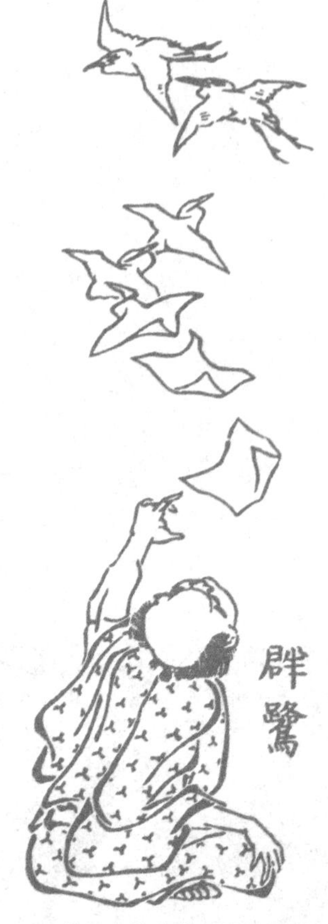

一种日本的古代版画。该版画画了一个术士折了一只正展翅高飞的鸟，这只小鸟折得太逼真了，逼真得它后来都飞走了。

和平的象征

1945年原子弹被投到广岛之后，超过7.5万人被炸死，而因辐射引起的各种各样的癌症威胁着更多人的生命。佐佐木贞子就是其中之一，她在1955年的时候被诊断为白血病。原子弹爆炸时她只有两岁，爆炸地点在1.5千米外，那个时候她并没有受到损伤。10年之后，越来越多的孩子被诊断出有白血病，人们就把这种病称作“原子弹病”。

佐佐木贞子在医院的时候，有一个朋友为她折了一个传统的纸鹤。这是一个有象征意义的礼物，因为鹤在日本是一种神圣的鸟，他们

广岛的儿童和平雕像每年都被成千上万的纸鹤缠绕。

相信它已经存在了上千年，而且有赐福的能力，每一个叠了千只鹤的人都会得到祝福。

佐佐木贞子开始用身边可以找到的每一张纸折纸鹤。起先，她所有的祝福都是为了健康，但是当她变得越来越虚弱时，她开始希望世界的和平。死的时候，她已经折好了 644 只纸鹤。她的朋友们折完了剩下的纸鹤。之后，他们成立了一个社团，并且开始筹集雕像资金。日本的 3000 多所学校以及其他 9 个国家的学生都参与了捐款。3 年之后，也就是 1958 年，儿童和平雕像在广岛和平公园揭牌。现在，每年 8 月 6 日和平日的时候，世界各地的人们都会把纸鹤带到这个公园。

摩尔人在折纸上的发展

日本不是唯一一个发展折纸艺术的民族。摩尔人在同一个时期也发展了这门艺术，他们在 8 世纪入侵西班牙的时候还把折纸带到了那里。摩尔人是优秀的数学家和天文学家，他们把介绍折纸原理当作几何学理论教育的一个辅助。他们的这种艺术在 13 世纪的时候达到了繁荣，而折纸作为一种传统也一直保存到了现在。这些在西班牙的哲学家兼诗人乌纳穆诺(1864 ~ 1936）的作品中可以得到证明。

折纸的现状

在西方，折纸原来只是作为一种小孩子消遣的玩意儿而没有得到艺术上的地位。在欧洲和美洲，很多时代的小孩子都是伴着水雷、纸鹤和会跳的青蛙（都是折纸作品）长大的。然而，最近，全世界热衷于折纸的人已经开始把折纸作为一种智力上的追求，一项很有创作高度的和时髦的训练。

1967 年，英国折纸协会成立，它的前身是能出版私人简报的证券投资协会。《南方证券札记》的提姆·沃德和特雷弗·海特区特认为这些热衷于折纸的伙伴们将会形成一个新的社会群体，他们建议出版一份杂志派发给分散在全国的成员。

早些年，大卫·利斯特、艾利斯·沃克等人开始和美国的莉莲·奥本海姆、日本的吉泽章以及其他爱好这门艺术的专家们在折纸的观念上取得一致。现在，折纸创造上的复杂性的极限正在不断被拓宽。在以前，折纸设计只建立在传统基础上，但是到了 20 世纪 70 年代中叶，已经实现了多种不同技巧和折叠方法的联

摩尔人典型的折纸设计。

合运用。

很多具有里程碑意义的创作，比如佛瑞德·罗恩（美国）、尼尔·伊莱亚斯（美国）、马克斯·赫尔姆（英国）和大卫·百瑞尔（英国）所设计的作品，都证明了一旦关注折纸所要表达的东西，就没有什么不能被解决。确实，现代很多热衷于折纸的人都开始创作属于自己的作品。这也就增加了折纸作品的种类。

伊莱亚斯设计了一个叫作“箱子打褶法”的系统。通过这个系统，纸张能够被折叠成一个六角形。然后在这些六角形的内部使用45° 的折痕，能创造出不同类型的动物和人物。有时候用一张纸能够折叠出不止一样东西，比如既可以折成一个斗牛士和牛，也可以折成一个中国人拉着一辆黄包车，或者一个妈妈推着婴儿车。就像罗恩发明的用单一基础形就能折叠出一个耍蛇者和蛇的动态模型一样，具有创造性的设计者之间的竞争也已经转向了新的高度：20 世纪 90 年代早期，在设计者之间有一个世界范围内的挑战，要求就《爱丽丝梦游仙境》的主题创作作品。所有的作品，无论是个人的还是集体的，都必须符合刘易斯·卡罗小说原著中约翰·特尼尔爵士所绘的插图样式。

不过，仍然有一部分折纸家信奉越少越好的观念。这应该归因于西方的折纸界把重点放在设计技巧上而不是美学价值上。因此，虽然有一些人喜欢折实用的布谷鸟钟（罗伯特·让设计，仅用一张纸完成），另一些人则从那些简单的传统折纸作品以及它们的变形上得到更大的满足。英国折纸协会的一个很早的会员——约翰·史密斯已经向大家介绍了他所谓的普尔兰德折纸法，在这种折纸法中所有作品的创作都由简单的折法完成。保罗·杰克逊沉迷于简单折纸外形上光线的明暗交替。尽管制作一个成功的“怪物盒”（一种打开盒子的时候会跳出一个奇异小人的玩具）是一种技术上的挑战，但是创作一个简单风格的三折式纸象也能得到另外一番乐趣。

阿尔弗雷德·巴斯托，英国折纸协会主席（1978 ~ 1986）。从这张照片可以看出折纸过程中毅力和奉献精神的重要性。

瑞克·比奇（右）和拉里·哈特正在制作一个巨大的大象的折纸，准备为一个电视节目示范纸张的强度和耐用程度。

20 世纪 90 年代早期，在折纸界中开始流行组合型作品的折叠。把一个模块从另一个模块的空当里穿过，很多个模块就可以扣在一起组成一个复杂的折纸作品。这当然是一个挑战。模块折纸的趣味性和复杂度正在不断地提升。一些作品，比如汤姆·赫尔所设计的作品就由几百个模块组成。

从直线到曲线

折纸，从本质上来说是建立在几何学上的，每一条折痕都是一条直线，尤其是当我们在折一些看上去没有生气的或者传统作品的时候。但是，一些能够活动的折纸作品上的弯曲表面却并不是这些标准的直线可以办到的。为了创造出逼真的折纸作品，我们必须用其他办法。

日本折纸大师吉泽章发明了三维折叠法。他这样做最重要的目的是要体现出他的作品的突破，而不仅仅只是简单地复制一个具体的实物。为此，他提出了两个关键的概念：柔性折叠和湿性折叠。

绝大部分的折叠方法都要求折纸家们尽可能重地折每一条折痕，这样一来，折痕不是太深就是没有。吉泽章建议一些折痕应该折得比其他的轻柔，这样就能保证最后完成的作品能够保留从深到浅的所有折痕的特征。但是，柔

吉泽章在 1983 年制作的花瓶和花。

纽约街头一个商店为吸引购物者，用折纸作品装饰了圣诞树。

性折痕不能轻易地保留下来，所以最后的作品通常易坏。后来吉泽章就利用湿性折叠解决了这个问题：把干的时候保持形状的纸弄湿，再用这种纸来折叠。这个技术的秘密在于纸上有一种叫作浆料的水溶性黏合剂，它通过使纸中的纤维牢牢结合在一起而形成了纸的硬度。而当纸被浸湿的时候，水就溶解了这种黏合剂，因此分散了纸上的纤维，这张纸就变得松软，可延伸。在这张纸干了以后，它的纤维就在它们新的位置上保存下来。

这种方法只适合含有水溶性浆料的纸，一般来说，厚一点的最好，比如画家们所用的木浆纸。但是，作为一门技术，湿性折叠法仍然被一部分折纸家们回避，因为这种方法通常会有这样的缺点：潮湿的纸很难操作而且容易被撕毁。纸的纤维很容易分开，特别是在那些需要同时折好几个折痕的地方。而且纸张被弄湿了之后会沿着纤维的方向不均衡地膨胀，因此折叠的精确性也是一个问题。另外，因为纸的厚度问题，很难制作那些折叠要求复杂或者很多层次的作品。

折纸的吸引力

折纸的类型变了又变，设计者们在不同的时期对这门艺术的关注方面不同，但是无论是动物还是模块的折叠，都遵循着折纸的基本原则。如果你觉得你有优势创作属于自己的折纸作品，那么要记住在折纸设计者中有两种学派：一种是早上醒来的时候就宣布要设计一个大象折纸的人；另一种则是会一直致力于折纸的研究直到灵感突现并付诸实现的人。这两种人的方式都是令人满意的。

小孩子们喜欢折纸，当你发现它把孩子们逗乐的时候，你就会意识到这种技巧是无价的。而对于上班族或者长途旅行的人来说，折纸则是一个打发时间的好方法。如果你在公交车上、火车上，或者飞机上折纸，你马上会发现有人用惊讶的、崇拜的眼神看你。为聚会或者其他的典礼准备实用的折纸也能得到很多的乐趣，而且你的客人们将会对你的技巧和灵活的手指印象深刻。

由英国折纸协会的成员们折叠而成的一串串纸鹤。

第二篇

折纸的经典之作

那些由世界上最好的折纸家们创作出来的具有灵感的作品真的很吸引人，比如大卫·百瑞尔制作的壮观的动物折纸，或者阿尔弗雷德·琼塔制作的微型作品。这既要求有经过长年练习而得的灵活性和耐性，而且毋庸置疑，完成这些有趣并且具有创造性的设计还需要天生的艺术气质。

名作展示

有趣的四面体

安德鲁·汉斯，1999

下图：最初设计的此件作品为15厘米×15厘米，由汤姆·赫尔设计，使用的是普通的纸张。同样致力于折纸的美国人安德鲁·汉斯用美元折成了这个相同的式样（当然，纸的大小不同会得到不同的效果）。

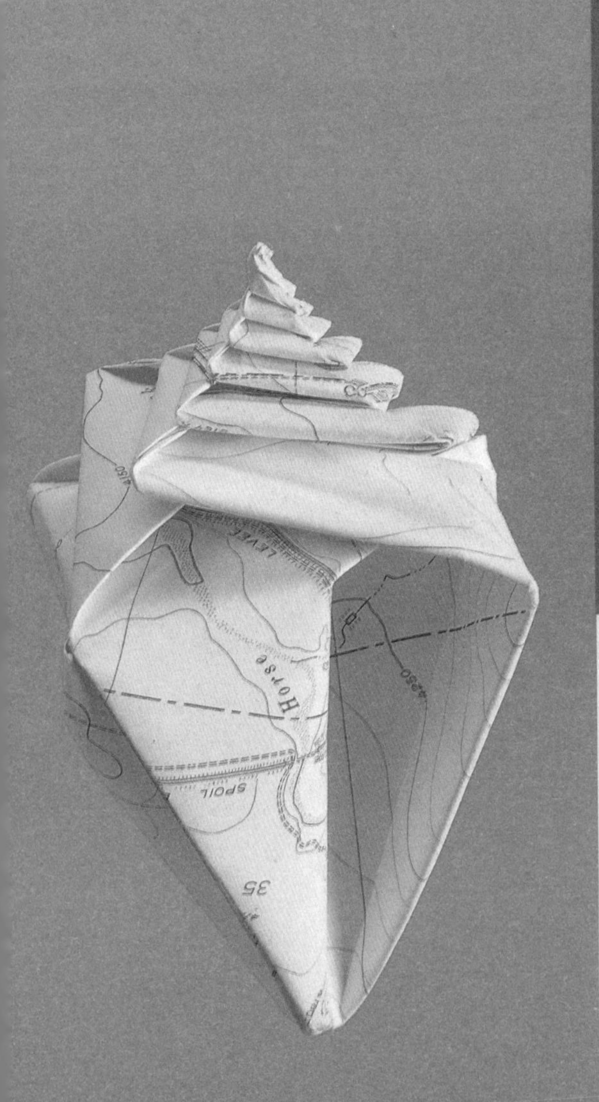

贝壳

安吉拉·布雷德，1999

左图：很多折纸家喜欢在已完成的作品上做一些创造性的修改，或是修改自己的作品，或是修改其他人的。这里，美国折纸家安吉拉·布雷德就在川崎敏和的经典作品“海螺”的基础上做了一些改变，但是主要的螺旋状的相扣原理是一样的。她的作品展示了美国地形鸟瞰图，令人难以忘怀。

蜜蜂和蜂房

阿尔弗雷德·琼塔，1996

右图：一些折纸家喜欢折叠微小的作品，比如意大利折纸家阿尔弗雷德·琼塔。他制作了这个微型的杰作，其中蜜蜂的长度仅3.5厘米！阿尔弗雷德的很多作品都由箔薄片制成。这种薄片就是在铝片表面上覆盖纸或者在纸表面上覆盖箔包装纸。

狼和幼崽

吉泽章，1995

左图：日本的吉泽章是折纸界公认的大师。已经向世界展示了很多优秀作品的他，仍然在更高的高度上致力于折纸创作。他是湿性折纸的代表人物，还发明了自己独特的纸张。这个“狼和幼崽”就是他的一个代表作。

玫瑰花和绿叶

川崎敏和，1993

右图：日本折纸家川崎敏和在很多年之前的一个经典的玫瑰花作品上做了很多的修改。图中的作品，长为7厘米，运用了一种典型的弯曲法，在最后玫瑰花瓣卷曲的效果还没有出来之前，它看起来就像是一根管子。

问候卡片

鲁斯纳·本斯曼，1999

左图：尽管折纸很简单，但却是表达艺术思想的一个很重要的手段，大部分的折纸家会制作卡片。如图所见，获奖卡片制作者鲁斯纳·本斯曼（美国）利用简单传统的方法折叠出的雅致的卡片。

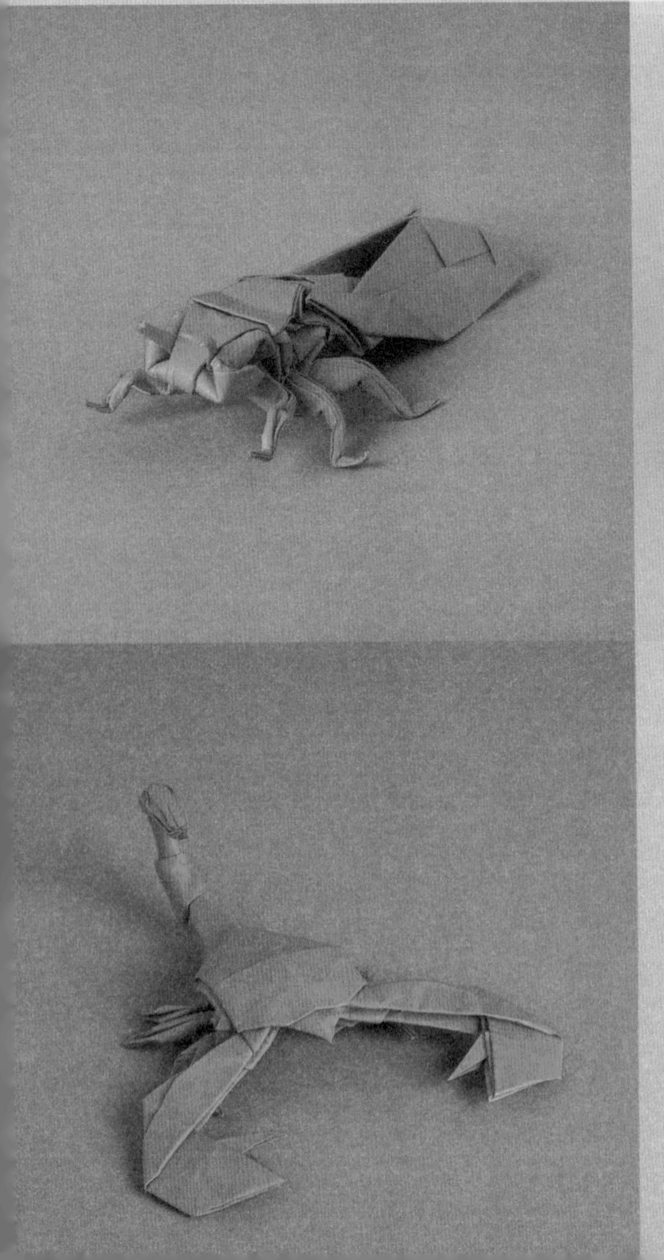

蝉和蝎子

罗伯特·让，1987

左上图和左下图：美国人罗伯特·让创作了很多很讲究技巧并且会给人留下深刻印象的作品，比如用一张纸做成的能够报时的布谷鸟钟。他的大部分作品都运用了湿性折叠法。这里展示的两个优秀作品的长度为 13 ~ 15 厘米。

面具

埃里克·乔赛，1999

右图：法国设计者埃里克·乔赛设计出了一个独特的制作面具的方法，使那些折纸从外表上看就像是雕塑品。那些认为折纸不是一门艺术的人看到他漂亮的作品的时候也都会动摇，为之惊叹。

纸水晶

大卫·米切尔，1989 和 1995

上图和右图：纸水晶是一种由一些简单的模块组成的组合型作品，由英国人大卫·米切尔设计。大卫已经写了不少关于模块组合型作品的书，而且他仍然在这种特殊的折纸作品上力求新的创意。

盒子

克里斯·帕莫，1996

左图：美国人克里斯·帕莫因为使用了复杂的折痕和镶嵌式组合，所设计的盒子上的花都呈现出一种特有的形状。当它们重新展开的时候，再加入新的折痕后还能变成另一种具有完美对称性的形状。他制作的最小的盒子只有3立方厘米，最大的盒子有10立方厘米。

犀牛、大象、马

大卫·百瑞尔，20世纪70年代中期

右页图：英国最多产且有才能的折纸家应该要算大卫·百瑞尔，他的很多优秀作品已经流行了很多年。比如这匹只有16厘米长的马居然是用一张三角形的纸折叠成的。和大卫的大部分作品一样，这里的大象、犀牛都是用湿性折叠法折成的。

能动的弹簧

杰夫·拜隆，1991

左图：这个能动的玩具是威尔士折纸家杰夫·拜隆制作的。在这个螺旋形状出来以前需要很多前期制作的折痕，所以这个作品很难被精确复制。其中有一个作品，在静止不动的时候只有2.5厘米高，但是当你沿着中心轴慢慢压下去，让它像弹簧一样弹起来的时候，可以达到17.5厘米的高度。

犀牛

埃里克·乔赛，1998

下图：埃里克·乔赛制作的一个实物大小的犀牛，这是在 1998 年巴黎卢浮宫折纸展览会上最大的作品之一，由于它应用了湿性折叠法进而呈现出一种更加真实的外观。

组合型花环

大卫·米切尔

上图：组合型折叠中一个很好的例子。

霸王龙

一成淑乃，1996

下图：这是一成淑乃用 21 片纸折成的实物大小的霸王龙骨架，摄于美国北卡罗来纳州夏洛特的第二届国际折纸艺术节。

第三篇

折纸技巧

在你开始动手做这本书里介绍的各种折纸之前，了解一些纸的性能和明白精确折叠的重要性是很有必要的。此外，你还必须牢牢掌握一些简单和稍微复杂一点的折法，比如内翻折、兔耳形折法和沉降折叠等等。一旦你真正熟记了这些专业技巧，你就掌握了任何一种难度的折纸作品的折叠方法。

选择折纸

尽管大部分的折纸作品可以用任何种类的纸张完成，但是某些作品因为美感或者选择的方法对重量和厚度的要求，就需要一些特殊的材料。很多趣味性的特殊纸张现在都可以在礼品店、文具店或者相关的商店里找到。有时候，你甚至可以在自己的家里发现它们。要尝试不同类型的纸张。

折纸专用纸张

这是一种经过提前裁剪的纸张，有很多不同的规格、颜色和类型，不太容易找到。这种纸张非常薄，很容易出现折痕，是一种理想的材料。

双色纸

因为这种纸的正反面具有不同的颜色，给作品提供了色彩变化的可能，所以对折纸家们来说是一种很有用的材料。你可以在裁剪好的专用纸中找到这种纸张，它们通常具有标准的规格，有的甚至成卷出卖。这种被描述为双不褪色的纸张都是被当作艺术材料出售的。

有纹理的纸

和有图案的纸一样，一些表面上有纹理的纸也可以在折纸上使用。这种纸在折叠动物或者其他生物的时候有特殊的功用，可以增强作品的真实性。比如法国安格尔画纸和水彩画纸都属于这一类纸，它们还是进行湿性折叠的优质材料。

金属纸、箔纸、不透明纸和发光纸

这些纸在折叠过程中较难操作，但是，只要你坚持，最后的结果是很吸引人的。比如在纸上镀上一层箔后，就很容易被弯曲。但是在制作的过程中必须小心，因为一些箔纸、薄塑料纸和不透明纸很难折出折痕，而相反的，折痕还可能会被破坏、擦掉甚至纸可能会被撕裂。

和纸和其他手工用纸

在一些特殊的纸张店里可以买到日本的和纸，这是一种柔软的纤维材料制成的纸。这种纸和其他类似的手工纸可以折很浅的折痕，最后的作品看上去比较轻柔圆润。

有花纹的纸

我们用这种很漂亮的纸做礼品的包装，因为这种纸通常来说很结实，并且现在这样的纸在你的周围随处可得。你可以在礼品店或者更大的商店里找到乐谱稿纸，螺旋形水印花纹纸，木浆纸和镀了金、银等颜色的纸。

在我们身边可以找到的材料

在你出去找一些特殊的很贵的折纸材料之前，先看看你的身边，这也许是一个可以提供很多材料的地方。比如打印纸、餐巾纸、没有用过的墙纸、纸币，甚至杂志和报纸都可以用来做有趣的实用折纸作品。

折纸工具

尽管在折纸上你没有必要买很多的工具，或者学习很多的技巧，但是熟悉一些你可能会用到的工具，比如剪刀、尺子这些普通的家庭用具，还是很有用的。在折纸之前你要确认这些东西你可以随手拿到。

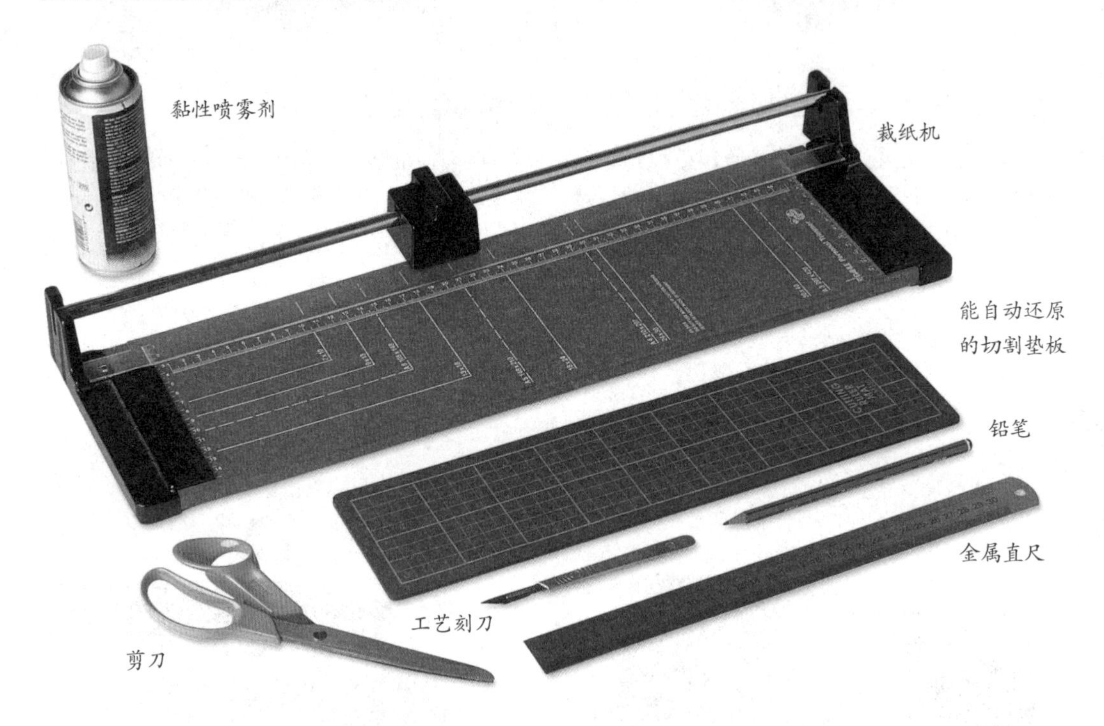

工具

虽然很多折纸作品的完成只要一张纸和一双手，但是对于那些致力于折纸艺术的折纸家们来说，还需要一些特殊的工具。如上图所示的黏性喷雾剂可以用来粘住两张不同颜色的或者质地粗糙的纸，使用时一定要遵循安全操作的规定。如果你的作品比较有规则，那么裁纸机就是一个很值得使用的工具。这种机器大小和价位都有很多种可供选择，而且在切割很直的边缘上有很大的优势。工艺刻刀是一个很有用的工具，因为它极其锋利的刀片可以很简单地裁割任何厚度的纸张。通常，我们都是把纸放在能自动还原的切割垫板上，同时使用金属直尺和工艺刻刀。这样做不仅可以保护工作台面，避免滑动和一些意外的切割，还能延长刀片的使用寿命。一把锋利的剪刀用起来可以像其他任何的剪切工具一样有效，但是在你使用它之前，一定要在纸张上面用铅笔画上淡淡的精确的剪切线。

使用裁纸机

你可能经常会需要一些特定大小的纸，这时候裁纸机就能发挥作用了。你可以沿着标准的直线摆正纸张，以保证裁纸机做直线的切割。你可以一次裁剪 2 ~ 3 张纸，但是一次只裁 1 张，所得的边会比较光滑。

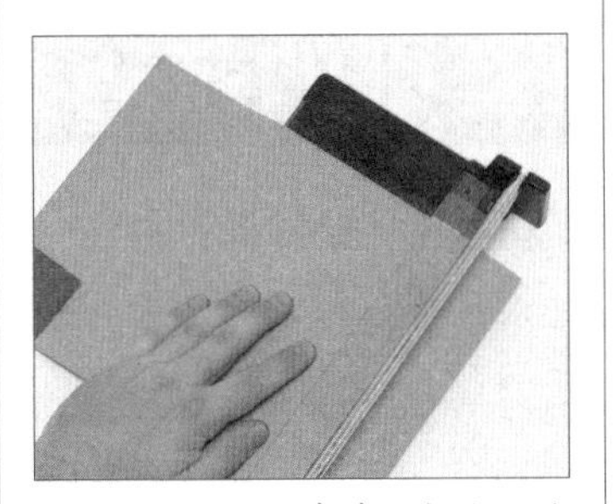

1. 把纸的一边放在裁纸机上，使它裁掉部分的边缘和直尺的一边齐平。

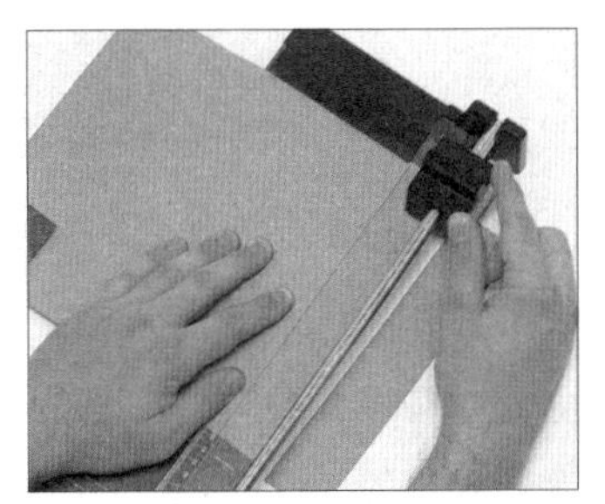

2. 用一只手按住纸张，另一只手滑动切割头，注意切痕的精确性。

喷雾粘贴

黏性喷雾剂可以使两张纸粘合在一起，这种技术很有用。利用它可以在纸上贴上一些特殊的东西，也可以提供一个可供选择的不同颜色的结合体。比如把箔纸粘在薄纸上，使之变成一种可以容易成形、塑造、弯曲和雕刻的材料。同时，用这种材料制作而成的作品从外表上看更加逼真。

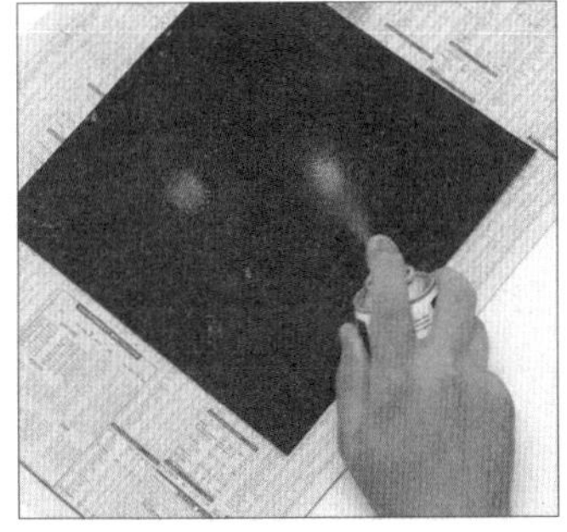

1. 用报纸保护你的工作台面。选择两张纸，把黏性喷雾剂均匀地喷在其中一张纸上。

2. 把另一张纸的背面（就是你不希望用到的那一面）小心地贴合在刚才喷了喷雾剂的纸的上面。第 2 张纸最好比第 1 张纸稍微小一点，这样我们就可以看见第 1 张纸很细的边缘。

3. 用手紧紧按住纸面，然后沿着纸面滑动，把两张粘合后的纸上出现的任何皱纹或者折痕弄平。

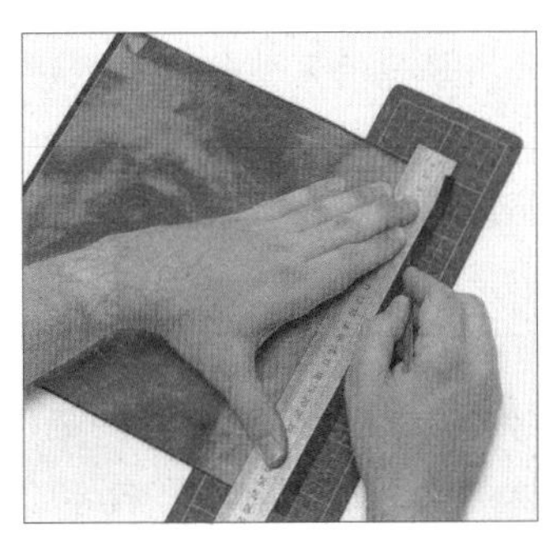

4. 用一把工艺刻刀和一把尺子，或者直接使用裁纸机把多余的边缘修剪掉。

安全小贴士

在使用喷雾剂的时候要认真阅读说明书，并且严格实行。如果可能的话，最好在室外、戴上面具使用，或者是在一个有很好通风设施的地方，而且保证你的身上做了必要的保护措施。报纸和纸板就是既便宜又有效的保护工具。

折纸最基础的技巧和方法

你可能很热切地想马上开始折叠出一个作品，但是先读这一部分的内容，有助于你理解制作前的一些标准技巧和基本步骤。接下来你将会学习到正确折纸的方法，从中体会到按步骤地照图片说明进行练习是掌握这门艺术的有效途径。你对基础的技巧练得越多，便越能享受到折纸的乐趣。

怎样折叠

第一个秘诀是准备一个光滑平坦的东西作为折纸用的平台，最好这个平台比你要使用的纸张大。第二个秘诀是你在折所有折痕的时候，要从离你远的那一端开始，沿着边缘折到离你近的一端，也就是从底部折到顶端。这样做的好处是可以使折纸变得简单，而且这种方法比起从近到远或者从一边到另一边的方法来，能够更好地控制纸张。

无论在什么情况下，图片总是以自然的角度拍摄的，这样的话你就不必为了看清楚而不断改变纸张的位置。在做折痕的时候，要用力，好出现明显的痕迹。折痕越清晰，最后的作品就会越好。如果你的第1个折纸作品失败的话，请不要气馁，这只是说明你的技术还不够好到可以完成它。如果这个作品到最后没有像说明中看起来那样好，那么就再试一次。

折叠方法

从技术上讲，实际上只有两种折叠的方法：一种是谷形折叠法，这种方法是把一个角、一个边缘或者其中一片纸折到我们可以看见的前部；一种是山形折叠法，就是把纸的一部分折到剩下部分的背面，这样我们就看不见了。其他的折叠法都是这两种方法的变形。

谷形折叠法

1. 把一张纸的下边缘任意往上折。用一只手按住一边，另一只手压平折痕。

2. 这就是所谓的谷形（也叫向上）折叠法。

山形折叠法

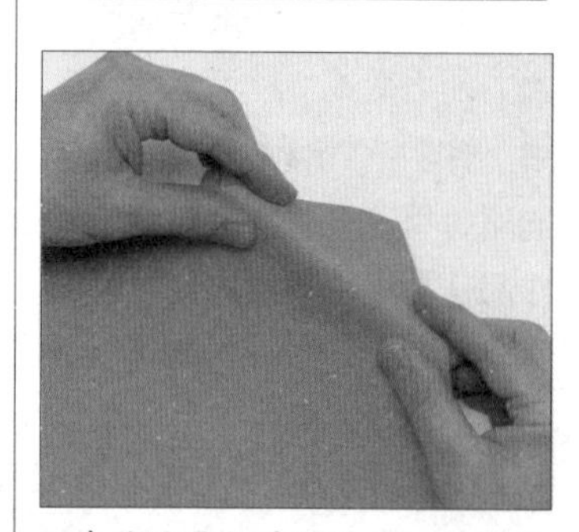

1. 在你需要折叠的地方，把纸折向后面，并用拇指和食指慢慢捏，形成折痕。如图，所折叠的地方变成了一个角。

2. 把折痕压平。这就是所谓的山形（也叫向后）折叠法。

前折痕

为了使下一步的折叠更加准确，经常需要通过先折叠然后展开的方式提供一个提前折好的折痕作为指引。这种折痕就叫作前折痕。

捏折法

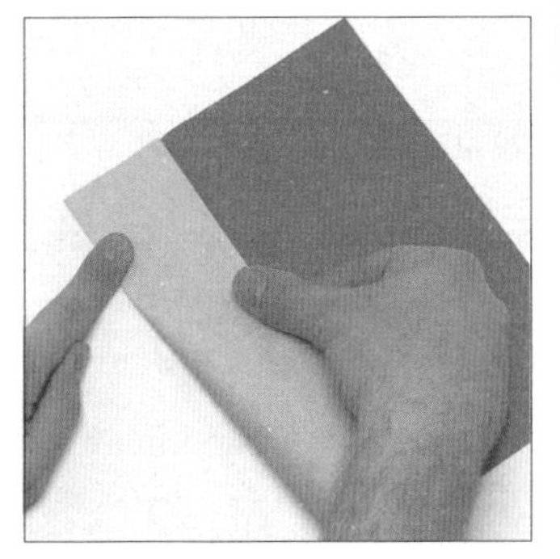

1. 有时候你制作一条折痕，并不想它贯穿整张纸，而只是希望做一个小的记号或者是短的痕迹作为下一步的指引。这时候，你只要在需要折叠的地方施加压力。

2. 把这张纸展开，就得到了作为前折痕的一个很小的记号。

分成 3 段的方法

你经常需要把一张纸精确地分为一样大小的 3 部分。下面要学习的方法具有一点试验性，所以要耐下心来，仔细折叠。

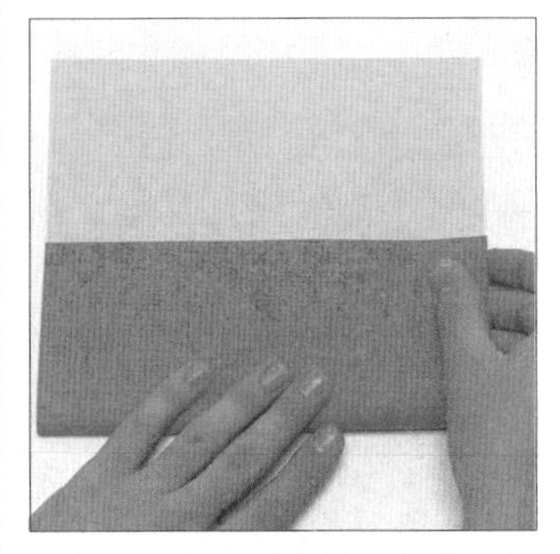

1. 拿一张长方形的纸，把较短的一边水平放置。把下面的边缘往上折，折到大概离纸顶端 1/3 处，使之形成一个轻柔的折痕。

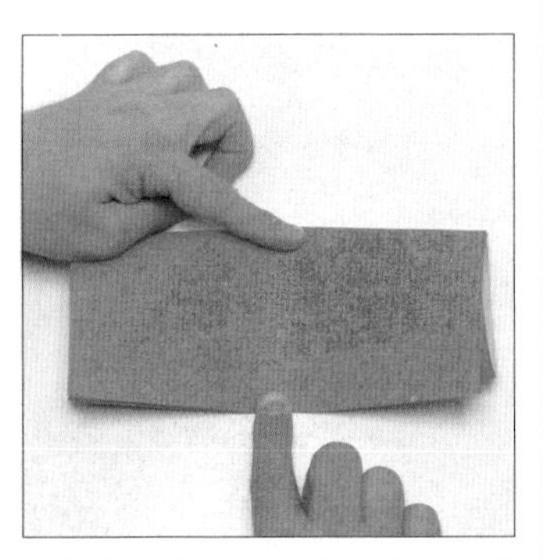

2. 把上面的纸往下折，覆盖住第 1 步形成的部分，轻轻折叠。如果你在第 1 步的时候估计正确的话，可以看见最后的边缘和第 1 步形成的折痕完全重叠，展开后长方形纸稍长的那边便被分成长度一样的 3 段。如果不能完全重叠，就再折一次，并在折第 1 条折痕的时候比先前的那条稍微向上或者向下一点。

打褶

这种折法可出现像手风琴外观一样的褶皱。

1. 在一张纸上做两次相同的谷形折叠，然后把纸张翻到反面，就可以看见这两条水平的折痕变成了山线。

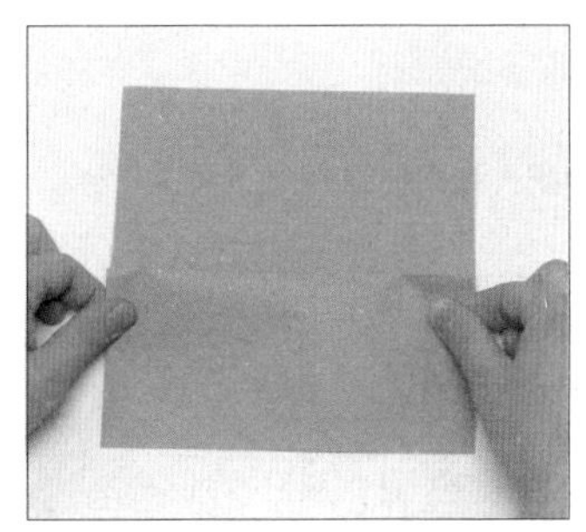

2. 用食指和拇指把下面的那条折痕捏起来，慢慢向前折，一直到可以把上面的那条折痕覆盖为止，然后压平。

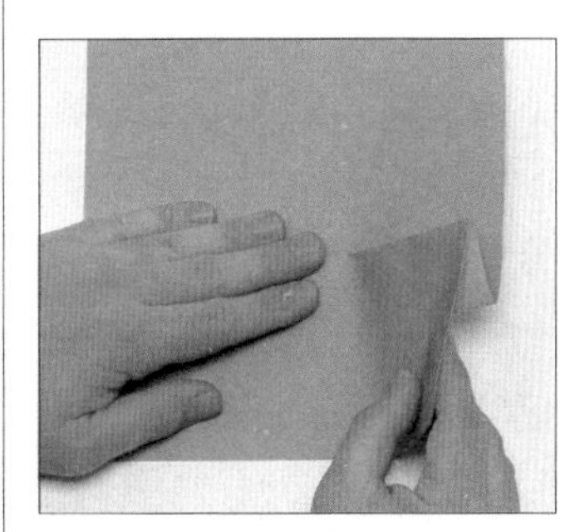

3. 完成后的褶纹。

一些特殊的步骤

在折纸过程中有很多特殊的步骤和标准的技巧，它们被无数的作品使用过。一旦掌握了这些基础的程序，你就可以在你着手制作的任何一个作品上应用你的技术和知识。

内翻折

内翻折是运用最普遍的方法，经常会出现在两类基本的折叠中：把一张一端固定的纸往里折或者改变某角度。

把一张纸往里折

1. 把一张长方形的纸张对折，向上旋转180°，使你第1步折成的折痕现在成了水平的上边缘。

2. 把右竖直边往下折，使它和底边重合。

3. 把第2步形成的图形展开。

4. 轻轻展开纸张，这时候，你可以在整张纸的两边都看见折痕。其中一个为谷线，另一个为山线。但是我们要求两个都是山形的折痕，所以要把这个谷形的捏成山形的。

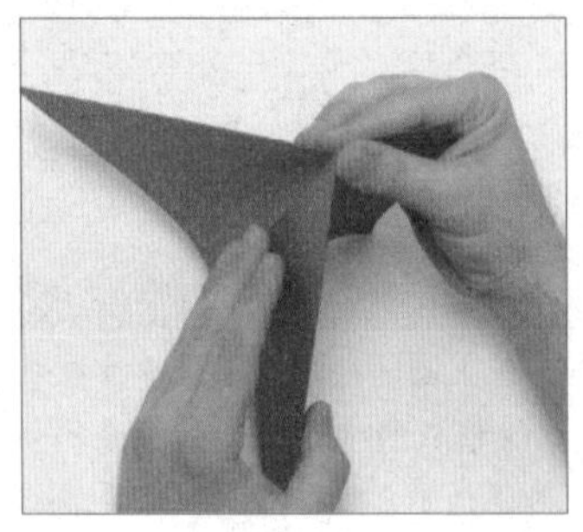
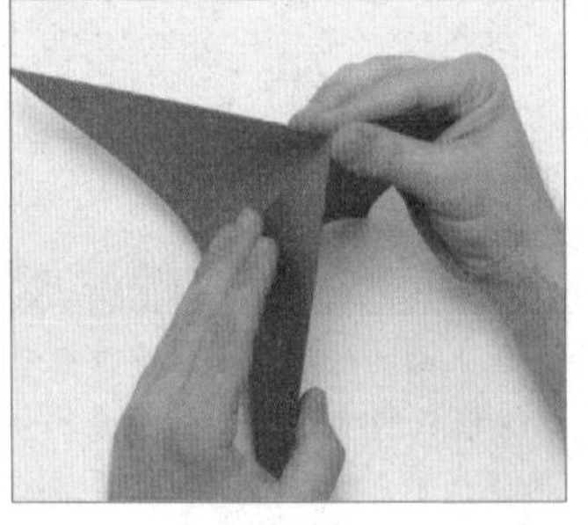

5. 捏住3条折痕的交点，把第1步时形成的折痕（脊痕）往里推，同时沿着另外2条折痕把这个三角形的纸片往里面折。

6. 按平，使两个尖角重合。

7. 内翻折完成后的样子。

尖角折叠

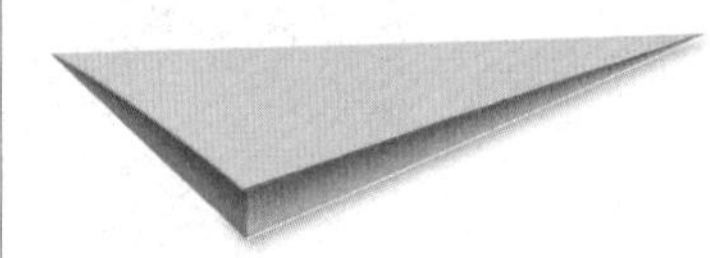

1. 把一张纸折成风筝基础形（本篇下文会有介绍），然后沿着中心折痕对折。

2. 如图做一个任意的谷形折叠，使尖角往下。

3. 把第2步展开。

4.轻轻展开右边接近尖角的部分，可以在纸的正反面都看见第2步形成的折痕。我们再一次通过改变谷线的方向使其变成山线，使形成一个“V”字形的折痕，因为你要使右边中心的那条折痕往下翻折。

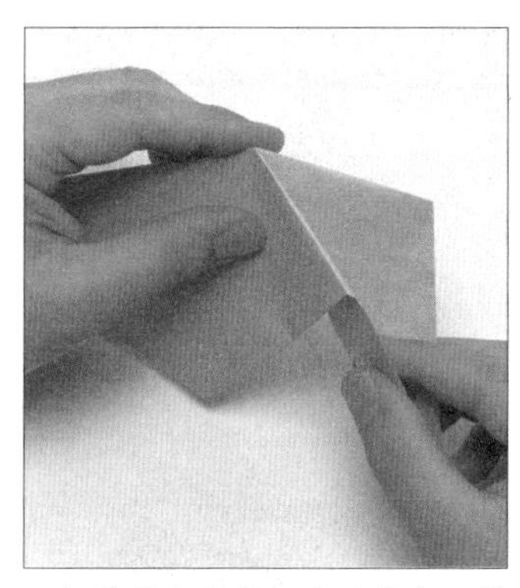

5.把外层内翻折，这时候中心的脊痕向后折。

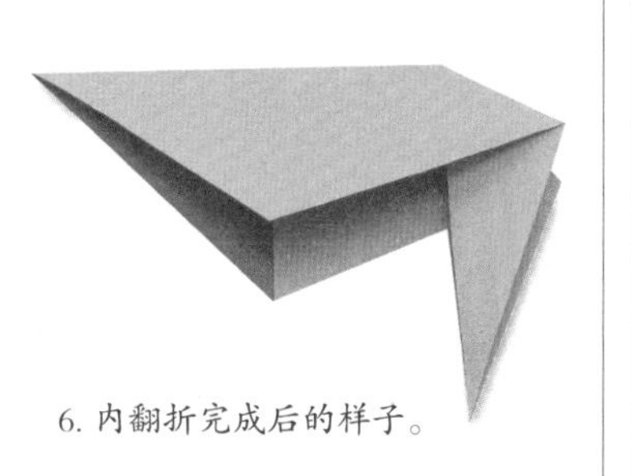

6.内翻折完成后的样子。

外翻折

这个步骤和内翻折很相似，但是为了达到角度变换的目的，纸张的内层包在外面。

1.在风筝基础形上沿着中心线对折。

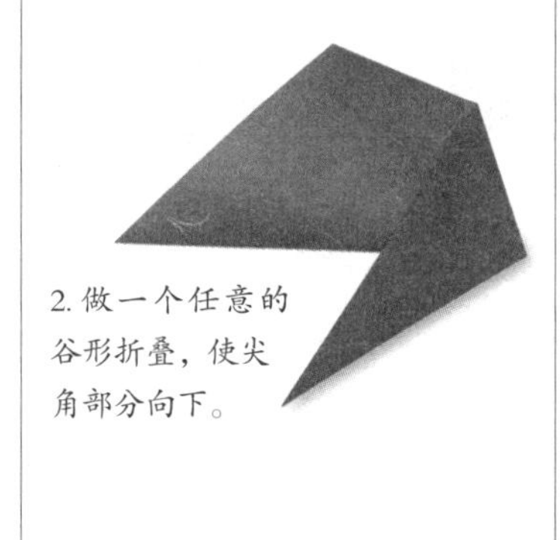

2.做一个任意的谷形折叠，使尖角部分向下。

3.展开。

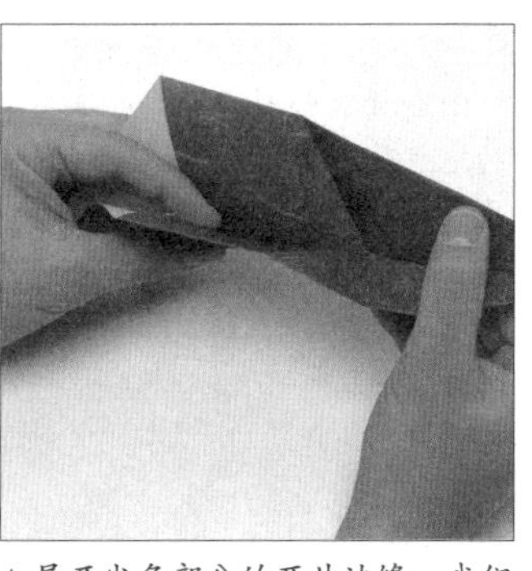

4.展开尖角部分的两片边缘。我们可以看到和内翻折一样，纸的正反面都能看见第2步形成的折痕。

5.在已经存在的V字形的折痕中，把V字的顶点用指尖往外顶，这样一来，一直延伸到尖端的中心线从谷线变成了山线。

6.把外翻出来的两片纸重合在一起，然后压平。

7.完成后的外翻折。

兔耳形折法

这需要同时折两个邻近的边线，这两条边线重合的地方形成一个尖角。

1. 沿着对角线把一张正方形的纸对折。然后展开。

2. 旋转纸张，使第 1 步折成的折痕与你的身体垂直，然后按照第 1 步的方法对折，使角与角重合。这样就形成了一条和原来那条折痕垂直的折痕。然后展开。

3. 把左下的斜边缘往上折，使其和水平的那条中心折痕对齐。

4. 展开，然后在右下的边缘重复第 3 步。

5. 展开，同时沿着第 3 步和第 4 步的折痕重新折叠，这时候在中心折痕的地方会有一个交点。

6. 沿着竖直的对角线，从离你近的地方开始压平，形成一个尖角。这个新形成的尖角会向上凸起。

7. 完成后的兔耳形。

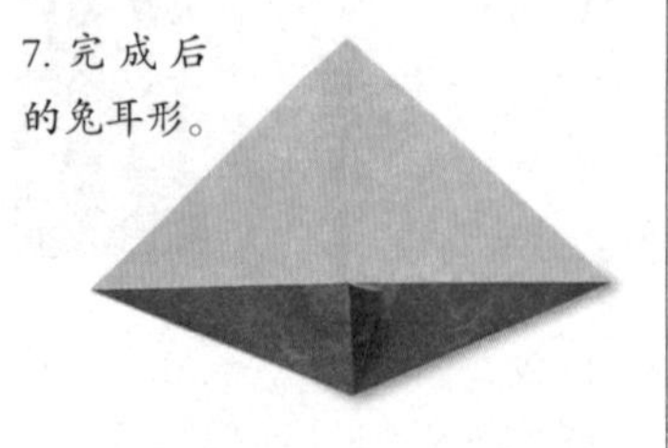

压扁折法

这个方法通过压扁一部分纸来形成一种新的形状。

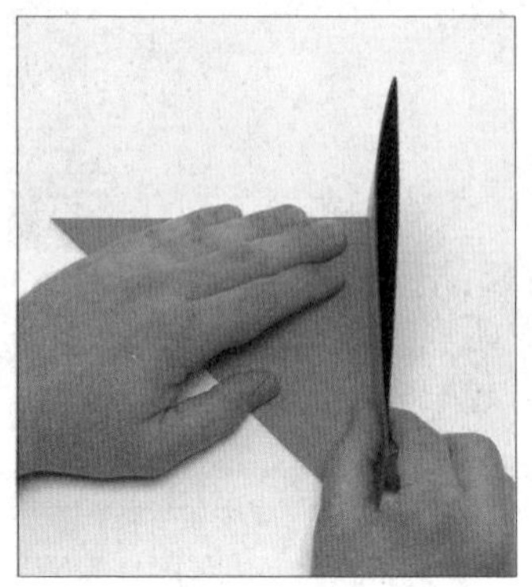

1. 把一张正方形的纸沿对角线对折，然后再对折。展开后一步的折叠，并使第 1 次对折后完成的折边置于水平顶部。把竖直的那条折痕的右边部分向上折起，使它垂直于折叠台面。

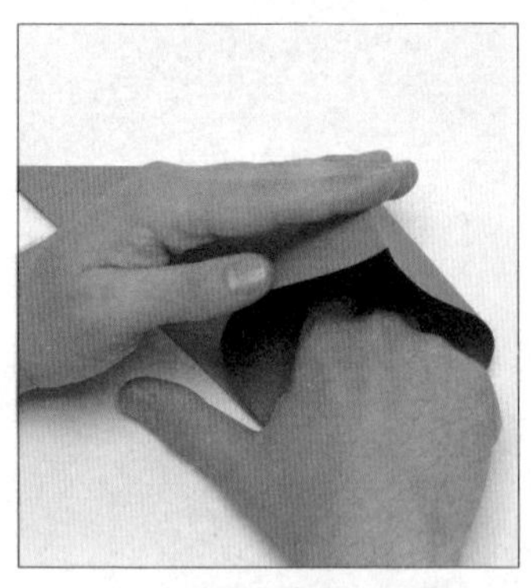

2. 用一只手把竖起来部分的两层纸撑开，另一只手把它压平，使竖起部分的脊痕和下面的折痕重合。

3. 压扁折法完成后的样子。

压褶

这个方法可以在折纸作品中加入三维和雕塑的效果。

1. 把一张长方形的纸对折，使短的两边重合。旋转纸张，使对折后短的一边置于水平位置。然后做一个任意的谷形折叠，要求稍微偏离对折线，这个时候，折好部分的位置稍向左斜。

2. 把上片往下翻，再做一条折痕。像你在图上所见，这个折痕的起点应该在右侧与前一条折痕同一点的位置上，至于角度大小就看你觉得多大最舒服了。

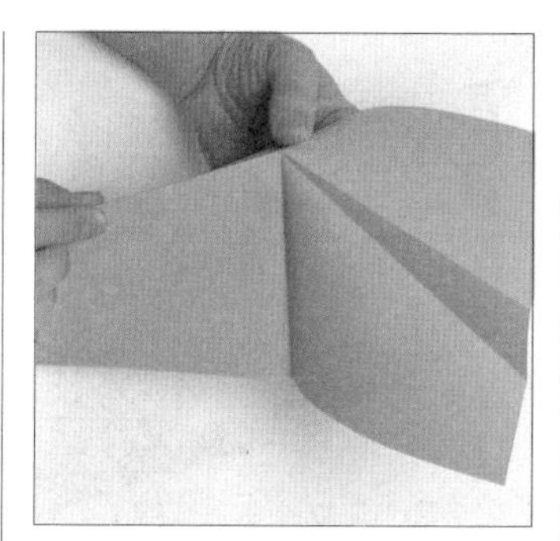

3. 全部展开。这时候你可以在纸的正反面都看见第1步和第2步折成的折痕。无论你打算做一个内部的褶皱还是外部的褶皱（可以对照最后的结果），你都可以在对应的内翻折和外翻折上使用相同的方法：中心线一边的山线和谷线与另一边的山线和谷线位于相对的位置。我们需要把这两对折痕要么都转变成谷线，要么都转化成山线。因此，你需要把一边的两条折痕的方向都改一下，使它们和另一边相同。

4. 第3步完成后将看到图中的样子，从第1步开始的已有折痕都显现出来，两手各把住两边。

5. 再次对折，握住左边部分，把左边部分顺着前面完成的折痕，往左边推，两边会形成同样的形状。如果你在做第3步的时候，右边较远的那条折痕是山线，折出来的就是外褶皱。反之，为内褶皱。

6. 完成后的外褶皱。

7. 如果在第3步的时候，右边的较远的那条折痕是谷线，最后完成的则是内褶皱。

旋转歪折

能够明白和掌握折纸中的这个方法需要很长时间。

1. 把一张正方形纸沿对角线对折，形成一个斜的前折痕。然后展开，旋转后如图放置。把左下的角往上折，使底边和对角线重合。

2. 把右下的角以任意角度往上折。

3. 展开第2步的折叠。把左边的部分向右折，形成一个和上面的边垂直的折痕，并且这个折痕应该和第2步完成的折痕在顶端相遇。

4. 展开第3步的折叠。

5. 现在保持第1步完成的三角形图形，从下面重新折叠第2步形成的折痕，这一步使竖直线右边的上面一层的纸从本来平整状态成为竖起状态。

6. 慢慢顺着那条竖直的谷线把竖起部分往左压。这时候观察这张纸的中间部分，就好像是从原来的地方旋转歪折了一样。然后压平，这就是完成后的旋转歪折样式。

沉降折叠

这个折叠要把一个闭合的尖端沉到作品里面去。在你可以完美地表现这个作品之前，你可能会需要很多的练习。

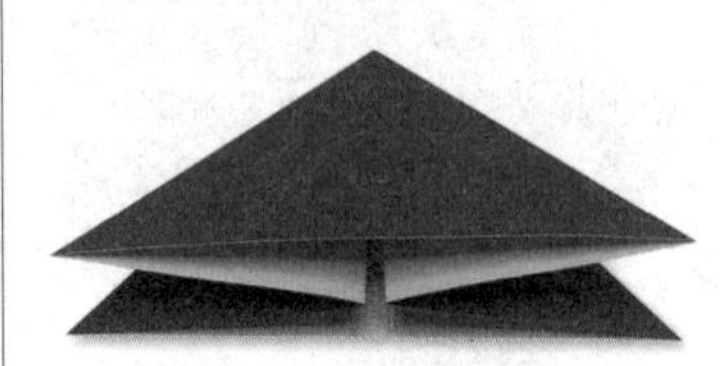

1. 准备一个水雷基础形（本篇下文会有介绍）。

2. 把顶角以任意的角度往下折。

3. 展开第2步的折叠，然后把水雷基础形也轻轻展开。

4. 在这张纸的中间你可以找到第 2 步的折痕形成的小正方形。把这个正方形的 4 条边都捏成山线——其中有一些已经是山线了。

5. 沿着现有的折痕把中间的正方形往里推，小心地再次折成水雷基础形。

6. 把纸压平，保证水雷基础形的左边有两层，右边也有两层。现在中间的正方形已经在整个作品的内部了。这就是完成后的沉降折叠。

湿性折叠

用湿纸来创作折纸作品比起用干纸来有更大的折叠和塑形余地。刚开始的时候，你可以选做一些比较简单的，比如说不需要弄尖一个角，不需要很深的折痕。你在这个练习中使用的正方形纸越大，可以选择的厚度也越大。

1. 用潮湿的海绵或者吸水布小心地擦拭纸张的正反面，均匀地使纸变潮湿。注意关键是潮湿，不是湿。可能只有经验才能告诉你这个纸到底需要多湿。如果纸张弄湿后变得很光亮，让它稍微干一下再用来折叠。

2. 一旦你折了一个折痕，用你手指的温度把这部分烘干，这样就能保持形状。

3. 按要求继续折叠。折纸大师罗伯特·让推荐使用胶带来加固纸张的薄弱部分（比如有很多折痕交汇的地方）。这个加固的胶带可以在纸张干了以后拿掉。

4. 既然湿性折叠的目的是使作品具有生气，那么就应该尽可能增加一些三维的效果，把那些不重要的折痕减到最少。最好的结果是你作品中的大部分折叠都是立体的。

5. 用湿性折叠法折叠出来的作品在触感和外观上都是其他方法难以媲美的。

几种基础形折叠

万丈高楼平地起，打好基础是关键。做任何事情都需要从基础做起，折纸也一样。如何才能将一张简单的纸折叠成你想要的模样，问题的关键就是你要掌握一定的技巧，还要训练你的基本功，掌握几种简单的基础方法，对你有着重要的意义。仔细看每一张图片和文字说明，不要有杂念，直到你可以清楚地了解你真正需要做的东西。这样，经过更多时间的折叠，你完全可以不看说明文字就能折出本书的很多作品。

用风筝基础形和水雷基础形做成的别在纽扣上的花。

风筝基础形

1. 首先把一张正方形的纸沿对角线对折，使角与角重合。展开，旋转纸张，使刚才你折的折痕垂直你身体所在的平面。如图所示，纸张呈现为一个菱形，折痕从上端一直贯穿到下端。

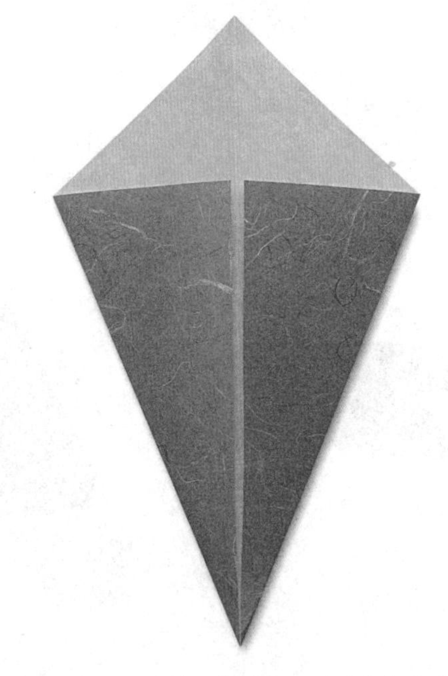

2. 把下面两侧的边缘往中间折，并使它们和第 1 步所形成的竖直折痕重叠。图为完成后的风筝基础形。

薄饼卷基础形

薄饼卷是一种乌克兰的传统食品，是用奶酪或者其他东西做馅儿的薄煎饼。因为这种折法需要把所有的角都折到中间，戈什·里格曼和20世纪50年代的其他折纸家们就用薄饼卷这个名字来专指这种折法。这里展示达到这种效果的两种主要方法。其中第2种方法比较适合用来教小孩子、盲人和只有部分视力的人，因为它远比在一张纸中把4个角折到中间的方法更容易达到目的。

方法一：

1. 把一张正方形的纸沿对角线对折，之后展开，旋转这张纸，使刚才折的那个折痕和你身体所在的平面垂直（也就是使它从上端一直贯穿到下端），然后再从下到上对折。这样一来，就在所折的第1条折痕上加上一条与它相交的折痕。

2. 按顺序小心地把4个角中的每一个角折到中间，也就是使角的顶端和第1步中的两条折痕相交的点重合。在新形成的图形里应该均匀地边靠边，而没有重叠。图为完成后的薄饼卷基础形。

方法二：

1. 首先使纸张中有主要颜色的一面朝上。在工作台面上把它裁剪成一张正方形纸。把纸从下往上对折，使下边缘和上边缘重合，然后旋转180°，这样一来，你第1步折成的折痕现在成了水平的上边缘。

2. 把外部的两个角往上折，注意只折单层，使本来的竖直边缘和水平边缘重合。

3. 把纸翻过来，在纸的另一面重复第2步。

4. 用两只手分别抓住第3步形成的两个独立的角，把它们拉开。

5. 把最后的作品摊平放在工作台上，这时候所看见的图为完成后的薄饼卷基础形。

鱼基础形

1. 首先折一个风筝基础形。翻转风筝基础形。在做鱼基础形的时候要保证对角折叠后形成的角的尖度。

2. 对折，使下面的尖角向上和顶角重合。

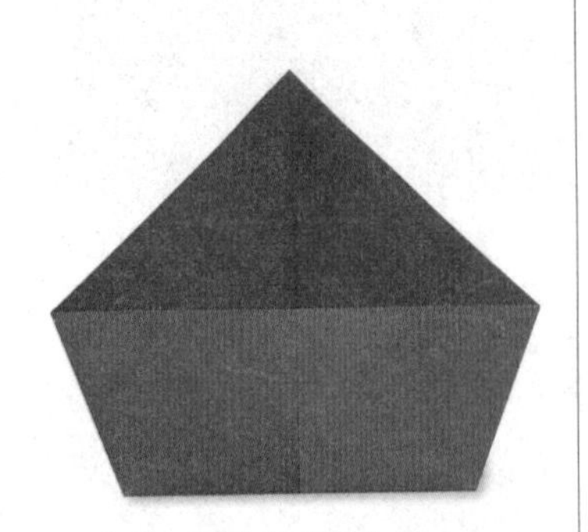

3. 翻转，调整位置至如图。

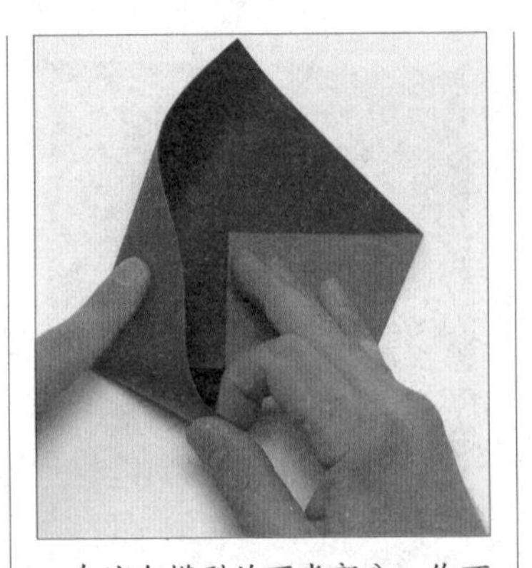

4. 在这个模型的下半部分，你可以看见两个独立的片状可折叠的纸，用手压住右半个，另一只手拉住没有被压住的部分的拐角，把它往你身体的方向拉，把本来叠合在下面的纸打开。同时，小心地把左边外侧的边缘压向内侧，这时候上端的角和你刚刚拉下来形成的角之间就出现了一条新的折痕，把它压平。

5. 第 5 步完成后的图形。

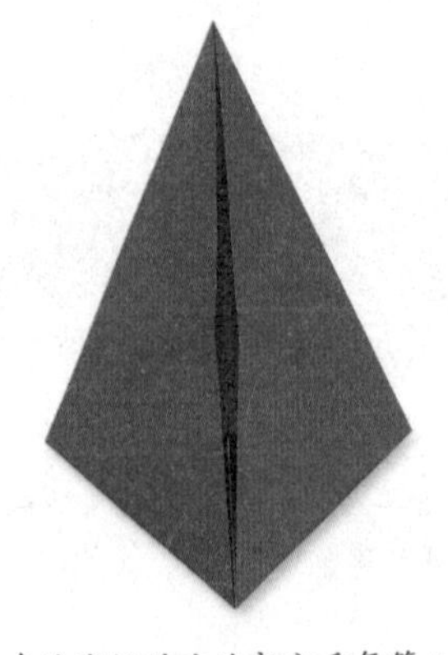

6. 在这张纸的右边部分重复第 5 步的折法。图为完成后的鱼基础形。

水雷基础形

1. 把一张正方形的纸张沿对角线对折，使相对的两个角重合。展开图形，通过调整位置使形成的第 1 条折痕垂直你身体所在的平面。再一次沿对角线对折，增加一条和前一条折痕垂直的折痕。再次展开。

2. 把纸张翻转过来，对折，使边与边重合。然后展开，翻回到原来那面。在这里相互垂直相交的两条折痕以谷线出现，剩下的那条折痕则是山线，调整纸张使这条折痕置于水平。

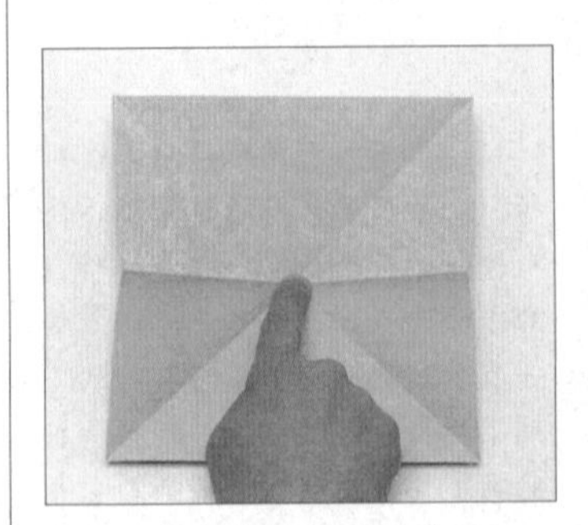

3. 用一根手指按住纸张的中心，这时候所有的折痕会微微地弯曲，在中心的地方出现一个凹面。

4. 用手指捏住外侧竖直的两个面，注意，要捏在第2步形成的折痕的稍下方。

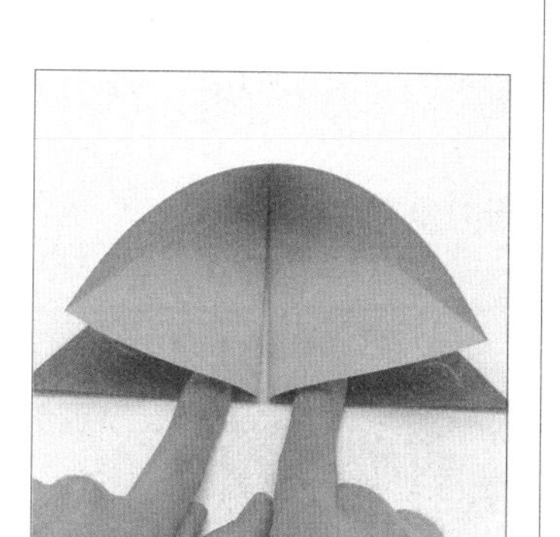

5. 小心地把外侧的两个面往里折，使边和边在中间重合。压平后，可以看到往里折的部分刚好覆盖在纸张下面的三角形区域上。

6. 把上面的纸张往下压平，这样一来所有的折痕都得到了应用，形成了一个金字塔的模型。这就是完成后的水雷基础形。

初步基础形

1. 准备一张正方形的纸张，把它有主要颜色的一面向上，沿对角线对折，展开，然后沿另一条对角线对折。

2. 把纸旋转一下，如图放置，其中两条平行的边长呈水平放置。现在再做两次对折，分别使外侧的两个边重合，每做一次展开一次。

3. 重新折叠在第2步时折成的一条折痕。如图所示，用拇指和其他手指捏住两边，把手指放在这条折痕的中间部分。

4. 做一个向上的画圆弧的动作，使你所有的手指靠在一起，这样本来在外面的4个角在顶端重合。

5. 把这个作品压平：把本来在上面突出的那一片纸向一边下压，把本来在下面的那一片纸往另一边折。这样的话，就使左右两边都有两片。

6. 完成后的初步基础形。

小鸟基础形

1. 先折一个初步基础形，然后使没有封口的那一端，也就是未做折叠的边形成的那端指向你。把上面一层纸的两个下边沿往里折，使边缘和中间的竖直折痕对齐。

2. 把上面的角（封闭的那一端）往下折，用力做一条明显的折痕。

3. 展开第 1 步和第 2 步的折叠，这样你又回到了原来的基础形。

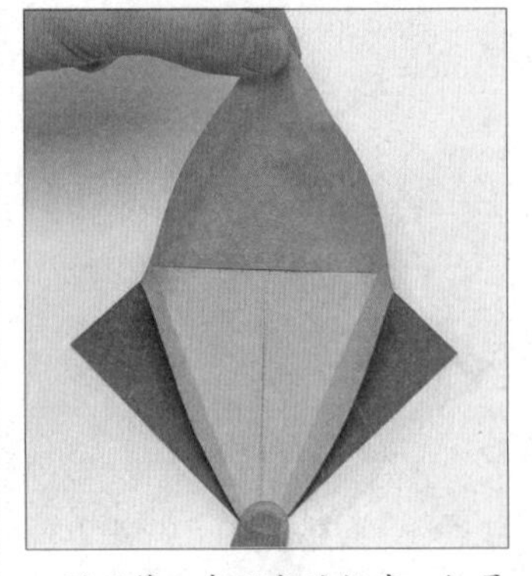

4. 利用第 2 步形成的折痕，把最上面的单层纸往上翻。这样纸就被打开了，你需要把这个角在你的工作台面上压平。

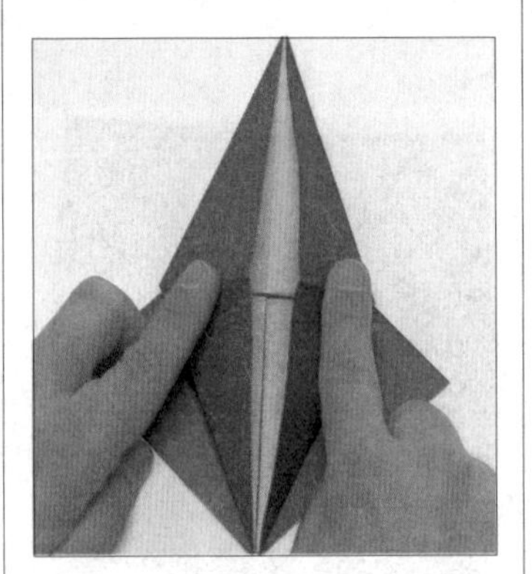

5. 现在把两边往里面压平，使边缘和中间的竖直折痕对齐。在这里，第 1 步和第 2 步的折法在其他的作品中也经常用到。

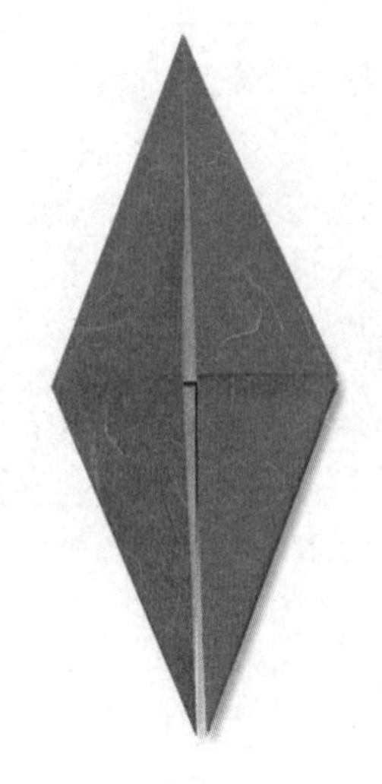

6. 反面重复第 1 ~ 5 步的折法。如图为完成后的小鸟基础形。

青蛙基础形

1. 先折一个初步基础形，然后把没有封口的那一端，也就是未做折叠的边形成的那端指向你。

2. 以中间竖直的折痕为轴，使所有形成的大三角形都可以绕着它旋转。把右边的一个大三角形纸片往上翻，这样一来相对于其余的部分它就向上凸出。

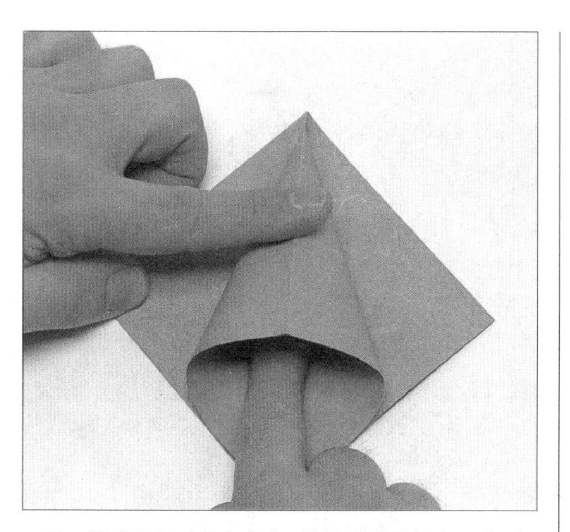

3. 用一根手指插进凸起部分，使它的两层纸相互分开。用另外一只手把纸往下压，使中间凸起来的折痕和中心线重合。

4. 图为第 3 步完成后的形状。

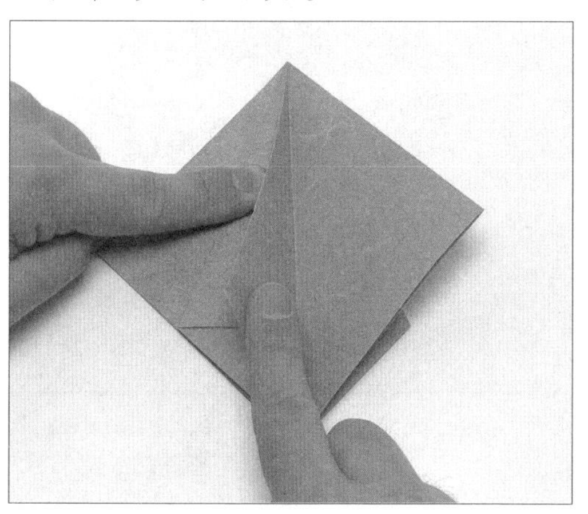

5. 现在你可以在纸张的上面发现一个类似于风筝基础形的形状，再次使用中心轴，把这个风筝基础形的右边部分往左翻。

6. 从右边上翻第 2 片大三角形，然后重复第 3 和第 4 步。另外的两片三角形也用同样的方法折叠。

7. 在第 6 步折成形状的基础上，把下边沿的两片纸往里折，使边缘和中心线重合。

8. 展开第 7 步的折叠。

9. 现在我们将要做一个类似于小鸟基础形的折叠。小心地顺着那条横着的原始边往上翻，只翻单层纸，这时候就能折出一条谷线，并且这条谷线把第 7 步形成的两条折痕的顶端连在一起。你需要把这条谷线压平，这样就能把左右两边的边缘往中心线的方向折叠并和它重合。

10. 在整个折纸过程中要小心，使纸张平坦均匀地靠在中心线两边，从而形成一个新的尖角。

11. 图为其中一面在完成第 10 步后的形状。现在绕着中间的竖直轴翻动其他几层纸，可以看见还有相似的另外3个面，请在每一面上重复第7 ~ 10步的折叠。

12. 完成后的青蛙基础形。

第四篇

动物·植物

这一部分介绍了一些动物、植物的折纸，大多是简单的、固定风格的作品，还介绍了一些稍微复杂的实用作品。这些作品给我们提供了一个自由折叠和塑造的机会。不要完全精确地按照说明来折叠，试着在设计中加入自己的东西，比如可以尝试改变作品的表情、姿势或者大小等等。

和平鸽

我们都很喜欢鸽子，不仅仅是因为它的羽毛洁白，身姿轻盈美丽，还因为它象征着和平和友谊，让我们对它深爱有加。想和鸽子亲密接触吗？不难，折叠一只就一切OK了，想要什么颜色就有什么颜色！折叠和平鸽要用方形的既脆又薄的纸张作材料，一步一步细致地去折叠，相信一件简单又美妙的作品会在你的手中诞生。

1. 把作为鸽子颜色的那一面朝下，沿对角线对折。再对折，使两个尖角重合，也就是把纸张分成了4部分。如图调整纸张位置，使主要的折痕边缘置于顶端的水平线位置，而两个分开的尖角置于下端。

2. 把下面单个尖角往上折，让它与右边的角重合。

3. 在背面重复相同的操作。

4. 把新形成的角往上折，使折线和水平边缘平行。注意，只需要折单层纸。

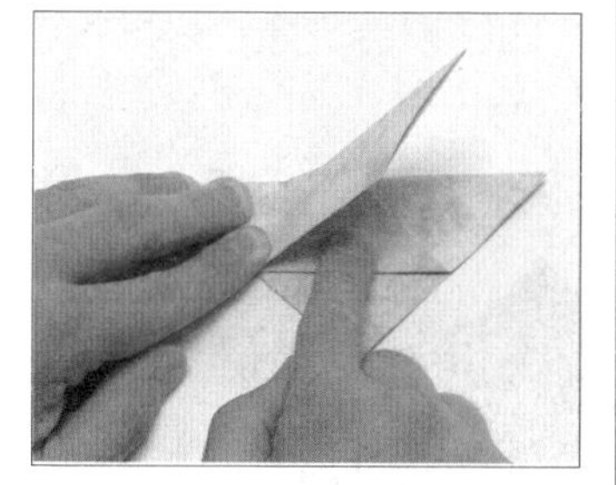

5. 展开第 4 步的折叠。然后借用在第 4 步形成的折痕内翻折。

6. 在背面重复第 5 步的操作。

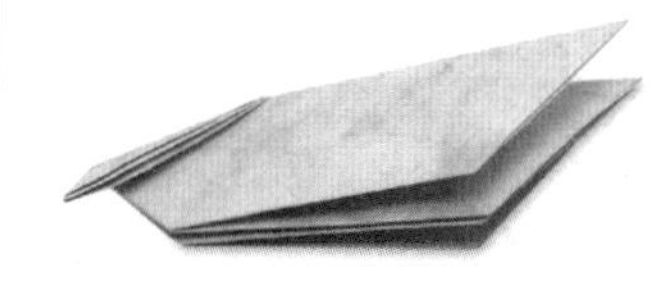

7. 在左边封闭的尖角上做一个向下的谷形折叠。这个折叠的角度虽然不是很重要，但最好能使超出的部分是一个小的直角三角形。这个三角形将用来做鸽子的头部。

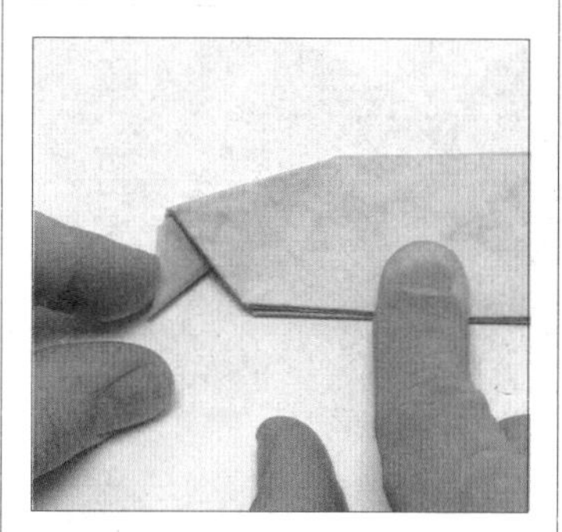

8. 展开第 7 步的折叠，利用前一步形成的折痕进行内翻折。

9. 把右边单层的尖角往上折，如图折到一个较自然的位置。这样就形成了一侧的翅膀。

10. 在背面重复同样的操作。然后把右边的三角形，也就是尾部翻起来，沿着翅膀的边缘用力做一条折痕。再次翻起来，使它垂直于整个作品的平面。

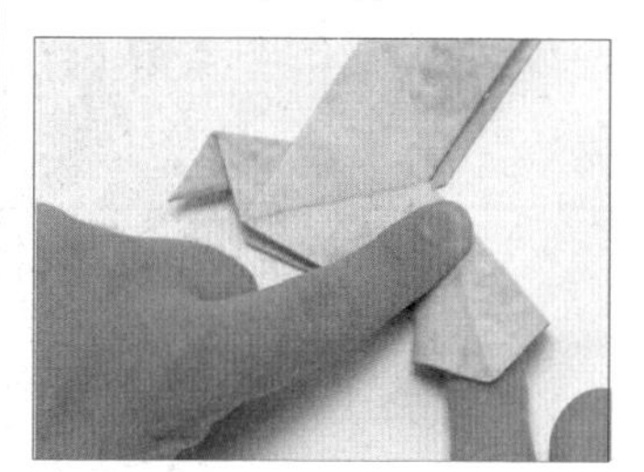

11. 对称地压平第 10 步中被翻起来的尖角。这时会形成一个四边形。

12. 在这个四边形上沿着中心的脊痕做一个山形折叠，使右边部分往后，这样就再次使这个作品达到了左右平衡。

天鹅（1）

天鹅是纯真和善良的化身，受到世界各地人民的喜爱。不只是中国，西方很多国家都对天鹅有着神化。在日本，天鹅被称为“神鸟”。西方文化中将文人的临终绝笔称为“天鹅的绝唱”。柴可夫斯基的舞剧《天鹅湖》，将天鹅高贵、圣洁的形象表现得淋漓尽致。让我们怀着美好的心情折叠一只高贵的天鹅吧，要用薄脆的方形纸作材料。

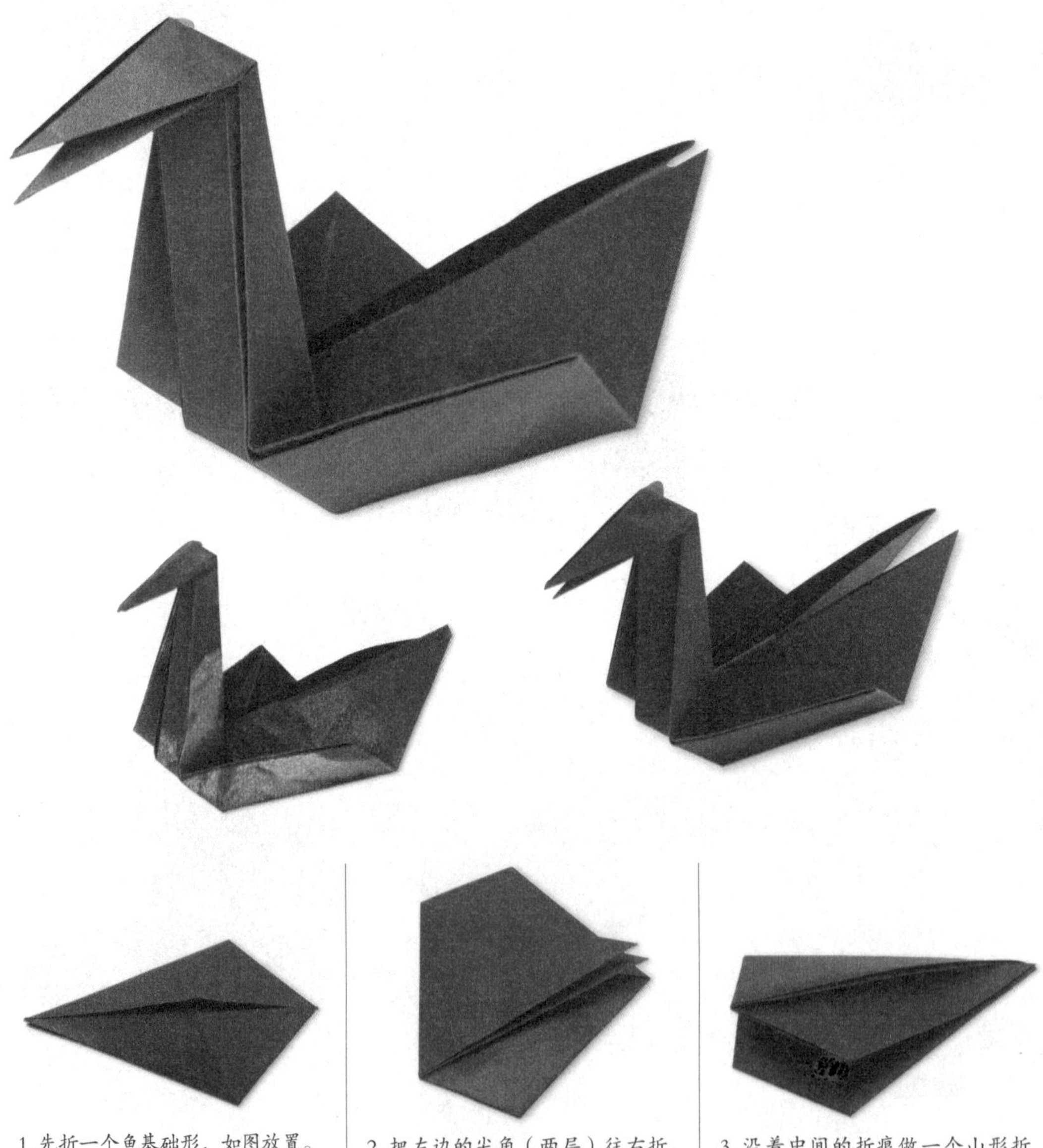

1. 先折一个鱼基础形，如图放置。

2. 把左边的尖角（两层）往右折，使之和右边的角重合。

3. 沿着中间的折痕做一个山形折叠，使作品对折。

4. 用一只手的食指和拇指捏住下面的天鹅身体，另一只手的食指和拇指捏住用来做头颈的尖角部分往上拉，使它和身体部分分开，然后压平作品，形成一个新的形状。

5. 图为第 4 步完成时的形状。

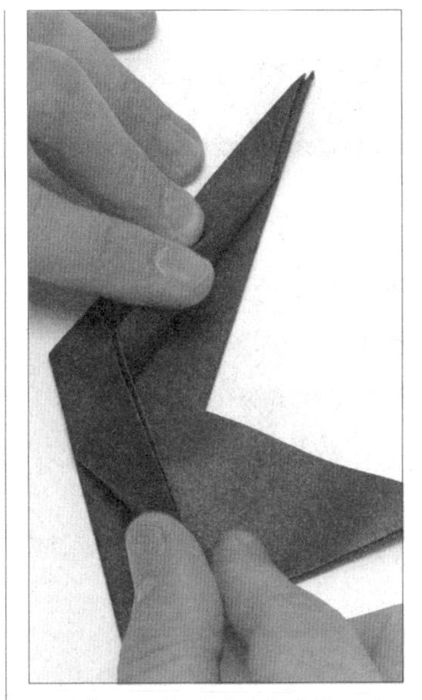

6. 现在开始要用到旋转的技巧了。把颈部的背面（单层纸）往前翻折，使颈变窄，同时把下面的角往上翻，使身体也变瘦。这些折痕都没有精确的位置要求，只要通过几次试验你就可以找到最好的头颈位置了。注意，在折颈部时，折痕并没有一直延伸到尖端顶部，而是稍微有一点距离。压平作品。

7. 在背面重复第 6 步的折叠。

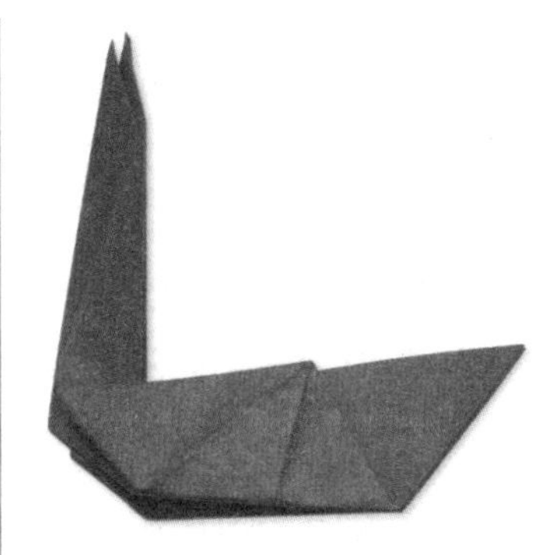

8. 图为第 7 步完成后的形状。

9. 在接近尖角顶端部分做一个外翻折，形成头部。

10. 把天鹅的嘴角分开，然后轻轻打开它的身体，图为完成后的天鹅。

天鹅（2）

用餐巾纸做成的白天鹅姿态是如此高雅，让你忍不住赶快叠一只。放在桌上的白天鹅一定会增加你的食欲，因为它带给你了喜悦的心情。用 4 张餐巾纸来折叠能达到天鹅自由站立的效果。

1. 如图放置纸张位置，使 4 层分开的纸片交叠的一端位于顶部形成一个菱形。然后沿着对角线对折，展开，形成一条竖直的折痕。

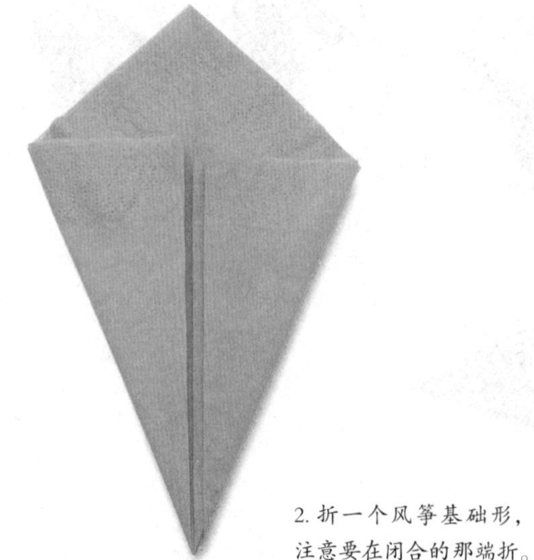

2. 折一个风筝基础形，注意要在闭合的那端折。

3. 翻到反面，把两条长的斜边往里折，使它们和竖直的中心折痕重合，这样作品的一端就变成了一个尖角。这一步并不是很简单，因为下面的纸层会滑出来，所以要把整个作品紧紧按在你的折叠台面上，使所有的纸层叠合在一起。

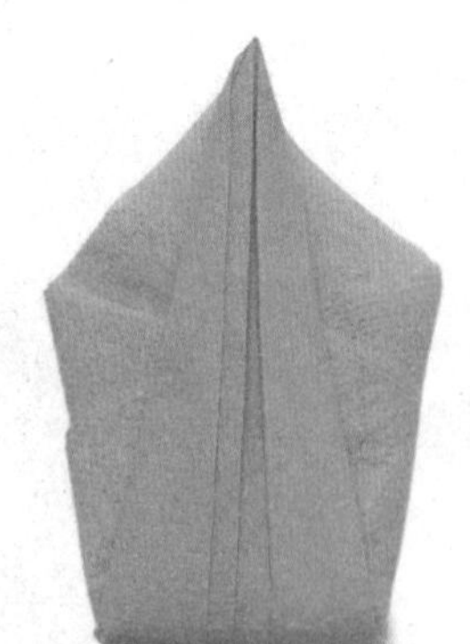

4. 把尖角往上折。

5. 再把尖角往下折大概它本身高度的 1/3。

6. 沿着竖直的中心折痕对折纸张，然后如图放置。

7. 用一只手的食指和拇指捏住天鹅的身体，另一只手捏住脖子（就是尖角部分），把它往上拉，一直到达如图所示的位置（不是竖直的，而是稍微有点偏向后面）。把作品压平。

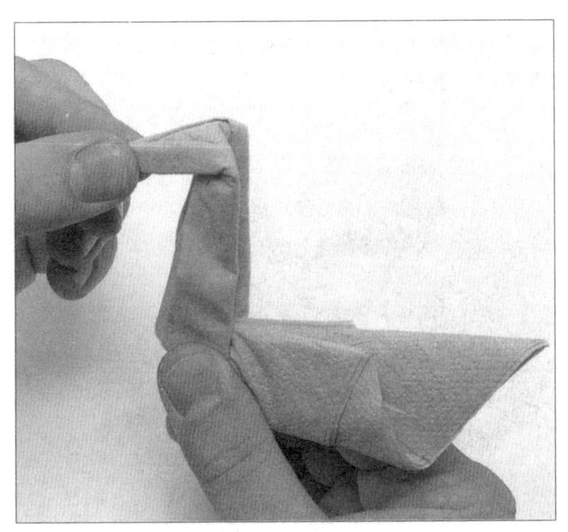

8. 用同样的方法处理天鹅的嘴巴，把它稍微往前拉，形成一个新的折痕。

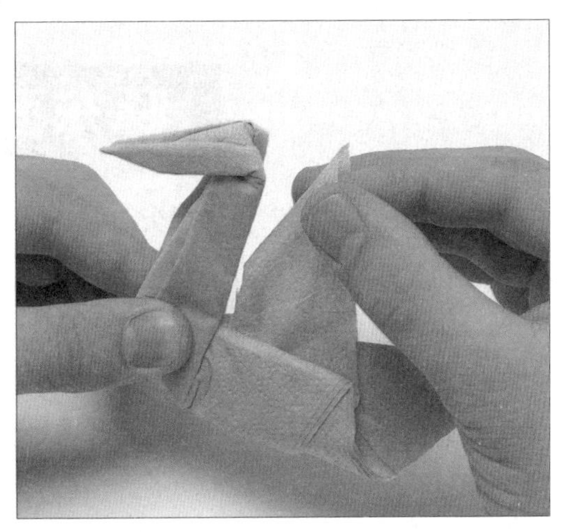

9. 用一只手的食指和拇指捏住天鹅头颈的底部，然后小心地把尾部的最上层薄纸往上拉，直到它在颈部后面形成一个适当的角度。折这一步的时候不要担心，只要尽可能往前折就好了。

10. 在尾部的其他薄纸层上重复第9步。

11. 重复了3次之后，调整它们的位置，使它们之间的间隔基本相同。现在你可以在需要的地方捏出更好的形状。

啄东西的乌鸦

有些作品因为包含了一些小的但是很巧妙的步骤，往往使人印象深刻。这只乌鸦就是这样的作品：折叠是在两层纸上完成的，当这两层纸打开的时候，折叠部分就能保持到应有的状态。你需要一张正反面都有颜色的纸，将想要表现乌鸦羽毛的颜色的一面朝下，开始动手折叠吧。

1. 先把这张纸沿对角线对折，然后再对折，折成4份，这样就能形成如图所示的竖直的中间折痕，展开。

2. 把每边的两条自然边都往下折，使它们和竖直的中心折痕重合。

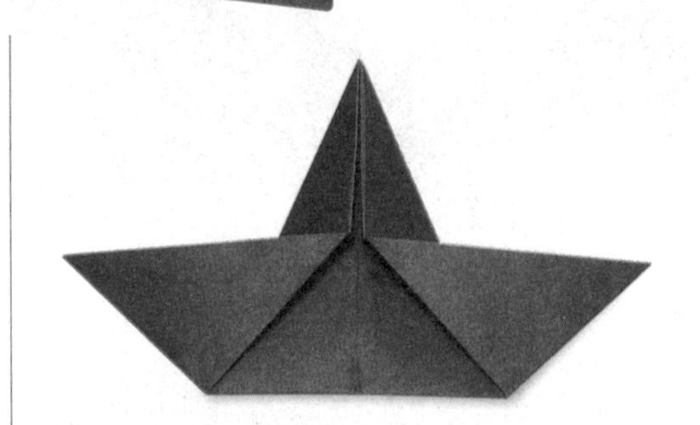

3. 把两个尖角尽可能往外折，使新形成的折痕与底下三角形的两个底角顶点相连，而往上折的顶边和水平的底边平行。

4. 把顶部的纸打开，你将会看见两层纸，把里面的那层纸往外拉，使它和外面的纸层分离。

5. 图为第 4 步的过程。

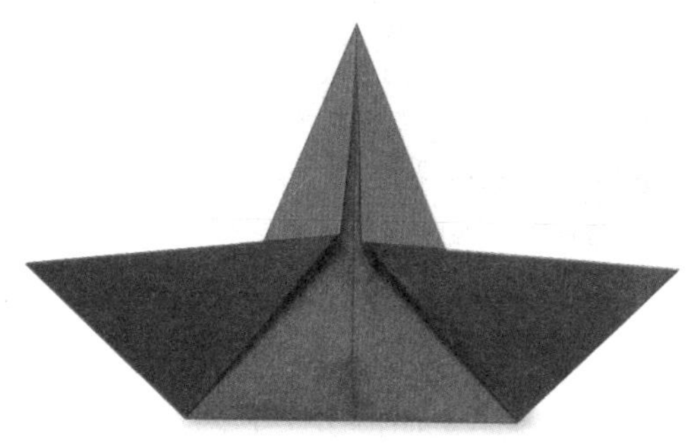

6. 把作品压平。

7. 把单层的顶角尽可能往下折。

8. 把这个折下来的角往右折，使左下的那条边和水平的中心折痕重合，压出一条折痕。

9. 展开第 8 步的折叠，在另外一个方向重复一样的操作。再次展开。

10. 在下面的尖角上折一个兔耳朵，然后在尖端附近压平，并使这个尖角竖直于作品的剩余部分。

11. 翻到反面，重复第 7 ~ 10 步。沿着竖直中心折痕对折。如图即为完成的啄东西的乌鸦。

使用方法：

把乌鸦的两个翅膀稍微打开，就能看见乌鸦的嘴也张开了。

纸鹤

有一个古老的传说，说用心折的一千只纸鹤能给爱的人带来幸福与好运。现在就动手折叠美丽的纸鹤吧，将我们的祝福折叠进每一个飘飘欲飞的纸鹤里。色彩鲜亮的脆质纸张是折叠纸鹤最理想的材料。

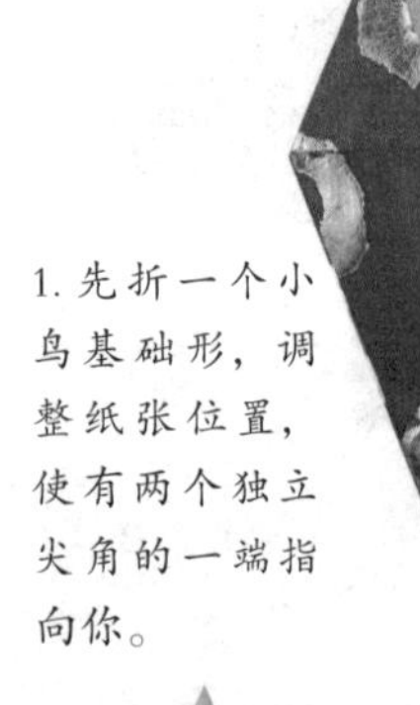

1. 先折一个小鸟基础形，调整纸张位置，使有两个独立尖角的一端指向你。

2. 把上面一层的两个下边往里折，使边缘和中间的竖直线对齐。

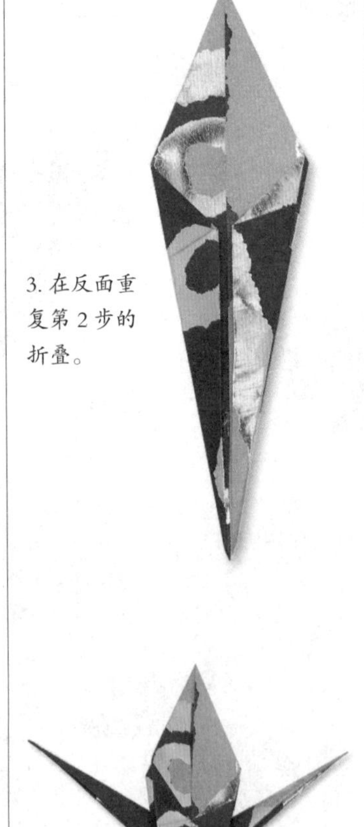

3. 在反面重复第2步的折叠。

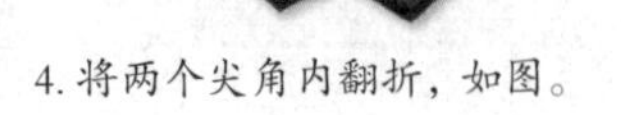

4. 将两个尖角内翻折，如图。

5. 内翻折其中的一个尖角，用来形成鹤的头部。

6. 抓住两只翅膀，小心地把它们拉开，使中心的尖角变平。如图，纸鹤的身体会有稍微的弯曲。

展翅飞翔的鸟

在折纸界有各种各样表现拍动翅膀的鸟的折纸作品，这些鸟都是由世界各地的折纸家们创造出来的。用方形的脆质纸张折叠一只会扇动翅膀的飞鸟吧。

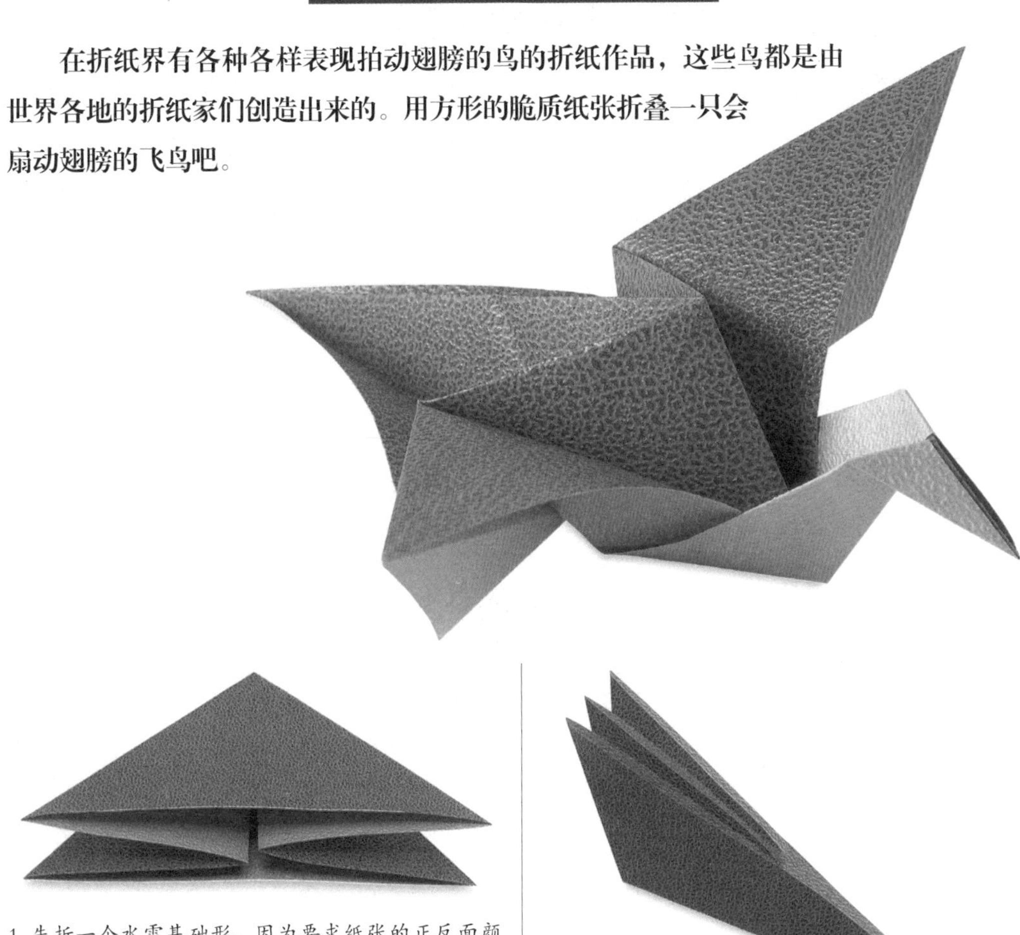

1. 先折一个水雷基础形。因为要求纸张的正反面颜色相似，所以到底哪一面朝上是无所谓的。

2. 在这个水雷基础形的每一边都有两个尖角。把右边上层的角往左边折。

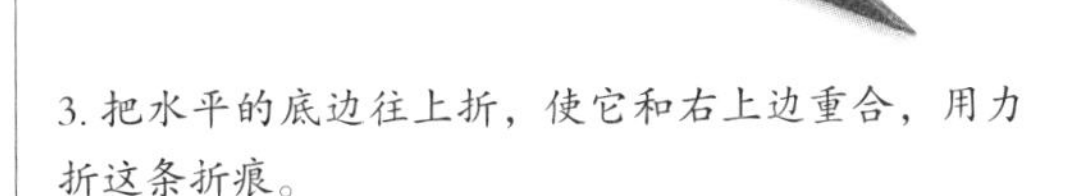

3. 把水平的底边往上折，使它和右上边重合，用力折这条折痕。

4. 展开第 3 步的折叠。

5. 把最上层的纸往上翻，然后用手指捏住左边翻起的部分，利用同样的折痕重新折叠第 3 步。把捏住的部分小心地压到桌面上，原来的里层纸会形成一个自然的平面，压平这个平面。

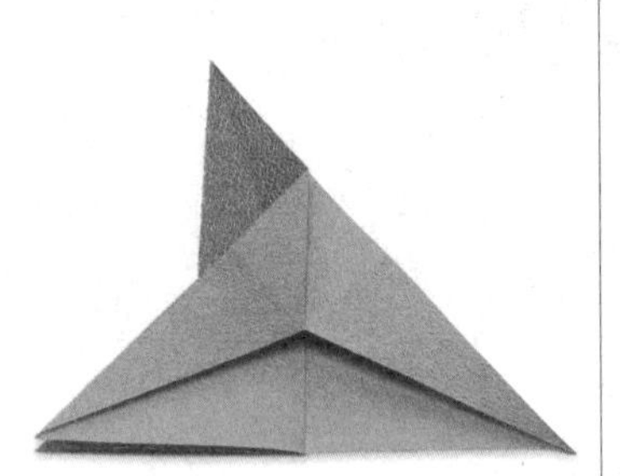

6. 图为第 5 步完成后的形状。

7. 翻到反面，然后如图调整纸张位置。

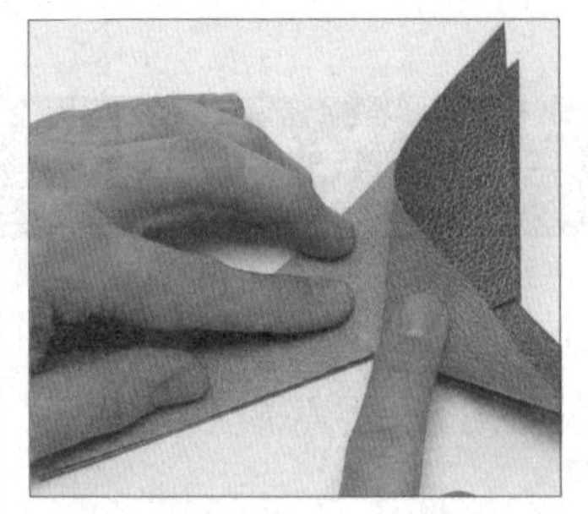

8. 在这边也重复第 5 步的折叠，并且使两个翅膀能够重合在一起。

9. 图为第 8 步完成后的形状。

10. 在左角上做一个谷形折叠，使新形成的折痕和右边尖角的底边在一条直线上。

11. 通过在左角尖端再做一个谷形折叠来改变角度。这两步分别形成鸟的颈和头。

12. 展开第 10 ~ 11 步的折叠。

13. 如图把两个长的尖角的边缘打开，并使第 10 ~ 11 步完成的折痕面朝你。

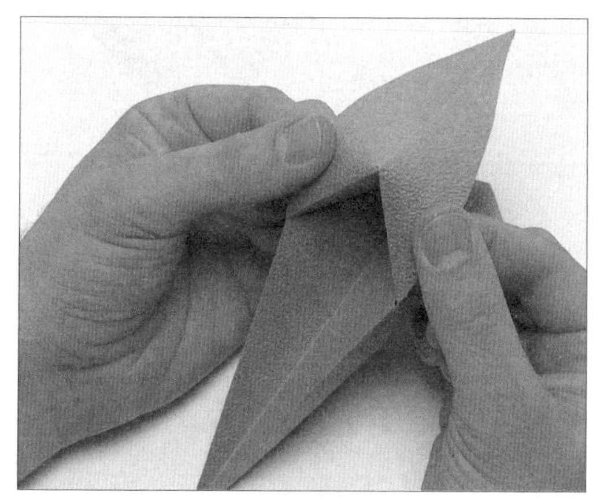

14. 利用存在的大“V”字形折痕做一个外翻折，使这个尖角翻到外面。

15. 在尖角顶端附近，再利用小“V”字形的折痕做一个外翻折，以形成鸟的头。

16. 把作品压平。

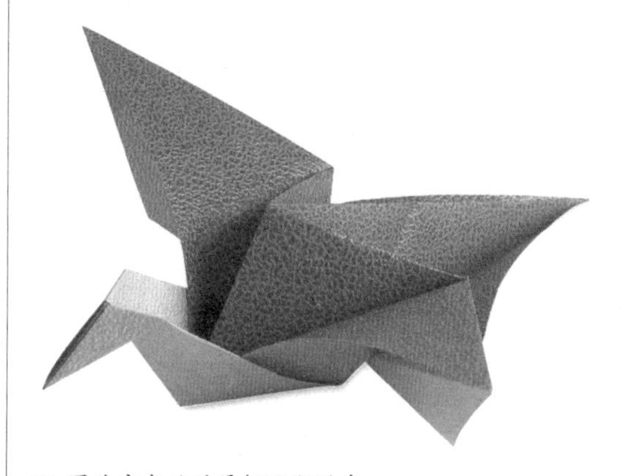

17. 图为完成后的展翅飞翔的鸟。

使用方法：

用一只手捏住鸟的胸部，另外一只手捏住尾巴，并轻轻地拉动尾巴，使两个翅膀张开，就形成了一个漂亮的飞翔动作。

变色鸟

通过一连串简洁流畅的折叠步骤，我们可以得到这个外形简单、色彩对比鲜明的变色鸟。对于一些人来说，它也许过于程式化，但有时候重复意味着熟练。使用一张正方形的折纸专用纸，白色面朝上。

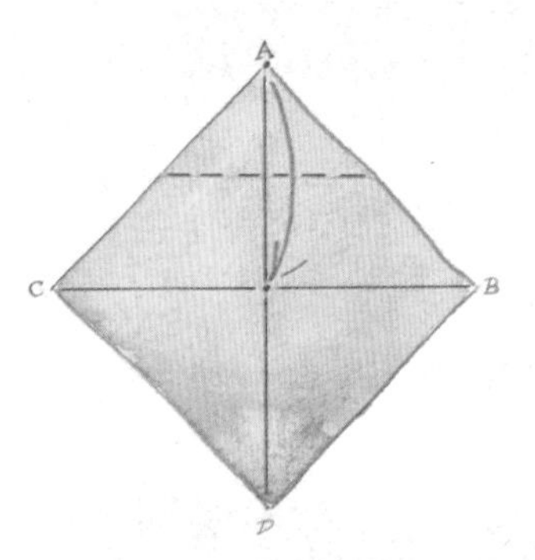

1. 折出两条对角线并展开，然后把角 A 折至与中心点重合。

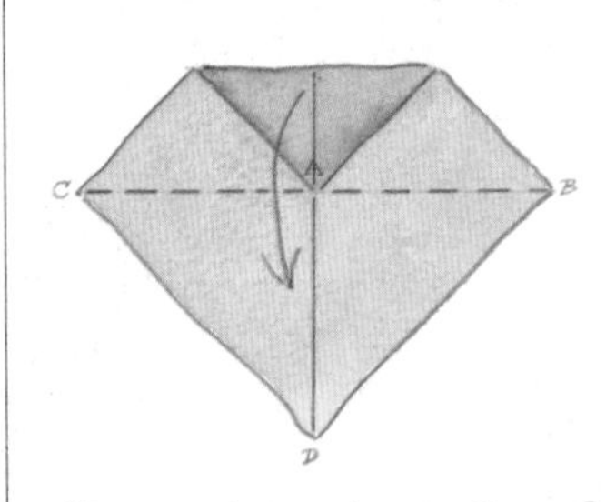

2. 把上面的小三角形沿着 CB 折痕向下翻折。

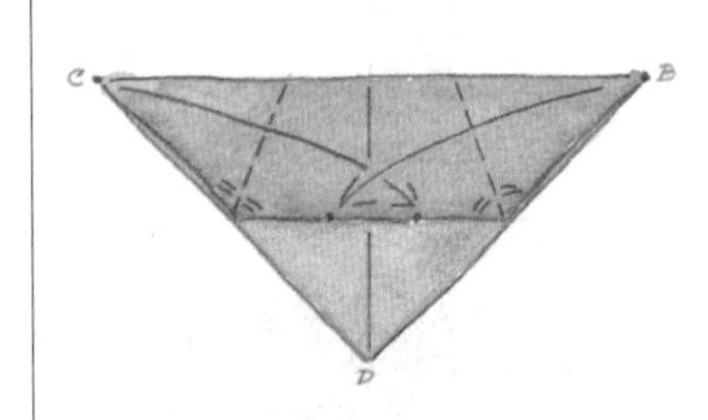

3. 把 C 和 B 折至与图示点重合。

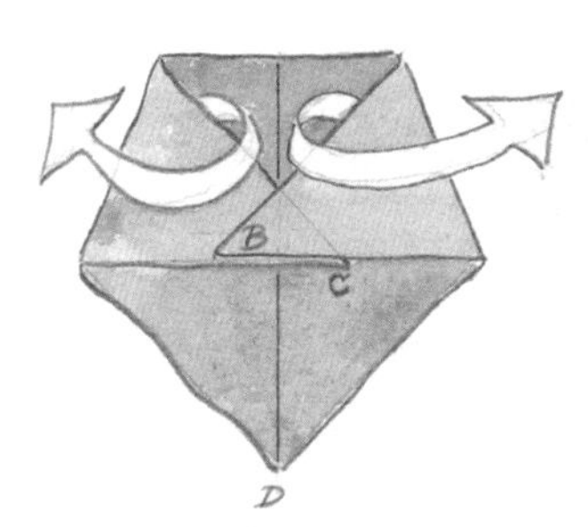

4. 把 C 和 B 展开。

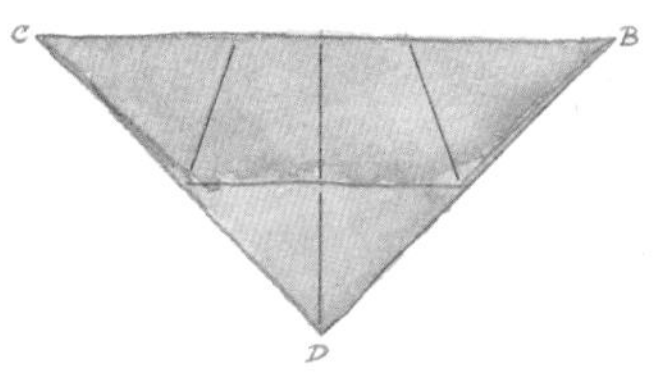

5. 翻转。

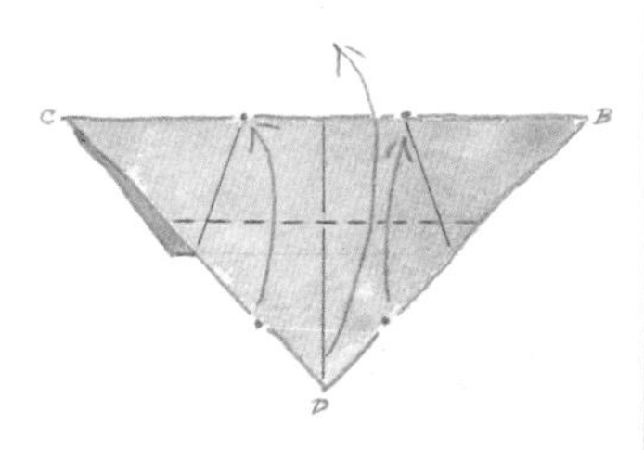

6. 把 D 向上翻折，使 DC 边和 DB 边分别与 CB 边交于第 3 步中折痕顶端的点。

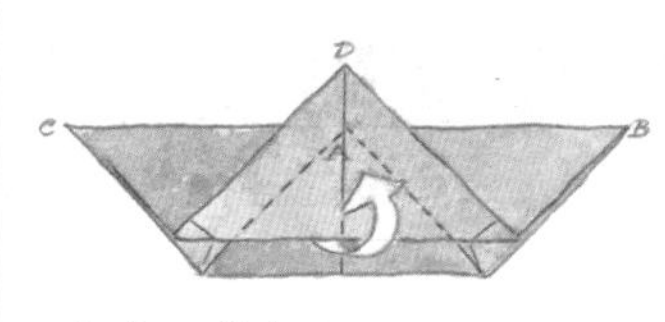

7. 把角 A 拉出。

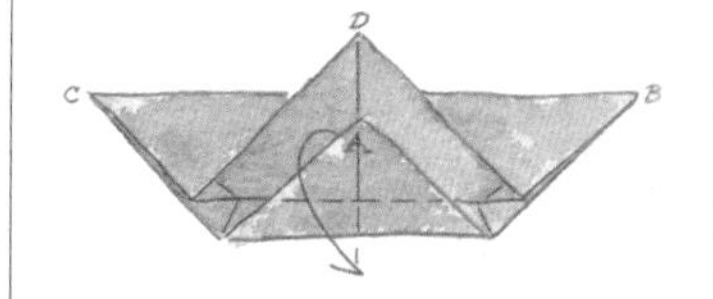

8. 把 A 向下翻折，使它与已有折痕平齐。

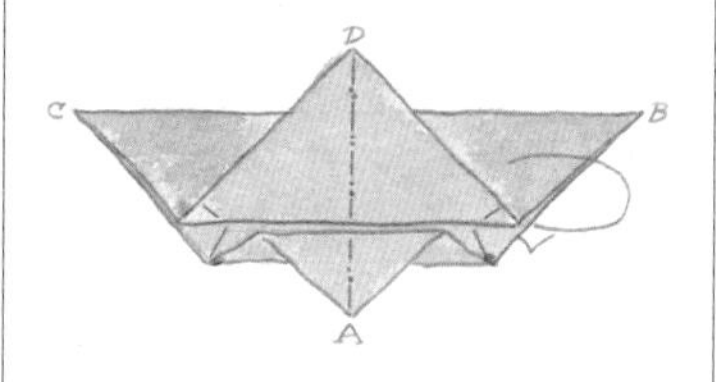

9. 把 B 向后翻折。

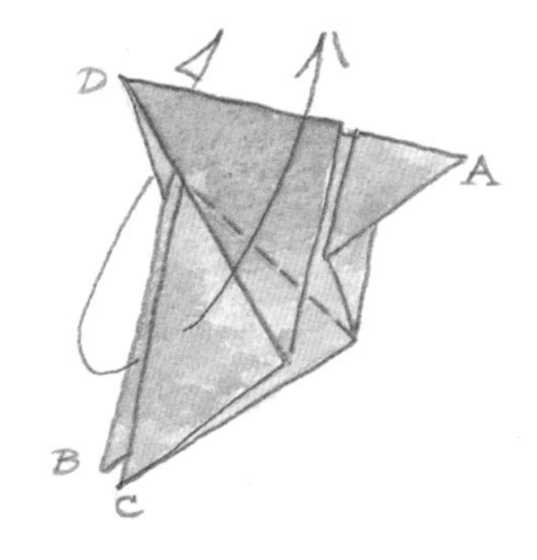

10. 沿着第 3 步完成的内在折痕（隐藏）把 B 和 C 向上翻折。

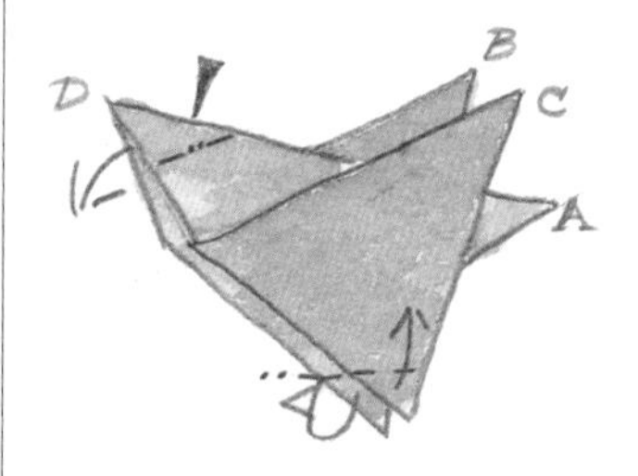

11. 把 D 向内折形成头部。折出脚作为鸟的平衡底部。

12. 变色鸟制作完成。

嵌套制作的鸟

这个设计的第 4 ~ 5 步包含一个在操作中很少使用到的技巧，即把一端尖头从覆盖着它的另一个尖角中拉出来。第 4 步中的闭合结构看不到任何可行性，在第 6 步中却会变得非常有用，而过程中却没有产生新的折痕。使用一张两面同色的正方形纸。

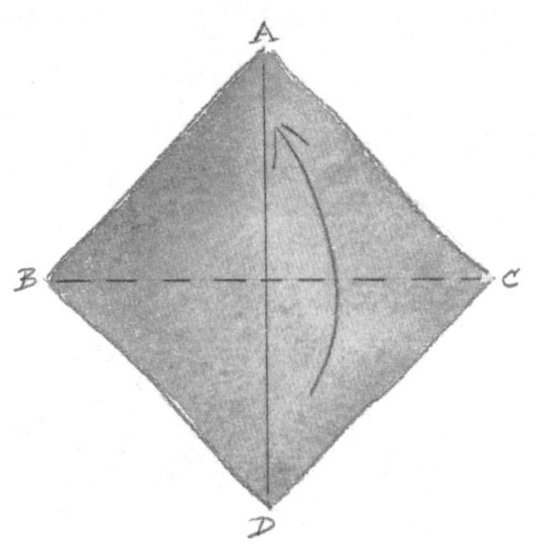

1. 折出垂直对角线并展开，然后把 D 向上折至 A。

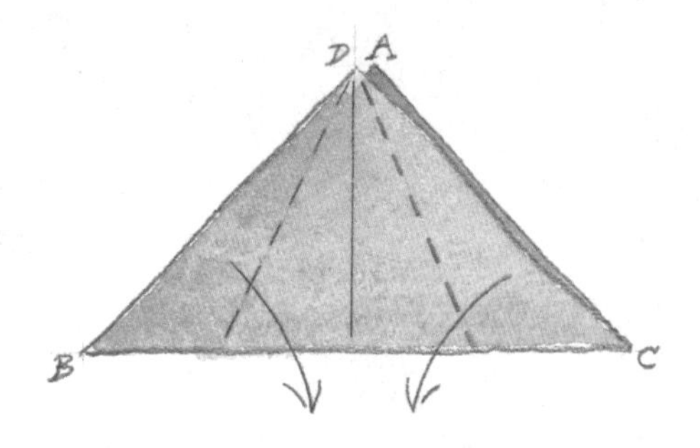

2. 将边 AB、边 DB 和边 AC、边 DC 折至中心折痕。

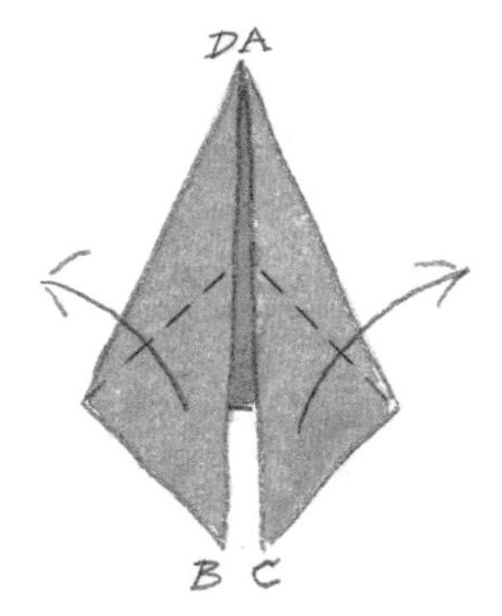

3. 角B和C向外翻折。

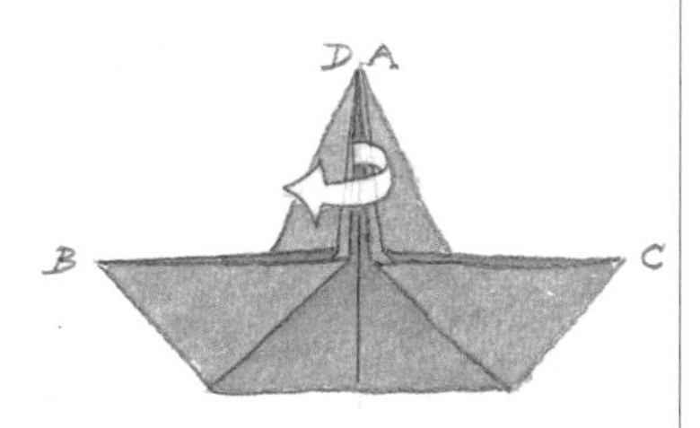

4. 注意纸张的形状。把D从A中拉出来。

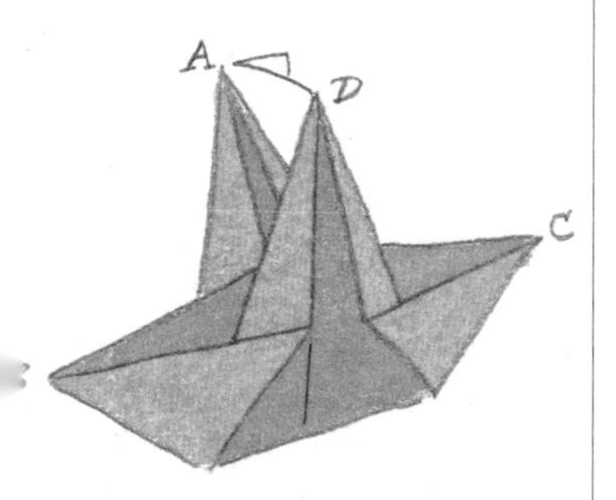

5. 如图示，D叠至A上方压平。

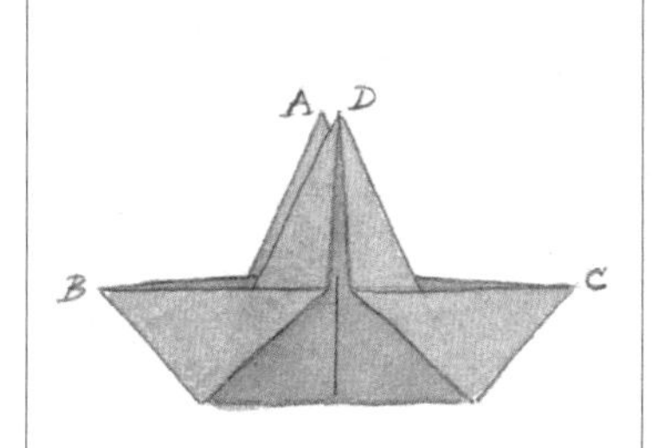

6. 翻转。

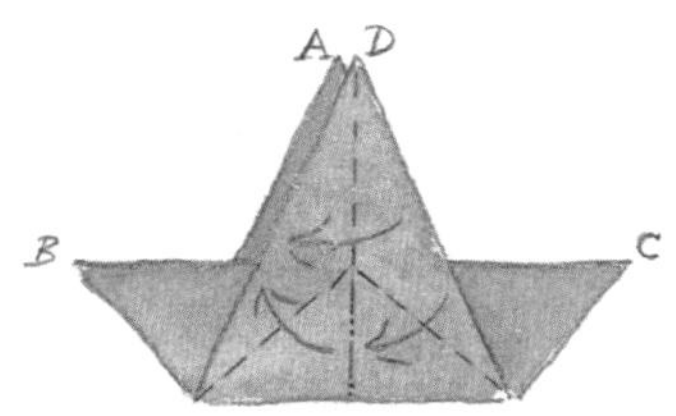

7. 如图示折叠纸张，使A与D分离，C与B重合。

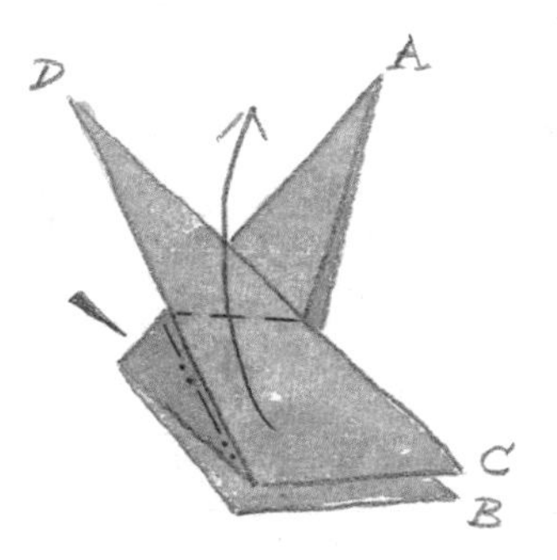

8. 提起角C，压平。

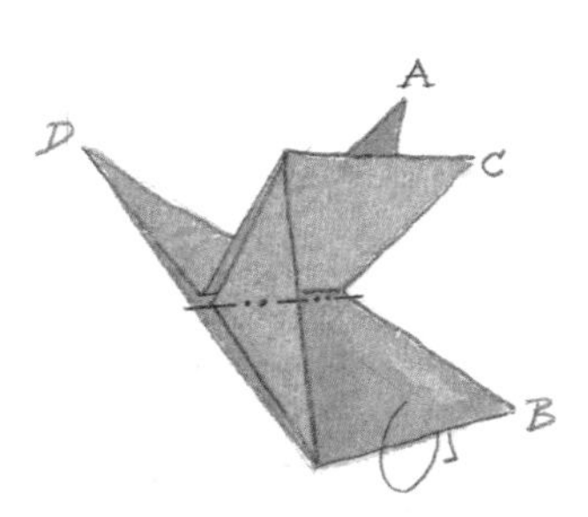

9. 折叠后面的B。

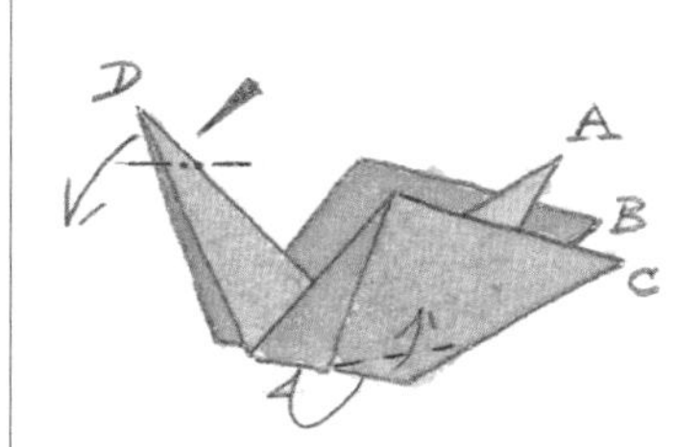

10. 将D反折，制成鸟嘴。把底角向外翻折，得到用于平衡的底座。

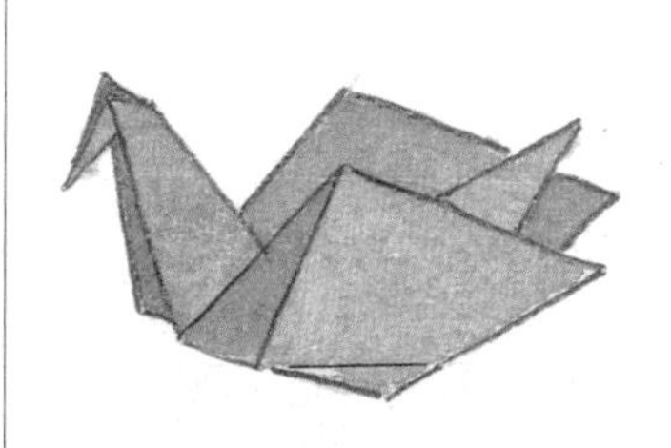

11. 嵌套制作的鸟完成了。

立体鸟

这个设计的前面部分相当简单，直到第9步时，需要通过很复杂的三维变换把普通的扁平鸟变成立体鸟，这个鸟带着可爱的圆鼓鼓的身体。一些折纸家认为，这种在折纸末尾进行的三维变换只是一种假象，真正的三维设计从折叠开始时便进行了。使用一张边长为15 ~ 20厘米，两面都有颜色的正方形纸。

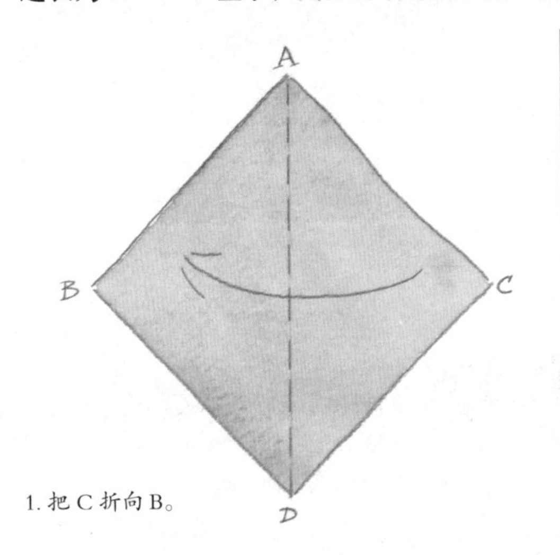

1. 把C折向B。

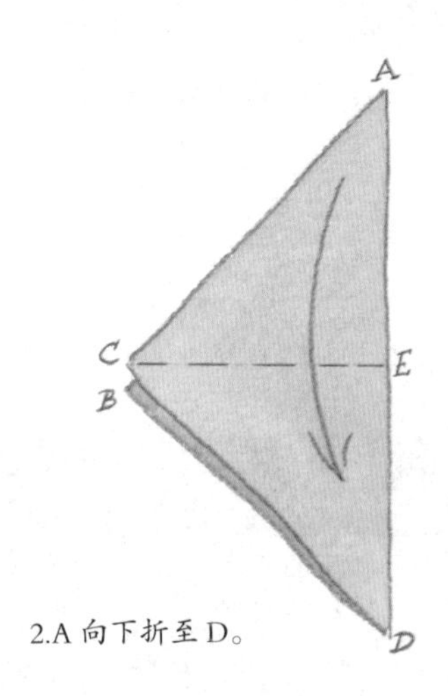

2.A向下折至D。

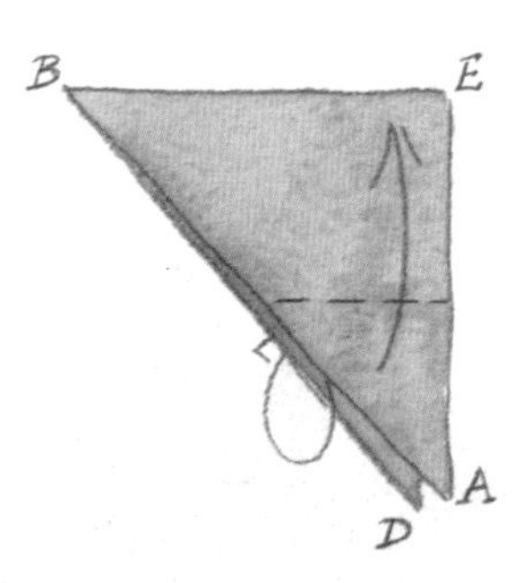

3.A 向上折至 E。背面重复相同的操作。

4. 把边角向上折入。

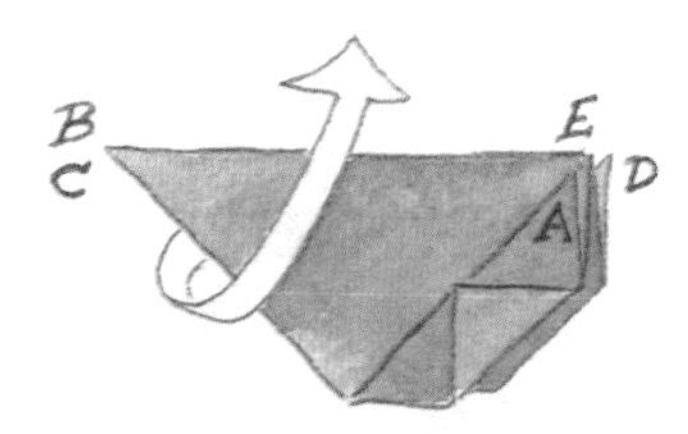

5. 展开折痕 BCE。

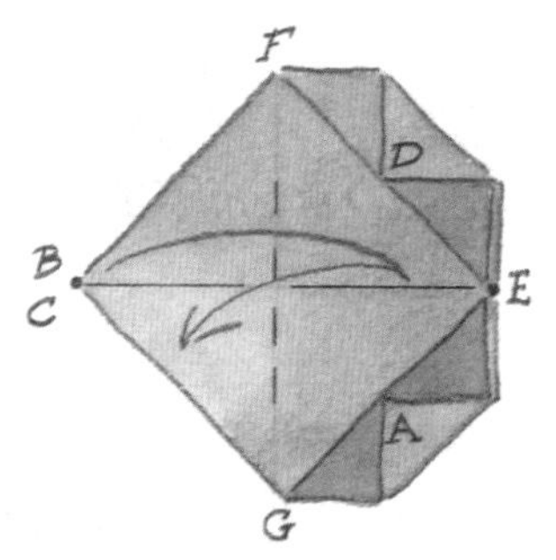

6.BC 折至与 E 重合，但是折痕的长度只有 FG 以及已有中心折痕的一半，然后再折回第 5 步。

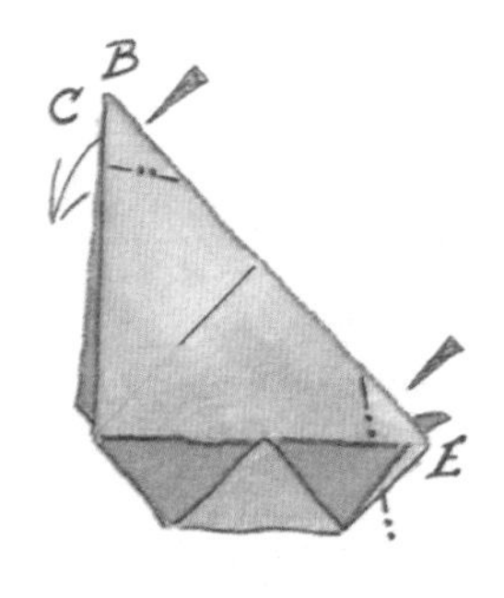

7. 角 BC 与角 E 反折。

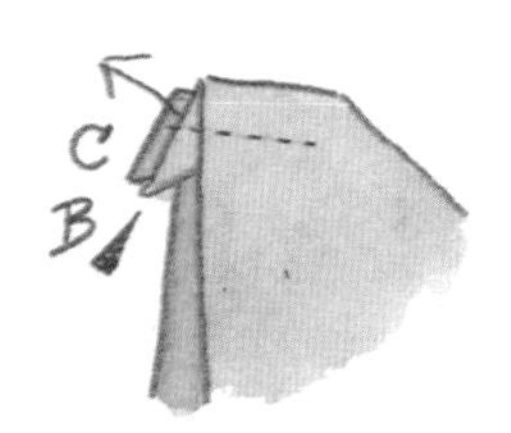

8. 把角 C 反折，形成张开的鸟嘴。

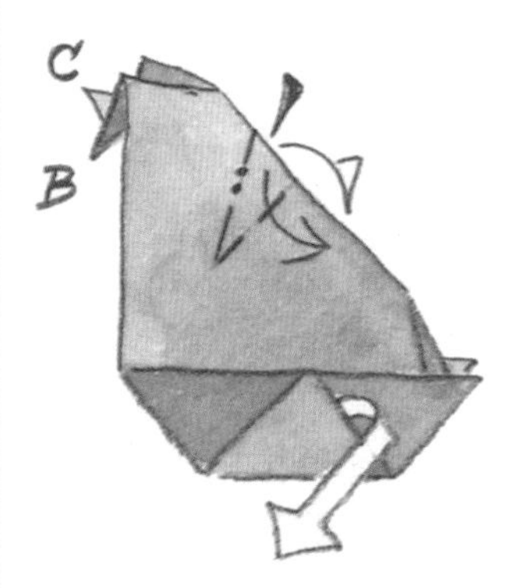

9. 把前后的三角形结合拉开形成鸟站立的底座。在前后各折出一条山线，这样在折叠第 6 步中的谷线时，就能使鸟变成圆的了。将背脊骨稍稍展开一些以帮助变换。鸟的形状完成了，但是要牢固锁合。请坚持一下，这是关键一步，把内侧的纸向外推以得到鸟滚圆的身体。

10. 立体鸟制作完成。

蝴蝶

蝴蝶从古到今一直受到人们的喜爱，诗人把蝴蝶比喻成大自然的舞者，被誉为和平、幸福和爱情忠贞的象征。正是多了这些象征意义，人们对它更增添了丰富的感情色彩。选择一张薄脆的方形纸，开始你的蝴蝶盛会吧！

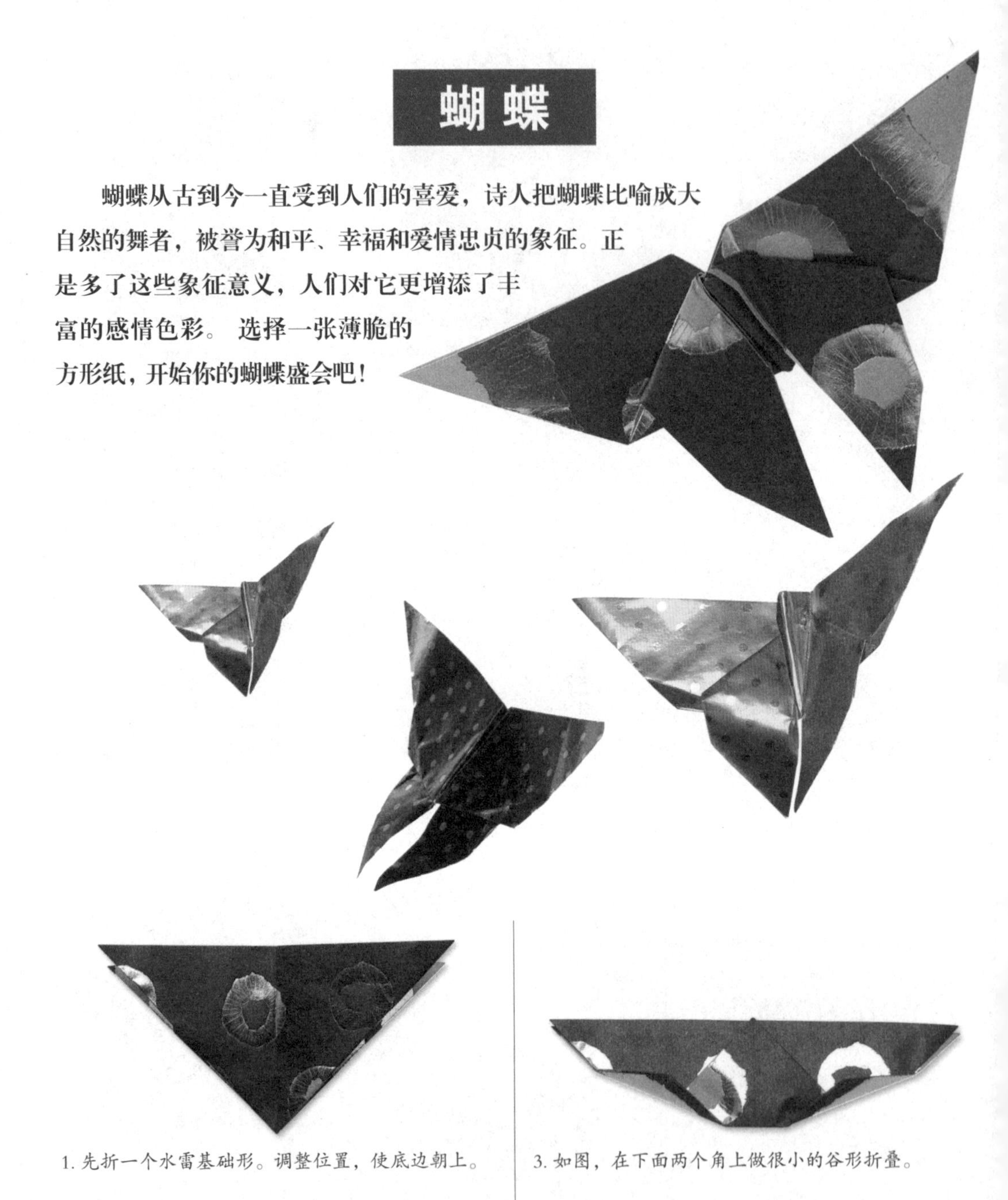

1. 先折一个水雷基础形。调整位置，使底边朝上。

2. 把下面的角往上折，拉到顶端的边的位置。

3. 如图，在下面两个角上做很小的谷形折叠。

4. 展开第 3 步。

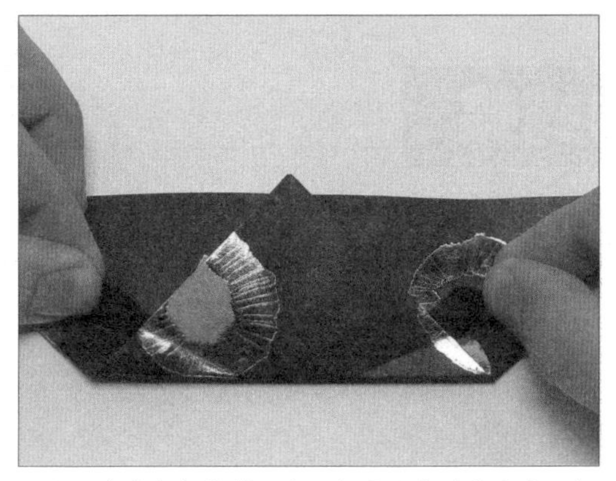

5. 小心地重新折叠第 3 步，但要注意的是这次只折上层纸，所以折的过程中你需要把第 2 步形成的三角形纸片轻轻打开。

6. 图为第 5 步完成的样子。

7. 把水雷基础形最上层的两片纸往下折，使它们和竖直的中心线重合。这就形成了蝴蝶的后翅。

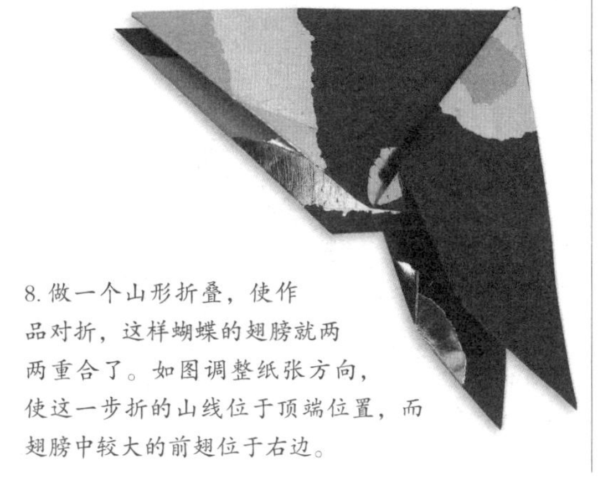

8. 做一个山形折叠，使作品对折，这样蝴蝶的翅膀就两两重合了。如图调整纸张方向，使这一步折的山线位于顶端位置，而翅膀中较大的前翅位于右边。

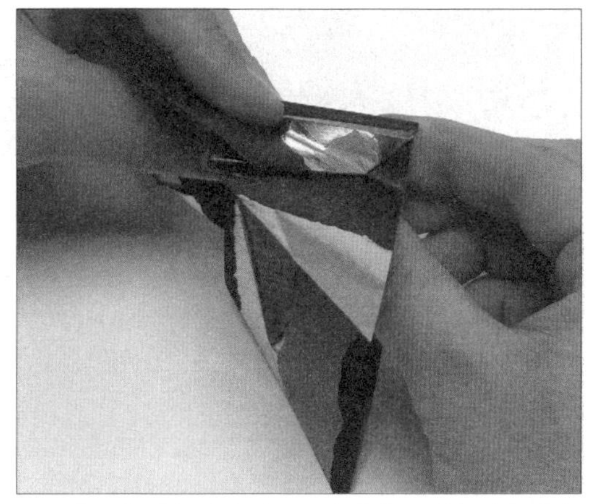

9. 用手捏住前翅的上层，往上翻折，所折的折痕和上边缘应该有一个微小的角度。同样，在背面重复一样的折叠。通过这两次的折叠，中间会形成一个很明显的“V”字形状，这时候，蝴蝶的整个身体中间就出现了一个背脊。

10. 使蝴蝶的翅膀自然地张开，图为最后完成的蝴蝶。

运动的蝴蝶

可活动的物体在细微的风中或气流里会轻轻飘移，可以用来取悦孩子或老人。以下这些美丽的蝴蝶会特别引人注意，因为它们在光线下会闪烁发光。

蝴蝶模板

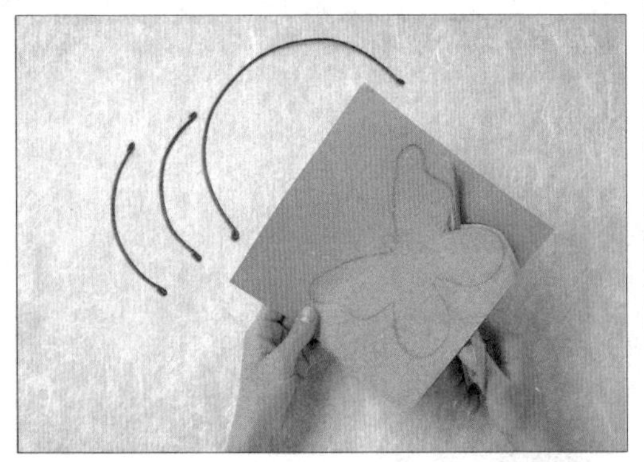

1. 根据所需尺寸把模板按比例放大，把4只蝴蝶描画在不同颜色的卡片上并剪取下来。再剪出1只尺寸略小的蝴蝶，大约为其他4只蝴蝶尺寸的一半。

2. 在蝴蝶上贴上小张的卡片作为装饰，卡片的颜色要明亮。也可以使用其他诸如小金属片或是小发光物等材料来增加变化。

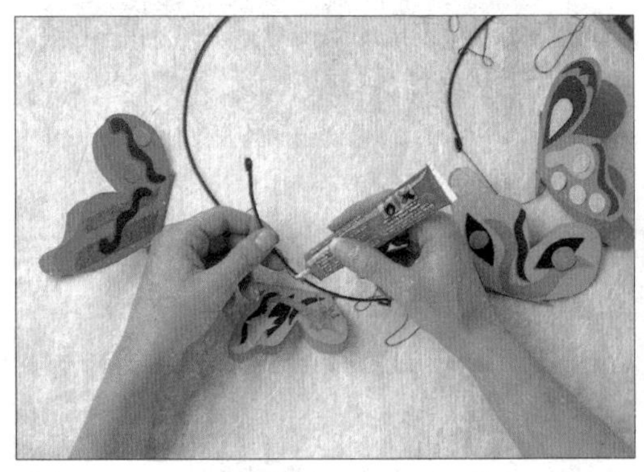

3. 在每只大蝴蝶的顶端穿过一段长的棉线，末端打结并用胶带固定。把线的另一端系于可动金属丝上。为了使蝴蝶的位置有所变化，每一段线的长度应该不同。

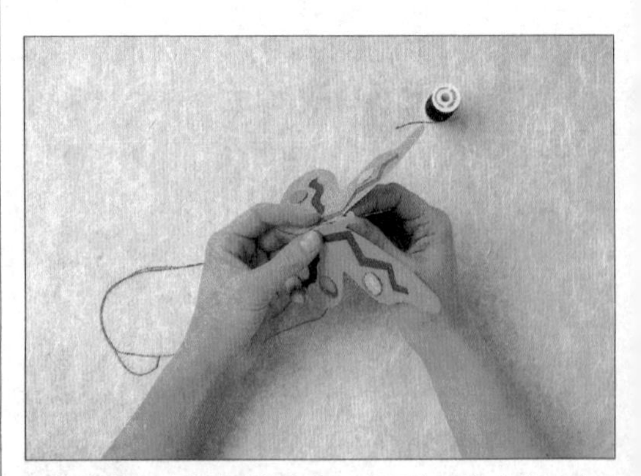

4. 装饰最小的蝴蝶并把它粘贴于最上一根金属丝的顶端，使它看起来好像正在享受飞行过后的休息时光。

公鸡

练习一些基本的技巧是掌握折纸艺术的很好的方法。在这个作品里，你将会运用到很多的内翻折和外翻折。这些折叠的角度都由你自己决定，所以你的选择也就决定了最后出来的效果。选择一张坚硬的方形纸折一只“喔喔”打鸣的花公鸡吧！

1. 先折一个鱼基础形，如图放置纸张位置。

2. 把两个尖角打开，并把本来在底下的那个尖角旋转到左边。

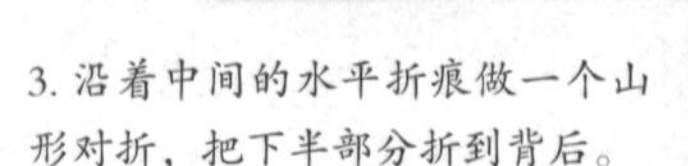

3. 沿着中间的水平折痕做一个山形对折，把下半部分折到背后。

4. 在右边的尖角上做一个谷形折叠，使本来的底边和中心竖直线重合。

5. 利用上步形成的折痕把这个尖角内翻折。

6. 用相同的方法处理左边的尖角。但是这次的前折叠可能有一点困难，因为在左边有两个小三角形。因此你在折叠的时候应该把尖角和这两个小三角形独立开来。

7. 如图在两个尖角上做内翻折。如果你喜欢，可以使右边的尖角（头部）稍微高于左边的尖角（尾部）。

8. 在尾部做一个外翻折。在头部做两次内翻折：首先在头的内部，把尖角往左边折。

9. 然后把这个尖角再往外折，形成头和嘴。

10. 把朝着你那面的小三角形以需要的角度往下折，形成一条腿。

11. 把小三角形的底端往上折来形成脚。折的过程中要保证所折的折痕和身体的竖直中心线呈垂直关系，这样就能使公鸡自然站立。

12. 在背面重复第 10 ~ 11 步的折叠。图为完成后的公鸡造型。

点头的狗

你见过点头哈腰的大耳朵哈巴狗吗？它们不仅模样可爱，而且非常懂得讨主人的欢心，你可以为自己制作一只这样的狗。轻轻一点小狗的鼻尖，它就会不停地点头回应你，非常逼真，就像有灵魂似的。你需要两张相同颜色的方形纸，最好是双色纸。我们先来折小狗的身体吧，记住一定要把作为小狗身体颜色的那一面朝下。

1. 沿着两条对角线对折两次，展开，形成两条前折痕。然后把4个角都折向中心点。

2. 沿对角线对折，如图放置纸张。

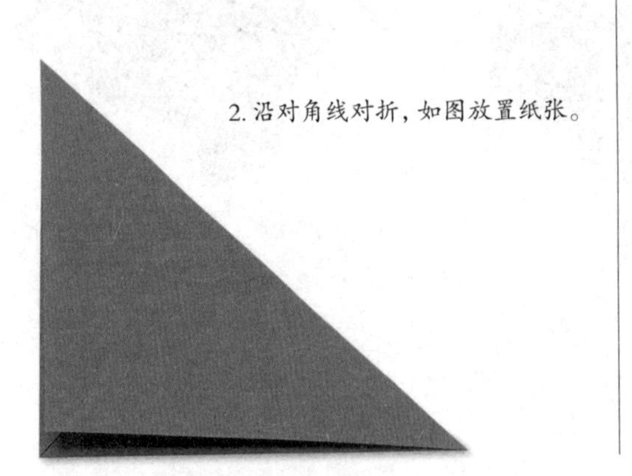

3. 把右角往左折，使角的底边仍然和底边平齐，角尖和纸张上呈现的竖直折痕重合。这个角将会形成一个简单的尾巴。

4. 如图使小狗的身体站立起来。

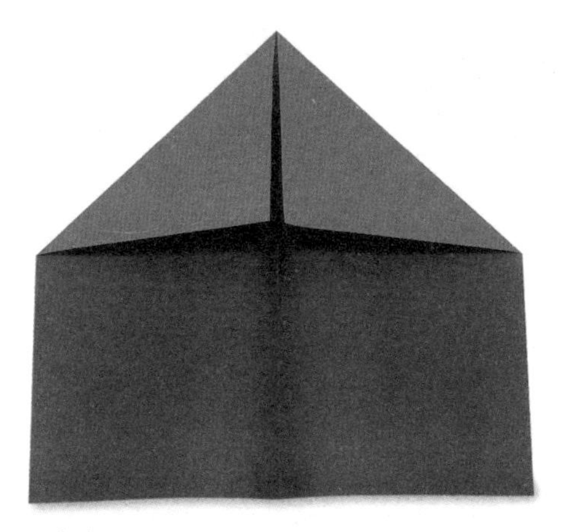

5. 现在我们开始折小狗的头，同样也是正方形，也是把主要颜色的那一面朝下放置。先使左边缘和右边缘重合，形成一条竖直的折痕，展开后把上面的两个角往下折，使本来的顶边与中心线重合。

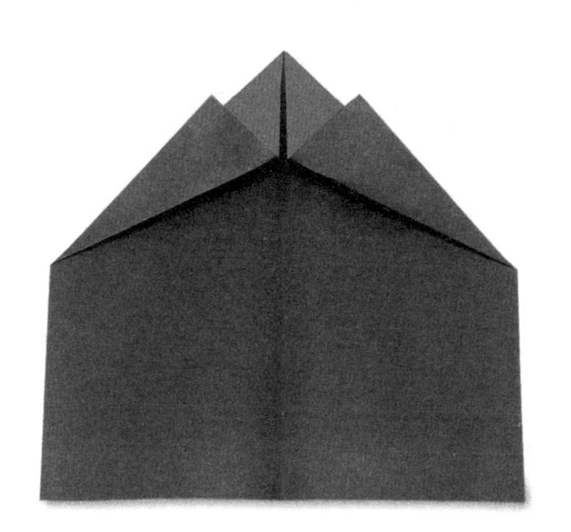

6. 把两个三角形往上往外折，使本来的水平边缘和斜边重合。

7. 第 6 步完成的折痕在竖直的中心折痕上有一个交点，把底边往上折，一直到这个交点上面的几毫米处。这将形成小狗的眼睛。

8. 把顶角下折，形成小狗的鼻子，并且使往下折的距离为本来顶端到下面长的水平折痕的 1/3。

9. 沿着竖直的中心线做山形对折，小狗的两只眼睛就在外部了。

使用方法：

把小狗的头部放到身体的尖角上，使头保持平衡。这个尖角应该顶在头的中心点上。用一根手指轻轻地往下点小狗的鼻尖，你可以看见小狗的头会上下晃动，就像在点头。

贪睡的狗

这个作品的制作过程十分简单，但重要的是要把第1步和第2步中的C摆放正确。只要完成第3步，剩下的折叠就会水到渠成。折眼睛时要注意推荐的方法。使用一张正方形的折纸专用纸，彩色面朝上。

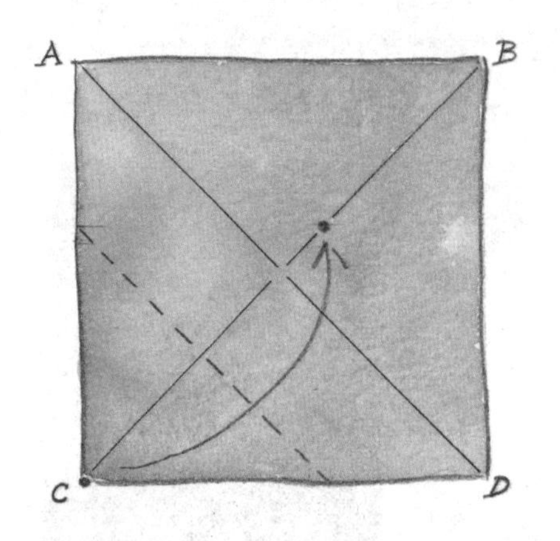

1. 折出两条对角线并展开，然后把角C折至与第2步中所示点重合。

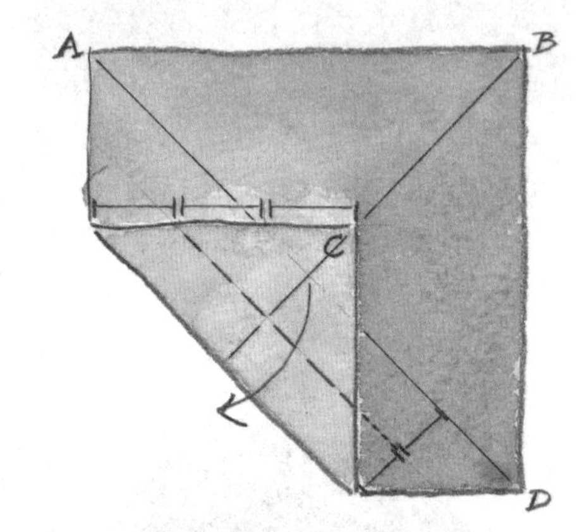

2. 标记C的位置。再把C反折，增加一条如图中标示的折痕。

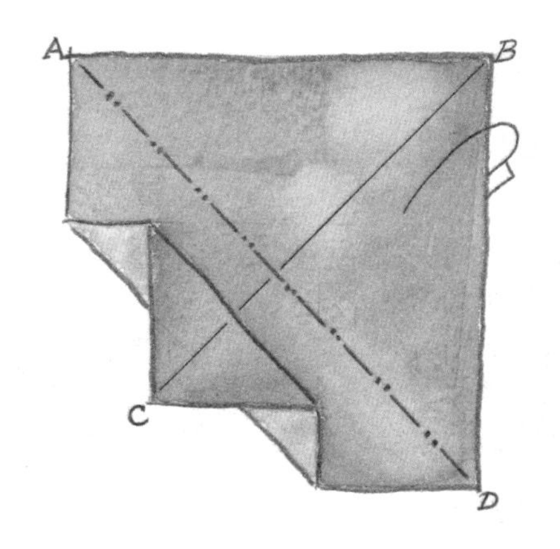

3. 沿 AD 对角线把 B 山形折叠至反面。

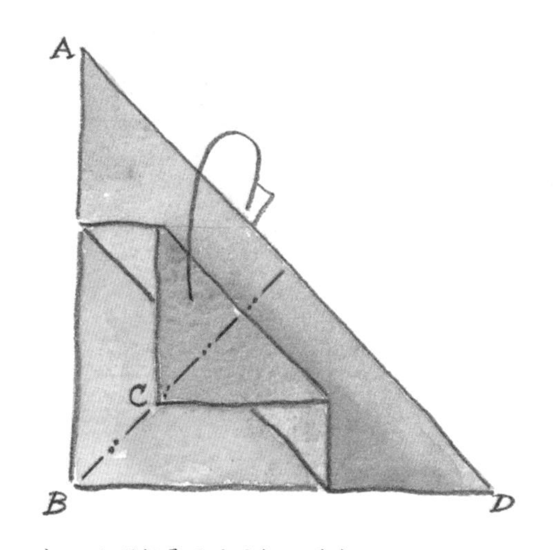

4. 把 A 山形折叠至反面与 D 重合。

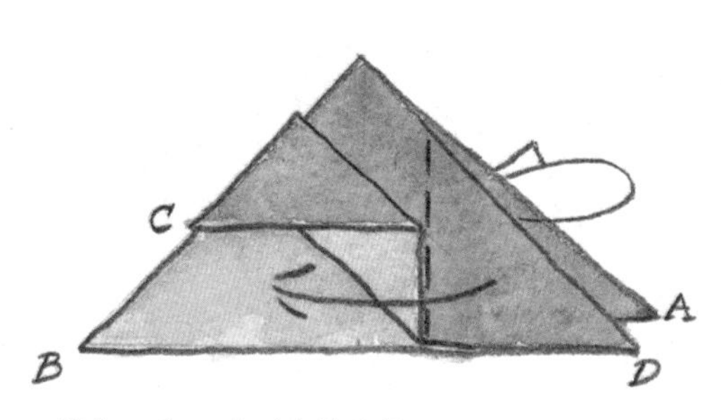

5. 将角 D 和 A 分别向外反折。

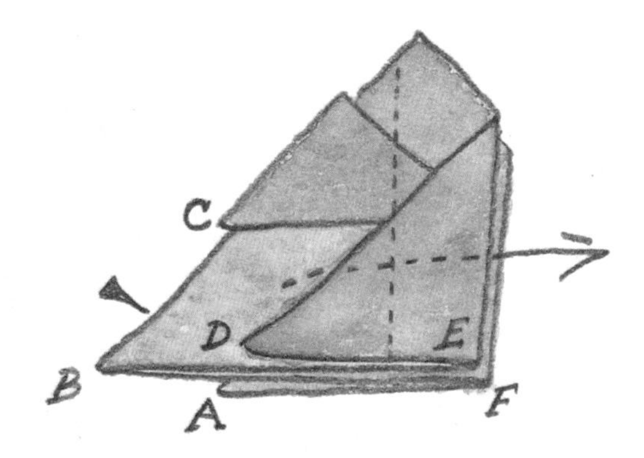

6. 通过反转，将 B 从中间拉至后面。注意折痕的位置。

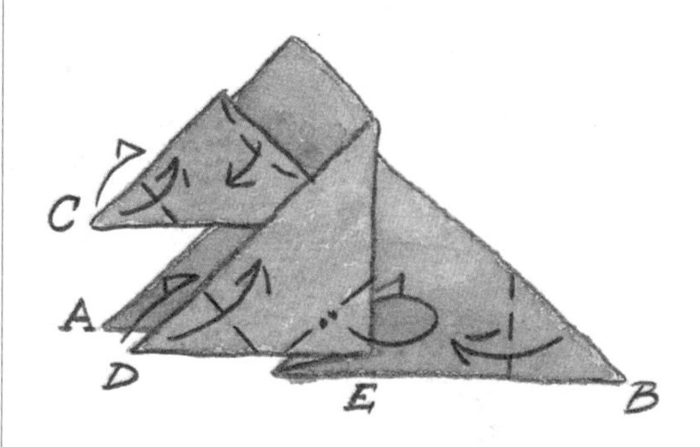

7. 把 E 向后山形折叠，把 D、A 和 C 向外翻出，B 向前折叠，使眼睛的边缘变弯。另一只眼睛重复操作。

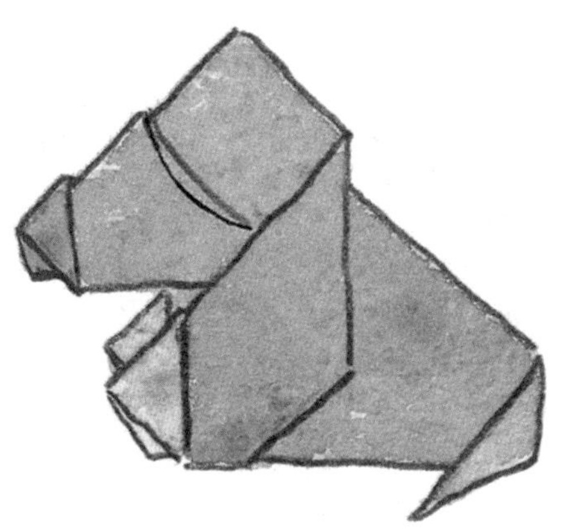

8. 贪睡的狗制作完成。

吠叫的狗

我们不妨做一只吠叫的狗，随着它抬起的头和一开一合的嘴，使它成为一个美妙的会动的玩具。选择一张脆的方形纸，最好是双色的，这样外翻的颜色就是狗狗调皮的鼻子哦。

1. 先折一个初步基础形，并使开口的一端朝向你。把左边的两层纸往右折，使角位于中心点的稍下方。

2. 把基础形中封闭的角往下折，新折的折痕连接右边顶角和第1步形成的三角形的上顶点。用力压折痕。

3. 展开纸片，你可以看见许多折痕。参照这张图，改变部分折痕的方向，使纸片如图所示。然后按照这些折痕完成折叠。

4. 图为第3步和第4步完成后的形状。

5. 在顶端外翻一个小三角形作为狗的鼻子，如图，这个鼻子呈现纸的反面的颜色。

使用方法：

用左手捏住狗的胸，右手捏住尾巴（你可以自己配音），轻轻地拉动尾巴，纸张会随之一张一合，而狗的头就会抬起来，就像在吠叫的样子。

苏格兰狗

这个简单的作品有一个很聪明的技巧：把一张纸拉出来充当苏格兰狗的头。这样的设计虽然没有任何细节，却做到了朴素和雅致的完美结合。这个作品需要一张 12 厘米的方形脆纸作为材料。

1. 沿着两条对角线分别对折，然后展开，使有主要颜色的一面朝下。把 4 个角往中心点折。

2. 把上一步折进去的最右边的角往外折，使该片纸有 1/3 的部分在右边缘之外。同样把左边的那片纸的 1/3 折到该片纸下面。

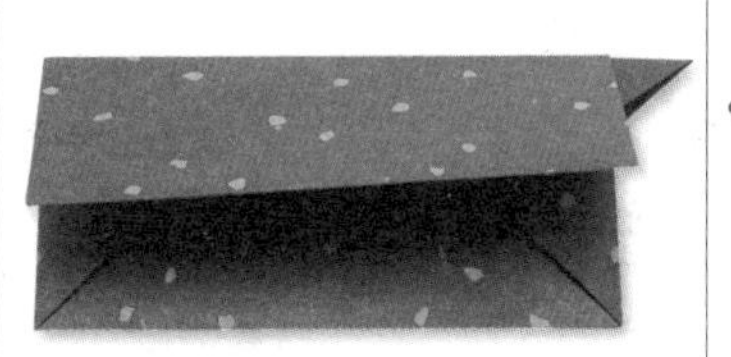

3. 沿中间的水平折痕做谷形对折，把上半部分往下折，使上边缘和下边缘重合。

4. 把单层的左下角往上翻折出一条折痕，这条折痕分别连接左上角和右下角。在折叠过程中把该薄饼卷纸片拉出到前面。

5. 在背面重复第 4 步的折叠。

6. 如图，用你的食指把藏在头内部的纸张往外拉。

旋转的竹蜻蜓

这个作品是在一个流行的主题思想启发下设计的：把这个作品扔到空中，在着地的过程中它会不停地旋转。你需要一张薄脆的方形纸做材料，因为在这个设计中会有很多的折叠重在一起。

1. 分别沿两条对角线对折，展开，形成两条前折痕。

2. 把上下两个角折到中心点的位置。

3. 在两个角上再折叠一次，使顶边和底边与中心线重合。

4. 做一个谷形的对折，使两个外角重合。

5. 把顶上的两个直角折向中心线。

6. 展开第 5 步的折叠，然后利用折痕内翻折。

7. 把顶角（通过前一步的翻折形成闭合的角）往下折，使角的顶端和翻折后的两条边重合。

8. 使第 7 步折成的小角保持折叠状态，打开这个竹蜻蜓，你可以看到竹蜻蜓的中间并不是平坦的。

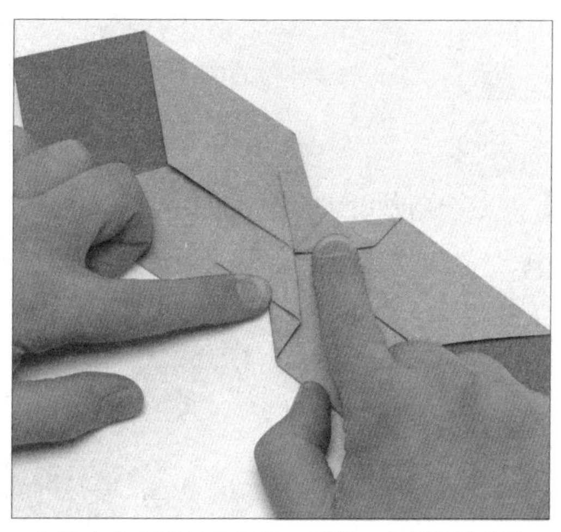

9. 把这个中间的纸片压平，形成一个领结的样子。图为完成后的竹蜻蜓。

使用方法：

翻到竹蜻蜓的反面，把小三角竖起来，使它垂直于其他部分。用两个手指夹住这个小三角形，然后以大概 45° 的角度举高你的手臂，使这个竹蜻蜓从你的指尖滑落，你可以看见它旋转着掉落到地上。

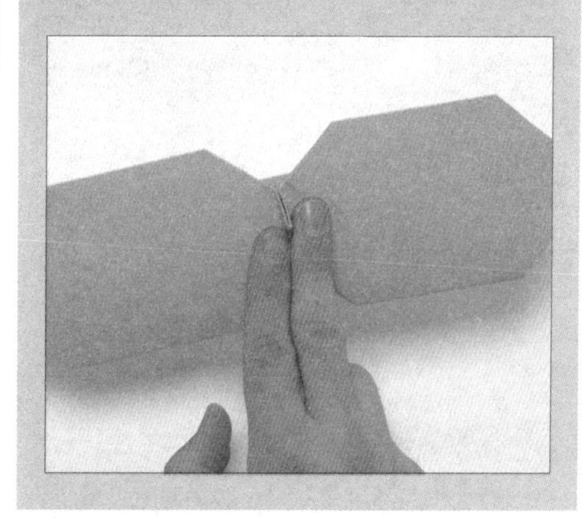

会爬的蜥蜴

这个巧妙设计的作品也许可以算得上是最智能的玩具之一了。蜥蜴不同部位的组合方法是这个作品中最令人吃惊的地方，这使得蜥蜴身体的各个部位都会旋转和移动。完成这个作品你需要12张一样大小的纸，最好纸张的一面是绿色，并在每次开始的时候都使这一面朝下。

1. 我们先来折蜥蜴的腿。把第1张方形纸对折，展开，然后把上下两条水平边折向中心折痕。

2. 翻到反面。

3. 把右边的两个角往里折，使本来的竖直边现在和中心线重合。

4. 展开第3步的折叠。

5. 把右部往左边折，形成一条竖直的折痕，这条折痕的两个端点就是第 3 步的两个折痕的端点。

6. 我们可以看见第 5 步折到左边的纸片是由两层纸组成的。用手指按住内层纸，另一只手把外层的角往回拉，并且把它压成一个尖角。

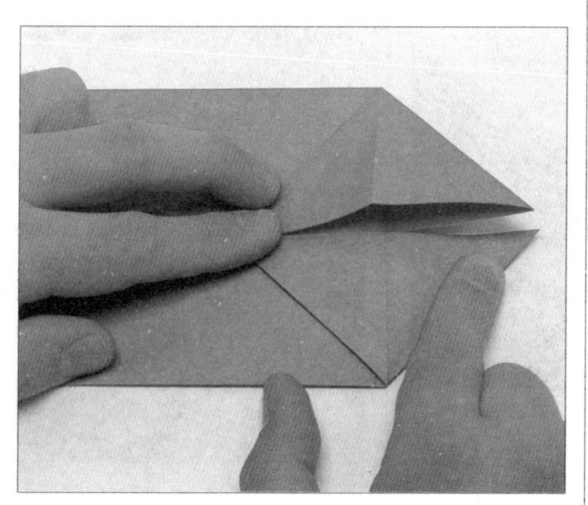

7. 在下半部分重复第 6 步的操作。

8. 图为第 6 ~ 7 步完成后的形状。

9. 沿着存在的轴线，把压平后的菱形的朝内的角折回到右边，使两个角重合。

10. 沿着横的中心折痕做一个谷形对折，把上半部分折到下半部分，使二者重合。如图所示即为完成后的蜥蜴的腿。用同样的方法再折 3 条腿。

11. 现在我们来完成蜥蜴的头的折叠。从腿的第 8 步开始，如图把左边的两个角往下做山形折叠。

12. 从腿的第 8 步开始折叠蜥蜴的身体。只要再在左边重复第 3 ~ 8 步的折叠即可。用同样的方法总共做 3 个。

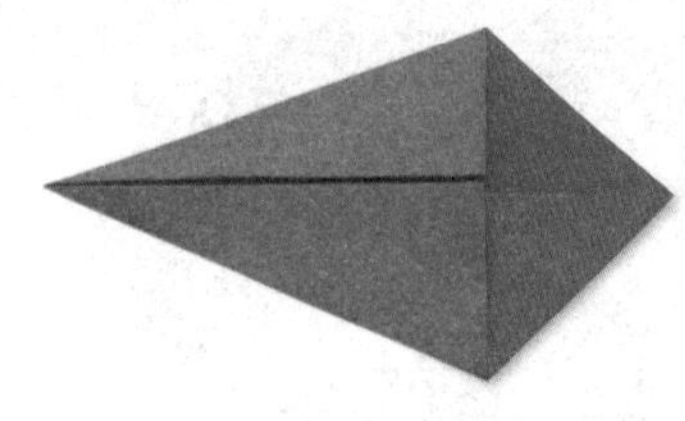

13. 下面来折蜥蜴的尾巴。先在另外一个长方形上做一个风筝基础形，注意开始的时候也是使绿色那面朝下。

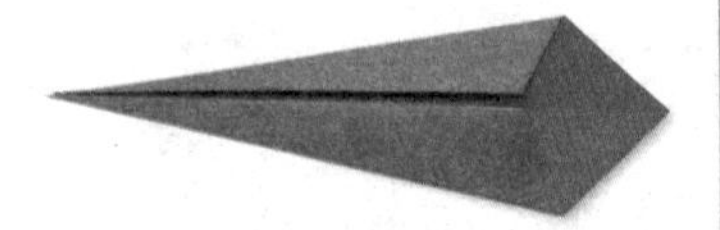

14. 如图再把两条长的外边折向中心线，使作品变窄。

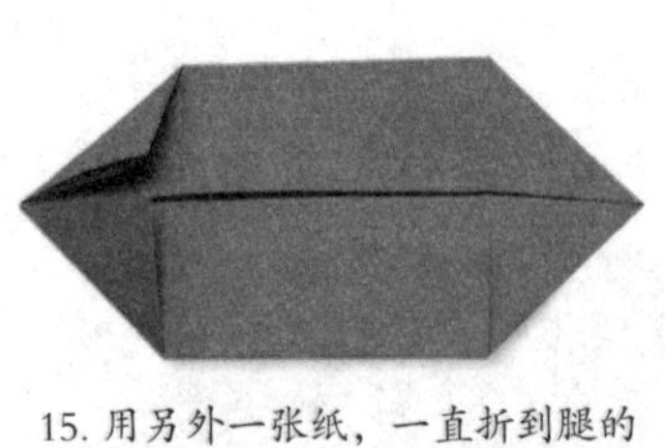

15. 用另外一张纸，一直折到腿的第 8 步，然后翻到反面，把左边的两个外角往里折，使本来竖直的边和中心折痕重合。注意要用力折这两条折痕。

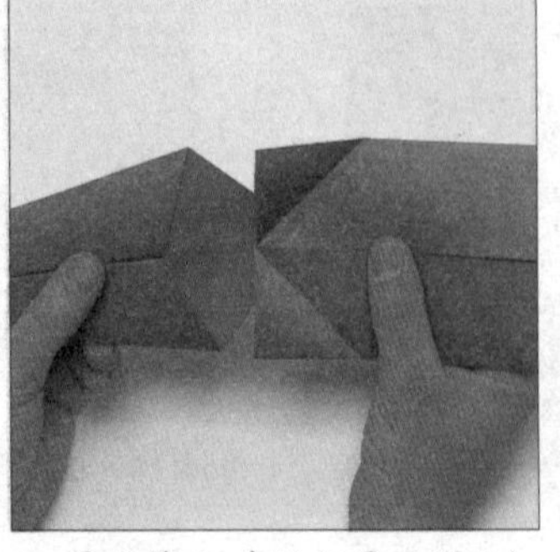

16. 展开第 15 步的折叠，然后把尾巴中宽的那端插入展开的这个开口中。

17. 一直往前推这个尾巴，直到它的顶端和竖直折痕相遇（即为图中右手指所指的点）。

18. 把第 15 步完成的折痕捏成山线，如图把超出尾巴部分的纸往里折，盖住尾巴，压平。

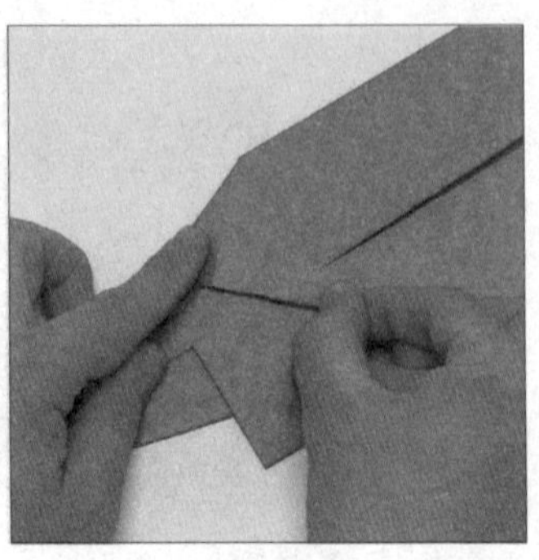

19. 图为第 18 步的过程。

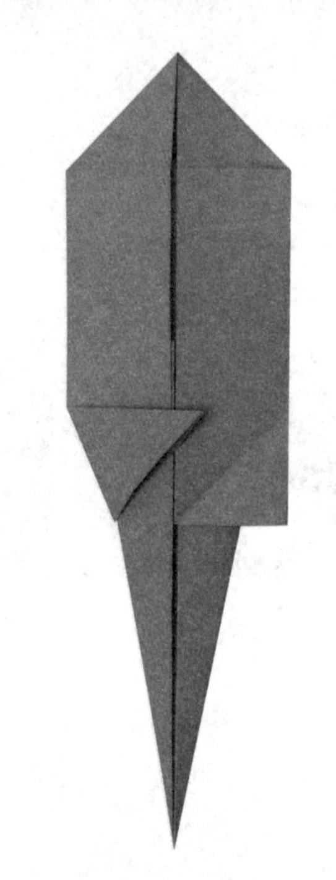

20. 图为第 18 步完成后的形状。注意看现在在竖直中心线的右边有一个很小的尖角。

21. 在这个小的尖角上做一个山形折叠，把它插到下面的中心自然边里。

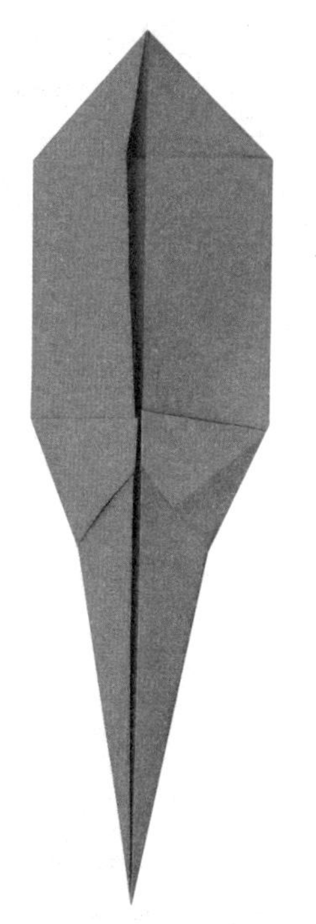

22. 在作品另外半边重复第 18 ~ 21 步的折叠。

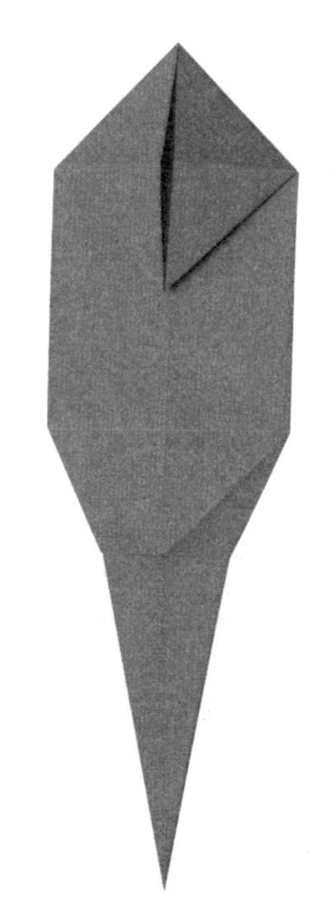

23. 翻到反面。

24. 取另外一张方形纸，使绿色一面朝下。通过对折折出一条水平和竖直的前折痕。

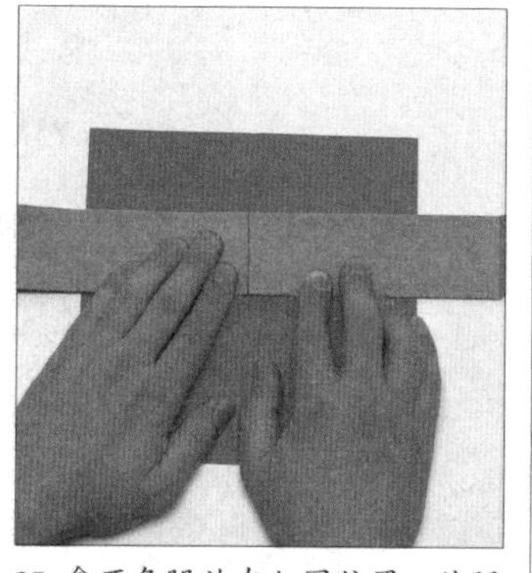

25. 拿两条腿放在如图位置，使腿的底边和水平的中心折痕重合，并且使这两条腿在中间位置相接。

26. 把上面的两个角尽量往下折，使新形成的折痕的一边和顶边的中心点相接，另一边和两条腿的顶边相接。

27. 利用水平的中心折痕把底边往上折，紧紧包住两条腿。

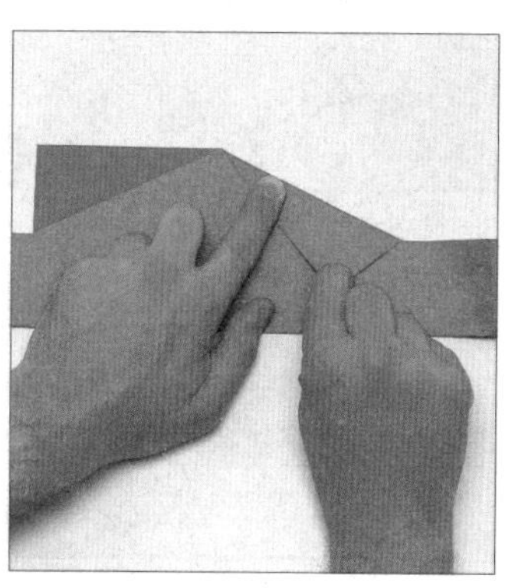

28. 保持它们的位置不变，小心地一起翻到反面。然后在反面重复第 26 步。

29. 在蜥蜴的两条大腿上都折一条斜的折痕，把底边折到竖直位置，如图所示。再展开，利用最后一张纸和最后两条腿重复第 24 ~ 29 步。

30. 现在我们要把蜥蜴的头、身体和尾巴接在一起了。用一只手拿住头部，另一只手拿住身体，旋转其中一个，使之能够通过自己的狭长切口插到另一个的狭长切口中，然后通过再旋转使两个部分处于同一个水平面，压平。

31. 图为第 30 步的过程。

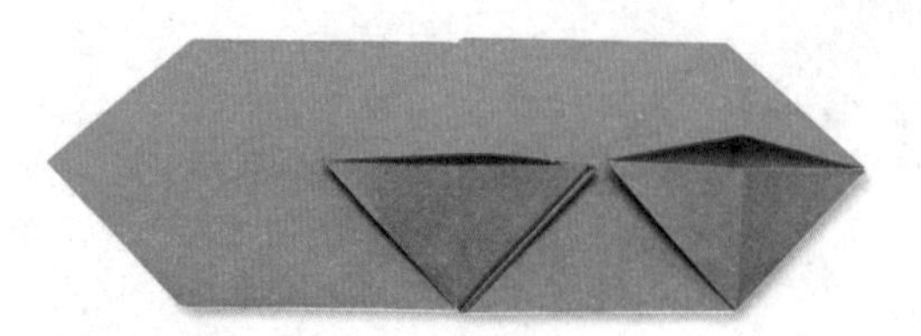

32. 图为第 30 步完成后的样子。

33. 把中间菱形的两个相对的尖角往里折，使它们和竖直的中心线重合，这样就使两张纸叠合在一起了，如图所示。

34. 把这两张纸的尖角插到中心的水平自然边下面，锁住这一部分。

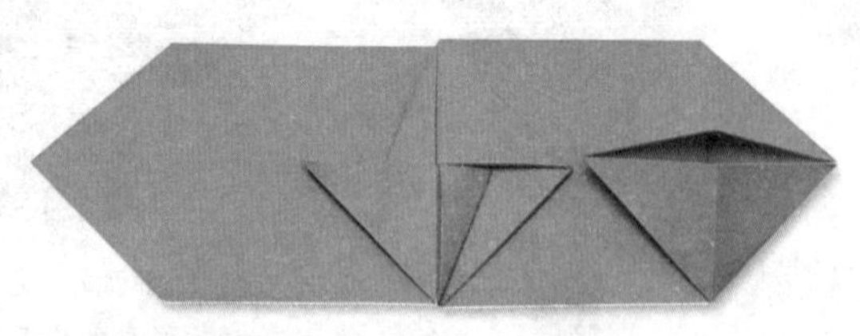

35. 图为第 34 步完成后的锁扣形状。

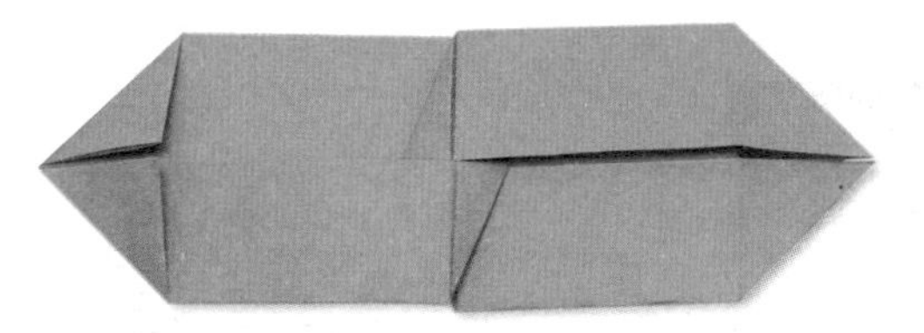

36. 翻到反面，在剩下的两个尖角上重复第 33 ～ 34 步的折叠，这样两边的锁扣都完成了。

37. 如图，这两个锁在一起的部分可以自由转动。

38. 把剩下的两片身体和尾巴也锁扣在一起，如图所示，重复第 30 ～ 36 步。

39. 如图把蜥蜴的前腿插入到靠近头部的两个菱形之间，使它们结合在一起。

40. 图为第 39 步的过程。

41. 最后把后腿插入到靠近尾巴的两个菱形之间，如图即为完成后的蜥蜴形状。

兔子

你需要一张薄的方形纸，最好是双色的，通过在内部折叠的白色纸张，可以形成一条酷似绒毛的尾巴。我们可以发现，纸张反面的颜色通常可以使一些细节更加完美，比如在动物的身上或者脸上使反面纸的颜色显露出来。

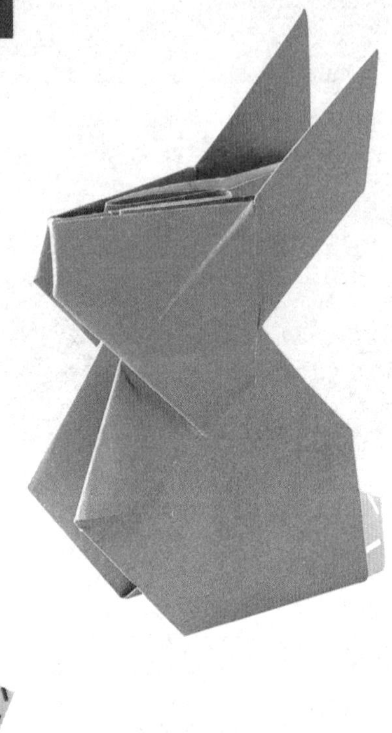

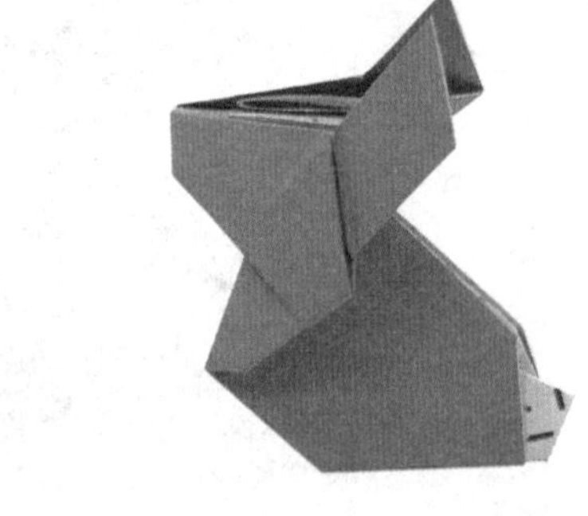

1. 先把纸张白色那一面朝上，然后对折，使底边和顶边重合，形成第1条前折痕。再把相对的两条边折向这条水平的中间折痕。

2. 翻到反面，把右边的两个角往中间折，使它们的一边和中心的折痕重合。

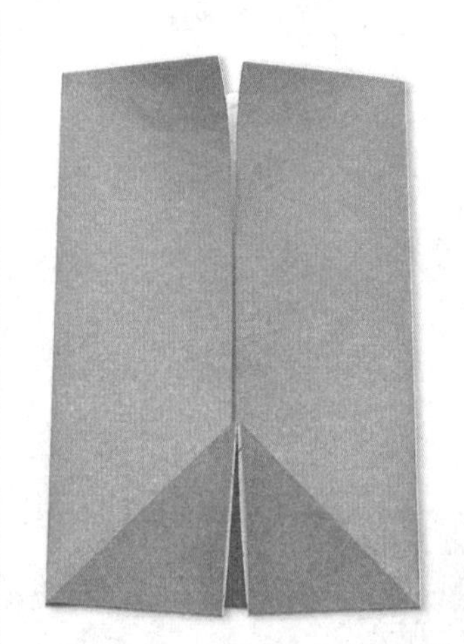

3. 旋转90°，然后再翻到原来的那一面，把尖角往上折出一条连接第2步的两个三角形底边的折痕。

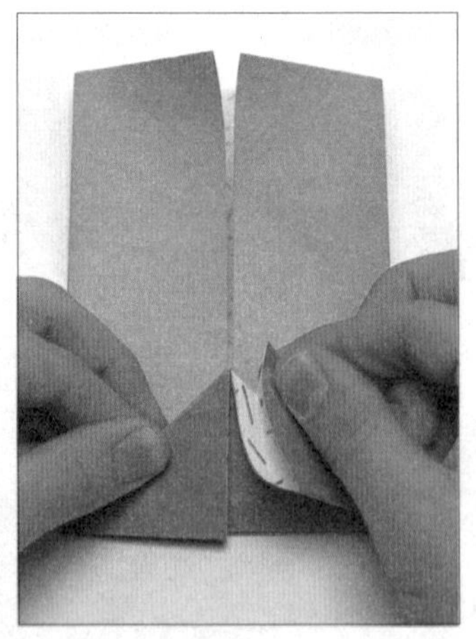

4. 用一只手捏住左边的三角形，用另外一只手捏住右边的三角形，然后把左边的往外拉，直到最后能被压平形成一个尖角。

5. 图为第 4 步完成后的形状。

6. 在左边重复第 4 步。

7. 把底边往上做对折。

8. 展开第 7 步，然后在每一个尖角上做一个 45° 的折痕。

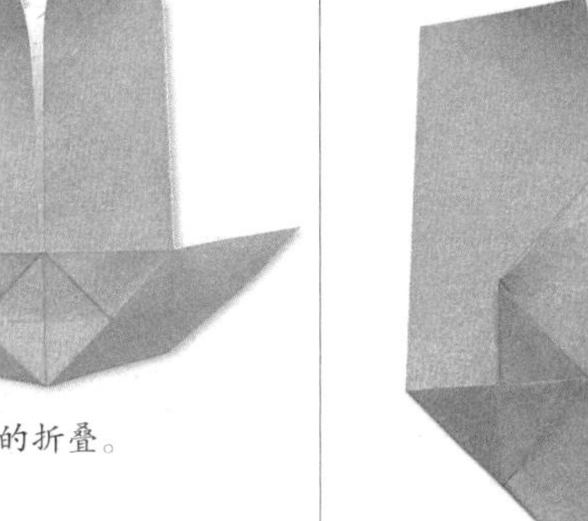

9. 展开第 8 步的折叠。

10. 分别用两只手抓住两个尖角，把它们往第 8 步所示的方向折，同时如图折中间部分。当这些折叠完成之后，我们可以看到尖角被折成了原来的一半大小。然后压平。

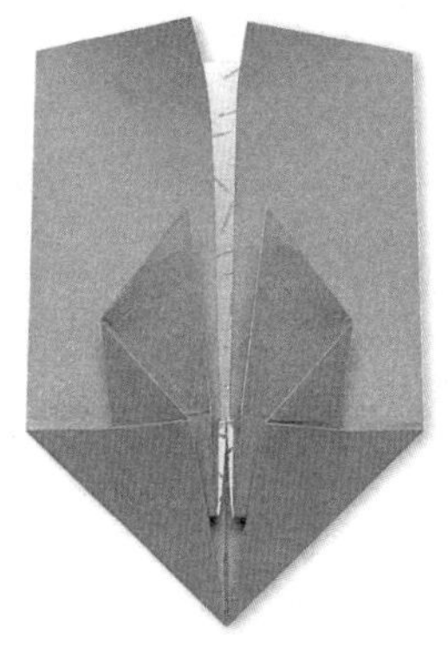

11. 第 10 步完成后的形状。

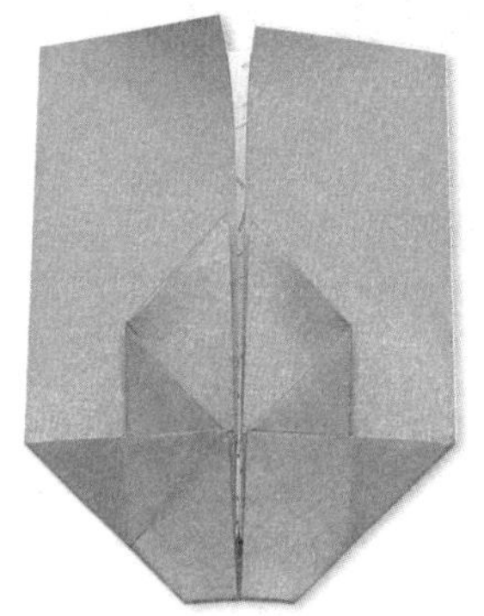

12. 在下面的尖角上做一个山形折叠，使尖端折到背面，但是这个折叠的多少并不确定。这将会形成兔子的鼻子。

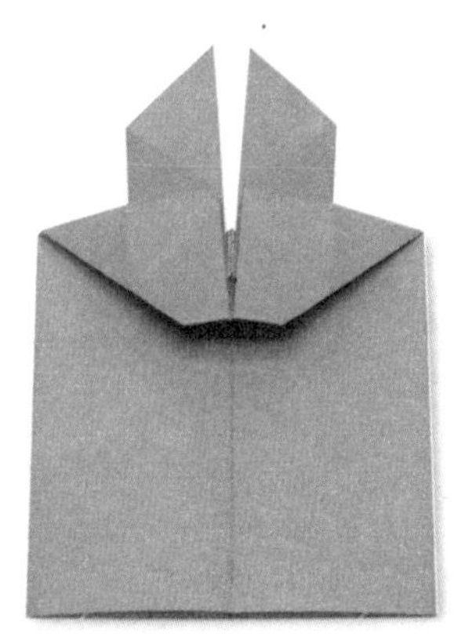

13. 做一个山形折叠，最大限度地折到头部的背面，这条新的折痕和头部的边相齐。

14. 沿着竖直的中间折痕做山形折叠，使整个作品对折。然后如图放置作品。

15. 用左手手指捏住兔子的头部，右手捏住纸张的后面部分，并且把后脊背往下压，使它本来在里面的部分翻到外面，然后做一个内翻折。内翻折的折痕开始于左手放置的地方，也就是在耳朵的底边上。

16. 把整个作品压平。

17. 利用旋转歪折法使耳朵变窄：你可以在兔子耳朵的底部看见一个小三角形，轻轻地把它打开，然后用手指抵着中间的脊痕往前推，把耳朵旋转到如图位置。

18. 完成第 17 步后的形状。

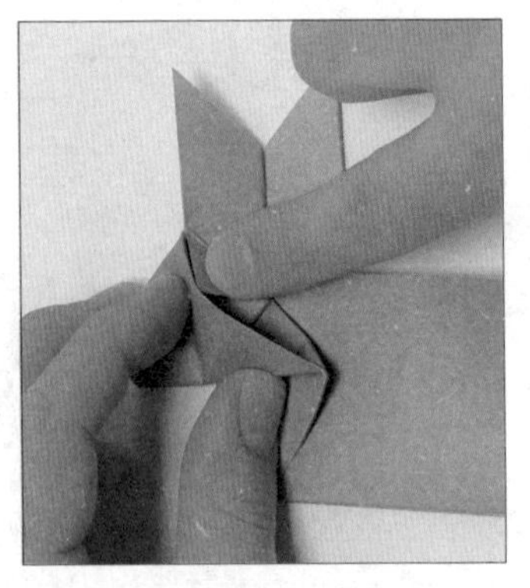

19. 在头部的后面，有两个折叠边缘交叠在一起形成的口袋，把这个口袋轻轻打开，把第 17 步旋转而得的小三角形插进去，然后把它压平。在另一个耳朵上重复这些操作。

20. 在尾部最外层的纸上做一个山形折叠，在另一面也做一个。这时候，你就可以看见用来做尾巴的颜色了。

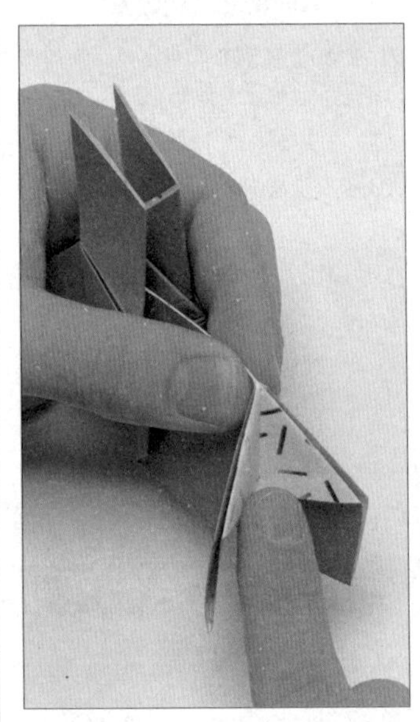

21. 现在只要再做两次内翻折就可以完成尾巴了：第 1 次的内翻折要求折痕和第 20 步形成的两条边平齐。

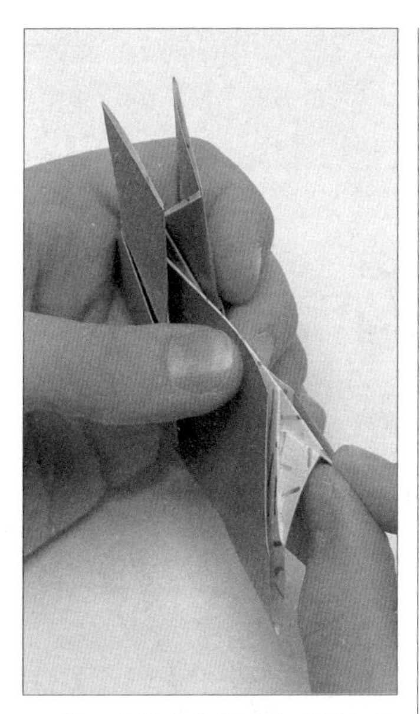

22. 第 2 次的内翻折则要求再把尾巴折出来，能够被看见，如图所示。

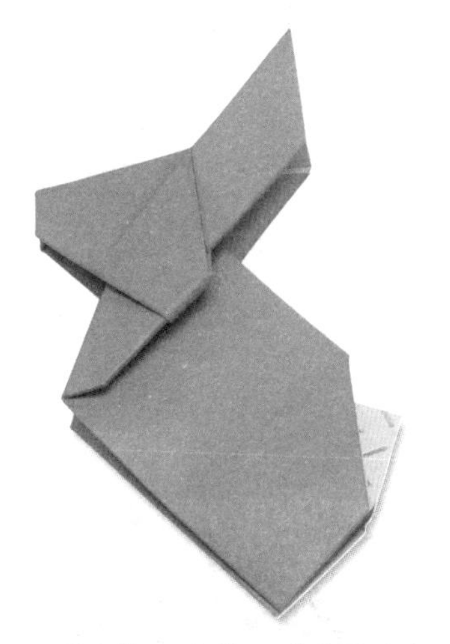

23. 图为第 21 和第 22 步完成后的形状。

24. 在兔子身体的下部分纸上做山形折叠，使兔子最后能够依靠这个折痕站立起来。

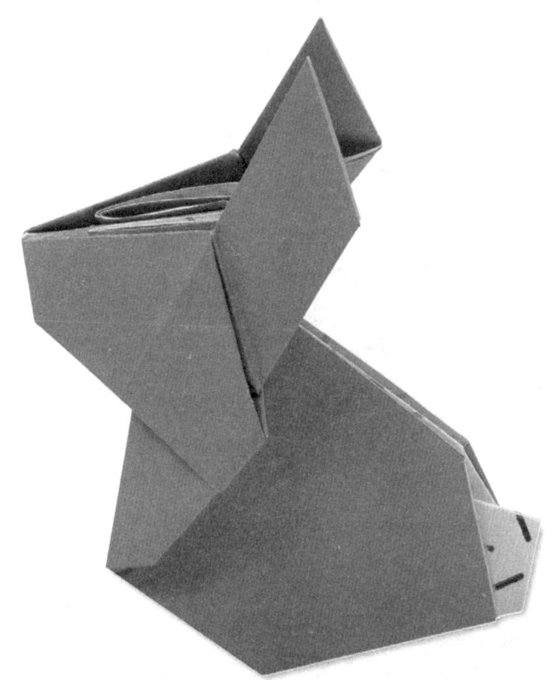

25. 在背面重复第 24 步的折叠。然后稍微打开兔子的身体，如图所示，兔子很愉快地端坐着。

大象（1）

这里介绍的折叠大象方法不是特别复杂，但仍具有引人入胜的效果。硬的灰色纸最适合这个作品，而且要求规格较大，如果你是第一次尝试，推荐使用边长为21厘米的正方形纸。

1. 先做一个鱼基础形，使主要颜色位于这个基础形的外部。

2. 把右边的两个尖角打开，使整个作品延伸为一个菱形。调整位置，使两个小三角形指向左边，如图所示。

3. 沿着水平的中心折痕做山形对折，把下半部分折到后面。

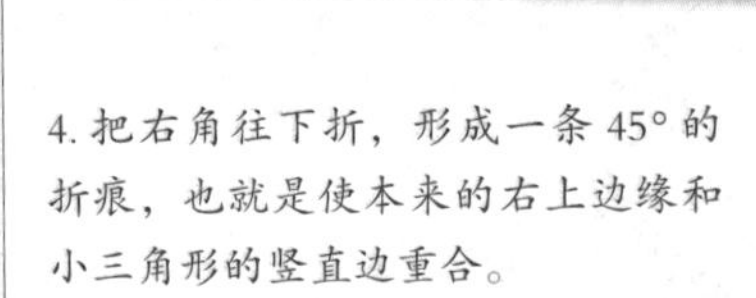

4. 把右角往下折，形成一条45°的折痕，也就是使本来的右上边缘和小三角形的竖直边重合。

5. 其他位置保持不变，把尖角往回折，并使它稍微高出于上一步形成的在下面的角。这部分将会形成后腿、臀部和尾巴。

6. 把右边超出部分的尖角再往下折，形成尾巴。

7. 展开第 4 ~ 6 步，利用所有相关的折痕做外翻折。

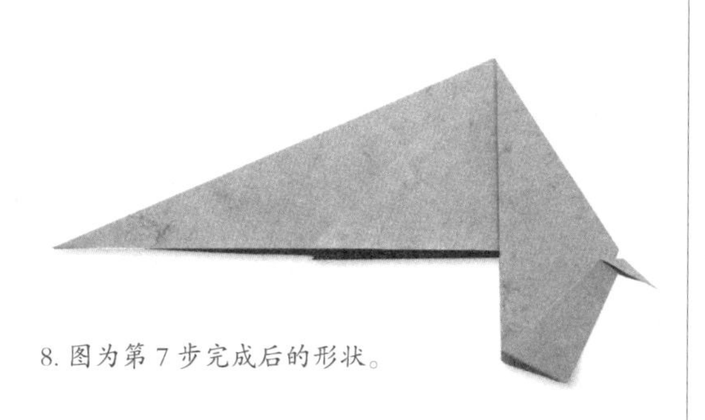

8. 图为第 7 步完成后的形状。

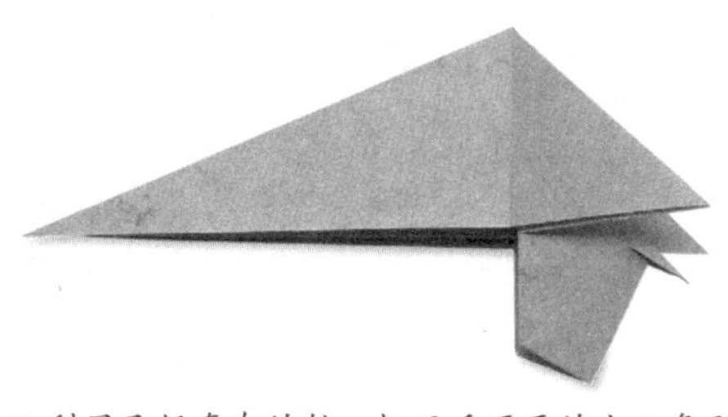

9. 利用已经存在的轴，把正反两面的小三角形旋转到右边。

10. 在左边的角上，也就是剩下的那个大的角上做一个谷形折叠，使尖角尽可能地自然往上，以便使下面的那个角大约位于形成的角的中间位置。

11. 如图把纸张翻到反面，可以看见第 10 步形成的折痕的位置。

12. 展开第 10 步的折叠。

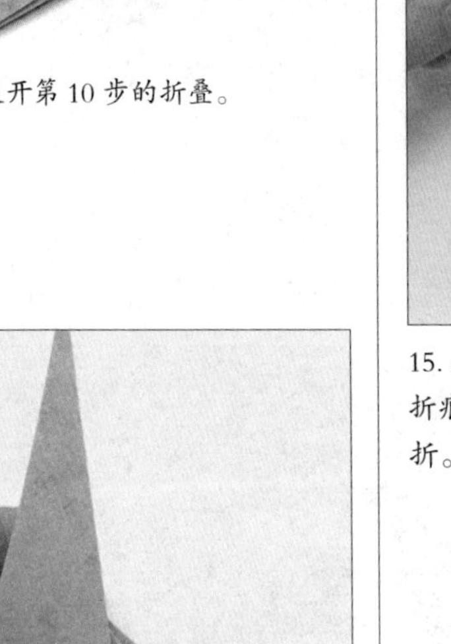

13. 用这条折痕做一个内翻折。

14. 在这个大尖角上做一个谷形折叠，使新形成的折痕和水平的上边缘处在同一水平线上。

15. 展开第 14 步，然后利用这条折痕做一个内翻折，把尖角往下折。

16. 图为第 15 步完成后的形状。

17. 把靠近尖角的那个角往上折，使最左边的一条边和上边缘重合。在背面重复一样的折叠。

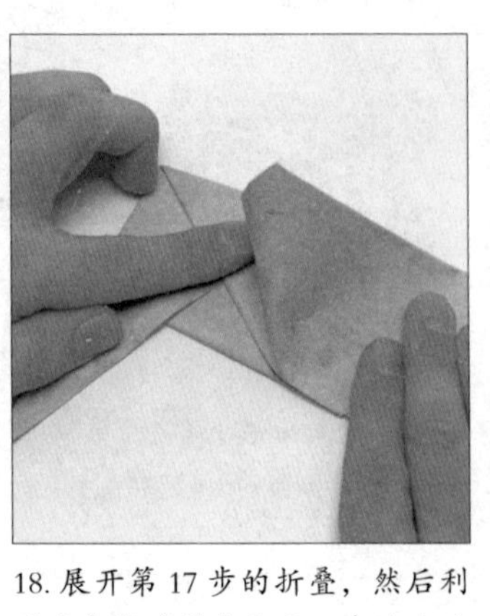

18. 展开第 17 步的折叠，然后利用这条折痕做内翻折。在这个过程中你需要把纸张往里推，一直推到不能再推为止。这个动作将形成一条新的山线，而且这条山线和本来的折痕组成了一个新的小三角形。

19. 图为第 18 步完成后的形状。其中新形成的部分要用来折大象的耳朵。

20. 把指向右边的大三角形纸片往下折，并且使本来的上边缘和第 18 步折成的山线重合。这将形成大象的前腿。

21. 如图在第 20 步往下折的尖端上做一个谷形折叠。

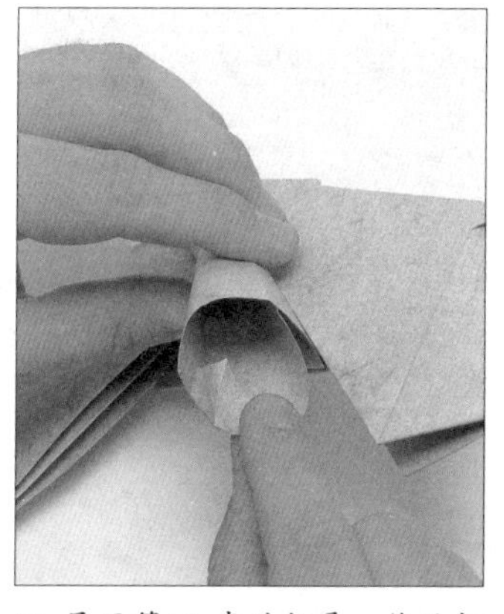

22. 展开第 21 步的折叠。然后打开前腿部分，利用新的前折痕把第 21 步形成的小三角形内翻折到里面。

23. 图为第 22 步完成后的形状。

24. 如图利用自然存在的轴把耳朵旋转到右边。

25. 在背面重复第 17 ~ 24 步的折叠。

26. 把位于左边的大纸片（头部）的上层往下翻，即把头部打开压平。然后做一个山形折叠把头部的另外半边往后翻。注意在做这个折叠的时候要小心，不要用力过大，以防止头部的脊痕弄乱，甚至弄破。

27. 在头部的尖角上做一个谷形折叠，使它以一定的角度往下翻；这部分将会形成象鼻。

28. 展开第 27 步的折叠。

29. 把象鼻内翻折。

30. 在象鼻上通过一个谷形折叠，使它的外边缘和内边缘重合。注意这条新的折痕应该一直延伸到象鼻的顶端。用同样的方法处理背面。

31. 在尖角上再用适当的角度做 2 ~ 3 次的翻折，这样象鼻就完成了。

32. 在耳朵上做一个谷形折叠，使它指向前面。

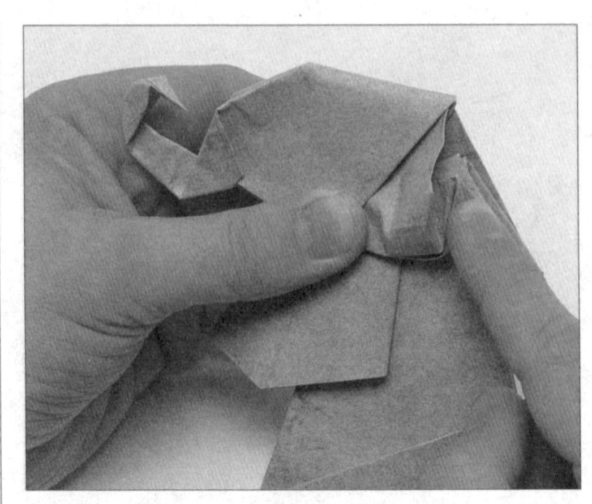

33. 展开，再把耳朵稍微打开，把小三角形纸片内翻折。在另一边的耳朵上重复同样的折叠。

34. 图为第 33 步完成后的形状。

35. 把后腿部分往上翻，使新形成的折痕和前腿的底边平齐。

36. 展开第 35 步的折叠，把大象倒过来，然后小心地打开大象的后腿，这样你就可以利用在第 35 步完成的折痕内翻折后腿的底边。

37. 如图所示为第 36 步的过程。

38. 把最外面的那个角往大象的身体内部推（因为这部分的纸层实在是太厚了，很难再做一个预先的谷形折叠，所以要做的这个内翻折可能较费事）。

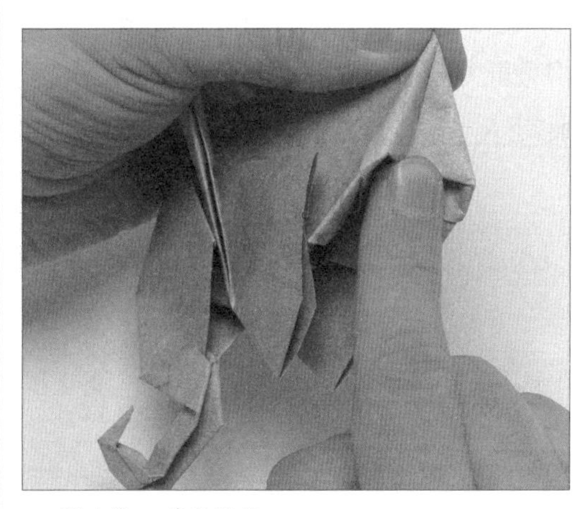

39. 图为第 38 步的过程。

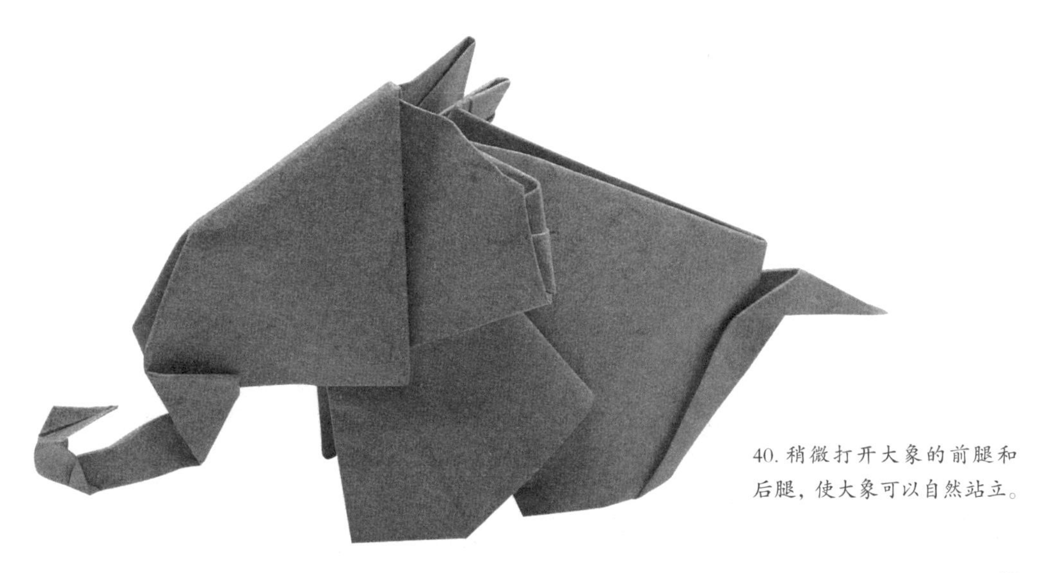

40. 稍微打开大象的前腿和后腿，使大象可以自然站立。

大象（2）

这个设计的第7步中包含了一个复杂的封闭下沉折法，即使最有经验的折纸人都需要摸索一阵子。第11步中的半封闭下沉折法可能操作时稍容易一些。令人奇怪的是这样一个与真的大象并不很像的设计却可以被立即辨识出！使用一张两面同色的正方形纸，如果使用折纸专用纸，第1步中彩色面朝外。

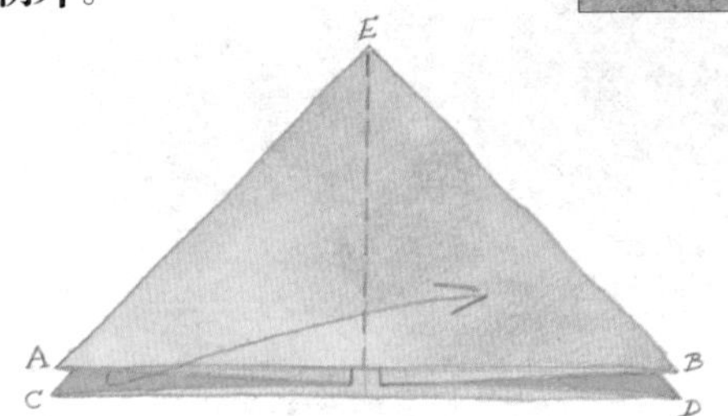

1. 先折一个水雷基础形，如图示，把A向右折。

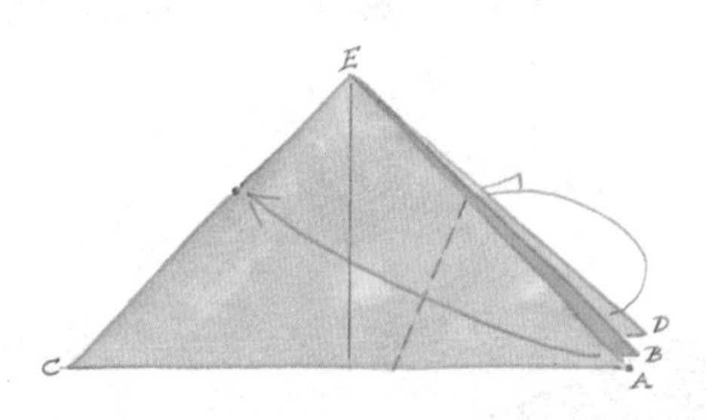

2. 将A和D分别折至EC边。

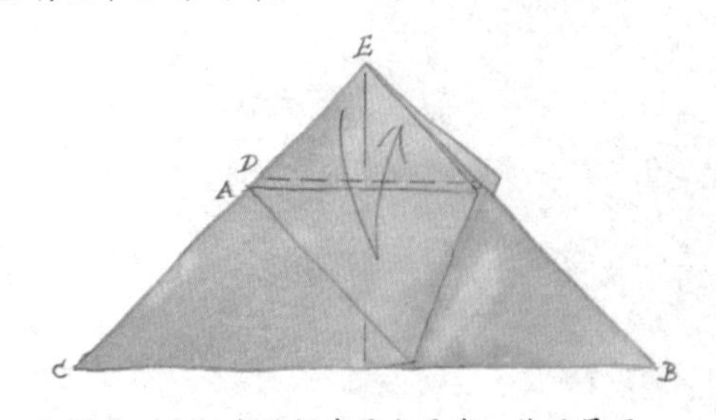

3. 如图示，令折出的折痕是水平线，然后展开。

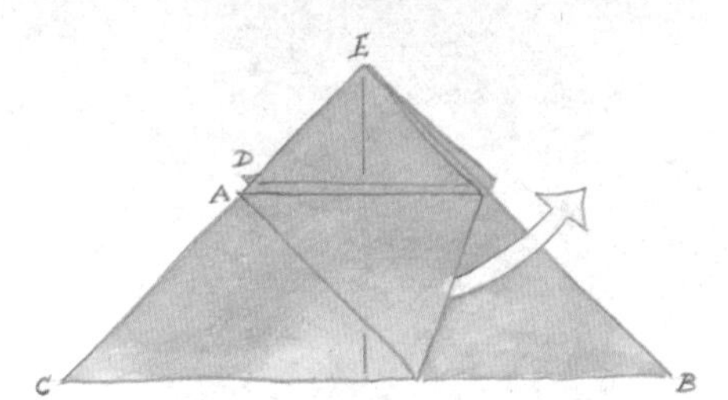

4. 展开A和D，然后把B向上提转至第5步的形状。

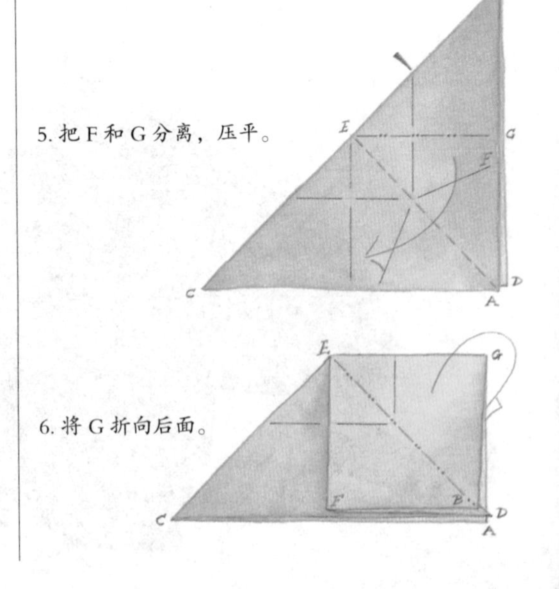

5. 把F和G分离，压平。

6. 将G折向后面。

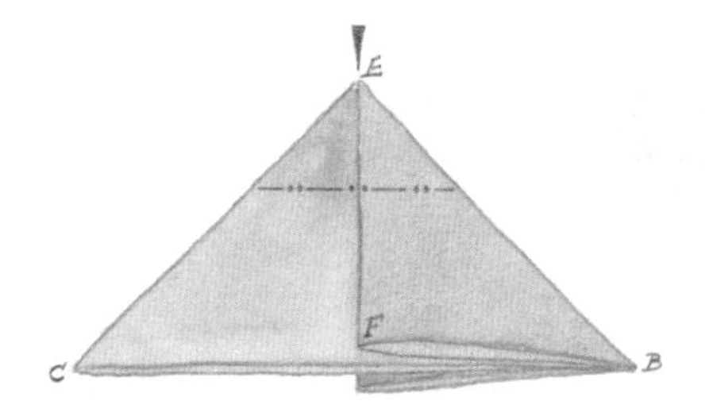

7. 这是最难的一步。E 点沿着第 2 步的折痕下沉。这是封闭的平面下沉，也是折纸中最难的程序。把开口打开变成大的三边锥体对于这个步骤的操作来说是有帮助的，把点 E 塞入开口中然后再恢复至第 8 步中的形状。这个操作没有简单的方法，但是可以通过不断的练习变得熟练。

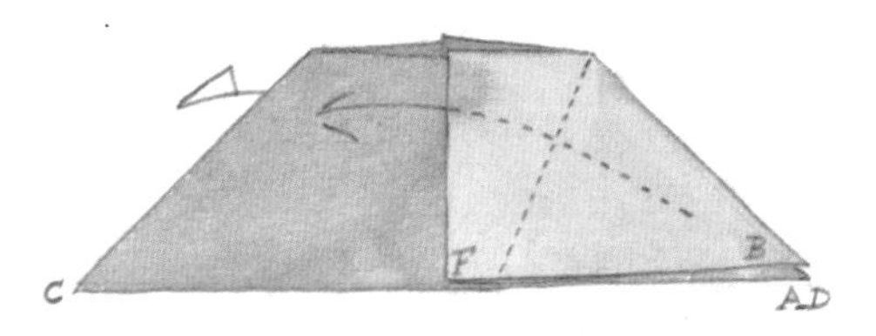

8. 将 A 和 D 沿第 2 步中的折痕反折。

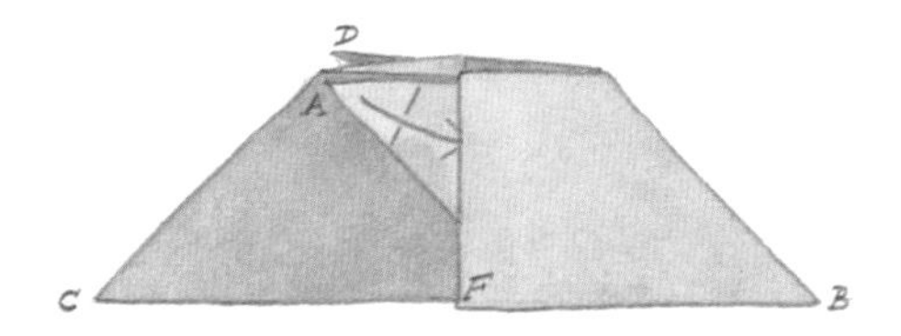

9. 把 A 的尖端塞入 F 边后。D 重复相同操作。

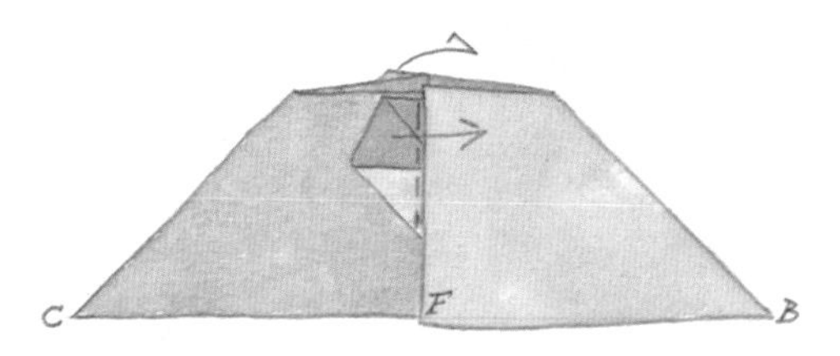

10. 把耳朵向右折。

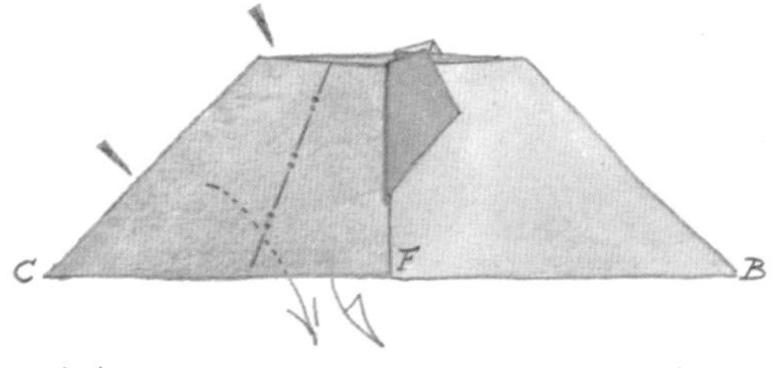

11. 象鼻和头部下沉折叠（这是另一个困难的步骤）。

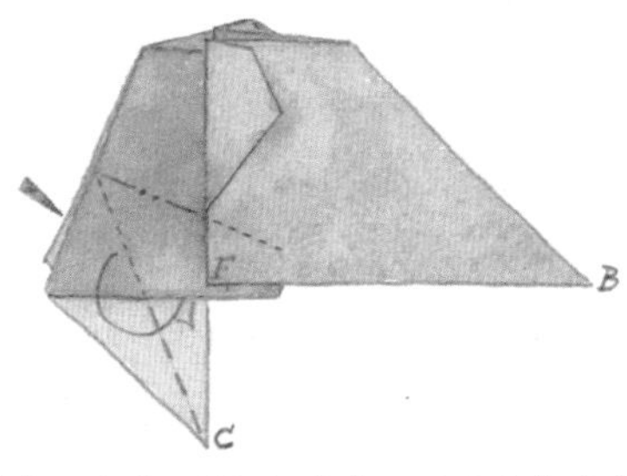

12. 要使角 C 变小，需把纸张塞入耳朵底部的连接处。背面重复操作。

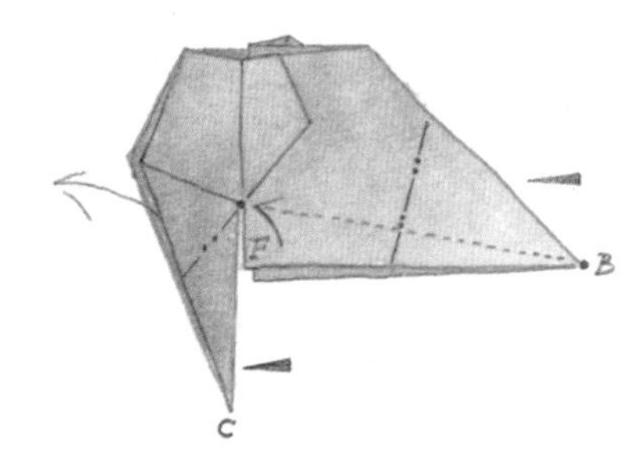

13. 象鼻反折。尾巴反折，使 B 与 F 重合。

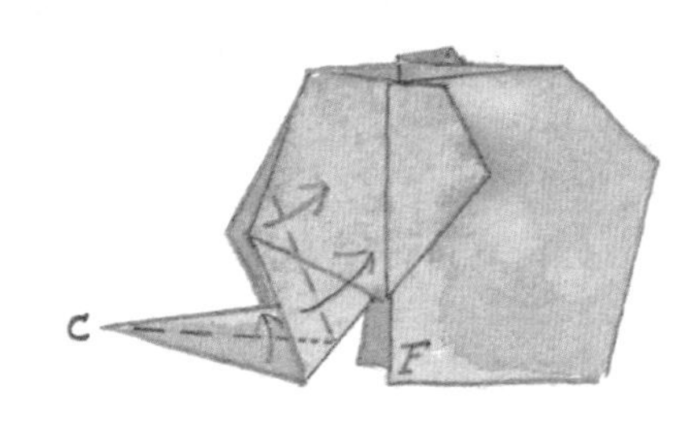

14. 缩小象鼻和头部。

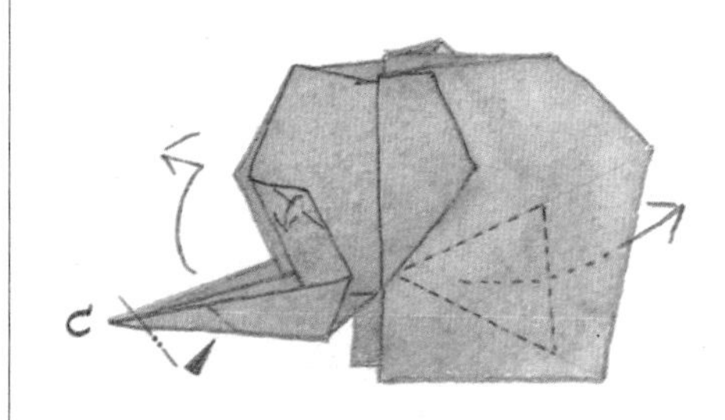

15. 把尾巴的尖端反折至能看见的地方，象鼻反折两次，眼睛向外翻折。背面重复操作。

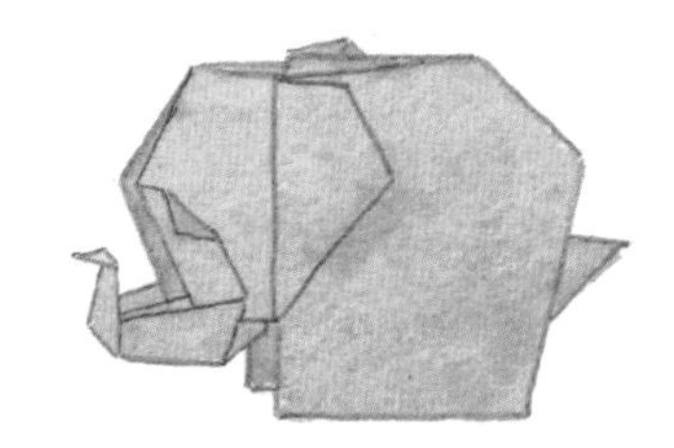

16. 大象制作完成。

骆驼

第 5 步中制得的形状作为鱼基础形在折纸界众所周知。除鱼和骆驼之外，以第 6 步中图形为基础还能创作出很多不同的鸟——钝角做成翅膀，尖角构成头部和尾巴。使用一张边长为 15 ~ 50 厘米，两面颜色相同的正方形纸。

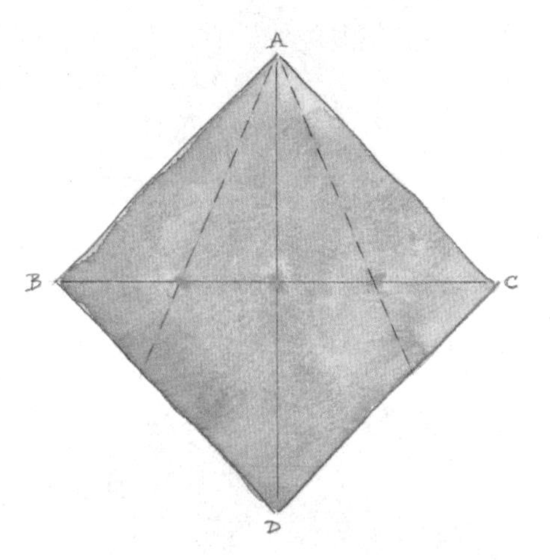

1. 折出两条对角线并展开，然后把 AB 和 AC 边折至中心折痕处，展开。

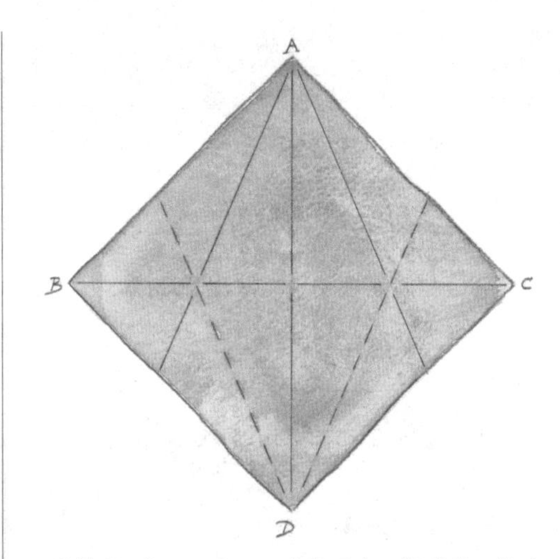

2. 同样地，把 DB 和 DC 边折至中心折痕处，展开。

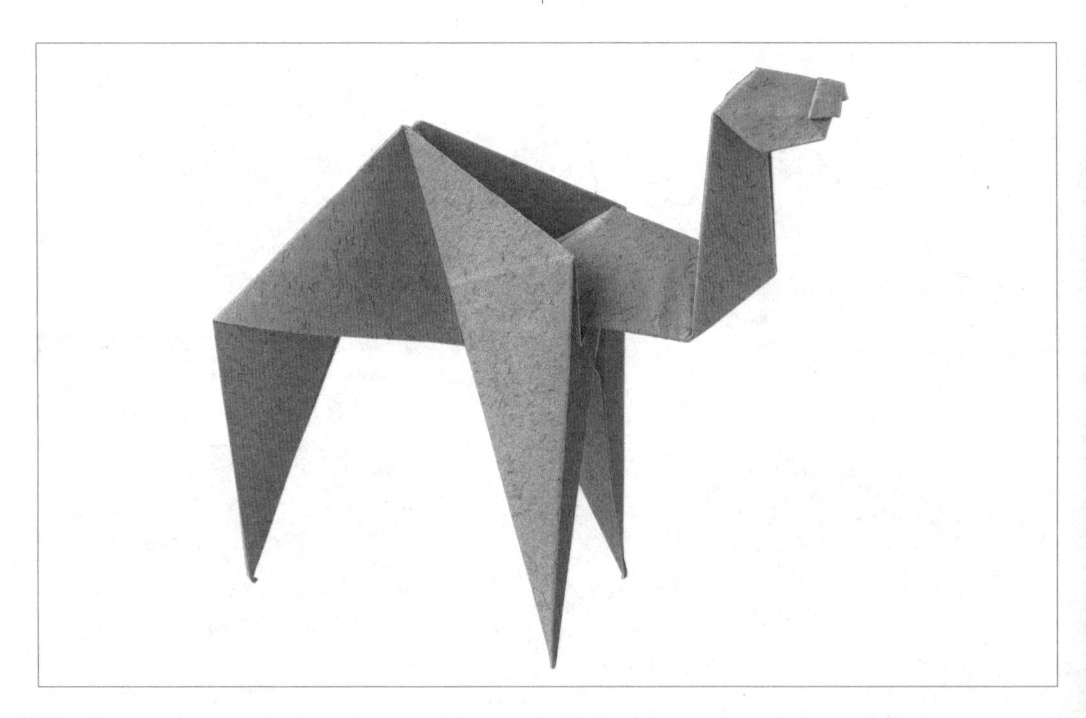

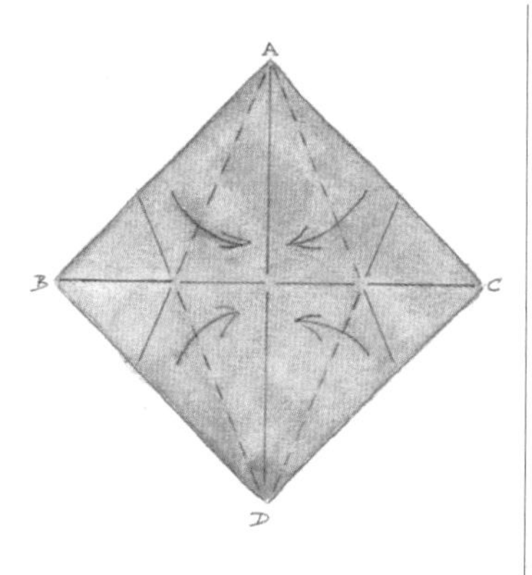

3. 如图示下沉折叠，使纸张变得立体。

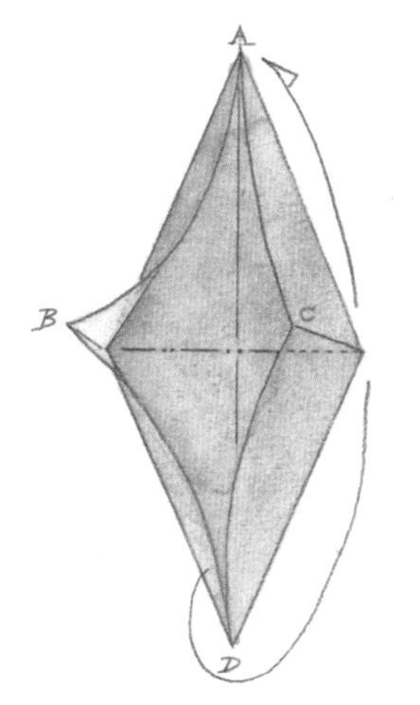

4. 沿水平中心线山形折叠，使D向上至A后。

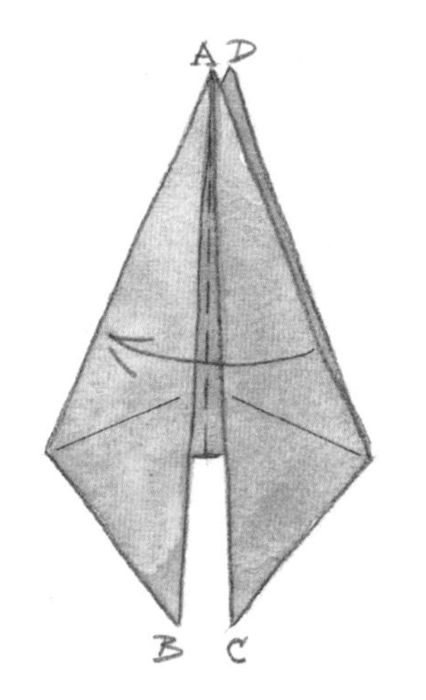

5. 如图示，对折。

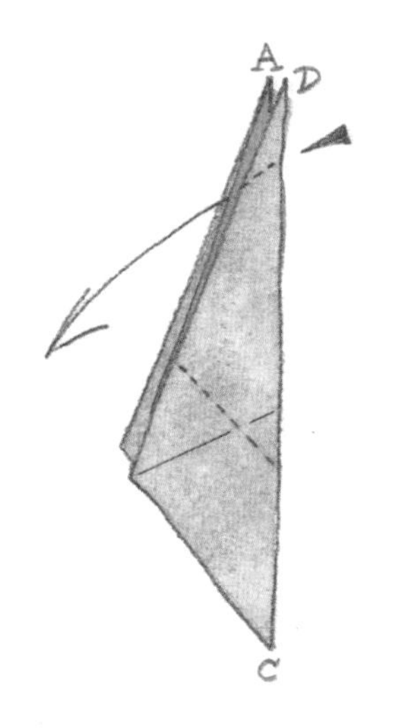

6. 把A向外翻折至左侧。

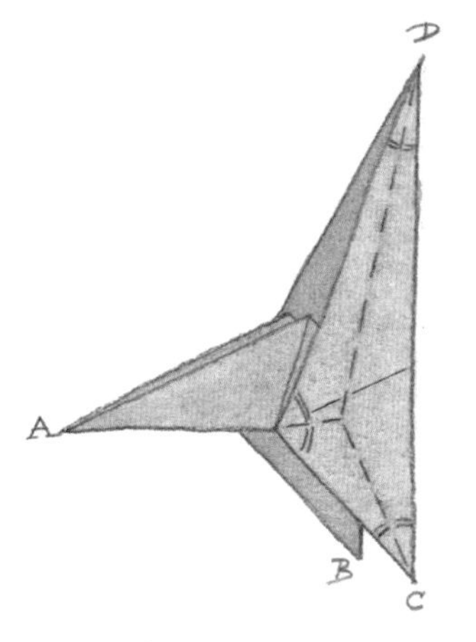

7. 沿大三角形的角平分线折出3条折痕并展开，折痕应交于同一点。背面重复相同操作。

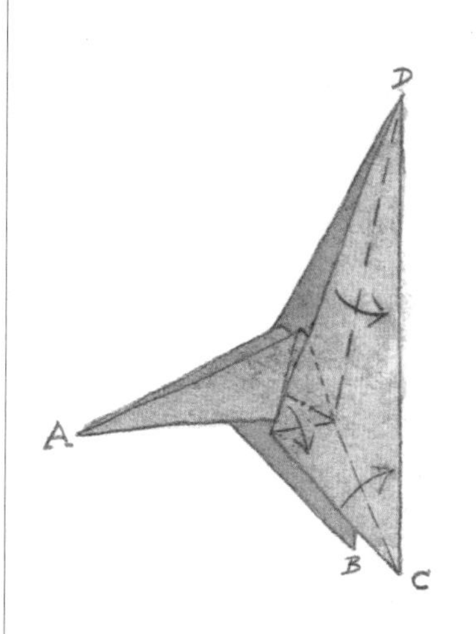

8. 在前后重新折出折痕。纸张进行下沉折叠。

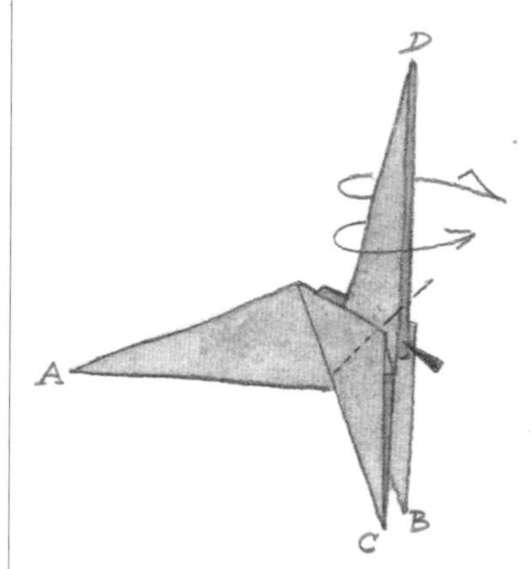

9. 至图示形状。将D向外反折。

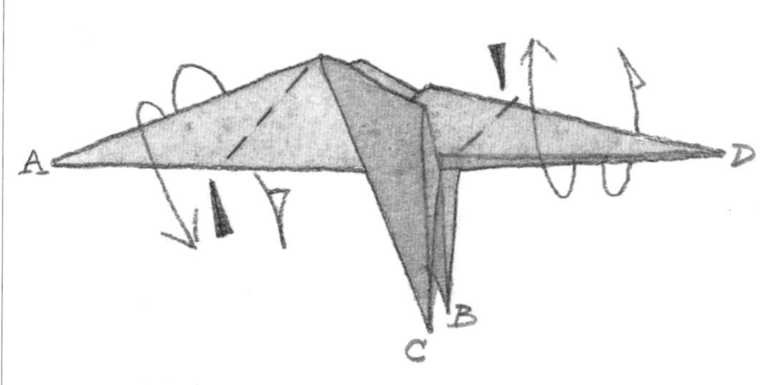

10.A和D均向外反折。

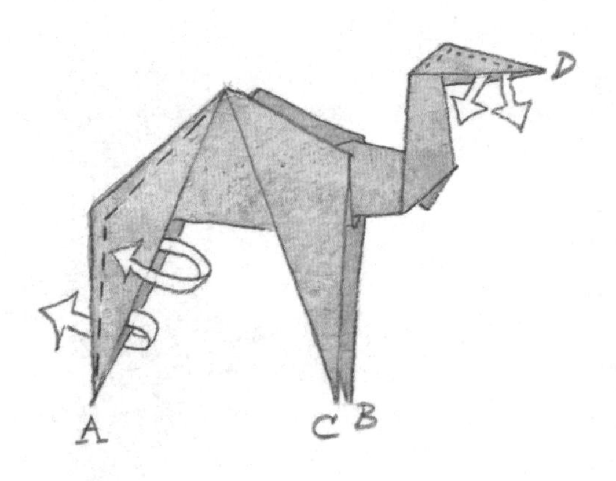

11. 放出A和D处的纸层。在A处，把放出的纸层向后反转包住腿。在D处，可以保持纸层可见，用以增加头部的宽度。

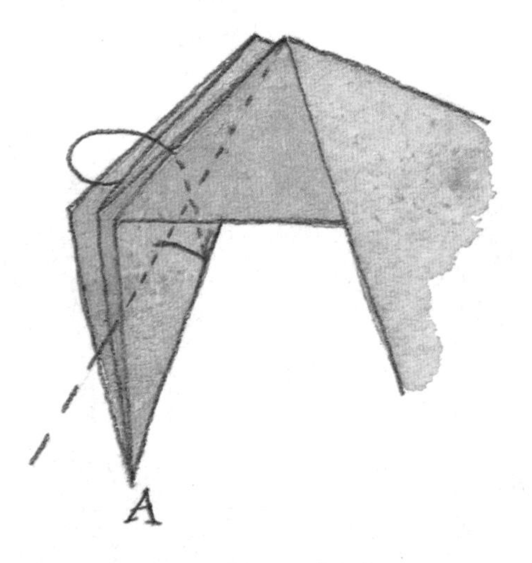

12. 将中间的纸层对折使驼峰闭上。

13. 这是背部的形状。

14. 将D向内反折。

15. 把嘴的内侧翻出。

16. 骆驼制作完成。

犀牛

这个作品折起来很简单，很快就可以完成。如果纸张的长短边比例不是2：1的话，你可以在纸张的两端做一个或者两个小小的折叠使它达到要求。在这里，我们是用一张纸来完成这个作品的，这张纸最好正反面颜色一样，这样的话作品最后呈现的就是一种颜色了。

1. 在长方形的纸上做一次对折，使两条短边重合，展开。然后翻到反面，这条折痕变成了一条山线。调整纸张位置，使长的边位于水平位置。

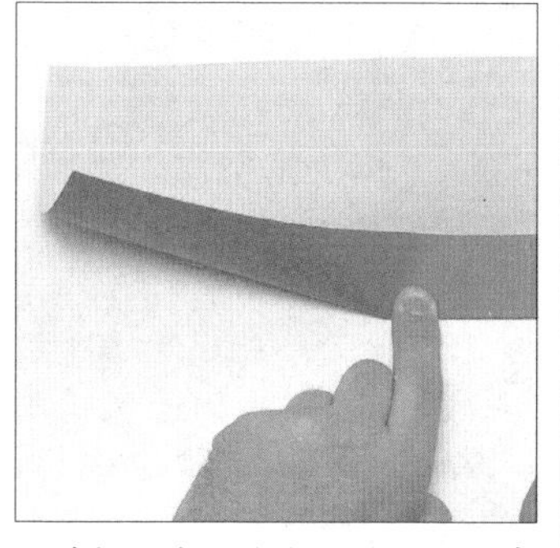

2. 对折纸张，使水平的顶端和底端重合，展开后形成一条谷形的中心线。然后把底边折向这条水平的中心线，但是只需要折出竖直中心线右边那部分折痕。

3. 展开第2步的折叠，在顶边重复一样的折叠，也展开。

4. 把右边缘往左折，使右边和竖直的中心线重合，展开。

5. 为方便后面的折叠，我们要调整一下纸张位置。然后如图所示用食指和拇指捏住竖直的中心折痕（山线）并把它往前折，最后使它和第 4 步形成的折痕重合。

6. 如图为第 5 步完成后的形状。

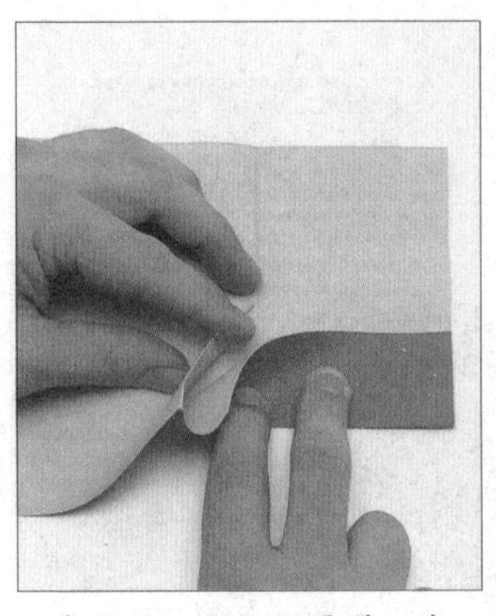

7. 在右边，重新折叠第 2 步，使这部分压在第 5 ~ 6 步操作中形成的纸片下面。为了完成这一步，你需要折一个 45° 的折痕。

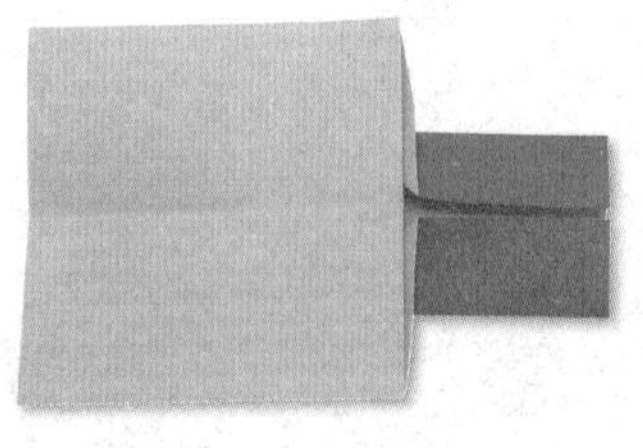

8. 如图为第 7 步完成后的形状。

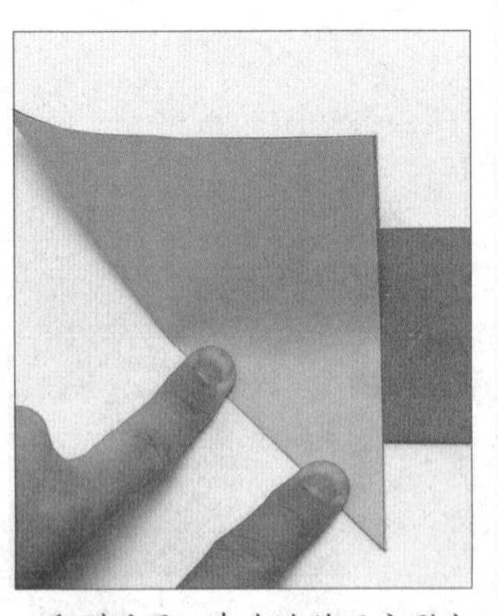

9. 翻到反面。在左边的正方形上沿着对角线做一个对折，使本来的底边和竖直的边重合。注意只需要折出从水平中心线到右下角之间的折痕。然后展开。

10. 用第 9 步的方法使顶边和竖直的边重合，也只需要折出从水平的中心线到右上角之间的折痕。展开。

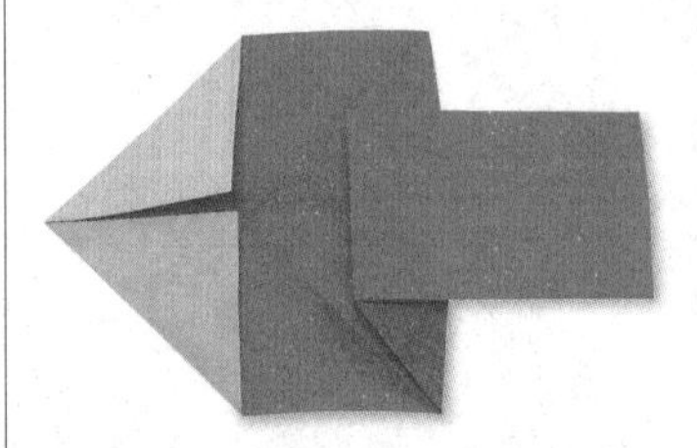

11. 把左边的两个角往里折，使本来的竖直边和水平的中心折痕重合。

12. 利用第 9 ~ 10 步完成的两条折痕和左边的水平中心线，把左边的两个角捏成一个尖角，形成类似于兔耳朵的形状。

13. 把第 12 步所折的“兔耳朵”轻轻打开，同时把在这部分纸下面的纸片往上提，使其覆盖在打开的尖角上。

14. 沿着水平的中心线在作品上做一个谷形的对折，在折叠的时候，要把第 13 步打开的两层纸也一齐对折。这样既能使作品的两端锁扣在一起，又能避免犀牛的两条腿分得太开。

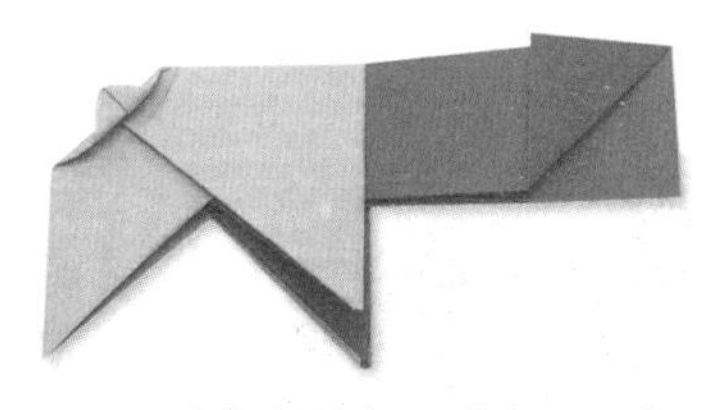

15. 如图在左上角的犀牛尾巴部分做一个谷形或山形的折叠。然后把右边的短边往上折，只折单层纸，使它和顶边重合。

16. 展开上一步，如图沿着折痕做一个内翻折。

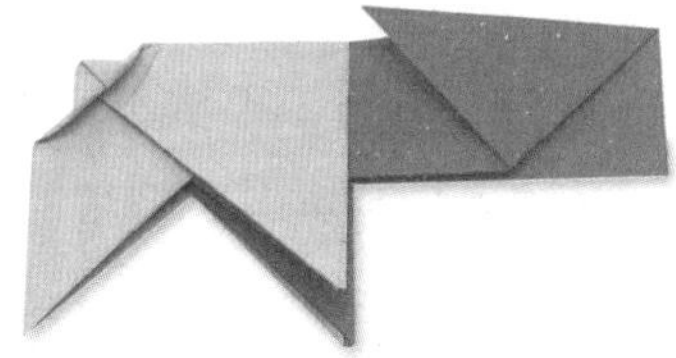

17. 把第 16 步折的角往左翻。

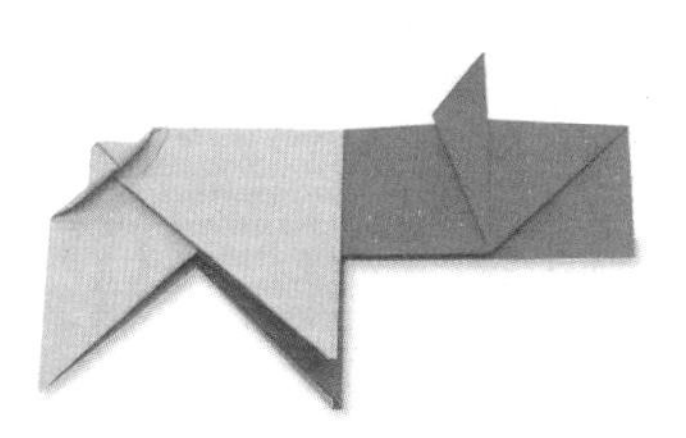

18. 把折过来的角往上折，使本来的斜边现在在竖直的位置上。这就是犀牛的耳朵。

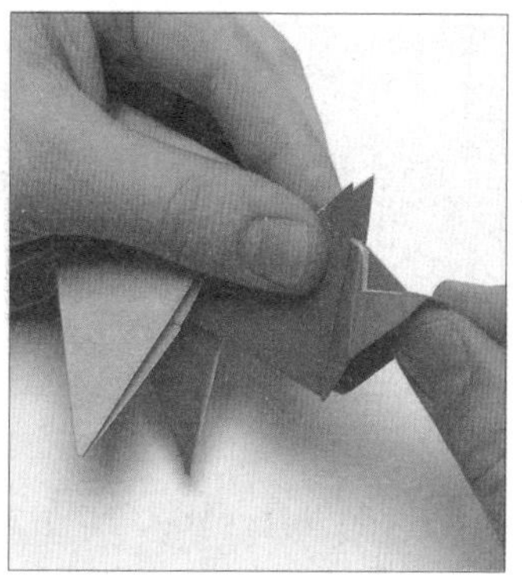

19. 在头部的背面重复第 15 ~ 18 步。然后在头部前面做两次内翻折：第 1 个内翻折需要把整个尖角折到头部里面，第 2 个内翻折则要把这个尖角再折到外面，这部分就形成了犀牛的嘴巴。在犀牛嘴巴的顶端再做一个外翻折，完成这步你可能需要把尖角从底部打开。

20. 用一只手的食指和拇指抓住犀牛的身体，用另一只手抓住犀牛的头部，然后把头部轻轻地往下拉。

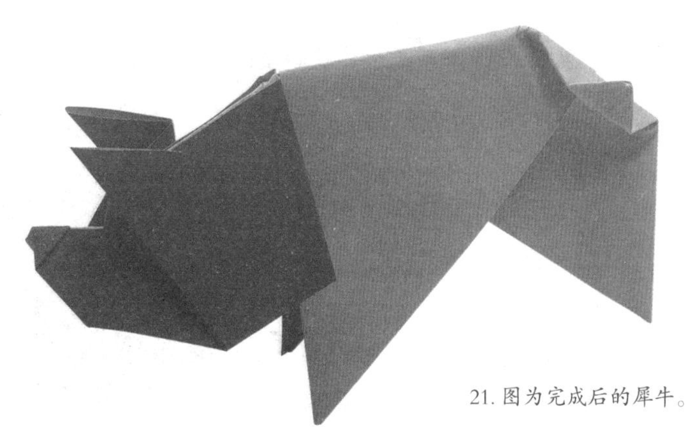

21. 图为完成后的犀牛。

礁石上的海豹

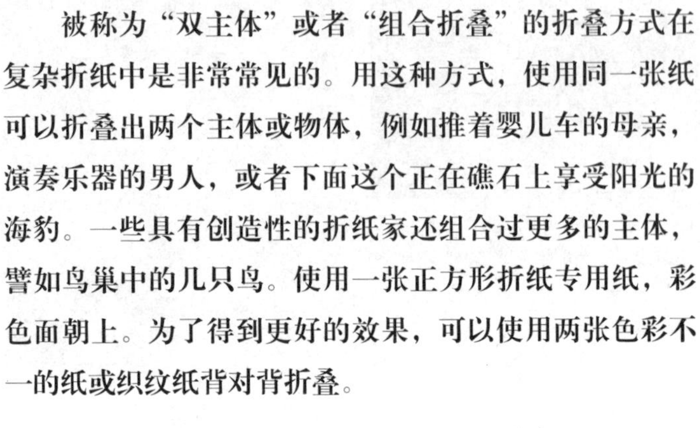

被称为“双主体”或者“组合折叠”的折叠方式在复杂折纸中是非常常见的。用这种方式，使用同一张纸可以折叠出两个主体或物体，例如推着婴儿车的母亲，演奏乐器的男人，或者下面这个正在礁石上享受阳光的海豹。一些具有创造性的折纸家还组合过更多的主体，譬如鸟巢中的几只鸟。使用一张正方形折纸专用纸，彩色面朝上。为了得到更好的效果，可以使用两张色彩不一的纸或织纹纸背对背折叠。

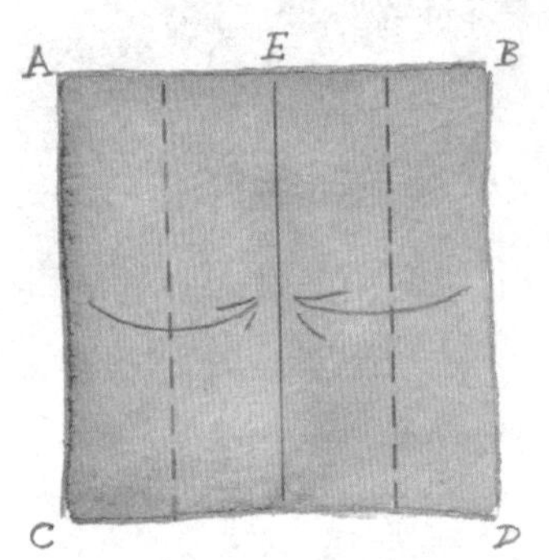

1. 折出竖直中心线并展开，然后把侧边折至中心线。

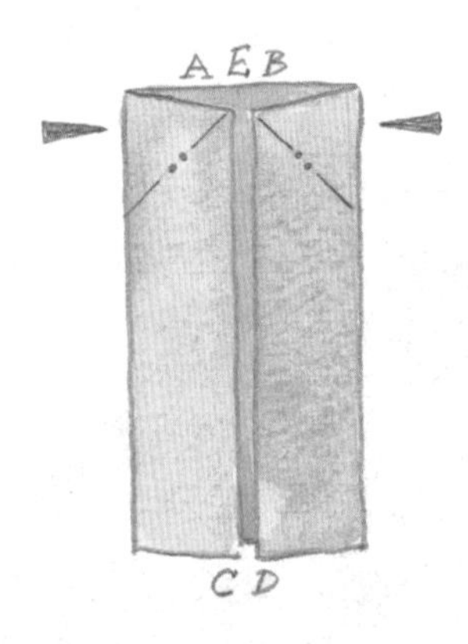

2. 将顶部两个角向后翻折。

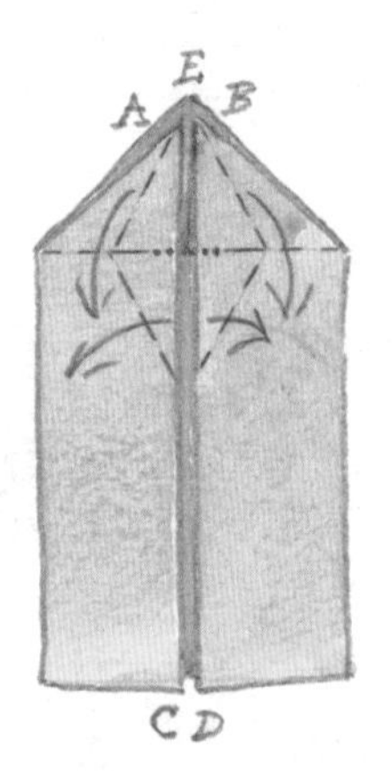

3. 下沉折叠，把A和B向下折叠，增加反折。

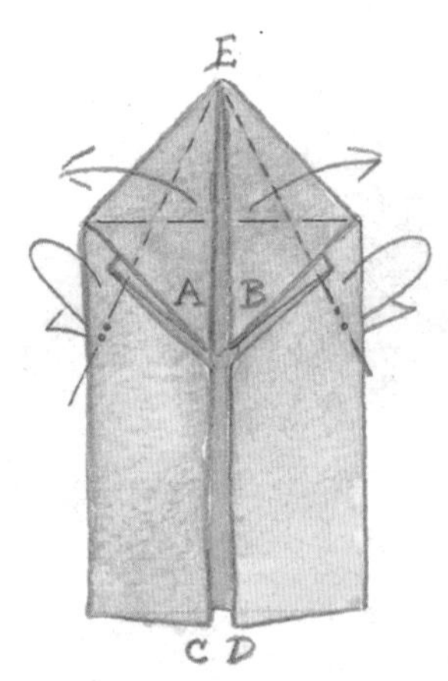

4. 如图示折叠，让A和B向外旋转。

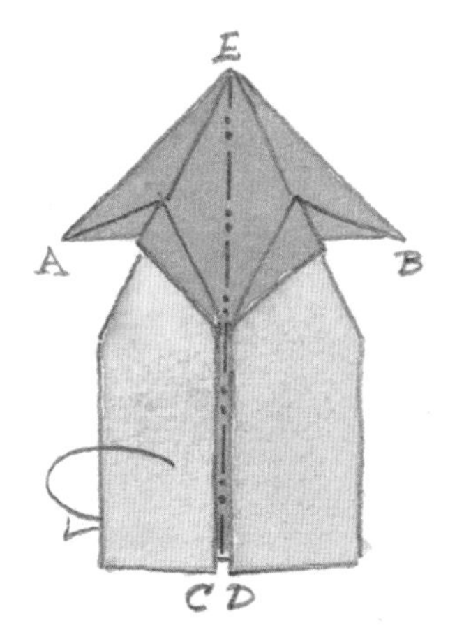

5.A 山形折叠至背面。

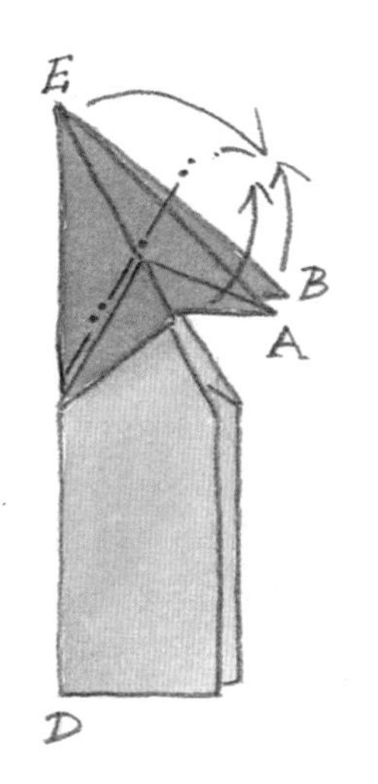

6. 将 E 向下反折，A 和 B 能通过轴向上转动至与 E 重合。

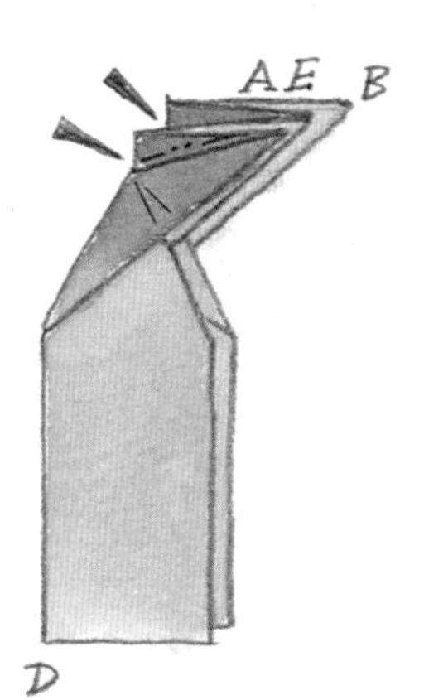

7. 通过两次反折，缩小纸张。

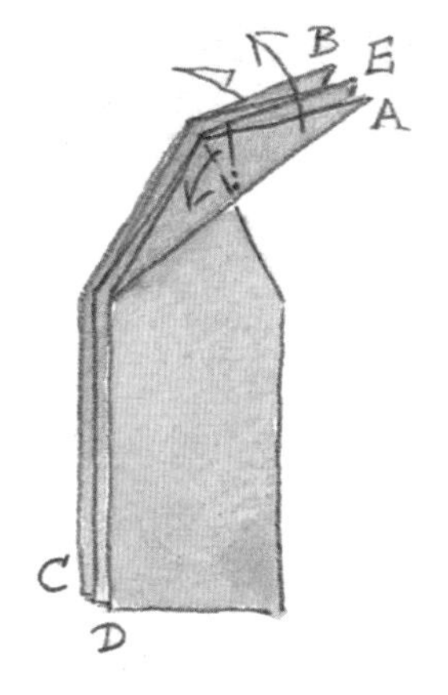

8. 将 A 和 B 打褶。

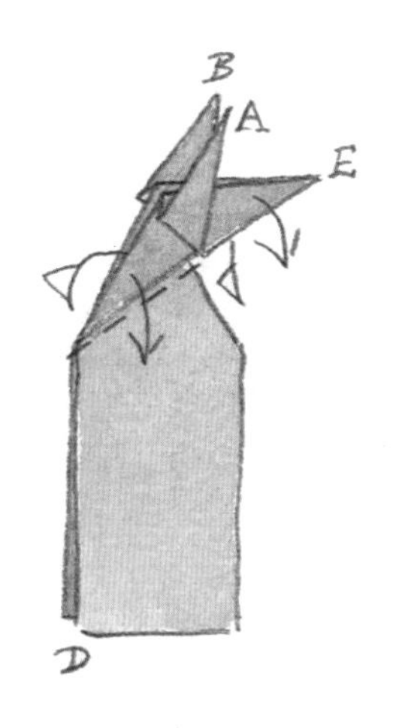

9. 把 E 从内部翻出，A 和 B 翻至 E 下面。

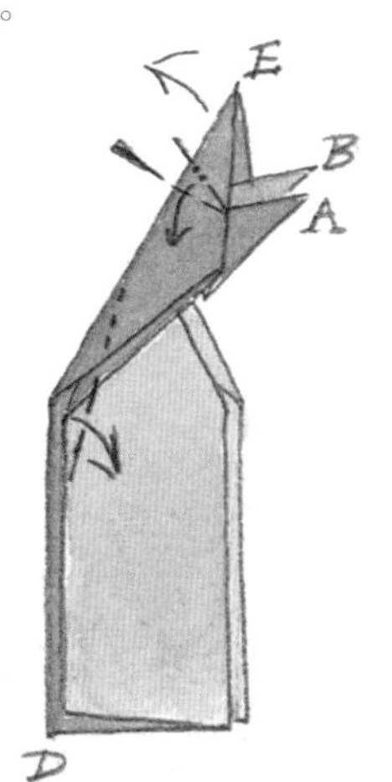

10. 将脖子向前打褶。放出一些纸作为尾巴。背面重复相同步骤。

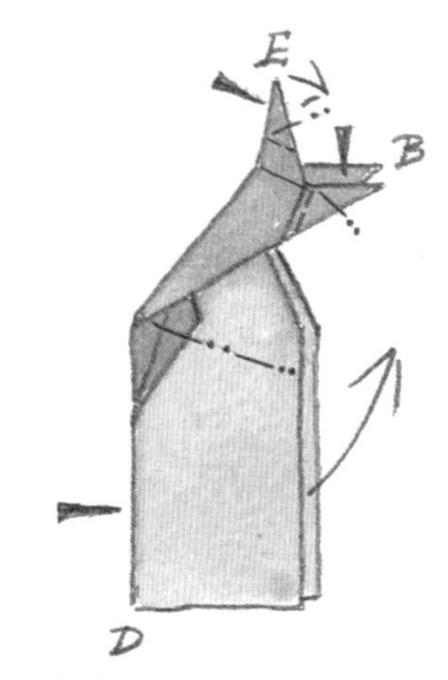

11. 将头部打褶，把鳍状肢压平，将礁石反折。

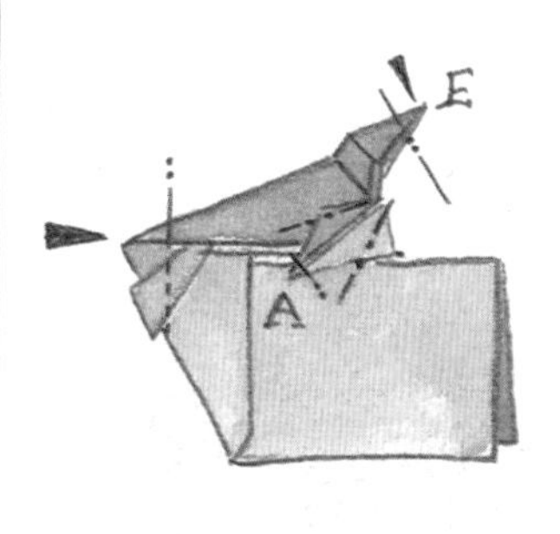

12. 把嘴反折，修整鳍状肢，把多余的纸塞入尾巴里面。

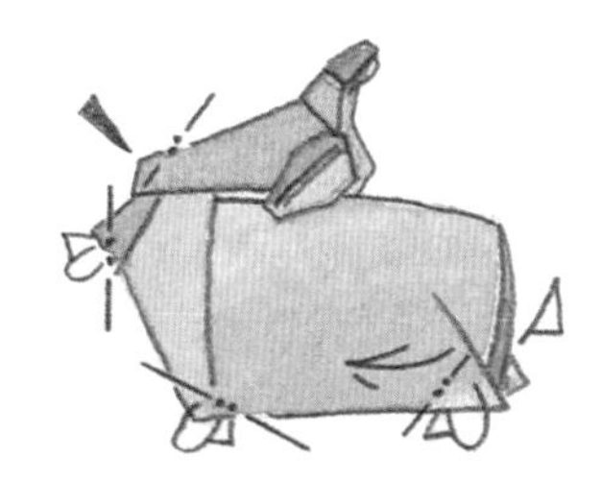

13. 把礁石打褶，使之变得立体。

14. 礁石上的海豹制作完成。

会跳的青蛙

硬纸是折青蛙的优质材料，一般的纸则效果不好。因为你需要在青蛙的后腿上做一个类似于弹簧的部分。选择一张长方形的硬纸，大小为13厘米 ×7.5厘米最佳，颜色最好是绿色的。

1. 把长方形中短的一边置于水平位置。然后在长方形的末端折一个水雷基础形。

2. 把上层两个尖角都往上往外折，使完成之后的两条折痕都是从中心线开始。但是青蛙的头部和脚之间有一定的距离。

3. 把竖直的两条外边都折向中间，使它们和中心线重合，同时也和青蛙两个脚相交形成的尖角碰在一起。

4. 把底边尽可能地往上折。

5. 把现在的顶边再往回折，使顶边和上一步完成的折痕重合，这就形成了青蛙类似于弹簧的后腿。

6. 图为完成后的青蛙形状。把你的食指放在青蛙的背上，一边往下压一边把食指放在青蛙的屁股上滑动，这样青蛙就会跳起来，你会惊奇于它能跳得那么远。

会说话的青蛙

这是通过很普通的机械关系达成的青蛙“说话”效果。你需要一张很大的薄纸（比如在 A3 纸上裁出一个正方形），最好选择双色纸张，一面的颜色是绿色，并在开始时就使之朝下。

1. 如图沿对角线对折。

2. 把两个尖角往上折，使它们和顶端重合。

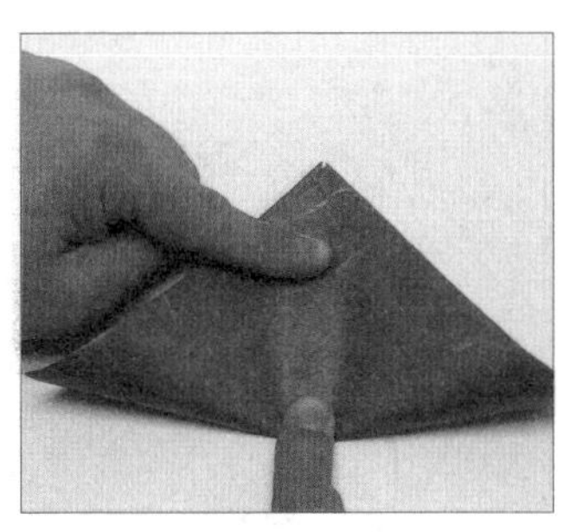

3. 如图沿着对角线对折，但是这次的对折只要求找到中心位置，所以只要捏出折痕就可以了。

4. 把上面的尖角往下折，使它们和中心点重合。

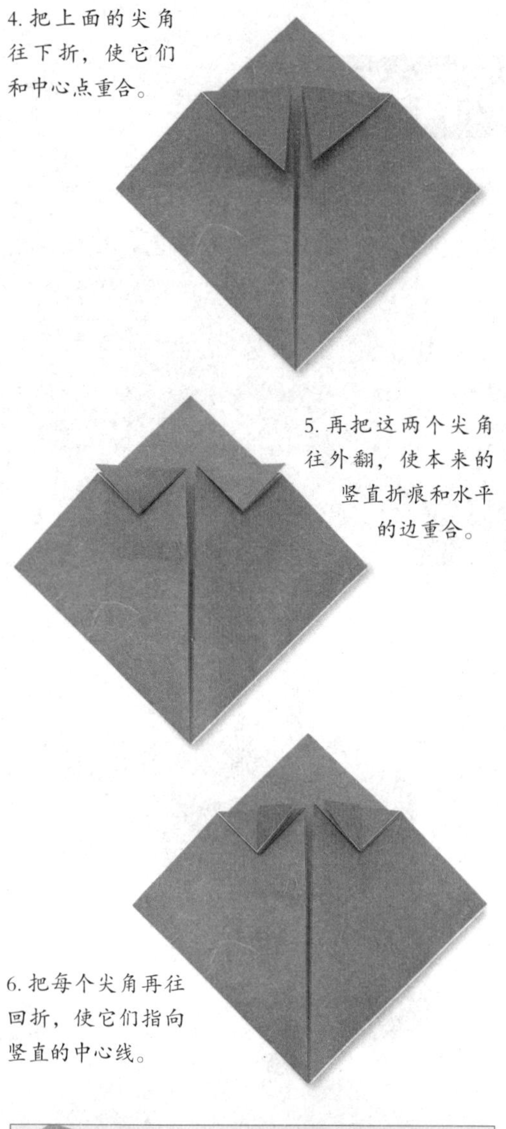

5. 再把这两个尖角往外翻，使本来的竖直折痕和水平的边重合。

6. 把每个尖角再往回折，使它们指向竖直的中心线。

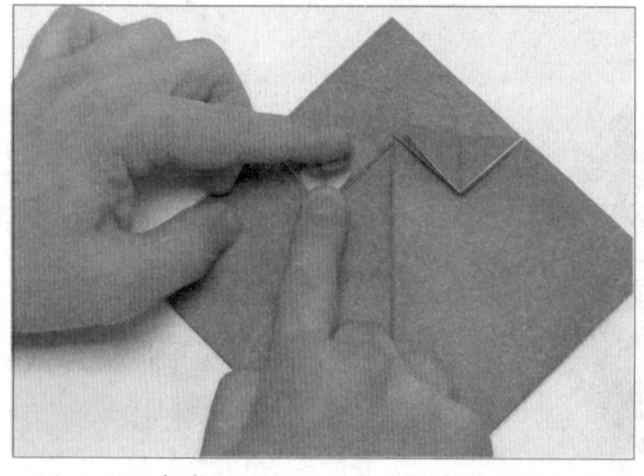

7. 然后利用脊痕把这两个尖角竖起来，使它们垂直于作品的其他部分，压平，从而形成一个一半的初步基础形。

8. 图为在两边都完成的形状。

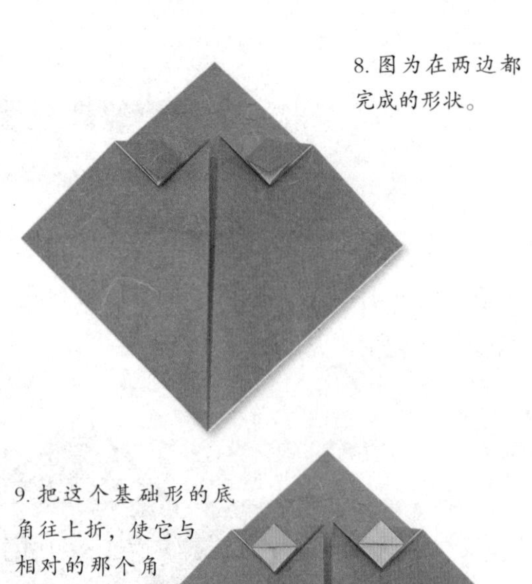

9. 把这个基础形的底角往上折，使它与相对的那个角重合，这样就能显示纸张的反面颜色，而这一部分会形成青蛙的眼睛。

10. 翻到反面，按照先前的位置摆放作品。然后把左右两个角和底角都折到中心点的位置。

11. 在底角上做一个兔耳形的折叠，然后把上面两个三角形的角往外折，使它们和各自的底边重合。

12. 如图把上面的纸往下折，要求折的时候顺着第 11 步形成的小三角形上边缘折，并且用力捏出外边缘和竖直中心线之间的折痕。

13. 图为在两边都完成第 12 步后的形状。

14. 沿竖直的中心线在青蛙的身体上做一个山形折叠，使两边近似呈垂直状态。然后用一只手捏住并且保持这种状态，用另外一只手把青蛙顶端的单层纸轻轻地往下拉，折出一条轻微的折痕，这样青蛙的嘴巴里面就形成了一个菱形的形状。

15. 图为完成后的会说话的青蛙。

使用方法：

放开两边的纸张，青蛙的嘴巴是张开的。当两边的纸张靠拢的时候，青蛙的嘴巴就闭合了。

金鱼

由于在尾巴的折叠上用了一个很聪明的办法，从而使得金鱼成为一个拥有真实特征的作品。你需要准备一张方形的纸张，最好在主要颜色的那一面有纹理。开始的时候朝上面的颜色就是最后完成时眼睛的颜色。

1. 做一个底边和顶边重合的对折，展开，形成一条水平的中心折痕。然后把底边和顶边折到中心线的位置，再把左边的两个角往里折，使它们的边和中心线重合。

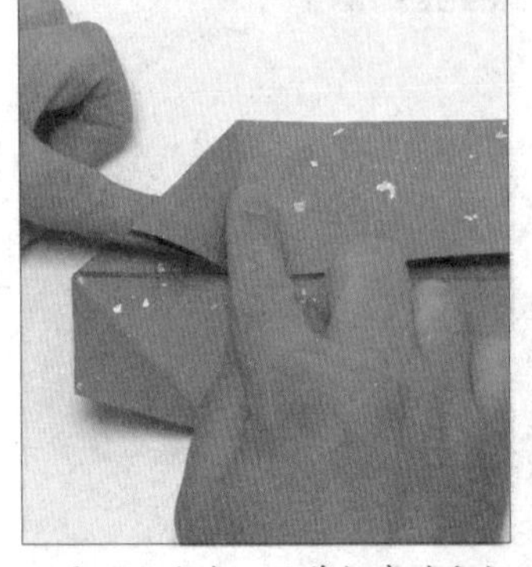

2. 展开两个角，沿着折痕对它们进行内翻折。

3. 图为第2步完成后的形状。

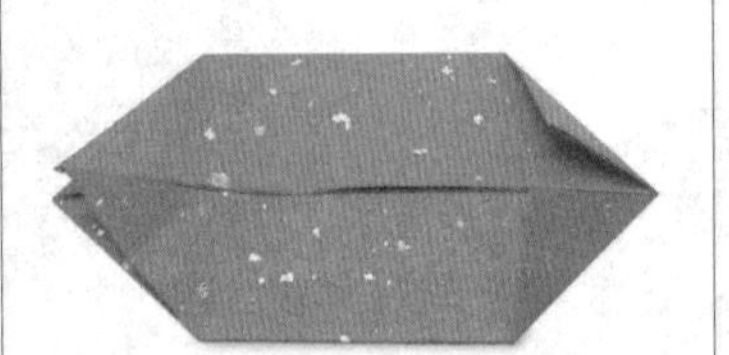

4. 把右边的两个角往里折，使它们的边和中心线重合。

5. 把右边新形成的角往左折，如图所示。但是你只需要用力捏出接近下边缘的部分折痕。这个折叠会在下边缘确定一个点，而这个点在下一步的折叠中会被使用到。

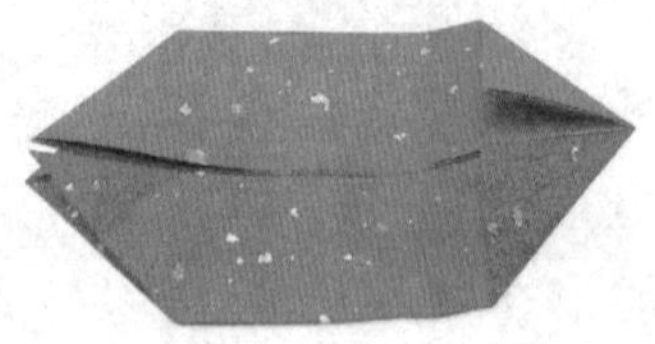

6. 同理，把右边的角往左折，使它和左上的钝角重合，但是这次你只需要捏出接近上边缘的部分折痕。

7. 把左边整体往右折，使两个钝角顶点分别与第 5 和第 6 步形成的两个点重合。做一条竖直的谷线。

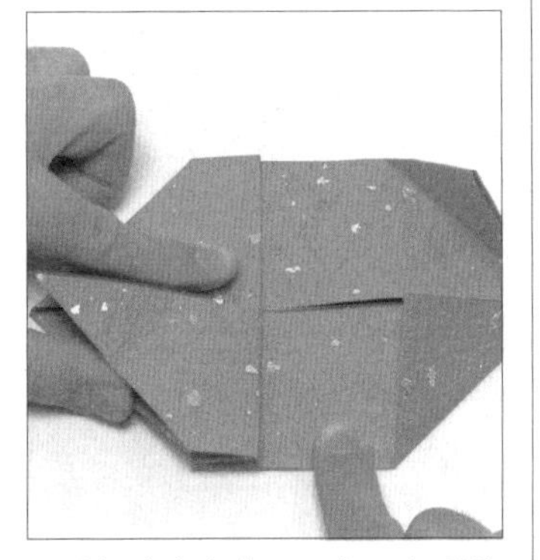

8. 再把这个尖角往回折，如图做一个褶，使左边小三角形的两个角的顶点与上一步形成的谷线两端重合。

9. 把位于左边的尖角打开（上层沿着旋转轴往右折）。然后展开第 4 步完成的右端折叠。

10. 如图把两个分开的尖角往外折，能折到什么程度就折到什么程度。

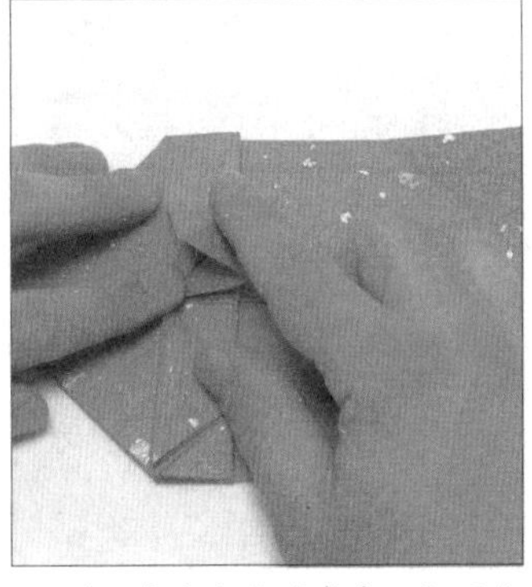

11. 利用每个尖角的脊痕，把两个尖角都翻起，然后压平。

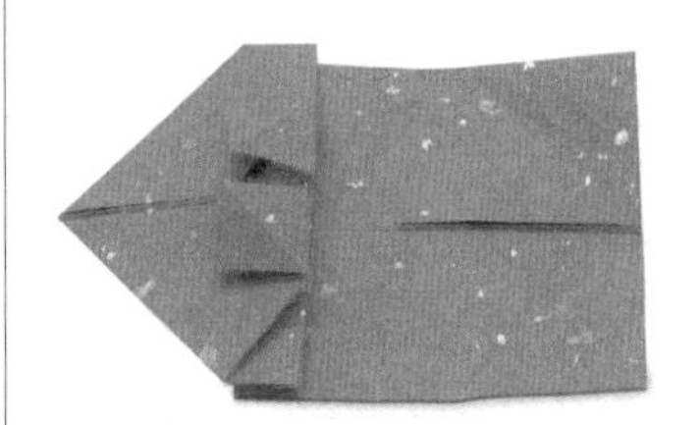

12. 图为第 11 步完成后的形状。

13. 如图把里面的角往外翻，能翻到什么程度就翻到什么程度，从而露出眼睛的颜色。

14. 在上面那只眼睛的左上、右上和右下的地方做很小的山形折叠。然后在下面的眼睛的对应位置上做一样的处理。

15. 把左边的尖角往右折，如图折线与垂直线平行。

16. 把这个尖角再往回折，使尖角的1/3在上一步所做折痕的外面。

17. 沿着尖角下面的折痕做一个山形折叠，使尖角的顶端折到后面。

18. 沿着中间的水平折痕对折，使本来的上半部分折到后面，这样一来金鱼的眼睛就在身体两侧了。

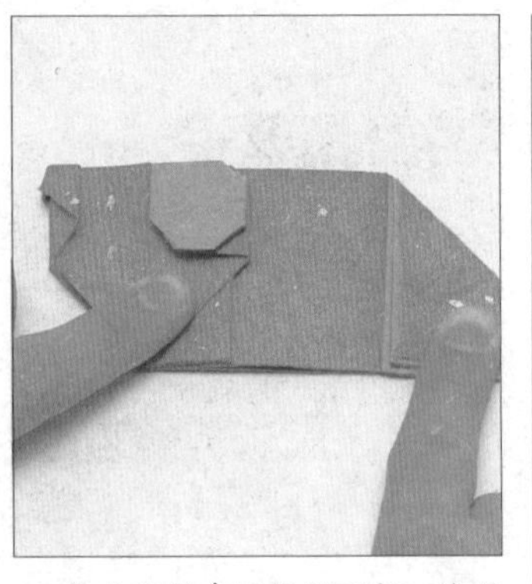

19. 把右端所有纸层往下翻，使原来的竖直边和底边重合，用力做一条斜的折痕。

20. 展开第19步的折叠。再把右端所有的纸层往下翻，和上步不一样的是这次要求折痕连接着眼睛和右下角。

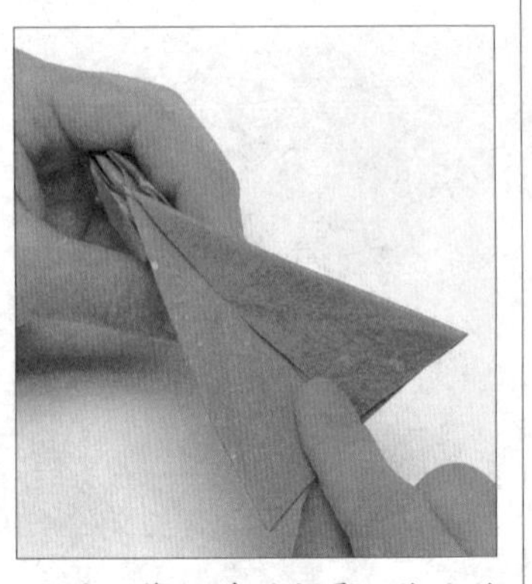

21. 展开第20步的折叠。然后利用新完成的折痕做内翻折。

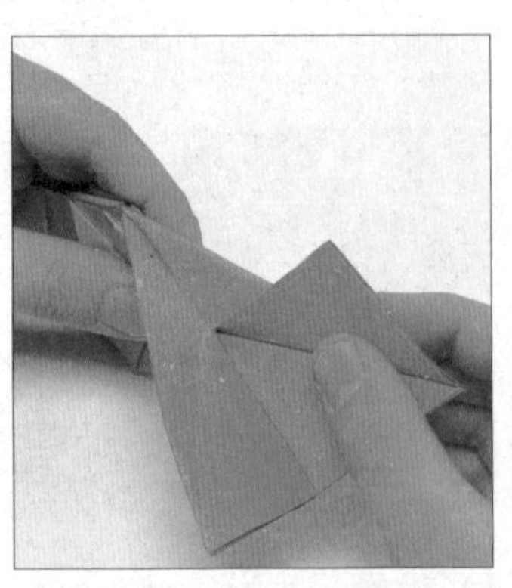

22. 把尾巴部分打开，沿着第19步完成的折痕折叠分开的两个内角。

23. 图为第22步完成后的形状。

24. 在金鱼尾部的上层做一个山形折叠——大约在这个尾巴的一半位置（也就是贯穿整个尾巴的竖直中心线所在的位置）。

25. 在尾巴的另一个尖端重复同样的操作。你会发现这次是一个谷形的折叠。

26. 展开第 24 步的折叠，然后把同一边的尾巴（就是第 21 ～ 22 步）也完全展开。

27. 重新折叠第 24 步，再折叠第 21 ～ 22 步（这样做只是改变了完成最后一步的顺序而已）。

28. 在折第 27 步的过程中注意左尾巴的外上部分中有一个褶。

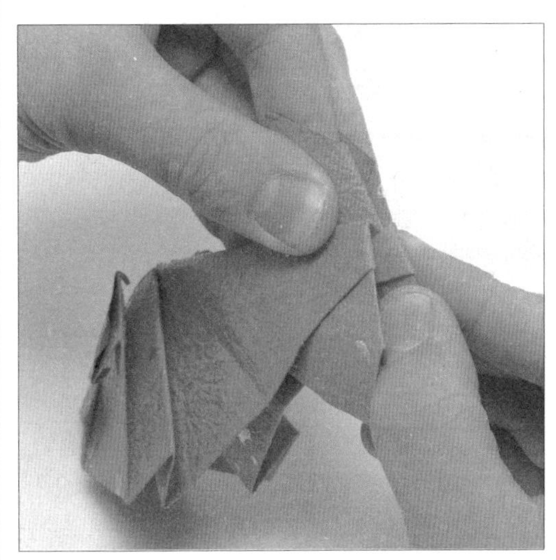

29. 第 25 步往里折的那部分中有一个很窄小的口袋，在闭合和压平作品的时候，可以把第 28 步形成的褶皱插进去。这样你就可以把金鱼的尾部固定了。

30. 图为完成后的金鱼。

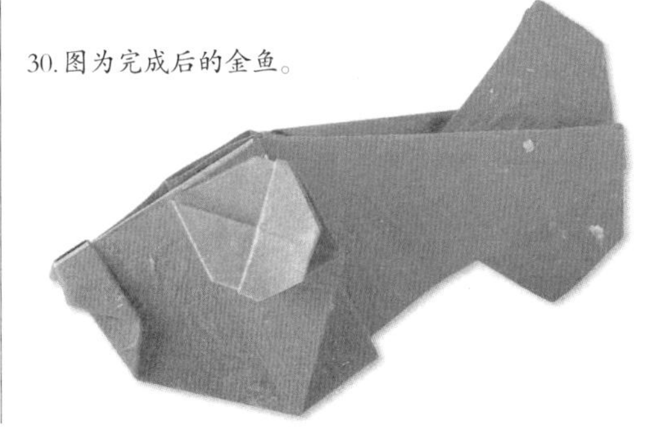

鱼（1）

折好折痕后，准确地折叠是很关键的（从开始到第5步），否则折痕便不能依序排列而到达第6步。在鱼嘴的内侧点上胶水，把两层封闭起来，得到平面。使用正方形的折纸专用纸，彩色面朝上，或是使用两面颜色相同的正方形纸。

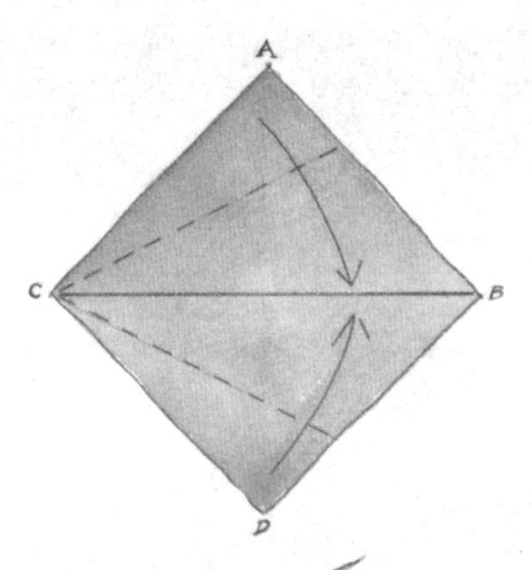

1. 折出对角线并展开，然后把CA边和CD边折至中心折痕CB。

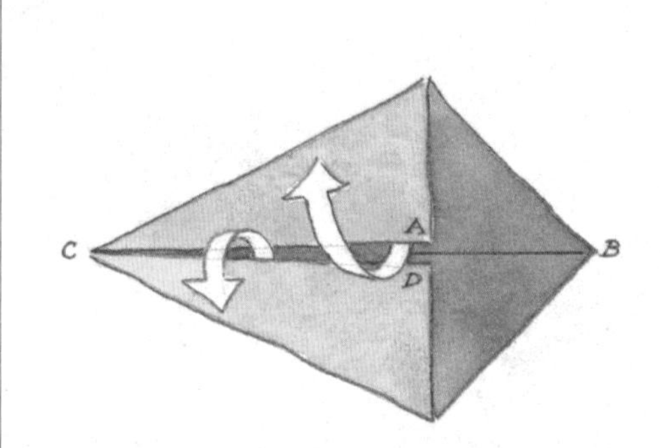

2. 如图示，把它们展开。

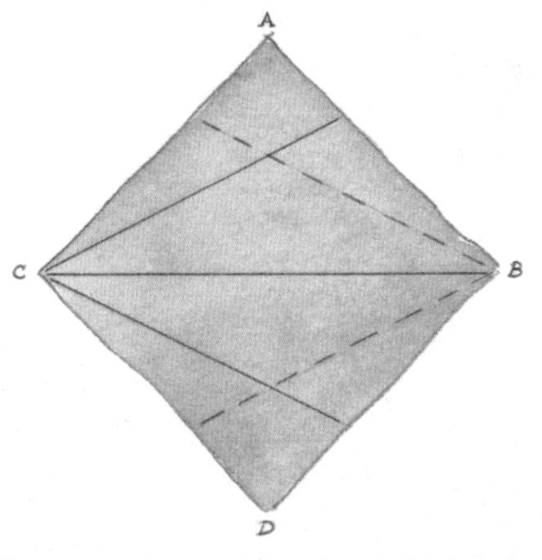

3. 同样地，把BA边和BD边折至中心折痕，然后展开。

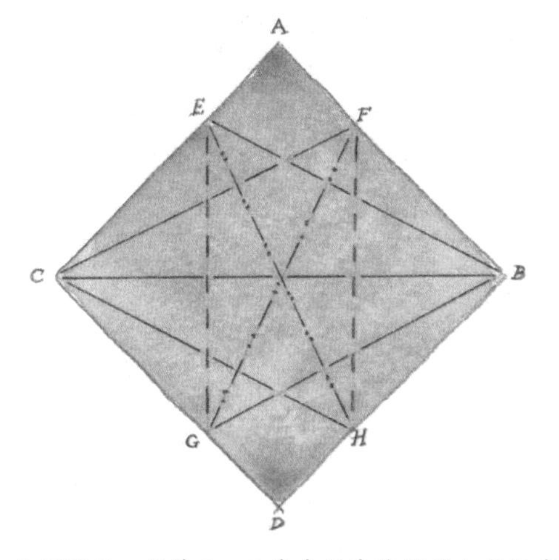

4. 如图所示，将第2～3步中折痕连接成山形折痕和谷形折痕。要小心准确地确定位置。

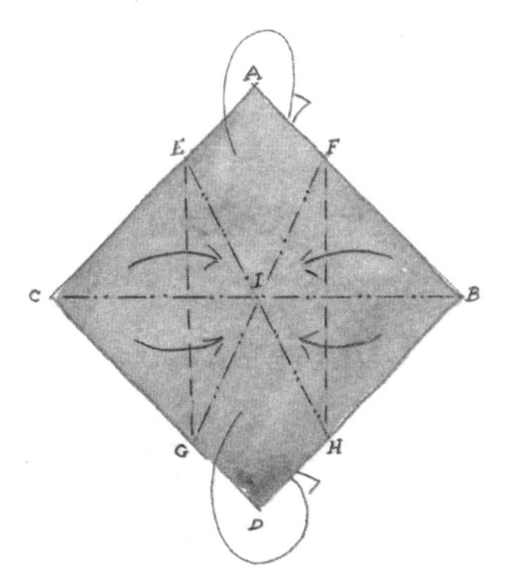

5. 将纸沿折痕折叠，注意区别山线和谷线。

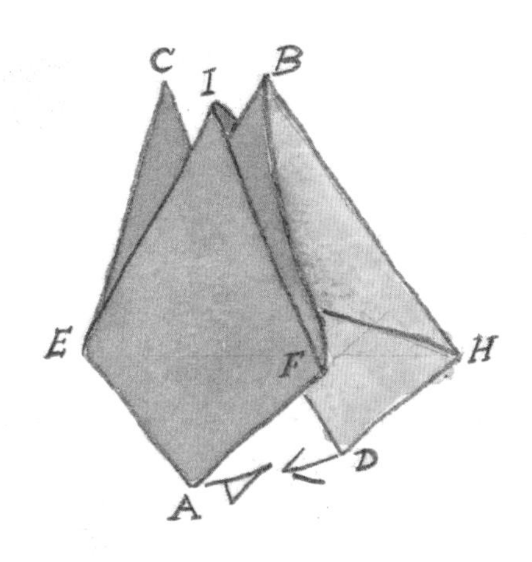

6. 如图示，A和D重合，F和H重合。把折痕压平。

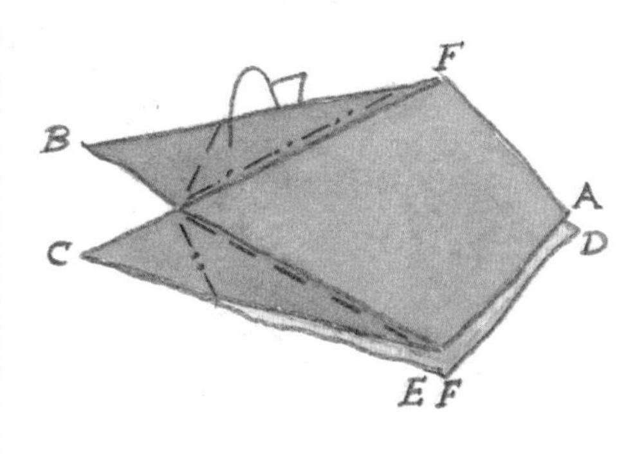

7. 通过山形折叠把一半尾鳍打褶折入身体，另一半使用谷形折叠。

8. 如图示，在顶角后的平衡点上系线，悬挂。

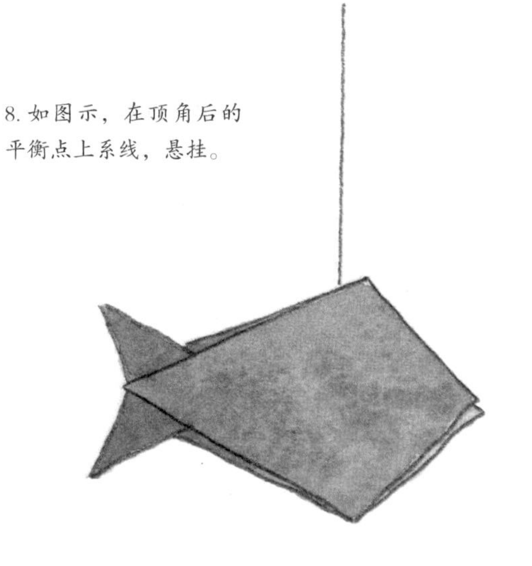

鱼（2）

这条美观的鱼被陈列在纸型架上，看起来是不是更像一个“战利品”呢？制作一个相似的“战利品”悬挂于墙上，将会很有趣哦！

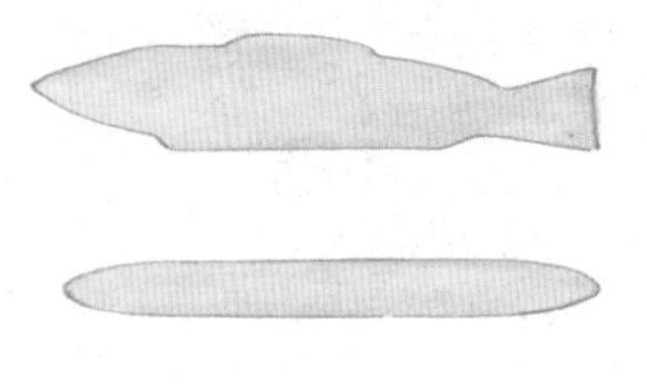

模板

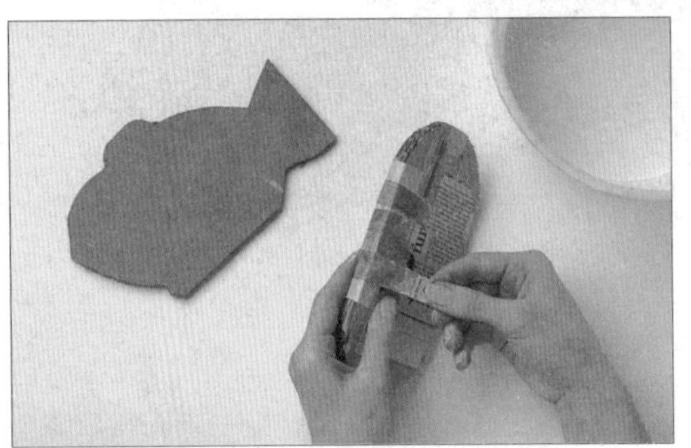

1. 根据所需尺寸将模板中的鱼和架子按比例放大，再转移至瓦楞纸板上。记得架子要剪取两块，并用强力胶水粘在一起，粘贴处用胶带固定并干燥。

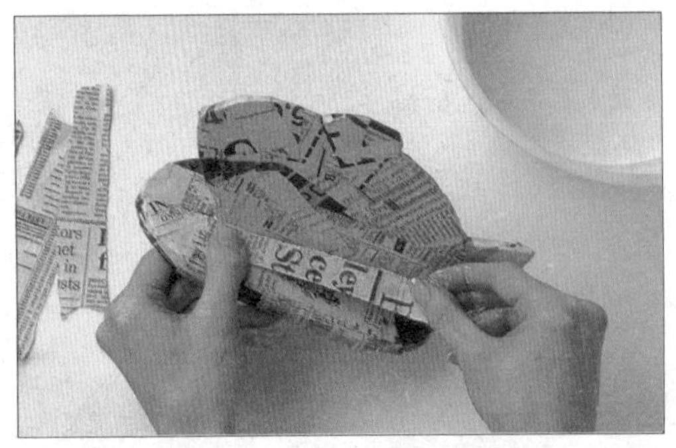

2. 将报纸条浸泡于稀释的聚乙烯醇胶水中，在鱼和架子上覆盖3层报纸条。然后让它们在温暖的地方干燥整晚。

3. 轻轻磨平鱼和架子，涂上白漆。

4. 画上鱼的头部、鳍及其他特征，然后用广告颜料装饰。如果需要，可以用黑色墨水画上细节。让鱼干燥整晚，然后涂上两层透明光泽清漆。

孔雀

也许，孔雀是这本书中最复杂的作品之一。你第一次尝试的时候一定要折得十分小心，最好使用长宽比例为2：1的长方形脆纸。

这个作品是一个真正的经典作品，用纸钞也能折出美妙的效果。和这本书中大部分折纸不一样的是，孔雀的很多折叠都依赖于你的主观能动性。你对折叠方法的理解以及一些专门技巧的掌握都可能影响最后的效果。在你没有自信完全掌握所有的折叠方法之前，请不要尝试这个作品。

1. 把你选择作为孔雀颜色的一面朝下。如图调整纸张位置，使长边置于水平。然后在两个方向上分别对折，展开，形成有中心点的前折痕。

2. 把左边的两个外角折到中心线的位置。

3. 展开，然后在同一边折一个水雷基础形。

4. 把离你远的那个尖角拉起，使它垂直于作品的其余部分。

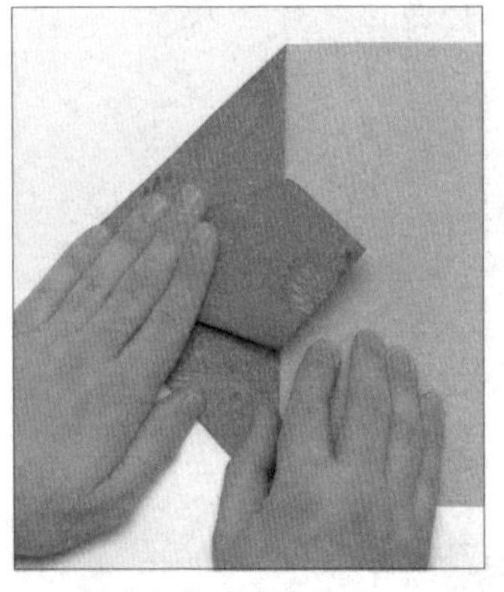

5. 把这个尖角对称地压平。

6. 沿中心线把这个被压平的部分对折，使上半部分覆盖在下半部分上。

7. 如图把上面一层短的一边往上折，使它和水平的折痕重合，这样反面的颜色就看不见了。

8. 把整个被压平的部分顺着轴往上旋转，然后在背面重复第 7 步的操作。

9. 展开到第 5 步。注意观察你已经折好的折痕。

10. 现在把纸片往外翻：先用手捏住压平部分里面的尖角，然后把它往外折到左边，使这个尖角和左边的尖角重合。在这之前你需要折一条折痕作为前导，这条折痕与第 7 ~ 8 步的两条折痕的端点相接。

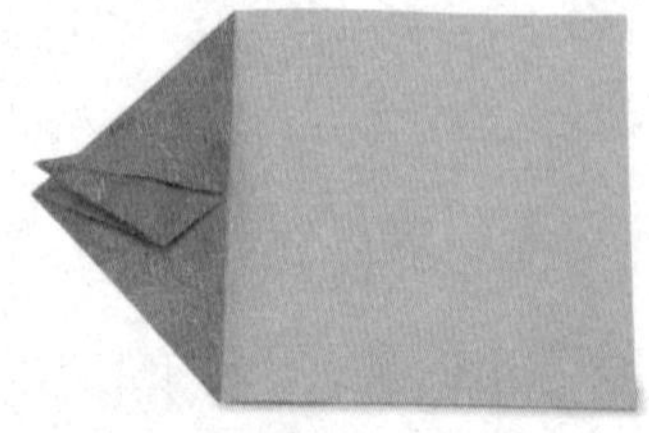

11. 如图所示，在尖角翻过来之后，把边往内压，使它们和水平的中间折痕重合，最后压平。

12. 把翻过去的尖角顺着中间竖直的轴翻回到右边。

13. 把压平部分的下半部往上对折。

14. 在下面的大三角形上重复第 4 ~ 13 步。

15. 用手分别捏住两个尖角(腿部)，把它们分开，如图慢慢往外拉。

16. 在中间的小三角形上做山形折叠，把它折到作品里面。

17. 现在再把拉开的尖角恢复到原来的位置，压平。

18. 在两个尖角上做谷形折叠，把它们往外折，为以后的折叠做准备。

19. 如图所示用上一步完成的折痕做内翻折。

20. 把腿部的单层纸往上翻，让它们呈现风筝基础形的形状。

21. 在每一条腿上做谷形折叠，使外边都和中心折痕重合，腿因此变窄。

22. 再把腿部的上半部分对折到下面。

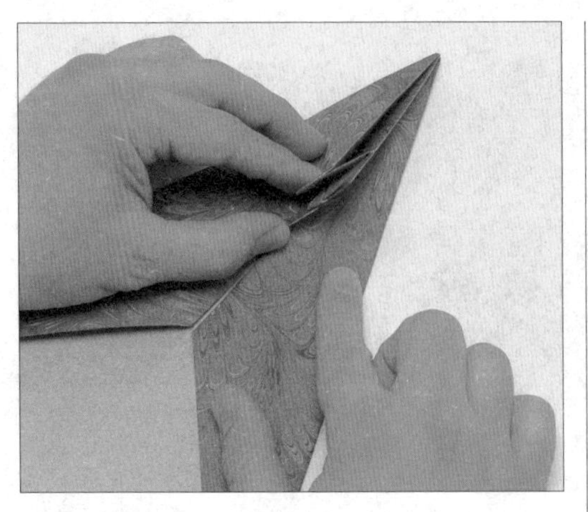

23. 把腿部稍稍竖起，把余下的两条最外面的边往竖直中心线的方向折，使它们和中心线重合，注意要确保它们在腿部下面。

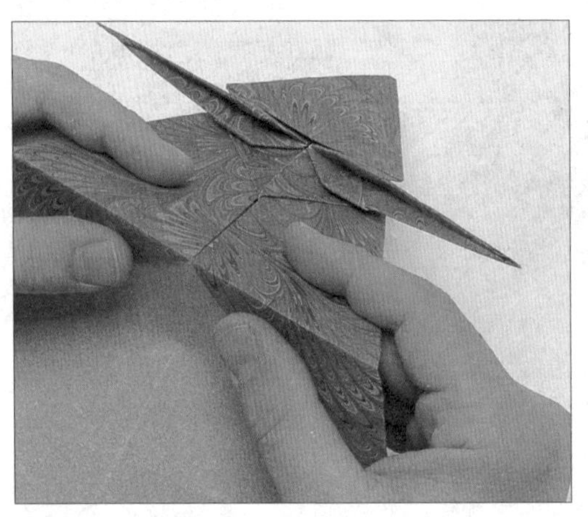

24. 第 23 步后两个角在中心线相遇，在这个相遇的点上捏出一条水平的山线，然后展开。

25. 图为第 24 步完成后的形状。这是尾部的第 1 次折叠。

26. 现在捏住第 24 步形成的山线，把它往前推，直到和孔雀腿的底部尖角相遇，用力往下压，折出另一条水平的折痕。

27. 图为第 26 步展开后的形状。

28. 把底边往上折，使它和第 26 步的折痕重合。

29. 展开，然后把底边再往上折，使它和第 28 步完成的折痕重合。这里我们想要达到的是一个类似于手风琴外形的效果：用这样的方法在纸上打褶，从而呈现孔雀尾部的特征。这就需要我们通过在作品底部增加一系列的山线和谷线来实现。

30. 把在第 26 步形成的谷线折成山线，然后把这条折痕折到第 28 步完成的折痕上，把之间的距离一分为二。

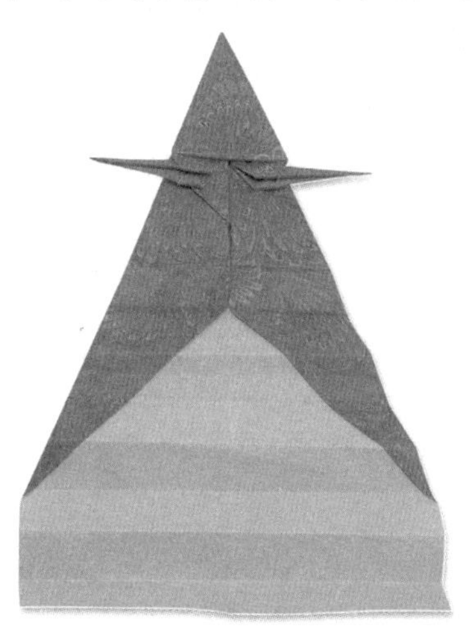

31. 再增加一些分隔，最终使纸上有 8 条相同大小的褶皱，如图所示。

32. 把纸张翻到反面，在已经存在的折痕之间再增加一条水平的折痕，使褶皱变成 16 条。

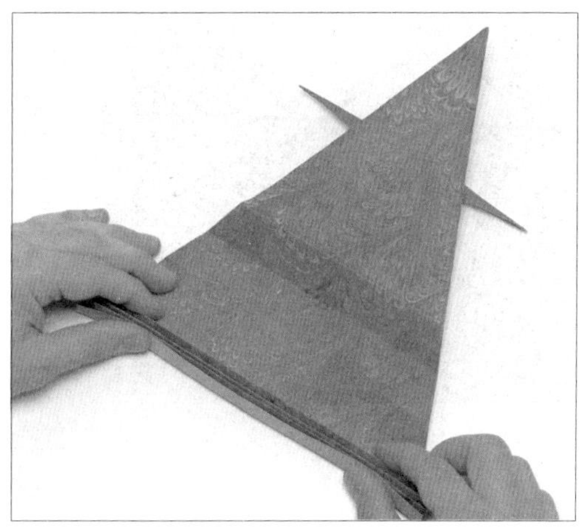

33. 把所有的褶皱叠在一起，这时我们可以看见第 1 条折痕是一条谷线。

34. 图为叠在一起的褶皱。

35. 把底边上最长的一个褶皱展开。

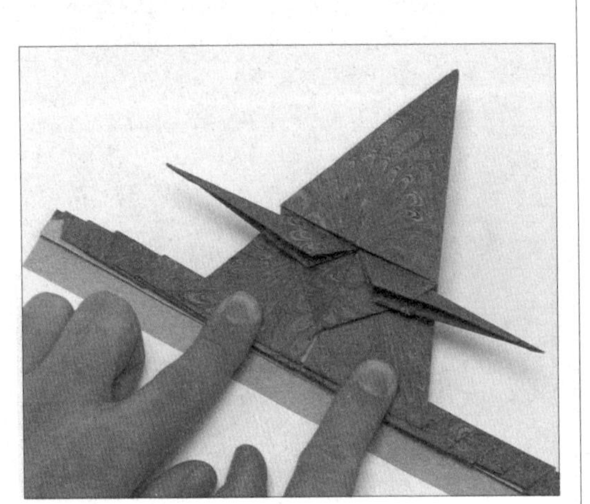

36. 翻转过来。

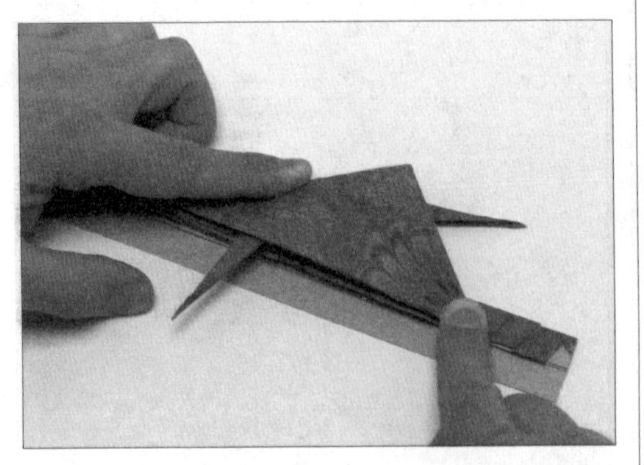

37. 把身体左上边缘往下折，使这个边缘和褶皱的水平线重合。展开后，在另外一边重复一样的操作。下一步我们就要在孔雀的身体上做一个兔耳形的折叠了。

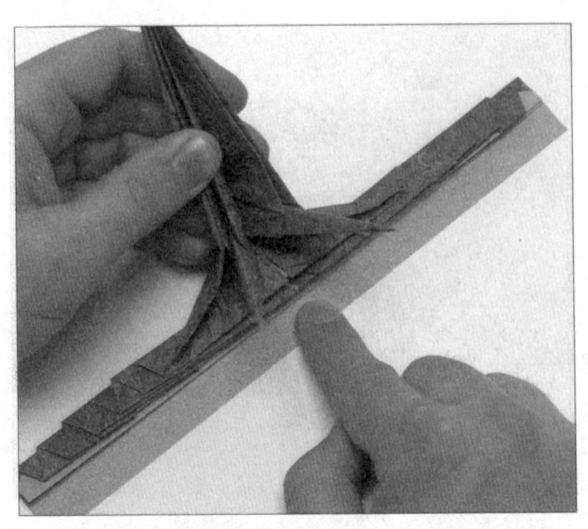

38. 继续压住褶皱部分，利用第 37 步完成的两条折痕把孔雀的身体折成一个兔耳形的尖角。

39. 同时，在尾部做一个山形对折，把褶皱的两个底边重合在一起。

40. 把作品倒过来，你可以发现在第35步展开的褶皱现在碰在一起了。在没有胶水的帮助下，如图在这个长条的两个外角上做一个折叠。

41. 在整个长条上做一个折叠，使它插入到旁边的褶皱中。然后把所有的褶皱叠在一起，用力压，使尾巴能够保持锁住的状态。

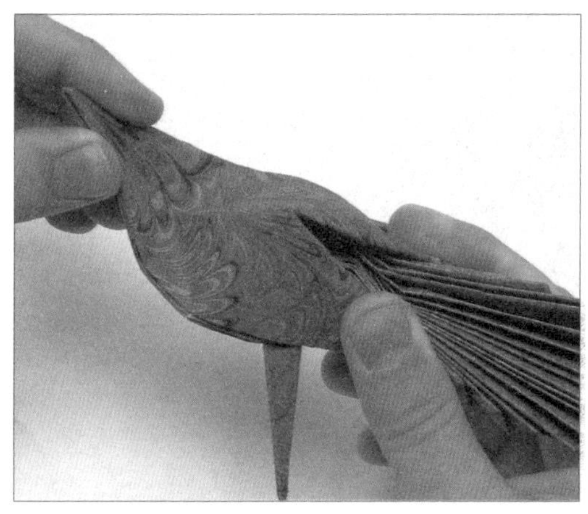

42. 如图在孔雀身体的上部做一个外翻折。

43. 图为第42步完成后的形状。

44. 如图把颈部的纸往前翻，一边旋转一边压平，从而形成颈部和胸部。

45. 在颈部增加一个外翻折，形成头部。然后再做一个外翻，形成嘴。

46. 在腿上内翻，使它指向后面。

47. 然后再通过一个内翻折，使腿重新指向前方，从而区分大腿和小腿。

48. 再做一个翻折形成脚。

49. 如图为完成后的孔雀。现在尾巴和你的折叠台面平行。

50. 如果你把尾巴从后面往上举，就可以看见如图所示的效果。

百合花

很多人喜欢百合花，为它的纯洁高雅，也为它的妩媚动人，有人把百合比喻成纯洁无瑕的少女，真是恰当不过了。像下面这样折出来的百合花没有茎、叶或者任何其他修饰，但是它那卷曲着的花瓣使这个作品特别妩媚动人。如果你愿意，可以用铅笔来完成花瓣的卷曲。

1. 先折一个青蛙基础形，并使开口的尖端置于顶部。

2. 把位于中间的4个小三角形往上翻，使它们的尖角指向开口的尖端。你可以通过绕中心轴旋转的方法找到另外的3个小三角形并用同样的方法折叠。

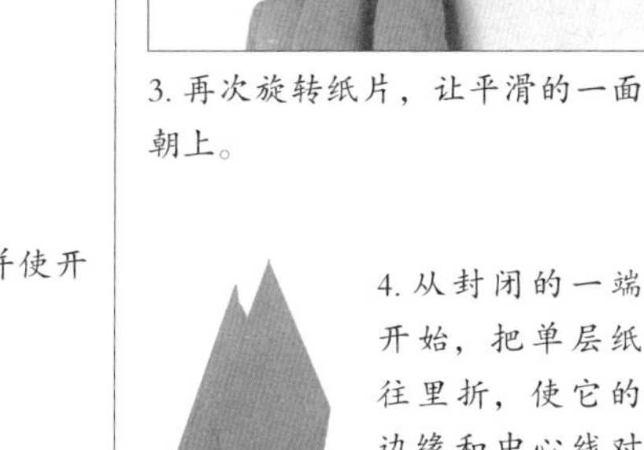

3. 再次旋转纸片，让平滑的一面朝上。

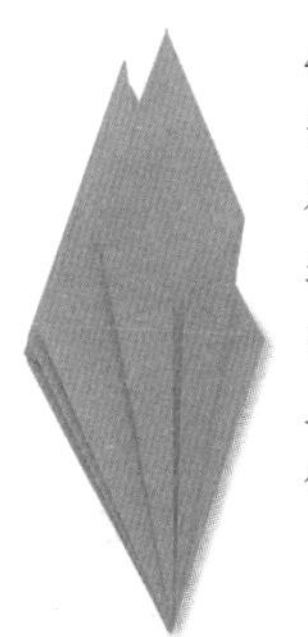

4. 从封闭的一端开始，把单层纸往里折，使它的边缘和中心线对齐。在所有的面上重复相同的操作。

5. 图为第4步完成后的形状。

6. 把相对的两片花瓣拉开，展开整个作品。

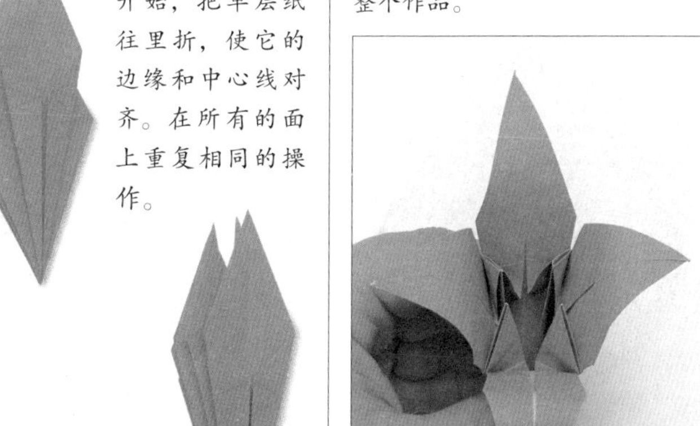

7. 把另外的两片花瓣拉开。你可以用你的手指使4个花瓣弯曲，当然你也可以用铅笔来做出弯曲的效果。

草莓

不要以为草莓只能在地上结出来，你的手上也能“结出”鲜艳的草莓来，不信你试试看。选择一张一面是红色一面是绿色的纸，一步步跟着做，当大功告成时通过绿叶处的小口向里面吹气，一个令你惊讶的效果就出来了。你会深信它就是一个真草莓，而不是用纸做的。

1. 先从一个红色的初步基础形开始，把4个大扇片都压成青蛙基础形最后的样子。

2. 以竖直的脊痕作为轴，把右边的一片往左边折，出现一张只有一种颜色的平面。

3. 把下边缘如图所示折到竖直中心线上。

4. 把下面的那个角尽可能地往上折，注意只折单层纸。

5. 在剩下的 3 个平面上重复第 3 ~ 4 步的操作。为了完成这一步，你可以先在背面重复第 2 步的操作，然后依次旋转纸片。

6. 第 5 步完成后再翻折纸片，使顶端是同一颜色的平面。

7. 把纸片上短的底边往上折，使它们和竖直的中心折痕重合。这两条新的折痕分别和左右两边角的最顶端相接。

8. 在剩下的 3 个相似纸片上重复第 7 步。

9. 现在在中心轴的周围一共有 8 个纸片，把它们分成 4 对。然后把你的食指和拇指放在这 4 对纸片中间的绿色尖角上。

10. 用你的食指和拇指把 4 个绿色的纸片（茎叶部分）往上翻，这样就在作品的顶端形成一个类似螺旋桨的东西。

11. 做一个深呼吸，然后把你的嘴唇放在作品顶端的小洞上方，用力向里面吹一口气，这个作品就很神奇地膨胀开来。如果你吹得太用力的话，它可能会变成一个土豆哦！

玫瑰花

用纸巾折叠成美丽动人的玫瑰，放在一个透明的高脚杯里，增添了花的纯净、清新，淡淡的粉色和透明的杯子非常协调雅致，给你的家带来的不仅有温馨更有品位。下面要介绍的是一种很讲究技巧的作品，所以在折叠过程中一定要小心。

1. 准备一张很薄的纸巾，要求这个纸巾尽可能是正方形（并不是所有的纸巾都被制成完美的正方形）。把这张纸巾完全打开，如图放置。

2. 把左边往右折大概2～3厘米。

3. 现在把底边也往上折大概2～3厘米。

4. 如图用两根手指和大拇指捏住纸巾的左下角。

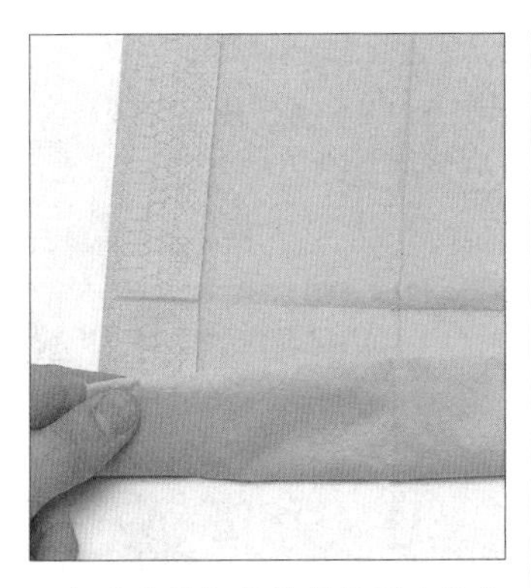

5. 把这个被捏住的纸条再次往上卷大概 2 ~ 3 厘米。

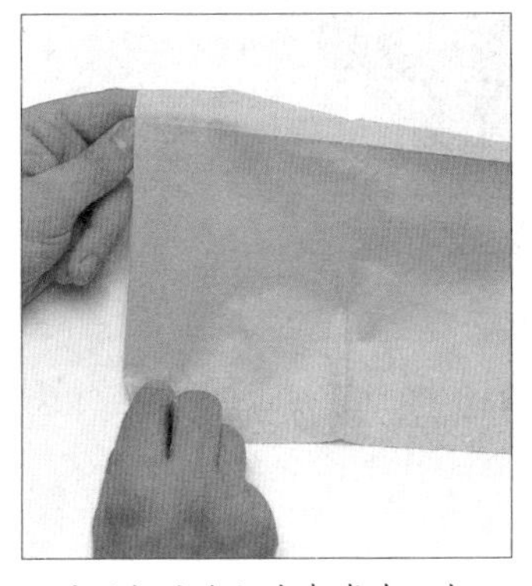

6. 为了把这张纸巾都卷在一起，你可以用另外一只手拿住纸巾的顶边，然后旋转包裹。

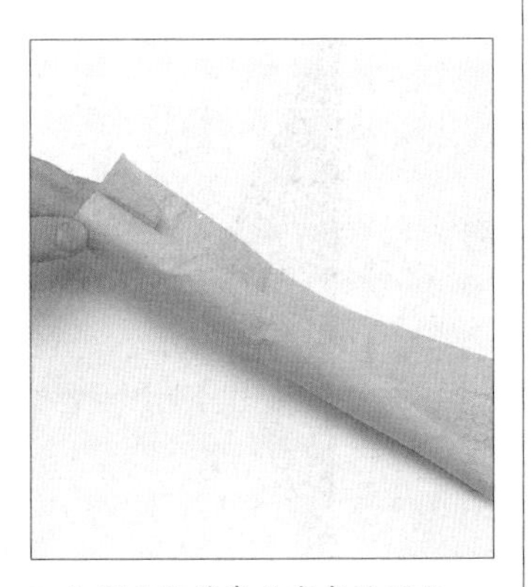

7. 如图为即将卷曲完成的形状。

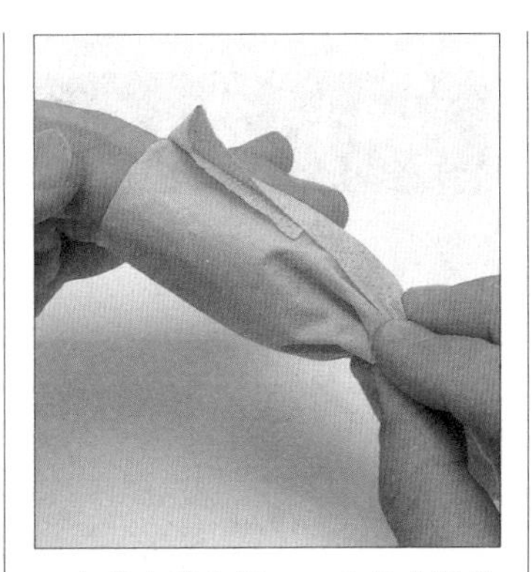

8. 在离左端大概 4 ~ 5 厘米远的地方用力捏这个柱形，并把捏的点压平，同时保持左边部分为原来的状态。

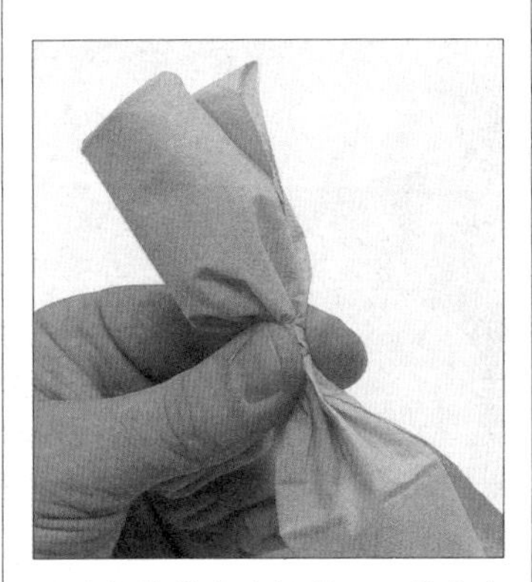

9. 开始旋转右端纸层，以形成玫瑰花的茎。

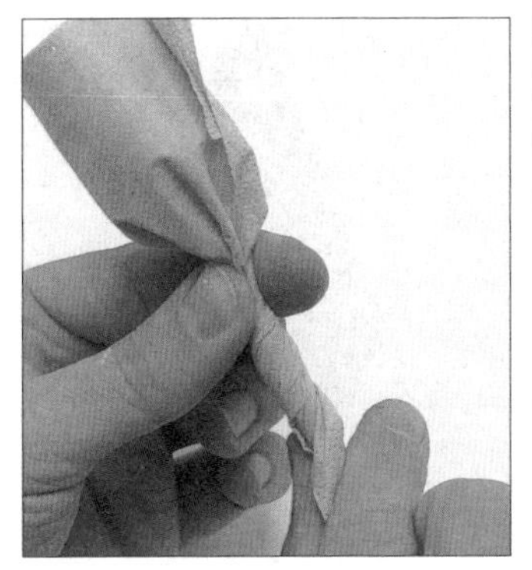

10. 继续旋转，一直到大概为右端的一半处。

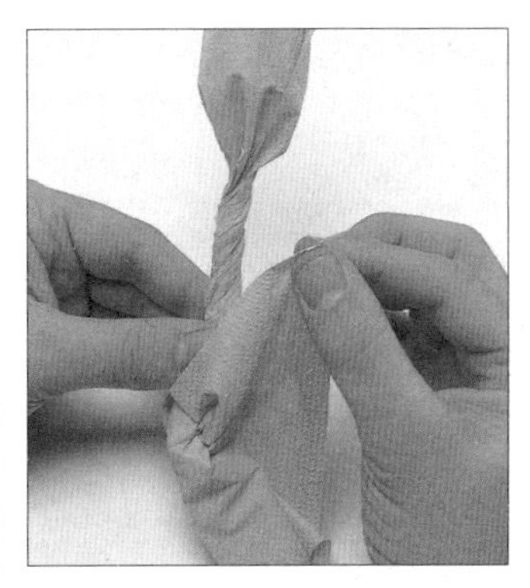

11. 把右端后半部分的最上面的那层纸从茎底部往上拉，并通过打褶形成一个尖角作为叶子。

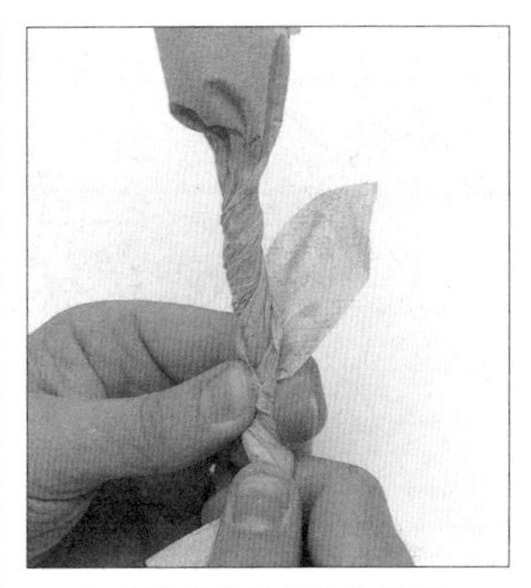

12. 之后继续旋转右面的柱形，一直到完成整个茎。

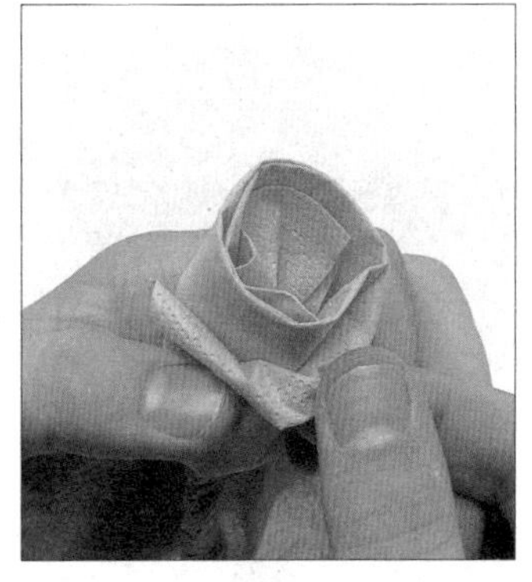

13. 在顶端的花苞处，把最外层的纸往外翻，形成最外面的花瓣。然后小心地调整里面的纸层，形成内部的花瓣。

纽扣花（1）

这种简单的花是一个真正有意思的作品。折叠这个作品不需要太多的材料，只需要两张同样大小的纸，最好是两张同一系列但不同颜色的纸。最理想的是边长7～8厘米之间的方形纸。

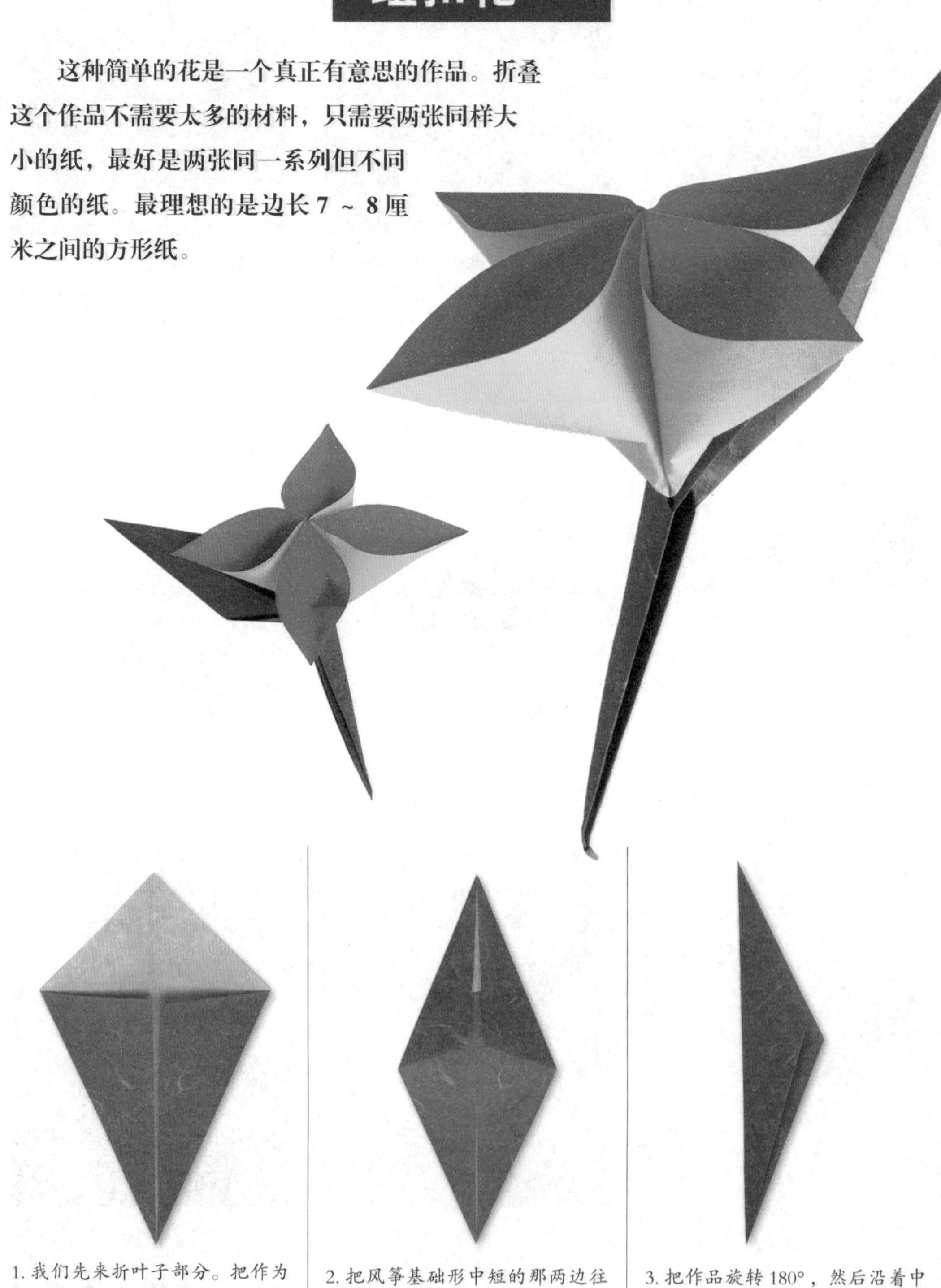

1. 我们先来折叶子部分。把作为叶子颜色的那一面朝下，先做一个风筝基础形。如图调整位置。

2. 把风筝基础形中短的那两边往里折，使它们和中心线重合。

3. 把作品旋转180°，然后沿着中心线做一个谷形对折。

4. 顺时针旋转90°。把左边的单层纸往上折，使边缘和水平的顶端对齐。

5. 反面重复一样的操作。然后打开叶子中较宽的一端，用手指沿着靠近细端的斜线轻轻地打开纸的上层，接着用力往下压。这样一来，叶子就呈现出立体效果。

6. 如图为第5步完成后、从背面看过去的叶子的形状。

7. 折花朵之前先折一个水雷基础形。注意这时候水雷外观的颜色就是完成时花朵的颜色。

8. 做一次对折，现在所有的尖角都在同一边。

9. 把另一边的封闭的尖角往里折，并且要求这条折痕经过底下的直角。经过本次折叠，在左边会新形成一个明显的三角形。

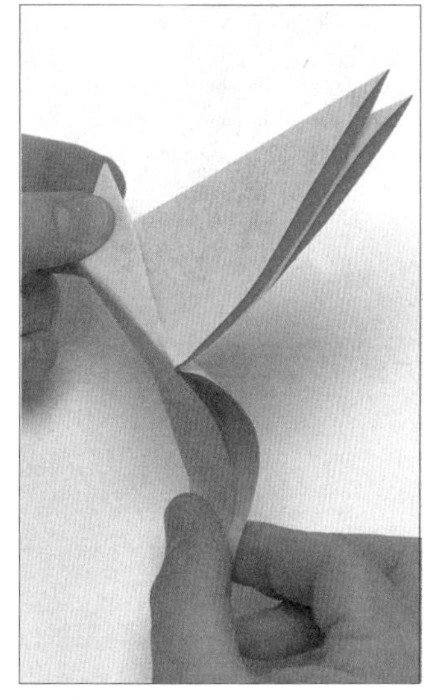

10. 拿住背面的两个独立的尖角，把它们绕到前面，使在第9步完成的三角形现在位于中间——每一边都有两个独立的尖角。

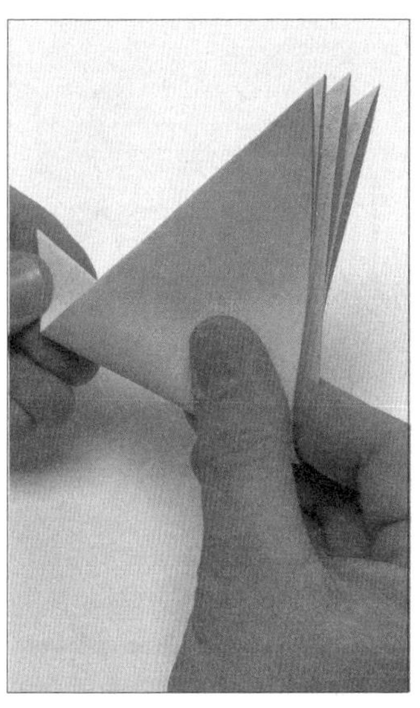

11. 图为第10步完成后的形状。

12. 用一只手捏住在第9步完成的小三角形，让4个尖角散开，使东南西北4个方向都有一个尖角。

13. 按顺序把每个尖角轻轻地打开，并用大拇指和其余的手指捏出花瓣的形状：沿着外面的脊痕打开，然后把脊痕压平，以保持花瓣打开的状态。

14. 图为完成后的花朵。

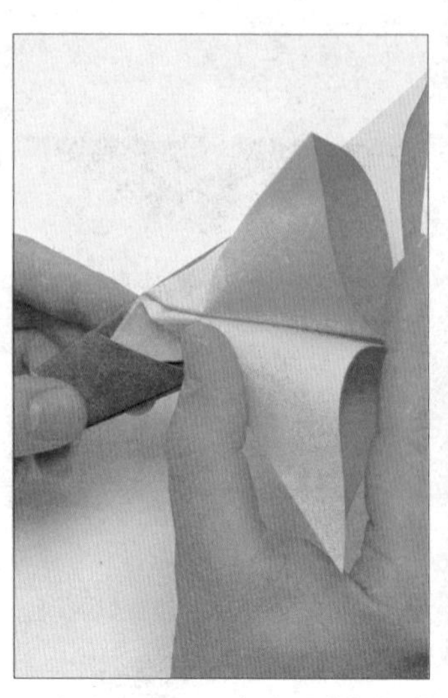

15. 把小三角形形成的“茎”插进叶子的“口袋”中（你可以稍微用一点胶水来固定花朵）。

16. 完成后的纽扣花。

纽扣花(2)

纽扣花，顾名思义，一种点缀在纽扣上的小花。所以这种花要折得足够地小，才可以作为一种装饰物贴在衣服的纽扣上。它也可以作为一种很吸引人的书夹或用来使信纸的角更优美。你需要准备3张薄脆的正方形纸，其中两张大小一样，另外的一张为这两张纸的2/3大小。

1. 先拿一张大的正方形纸，折出一条水平的中心线前折痕，然后把上下相对的两条边折到这条中心线上。开始的时候朝上一面的颜色就是花朵完成时外花瓣的颜色。

2. 完全展开第1步。旋转纸张，使已经完成的3条折痕位于竖直方向。然后在另一个方向上重复第1步。

3. 再做两条对角线的折痕。

4. 翻到反面，然后把4个角折向中心点。

5. 展开第 4 步。再翻到反面。利用前一步的折痕把任意相邻的两边往中间折，使这两条边相交的那个角变成一个尖角。

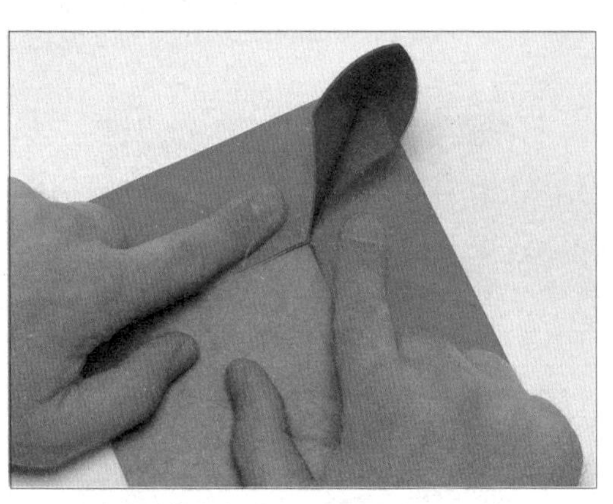

6. 如图为第 5 步的过程。

7. 把竖起来的这个尖角打开并压平，形成半个初步基础形。

8. 按顺序在作品的周围用同样的方法再折叠出 3 个和上一步一样的形状。

9. 把 4 个内角都往外折。如图为外花瓣折叠完毕后的形状。

10. 在小的正方形纸上重复第 1 ~ 9 步，等这个内花瓣完成之后，把它的 4 个角插入到外花瓣的 4 个角形成的口袋中，这样就可以使这两部分结合在一起。

11. 如图为第 10 步的过程。

12. 如图为第 10 步完成后的形状。把内花瓣的 4 个角的最上层纸拉出来，使它们在外花瓣的外面（参看最后的图形）。

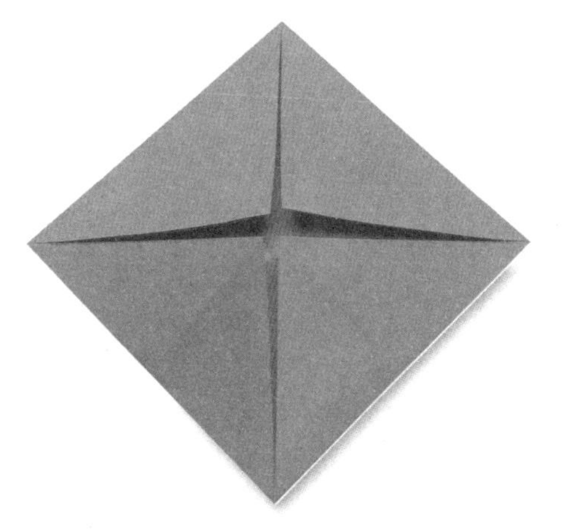

13. 在最后的一张正方形纸上分别沿两条对角线对折两次，形成两条斜的前折痕，然后把 4 个角往中心点折。

14. 翻到反面，把上下两个角往中间折，使它们和水平的中心线重合。这就是完成后的叶子形状。

15. 用和第 10 ~ 12 步相似的方法把这个叶子和花锁扣在一起。

16. 如图为完成后的纽扣花。为了使它和衣服上的纽扣结合在一起，你可以把纽扣插入到叶子底下的 4 个没有封闭的纸片中，这样就能使花保持在纽扣上面。如果你想把纽扣花变成书夹或者信纸角，在折叠第 14 步的时候只折其中一个角，并把书页或者信封角插入到作品背面开口的纸片中，然后连着书页或者信封角重新折叠松开的角，这样作品就被牢牢地固定在书本或者信纸上了。

弹出来的花朵

在精致的卡片中弹出一朵漂亮的花来，光想象一下就已经很奇妙了，如果亲手折叠一下，可以想象你的心情是激动的。在折叠之前你最好选择一张很小的方形纸，边长7 ~ 8厘米就行，越小越精致，选择有图案的纸作材料，效果会更好。

1. 先折一个初步基础形，内部的颜色就是打开后的花朵内部的颜色。如图放置纸张位置，使它看上去是一个菱形，开口的一端朝上。

2. 把单层顶角往下折，使它和底角重合，注意这个折痕只要轻轻折出即可，因为它只是作为下一步的导向而已。

3. 把两边的角（也是单层）往里折到中心线的位置。

4. 如图把两个角的内边往外折，使它们和第3步的折边重合。

5. 在背面，重复第3 ~ 4步的折叠。

6. 展开第3 ~ 5步的折叠。

7. 利用已经存在的折痕，在4个角上都做两次内翻折，第1次向内，第2次向外。

8. 如图为第7步完成后的形状。

9. 把开口端的顶角（只单层）往下折一个很小的距离。然后在背面重复一样的折叠。

10. 把右边的大纸片绕着竖直的中心脊痕往左折。同样在反面重复一样的步骤。

11. 在剩下的两个顶角上重复第9步，如图为完成这一步后的形状。

12. 如图放置花朵，使花朵的底部和卡片的竖直中心折痕相接，并在花朵底部的小三角形区域涂上胶水，使花朵固定在此位置上。

13. 如图所示在花朵的顶边上也涂上胶水。

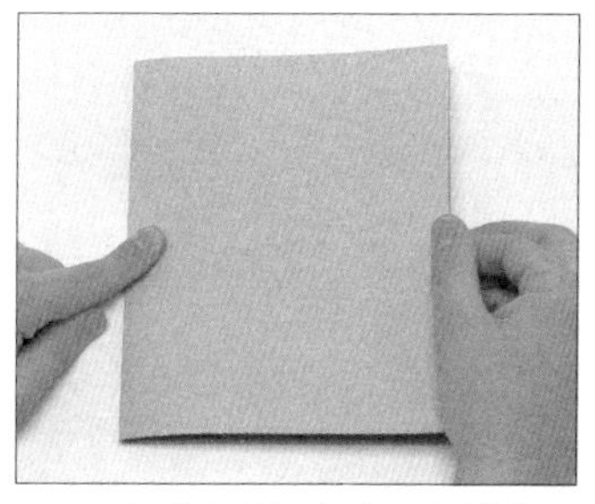

14. 从左到右对折卡片，这样花朵就被夹在卡片的两层纸中间。小心地压平。

15. 等胶水干了以后，打开卡片，你就可以看见花朵会弹开。如图就是完成后的“弹出来的花朵”。

郁金香和花瓶

很多独立作品放在一起的时候通常能达到很奇妙的效果，比如这里的组合：郁金香和花瓶。其中的花瓶和茎叶是用同样大小的方形纸折成的，而郁金香则是用上面两张纸的 1/4 大小的纸张折的。这里需要很硬的纸。

1. 先折一个初步基础形，使主体的颜色位于外部，并使开口那端位于顶部。

2. 如图把单层的两个外角往内折，使它们的顶点在中心线重合，并且要求最后形成的锥形的底部比顶部窄。

3. 在反面做一样的折叠。

4. 把单层的左上角往下折，使它和竖直的中心线重合。

5. 把第 4 步完成部分打开，并把里面的主要中心纸片往下折。

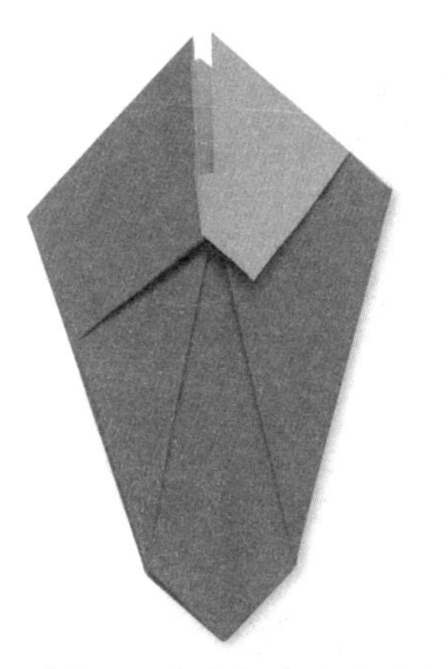

6. 如图所示，部分折痕因为被遮住而看不见，折下来的那个尖角也没有和竖直的中间折痕重合，而是稍微有一点偏向右边。

7. 把竖直的中心折痕看成轴，把右边的一片纸往左折。

8. 在新的左上角上重复第 4 步的折叠，然后用第 5 步的方法也把主要的中心纸片往下折。

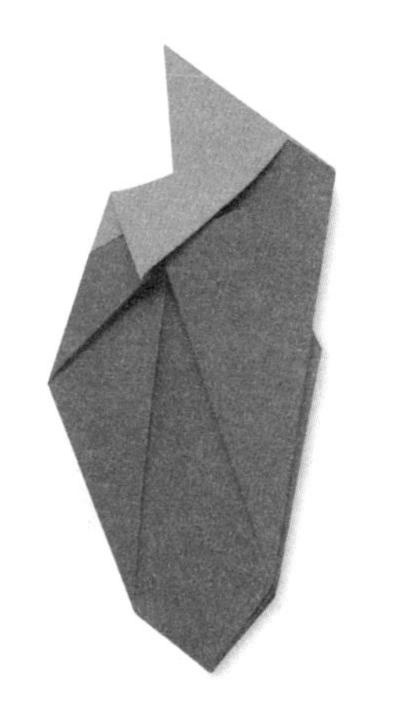

9. 翻到反面，然后在左上角重复第 8 步。

10. 再一次利用竖直的中心折痕把右边的纸片往左折。

11. 在剩下的左上角上重复第 4 步的折叠。

12. 你现在看右边，可以发现我们又回到了开始的地方。从后面打开第 4 ~ 5 步所折。

13. 把最后折的那条自然边往下折到如图位置。

14. 重新折叠，然后如图所示调整每层纸的位置。

15. 把整个作品压平。把最下面的角往上折，折痕和两个外角的尽头相接，然后展开。

16. 如图用你的手指把花瓶打开，捏出瓶的形状。

17. 为了使花瓶能够竖立放置，用你的食指和拇指捏出花瓶底部的 4 条折痕。

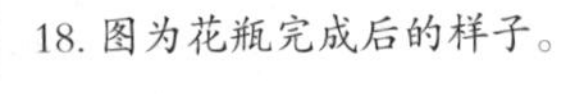

18. 图为花瓶完成后的样子。

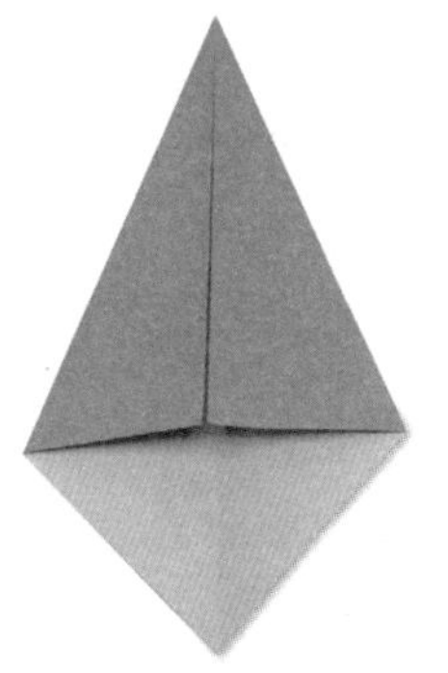

19. 现在我们来折茎叶。首先我们来折一个风筝基础形，注意要把深绿色的那一面朝下。然后如图调整纸张位置。

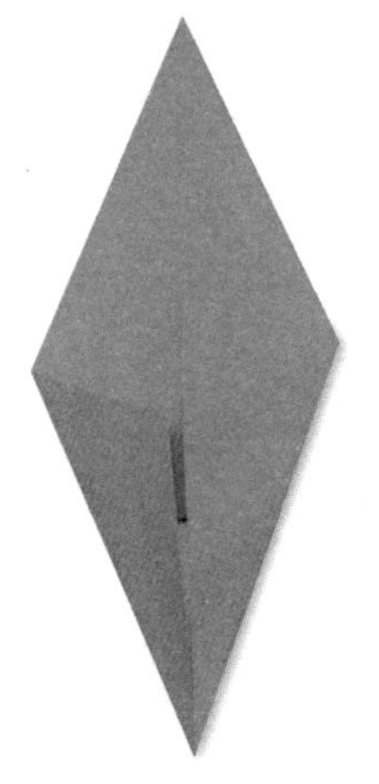

20. 把下面的两条自然边往中间折，使它们和竖直的中心折痕重合。

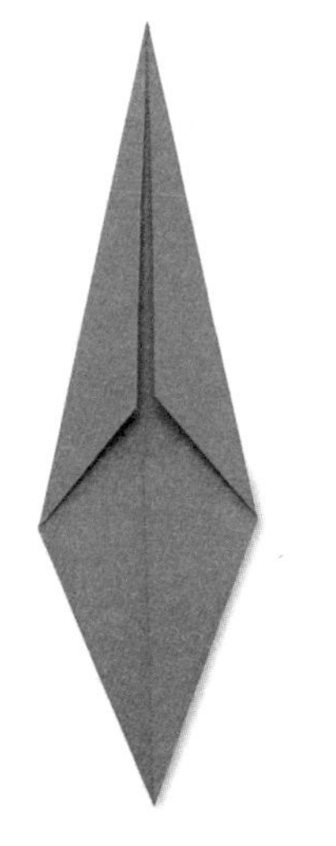

21. 在另一头也把折叠所得的边往中心线的方向折，使茎叶变细。

22. 做一个谷形折叠，使宽的那一边纸张覆盖在窄的一端的尖角上。

23. 利用竖直的中间折痕做一个山形对折，这样细尖角就被包起来了。

24. 用一只手捏住外面部分（即叶子），另一只手捏住尖端（即茎），把茎往外拉，然后压平，这样茎就有了新的角度。

25. 完成后的茎叶形状。

26. 把茎叶插进花瓶里。

27. 要叠郁金香先要折一个初步基础形，使主要的颜色位于基础形外部，然后如图把开口一端置于顶部。

28. 把单层的两个角往中心线的方向折，但是要注意使这两个尖角稍微低于整个作品的中心点，这样就能达到花朵的底部比顶部宽的效果。

29. 展开第 28 步的折叠，把两条上边缘分别往里折，使它们和第 28 步所做的折痕重合。

30. 沿着第 28 步完成的折痕重新折叠。

31. 在背面重复第 28 ～ 30 步。

32. 在闭合的那个尖角上，用剪刀剪掉一个很小的角。当郁金香被打开的时候，这个小角会变成一个正方形的孔，你可以利用这个孔把花插在茎上，所以你只要剪很小的角。举个例子来说，如果用来折郁金香的纸张是边长为 10.5 厘米的正方形，那么只要剪掉一个底边为 3 毫米的小三角形即可。

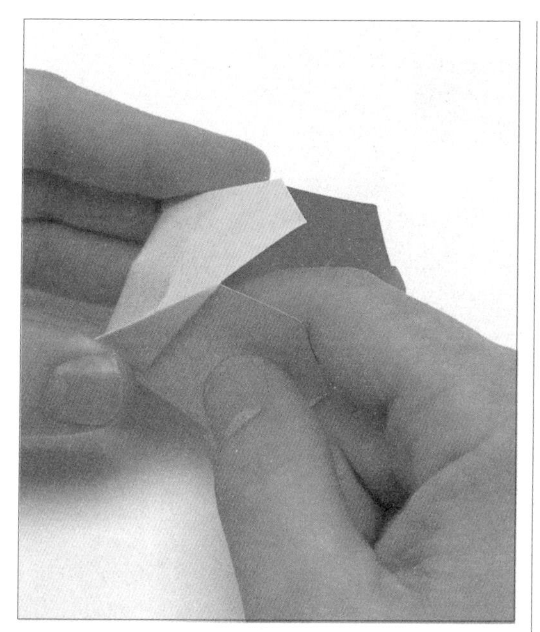

33. 小心地打开郁金香，用你的手指折出花朵的形状。

34. 保持郁金香的形状，小心地把它放到茎上方，然后慢慢地往下压，使茎刚好卡在花朵的孔中。这样一来，即便你的手放开，郁金香还会保持竖立。

35. 图为完成后的郁金香和花瓶。

太阳花

一些绉纸太阳花可以带来整年的阳光，让房间明亮起来。现在，就动手试一下吧。

1. 剪取两张直径为10厘米的圆形褐色卡片。接下来剪取一些边长为4厘米的正方形褐色绉纸，分别捏紧粘贴于一张圆形卡片的其中一面上。

2. 根据所需的尺寸将花瓣模板按比例放大，转移至亮黄色的纸上并剪下花瓣。

3. 将花瓣打褶，粘贴于覆盖好的圆形卡片背面，使它们围绕着卡片边缘。

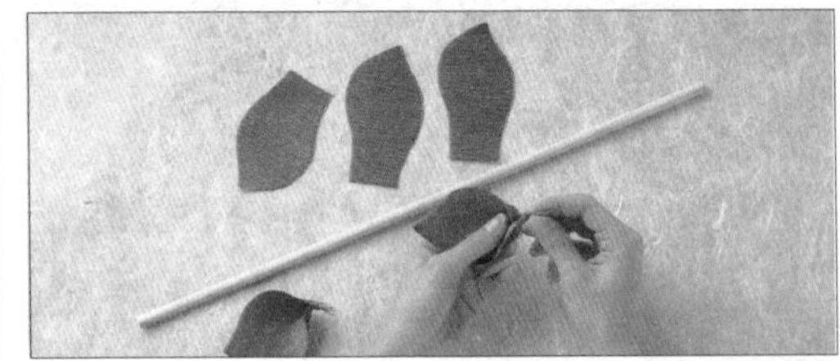

4. 取一条约50厘米长的定位杆来制作茎干。在绿色纸中剪取叶子的形状，将叶子一端扭曲形成小的叶柄。

5. 将叶柄粘贴于茎上，每两片叶片间隔一定的距离，使用胶带固定。

6. 在杆上缠绕一长条绿色绉纸，将茎完全覆盖。

7. 将花的头部粘贴于杆的前面，然后翻转，在背面贴上剩余的褐色圆形卡片，进行必要的修整。

虞美人

虞美人因其简易的制作方法而成为纸艺花卉中理想的制作对象。

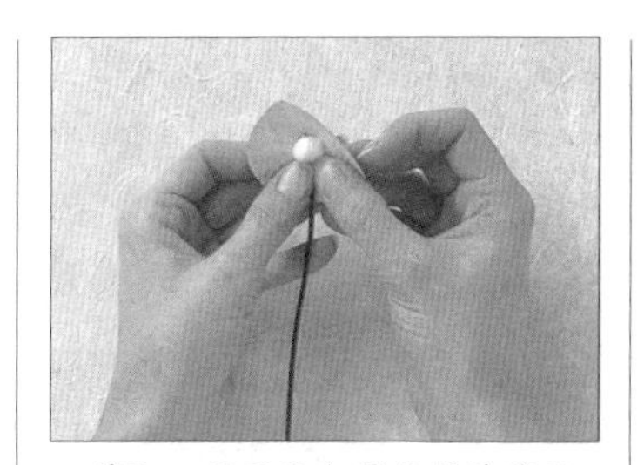

1. 剪取一段园艺金属丝制作茎干。将金属丝顶端弯曲成环，环中塞入一小块棉絮。棉絮用圆形的绿色绉纸裹住，周围用胶带固定。

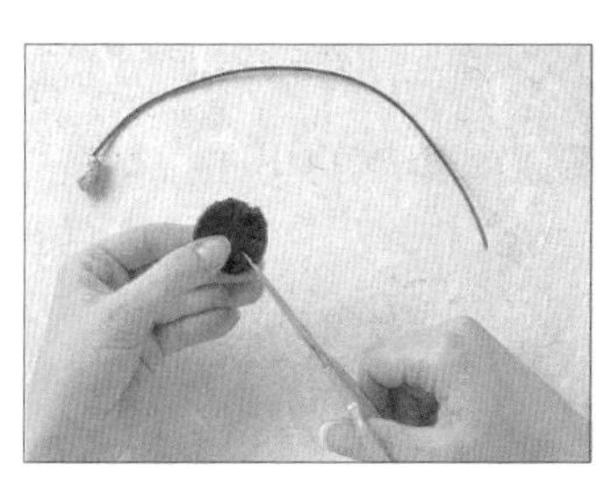

2. 从黑色绉纸上剪取3张小圆纸片。对小圆纸片外缘加以修饰，然后将金属丝从纸片中心穿过并紧贴"绿芽"。

3. 从红色绉纸中剪取5张花瓣的形状，用指尖拉伸花瓣外缘进行装饰。

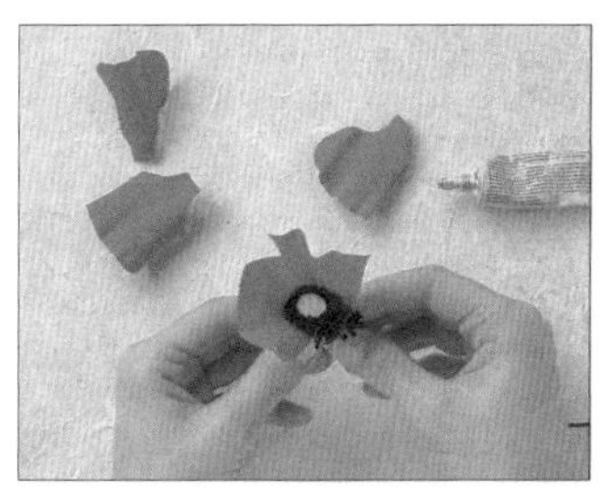

4. 将花瓣一片片地粘贴于黑色花蕊的底部。

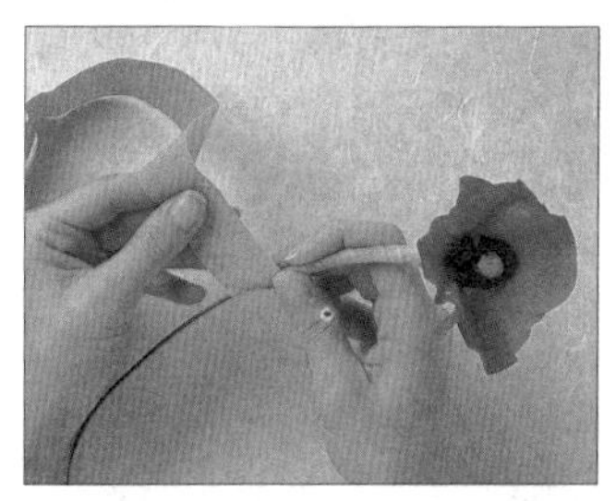

5. 用绿色绉纸缠绕茎干。将一长条绉纸缠绕于茎干上，底部用胶带固定。

多叶植物

可以将这株植物添加到其他纸制的花卉组合中。

1. 取一段绿色金属丝，将小块的双面胶等距粘贴在金属丝上。

2. 从绿色厚绉纸中剪取双叶片的形状。

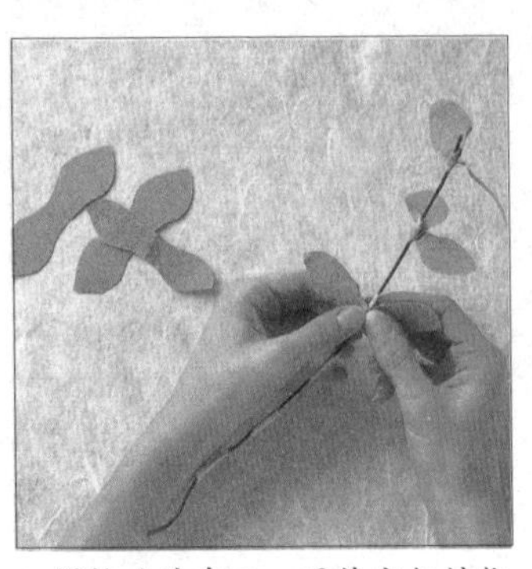

3. 搓拧叶片中心，再将它们缠绕固定于金属丝贴双面胶处。

4. 在金属丝底端粘贴一长条相同的绿纸，再缠绕茎干，缠绕过程中注意覆盖住双面胶。将完成的植物弯曲成适合同其他花卉一起摆放的形状。

第五篇

人物·服饰

这部分介绍了与人物、服饰有关的折纸作品，包括人物、帽子、衬衫、袜子等。这些作品都相当简单，很容易被初学者所接受。由于它们与日常生活有关，更容易使人得到学习的满足感。

小人

没有比折叠小人更让人充满兴趣了，一个戴帽子的小人会给你的折叠增添很多乐趣。折叠人物和折叠动物一样，不需要太多的材料。你要用到4张纸，最先用到的2张方形纸，大小要一样。第3张（用来做头部）是在前2张大小一样的方纸上先做一个对折，然后折出两条和短边平行的1/3折痕，剪掉其中的1/3形成的，用修剪过后的较大的一张做头部，较小的一张做帽子。

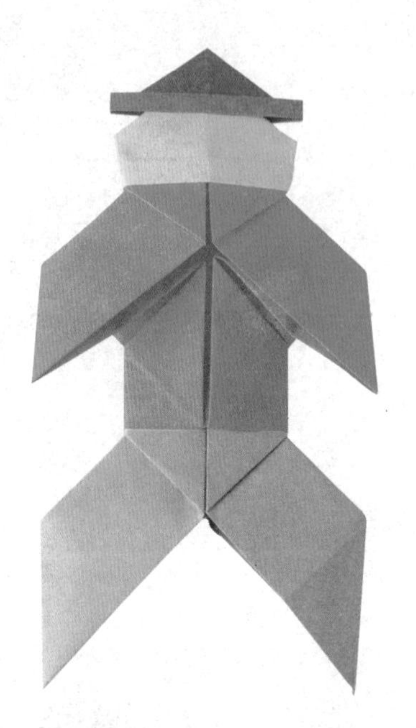

1. 使用正反面颜色一样的纸张。在第1张方形纸上分别沿两条对角线对折，然后展开，这样就形成了两条斜的折痕。然后用薄饼卷折法把4个角折到中间。

2. 翻到反面，调整纸张位置，然后如图把上下两个角折到中间。

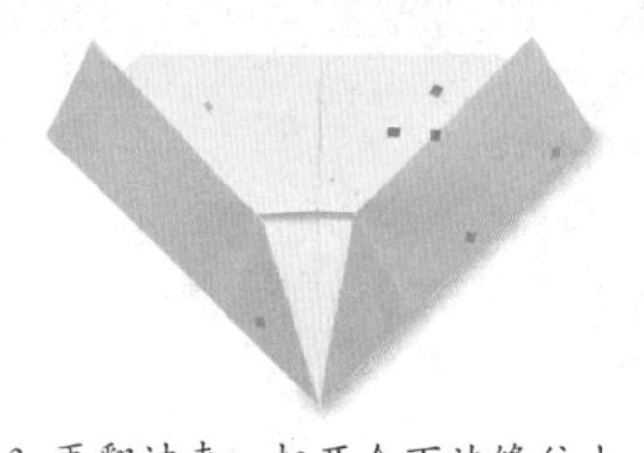

3. 再翻过来。把两个下边缘往上折，使本来的底边和竖直的中心线重合。同时外面的两个角和顶部的水平边缘重合。

4. 在上边缘重复第3步的操作，把本来的顶边往下折，使它和竖直的中心线重合。如图是右上角往下折后的形状。

5. 如图把右边被遮住的那部分纸片往外拉，使它位于第3～4步完成的交叠处的下方。把拉出来的纸张压成一个尖角。

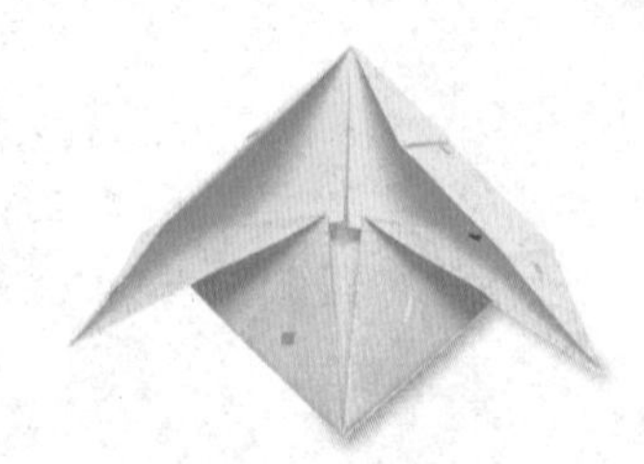

6. 在左边重复第4～5步的折叠。图为第4～5步完成后的形状。

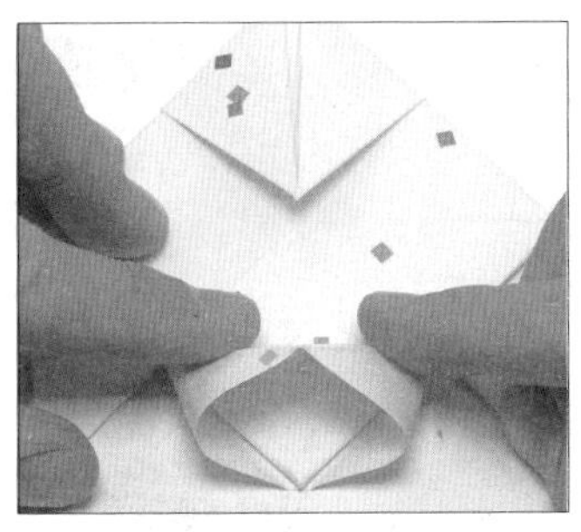

7. 翻到反面。你可以在顶端和底部看见两个菱形，菱形中间是一条竖直的开口。首先在下面的菱形中，把在最上面的那个角往下推，然后压平，使菱形变成一个长方形。在顶端的菱形中重复一样的折叠。

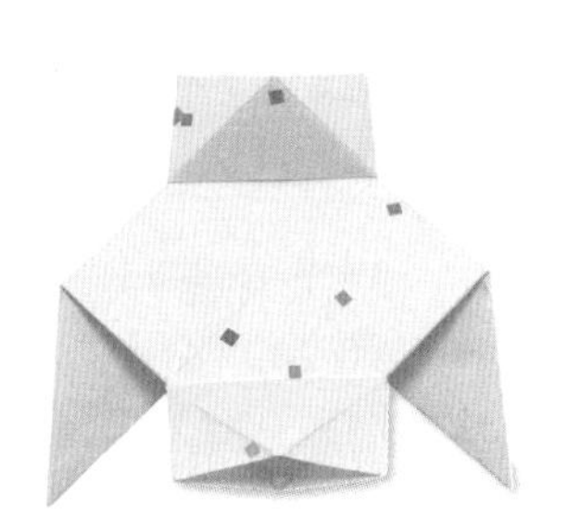

8. 图为第 7 步完成后的形状。这就形成了上身和手臂。

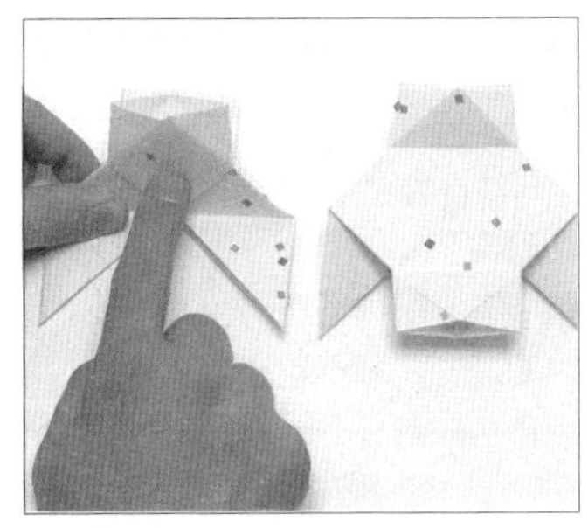

9. 折下身和腿的时候，拿与上一张一样大的纸，重复第 1 ~ 8 步，做另一个同样的上身和手臂的部分，然后对折，使压平的两个长方形重合。

10. 把腿上面的那个长方形插入到上身下面的长方形中，这样两个部分就连接在一起了。

11. 用剩下的两个长方形纸中比较大的一张做出头部。先对折，使短的两边重合。然后再在另一个方向上对折一次(分成4份)，展开，形成一条中间的竖直折痕。如图把上面的两个角往下折，使本来的顶边和中间的竖直折痕重合。

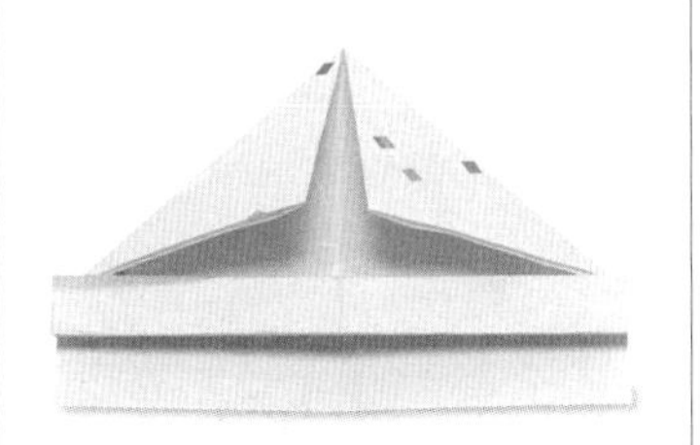

12. 把单层的底边往上折，使它依靠在三角形纸片的下面，然后再往上折一次，压住上面的两个三角边。在反面重复一样的折叠。

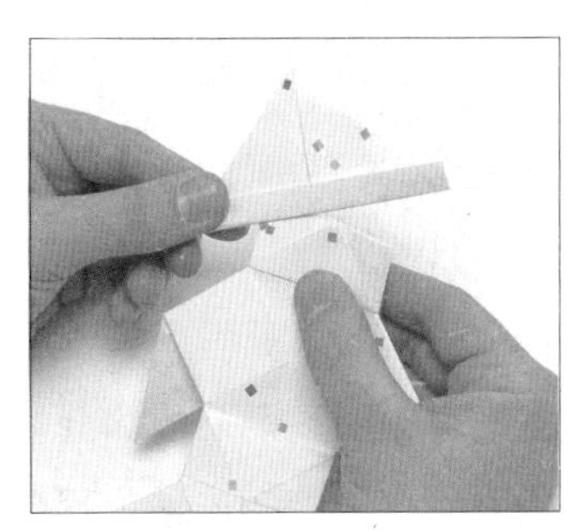

13. 把头套在上身上端的长方形上。

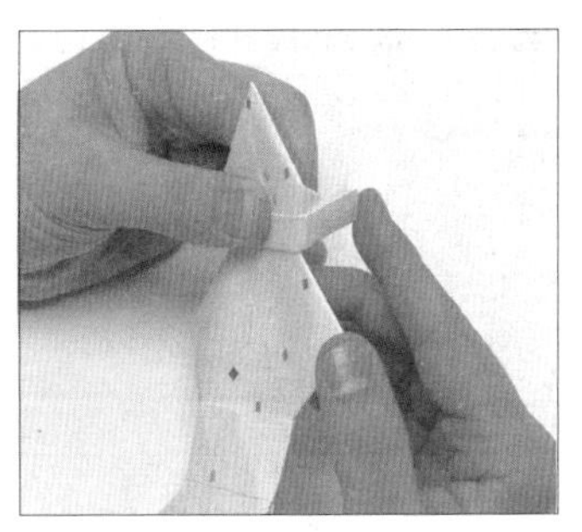

14. 依照长方形的大小，在头的两个外角上做山形折叠。然后在这个新折痕的顶端稍微加宽，使脸更加形象。

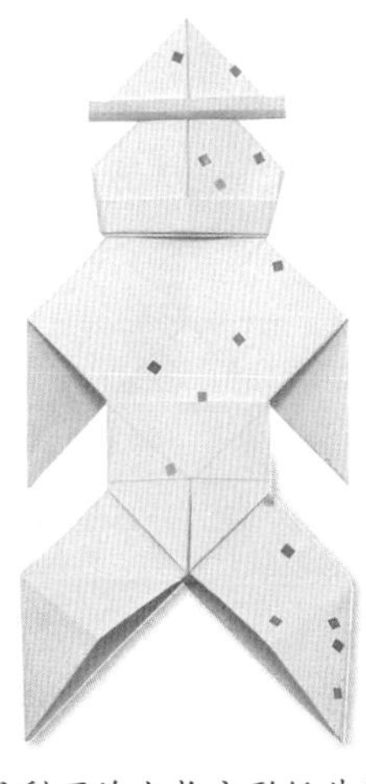

15. 用剩下的小长方形纸片做一个帽子：遵循第 11 ~ 12 步的折法。然后把帽子套在头上。如果你愿意的话，可以在上面涂一点胶水来固定。

圣诞老人和雪橇

圣诞老人是一个长着雪白的长胡子，穿着大红袍、戴着红帽子、和蔼可亲的老爷爷，每年的圣诞节他都会坐着雪橇去给孩子们送去他们喜爱的礼物。现在我们就来折叠圣诞老人和他的雪橇吧。你需要准备一张方形纸张，最好其中一面为红色，并且开始的时候使这一面朝上。

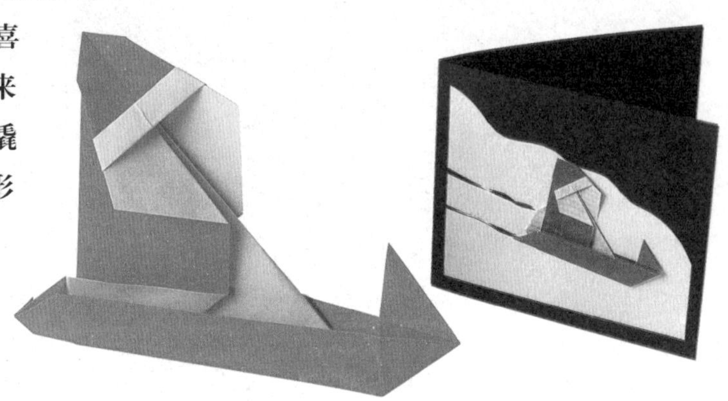

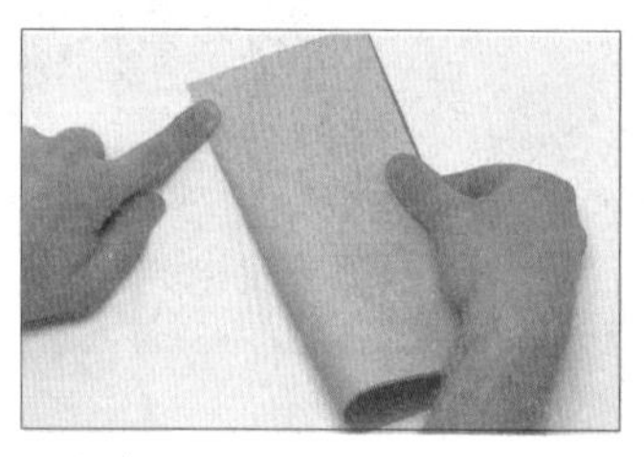

1. 先在纸上做一次对折，把左边折到右边，但是只需要捏出顶边附近的折痕。

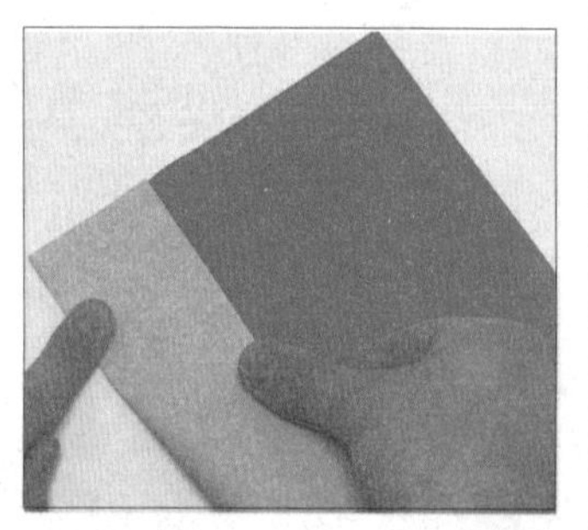

2. 展开，再把左边往右折，使它和第 1 步捏出的折痕重合，然后捏出从顶边到下大概 1/4 长的折痕。

3. 展开第 2 步的折叠。

4. 把左上角往下折，使本来的顶边和第 2 步的折痕重合。

5. 翻到反面，调整纸张位置使折进去的角在右上方。

6. 把右边缘往左折，使它和第 2 步完成的折痕重合。

7. 把顶边往下折，并且使这条新的折痕和第 6 步完成的小三角形的底边在一条水平线上。

8. 把左下角往下折，使本来的竖直边和第 7 步完成部分的底边重合。

9. 沿着第 8 步的三角形（本图中已经隐藏）的竖直边，把左边缘往右折，然后展开第 8 步完成的三角形。

10. 把左边的纸片稍微竖起来，然后拉出隐藏着的角，一直往上拉使它变成一个尖角。

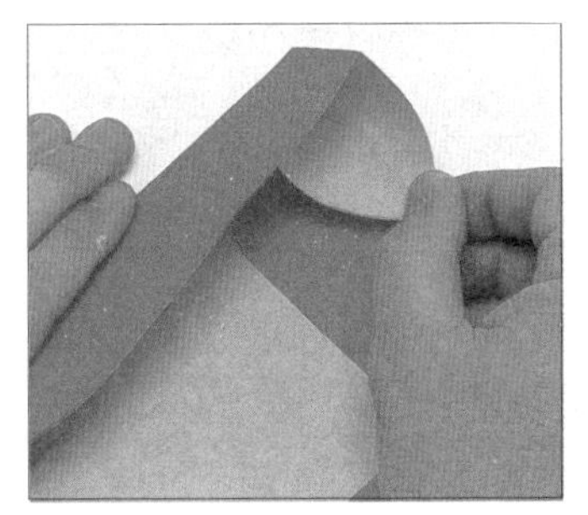

11. 如图所示为第 10 步的过程。

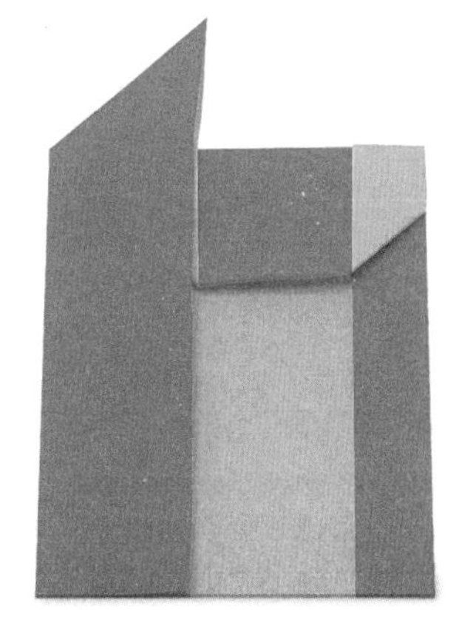

12. 如图为第 10 步完成后的形状。这个特殊的旋转方法在这个作品中会应用到很多次。

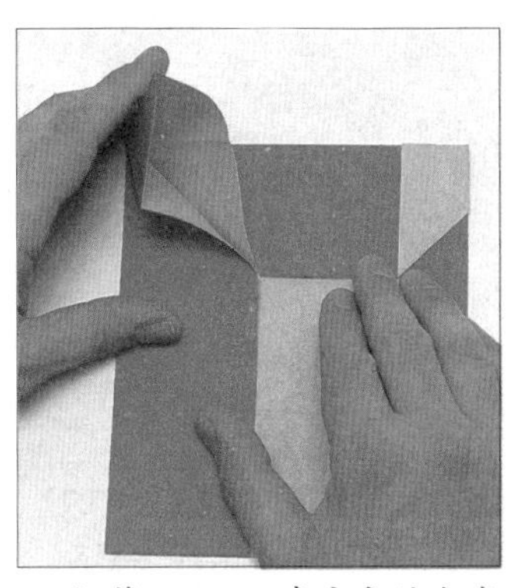

13. 把第 10 ~ 12 步完成的尖角竖起来，使它垂直于作品的其他部分。

14. 把这个尖角压平成半个初步基础形。然后把右下角往上折，使本来的底边和竖直纸条的内边重合。

15. 用和第 9 步相同的方法，把底边往上折，覆盖住第 14 步完成的小三角形。然后再次展开这个小三角形。

16. 再次把隐藏着的右下角拉出来，在右边拉平形成一个尖角。

17. 用同样的旋转方法把左下角拉出来，但要注意的是这个三角形的竖直边比水平边长。

18. 如图为第 17 步的效果。

19. 如图为第 17 步完成后的形状。

20. 把初步基础形上的单层内角往外折，然后把左边的自然边往下折，使它和底部的水平边缘重合。

21. 展开第 20 步的第 1 个折叠，然后把内角再往回折，使它和第 20 步完成的折痕重合。

22. 在第 21 步的纸片上再往上折一次，形成圣诞老人的帽檐儿。

23. 再往上折一次。

24. 把右上部分的纸片竖起来，使内部的自然边往上折，和圣诞老人的脸的外边重合。

25. 把右手边的竖直纸条再往左折一次。

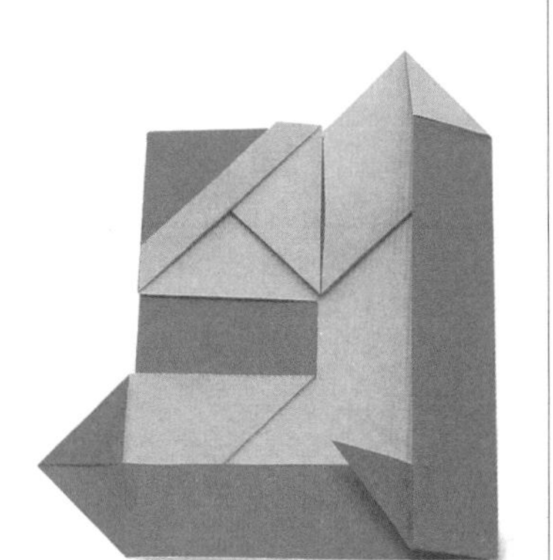

26. 如图为第25步完成后的形状。压平纸张。

27. 把底边的纸条再往上折一次，如图所示。

28. 把右下角隐藏着的尖角（雪橇的前刀片）往外拉，旋转到适当位置，这个方法和前面使用的旋转方法类似。

29. 如图为第28步完成后的形状。

30. 沿着从左上角开始到右下角结束的对角线折痕做一个谷形的对折。这个折叠能够很自然地完成，但要注意的是不要在雪橇部分和圣诞老人的右脸（如图所示）上做对折。

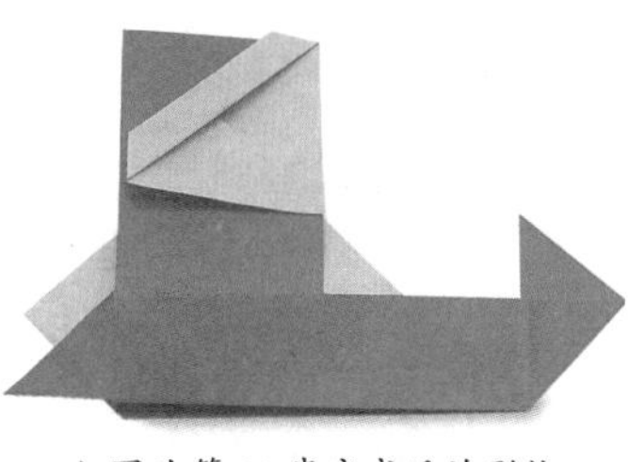

31. 如图为第30步完成后的形状。

32. 转向背面，在雪橇、圣诞老人的脸和他的礼物袋上增加一些山形的折叠，使作品更加形象。

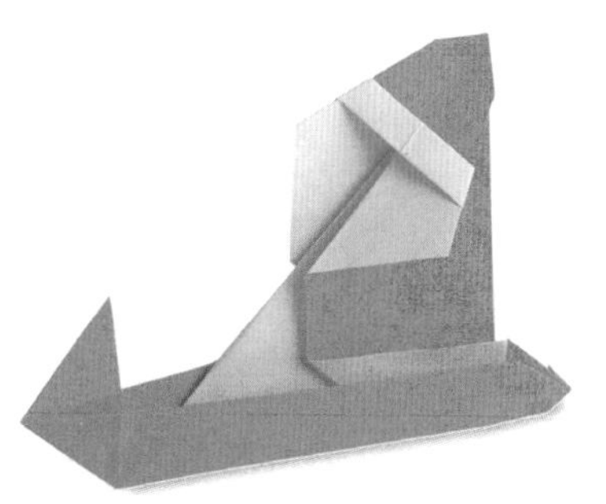

33. 图为完成后的圣诞老人和雪橇。

站立的女子

这个作品很好地利用了纸张的正反面颜色。折叠站立的女子需要挑选一张脆的纸张，把用来表现脸和手的那面朝上。

1. 首先角对角对折，出现一条对角线的折痕。展开，调整位置，使这条对角线垂直于你的身体。

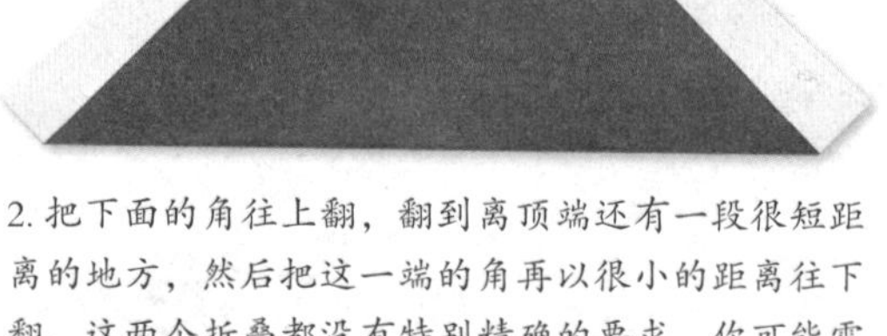

2. 把下面的角往上翻，翻到离顶端还有一段很短距离的地方，然后把这一端的角再以很小的距离往下翻。这两个折叠都没有特别精确的要求，你可能需要实验几次才能找到最适合的距离。

3. 把左边超出的部分往里折，部分盖住第 2 步折成的形状。

4. 右边超出部分也做相同的折叠。

5. 如图把第3步和第4步完成的交叠部分的角拉出来。

6. 把拉出来的角压平成一个尖角。然后如图把底边的两个角往里折，形成手。

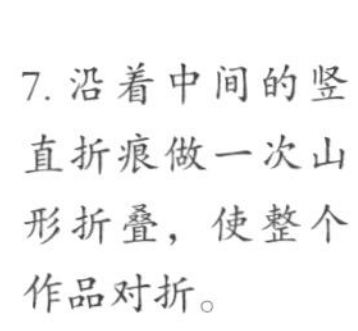

7. 沿着中间的竖直折痕做一次山形折叠，使整个作品对折。

8. 如图把右下边缘（仅单层）往左上方向折，注意要把手放在适当的位置。

9. 如图在上一步新形成的右角上做一个谷形折叠，折出女子的背。

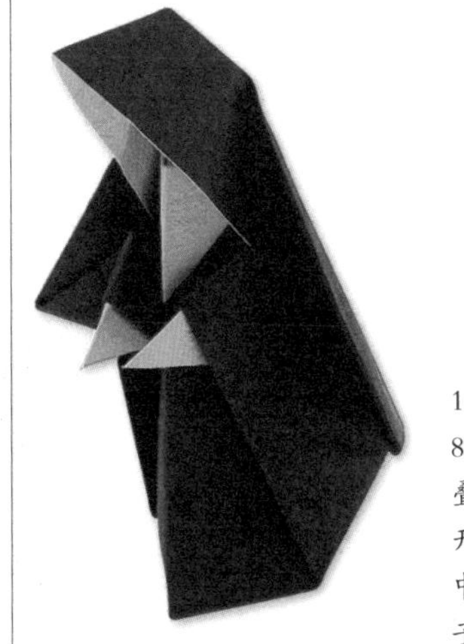

10. 在反面重复第8步和第9步的折叠，然后轻轻地打开第7步折的竖直中心线，如图使女子直立。

坐着的人

折纸的其中一种乐趣便是它能够通过相对简单的折叠方法，折叠出复杂的作品，这种作品并不专注于细节上的完全模仿，而是实物特征的抽象化。折叠成功的话，出来的作品便会形神兼备。使用一张正方形的折纸专用纸，彩色面朝上。

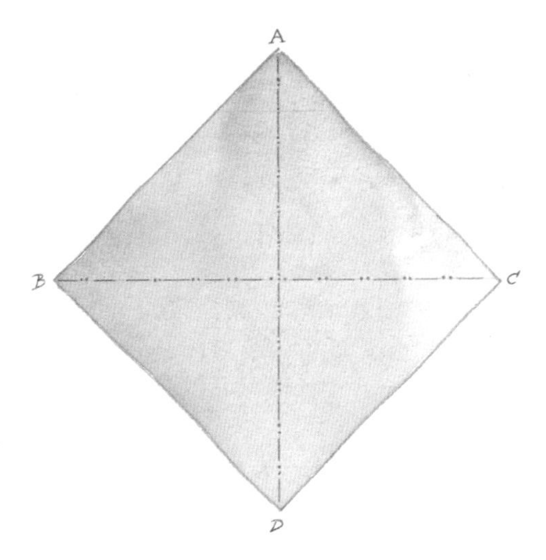

1. 山形折叠折出两条对角线，展开。

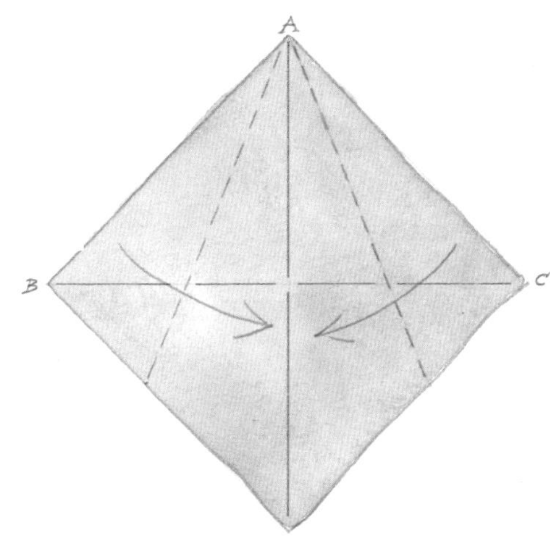

2. 将边 AB 和 AC 折至垂直对角线处。

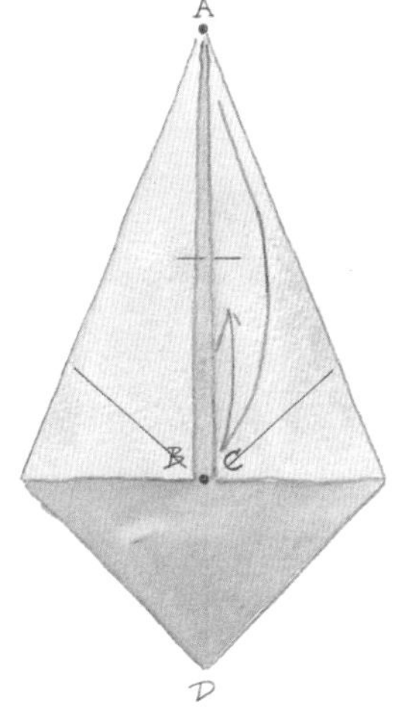

3. 将 A 向下折至与 BC 重合，捏住折痕的中点。展开。

4. 将 C 所在的面向后折。

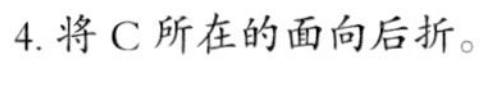

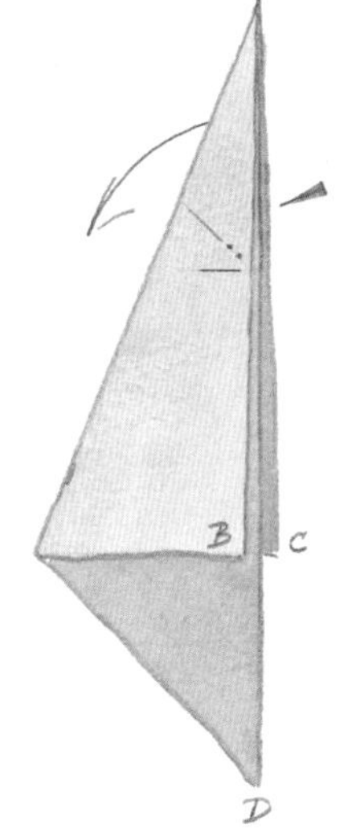

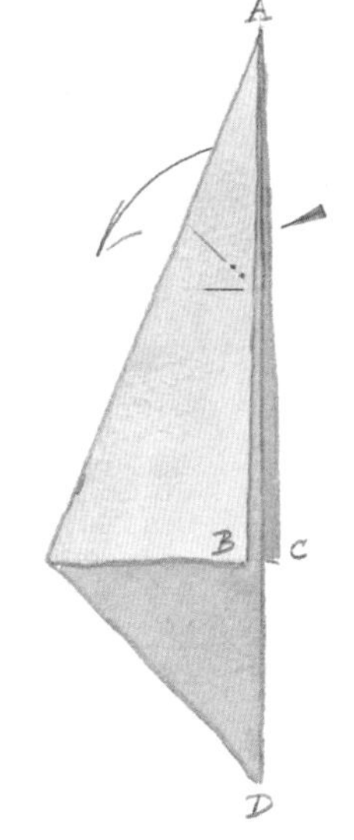

5. 以第 3 步中的折痕作为参照，将A向后翻折。注意第6步的角度。

6. 将 A 再次反折。注意第 7 步中的角度。

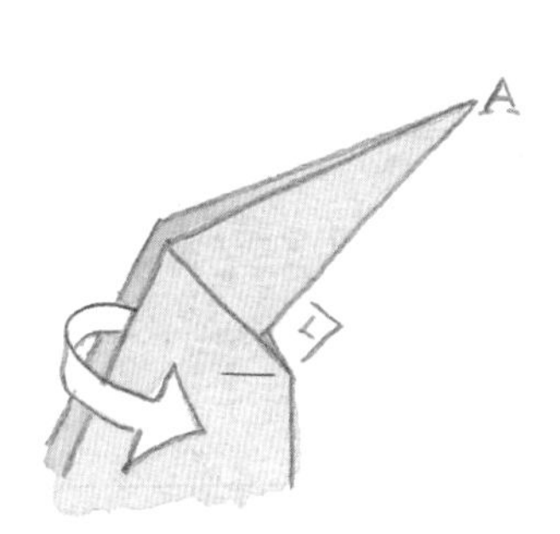

7. 展开至第 4 步。

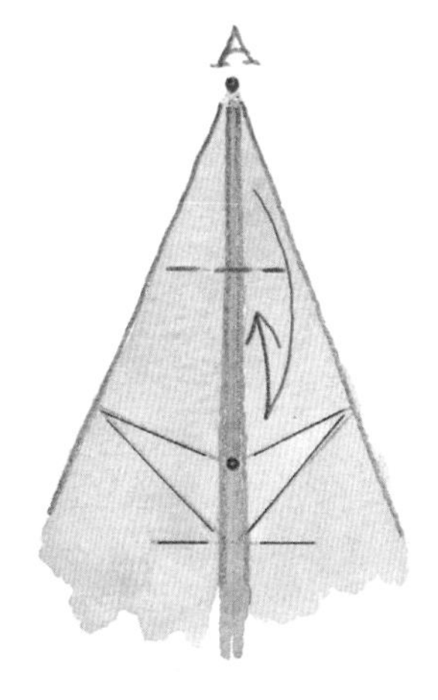

8. 将 A 向下折至与第 6 步中的反折点重合。捏住折痕中点。再次展成第 7 步。

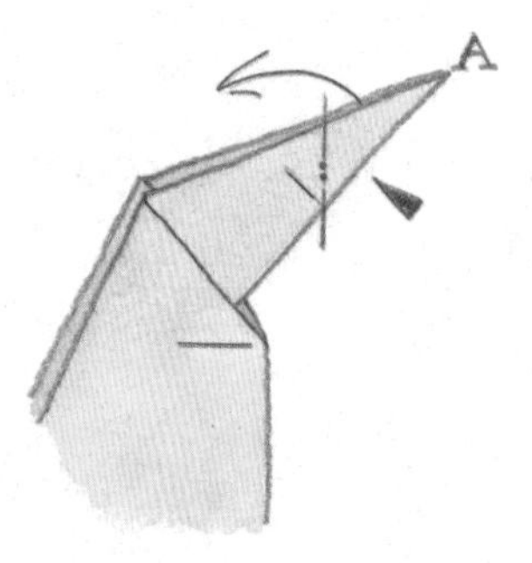

9. 将A反折，以第8步中的点作参照。注意第10步中的角度。

10. 再次反折A。注意第11步中的角度。

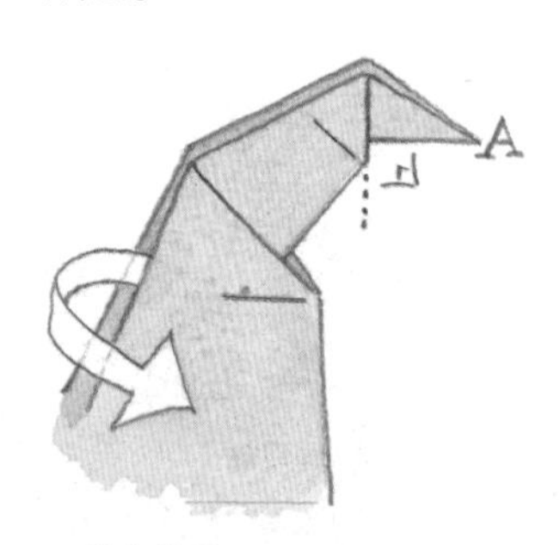

11. 完全展开。

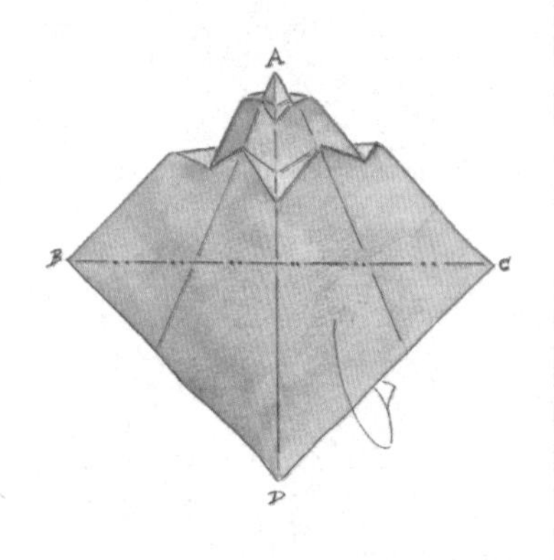

12. 将D向后山形折叠。

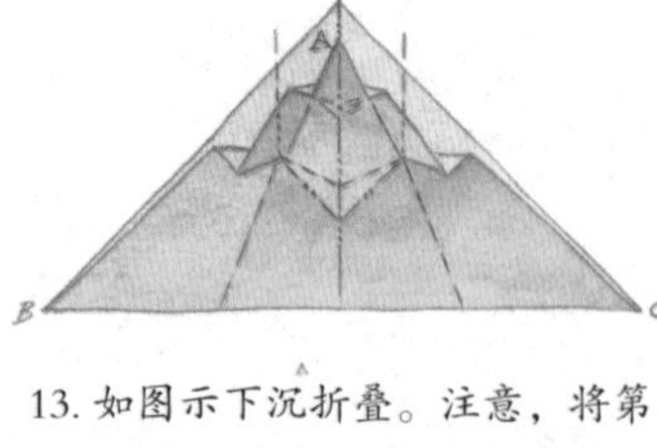

13. 如图示下沉折叠。注意，将第6～7步中的反折在该处改成双层，但并不涉及后一对反折。

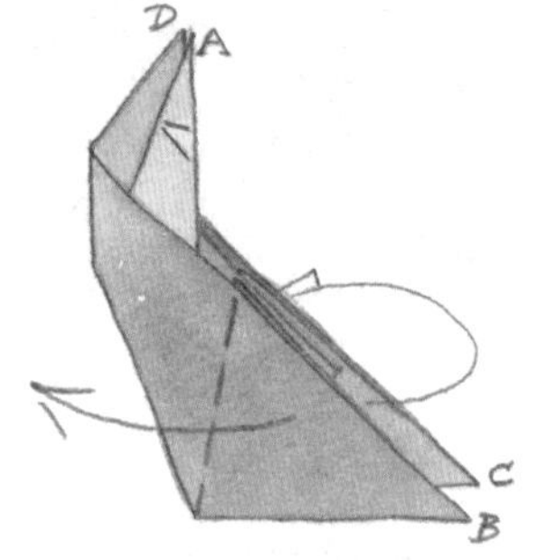

14. 将B和C分别向后折叠。

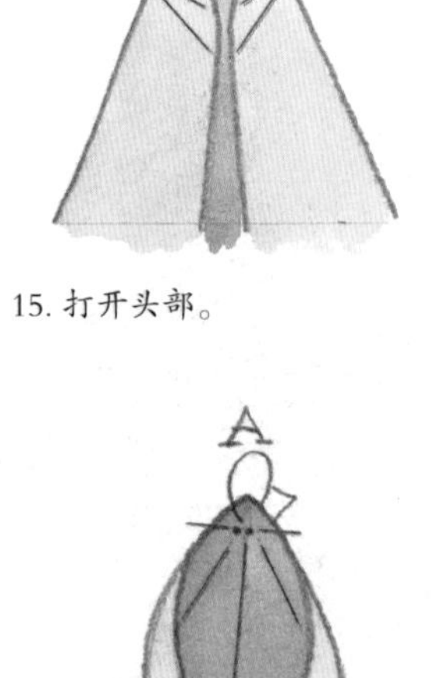

15. 打开头部。

16. 把尖端向后折叠。

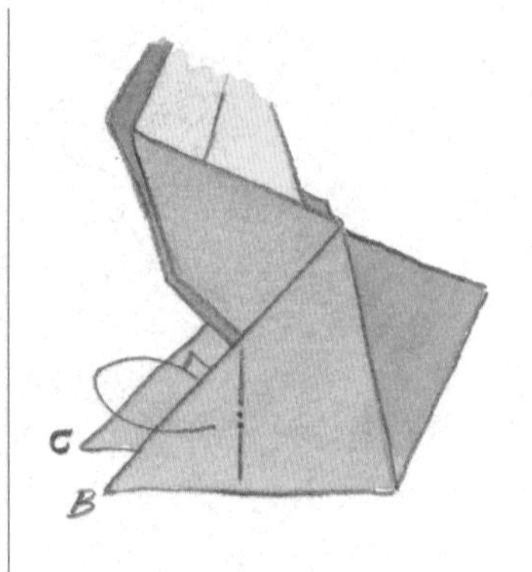

17. 将B和C均向内折入。

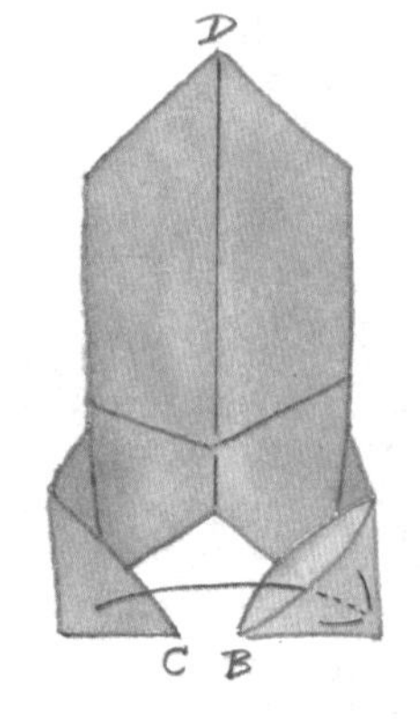

18. 将C塞入B中锁住椅子。翻转。

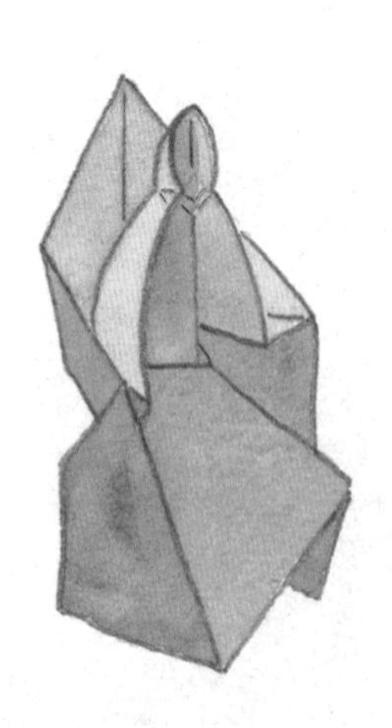

19. 坐着的人制作完成。

笑哈哈的嘴

这个作品需要首先折很多的折痕，在展开到原来的状态后，再用新的方法重新折叠这些已经存在的折痕，从而得到一个简单素雅但是很美妙的作品。你需要准备一张脆的方形纸，最理想的是一面有红色的纸张。开始折叠时将红色的一面朝上，这样最后动人的红唇就会呈现在我们的面前。

1. 如图沿着对角线对折。

2. 把右下角往左折，折的距离为底边水平线长度的 1/3。

3. 用同样的方法折叠左下角。

4. 如图所示把两个尖角往上折，使它们和顶端的角重合。

5. 现在，再把两个角往下折，使它们和底角重合，如图所示。

6. 把两个小三角形的斜边往上折，使它们和第 5 步的折痕重合。

7. 现在在作品的两边有两个小三角形的尖角，在上面做对折，使尖角朝下，如图所示。

8. 把所有的折叠都打开，然后调整纸张，使本来的反面朝上，并使所有的折痕都集中在顶部和底部。

9. 利用第 7 步完成的折痕，把上下相对的两个角的尖端往里折。

10. 现在利用第 6 步的折痕，把上下两个角的两边往里折，形成两个“兔耳朵”。

11. 翻到反面，然后利用第 2 ~ 3 步完成的折痕，把相对的上下两个角往作品的中间折。这个折叠并不要求压平，而是让两个纸片保持一种三维的状态，这样一来上下两片嘴唇就不会被破坏。

12. 从一边到另一边在整个作品上对折，这时要求重新折叠第 4 步完成的 V 形折痕。但是在折叠之前有一条折痕是山线，要先在两片嘴唇上把这条折痕捏成谷线，再完成这一步的折叠。

13. 如图为第12步完成后的形状。

14. 把最上面的单层纸尽可能往外翻开。

15. 如图把菱形上的尖角往回折，使菱形的颜色隐藏起来。

16. 在第15步完成的折边上再做一个折叠，形成一个长方形。这部分纸片就是完成时我们用手捏的地方。

17. 图为完成后的嘴唇。

使用方法：

1. 在反面重复第14～16步。然后用你的拇指和食指捏住第16步完成的两个长方形的纸片。你捏的时候要使它们和作品成90°。

2. 轻轻地拉开，你就可以看见很俏皮的嘴唇。你可以把这个嘴唇插到一张有脊痕的卡片里面，这样你打开卡片的时候，就能看到弹出来一个似在做亲吻动作的嘴唇。

会眨的眼睛

你或许很难想象，用纸张能做出一个立体的眼睛，而且这个眼睛还会不停地眨动，这么神奇的东西你也可以通过一张纸做出来。它的原理与折叠“笑哈哈的嘴”的原理基本相同，但在主题上有很多的改变——是在每张纸上需要拉出4个相邻的纸片。开始折叠的时候要把主要颜色的那一面朝下，要选择一张很薄脆的纸。

1. 在方形纸张上做两次对折，分别折出水平和竖直的两条前折痕。

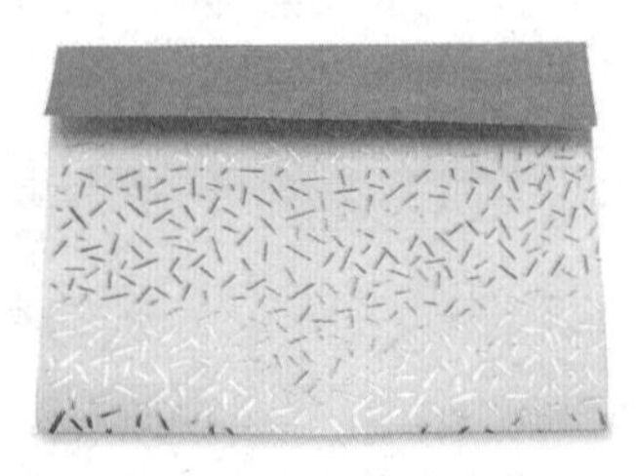

2. 把顶边往下折，使它和水平的中心折痕重合。

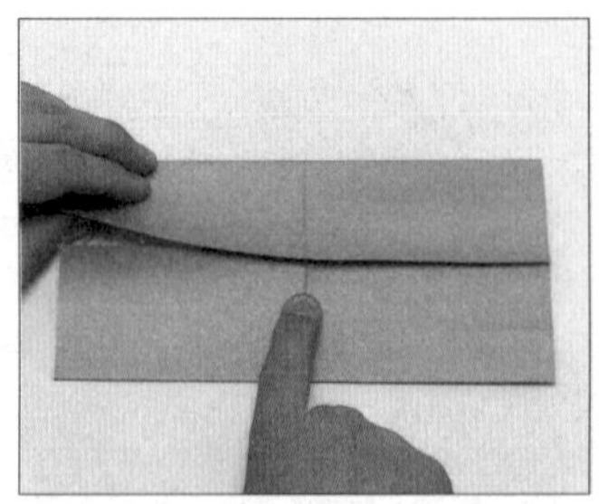

3. 把底边往上折，使它超出中间线大约3毫米，然后把它插入到刚折下来的纸片的下面。

4. 把纸翻过来。在两个短边上分别折一条很细的条，大约3毫米宽。如图所示。

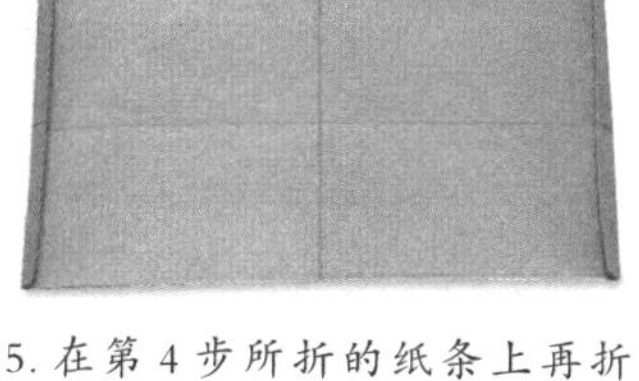

5. 在第4步所折的纸条上再折一次。

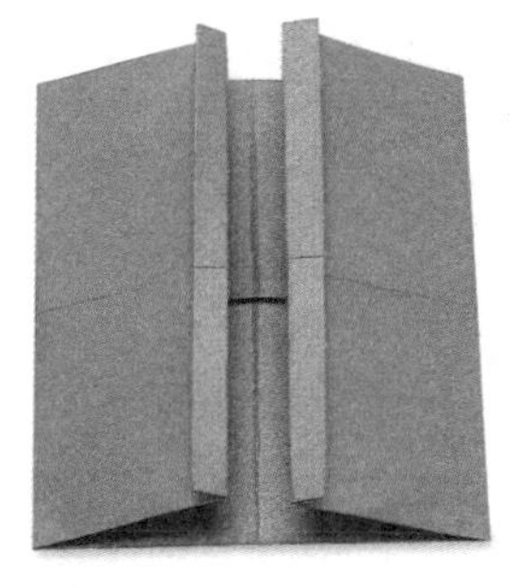

6. 翻到反面，然后把两条外边往里折，使它们和中心折痕重合。

7. 沿着竖直的中心线，在作品上做一个山形的折叠。

8. 轻轻地打开作品的左半边，用手捏住上层纸片的自然边尽可能往外拉，这样就能在这部分纸片上做一个内翻折，然后压平纸片。

9. 如图为第8步的过程：形成上眼皮。

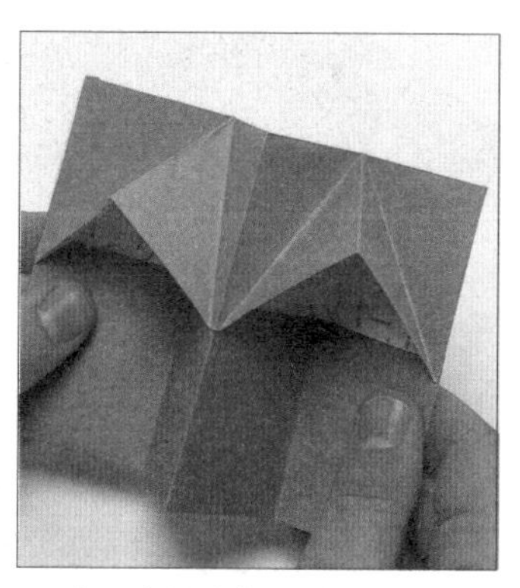

10. 在右半边重复一样的折叠。

11. 在下面的自然边上重复第8～10步的操作，完成下眼皮的折叠。

12. 用手分别抓住作品的一边。如果保持作品的自然状态，你可以看见“眼睛”是睁开的。

13. 如果你把纸张的两端拉平，“眼睛”就会闭上。像这样只要把手向里推或者向外拉，就能得到“眼睛”不断眨动的效果。

游戏帽子

这个帽子制作起来十分简单，它不但看起来很漂亮，而且还是一件非常好玩的玩具。

1. 剪取尺寸为6厘米×60厘米的金色卡片条，将两末端连接并粘牢，构成基本头饰。

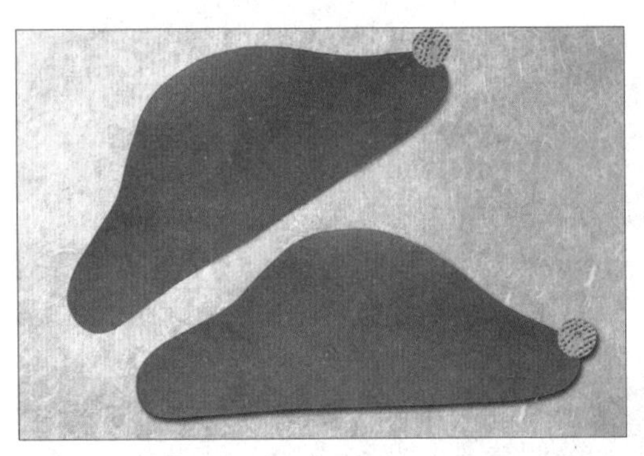

2. 剪取两张帽子形状的黑色硬纸。

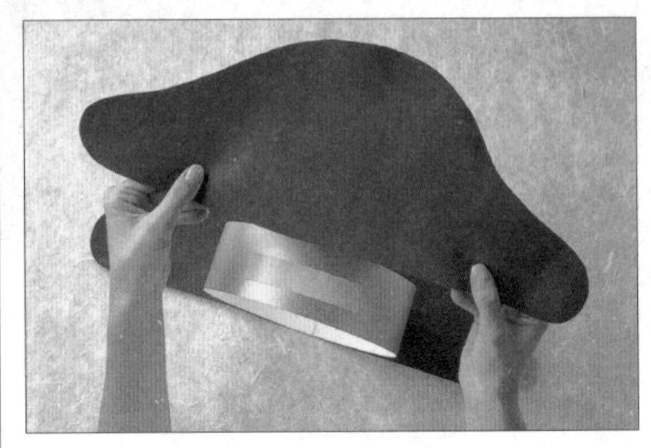

3. 在头饰的前后面各贴上一张双面胶，再把帽子形状的黑色硬纸粘于其上。

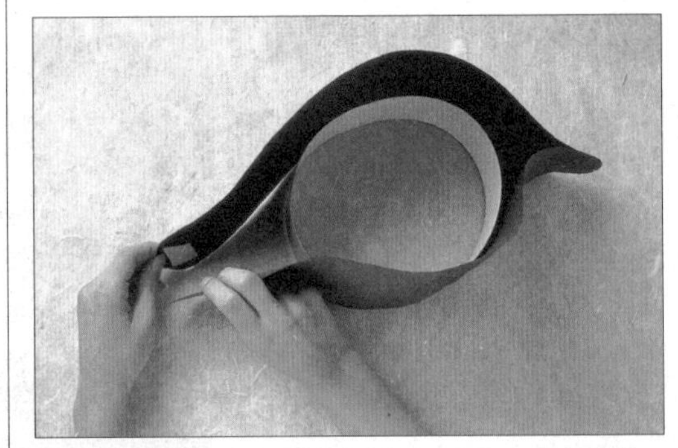

4. 接下来将帽子的两端各用一小块方形双面胶连接在一起。

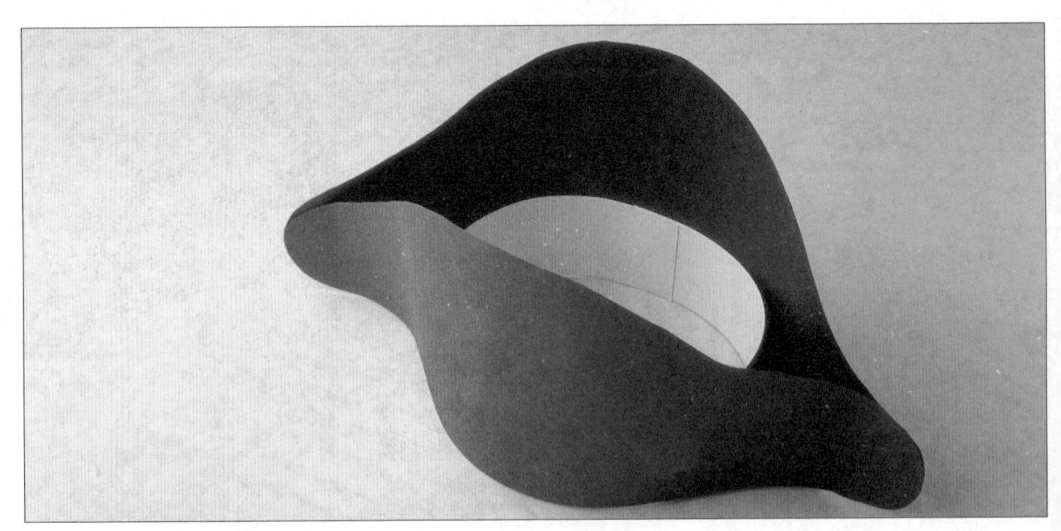

王冠(1)

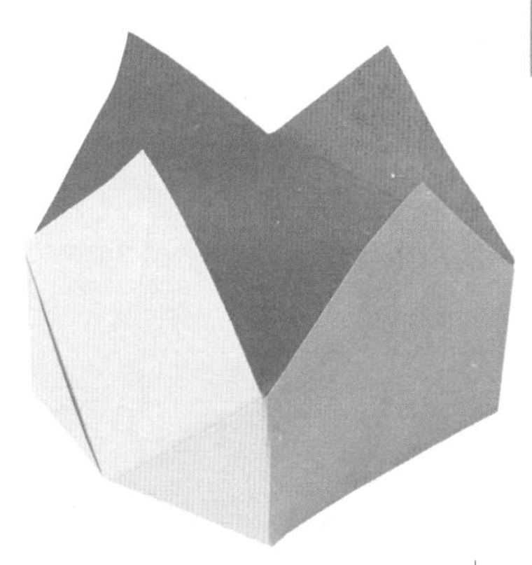

这种王冠做起来并不难，只要一张大小合适的纸。在使用特殊的纸张折叠这个王冠之前，你可以先用报纸来折叠，这样你就可以预计适合你头型的王冠需要多大的纸张了。

1. 先折一个薄饼卷基础形。注意，纸朝上面的颜色是王冠内部的颜色。

2. 把纸张翻到背面。如图把下边沿往中心线折叠，同时把相应的薄饼卷片从下面抽出来，使它露到外面，压平。

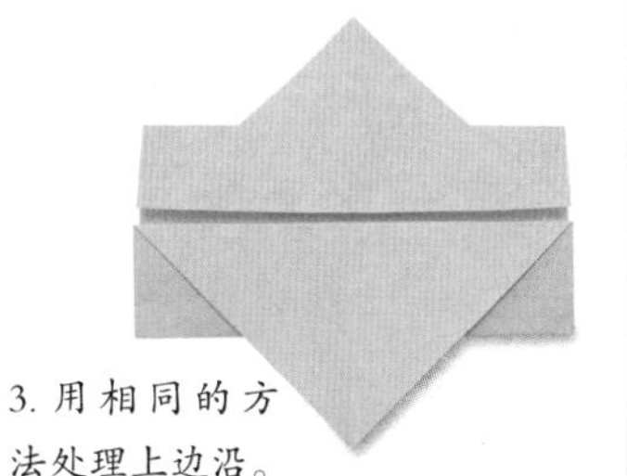

3. 用相同的方法处理上边沿。

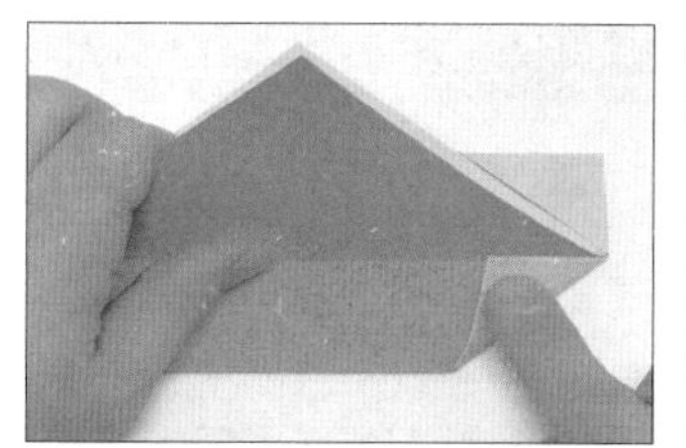

4. 把下面的大三角形往上翻，然后把下面的长方形的两个角往里折，使它们的边与大三角形的折痕重合。在上面的大三角形上重复一样的操作。

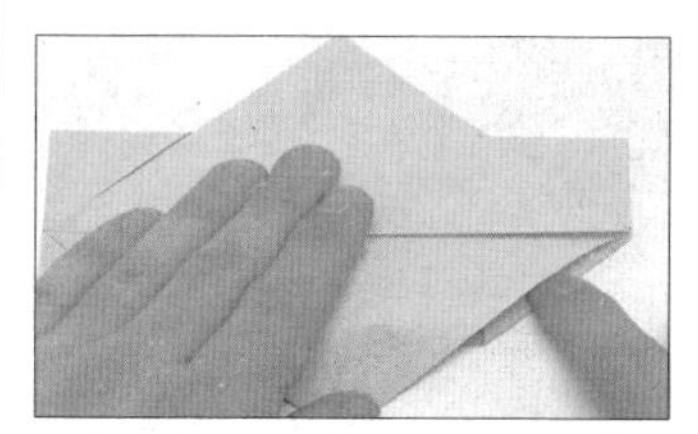

5. 把两个大三角形重新压下，然后把整个作品压平。这时候可以看到第4步所折的角被遮住了。

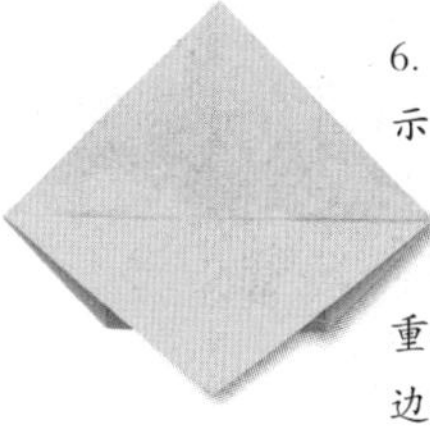

6. 如图所示，在中心线位置有两条重合的水平边缘。

7. 用手指插进这两个边缘，把它们拉开。

8. 把作品翻转过来，在每一个拐角的地方用力捏出一条折痕，使王冠呈现四方的形状。调整王冠顶部4个角的位置，使它们平坦一致。

王冠(2)

按照你的意愿制作一顶精制的王冠，准备参加一个皇室主题的舞会吧!

1. 制作王冠，需剪取一段55厘米长、15厘米宽的箔卡片。在卡片背后画上冠顶形状并剪取出来。

2. 从银纸中剪取小圆纸片，把它们粘贴于冠顶尖。从不同颜色的箔纸中剪取菱形，制作成“宝石”并把它们粘贴于王冠上。

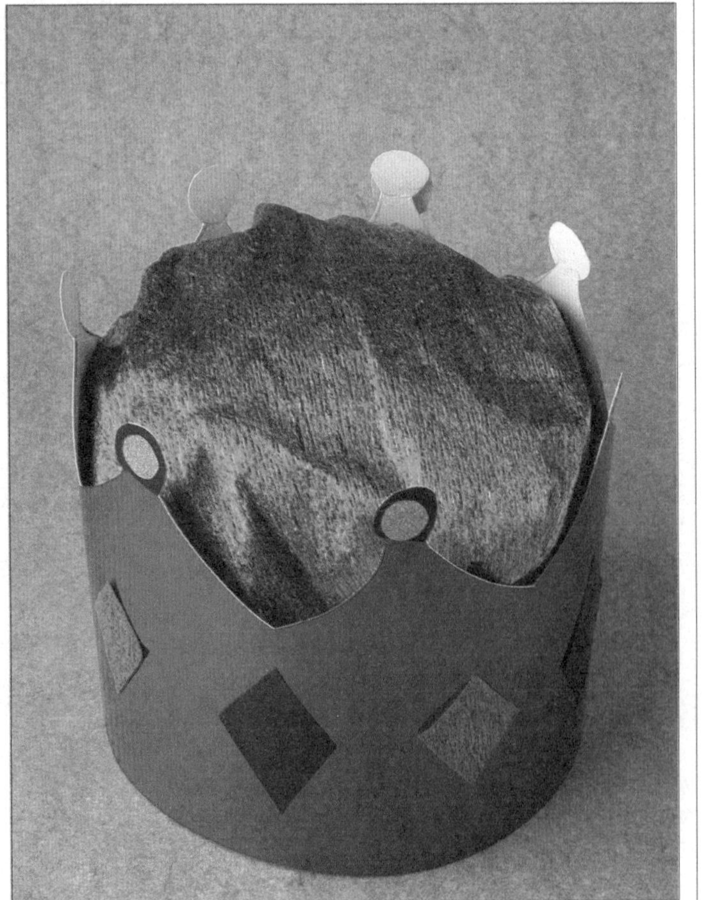

3. 用胶水把王冠的末端连接起来，再沿着王冠内侧面中间向下的位置贴一长条双面胶。

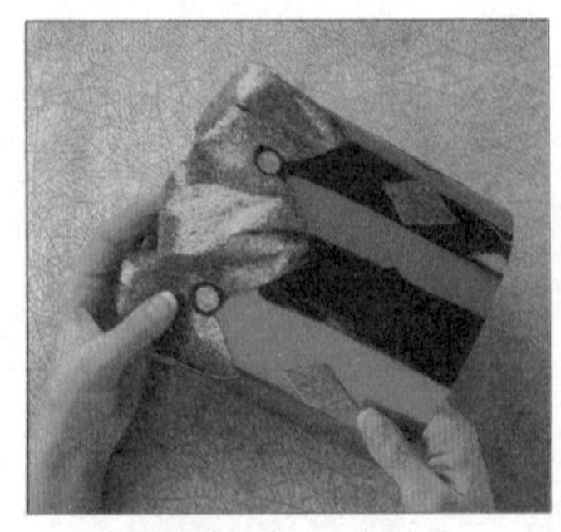

4. 取面积稍大于王冠的、相配套的圆形绉箔纸，然后小心地把它从顶端放入，至双面胶处固定。从底下把它往上推至蓬松，用以代表王冠中的天鹅绒。

武士头盔

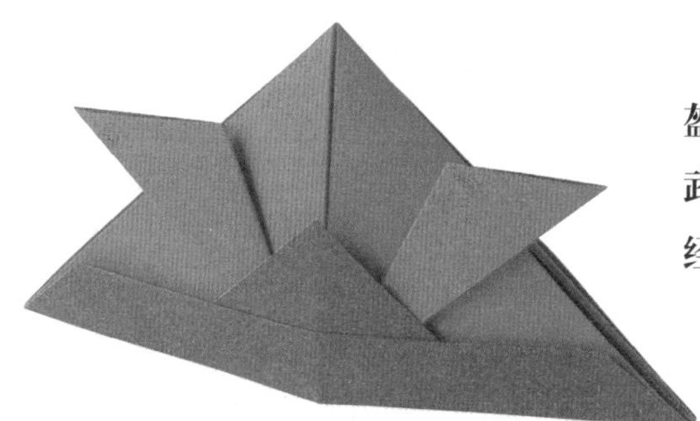

如果你想要做一个适合你头型的武士头盔的话，可能需要很大的纸张。对大部分“小武士”来说，那种标准规格的礼品包装纸已经足够了。

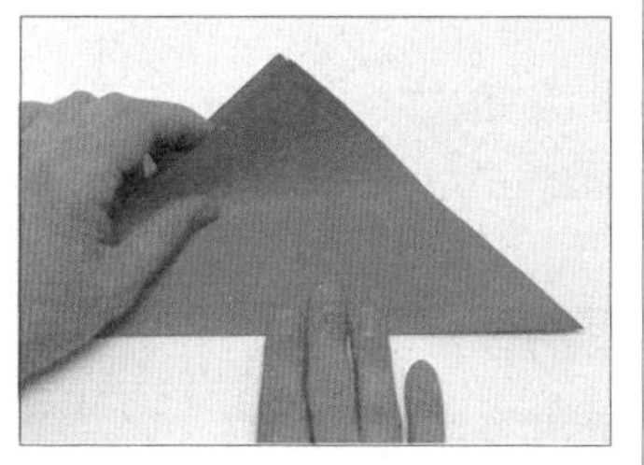

1. 把正方形纸沿对角线对折，此时的纸成一个三角形。这时候呈现在外面的颜色就是头盔的主要颜色。

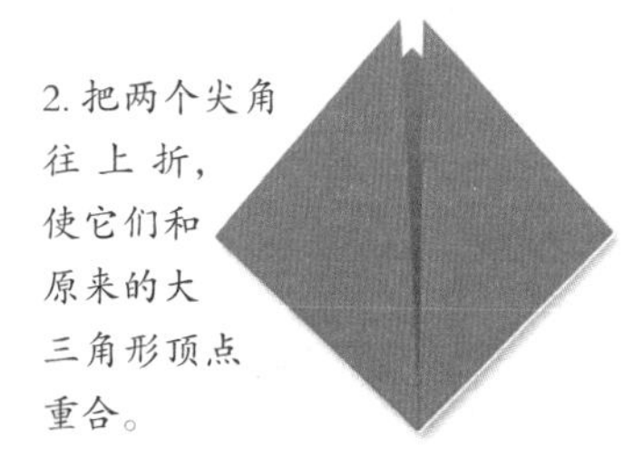

2. 把两个尖角往上折，使它们和原来的大三角形顶点重合。

3. 旋转180°，使原来朝上的尖角转而朝下，把其中一个尖角往上折，和上面的角重合。

4. 如图把尖角往外折，形成头盔的触角。注意，在折这个触角的时候，使上边缘和中间的那条水平线保持平行。

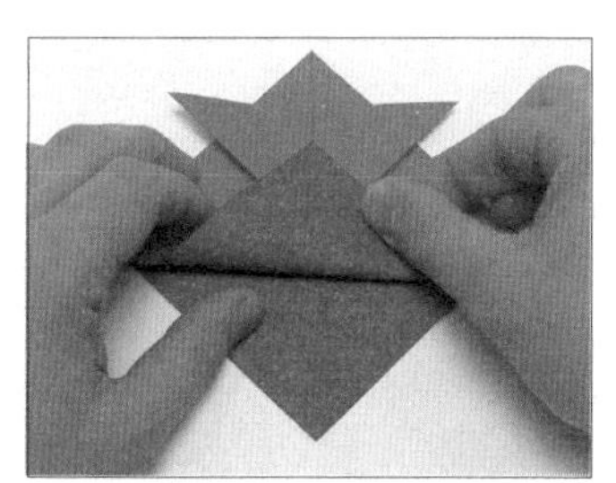

5. 在另一边重复第4步的操作。把下面的单层纸往上折，使它的尖角大概位于头盔顶部和中心线的中间位置。

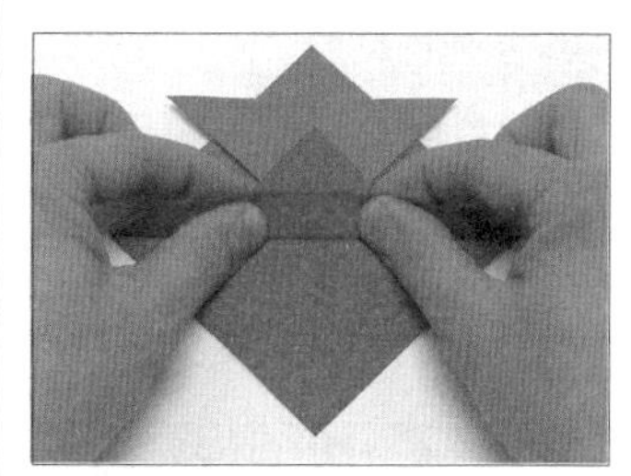

6. 把下边往上折，形成头盔镶边的效果。

7. 把作品压平，然后对底下的那层纸做一个山形的折叠，使它的尖角和头盔背面的顶端重合。现在，就可以戴这顶头盔了。

日式帽子

用漂亮的日式帽子来当作装饰品是个不错的选择。制作过程中，你无需遵循固定的设计模式，可以添加能展示个性的元素，从中得到乐趣。

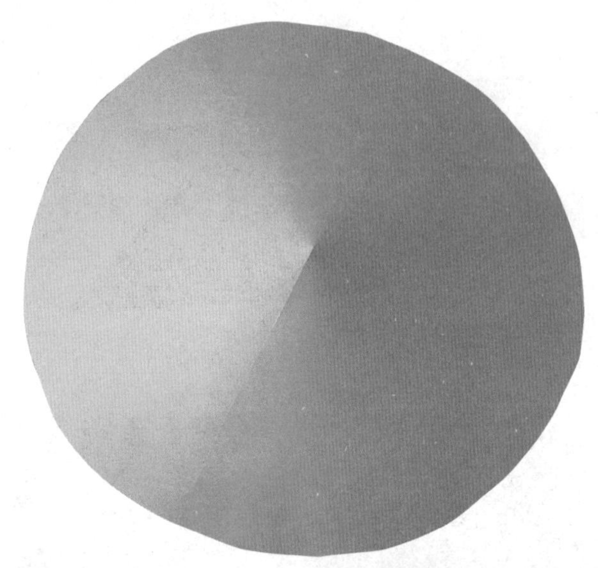

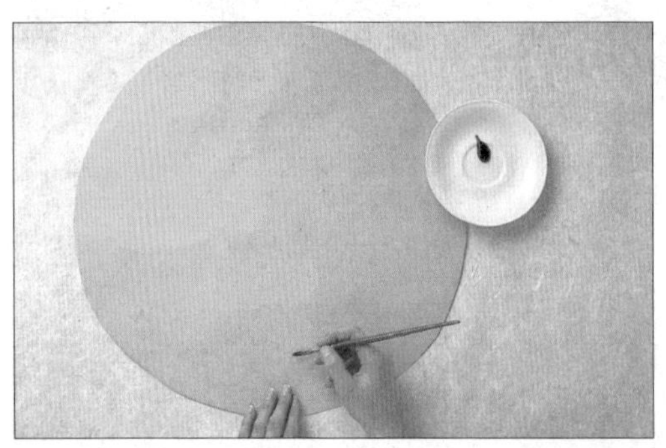

1. 剪取直径为48厘米的圆形褐色卡片，用黑色墨水或颜料在卡片上写上文字作为装饰。

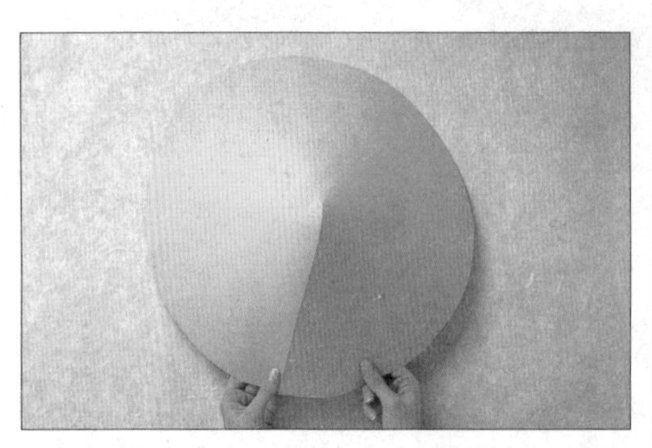

2. 从卡片边缘向中心剪取一条线，将剪开的一侧边缘交叠于另一侧上方，构成帽子的形状。用双面胶粘贴固定。

3. 取长度足以围绕头部一圈的一条卡片，将其末端固定在一起，制作成头饰。

4. 如图所示，用几条胶带将头饰固定于帽子的下方。

圆锥帽子

通过简单地改变帽子上的装饰，这顶圆锥形的帽子就可以成为小丑帽或者适合淑女用的雅致的仿中世纪头饰。

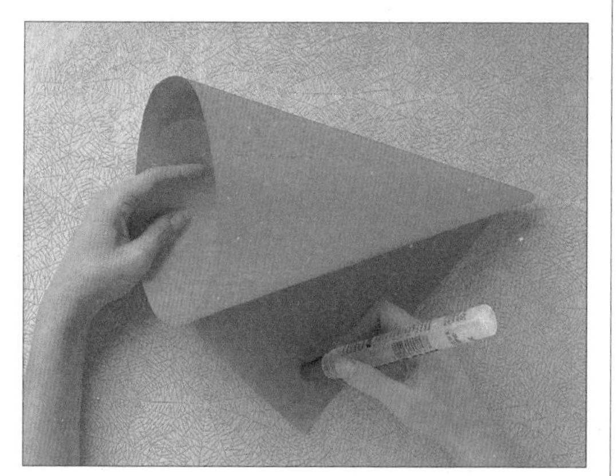

1. 从卡片上剪取直径为60厘米的半圆形制作最基本的圆锥体，可以根据需要将该尺寸增大或减小。将半圆卷成锥形并用胶带或胶水固定。

2. 制作仿中世纪的圆锥帽子，需要剪取3种颜色的彩色绉纸带，将绉纸带从帽子的顶端穿过，内侧用胶带固定。

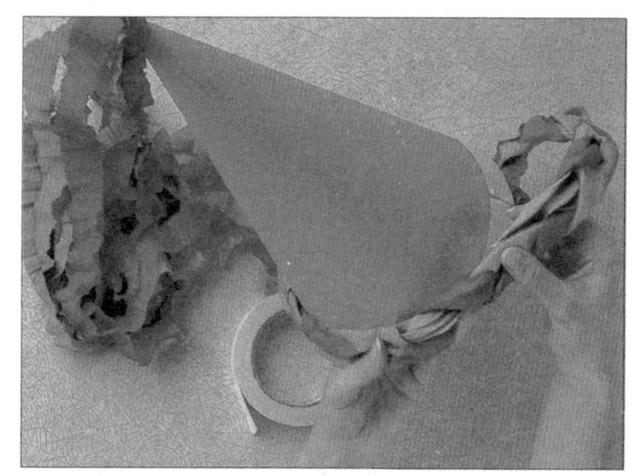

3. 现在将3种颜色的绉纸带打成辫。把绉纸辫粘贴于圆锥体的底部。

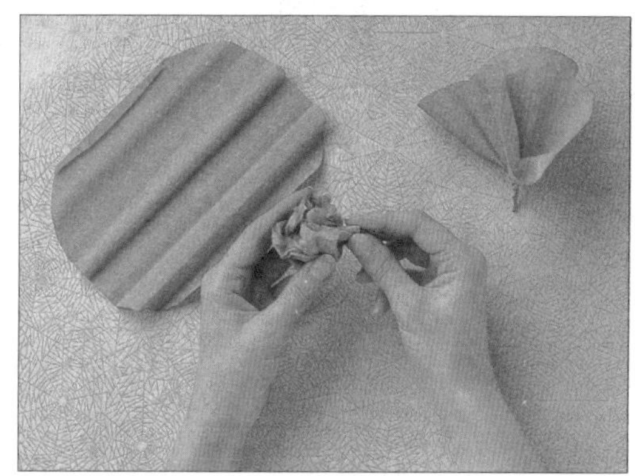

4. 制作小丑帽，需要剪取3张直径为20厘米的圆形绉纸制作成绒球。捏紧每张圆绉纸的中心并搓捻。接下来，把多余的纸揉皱做成球状。

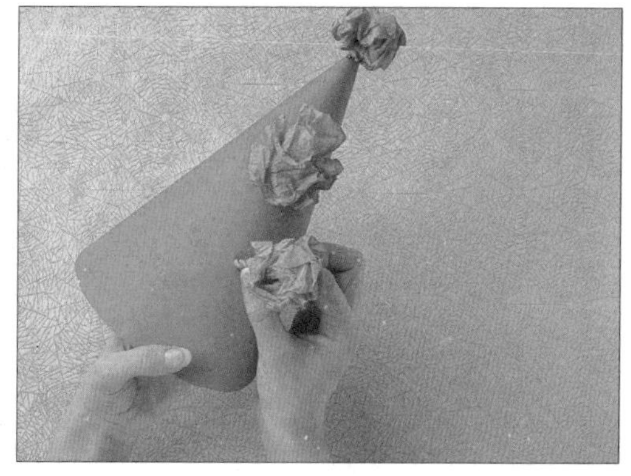

5. 把第1个绒球推入锥体的顶端，然后小心地在锥体的前面开两道细缝，一道在上，一道在下。把绒球的中心推入细缝，然后用胶带在内部固定。

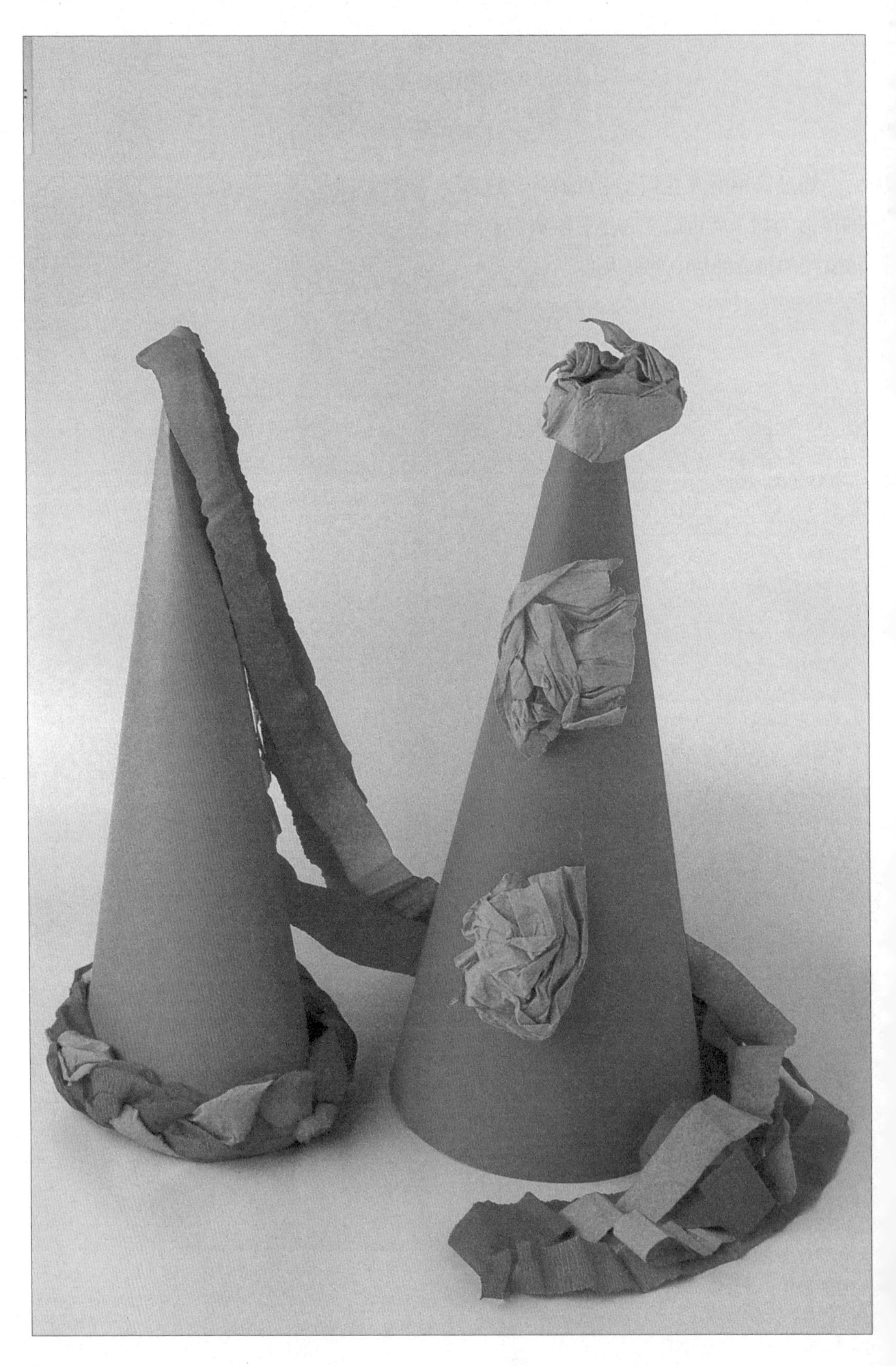

聚会硬草帽

这个硬草帽不仅雅致，而且制作方法简单，适用于化装舞会、戏剧演出或者夏日野餐。

1. 在一张彩色卡片上测量并绘出一个直径为24厘米的圆，然后在这个圆内部画出一个直径为19厘米的圆。将大圆外多余的部分剪取下来。

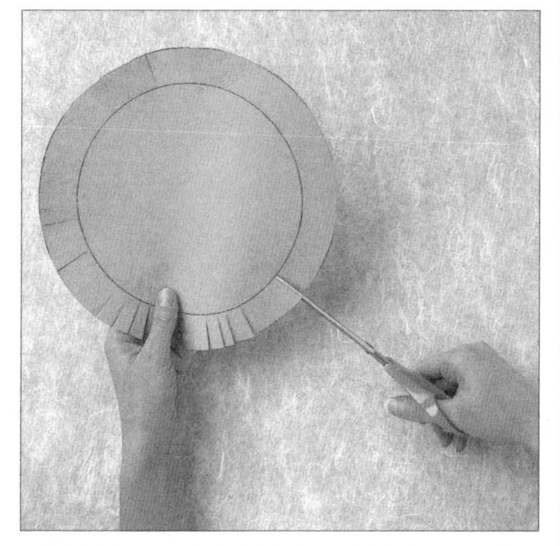

2. 沿着大圆向内剪出小短片，小短片终止于内圆。剪完后把小短片向下翻折，以使帽子能够适合装配。

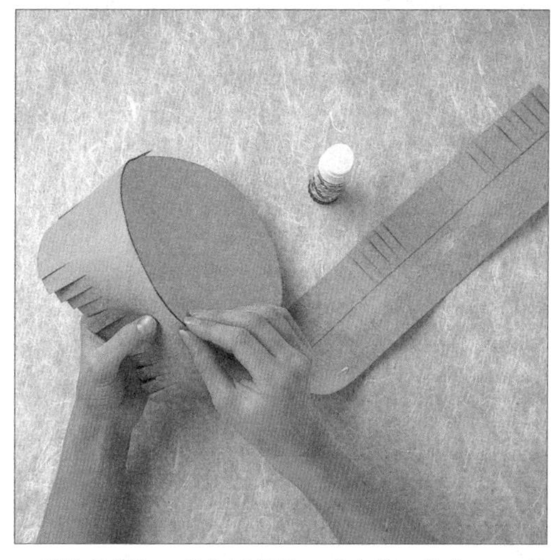

3. 测量并剪取一条相同颜色、尺寸为8厘米×60厘米的卡片条。沿着卡片条的中间画一条直线，在其中一半上小心地剪出小短片。在卡片条上涂上胶水，然后把它与圆上的短片粘贴，使它固定于圆上，形成硬草帽的顶部。

4. 把卡片条边缘的短边向外按压。然后剪取一个外圆直径为30厘米，内圆直径为19厘米的环。

5. 把卡片环从顶端套入，放于外翻的短片上，把它们粘贴在一起。

6. 围上一条合适的包装纸条作为装饰，制成多彩的镶边。可以制作几个帽子，每一个用不同的镶边。

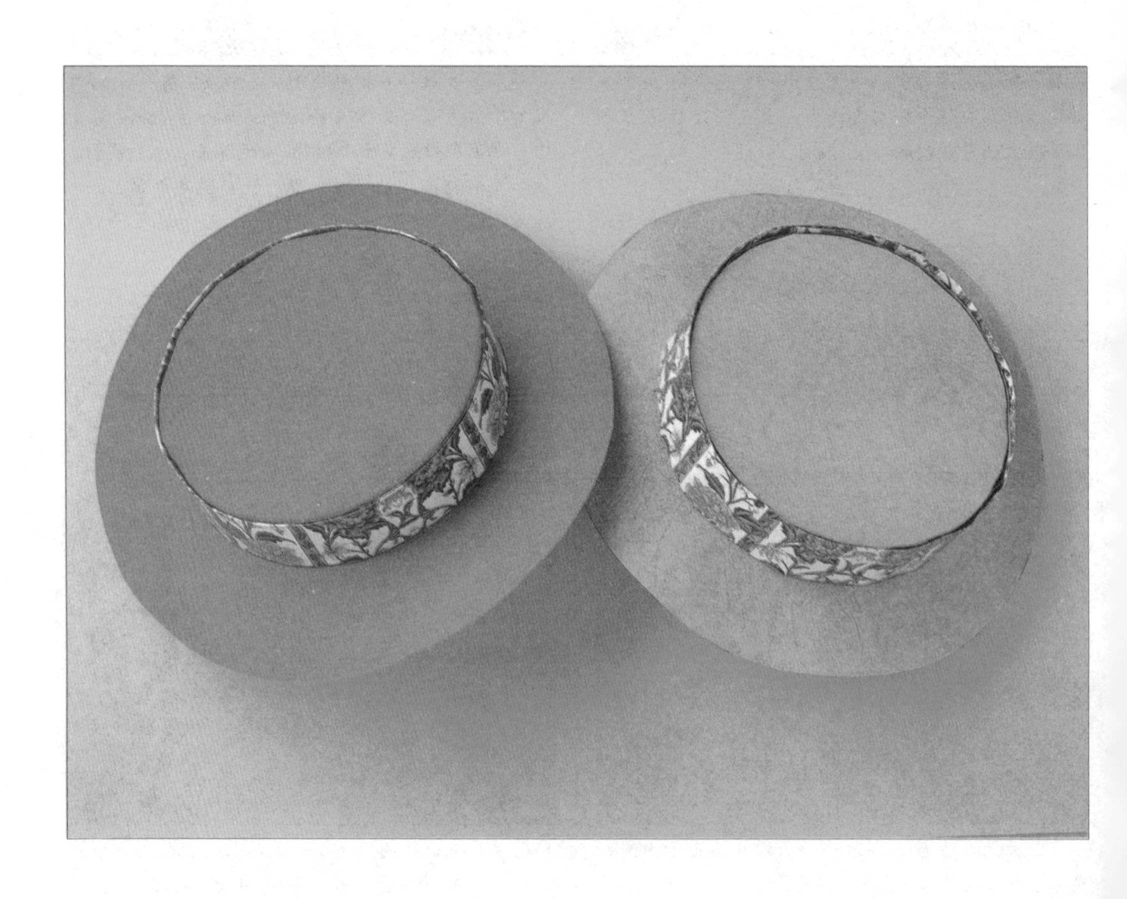

高筒帽

这里要介绍的是很流行的餐巾折叠方法，可以选择一块方的浆制餐巾。你也可以在最后完成的作品中把帽子顶部的两个外角拉下来，变成一个鸢尾花形的餐巾。

1. 把餐巾沿对角线对折，然后把左边的尖角往上折到顶部。

2. 把右边的尖角往上折到顶部，然后把底角也往上折，使它的尖端位于顶端稍下一点。

3. 把底角往回折，使它和底边重合。

4. 小心地把作品翻到反面。

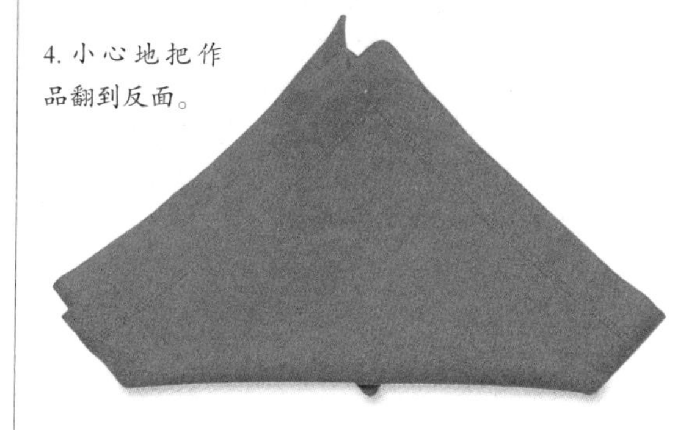

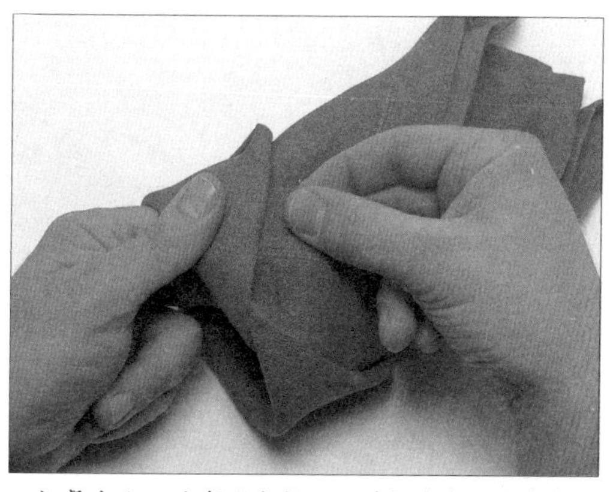

5. 把餐巾小心地卷曲成柱状，并把其中一个底角插入到第2步完成的折边形成的口袋中。如图是把右角插到左边的口袋里。完成后使餐巾向上竖立起来。

船长的衬衫

你对船长的衬衫不一定感兴趣，但一定会对小船变船长的衬衫感兴趣。对，事物间就存在着这么奇妙的联系，船长离不开小船，小船“破”了成了船长的衬衫，实在让人惊讶吧，你也来个折叠大变化，感受一下变化的妙趣哦！

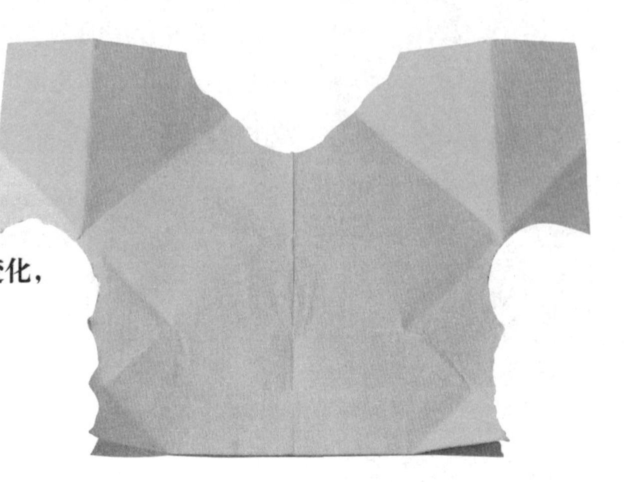

1. 我们先来完成纸船。在长方形纸上做一个对折，使两条短边重合。调整纸张位置，使这一步折出的折痕位于顶边位置。

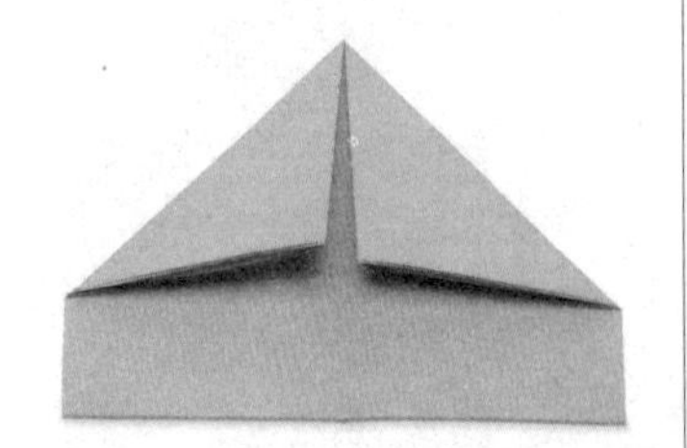

2. 再做一次对折，形成一条竖直中心折痕。展开后，把上面的两个角往下折，使本来的顶边和刚折的竖直折痕重合。

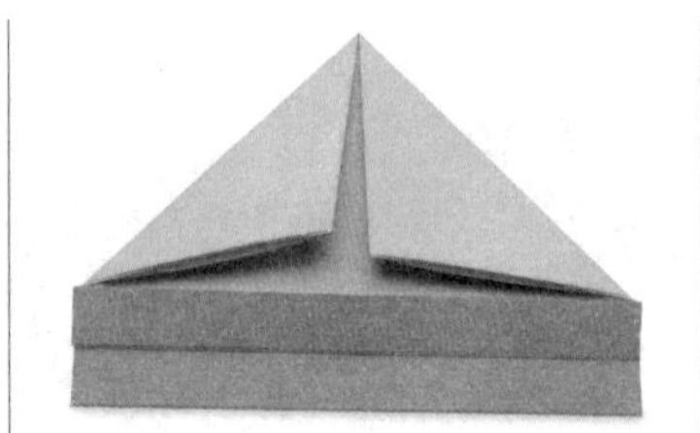

3. 把底边往上折（单层），使它和第2步所折部分的底边重合。

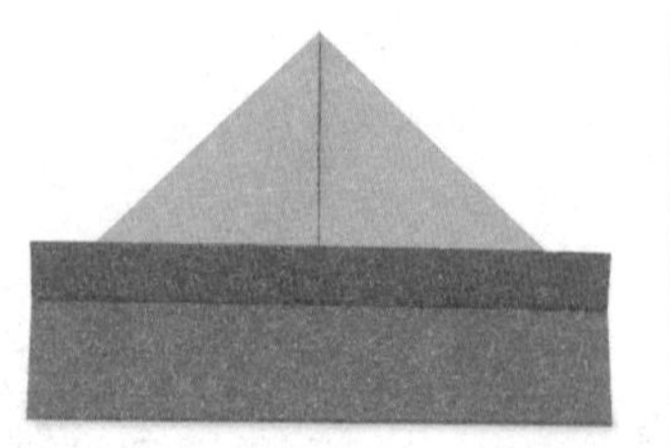

4. 再一次往上折底边，使水平的边缘增厚。

5. 在背面重复第3～4步的折叠，然后从底部打开这个三角形的纸帽。如图往里推末端的两个角，直到最后整个作品被压成一个菱形。注意，在这个菱形开口的一端，第3～4步完成的折叠交叠在一起。

6. 如图为第5步完成后的形状。

7. 把底角（单层）往上折，所折的距离大概是底边到帽子顶端长度的1/3。然后用同样的方法折叠反面。

8. 用手捏住上一步完成的两个纸片，并往外拉，使作品的前沿和后沿相互分开。实际上就是部分地重复第5步。

9. 把底边（单层）尽可能往上折。然后在反面用同样的方法折叠。

10. 用一只手拿住纸船，另一只手把在末端后面的尖角（即第9步所折部分）拉出来，直到可以重新压平作品。然后用一样的方法处理另一端。

11. 图为完成后的纸船。

使用方法：

你可以用你喜欢的方式来讲述这个故事。故事是这样的："从前有一个海船的船长，他不是很聪明，有一天他决定开一条用纸做的船出海。很快，有迹象表示暴风雨就要来了，这个船长很担心。果然，一个闪电，船头被撕裂了。"这时候，你可以用一只手拿住船身，另一只手把船的一端撕掉。注意要从甲板往下撕一个圆弧到船的底角。"但是闪电不停地击中这艘船，他只能眼睁睁地看着自己的船被毁掉。"用同样的方法把船尾撕掉。"……然后一个更大的闪电击中船身，船的桅杆和帆也被风扯裂了。"这时候，在剩下的尖角上也撕一个圆弧，这个圆弧和帆的两边分别相接。在故事的最后，如图展开纸船，说："最后，除了船长的衬衫，什么都没有剩下。"

衬衫

用纸折一件衬衫，而且折叠得有模有样，真是一个有趣的创意，这样奇特的作品你也能做好。现在就来试试吧！

1. 这个作品要求纸张的长边和短边的比例为 2 ∶ 1（即纸张为正方形的一半）。开始的时候，朝上一面的颜色就是衬衫领口和袖口的颜色。如果你使用的纸不符比例，最好在折叠之前另外再加一步，用来改变它本来的比例。先做一次对折，使两条长边互相重合，展开后，可以看到形成了一条中心线，再把两条长边折向这条中心线，然后如图放置纸张位置。

2. 展开第 1 步的折叠，翻到反面。

3. 在纸张的右边，往左折一条细的长条，宽度大概为 5 毫米至 1 厘米，注意这个纸条显示的是颈口的颜色。

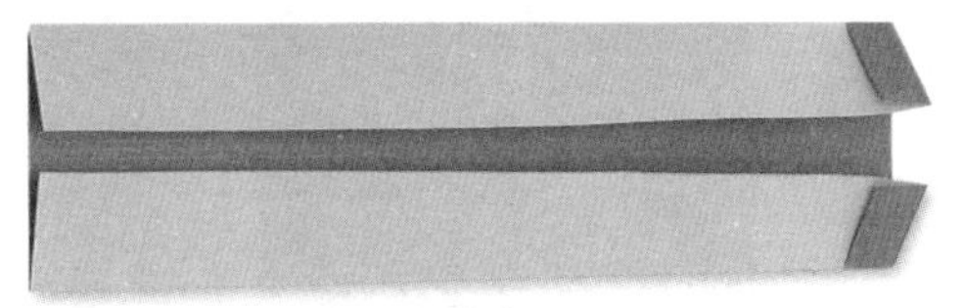

4. 再翻过来，把长边重新折向中心线位置。

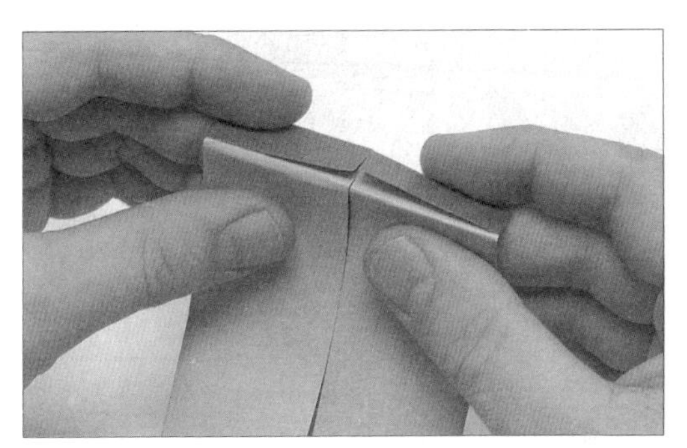

5. 在右边把显示反面颜色的条沿着折边往后折，也就是以相同的宽度再折一次。

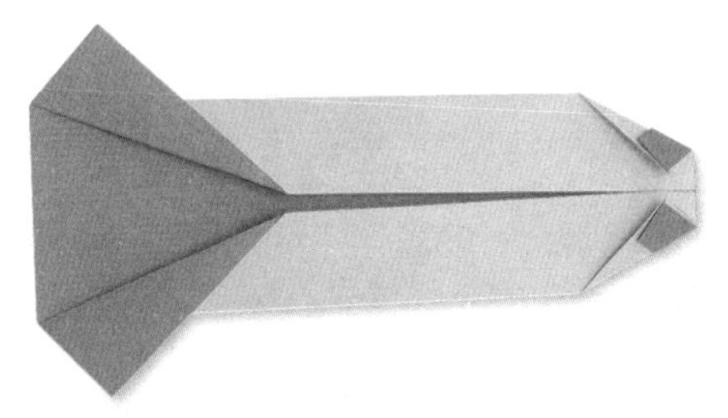

6. 把右边的角往里折，使角的尖端和水平的中心线重合，并且使角离右边缘有一段很短的距离，而新完成的折痕和上下两条边成钝角，如图所示。这个部分将会用来形成领口。把在左边内部的纸张尽可能地往外翻，这个折叠的角度没有精确的要求，但是在纸张的上下都应该有个超出的小三角形。这部分将会用来形成衬衫的袖子。

7. 旋转 90°，然后把下边缘往上折，并且插入到领子的两个纸片下面。压平。

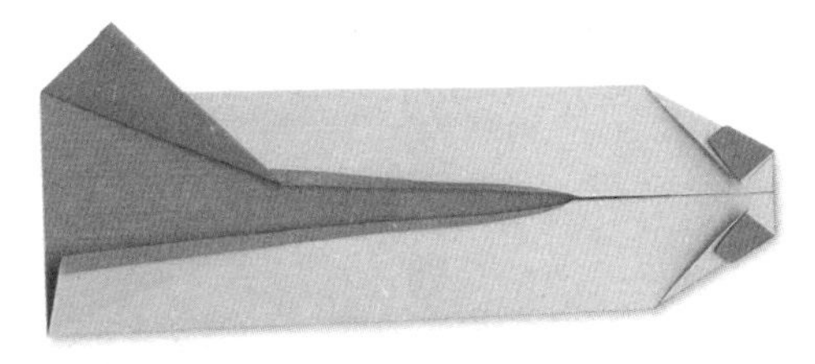

8. 如果你想要在袖子上增加袖口，可以把作品展开到第 6 步，然后展开形成袖子的纸片，在两条内边上往外翻折一条很细的纸条。这个纸条要求从领口的末端很近的地方开始，一直延伸到作品的中心位置或者稍微过中心的位置。如果上下两个细纸条并不是水平的或者相互之间没有对齐，也没有关系，因为里面部分的纸条到最后是被遮住的。然后沿着已经存在的折痕，再把袖子往外折。如图，显示的是下部分袖口的折叠，而上部分显示的则是完成后的袖子的形状。

9. 最后重新按第 7 步折叠来完成有袖口的纸衬衫。

和服

和服是日本的传统服饰。做和服的纸张要求宽和长的比例为1 ：4。一张7厘米 ×28厘米大小的纸张可以叠成一件大概8厘米长的和服，这个和服很小巧，可以嵌在一张卡片上。开始折的时候应使要成为和服颜色的那一面朝上。

1. 先沿着短边的中心线折一条前折痕，然后在这条折痕上折两条1/3分界线的前折痕。在纸的一端折一个大约5毫米宽的条。

2. 把纸翻过来，在同一端把角往里折，使其边缘和中心线对齐。

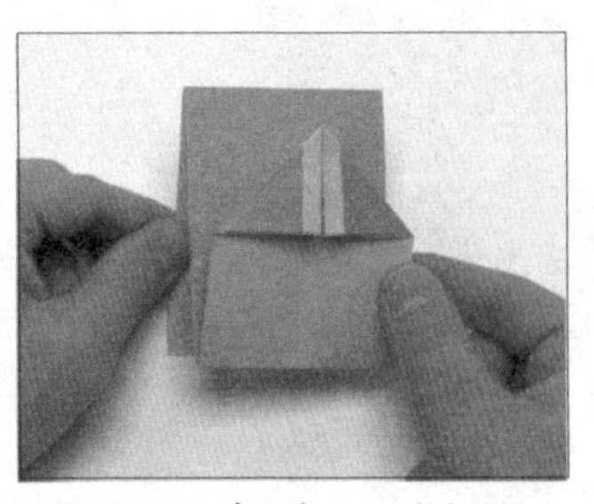

3. 如图，沿着两条1/3线打褶。

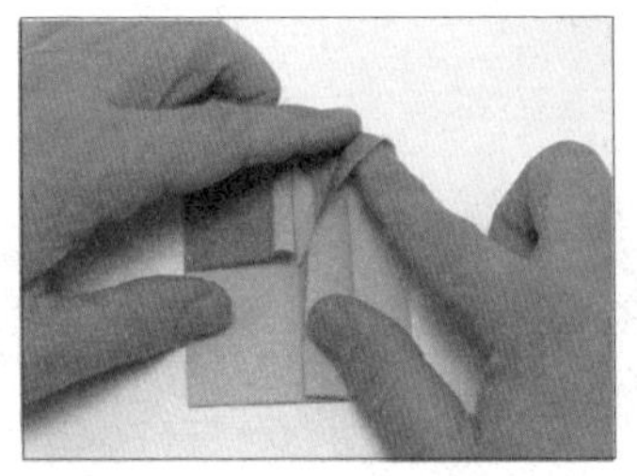

4. 把上面两层纸往中心线的方向折，在形成角的地方压扁，我们可以看到这个压扁点偏离了整个作品的中心。请在另一边做相同的折叠。

5. 翻起在第1步中折出的条状纸，把上一步形成的边塞到里面。

6. 在顶部做一个山形折叠，使它的边缘尽可能往后，这时候中间的条状纸凸出来了。

7. 用山形折叠法把最底下一层的纸往后翻，使它的边缘和前一步形成的折痕重合，然后把新形成的长方形中下边两个角稍往后折，这样就能形成袖子的形状。

领带与领结

这些纸制的领带和领结为人们的生活增添了一些别样的乐趣。只需要一张包装纸或绉纸，就可以完成这个特别的作品。

1. 剪取一张合适的包装纸来制作这个聚会领带，以一条真正的领带的正面来做示例。注意纸要略宽于领带周边以备翻折。

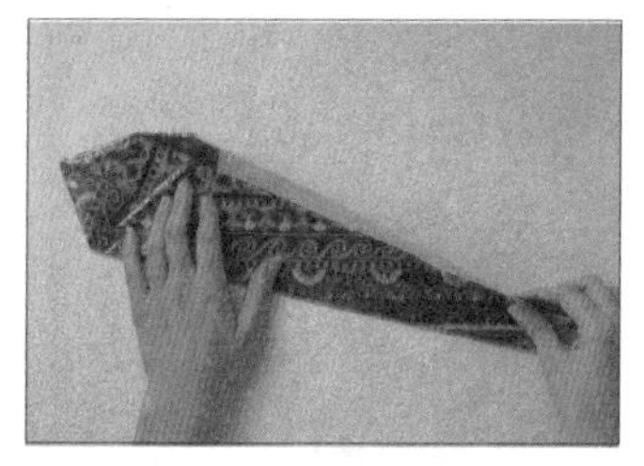

2. 将转折处向后翻折粘贴，完成加工。

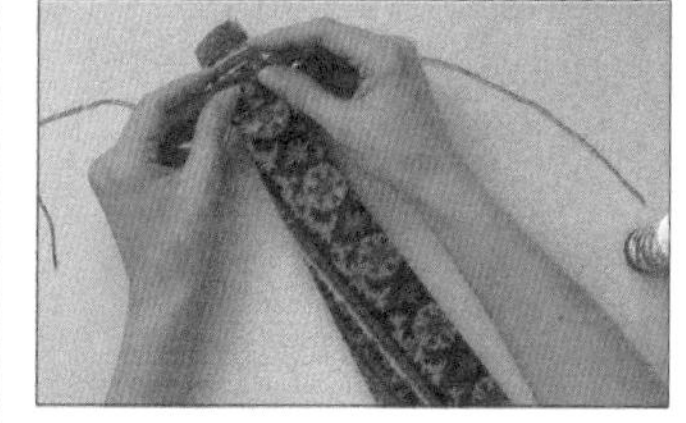

3. 要得到“结”，需剪取一张足够大的长方形纸。剪取一段细绳或橡皮带，长度足以围绕你的脖颈，将它横放于长方形纸的上方。把长方形纸对折后粘贴。现在把这个“结”粘贴于领带的顶端，将细绳的末端打结。

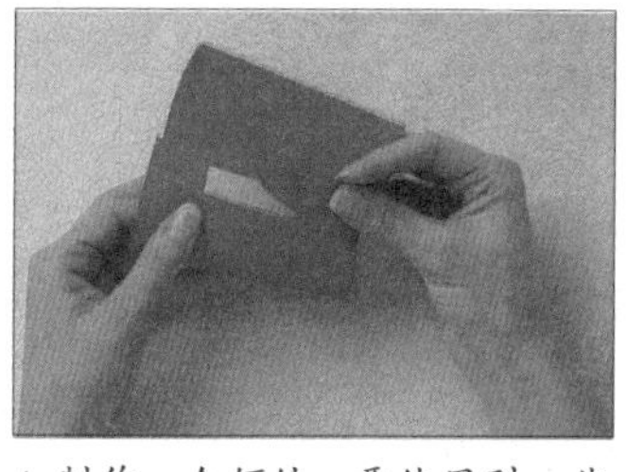

4. 制作一个领结，要使用到一些绉纸，尺寸为25厘米×10厘米。用双面胶把绉纸的末端连结起来构成一个环。

5. 将绉纸环的中心聚拢在一起，剪取一窄条绉纸缠绕其上。在绉纸条末端涂上胶水，放入一条橡皮带，粘贴。

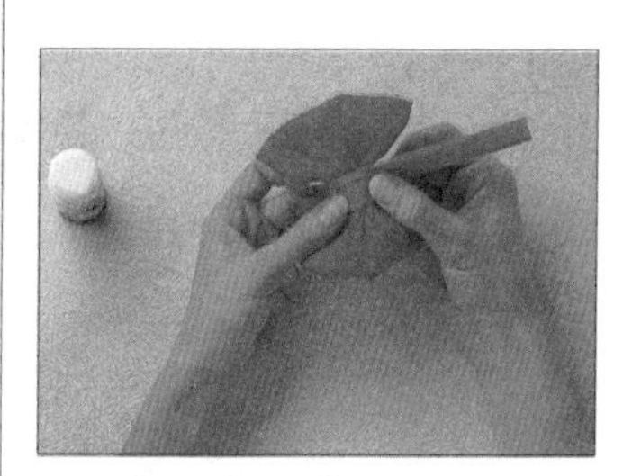

6. 领结上粘上彩色的圆点，这样就会在聚会上给大家留下独特的印象了。

精灵靴子

完成这个传统的作品，你可以选用餐巾或者纸巾作为材料。如果你用的是纸巾，在折叠过程中就要非常小心，以避免纸张被撕破。一般来说很难找到完全方的餐巾，所以选用餐巾的时候最好事先增加一些折叠。

1. 如图所示放置餐巾。然后把底边往上折，使它和顶边重合。

2. 再做一次对折，把底边往上折到顶边。

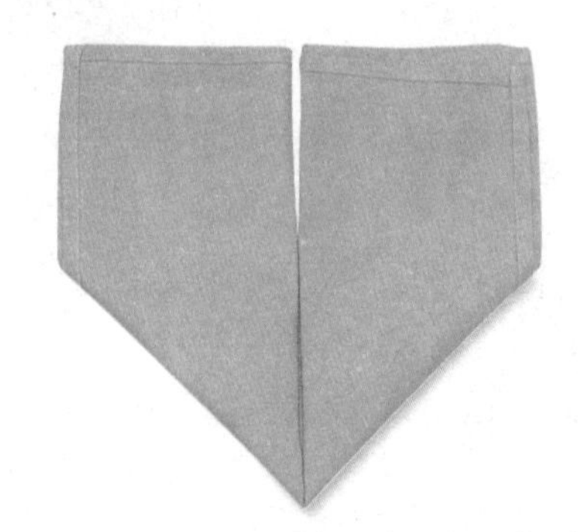

3. 折一条短的竖直中心线作为前折痕，然后把两条底边上折，使它们和这条竖直的中心线重合。

4. 如图，再把两条外边折到中心线的位置。

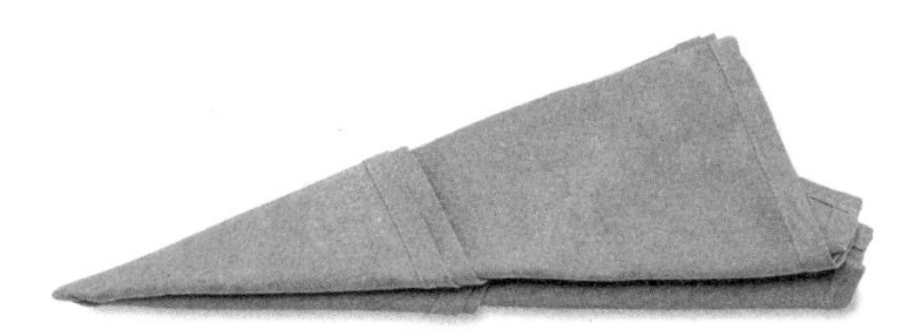

5. 沿着竖直的中心线做一个谷形的对折，然后如图调整位置：开口的边位于水平方向，尖角指向左边。

6. 把底边（单层）往上折，使它和“脚趾”那端三角形的自然边重合。

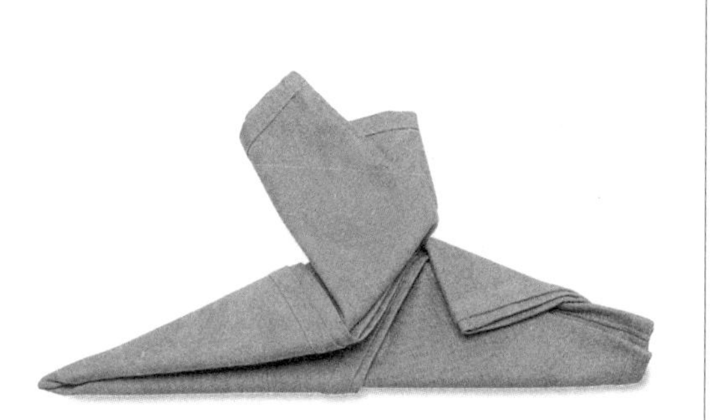

7. 在同一个布片后面有一个小的三角形，在上面做一个谷形的折叠。

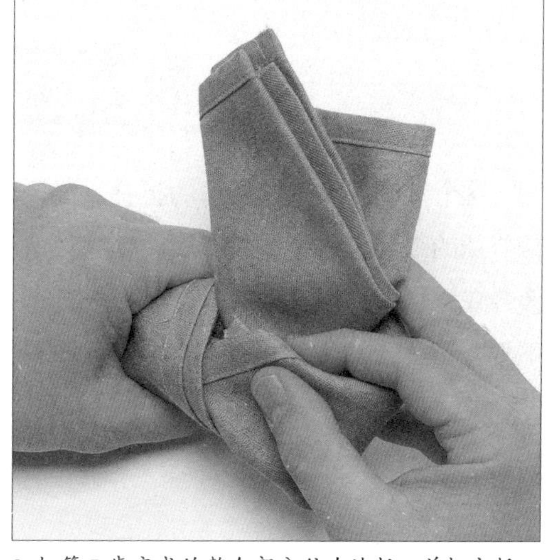

8. 把第 7 步完成的整个部分往左边折，并把它插入到“脚趾”的边形成的口袋中（见第 6 步）。

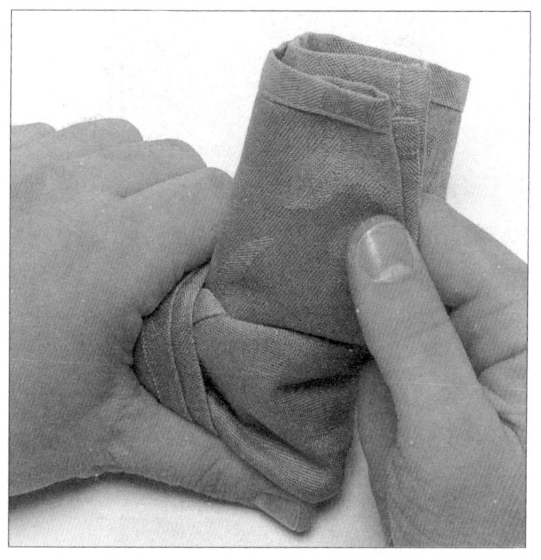

9. 调整靴筒的形状，把它往上拉直。然后把“脚趾”的底弄平，使作品能够更好地站立。

圣诞长袜（1）

这个传统作品源自纸巾的折叠，但这里采用的是普通的纸张。这个作品末端的锁扣使所有的纸层叠合在一起。要完成它，你需要准备一张脆的方形纸，不要太厚，大红大绿的颜色就是不错的选择。

1. 使你希望做袜子主要颜色的那一面朝上。然后在底边向上折一个很窄的纸条，如果你用的是A4大小的纸张，那这个纸条大概是1～2厘米宽。

2. 翻到反面，上一步完成的纸条现在隐藏在背面和底边平行。把整体做一个对折，展开，形成一条竖直的中心折痕。

3. 逆时针旋转90°，然后把顶边和底边往中间折，使它们和中心线重合。

4. 把左边的两个角往里折，使本来的竖直边和水平的中心线重合。

5. 把左边的尖角往右折，使它和第4步完成部分的边重合。

6. 把新形成的左边缘往右折，使它和右边缘重合。

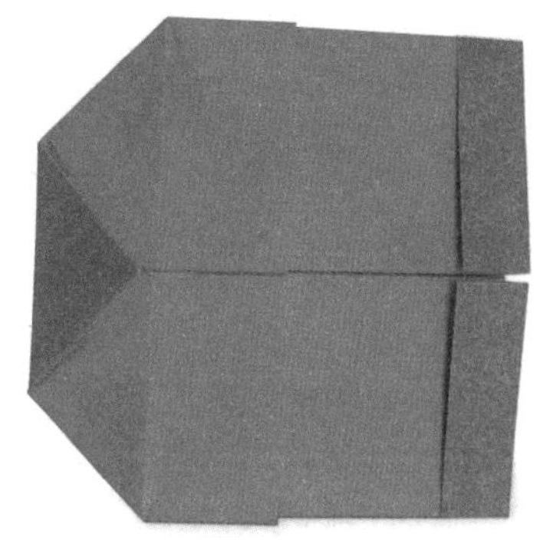

7. 再把折过去的那个纸片往回折，使它的两个最外面的角正压在下面的两个直角上。

8. 旋转纸张，使有窄边的那一端置于顶部。然后沿着竖直的中心折痕做一个谷形对折，这样所有的折痕都在作品内部了。如图所示拿住作品：一只手的食指和拇指抓住顶端，另一只手的食指和拇指捏住袜子的“脚趾”部位。

9. 把“脚趾”往前上方拉，这样第 6 ~ 7 步所折就被部分拉了出来。这一步会形成新的折痕，而“脚趾”也会指向新的方向。压平作品。

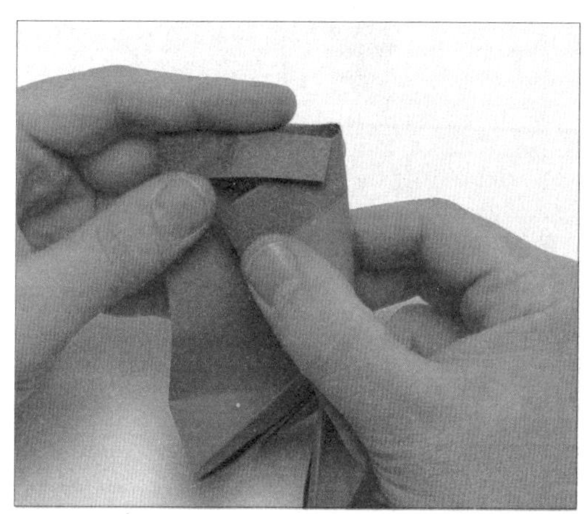

10. 打开长袜的两片纸，在其中一片上把第 1 步所折的窄边拉开，形成一个口袋，然后重新折叠长袜，把另一片纸上的顶角插到这个口袋里。

11. 把作品压平。如图就是完成后的圣诞长袜。

圣诞长袜（2）

圣诞节到了，孩子们都会喜欢把这些装饰品挂在圣诞树上。在圣诞前夜制作一个更大一些的长袜装饰品挂在壁炉边吧。

1. 根据所需尺寸将模板中的圣诞老人按比例放大，再转移至红色卡片上，然后仔细地裁剪下来。

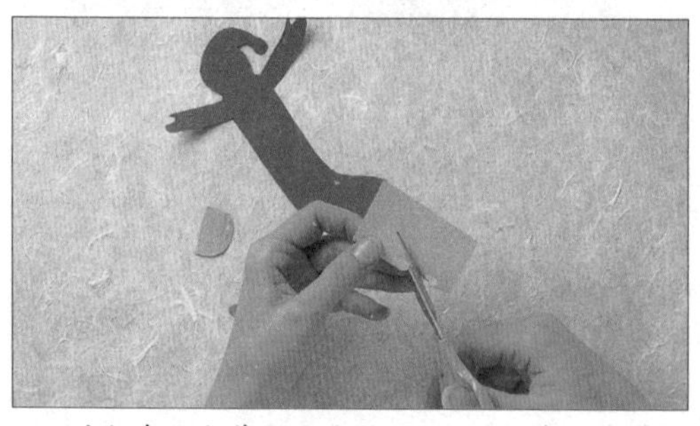

2. 从淡粉色纸上剪取脸的形状，从暗粉色纸中剪取两个红润的脸颊。将它们粘贴于红色卡片上适当的位置。或者，也可以用彩色签字笔画上脸颊。

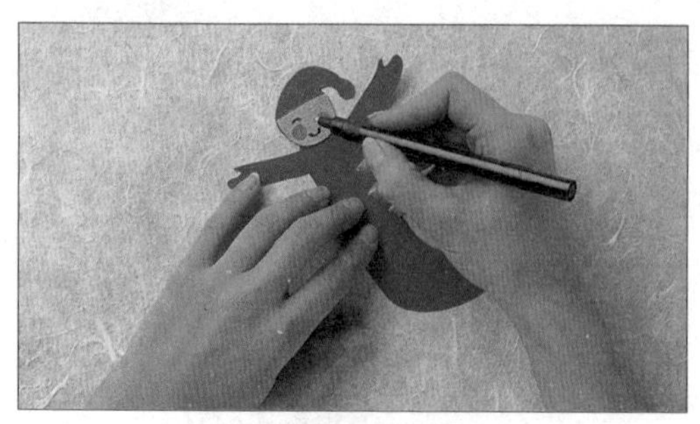

3. 用黑色的签字笔画上微笑的眼睛与嘴。

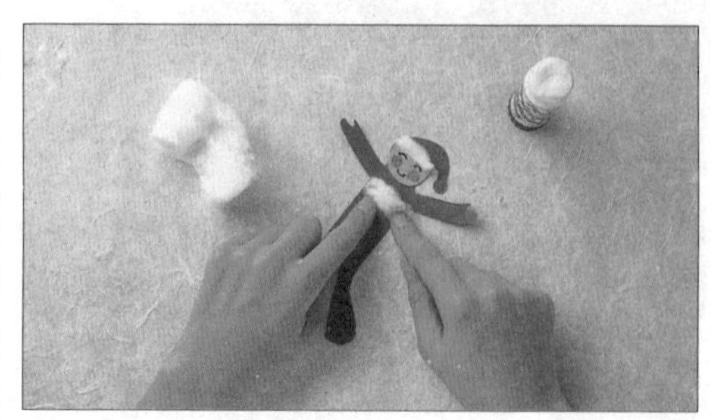

4. 将棉絮粘贴于帽子、袖口、圣诞长袜的顶部，以及圣诞老人的下巴等处。将丝带制成一个环，再固定到长袜的背面，使它可以挂于圣诞树上。

第六篇

玩具

致力于折纸的人都是很有才智的，比如那些创造了不同的折纸方法的折纸家们，他们设计了许许多多能飞、能旋转、能“说话”的作品，在某种程度上掀起了折纸革命。这里我们将要介绍一些很简单的、小孩子们都喜欢折的作品，当然也有一些作品需要很多技巧和时间，而后者曾把折纸方法推向一个又一个的高峰。

帆船

这个传统的作品同时也是美国折纸协会的标志。这是一个很适合口头传授的作品。可以在帆船的船体写上参加聚会的客人名字，因此常常用在一些小孩子的聚会上。你最好选择一张双色纸。

1. 先折一个初步基础形，并使开口的那端位于顶部。注意，现在在外面的颜色是最后船体的颜色，而里面的颜色将是帆的颜色。

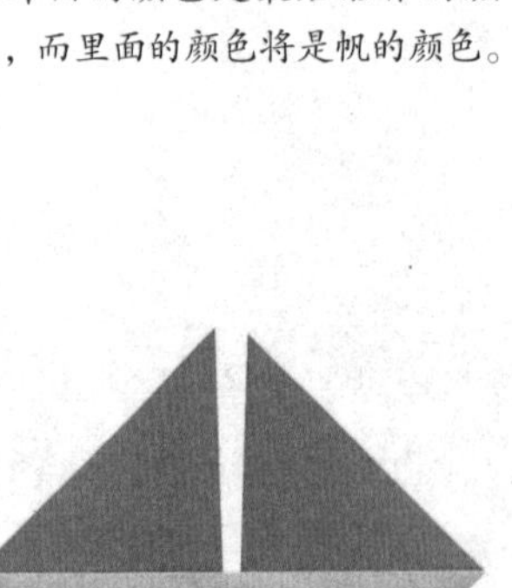

2. 在外层纸上做一个山形的折叠，使它往下并使尖角和底角重合。在反面重复一样的折叠，然后压平。

3. 在其中的一片帆上做两次的谷形折叠，第1次是把尖角往下折，使它覆盖船体，第2次则是把这个尖角再往上折，形成一个很窄的条。这样一来，这片帆就比另一片帆的稍微低一点，达到了一片大帆一片小帆的效果。

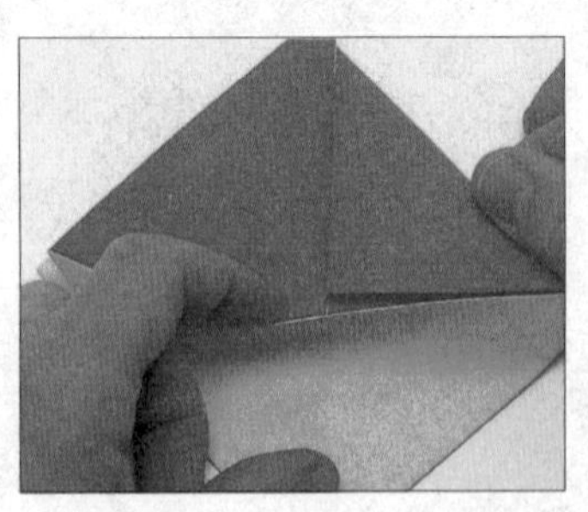

4. 把船体稍微向外拉一点，然后把上一步完成的小帆往里插，这样从外面就看不见褶皱了。

5. 把底角往上折，使它和船体的顶边重合。

6. 部分展开第5步的折叠，并使展开的纸片和帆船垂直，这样帆船就可以“站立”了。

小船（1）

把船体覆盖有遮篷的折纸船简化，就得到了图中这样的小船。这两种设计都有一个特别的步骤，即如第7～9步中所示，把整个形状从内向外翻出。增加一些折叠步骤，就可以把船的一端变钝而形成划艇。需使用正方形纸，如果使用的是折纸专用纸，从彩色面开始折叠。

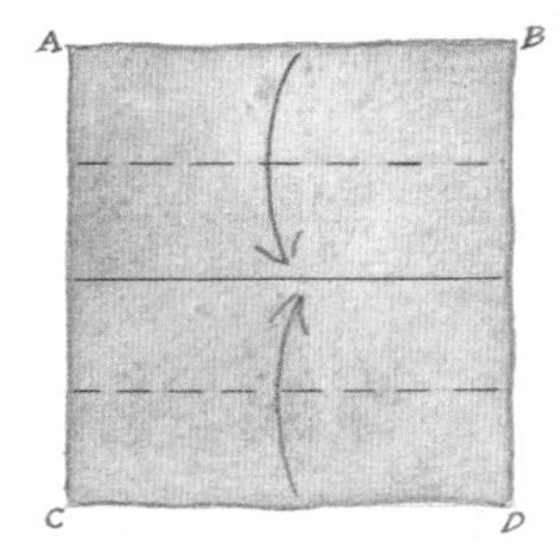

1. 沿水平中心线对折并展开。把顶边和底边折至水平折痕。

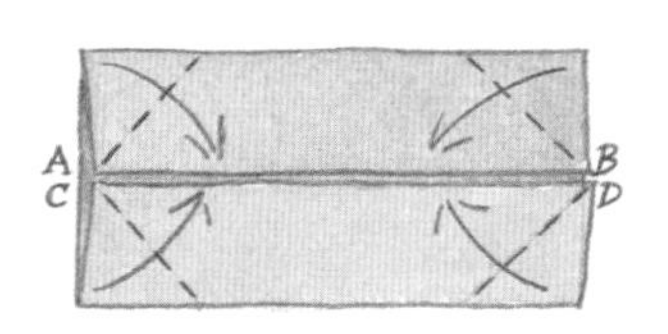

2. 把边角折入。

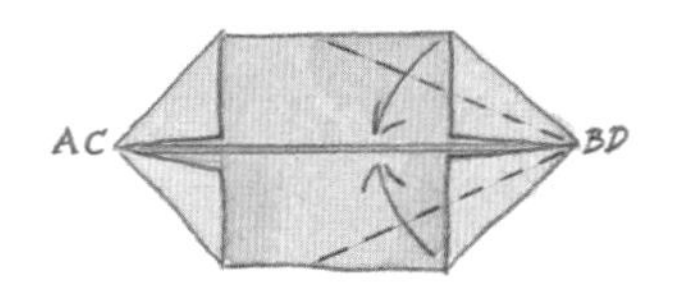

3. 如图示，继续折叠右边的角。

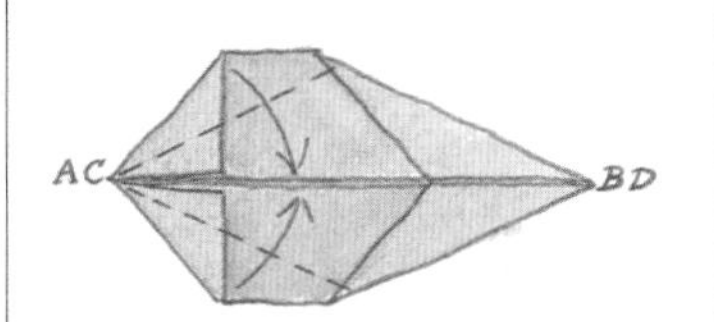

4. 左边重复相同步骤，与第3步中折痕交叠。

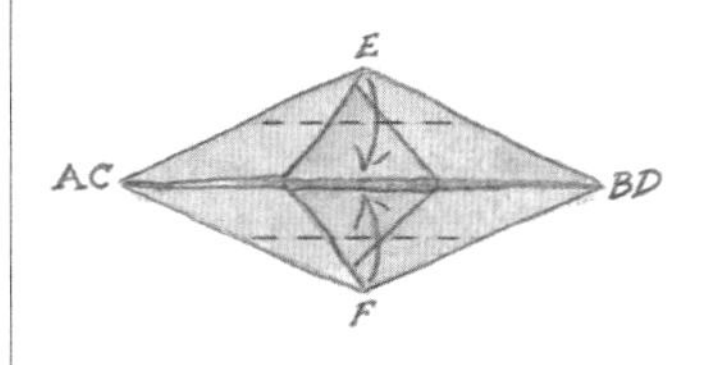

5. 把E和F向中间折。因为纸层很厚，所以要用力按压。

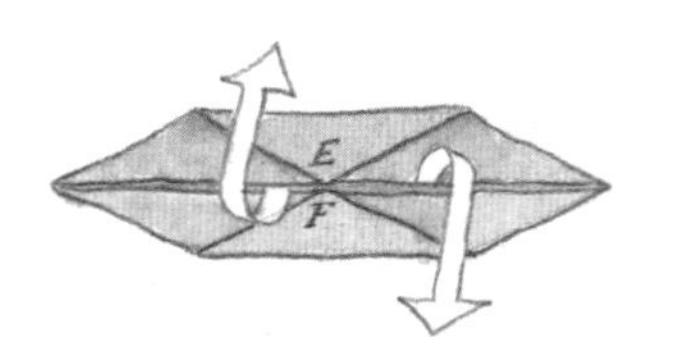

6. 展开所有彩色底的纸层。

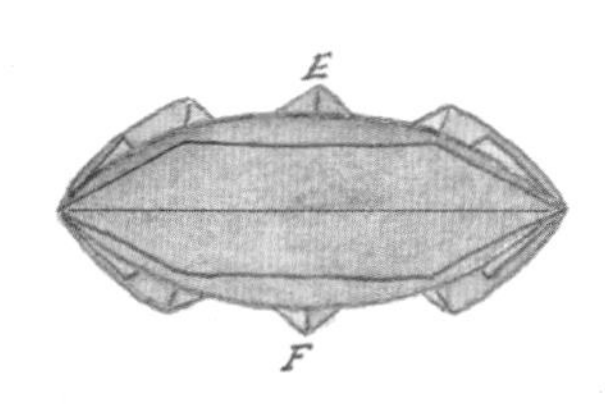

7. 如图示，构成一个还未固定住的船的形状。翻转。

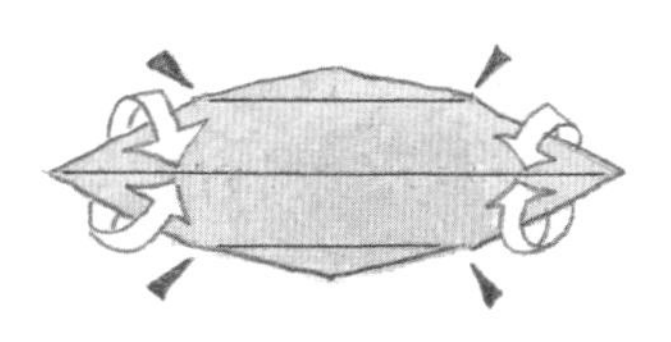

8. 要锁住船体，需把箭头所指4个角向下推，使整个结构颠倒，内部向外翻出。

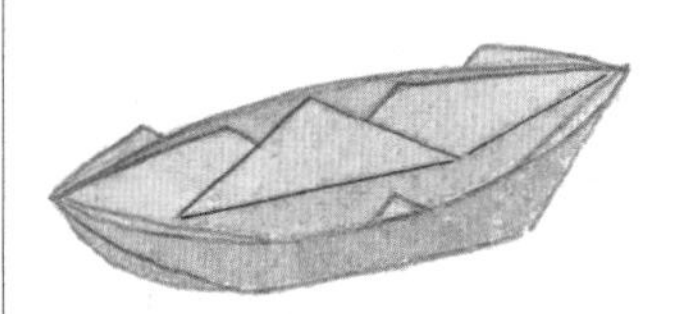

9. 小船制作完成。

小船（2）

这个传统设计在最后一步的时候有一个很聪明的折法：它把里面的部分翻出来，不仅锁住了所有的纸层，而且创造出了一种坚硬的适合在水上漂流的平底。因为这个作品需要做很多次的折叠，而且为了形成一个很厚的底层，还需要层层的折叠重合，所以这就要求用一张很大的、既薄又脆的纸张作材料。

1. 沿两条对角线分别对折，形成两条前折痕。把上下的两个角分别往下往上折，使它们与中心点重合。这时候你在翻起的角上看到的颜色就是最后完成的时候船篷的颜色。

2. 展开第 1 步的折叠，折同样的两个角，只是这一步要让它们的顶端和刚才形成的折痕对齐。

3. 顺着已经存在的折痕再折叠一次。

4. 翻到背面。

5. 旋转90°，然后用相同的方法处理另外的两个角。

6. 把上边缘和下边缘分别折向水平中心线的位置。

7. 把前一步中最后得到的长方形的4个角都往里折，两两对齐于水平中心线。

8. 在右边，对第7步形成的边缘再次折叠，使它变窄，并成为一个尖角。

9. 在左边重复一样的操作。这时候，新折叠的部分可能会有点盖住第8步形成的部分。

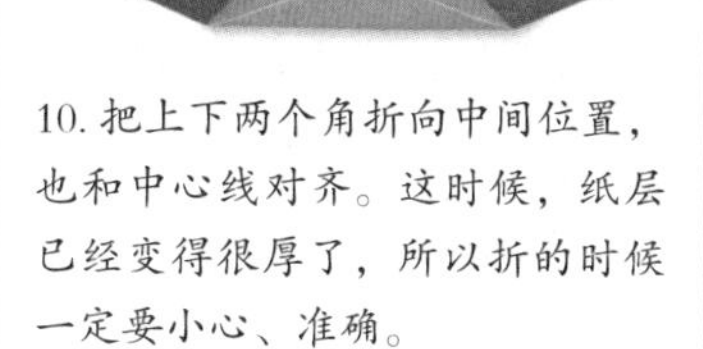

10. 把上下两个角折向中间位置，也和中心线对齐。这时候，纸层已经变得很厚了，所以折的时候一定要小心、准确。

11. 这时，你可以在中心线的位置看见有两个对齐在一起的边缘，用手指捏着边缘从下面轻轻往外拉，打开这两个边缘和第10步折成的部分。

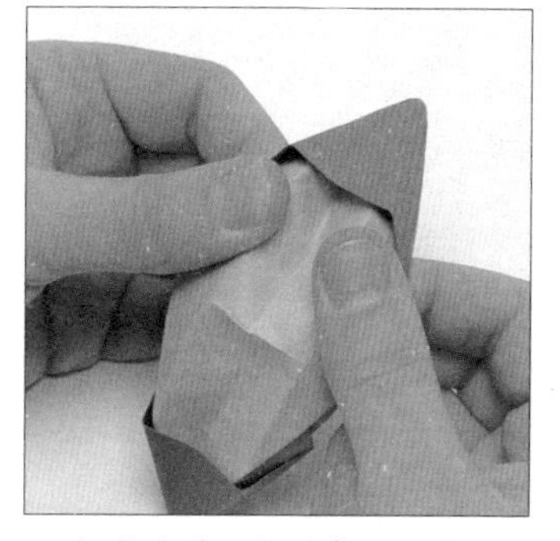

12. 把整个作品翻过来，但是要继续用你的手指捏住。如图，你的大拇指现在应该在船体的下面，接近其中一个船篷。

13. 把你的大拇指往下压，同时你的食指要往上顶，使食指捏住的部分从底下转变到上端，这样就把作品的内部翻了出来。

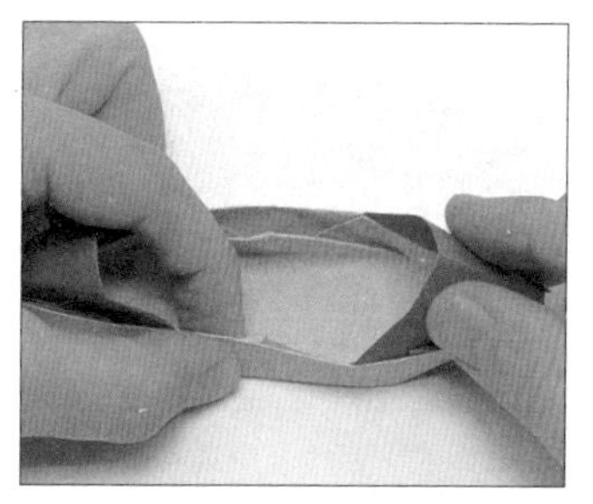

14. 在船的另一头重复一样的翻折。最后用手指捏出船底、船篷的形状，注意在捏船篷时要小心地捏出一个平稳的弧度。

水雷

小孩子都喜欢打水雷，在炎热的夏季用水雷打水仗是非常有趣的。你可以通过顶部的小孔向水雷灌水。折水雷要用厚一些的纸作材料，因为如果纸太薄的话，吸收水分的速度会很快，很容易损坏。

1. 先折一个水雷基础形。

2. 把位于下部的一个尖角往上折，使其与“金字塔”的顶端重合。

3. 在余下的3个尖角上重复同样的操作，然后你可以在正反两面上都找到两个折上去的尖角。

4. 把每一面单层纸上的角往中心线的方向折。

5. 在背面重复第4步的折叠。

6. 把上面两个角一起往下折，和整个作品的中心点对齐。

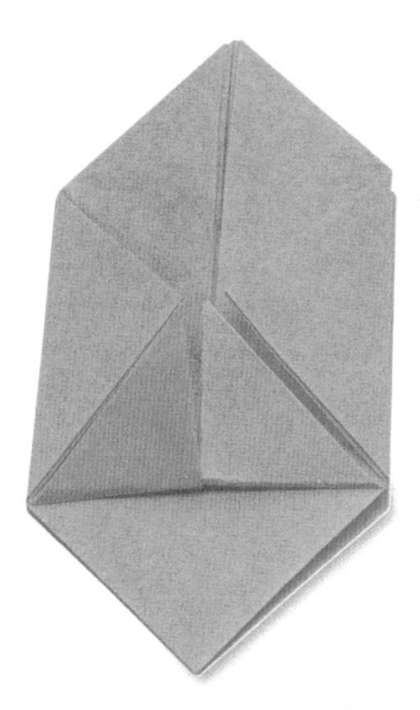

7. 此图为第 6 步完成后的形状。旋转作品 180°，压平。

8. 如果你仔细观察的话，可以在现在朝着你的方向上看到第 4 步和第 5 步完成后的大三角形上形成的一个口袋。把大三角形稍微举起一点，压一下它的中心脊痕，使这个口袋张开。然后把上一步形成的小三角形推入口袋中，这样一来就封住了水雷。余下的 3 个尖角做同样的处理。

9. 图为第 8 步完成后的形状。

10. 把上面和下面的角都折向作品的中心点，每一个折痕都要用力完成，然后展开。

11. 图为第 10 步完成后的形状。

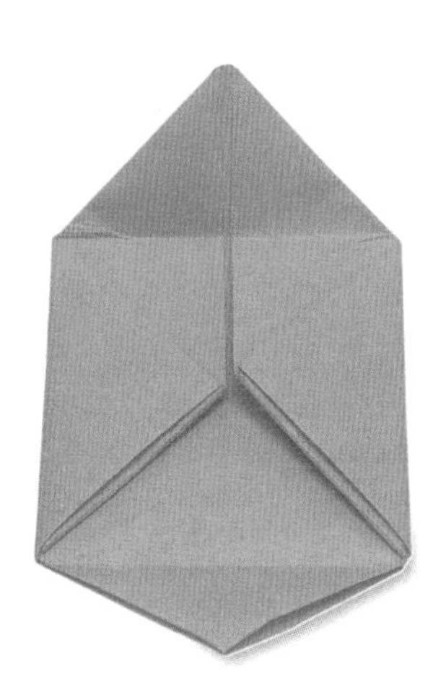

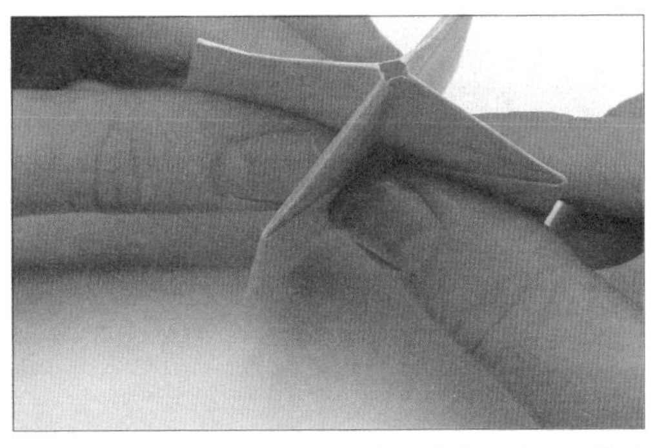

12. 最后，把 4 片纸分开，形成三维的效果。用你的食指和拇指拿住水雷，使有孔的那一端朝向你。然后做一个深呼吸，把嘴唇放在纸的上方，对准那个孔使劲地吹，这时水雷就膨胀成一个立方体。现在你可以向孔中灌入水，把水雷甩在地上了。

响炮

这个简单的设计不需要很多材料，只要一张纸，动手折叠一下就好了。纸张的选择也是随意的，报纸、平滑的纸、包装纸均可，你可以选择不同的材料，比较一下它们发出的声音有什么不同。在你学会之后，你可以试着边交谈边演示给你身边的朋友，看他们能不能跟着你的步骤迅速完成这个有趣的作品。

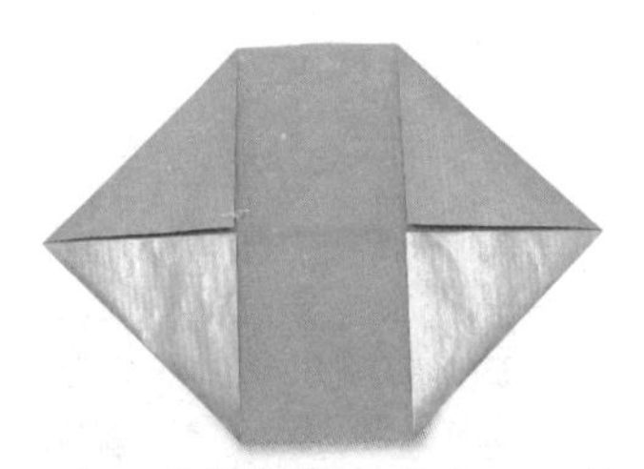

1. 把一张规格为 29 厘米 ×42 厘米的 A3 长方形纸对折，使两条长边重合。展开，然后把 4 个角往里折，使它们和刚完成的中心折痕重合。

2. 做一个对折，把底边折向顶边。

3. 再做一个对折，使两个尖角重合。

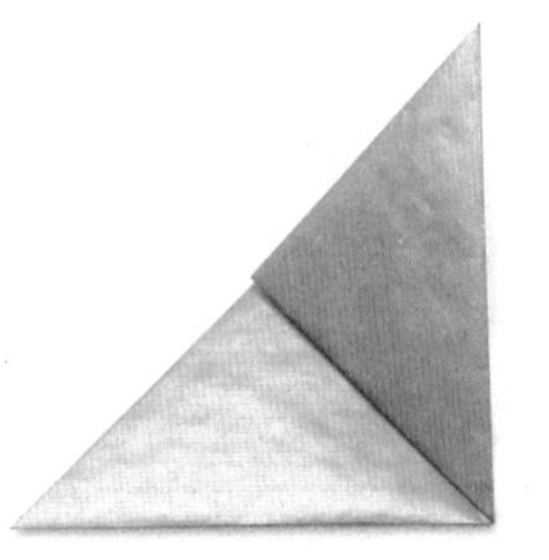

4. 如图把上层的纸往上折，形成一条斜的折痕，这条折痕和第 3 步完成部分的边缘相接。

5. 在反面重复一样的折叠。

使用方法：

用手抓紧有两个独立尖角的一端，注意要让长的那边朝向你。如图把响炮举高，然后迅速地往下甩，就像甩一条鞭子一样。这时候本来位于内部的纸片就出来了，发出“嘣”的声音。你把这个甩出来的纸片折回去就又可以甩了。

喷气式战斗机

有些折纸家会抱怨这个设计有欺骗性，因为它其实是由两张纸组合成的。用一张纸制作的类似版本出现在这个新颖的设计之后，是用长宽比例为3 ：2的长方形纸制成的，但是其制作过程杂乱并且缺乏原作的简洁性。使用两张颜色和尺寸均相同、两面颜色相同的正方形纸。

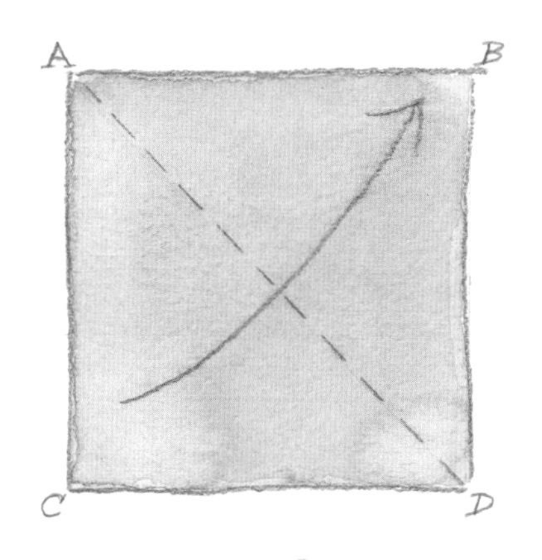

1. 先折叠一张纸，把 C 折向 B。

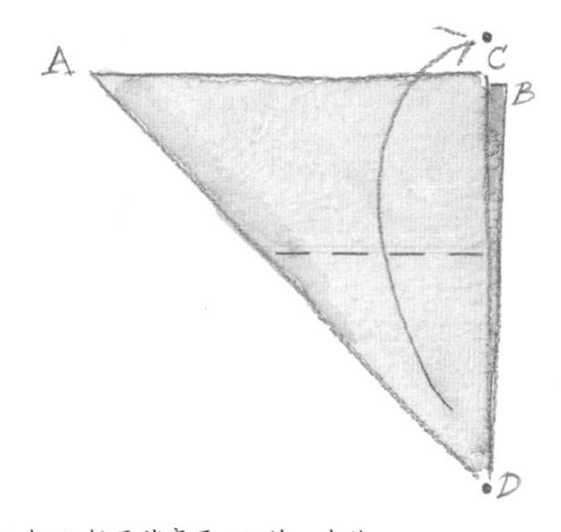

2. 把 D 折至稍高于 CB 的一点处。

3. 翻转。

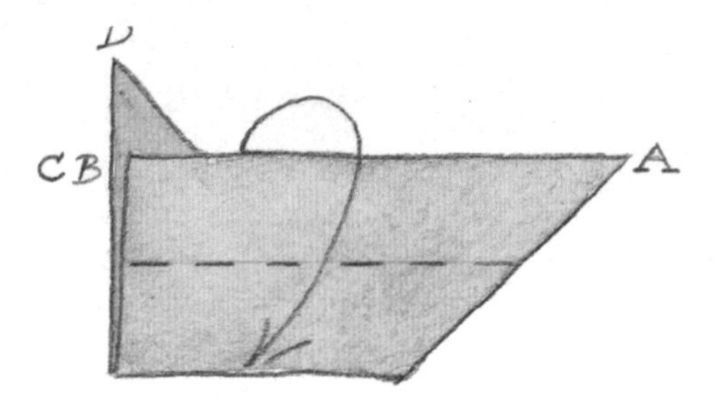

4. 把 CBA 边向下折至与底边重合。

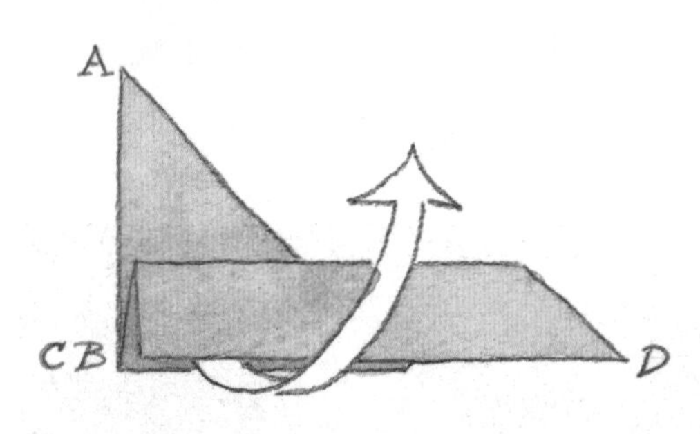

5. 完全展开。

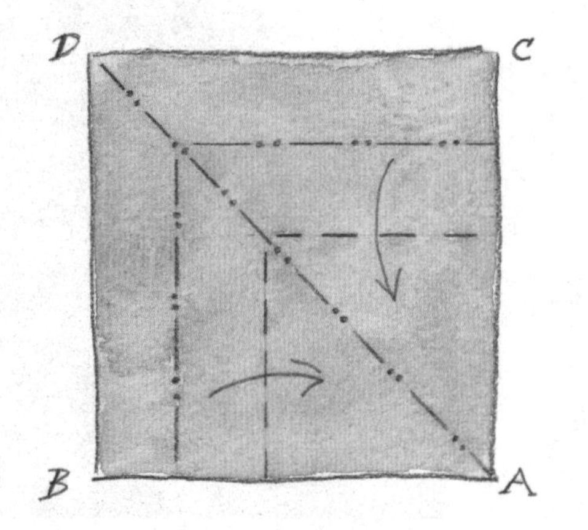

6. 如图示重新折出折痕。纸张将折成第 7 步中的形状。

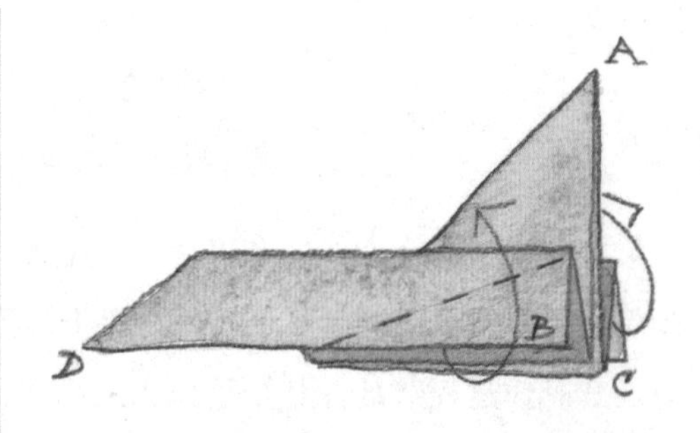

7.B 和 C 分别向上折叠至第 8 步中所示位置。

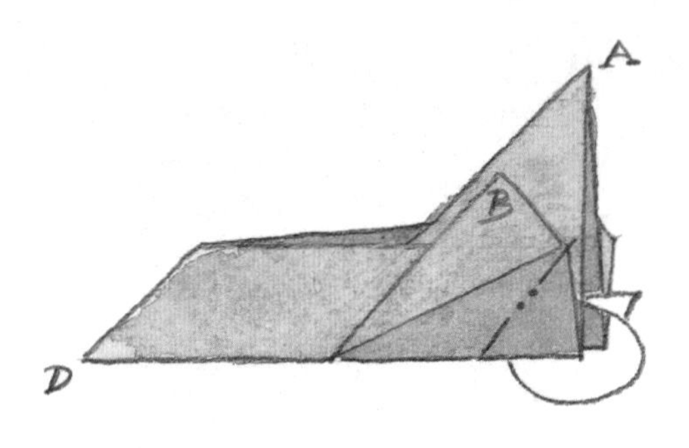

8. 前后边角向内折入。

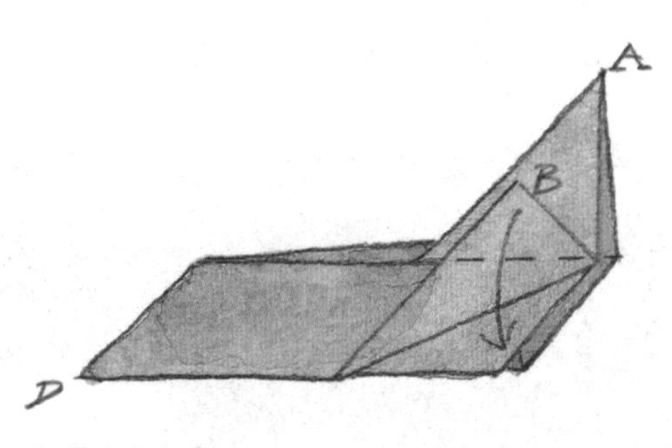

9. 机翼向下折叠。

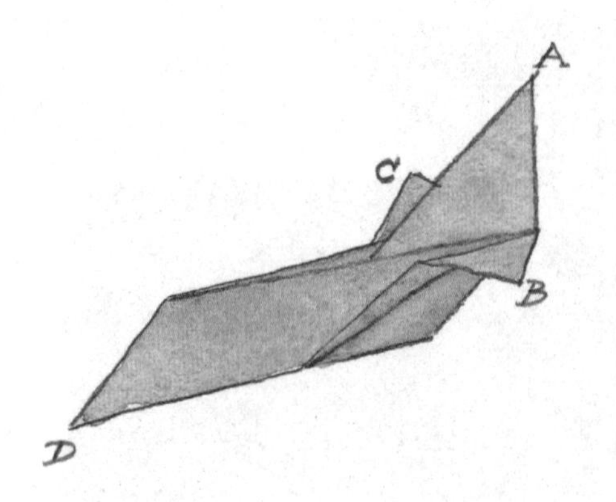

10. 第 1 部分完成。

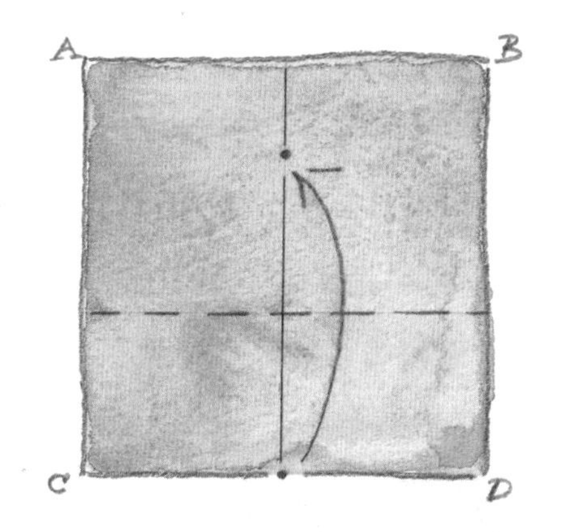

11. 现在折叠第 2 张纸。折出竖直中心线并展开，然后将 CD 边折至图示位置。

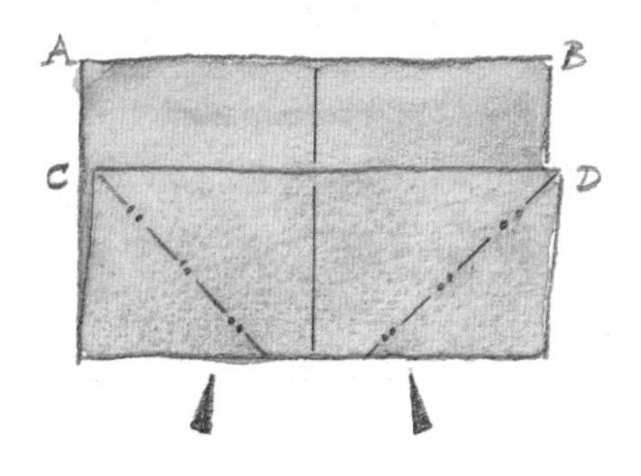

12. 把边角向内反折。

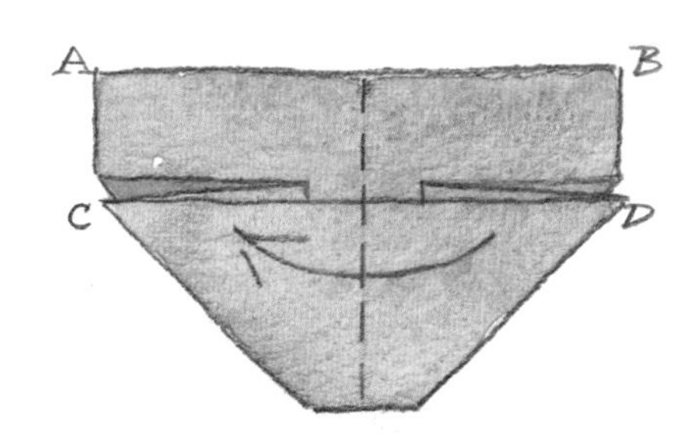

13. 对折。

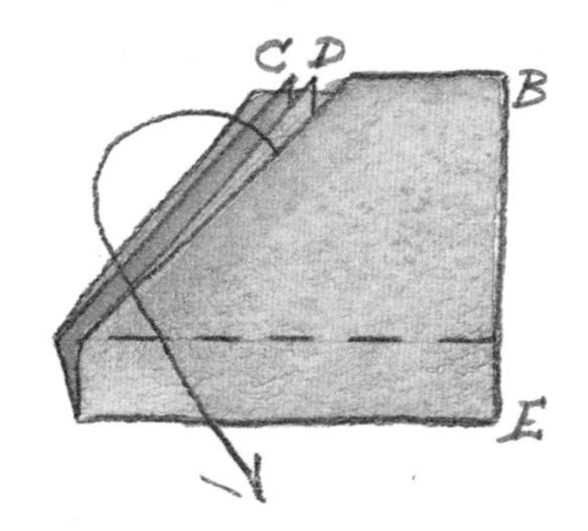

14.B 和 A 分别向下翻折。

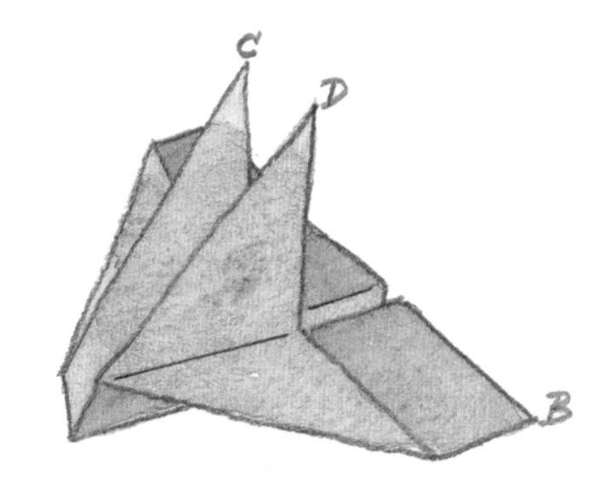

15. 第 2 部分完成。

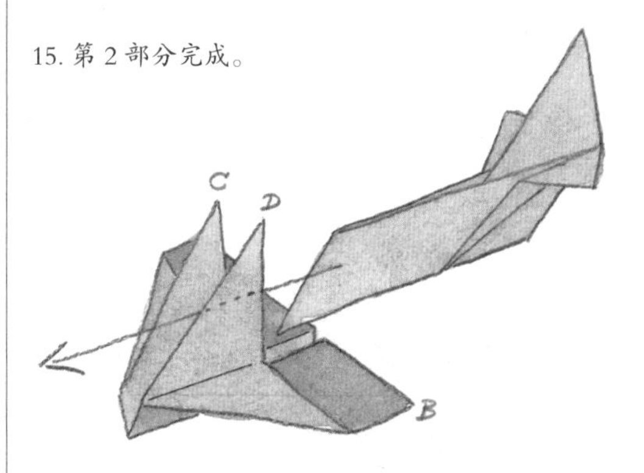

16. 把第 1 部分的机身向前插入第 2 部分的 C 和 D 之间。

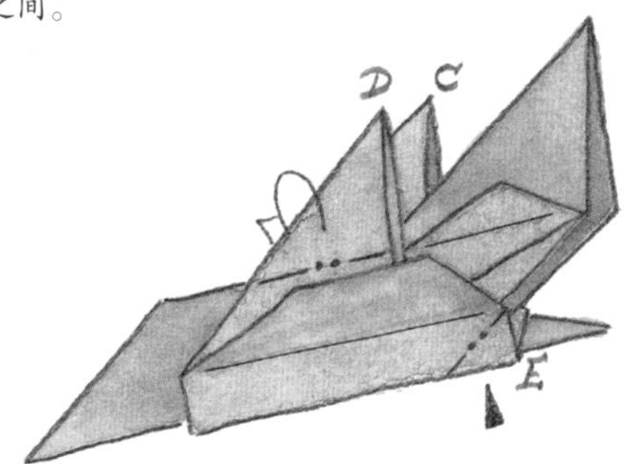

17. 把第 2 部分的 C 和 D 折入第 1 部分的机身，锁住机翼。将 E 反折入第 1 部分的机身底部。

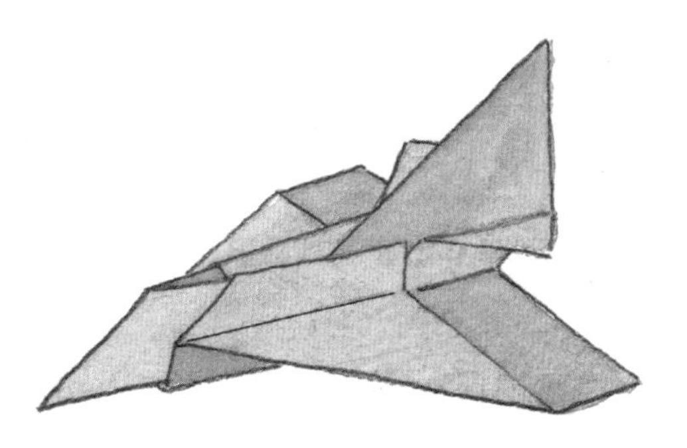

18. 喷气式战斗机制作完成。

纸飞机（1）

纸飞机一直是一个很流行的作品，而且有很多不同的设计。现在来教你一种很简单的方法，这种方法是在传统折叠方法上的一种新突破，这种飞机只要你轻轻一扔就能高高起飞。选张硬的A5（14.5厘米 ×21厘米）纸是最理想的选择。

1. 对折长方形纸张，使两条长边重合，形成一条中心的折痕。然后把一边的两个角往里折，使它们和中心线重合。

2. 翻到反面，然后旋转90°。整个作品看起来就是一个上面的长方形和下面的三角形的组合。把下面的尖角往上翻，使三角形位于长方形之上，而这个新的折痕就是第1步完成部分的边缘。

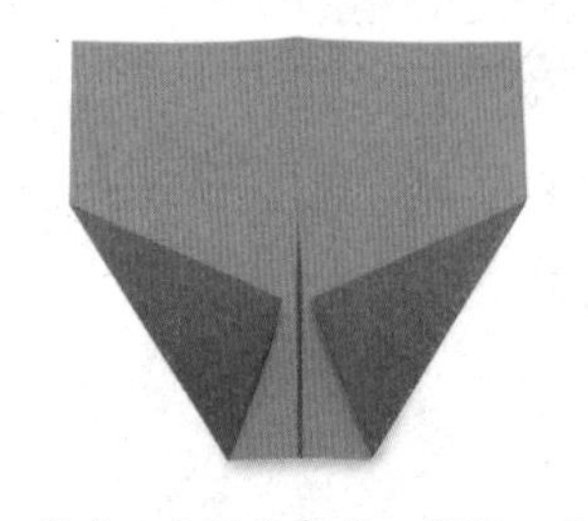

3. 注意三角形的高度，判断一下，在三角形顶角往下的大约1/3处把两个底角往中间折，使它们在竖直中心线上你判断出来的那一点相交。在其他一些飞机作品中，飞机的前端并不是一个尖角。

4. 把三角形的尖角往下折，扣住这两个角，使它们保持在如图的位置。折下来的尖角不要超过它自然能到的范围，否则的话，两角的边缘会被弄破。

5. 沿着中心线做山形对折，这样一来所有折出来的部分都在飞机外面。如图调整位置。

6. 把顶端的边缘（仅单层）往下折，使本来斜的那条边和水平的底边重合。在背面重复一样的折叠。然后在飞之前使这两个机翼稍微分开。从飞机的尾部看，整个飞机应该是一个“Y”字形而不是一个“T”字形，也就是说要让机翼稍微有一点向上。用你的拇指和食指在飞机下面捏住小三角形往前上方扔掷，飞机就能飞起来了。

纸飞机（2）

要制作一个好的纸飞机，秘诀在于折叠要高度精确，并要通过多次的飞行试验。如果试飞失败，即使制作精良的纸飞机也不能够良好飞行。使用一张A4纸。

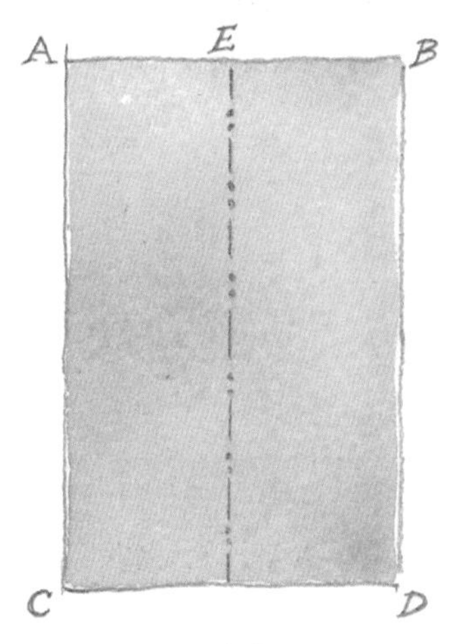

1. 把纸张沿竖直中心线对折，做山形折叠（谷形折叠更为简单，然后把纸张翻转），展开。

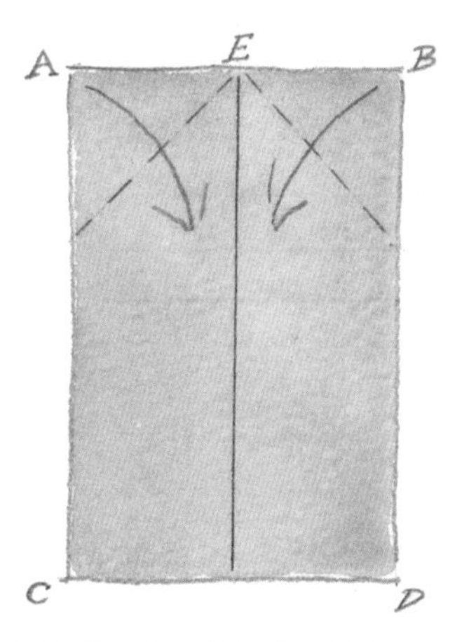

2. 把角A和B折至中心折痕。

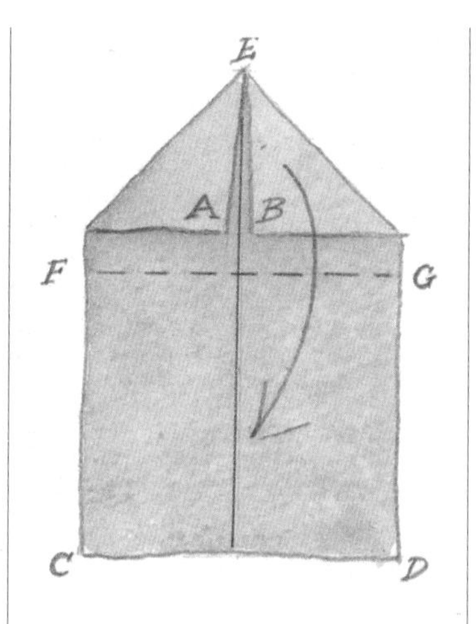

3. 把E沿FG折痕向下翻折。记FG为稍低于AB的线。

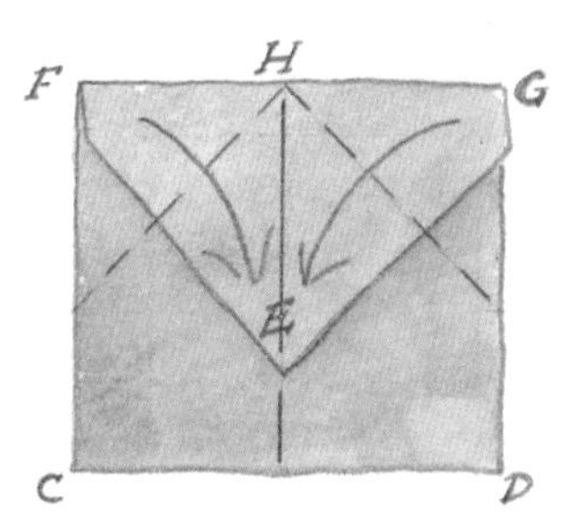

4. 把角F和G折入，露出E点。

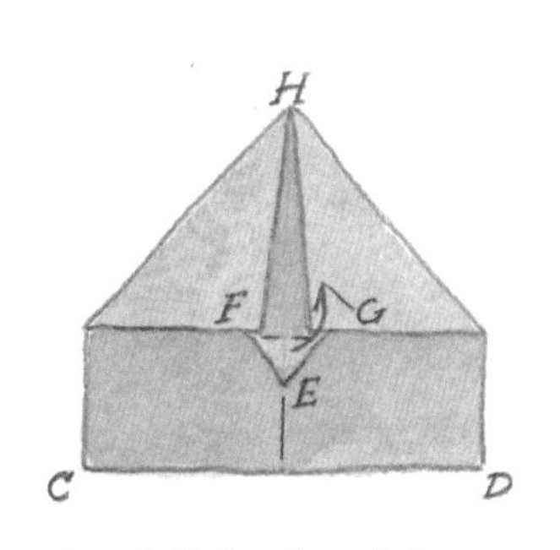

5. 把E翻折至F和G上方。

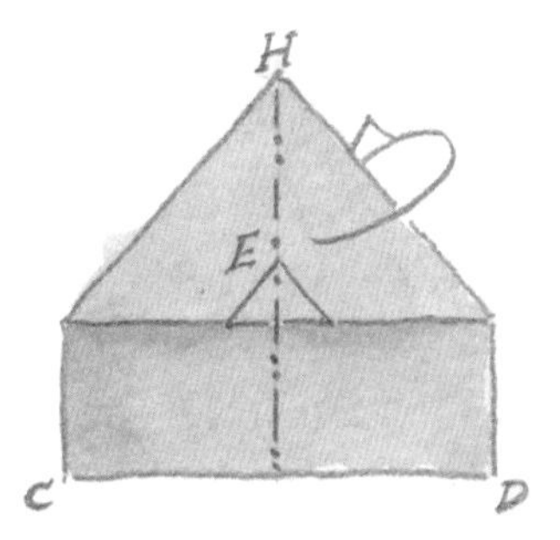

6. 把D向C山形折叠。

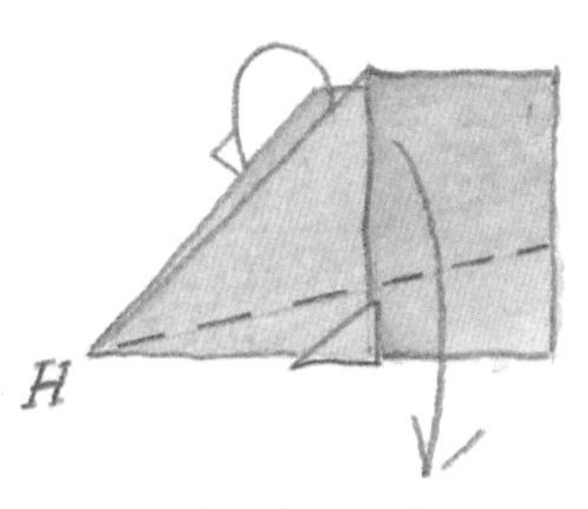

7. 折叠前把已有的折痕压平。然后，从H点的飞机前端开始做出机翼折痕。

8. 如图所示手持平衡点，机翼形成一个“V”形。平稳但用力地放飞。

“方形飞机”

这种飞机很适合初学者进行试验，因为它很容易被修改。下面这个版本没有尾翼，不过你可以自己加上去以提高它的稳定性。记住：虚线向内折，点线向外折。

飞行调试

如果你的飞机俯冲：把升降舵向上调一点，或者以更快的速度投掷。

如果你的飞机先进行爬升，然后减速、俯冲：把升降舵向下调一点，或者降低投掷速度。

如果你的飞机向右转弯：把方向舵向左调一点。

如果你的飞机向左转弯：把方向舵向右调一点。

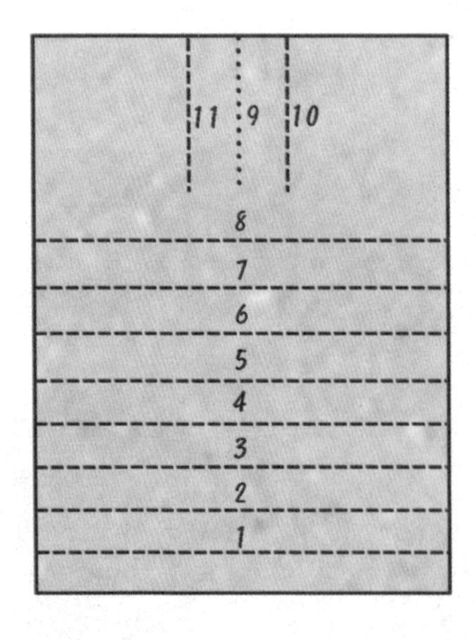

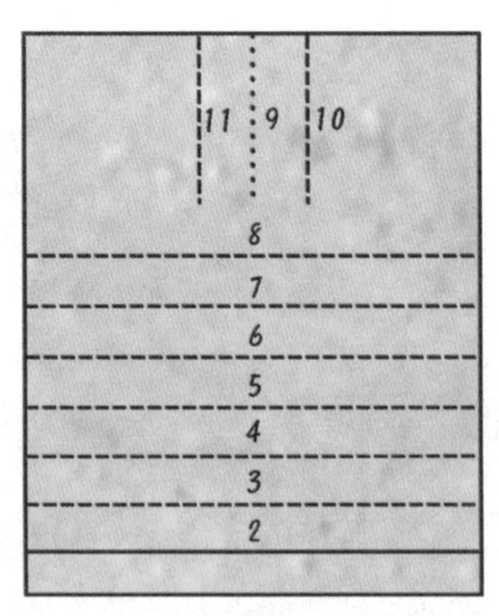

1. 沿着线 1 折到线 2。

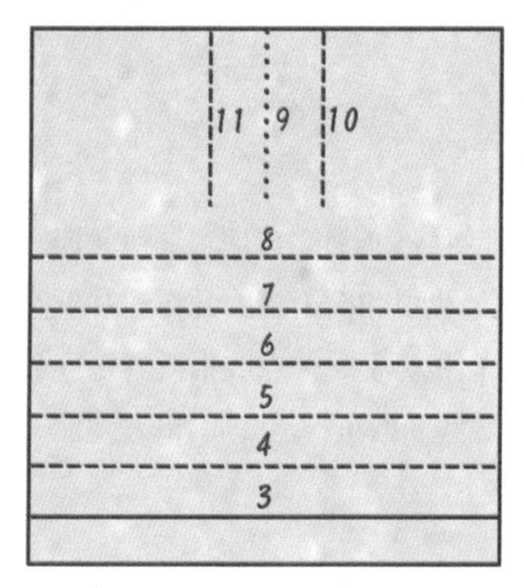

2. 沿着线 2 折到线 3。

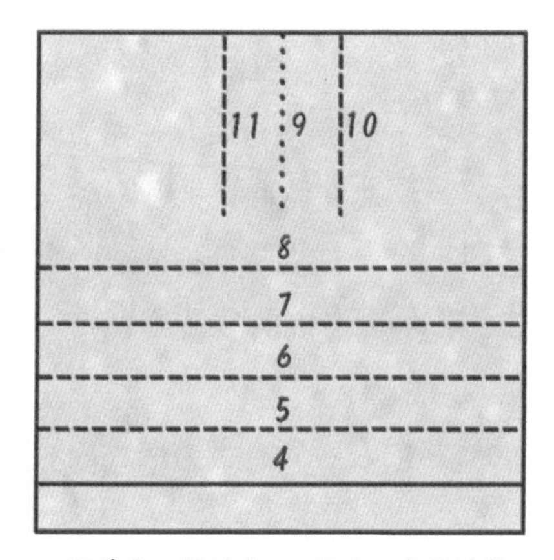

3. 沿着线 3 折到线 4，然后一直折到线 7。

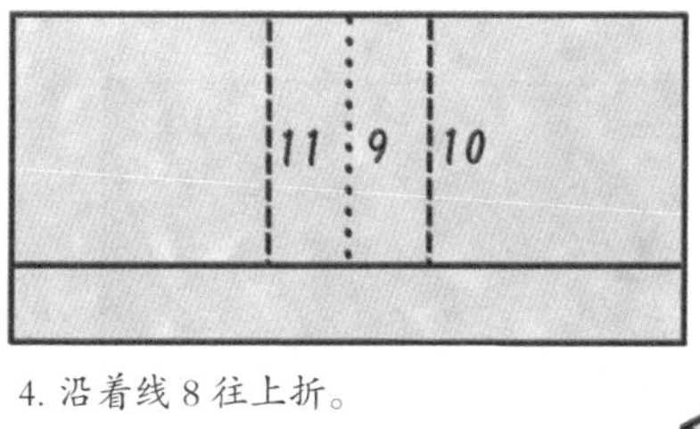

4. 沿着线 8 往上折。

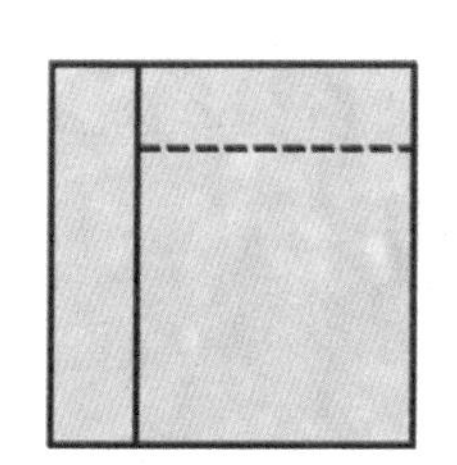

5. 翻过来，然后沿着中线（线 9）对折。

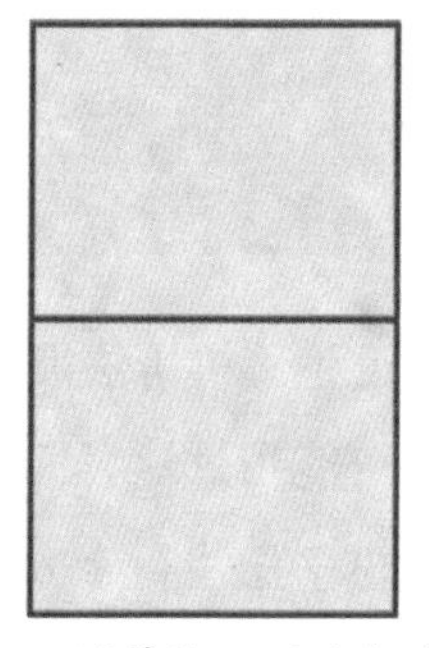

6. 沿着线 10 向上折出翅膀。

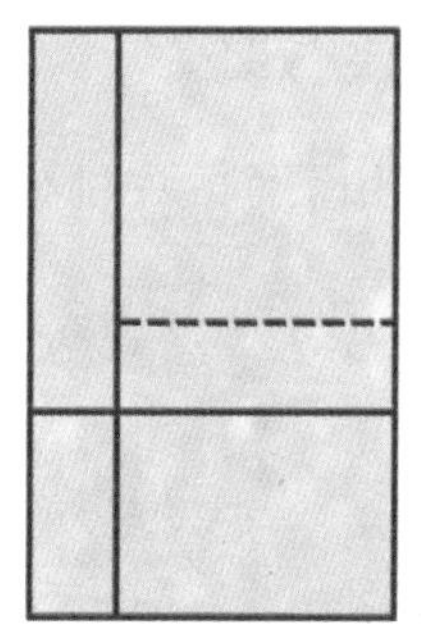

7. 把飞机翻过来。

8. 沿着线 11 折出另一只翅膀。一个很漂亮的方形呈现在你眼前了吧？

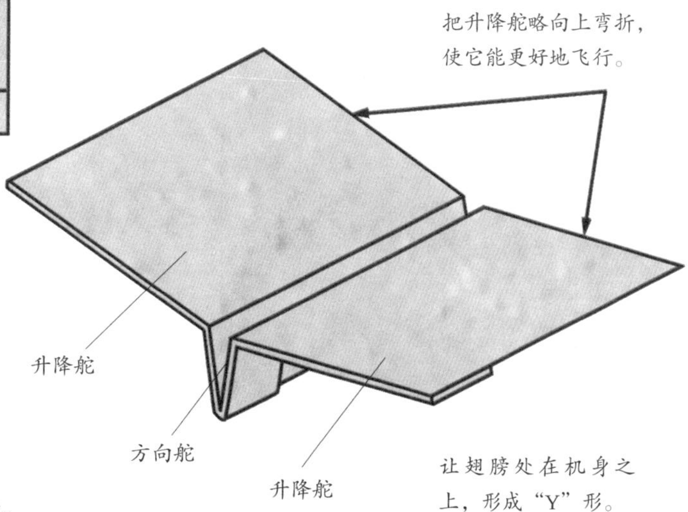

“飞镖”

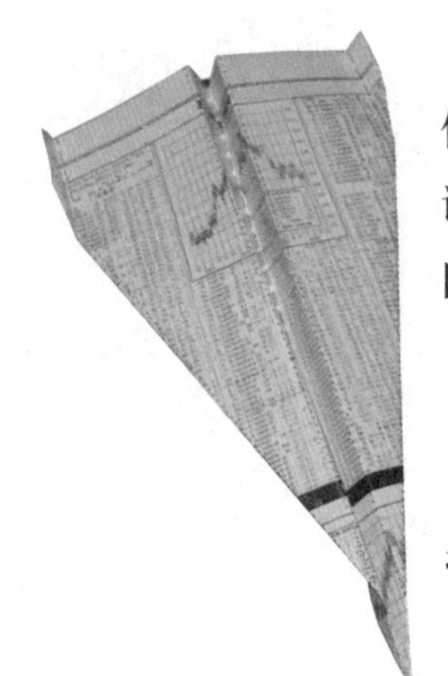

这种飞机折法很简单，很快就能折好，而且可以飞得又快又远。你很可能折过这种飞机的很多变体。机翼和向上折的升降舵对于保证飞机平稳飞行十分重要。你可以在机鼻上贴一点胶带或者别一个回形针来增强它的稳定性。记住：虚线向内折，点线向外折。

飞行调试

如果你的飞机俯冲：把升降舵向上调一点，或者以更快的速度投掷。

如果你的飞机先进行爬升，然后减速、俯冲：把升降舵向下调一点，或者降低投掷速度。

如果你的飞机向右转弯：把方向舵向左调一点。

如果你的飞机向左转弯：把方向舵向右调一点。

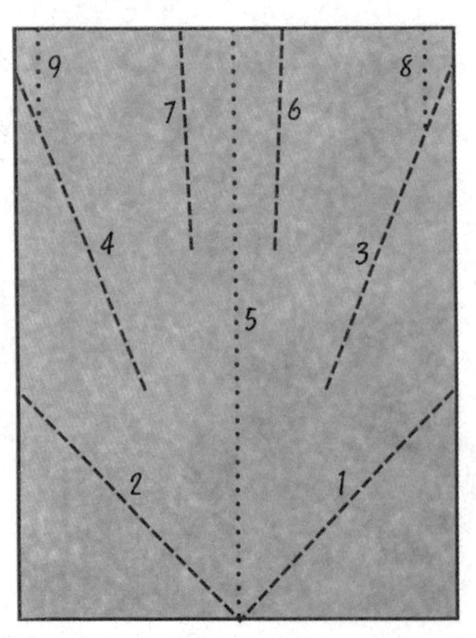

1. 沿着中线（线5）对折，然后展开，形成一条折缝。

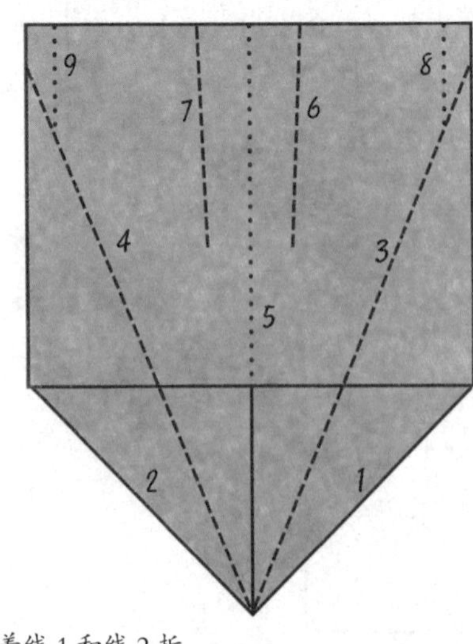

2. 沿着线1和线2折。

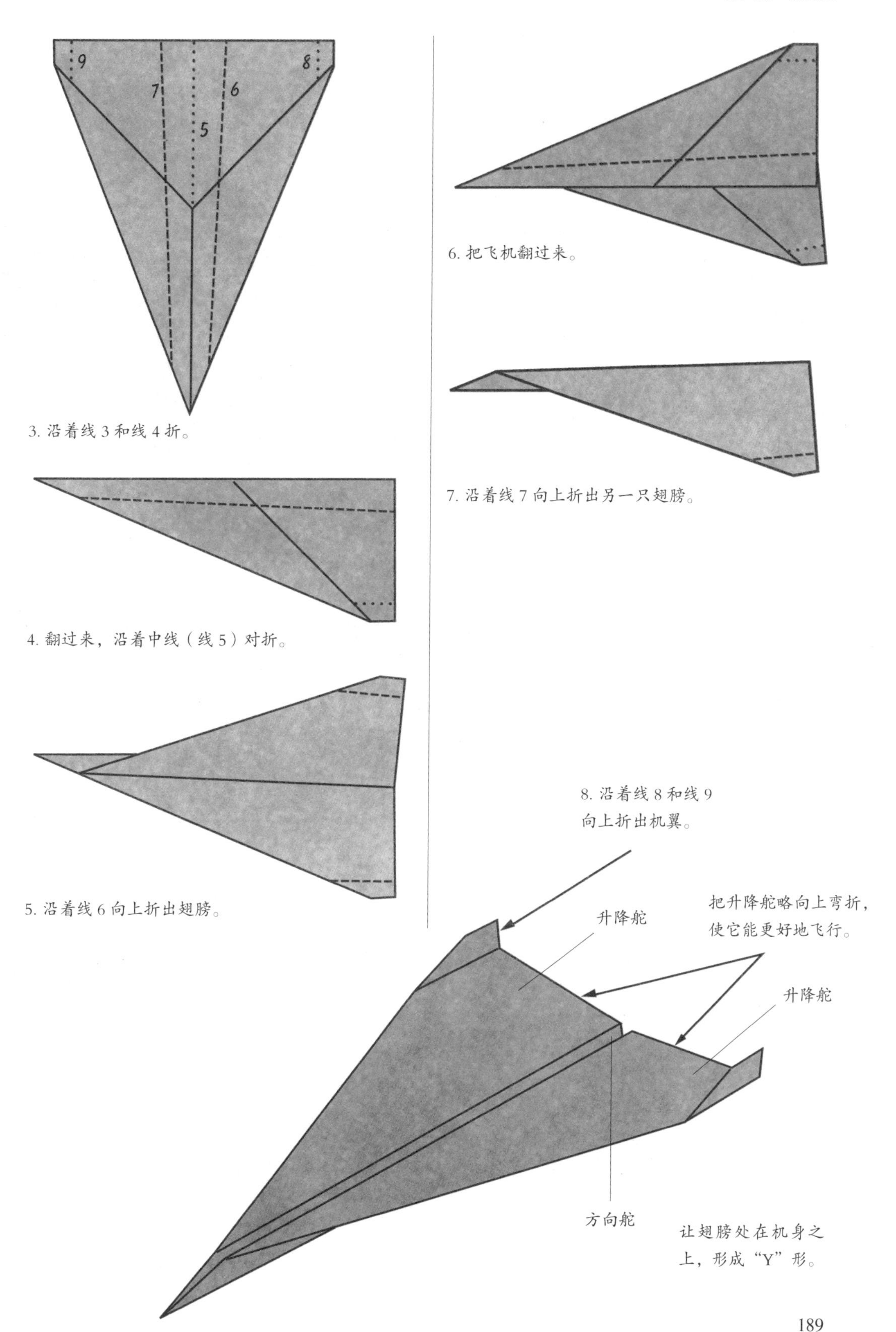

3. 沿着线 3 和线 4 折。

4. 翻过来，沿着中线（线 5）对折。

5. 沿着线 6 向上折出翅膀。

6. 把飞机翻过来。

7. 沿着线 7 向上折出另一只翅膀。

8. 沿着线 8 和线 9
向上折出机翼。

“特技飞机”

“特技飞机”因为尾部的独特设计而具备进行特技表演的能力。如图所示进行裁剪之后，尾部就能变得很容易调整，这使它很适合进行翻滚和转弯。并且当它被投向高空之后能够很好地悬浮在空中。记住：虚线向内折，点线向外折。

飞行调试

如果你的飞机俯冲：把升降舵向上调一点，或者以更快的速度投掷。

如果你的飞机先进行爬升，然后减速、俯冲：把升降舵向下调一点，或者降低投掷速度。

如果你的飞机向右转弯：把方向舵向左调一点。

如果你的飞机向左转弯：把方向舵向右调一点。

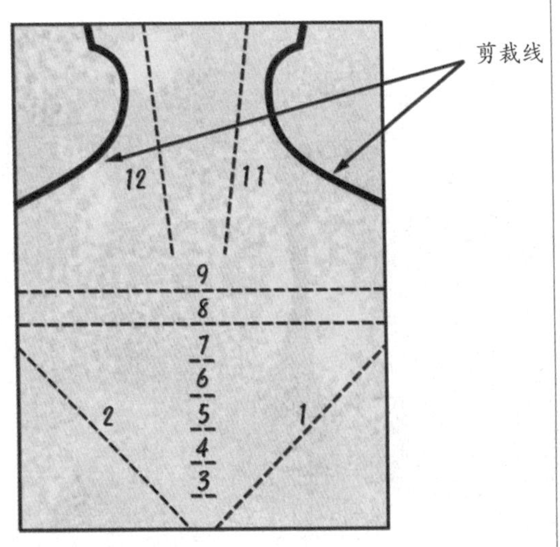

1. 沿着图中所标的粗实线剪开，然后沿着中线（线10）对折，再打开，形成一条折缝。

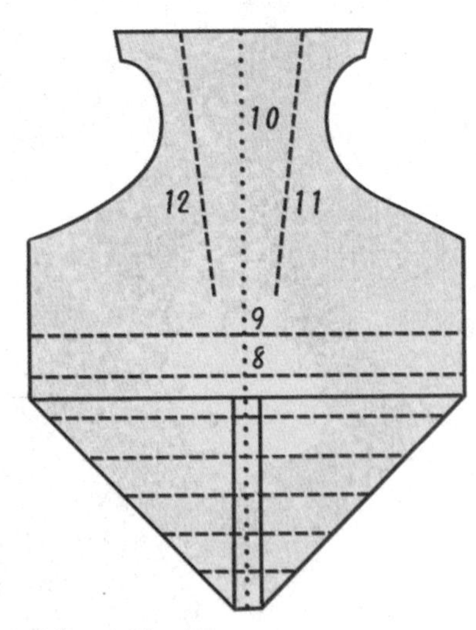

2. 沿着线1和线2折。

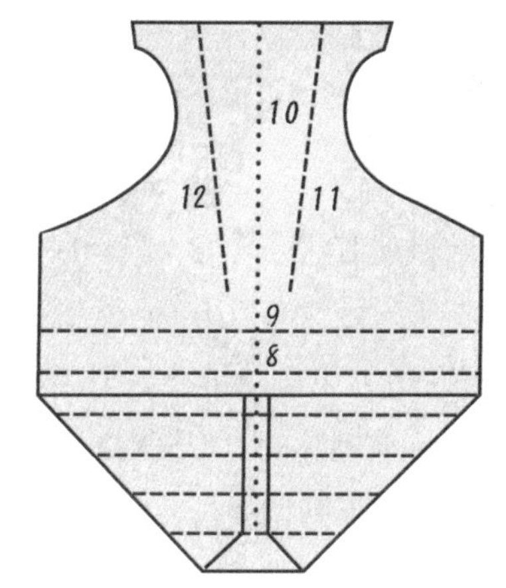

3. 沿着线 3 和线 4 向上折出机鼻。

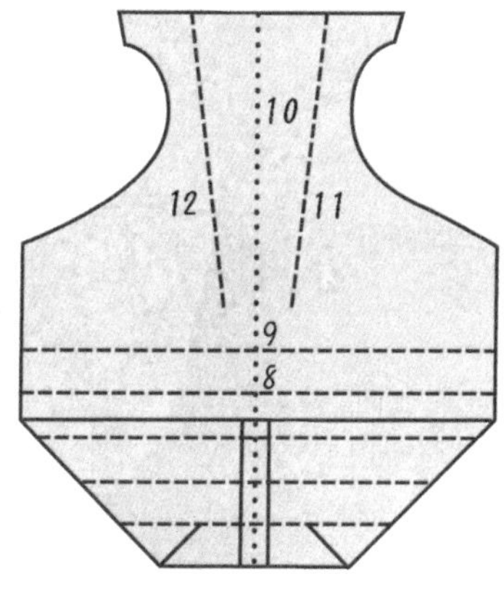

4. 沿着线 4 折到线 5。

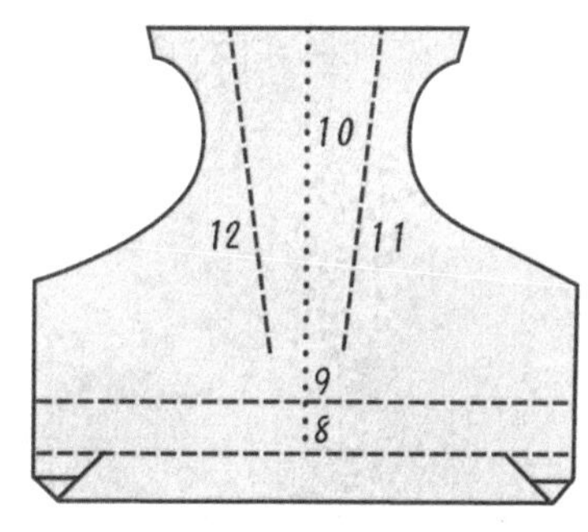

5. 沿着线 5、线 6 和线 7 向上折。

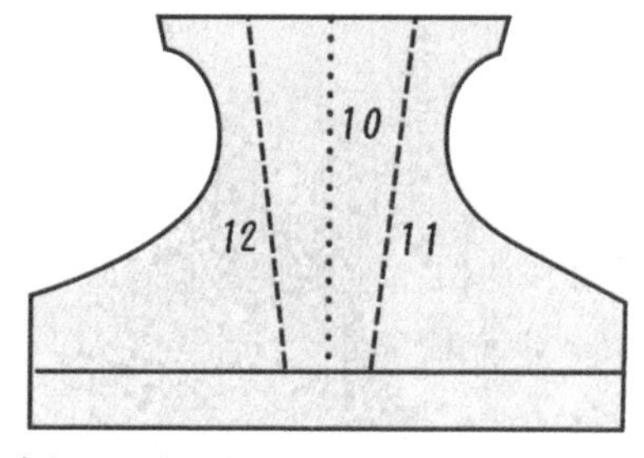

6. 沿着线 8 和线 9 折。

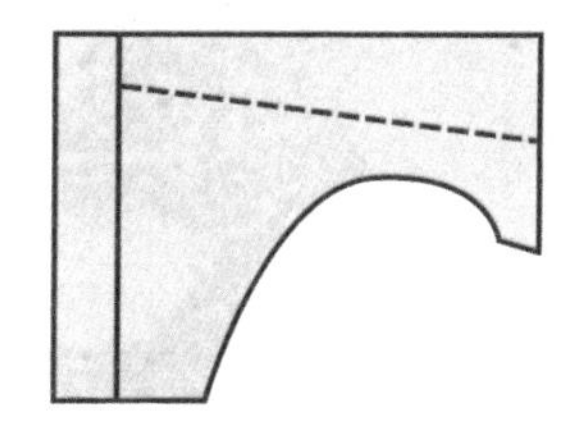

7. 翻过来，沿着中线（线 10）对折。

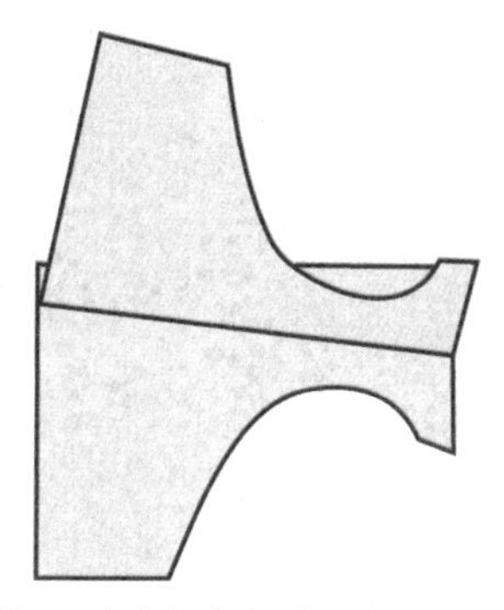

8. 沿着线 11 向上折出翅膀。

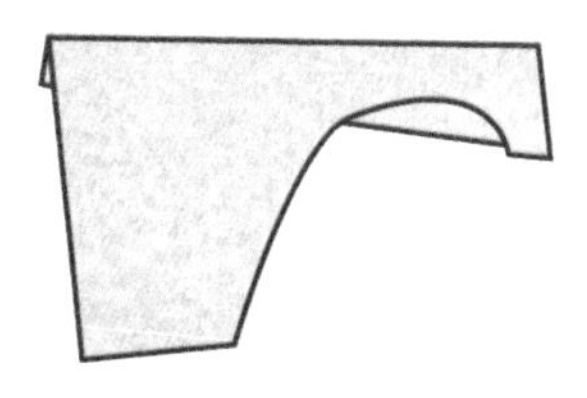

9. 翻过来，沿着线 12 折出另一只翅膀。

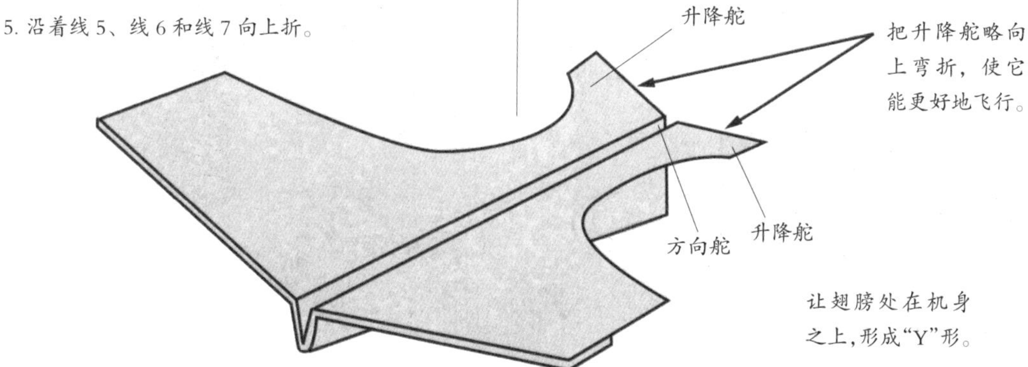

磁力飞机

飞机在头顶盘旋是什么感觉？我们要折叠的这个飞机就有这一功能。当你以某种方式扔掷这个飞机之后，它会沿着自己的路飞回到你的头上，好像有磁力的牵引，所以我们叫它磁力飞机。折叠磁力飞机最好选用一张薄脆的方形纸作为材料，而且需要不断调整折叠的比例来达到想要的效果。

1. 在一个正方形上做两次对折，分别做出一条水平的和一条竖直的前折痕，然后把上边缘折到与中心线重合的位置。

2. 做一个谷形对折，把左半部分折到右半部分上面。

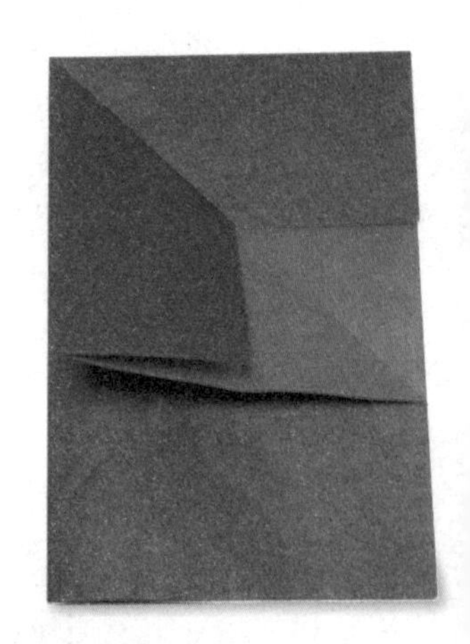

3. 把右上角（单层）往回折，使本来的上边缘和竖直的边缘重合。

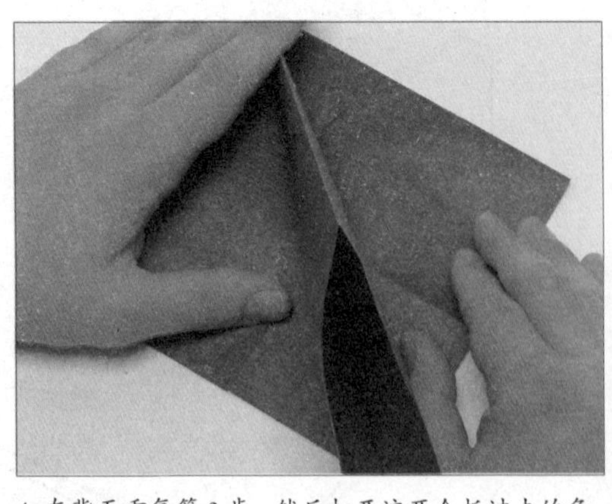

4. 在背面重复第3步。然后打开这两个折过去的角，并使两者之间的大纸片垂直于工作台面。如图放置作品。

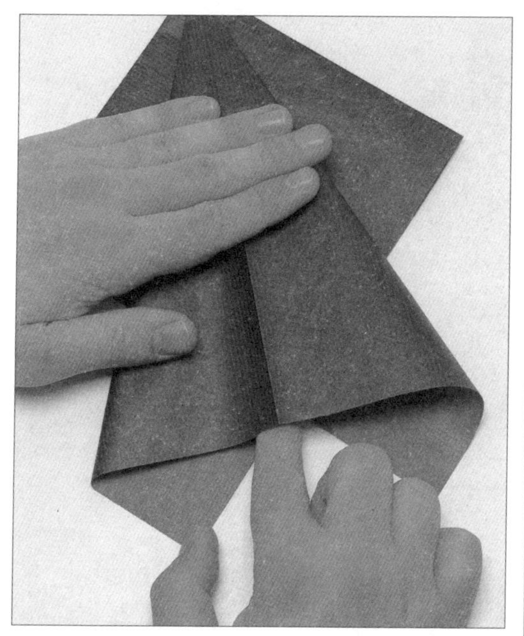

5. 打开垂直的这片纸，让它的两层纸相互分开，压平，使脊痕和底面上的中心线重合，从而形成一个大的三角形。然后把作品翻到反面。

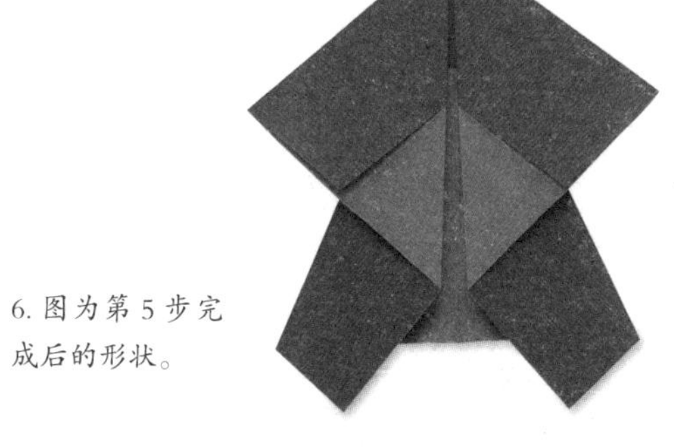

6. 图为第 5 步完成后的形状。

7. 把上面的尖角往下折，使尖角顶端和下面的正方形（呈现反面颜色的区域）的水平对角线相齐。

8. 把同一个尖角再往回折，如图形成一条褶皱。

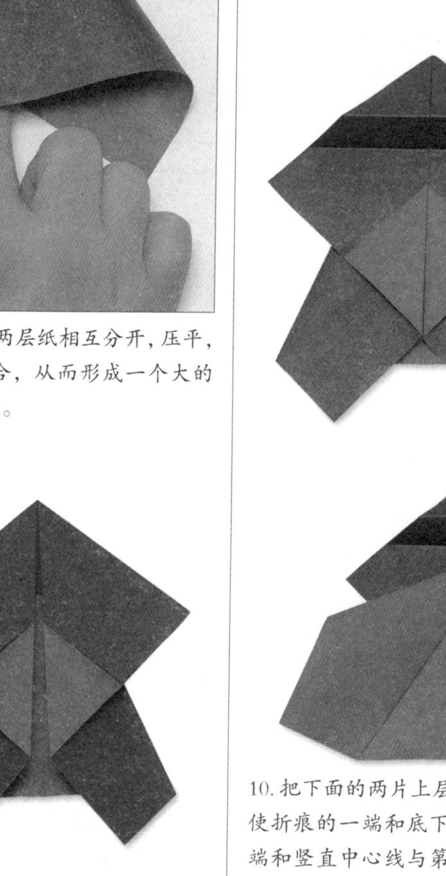

9. 把第 7 ～ 8 步完成的褶皱打开。

10. 把下面的两片上层纸往外翻，形成两条新的折痕，使折痕的一端和底下三角形的一个底角相接，另一端和竖直中心线与第 7 步形成的折痕的交点相接，然后展开。

11. 重新折回褶皱，然后沿着中心折痕做一个山形的对折。

12. 慢慢旋转纸张，在模型上先折一边的机翼，使折线的一端在第4步形成的三角形的边和第7步折痕的交汇处，如图适当地折一个角度。然后在另一边的机翼上重复同样的折叠。这些折叠的定位并没有很精确的要求，所以你需要在实践中不断改变这个磁力飞机的起落架的宽度。最后展开这些前折痕。

13. 利用已经存在的折痕，重新折第10步。

14. 把竖直的中心折痕捏成一条山线，并且一直把这个部分延伸到第12步所折的折痕作为起落架的宽度，如图所示。

15. 最后利用之前折痕在翅膀上做谷形折叠，这样就完成了磁力飞机。

使用方法：

飞机完成后，在起落架上有一个细长的条状纸片，用手捏住靠近飞机头部的部分，使它在你的正前方，并且保证这个条状纸垂直于地面，如图所示。把你的手臂迅速举起来，把飞机扔向空中。可以看见这个飞机在空中转了几圈，然后回来。在达到想要的效果之前，你可能需要在飞机的机翼上做很多次的调整，在折叠上尝试不同的角度。

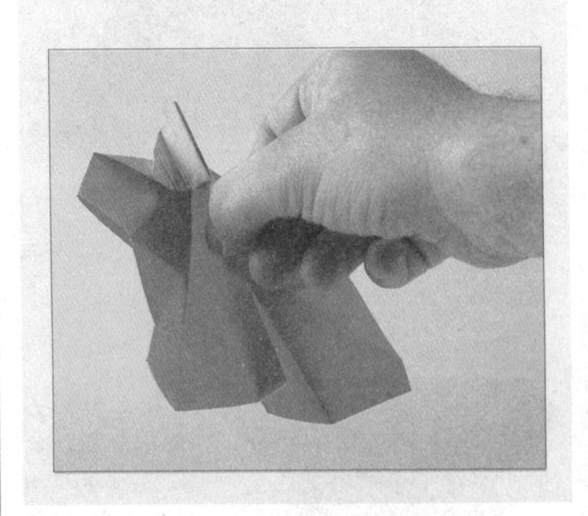

旋转纸片

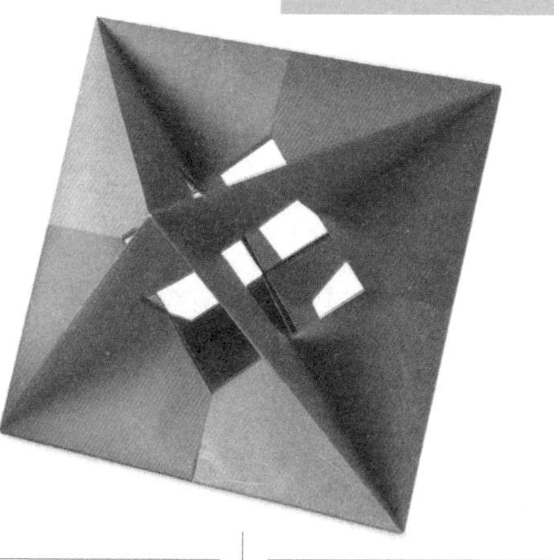

这个作品建立在两个标准基础形上，一个是水雷基础形，一个是初步基础形。动手制作它，需要12张坚硬的纸张。你可以多选几种颜色，这样折出的作品就更丰富多彩。如果你喜欢统一的颜色，那就只选一种花色的纸张。

1. 折6个水雷基础形和6个初步基础形。然后把其中一个水雷基础形和初步基础形稍微打开，使初步基础形包在水雷基础形的外面，并使这两个基础形的折痕重合。

2. 把初步基础形的4个角沿着水雷基础形的底边往里折，使两个基础形锁在一起。

3. 重新折叠水雷基础形，使每一边都有两片纸。然后用剩下的基础形做相同的折叠。

4. 现在我们把其中两个这样的模块结合起来。把一个尖角（水雷基础形上的尖角）插入到另一个尖角和初步基础形之间的空隙中，一直往里插，直到两个初步基础形碰到一起。

5. 用同样的方法，把第3个插到前两个的两个角中，如图所示，最后在作品中间形成一个三角形的形状。

6. 把其他的也用相同的方法插入作品中，其中最后一个是最难加的。完成作品之后把两个尖角抵在你分开的手掌之间，用力吹作品的顶部，整个作品就会旋转起来。

魔法星 / 飞盘

完成这个作品你需要 8 个小正方形的纸，最好是摸上去很光滑的那种，因为粗糙的纸张达不到很好的效果。一一折叠它们，最后将它们折合起来。

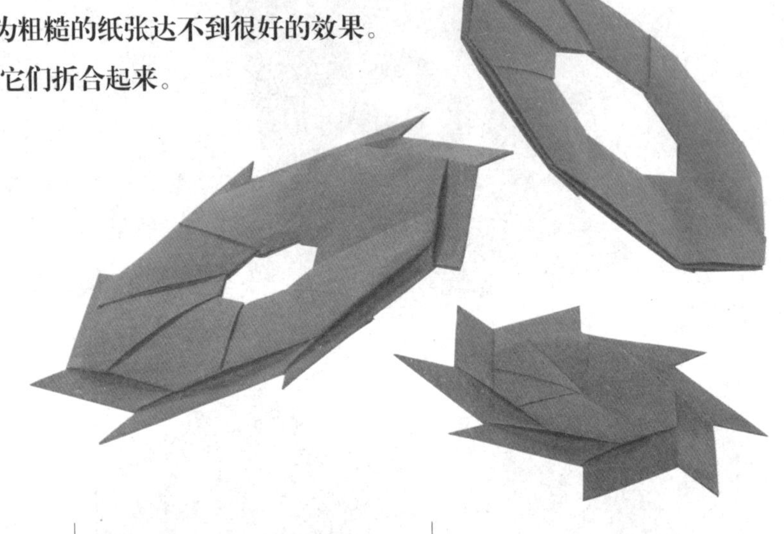

1. 使有主要颜色的一面朝下，然后做一个对折，使边与边重合。

2. 如图使第 1 步完成的折痕朝向你，然后把右下角往上折，形成一条和水平线成 45° 的折痕。图中已把上一边的单层翻到了外面。

3. 打开第 2 步的折叠，做一个内翻折。

4. 从上面打开整个作品，把另外一边的两个角往里折，使本来竖直的边和第 1 步形成的折痕重合。合上作品，压平。

5. 如图所示在桌上放置这个模块，然后折出相同的另外 7 个模块，放置位置也如图所示。

6. 拿出其中两个，如图所示，把第 1 个插入到第 2 个中，使第 2 个夹在第 1 个的两个分开的尖角里，用手捏住，保持两者的位置。

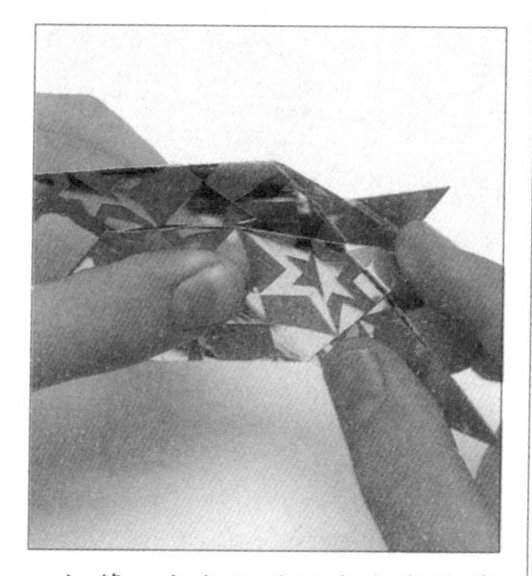

7. 把第1个分开的两个尖角往第2个的分开的两条边上折（如图所示，面朝你的那个面的尖角是山形折叠，而背面那个则是谷形折叠），这样就能使两个部分合起来。

8. 图为最先的两个模块合在一起后的形状。

9. 按照顺时针方向把其他几个都插进去。如图所示，当你已经插入了6个之后，看上去已经不能再进行了，这个圈圈也快要完成了。这个时候，你必须很小心地把最后一个插进去，当你用同样的方法插完第8个的时候，就可以把这第8个和第1个折合在一起了。

使用方法：

1. 如图就是完成后的魔法星。想要把它变成一个飞盘，只要用手指捏住这个魔法星中任何两个相对的角，然后慢慢往外拉，中间就会出现一个洞。

2. 换一对角，也往外拉，这个角就会变得更大。

3. 继续旋转、换角，重复一样的动作直到你得到如图所示的飞盘。

4. 如果你想再得到魔法星，可以简单地用相反的方法推回去。

风筝

这个豪华的风筝带着拖曳在它后面的金色蝴蝶结飞翔在蓝色的天空中时，看起来将会非常华丽。如果它是用相当硬的纸制作而成的，就可以抵挡住很强劲的风。只需要遵循基本的规则，即横木的长为长定位杆的 2/3，就能制作出不同尺寸的风筝。

1. 取两根定位杆，用钢笔在较短一根的中间位置做记号，在较长一根的1/3处做记号。令两根定位杆结合于记号处，较短的一根应该水平地交叉于较长一根上，构成十字形状。用细线把两根杆紧紧地绑在一起。

2. 在每一根定位杆的末端用工艺刀开一个凹口，然后将一段线的一端绑在风筝框架的顶端凹口周围。将线沿外围缠绕，依次在每个凹口周围固定，当线又绕回到框架顶端的时候将线系牢。

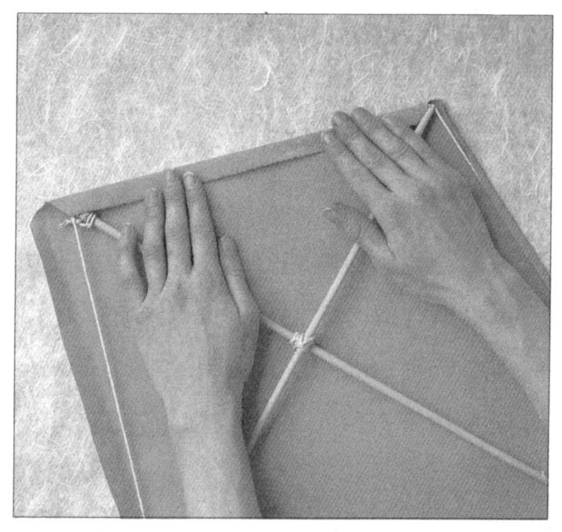

3. 将风筝框架放在一张大的彩色硬纸上，沿框架外缘剪纸，在框架线的边沿外空出1厘米的空间。从纸的边角开口至每根定位杆的末端，然后沿纸的边缘涂上胶水，翻折将线封入。在短定位杆的两端系上一段线，在长的定位杆上也系上一段。把线交叠，同时拉起来，在两线交叠处用窗帘环进行固定。把风筝线轴系于窗帘环上。

4. 风筝上的装饰取决于风筝尾部装饰品的颜色，用强力胶水把它粘贴在风筝的正面。将尾部丝带固定于风筝框架的底部，再使用少量胶水把纸蝴蝶结沿着丝带粘贴于适当的位置上。

风车和魔法盒

这是在传统主题上做了修改之后的作品，使用了一个很巧妙的方法：利用事先完成的前折痕组合成一个简单但是美妙的形状。你需要选择一张很脆的纸，并在开始的时候把用来做风车或魔法盒颜色的那面朝下。

1. 在这张正方形纸的两个方向上都折出 3 等分线，然后分别沿着两条对角线对折，展开，形成一部分前折痕。

2. 翻到反面，把左下角往上折，使它的顶端和纸张右上的小正方形的左下角重合。

3. 展开，然后在剩下的 3 个角上重复第 2 步，每次在折叠后展开。

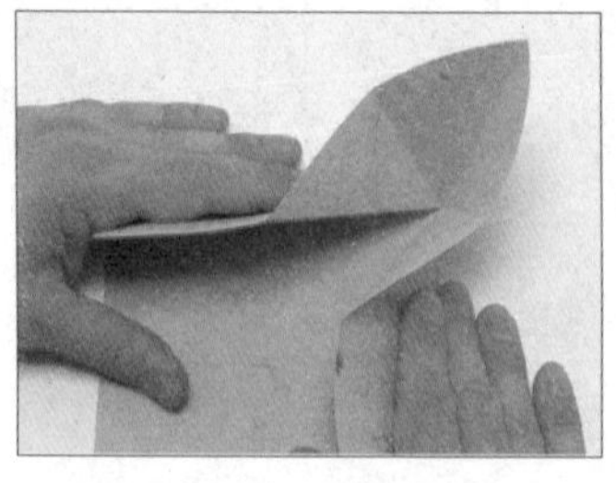

4. 把纸张翻过来，然后如图所示，利用 3 等分线折痕把相邻的顶边和右边往里折。这两条边之间的夹角将会变成一个尖角。

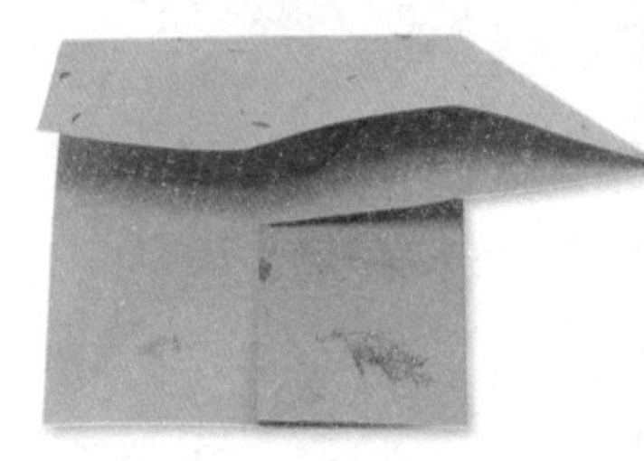

5. 把这个尖角压平到右边。

6. 第 3 步所折的折痕现在变成了一条谷线，沿着这条谷线把左边缘往右折，把相邻的边叠合在一起，形成一个尖角。

7. 如图为第 6 步完成后的形状。

8. 逆时针旋转作品，然后在下一个边上重复第 6 步。

9. 如图为第 8 步完成后的形状。

10. 把第 8 ～ 9 步完成的纸片后面的那个自由角往外拉，再次折成一个尖角。

11. 如图为第 10 步完成后的形状。

12. 顺着前折痕把第 10 步形成的尖角整体往下折，这样就完成了风车。当你把它绑在木棍上并放在风中的时候，它就会旋转。

13. 现在我们把风车转变成魔法盒。先顺着作品中间的正方形的边缘在左边的外角上做一个内翻折。

14. 如图为第 13 步完成后的形状。

15. 把第 13 步形成的自由尖角再往回折，把它插入到下面的口袋中（这个口袋在逆时针方向上的三角形斜折边里面）。

16. 如图为第 15 步完成后的形状。然后在剩下的 3 个尖角上重复第 13 ~ 15 步。

17. 图为完成后的魔法盒。

使用方法：

1. 现在我们来打开这个魔法盒。先用你的拇指和食指捏住两个相对的三角形的边，注意只需要捏住单层。

3. 如图为打开后的魔法盒。

2. 然后轻轻地向相反方向拉开整个作品使之能旋转着打开。

4. 利用盒子四边的斜折痕，把 4 个角往逆时针方向折，使作品恢复到原来的平整状态。

风车

制作这个传统的玩具，就如同观赏它在风中旋转一样简单。给儿童聚会上的每个小客人制作一个不同颜色的风车，来增添欢乐的气氛吧。

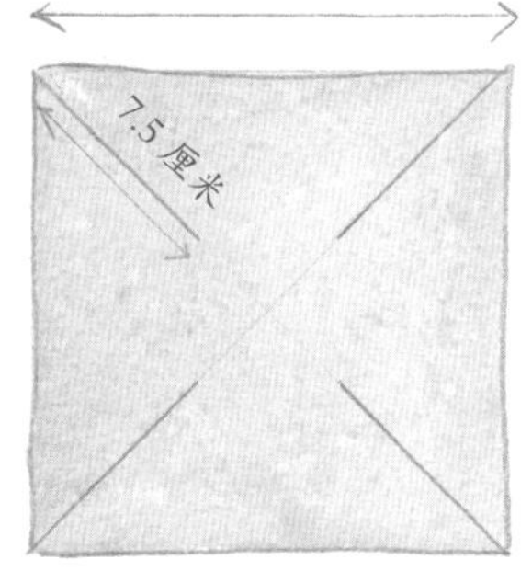

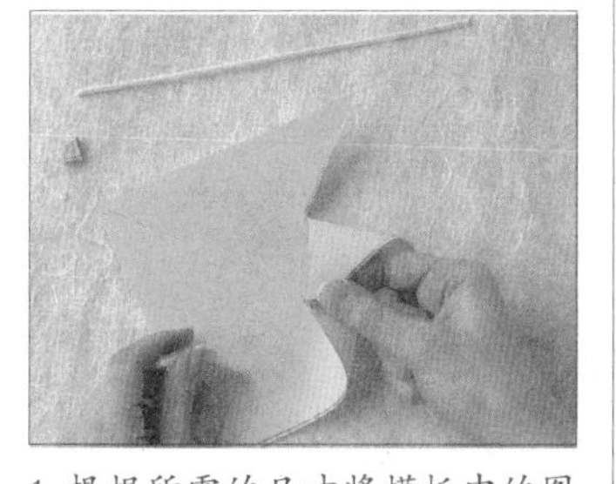

1. 根据所需的尺寸将模板中的图形按比例放大，再转移至正方形纸上。沿着模板线条从边角剪到中心附近，间隔地取边角向中间弯曲并用图钉固定。将纸张平放以利于制造钉孔。

2. 从风车中心向背后穿进一个图钉。

3. 从圆珠笔的墨水套末端剪取一小块作为轴承，把它放在纸背后的钉尖上。再把图钉穿过饮料吸管，穿入一小块软木块做固定，或者将图钉穿入一段植物的茎中。注意，图钉的尖端不能突出在外面，要插入木块中。

弹弓和篮球筐

这是一个很好玩的玩具，弹弓和篮球筐组合在一起能达到很美妙的效果。其中篮球筐是一种传统的折纸作品，需要一张很硬的 A4 纸；折叠弹弓需要选择一张很脆的方形纸，你可以在一张 A4 纸上裁得。

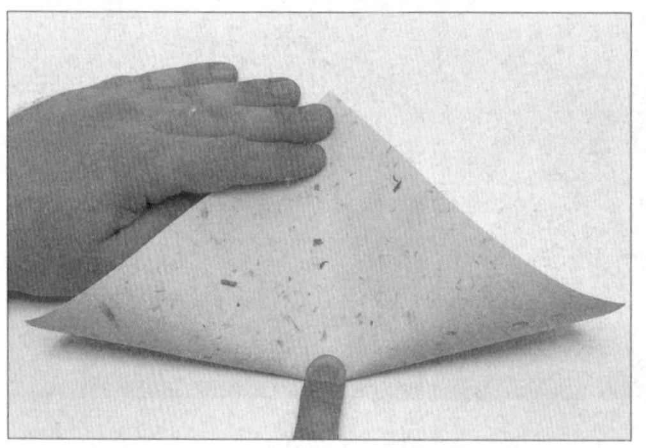

1. 我们先来折叠弹弓。在纸上沿对角线对折，展开，形成一条对角线折痕。然后如图捏出剩下的那条对角线的中心点。

2. 展开第 1 步的折叠。把上面的角往下折，折的位置大概是顶端到中心点的 1/3 处。

3. 把上面的两条斜边往下折，使上一步的折痕和竖直的中心折痕重合。

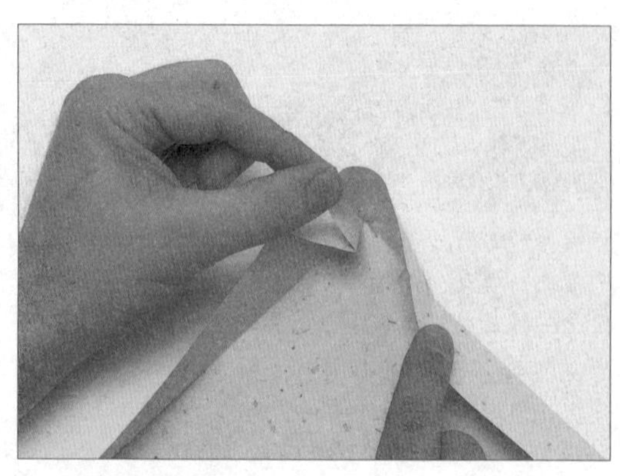

4. 把藏在里面的角拉出来，也就是第 2 步形成的角。

5. 把纸张压平到如图位置。我们可以看到第2步形成的角现在变成了一个尖角。

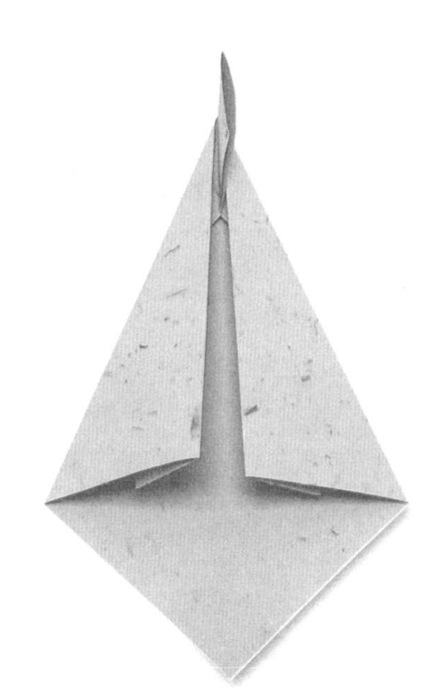

6. 把外面的两条边往里折，使它们和竖直的中心线重合，形成一个类似的风筝基础形。

7. 翻到反面。

8. 在作品上做一个谷形对折，把左边折到右边。

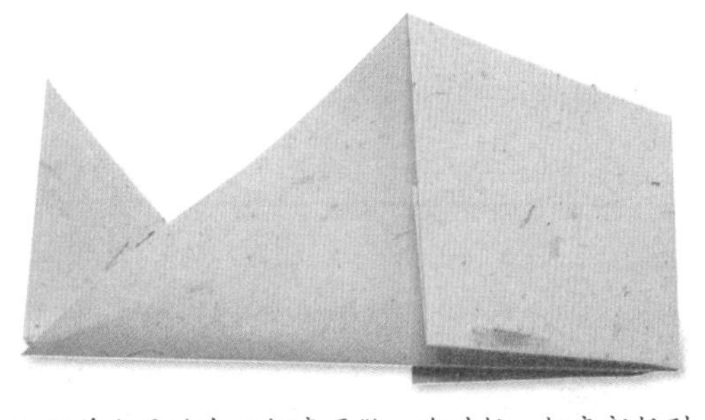

9. 沿着水平的中心折痕再做一次对折，把底部折到顶部。

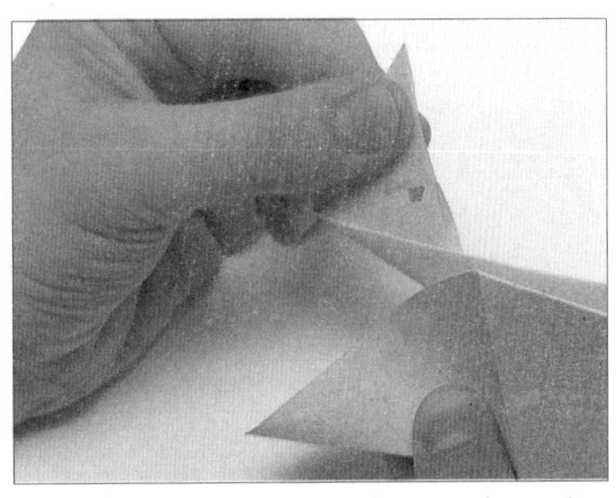

10. 用一只手捏住外面纸层的底边，另外一只手捏住尖角并往上拉。最后这个尖角的水平边应该和外面纸层的底边平行。然后压平，这时候尖角就在新的位置了。

11. 把外面纸层的顶角往下折，使这条新的折痕和内部尖角的边（第 10 步形成的水平边）重合。在反面重复一样的折叠。

12. 把内部尖角末尾的小三角形打开，在它的底部做一个山形的脊痕。这样就完成了一个张开的发射筐，随时等待发射。

13. 现在我们来折篮球筐。先在长方形纸张的一端做一个水雷基础形。

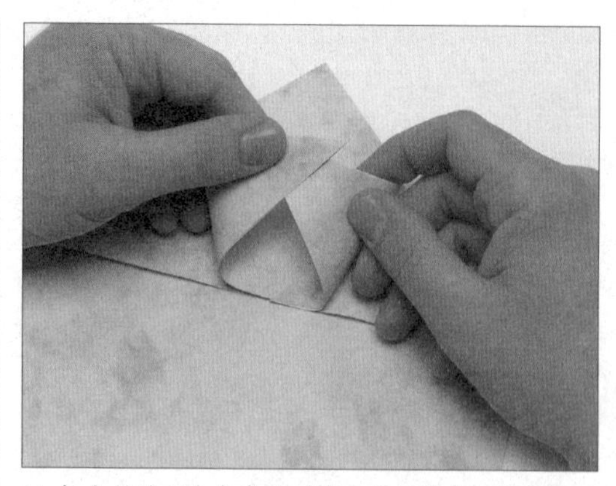

14. 把上面的两个尖角往里弯，并把其中一个尖角插到另一个尖角里面，直到它们可以保持一个篮筐的形状。

15. 把两个竖直的外边往里折大概 4 ~ 5 厘米。这个折叠不做精确要求。

16. 把第 15 步完成的折叠打开，并使它们和作品的底边垂直。然后把这个完成的篮球筐立起来。

使用方法：

把一张纸捏成小球，放在弹弓的发射筐里。拉开弹弓上的拉杆（就是在第 11 步完成的两个三角形纸片）使内部的尖角向前弹起，于是这个纸球向篮球筐的方向飞去。看看你可以弹进几个球。

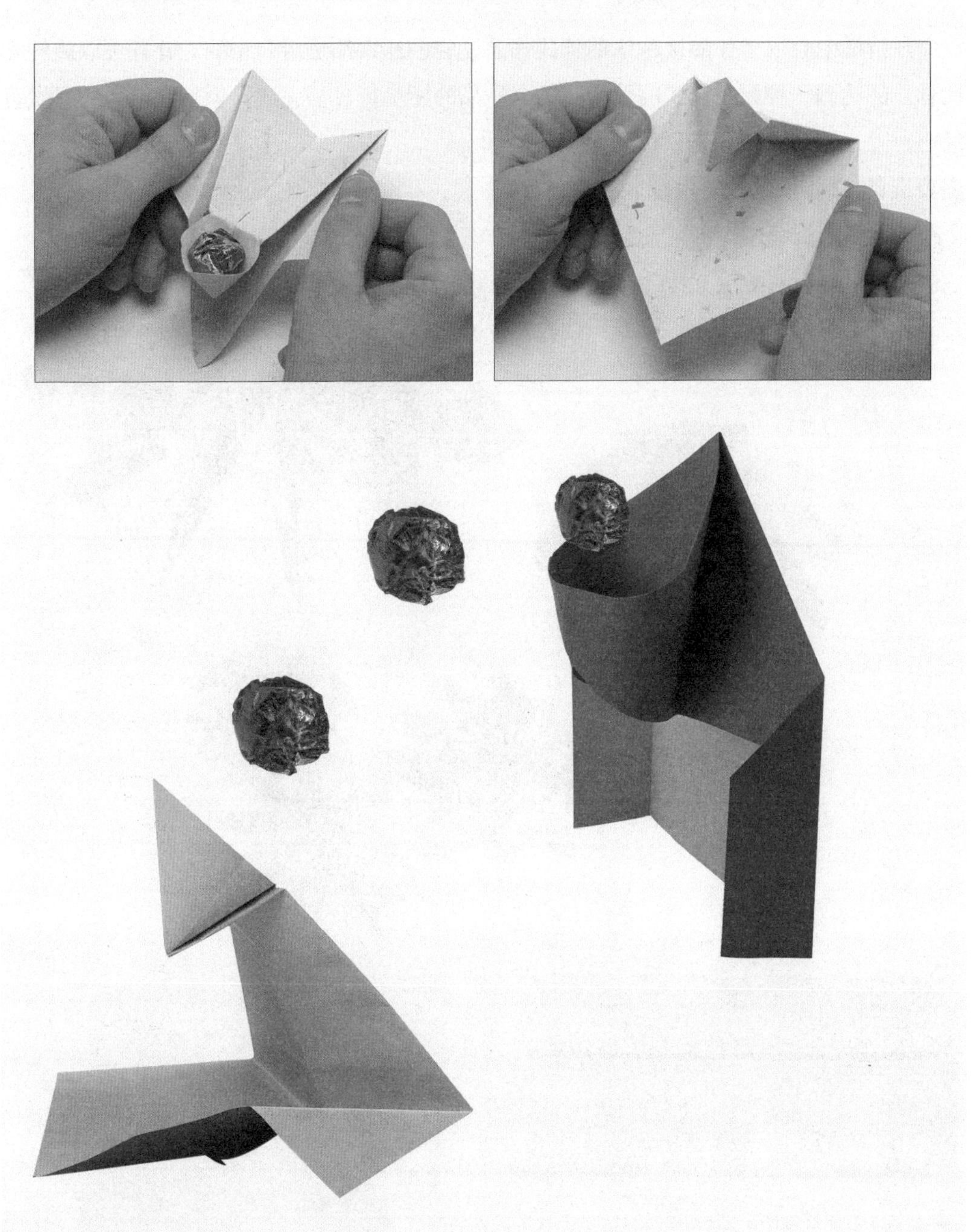

烟花

在折纸中有很多作品被称作曲伸式作品，它们通常都是组合型的，并且可以旋转和曲伸，能达到一种万花筒式的效果。这个作品的模块很容易完成，但是在组合的时候可能有一点点困难，特别是最后两个模块。你需要准备12张很硬的方形纸张。这是一个令人愉悦的折叠过程，完成作品后，它将是你最好玩的游戏工具。

1. 调整正方形纸张的位置，使两条边位于水平位置，另外两条边位于竖直位置。现在朝上一面的颜色就是该模块完成时的主要颜色。先做一个对折，形成一条水平的中心前折痕，然后把底边和顶边折向这条前折痕。

2. 展开第1步的折叠。然后翻到反面，分别沿两条对角线做两次对折，展开。

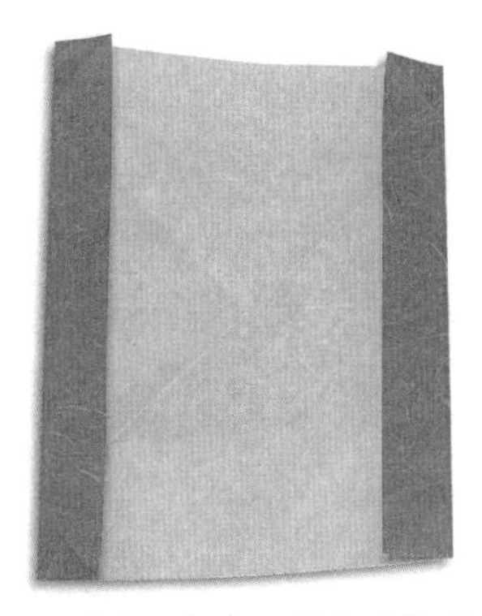

3. 如图使 4 分线保持水平位置，然后把左右两条边往里折，使它们和 4 分线与对角线的交点所在的线重合。用力完成折叠。

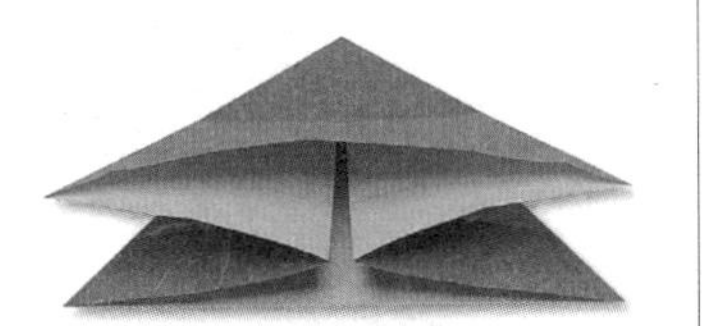

4. 展开第 3 步。利用两条对角的谷线折出水雷基础形。

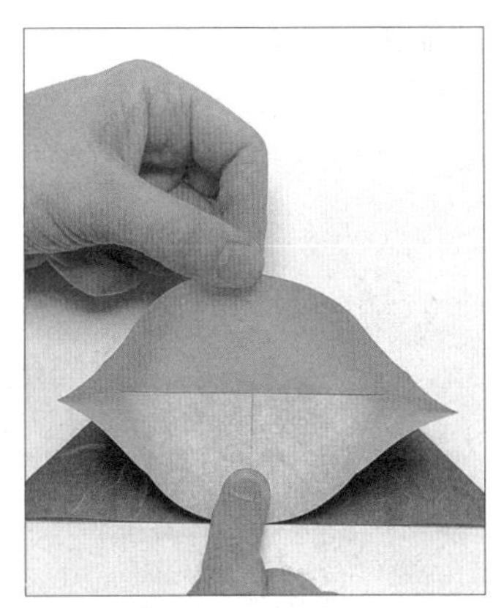

5. 把单层底边翻起来，使底边的中心点和顶角重合。

6. 压平纸张，形成一个帐篷基础形（即水雷基础形的左边尖角落在底边的中心点）。

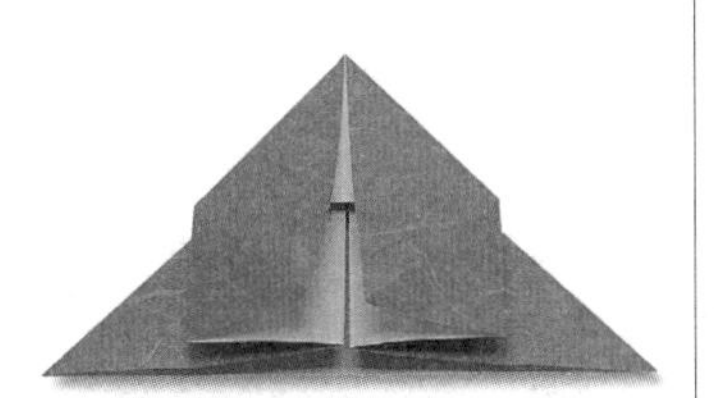

7. 如图为第 6 步完成后的形状。

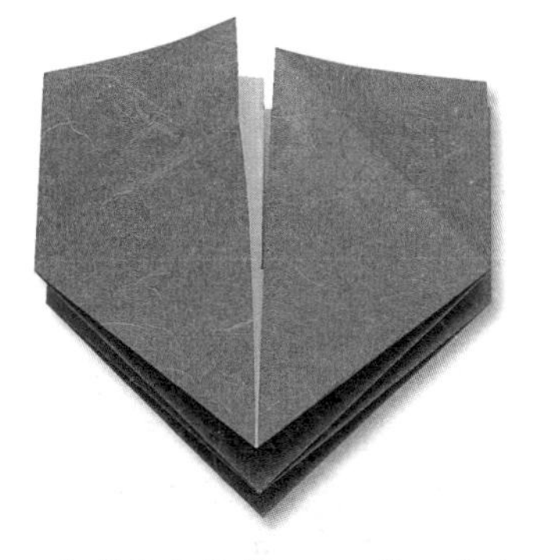

8. 在背面重复第 5 ~ 7 步，然后旋转纸张 180° 到如图所示位置。

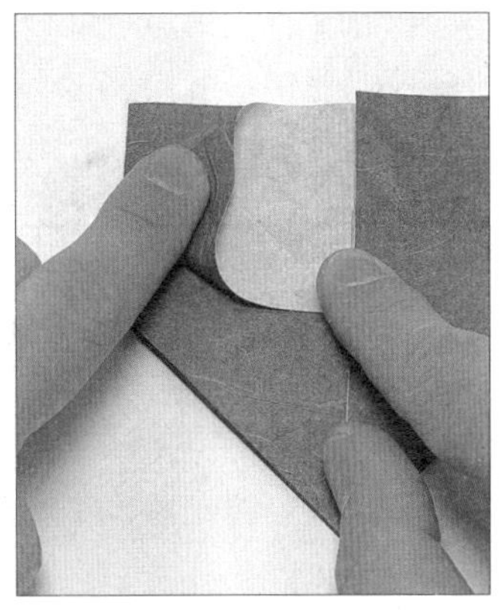

9. 利用第 3 步完成的折痕，把单层的左顶边往下折。为了能压平纸张，需要折出一个小三角形。

10. 在相邻的纸片上重复第 9 步。然后在反面做相同的折叠。

11. 展开第 9 ~ 10 步。如图即为完成后的一个模块。用同样的方法再折叠 11 个。

12. 在每一个模块上都有 4 个大的纸片，左边两个，右边两个。而且在竖直中心线上有一个缝隙，在这个缝隙的后面有一个口袋。把第 1 个的两个口袋打开，然后把第 2 个的背面插进去。

13. 如图是在右边进行的锁扣。

14. 如图，两个模块组合在一起。

15. 利用竖直的中心折痕，把左边最上面的大纸片往右边翻。这样的话，两个模块中的一部分纸张就能够一起折叠。

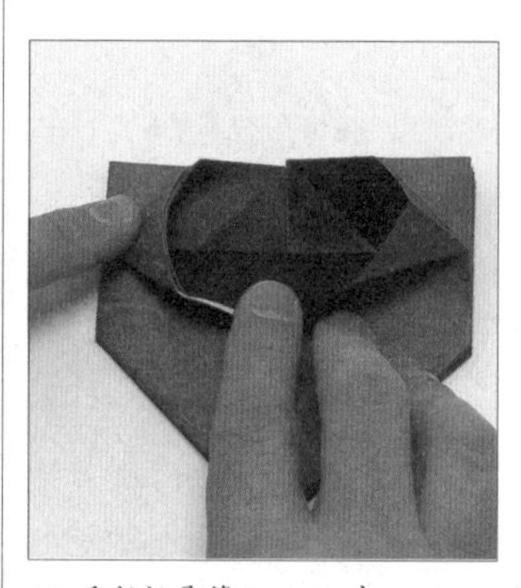

16. 重新折叠第 9 ~ 10 步。

17. 翻到反面。然后把左边的两边纸片翻到右边。

18. 重复第 16 步。

19. 再调整纸张，使两边再次对称，这时候该模块的左边和右边具有相同数目的大纸片。因为第 1 层纸的两个顶角都隐藏起来了，所以看上去像一个心形。

20. 用同样的方法继续组合更多的模块。

21. 所有的12个模块都接在一起了，现在我们就要把最后一个和第1个锁扣起来。小心地拿住两端使作品旋转成一个环，然后更加小心地（这样可以避免之前的锁扣松开）把这两个也连接在一起，最后在必要的地方修整压平。

22. 图为完成后的烟花。

使用方法：

小心地用手掌抵住烟花的外角，使除拇指之外的手指放在烟花底下，然后慢慢往上推，可以看见烟花的中间部分开始向上凸起，而它本身也就变成了另外的形状。这个过程可以一次次地重复。

日本织锦

这个精美的作品是用很小的方形纸完成的，纸张的大小为4厘米 ×4厘米。练习的时候，你可以选择6张很坚硬的纸。这个作品以弯曲的表面为特点，看上去就像是在中间的立体图形上用纸条缠绕了很多圈一样。在最后完成的作品中只有一种颜色，所以开始的时候要使有颜色的一面朝下。但是你也可以像这里要介绍的一样，选择3种不同颜色的纸张，每种纸折两个。

1. 先在纸上做一个对折，形成一条中心折痕。然后把底边和顶边折向这条中心折痕。

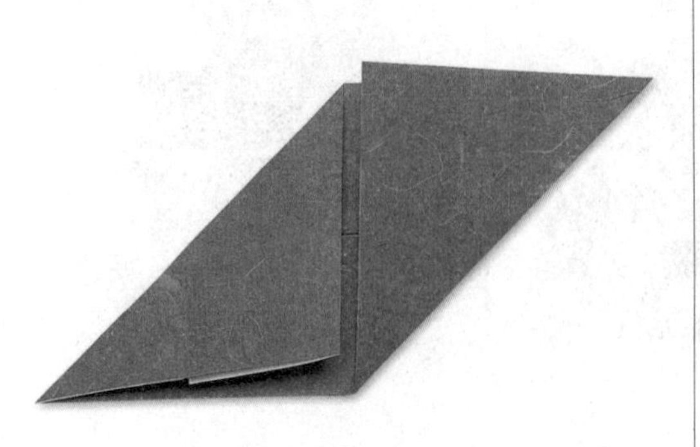

2. 把右竖直边往上折，使它和顶边重合。同样把左边的竖直边往下折，使它和底边重合。最后形成一个平行四边形。

3. 把纸张完全展开。

4. 把4个角往里折，使它们和最近的水平4分线重合。新折的4条折痕中有两条是已经存在的。

5. 把底边和顶边往中间折，使它们和最近的水平 4 分线重合。

6. 把右下角的纸张往上折，使本来的底边和第 2 步完成的折痕重合。

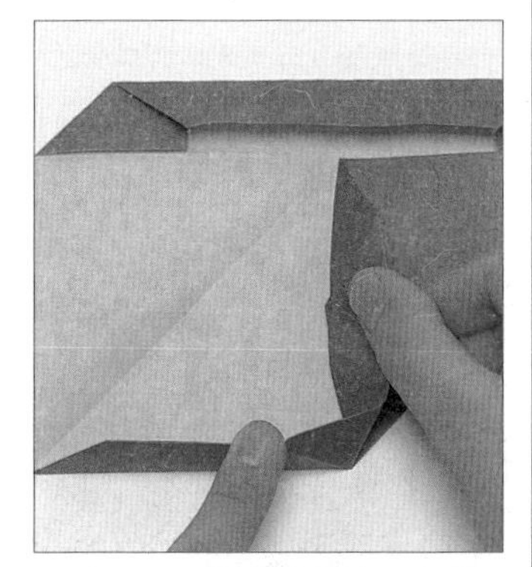

7. 利用已经存在的折痕，把第 6 步所折纸片的内竖直边往外拉，同时把底边翻起来，等到内边被折到外面后压平纸张。

8. 如图为第 7 步完成后的形状。

9. 在左上片纸上重复第 6 ~ 7 步。

10. 把底边翻起来，然后把第 9 步完成部分插到这个底边下面。

11. 如图为第 10 步完成后的形状。

12. 翻到反面，然后把两个尖角折到平行四边形的钝角处，如图所示。

13. 展开第 12 步，并使展开的纸片和中间的方形垂直。然后再折出 5 个相同的部分。

14. 如图所示，把其中一个的尖角插入到另一个中间部分的底面小口袋里。这两个就能结合在一起。

17. 如图为所有部分都锁扣在一起后的形状。

15. 在作品中再加入第 3 个。如果你所折的模块颜色是两两相同的，注意要使相同颜色的模块位于相对的位置上。而且所有的结合方法都是一样的，你可以通过旋转在四面插入。

18. 最后，把立方体的 6 个面中间的 4 个纸片捏合在一起，使它们朝外，形成缠绕着中间立方体的环状边。

16. 如图为折叠的过程。

19. 图为完成后的日本织锦。

五重四面体

这个具有创造性的作品是在四面体（这种四面体是用 6 个独立的纸条完成的一种类似于相框骨架的作品）的基础上，创造性地把 5 个四面体结合在一起而形成的组合型作品。由于这些组合很复杂，所以你必须了解它的原理。为了帮助你，下面介绍了如何把 2 个四面体串起来，然后是 3 个、4 个，一直到最后把 5 个都组合起来为止。你需要准备 10 张很硬的方形纸，最好每 2 张一种颜色。然后把纸张剪成 3 等份，这样你在每张纸上都能得到 3 张长短边比例为 3 ∶ 1 的长方形纸条，然后就可以开始折叠了。

1. 开始的时候使纸张的长边位于水平位置。注意这时候朝上一面的颜色并不会在最后的作品中显示出来。先做一个对折，使两条长边重合，展开，形成一条水平的中心折痕。然后把顶边和底边往这条中心线的方向折。

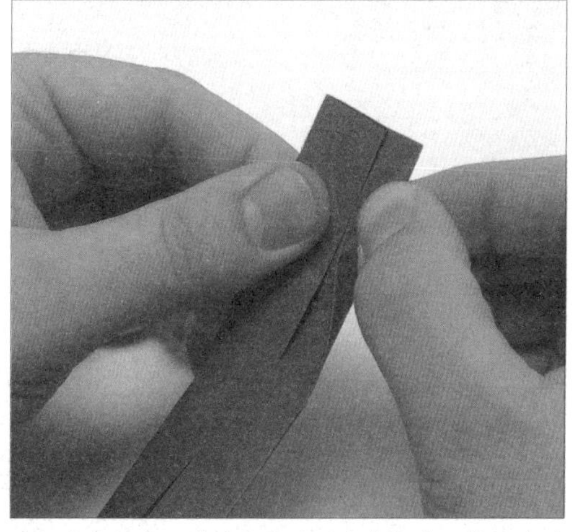

2. 把这个纸条从你的折叠台面上拿起来，然后在稍远端把右边的折边往中间折，但只需捏出顶边往下 3 ~ 4 厘米长的折痕。

3. 把左上角往右折，使它和第 2 步形成的折痕重合。新折的折痕也和顶边的中心点相接。

4. 把右上角也往左边折，使它覆盖第 3 步折过来的小三角形。

5. 展开第 4 步。

6. 把第 3 步所折部分（左上角）打开，沿着已经有的折痕做一个内翻折。如图为这一步的过程。

7. 如图为第 6 步完成后的形状。

8. 在右上角做一个折叠，使本来的水平顶边和第 4 步完成的折痕重合。

9. 利用第 4 步完成的折痕再往左折右上角。

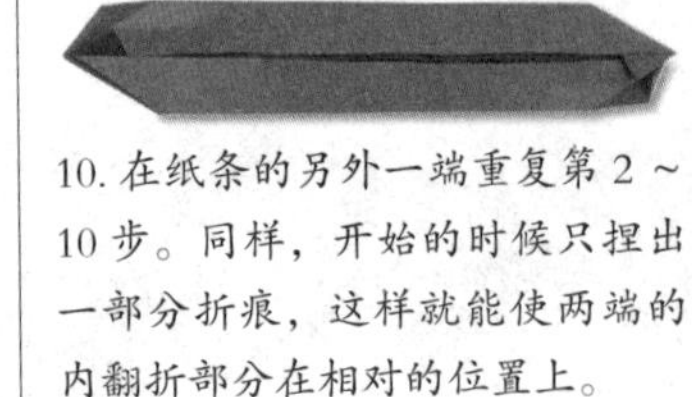

10. 在纸条的另外一端重复第 2 ~ 10 步。同样，开始的时候只捏出一部分折痕，这样就能使两端的内翻折部分在相对的位置上。

11. 沿着水平的中心折痕对折纸条，再使两边稍微打开，这个打开角度的大小你在组合的时候可以更加直观地感受到。然后把右端的小三角形打开，这个部分将会用来锁扣。如图就是完成后的样子。用同样的方法折叠另外 29 个。

12. 把其中两个都翻转，这样，你在锁扣的时候看见的是纸条的外部（光滑的那一面）。把其中一个打开来的小三角形插入到另一个一端的口袋里（这个口袋由第6～7步的内翻折形成）。

13. 如图为第12步完成后的形状。一观察就能知道第3个纸条应该插放的正确位置了。

14. 用同样的方法把第3个纸条和前两个锁扣起来。如图可以看到一个由它们组成的尖角。

15. 在作品中加入另外3个，形成如图所示的单四面体。

16. 如图为从不同的角度看单四面体的形状。你在增加其他四面体的时候，需要把本来的四面体的锁扣打开，最后完成作品的时候才能全部合上。

17. 理解对称性原理可以帮助你很好地完成这个作品。在最后的作品中有如下的属性：任何两个四面体之间，都是其中一个四面体的一个角穿入另一个四面体的洞中，反之亦然，最后形成一个类似于立体六芒星的形状。

18. 如图为3个四面体的组合。

19. 如图为4个四面体的组合。

20. 如图为完成后的五重四面体。

绣球

这个绣球是用来装饰的组合型折纸。你可以用你自己准备的纸张来折叠，也可以用那种可以买到的成套的工具，里面包括介绍说明、一个缨穗和一个可以把最后的作品悬挂起来的挂钩。你一共需要准备 30 张方形纸。这个作品和其他的组合型作品很大的区别点是，它在组合的时候是把尖角插入到作品内部的口袋中，因此整个组合过程非常复杂，需要很大的耐心。

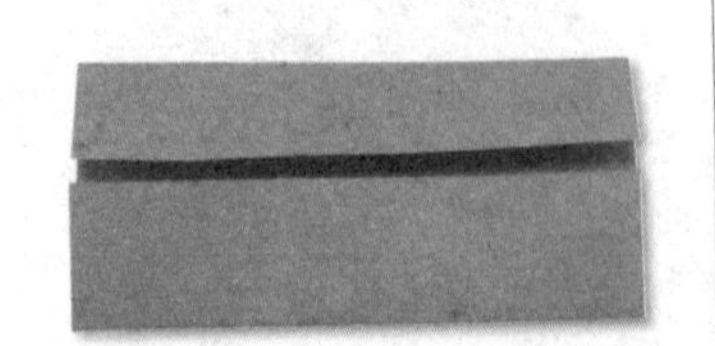

1. 先在纸上做一个对折，折出一条水平的中心折痕。展开后，把底边和顶边折到这条中心线上。

2. 把右下角往上折，使本来的竖直边和顶边重合。同样把左上角下折，使本来的竖直边和底边重合。这就形成了一个平行四边形。

3. 展开第 2 步，然后翻到反面。做一次对折，折出一条竖直的中心折痕。展开。

4. 在这一面重复第 2 步。

5. 展开第 4 步的折叠。

6. 把左右两条外边往中间折，使它们和竖直的中心线重合。

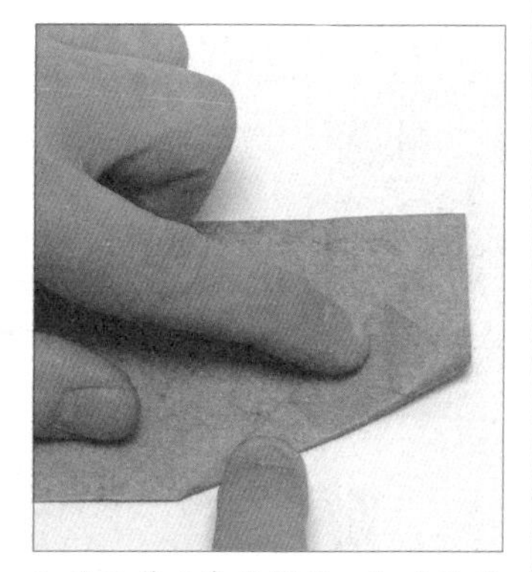

7. 展开第 6 步的折叠。把底边的右半边往上折，使它和第 4 步完成的折痕重合，但是只要折出从底边开始一半的折痕，使这条折痕和第 6 步的折痕相接。

8. 展开第 7 步。然后把底边往上折，使它和第 2 步完成的折痕（现在该折痕是一条山线）重合。同样也只需要折出一部分折痕，使这条新的折痕从右下角开始延伸到右边的竖直折痕（平分右边部分的中心线）。这条新的折痕将会和第 7 步完成的折痕形成一个“V”字形。

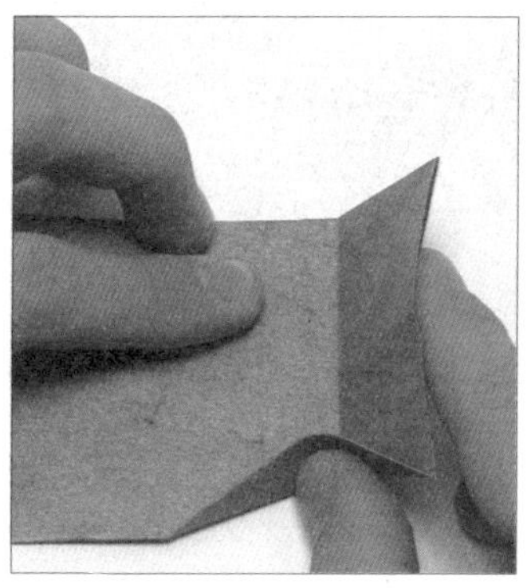

9. 如图所示，当你重新折叠右边的竖直折痕的时候，在这个“V”字形状的纸片上做一个内翻折。

10. 如图为第 9 步完成后的形状。

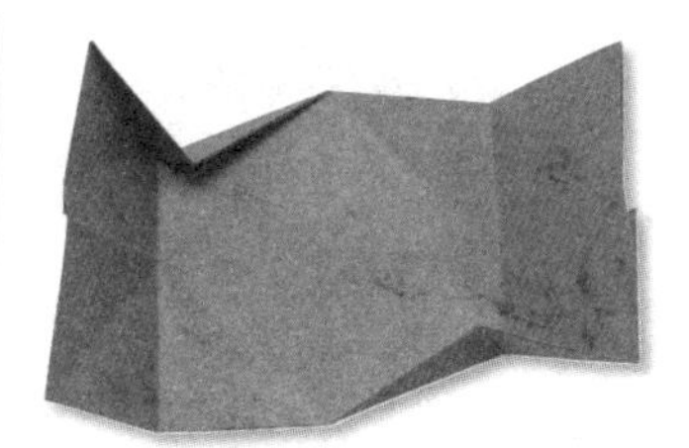

11. 在作品的左上部分重复第 7 ~ 10 步。你可以旋转纸张 180° 后再进行折叠。然后把整体如图放置。

12. 重新折叠第 4 步形成的折痕。

13. 利用菱形底部中间的折痕对折，这个菱形会像嘴巴一样闭合在一起。把周边压平，使折痕更加突出，然后轻轻松开。

14. 用力折两个分割外角的折痕，使作品的两个末端都形成小的三角形。这样，一个模块就完成了。用同样的方法再折 29 个。

15. 把其中一个翻过来，你就可以看见底面部分。然后把第 2 个的尖角插到第 1 个背面开口的缝隙里。

16. 如图为第 15 步完成后的立体形状。

17. 现在插入第 3 个：用同样的方法把它的尖角插入到第 2 个背面的缝隙里。

18. 把这些模块旋转到正确位置之后，使第 3 个和第 1 个也结合起来。这一步完成的时候底部会形成一个尖角，而从正面看就是一个中空的三角锥。

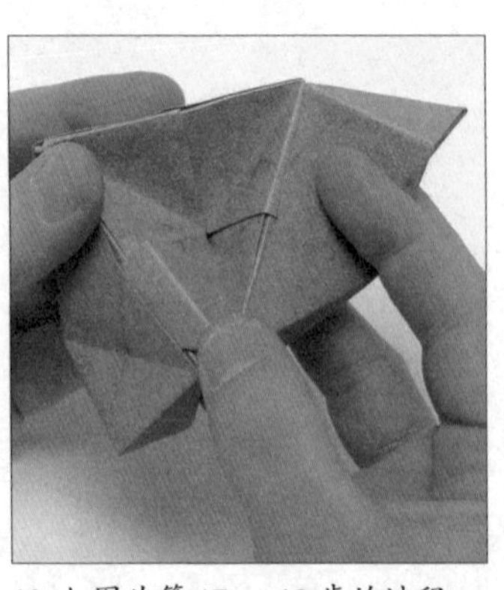

19. 如图为第 17 ~ 18 步的过程。

20. 如图为 3 个模块锁扣在一起的样子。

21. 如图为 3 个模块锁扣在一起后的另一面的形状。

22. 在作品中将更多的模块组合进来。在这个过程中最好参看一下最后的作品：每 5 个“嘴巴”组成一个五角星的形状。

23. 图中可见作品中的五角星的形状。这个面就是绣球的外表面。你可以拿一个浅的盒子盖，然后把组合好的大概10个模块放在上面，这样的话你在插入其他模块的时候，就可以用盒子的边来保持作品其他部分的形状。

24. 插入更多的模块。

25. 继续插入更多的模块。

26. 继续插入更多的模块。如果你愿意，可以在插最后一个的时候，用纸夹夹住其余部分。

27. 如图为插入最后一个的过程。你要确保每一个口袋都已经准备好接受一个尖角。你可以用一个尖的工具把这些口袋挑开。同时你还要确保最后的所有尖角都很尖，并且都在适当的位置。这是一个非常复杂的过程，你可以把它当作一个挑战。

28. 图为完成后的绣球。

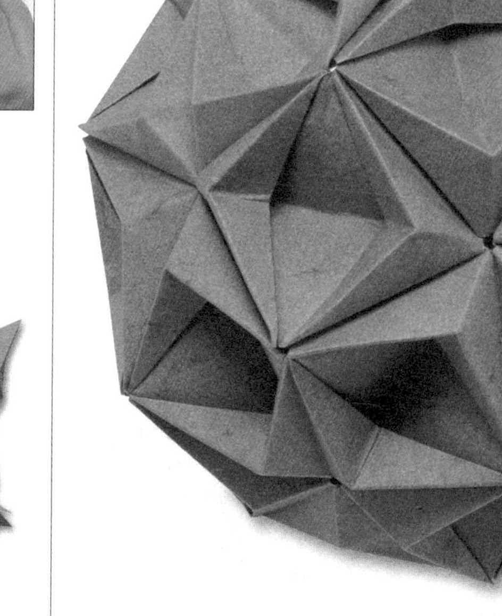

组合型立方体

在这个主题上有一系列的相似的作品，其中这个由 12 张纸片组成的立方体最受人欢迎。它的组成部分都很容易折叠，但是组合方式稍微有点挑战性：你需要把尖角插到口袋里，使每一个模块的中间部分形成两条相邻的边，然后把它的末端折成直角进行锁扣。你最好使用正反面颜色不一样的纸张，并且折每个模块的时候使同一面朝上。

1. 把纸张水平地 3 等分。展开。

2. 把底下的 3 等分纸片往上折。

3. 把第 2 步往上折的自然边折下来，使它和底边重合。

4. 展开第 3 步的折叠。

5. 把这条自然边再往下折，使它和第 3 步完成的折痕重合。

6. 把第 5 步的纸条再往下折叠一次，这样这个细长的水平纸条就变厚了。

7. 在纸张的上部分重复第 2 ~ 6 步。

8. 把右下角往下折，使本来的竖直边和底边重合。同样把左下角往上折，使本来的竖直边和顶边重合。这样就形成了一个平行四边形。

9. 展开第 8 步的折叠。

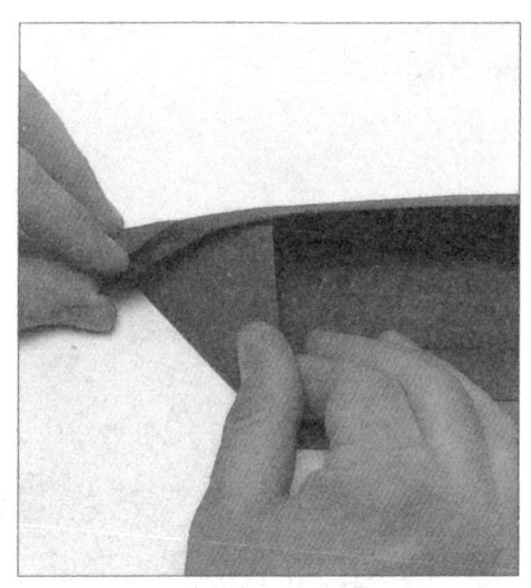

10. 重新折叠第 8 步，但是要把左下角插到顶边的下面。

11. 压平纸张。

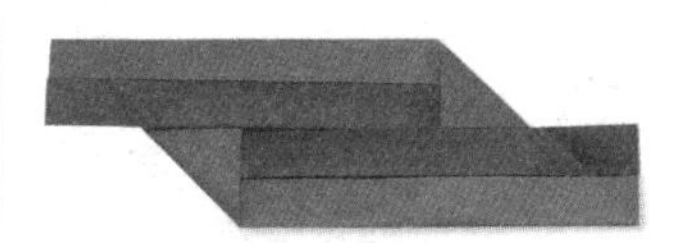

12. 在右边重复第 10 ~ 11 步。

13. 翻到反面。

14. 在作品的两端可以看见反面颜色的三角形上，分别做一个对折。

15. 展开第 14 步的折叠。

16. 沿着水平的中心线做一个谷形折叠，使平行四边形的两条短边在同一水平线上。同时，平行四边形的两个钝角通过这个折叠在顶端相遇。

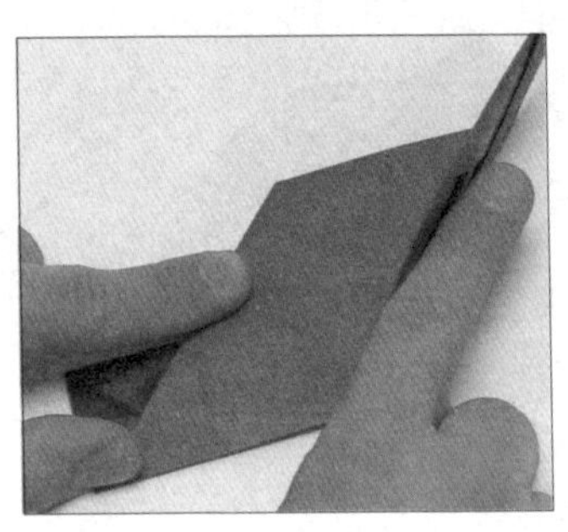

17. 把第16步稍微打开一点，使它的两个部分互相垂直，如图所示。然后再折出11个一样的模块。

18. 用如下的方法使其中两个模块结合在一起：把一个的末端插到另一个中间的细长边下，然后一直往里推直到第14步和第16步完成的折痕在同一条直线上。这样两个模块就锁扣住了。

19. 如图为第18步的过程。

20. 用同样的方法把第3个模块加入作品，使它和第2个组合在一起，然后再和第1个组合。这样就完成了立方体中一个没有尖端的顶角的角了。

21. 如图为第20步完成后的形状。

22. 用相同的方法把剩下的模块都连接起来。

23. 图为完成后的组合型立方体。如图使它以有截面的顶角为底面站立，可以得到更好的展示效果。

蝴蝶球

折叠蝴蝶球需要12张很重的方形纸。不要因用的纸张多而害怕，相信你通过前面很多图形的折叠已经掌握了基础性的折叠。这个立体的几何模型只是基础形的折合而已，你一定想尝试这样一个富有挑战性的折叠，慢慢来，成功是属于你的。当你把它抛向空中并击打时，它会像五颜六色的蝴蝶一样飘下来。

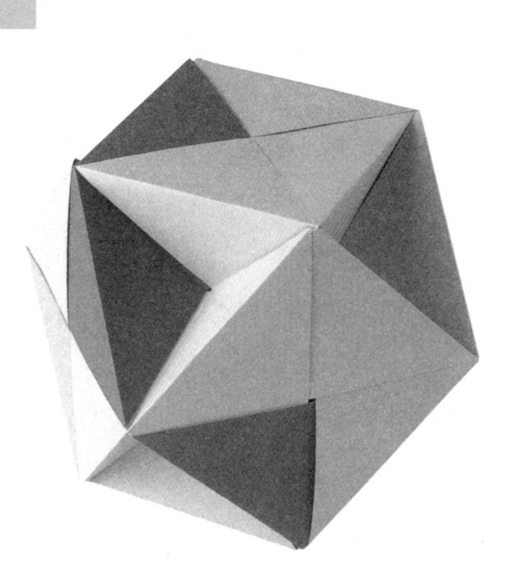

1. 先折一个水雷基础形，然后沿上下两面拉开它，使底边上的夹角为直角。再做11个一样的部分。

2. 把其中一个三角形纸片放在折叠台面上，然后把另外一个以90°放到底下的三角形里，这样三角形的一半相互交叠。再拿两个一样组合，形成如图所示的交织在一起的底部。

3. 现在作品的4边都是相同的，所以在增加这第2组的时候，可以通过旋转作品来完成。把有90°夹角的底边和本来朝上的尖角插在一起，在这个过程中要注意在外表面上也要形成一个和第2步一样的交织面。完成时，每3个都在作品内部组成一个三角锥形。

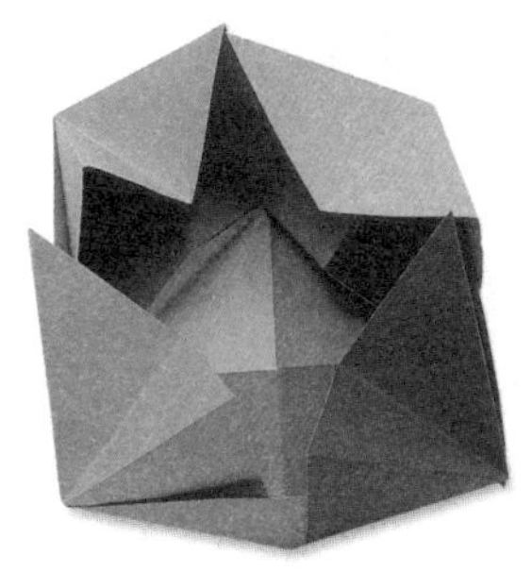

4. 如图为第2组增加到作品后的形状。

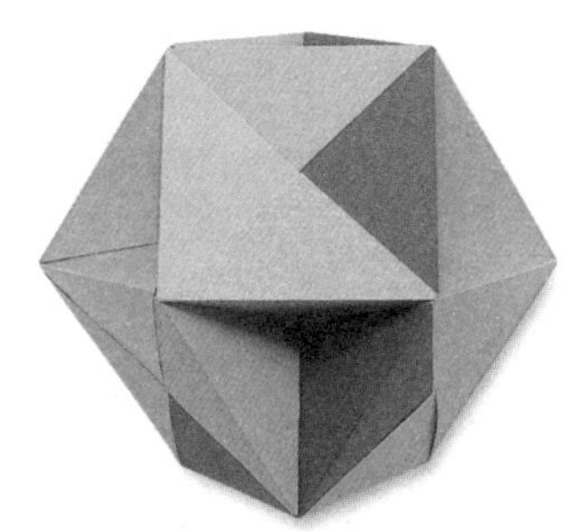

5. 用同样的方法把第3组加到作品上。最后将会在作品顶部形成一个和底部一样的形状。在增加最后两三个模块的时候，一定要足够耐心。如图所示就是完成后的蝴蝶球。下面是使这个球爆开的方法：把它轻轻地抛到空中，然后在它掉下来的时候，用你的手掌从下往上击打，它就会散开来，就像很多蝴蝶飞落到地上。

预测“命运”

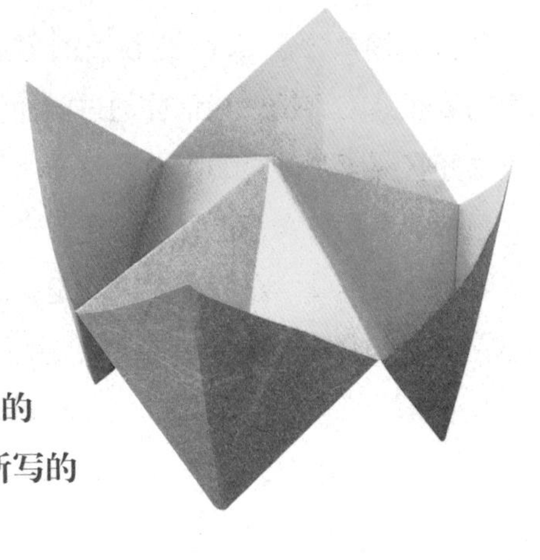

你可以和你的朋友来玩预测“命运”小游戏，测测彼此的“命运”。按照以下的步骤来折叠一个4瓣花。在作品的4个外花瓣上写上4种不同的颜色，在里面的8个花瓣上写上一种命运的描述。让你的朋友选择一种颜色，以他所选颜色的笔画数作为打开和闭合这个作品的次数。接着让他再任选一个数字，同样以这个数字作为打开和闭合这个作品的次数。当所有的动作结束之后，最里面的花瓣上所写的就是他的“命运”了。

1. 在一张正方形纸上做一个薄饼卷基础形，翻到反面，再做一个薄饼卷基础形。

2. 做一次对折，把底边折到顶边位置，然后如图拿住作品，利用已经存在的折痕做一个初步基础形。

3. 如图为第2步完成后的形状。

4. 把第1步形成的自由薄饼卷纸片打开。

5. 把食指和拇指插入到第4步打开的4个独立的口袋里。先把你的食指和拇指分开，再使它们碰在一起，然后分开两只手，这样就能实现预测“命运”的开合效果。

6. 把第1步中第2次完成的薄饼卷纸片翻起来，就能看见“命运”。

纸人玩偶

这个玩偶是将报纸紧紧扭曲并用胶带牢固缠绕而成的。使用这个方法可以制作出非常坚固的大玩偶，也可以制作出其他的玩偶。

1. 把两张报纸拧在一起形成一条“绳子”，在顶端往下约5厘米处用胶带粘贴，形成玩偶的头部。把余下的报纸“绳子”剪至需要的长度，形成身体，用胶带固定。

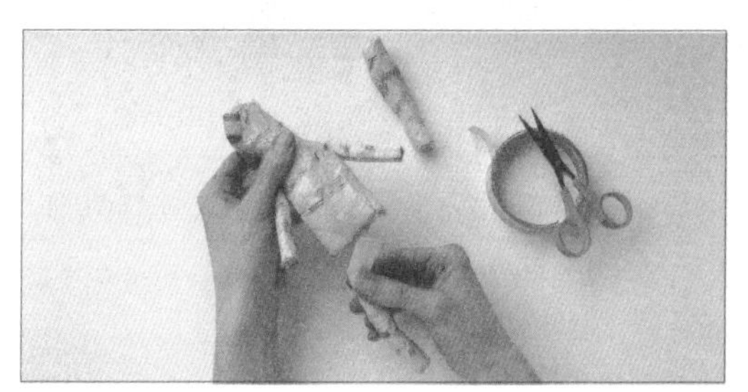

2. 在身体与头部上缠绕条状胶带加强牢固度。用相同的方法制作手臂和腿，即把小条的纸条扭曲，再用胶带沿着“绳子”粘贴。把完成的“绳子”剪至合适的长度，把它们牢固地粘贴于玩偶的身体上。

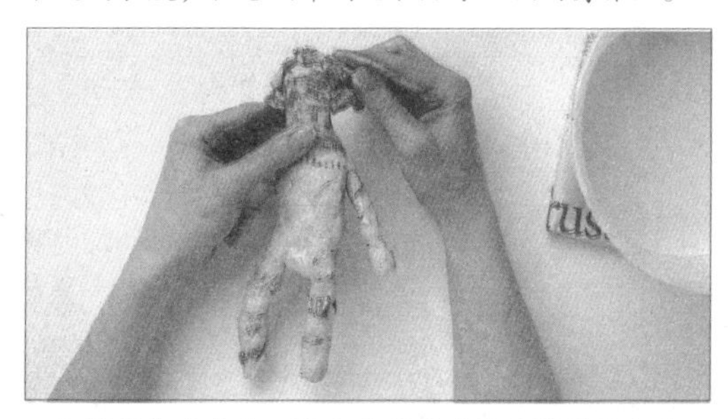

3. 把报纸撕成条状，浸泡于稀释的聚乙烯醇胶水中。然后在玩偶上覆盖4层报纸条。要制作玩偶的头发、手和脚，需在手指间卷曲浸过的小报纸条，用拇指将其捏成纸浆小球，把它们粘贴于头上合适的位置。在头发上覆盖短的、小条的纸。

4. 在温暖通风处让玩偶干燥整晚。当玩偶完全干燥后，用细砂纸磨平玩偶表面，涂上两层白漆。

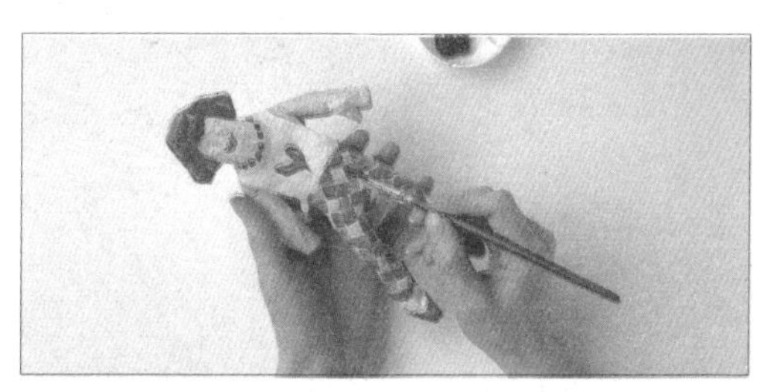

5. 颜料完全干后，用铅笔画上玩偶的五官，再用广告颜料填充图案。如果需要，可用黑墨水修饰细节。给玩偶涂上两层无毒透明的光泽清漆，进行干燥。

会表演的小丑玩偶

孩子们一定会喜欢看到这个传统的小丑玩偶的灵活动作的。何不自己制作一对儿，然后表演给孩子们看呢?

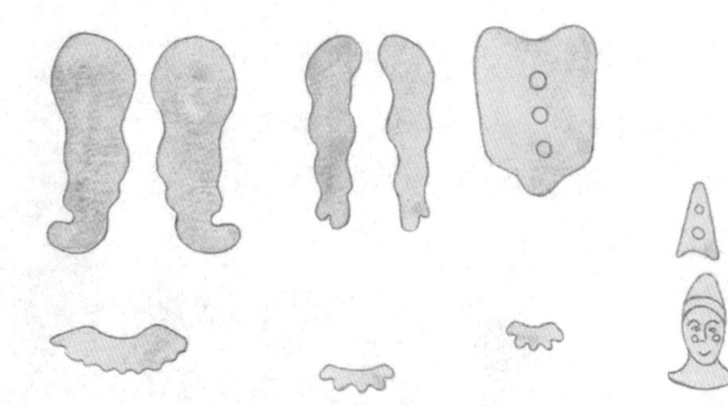

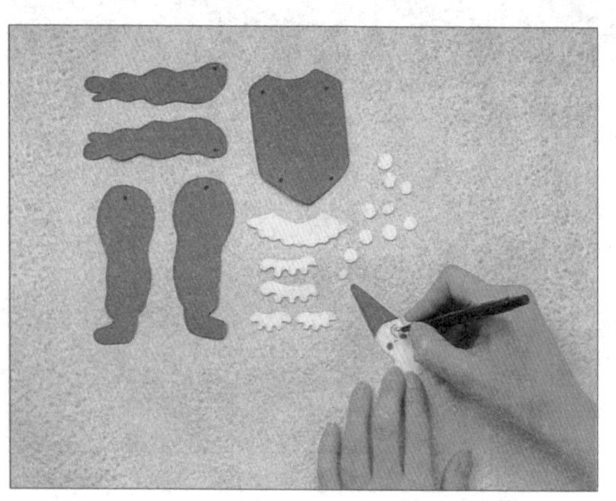

1. 根据所需的尺寸将模板中的部件按比例放大，再转移至彩纸上。剪取小丑的形状，包括：蓝色的身体、两条腿、两条手臂、帽子以及白色的衣领、袖口与绒球。用黑色铅笔标记参考点。首先粘上他的帽子与红润的脸颊制作成脸部。用黑色签字笔画出脸部的特征。

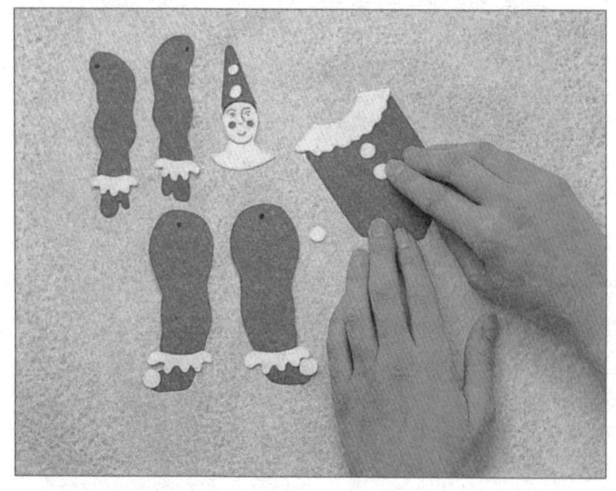

2. 将绒球粘贴于小丑的帽子上、胸前及靴子上，再粘上衣领与袖口。

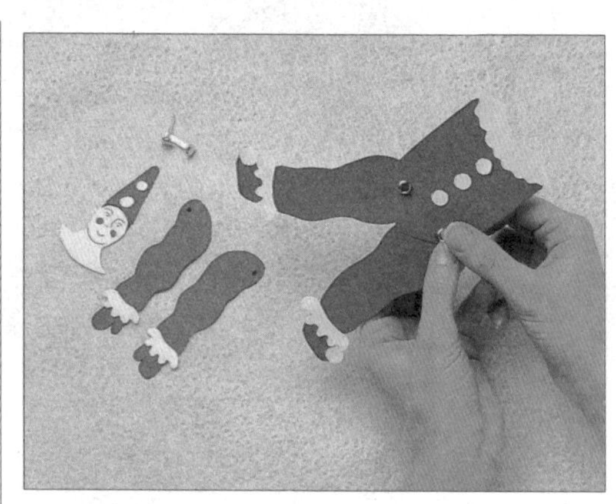

3. 将身体与四肢的点配合起来，用纸钉把两层连接在一起。纸钉在背面开口。

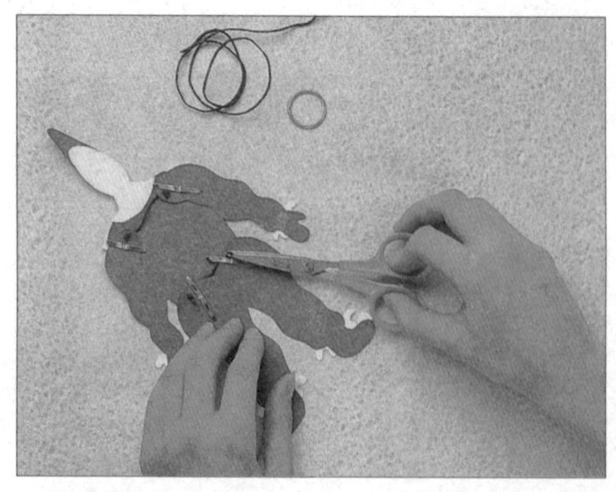

4. 转到背面，将四肢向下拉，用金属棒或剪刀在每条手臂上端刺一个洞。从两洞间穿过一段细线并在背面末端处打结。腿部重复这些步骤形成横木。

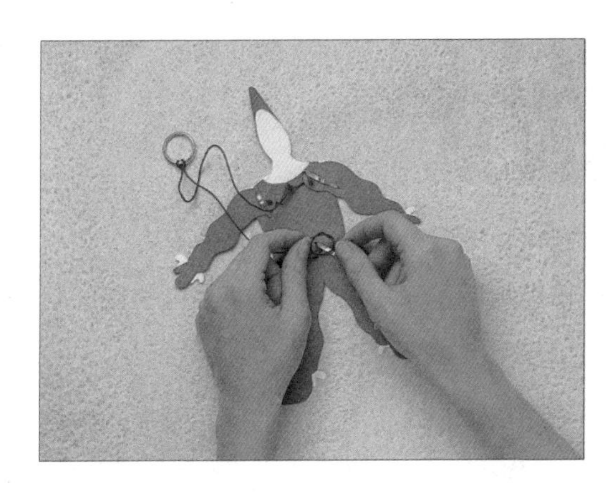

5. 将一段长线从窗帘环上穿过。线的一端系于手臂连线中心，另一端系于腿部连线中心。进行必要的修整。四肢静止时线不应是松弛的。线固定好后，拉动环，观看小丑表演。

纸型玩偶

纸是除木头和陶土外一种廉价而轻质的材料，长期以来都与玩偶制作联系在一起。下面这个玩偶的结构很简单，这使它可以被轻松地把玩。你还可以使用有异国情调的织物边料为它制作华丽的服装。

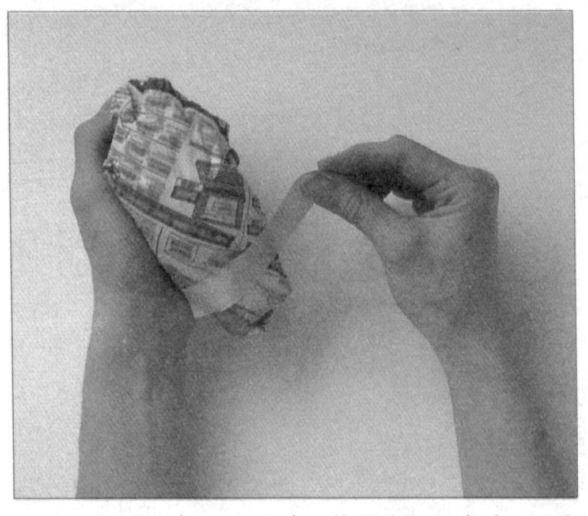

1. 从玩偶的头部开始制作。将两张纸揉成球状，然后用胶带塑造成想要的形状。不要忘记给你的玩偶制作一个脖颈，作为定位杆将要粘贴进去的顶端。

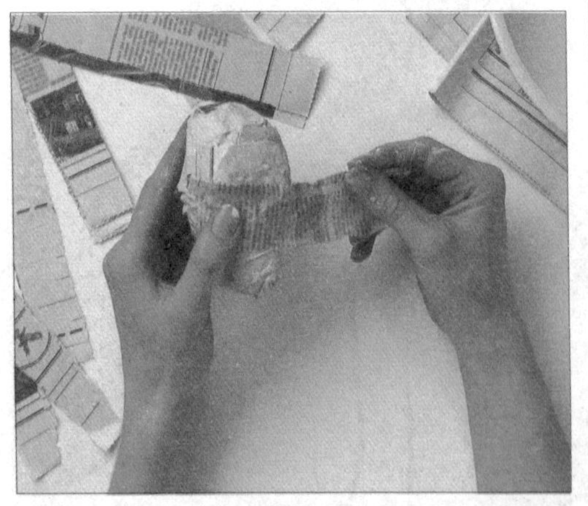

2. 将纸撕成条状并用稀释的聚乙烯醇胶水浸透。在玩偶头部覆盖 4 层纸来定型。

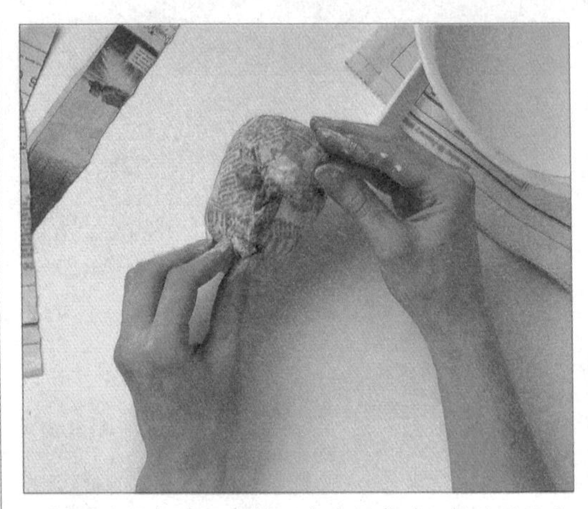

3. 把浸透胶水的纸条挤压成小纸浆球，粘贴于适当的位置，制作成玩偶的面部。在纸浆小球上覆盖两层小张的纸条。

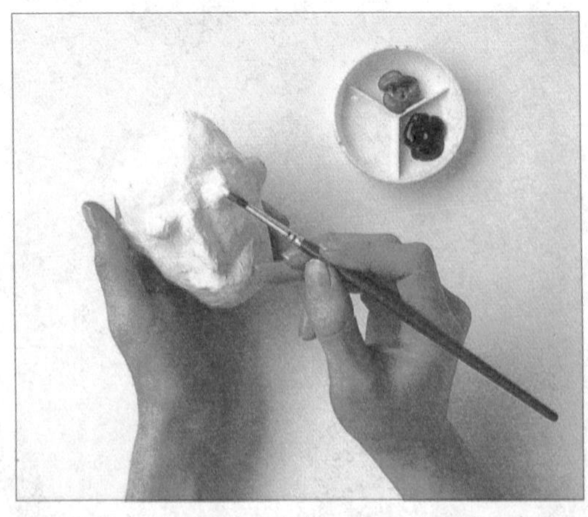

4. 让头部在温暖的地方干燥一晚。用细砂纸磨平头部，然后涂上两层白漆。当头部完全干后，绘制玩偶的面容，用广告颜料装饰头部。如果需要，也可以使用黑色墨水添加细节的部分。头部干燥整夜后，涂上两层透明光泽清漆。

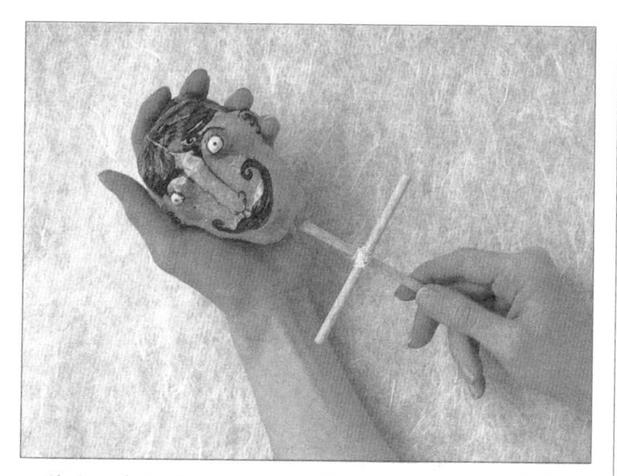

5. 将定位杆切成两段，长分别为 10 厘米与 30 厘米。将两段定位杆互相交叉成十字并用细绳系牢。在玩偶的颈部开一个洞，将木杆插入洞中并粘贴。在温暖的地方干燥整晚。

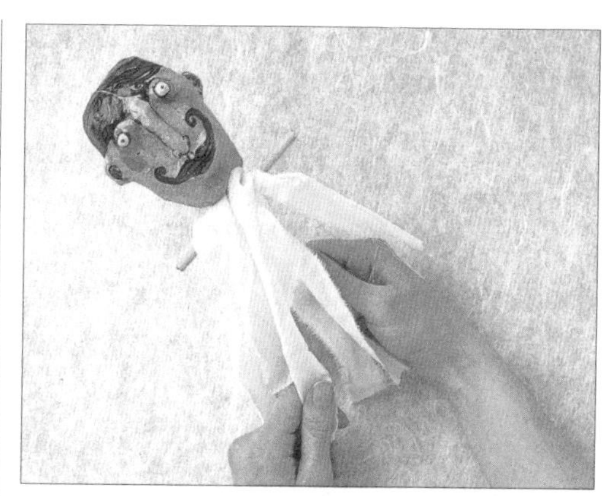

6. 将织物撕剪成 2.5 厘米宽，长度足以覆盖定位杆的布条。沿横的定位杆将布条系上，形成玩偶的手臂。为了掩饰头部和杆的连结点，可以在玩偶的脖子四周系上一些织物。

剪纸玩偶

这一对迷人的玩偶是已经流传了几个世纪的剪纸玩偶的现代版本。他们有“非正式”和“时髦”的全套服装，所以已经准备好出席任何场合了！

1.根据所需尺寸将模板中的图案按比例放大，把图案转移至白纸上。

2.根据自己的时尚主张，用签字笔或彩色铅笔给玩偶和衣服上色。

3. 把玩偶粘贴于薄卡片上，用剪刀沿着玩偶和衣服的轮廓小心地裁剪。使用工艺刀，沿着每个玩偶底部支撑物的线条轻轻地刻划，注意不要完全刺穿。沿着刻好的线条折叠做成支撑物，以帮助玩偶垂直站立。给玩偶穿衣，只需简单地把每件衣服上的白色短边翻折至身体的背面。

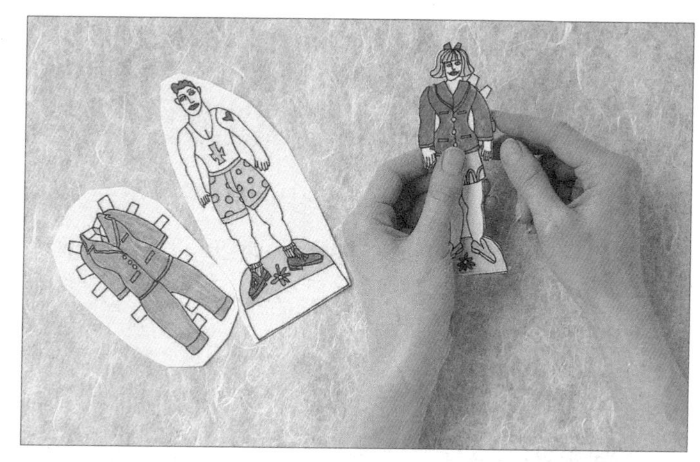

跳舞的手指玩偶

作为能将孩子（甚至大人）逗乐的传统玩具，手指玩偶已经流行了很多年。以下教你制作的是一个飞舞的苏格兰男人玩偶和一个芭蕾舞演员玩偶。

2. 用签字笔或彩色铅笔给“苏格兰男人”和“芭蕾舞演员”上色。

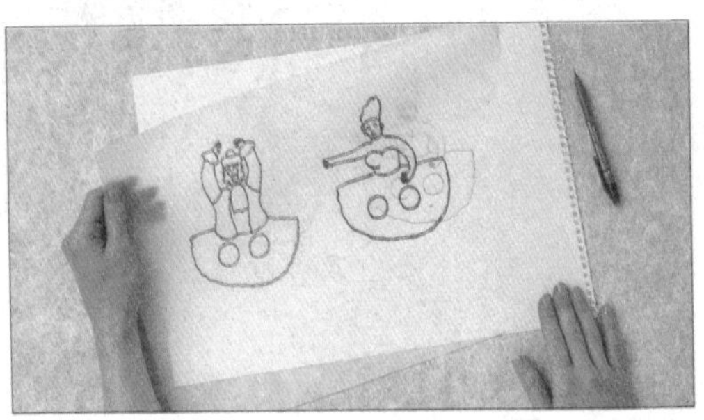

1. 根据所需尺寸将模板中的玩偶图案按比例放大，再转移至纸上。

3. 将玩偶粘在薄卡片上，小心地剪下，用工艺刀裁出手指洞。这样你的玩偶就已经准备好，可以随时开始跳舞啦！

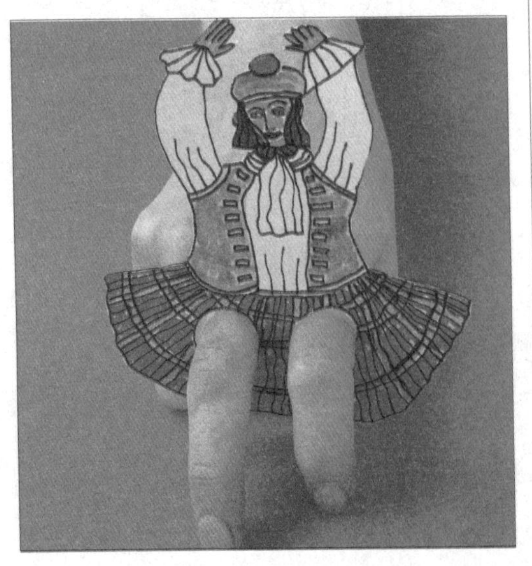

斑点狗

这个斑点狗由紧紧卷拢扭曲的报纸制作而成，也可以用这种方法制作其他动物。

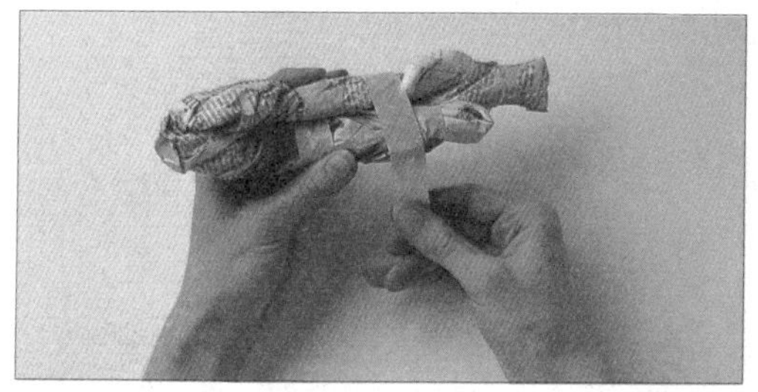

1. 将两张展开的报纸紧紧地拧成绳状。用胶带粘贴绳的末端，然后将它弯曲成约为15厘米长的长条形，其中一头末端要长出5厘米，这一端将构成狗的头部。用胶带在合适的位置粘贴固定。

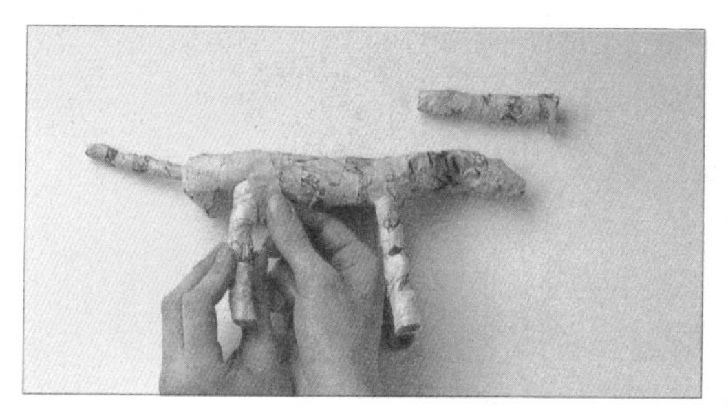

2. 用与制作身体和头部相同的方法来制作狗的四肢。将单张报纸拧成较细的“绳”，然后用胶带固定。再将它裁成长为7～10厘米的4段，用胶带将每一段固定于狗身体的适当位置。用小的细纸卷作狗的耳朵和尾巴。

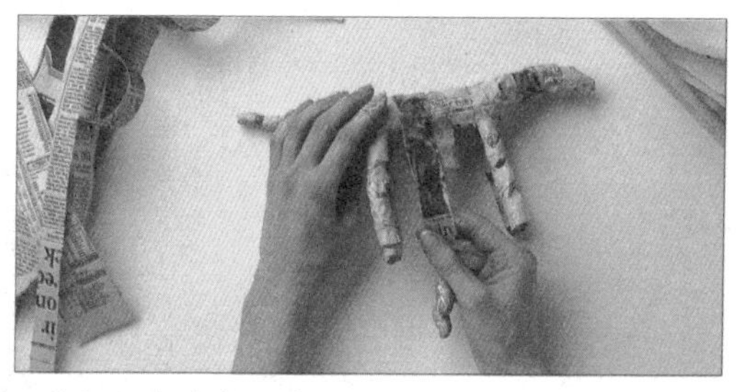

3. 将报纸条浸泡于稀释的聚乙烯醇胶水中，然后在狗身上覆盖3层这种纸条定型。让它在温暖的地方干燥整晚。

4. 将纸型狗的形状磨出，涂上两层白漆。用广告颜料装饰狗，然后涂上两层透明光泽清漆。

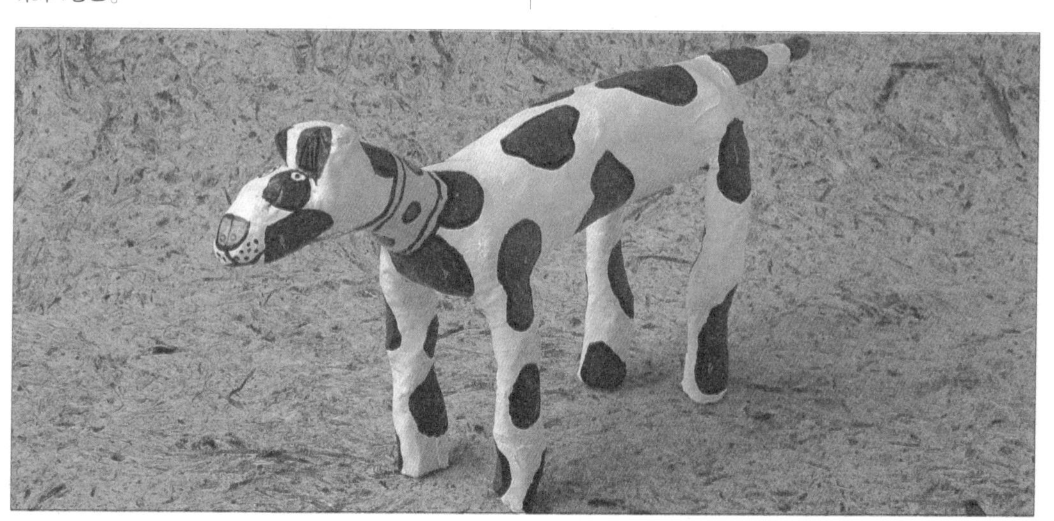

老虎面具

戴上这个彩色的老虎面具伪装成一只大猫，你就可以准备参加丛林主题派对了。

1. 根据所需尺寸将模板按比例放大，并从明亮的橘色卡片上剪取这个老虎面具。

2. 用黑色签字笔画上老虎斑纹。

3. 剪取尺寸约为 12 厘米 ×0.5 厘米的黑色丝带作为胡须。用工艺刀在鼻子两侧各开 4 个细缝。

4. 将胡须从细缝中穿过，并使用胶带在背面固定。

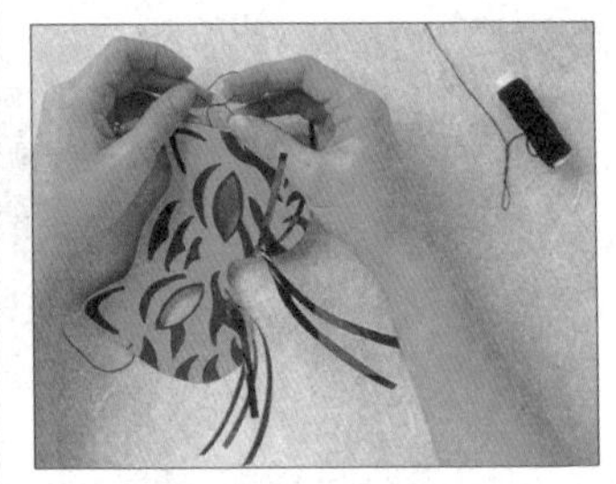

5. 将一段松紧带的两端分别缝合在面具两侧，调节至合适的长度。

国王面具

这个国王面具可以用于戏剧表演、舞剧，或是化装舞会。面具由强韧但仍可弯折变形的重质的纸制作而成。使用相同的基本脸形，只要将王冠改成头发或帽子，你就可以制作出各种类型的面具。如果不想使面具有胡子的话，记得要将下巴剪圆而不要剪成尖形。

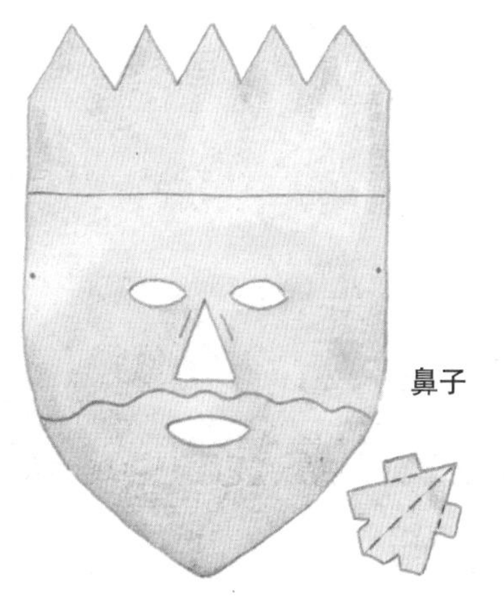

1. 根据所需尺寸将模板的基本面具形状按比例放大，再转移至适当的彩纸上。小心地剪下形状。

2. 手持脸的形状，用胶水将鼻子、胡须和金色王冠粘贴其上。

3. 用较小的彩纸装饰面具。用宝石状彩纸装饰王冠，较轻的条状彩纸来表示胡子。用针小心地将细松紧带穿过面具，在面具内侧将末端打结。

化装舞会面具

戴上这个漂亮的面具，可以使你在舞会上一直保持神秘感。选择绉纸以及相配的丝带来搭配你的舞会袍以及装饰品会让你显得与众不同。

1. 根据所需尺寸将模板按比例放大，从金箔卡片上剪取这个面具的形状。

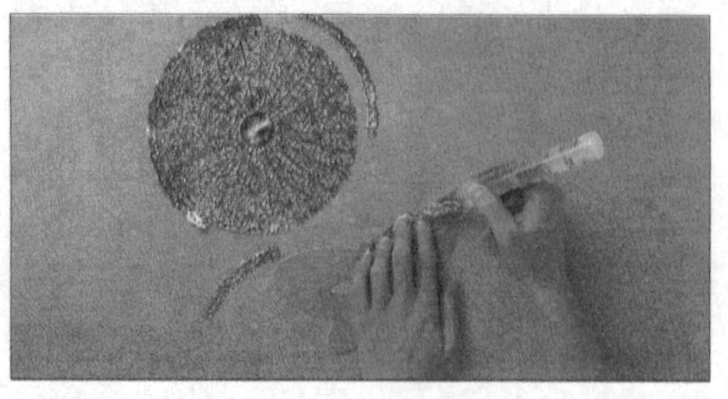

2. 从一张金色的小型桌巾上剪取圆齿边，粘贴于面具的顶部。

3. 将一条金属箔绉纸打褶，沿面具的顶边粘贴于背面。可能需要使用胶带进一步加固。

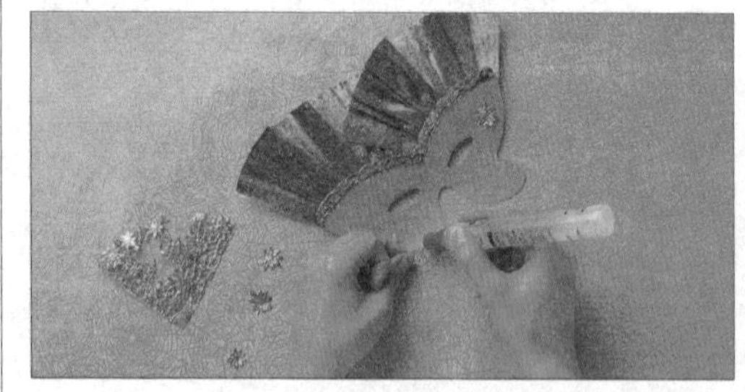

4. 从桌巾中剪取一些图形，将它们粘贴于面具的正面作为装饰。

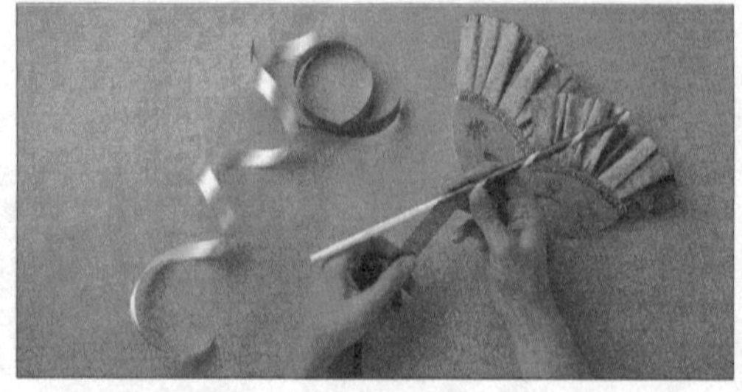

5. 取一条定位杆，包上一段丝带并在尾端粘贴。将另一段丝带弄卷曲，然后粘贴于定位杆的顶端。把定位杆粘贴于面具的一侧，然后就可以出发去舞会啦。

第七篇

装饰品

有时候你需要做一些日常的折纸装饰，比如说花环；或者你想在一些特殊的场合运用你的折纸技术，比如圣诞节、情人节、生日或其他一些纪念日，那么这一部分便是你需要的。这篇将会介绍很多吸引人的装饰性作品，都可以应用到你的生活中。

项链和耳环

只需要一小张装饰纸，就可以制作成这条漂亮的项链以及配套的耳饰。这里选用的材料是大理石花纹纸。

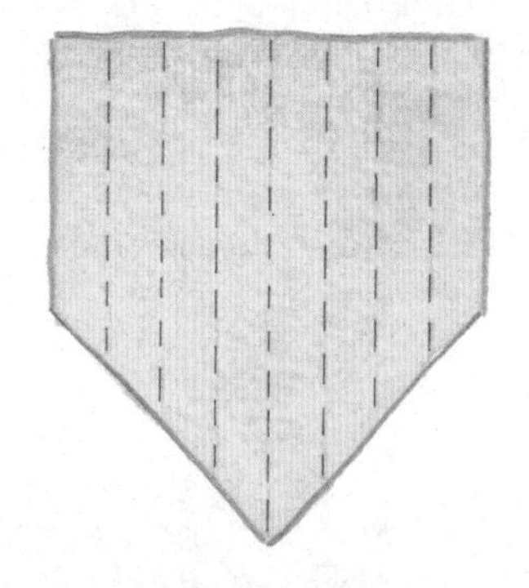

1. 制作耳环，需要根据模板的形状从装饰纸中剪取两张短纸片。将短纸片对折并从中间开始打褶。

2. 在折好后的扇形顶端刺孔，穿过一个耳环钩。用相同的方法制作另一个耳环。

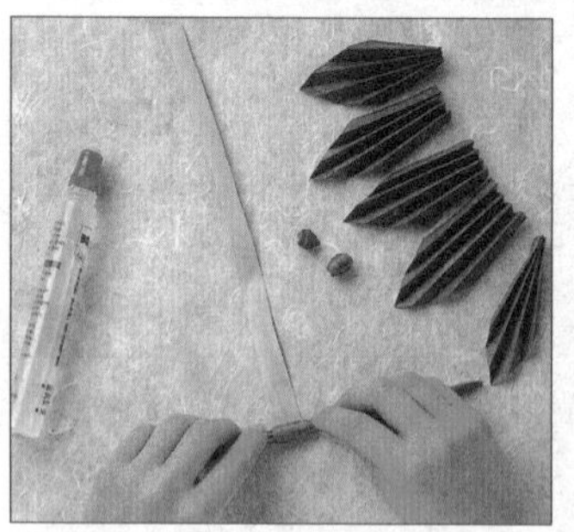

3. 制作项链，需要按照之前的方法制作5个扇形，然后在顶端穿孔。

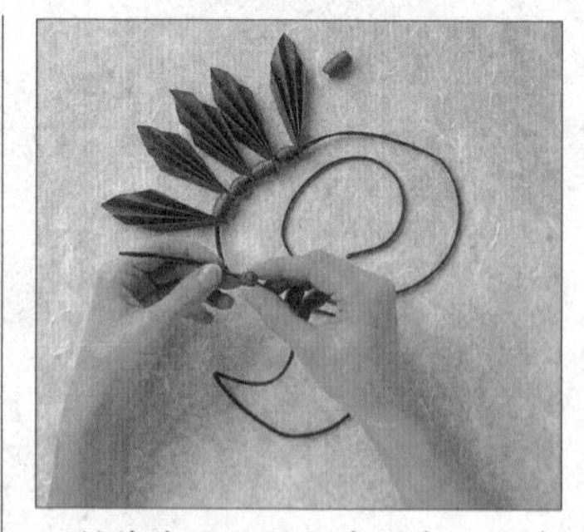

4. 制作连接于两个扇形中间的珠子，需要剪取30厘米长的纸条，底部为4厘米，顶端逐渐变细为1厘米，呈拉长的三角形。从宽的一端开始，将纸条绕着铅笔卷起来，并在末端粘贴。接下来，在扇形的顶端穿过一条皮绳，并交替地串上珠子。

戒指与手镯

用纸张制作吸引人的首饰，有一种非常简单的方法：把报纸扭曲成合适于手腕或手指的紧密的细绳状，再加以装饰即可制作成有趣的手镯和戒指。

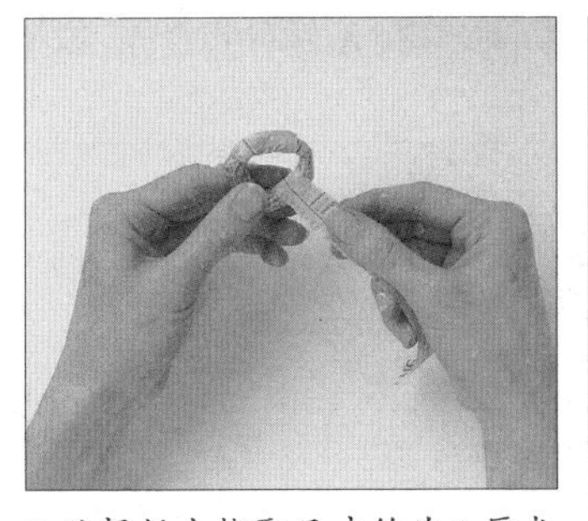

2. 从报纸上撕取尺寸约为1厘米×5厘米的小纸条，在稀释的聚乙烯醇胶水中浸透，再把它们缠在戒指上并粘贴。缠绕3层这种纸条。

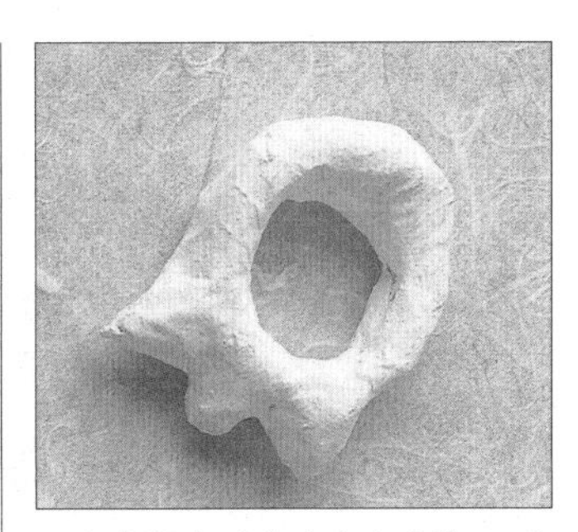

4. 让戒指在温暖的地方干燥24小时。用砂纸轻轻地把戒指磨平，再涂上两层白颜料打底。

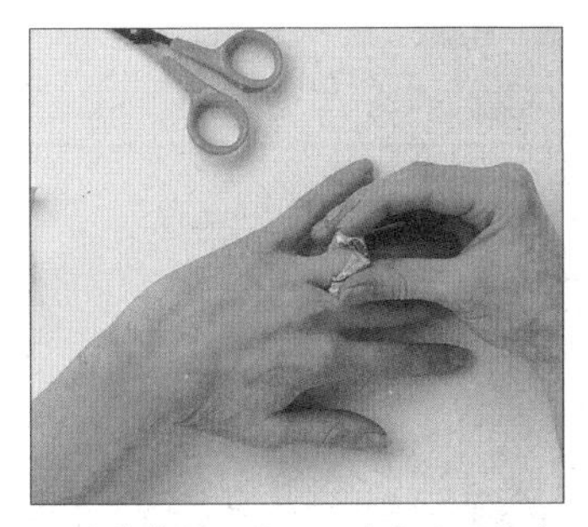

1. 制作戒指。取1/4张报纸，拧成细绳状。用条状胶带沿细绳长度固定。将绳围绕在手指上，根据尺寸剪取长度，末端用胶带粘贴牢固。

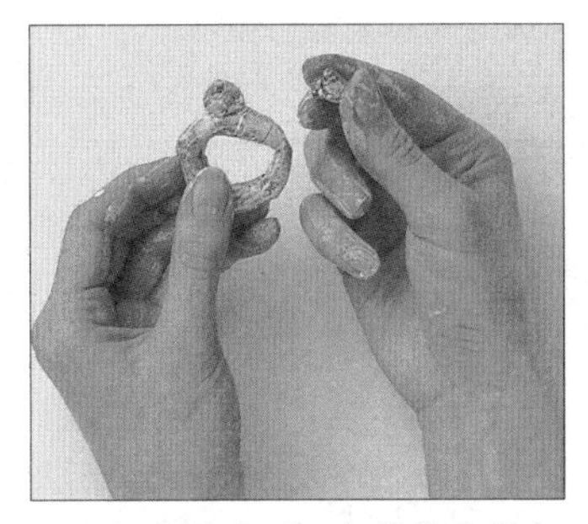

3. 可以仿效宝石，在戒指上添加突出的小圆块作装饰。用手指将报纸短条挤扁，构成小球，再粘贴在适当的位置。

5. 制作手镯。简单地将两张报纸卷成较粗的绳状，剪取适合手腕长度的一段，然后仿效制作戒指的方法。用广告颜料装饰戒指与手镯。涂上一种颜色，然后再添加小金属片、“宝石”或贝壳。干燥整夜，接着涂上两层无毒透明的光泽清漆。

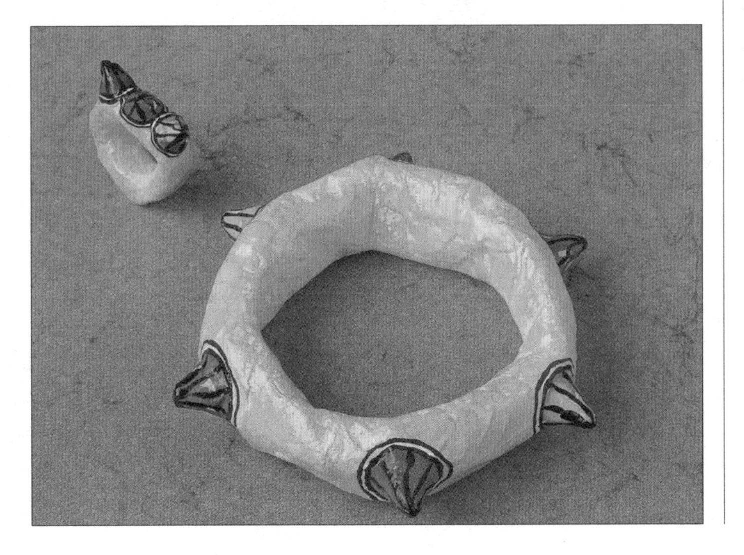

手镯和珠子

如果你想要一些新的配饰和一些没有人会有的东西，这个纸制的饰物就正符合你的需求。

1. 剪取30厘米长的花纹纸或装饰纸带，底部为4厘米宽，逐渐变细至末端为1厘米。然后剪取一段短的对比色卡片，用铅笔或颜料刷将它卷起并用胶水固定。

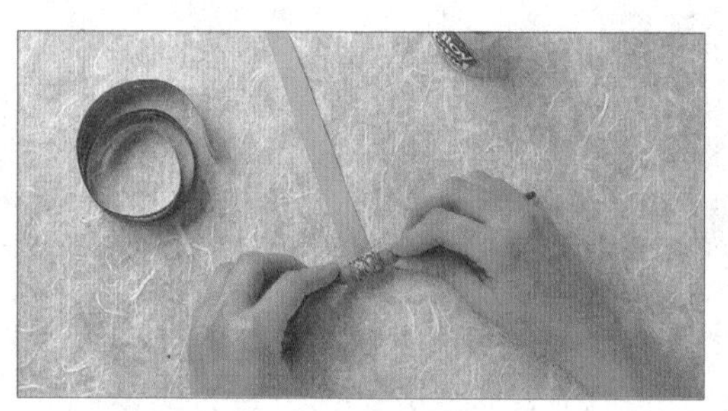

2. 在三角形长纸带上涂胶水，从宽的一端开始卷绕于卡片上，这样就能使纸带保持在中间。制作更多这样的珠子，把它们用串珠线串起，制成项链。

3. 制作配套的手镯，要剪取一长条白色卡片，弯曲成足以环绕你的手腕的环。用胶带固定。

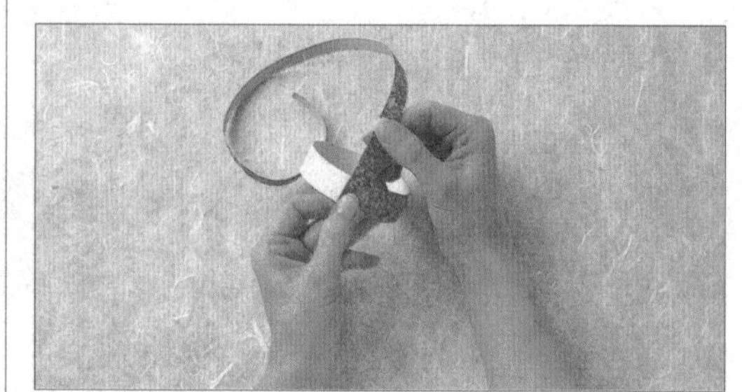

4. 从选择好的装饰纸中剪取长条纸带，在一端固定好，缠绕并粘贴于卡片上。

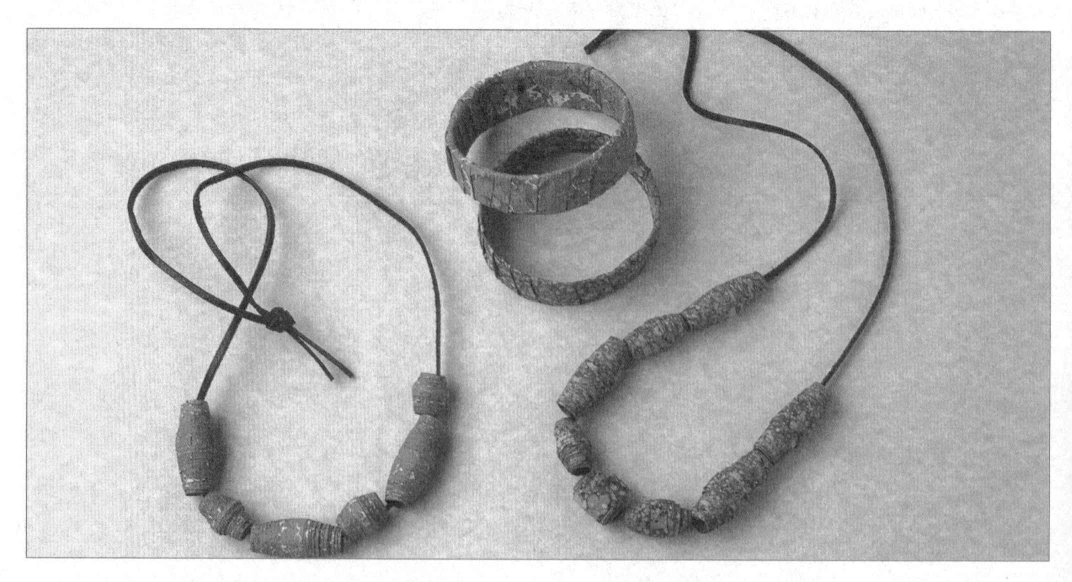

鲜艳的珠子

可以用纸来制作大量不同尺寸、形状和颜色的珠子，因为它轻便的特性，你可以制作最大型的项链、手镯和耳环而不用担心被压倒。

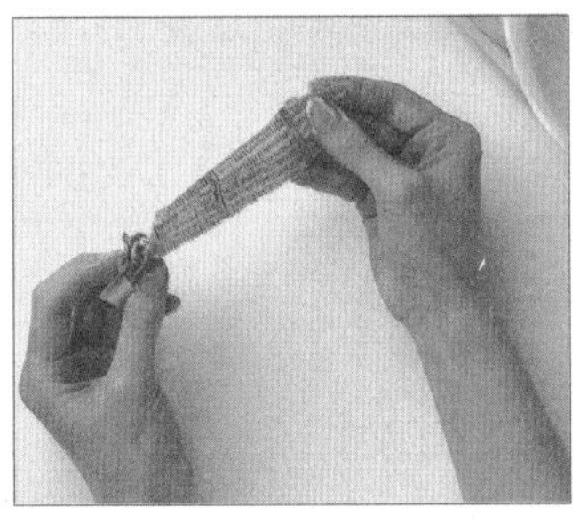

1. 把报纸撕成约为 2.5 厘米宽的长条，然后把它们浸在稀释的聚乙烯醇胶水中几秒钟。抖落多余的胶水，把它们卷起来，做成圆形小球。

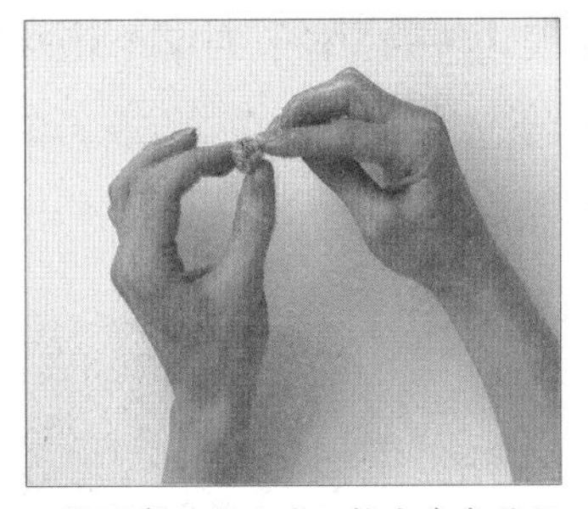

2. 挤压每一个小球，挤出多余的纸浆，使小球变得紧密结实。把小球放在温暖的地方干燥一段时间。

3. 干燥 1 ～ 2 个小时后，用针在每个小球的中间穿个孔。让小球干燥整夜。

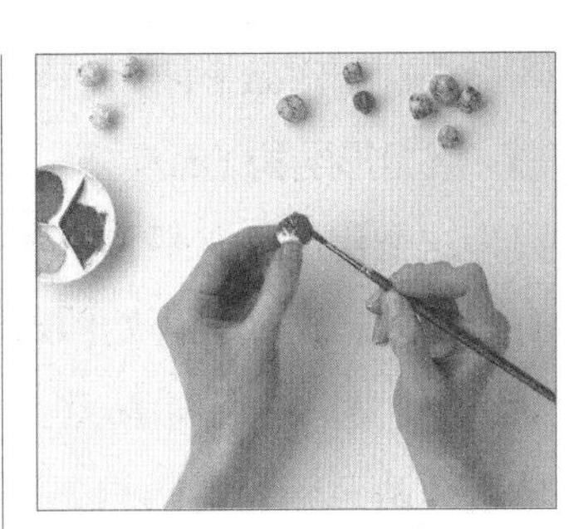

4. 小球完全干燥后，在每个小球上涂上两层白漆。让白漆变干，然后用广告颜料装饰小球。

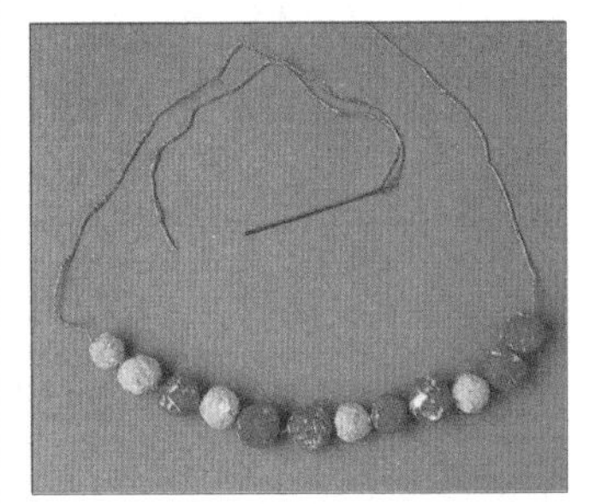

5. 在每个小球上涂上两层清漆，待变干后，用针和细的尼龙绳或松紧带把它们串成串。

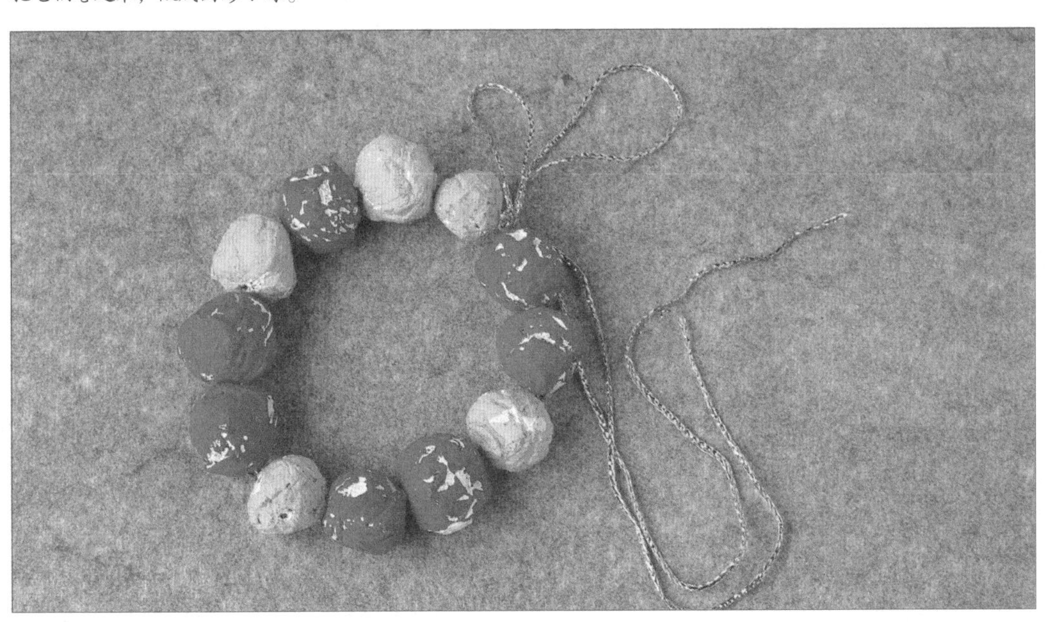

手镯

在这个作品上使用了一个很传统的方法：在两个相对的角上打褶，最后形成一个菱形－三角形结构，而且分别是纸张正反面的颜色。在折叠的过程中要小心地按照步骤来，因为这个作品上有很多水平折痕是有规律的：比如，开始的时候纸张8等分，然后在反面16等分。最好是选择两面颜色不同的亮色纸张作为材料。开始的时候哪一面朝下并不重要，因为最后手镯的颜色分配是一样的。

1. 整个过程都要使纸张按照菱形方位放置，也就是使其中一个角指向你。先在这个菱形上分别沿两条对角线对折，展开后形成两条对角线折痕。

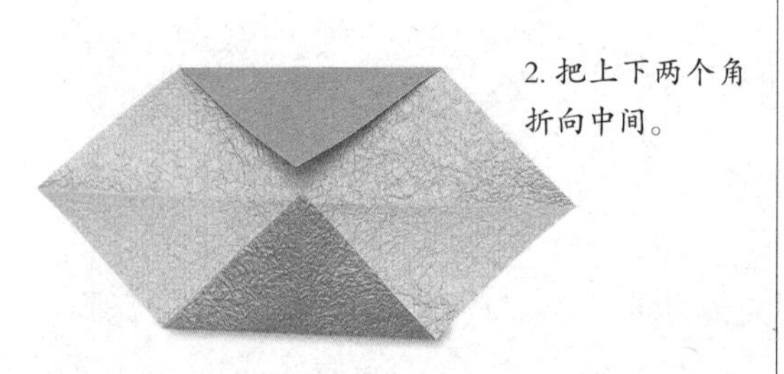

2. 把上下两个角折向中间。

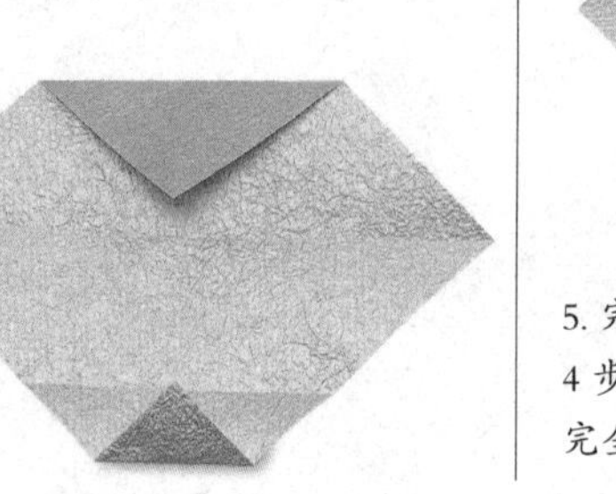

3. 把下面的角展开，然后重新把它往上折，使它的尖端和竖直的对角线与第2步完成的折痕的交点重合。

4. 再次展开下面那个角，然后把它折到顶端的中心点。

5. 完全展开下面的那个角，然后在顶角上重复第3～4步的折叠，折出相似的水平折痕。当你把整张纸完全展开的时候，你可以看到纸张已经被8等分。

6. 翻到反面，这时候，本来的那些水平折痕都变成了水平的山线。把底角往上折，使它的尖端和竖直的对角线与最近的水平折痕的交点重合。

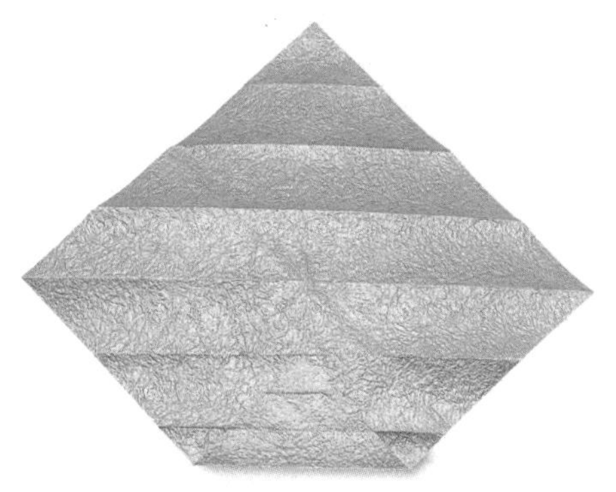

7. 展开第 6 步。然后把底角再往上折，使它的尖端和下下个交点（也就是水平中心线下面的那条线与竖直对角线的交点）重合，形成另一个 1/16 线。

8. 展开第 7 步。然后把底角再往上折，使它的尖端和水平中心线上面的那条线与竖直对角线的交点（也就是跳过一条 1/8 线的下一个交点）重合，再形成一条 1/16 线。

9. 最后使底角尖端和竖直对角线与最后一条 1/8 线的交点重合。

10. 展开纸张，然后在顶角上重复第 6 ~ 9 步。为了方便折叠，你可以旋转纸张 180°。如图就是完成后的折痕形状。

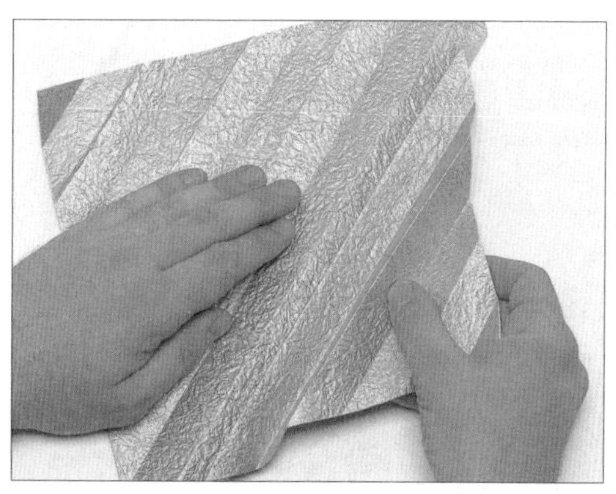

11. 旋转纸张位置，使第 2 ~ 10 步完成的折痕呈竖直方向。小心地在一半的纸上把存在的山线和谷线重新折叠在一起，如图所示。

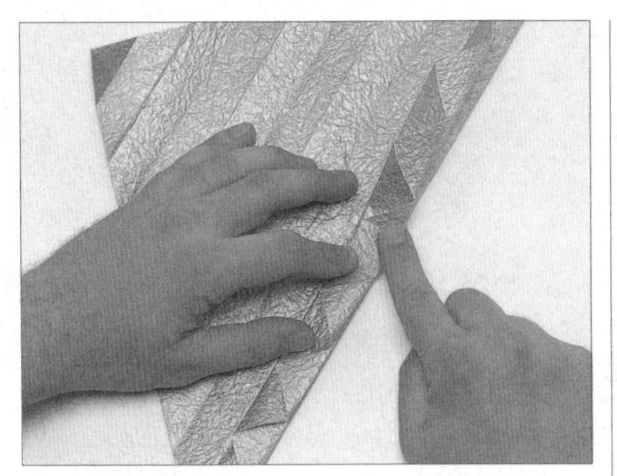

12. 如图为在右半边完成第 11 步后的形状。

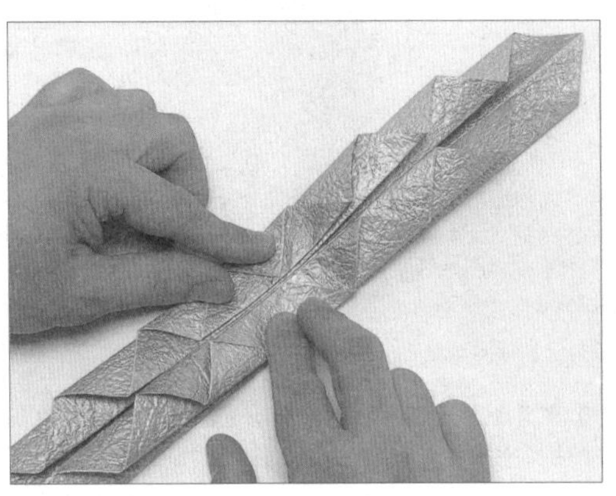

13. 在左半边重复第 11 步。

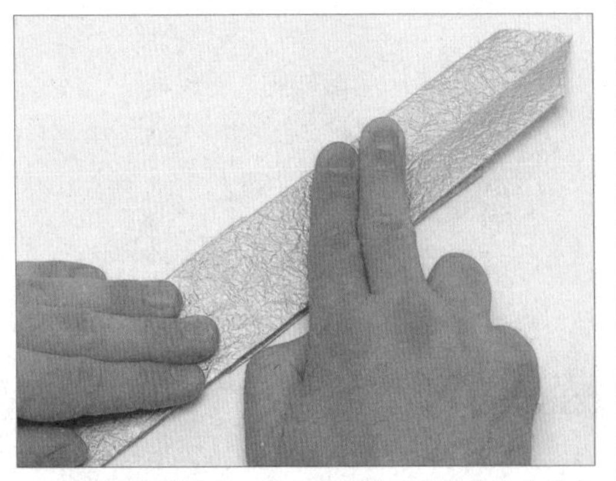

14. 把作品翻到反面，然后用手指用力滑过这个长条的纸张，把它压平。之所以要翻到反面来做这一步，是因为这样更方便，而且不会把纸张撕裂。

15. 用手拿住这个长条纸的两端，把它弯曲成一个圆形结构，并把一端插入到另一端的褶皱形成的口袋中，往里推一直到得到一个完整的有规则的菱形和三角形交替的形状。

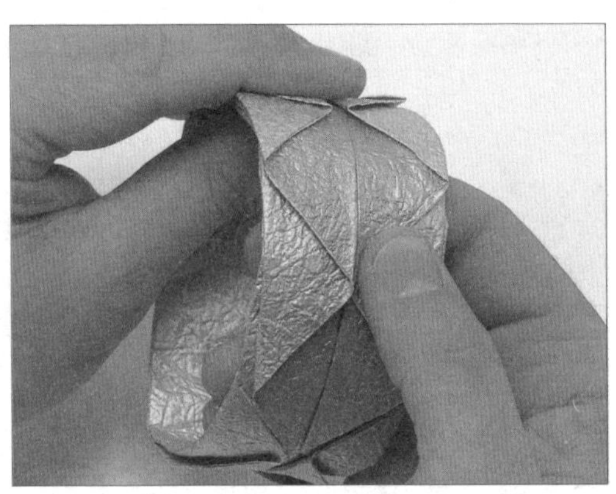

16. 用手指捏手镯，使它的边平滑地弯曲，同时捏紧交叠部分，使这个手镯完全锁扣。

直立的心

心是令人喜爱的折纸主题，特别是与其他元素结合在一起时，譬如一个有爱神之箭穿过的心、双心或是戒指上的心。下面是一个传统的心形，但是可以做成有趣的直立装饰品，摆放在书桌上。使用一张两面分别为红色和白色的正方形折纸专用纸，红色面朝上。

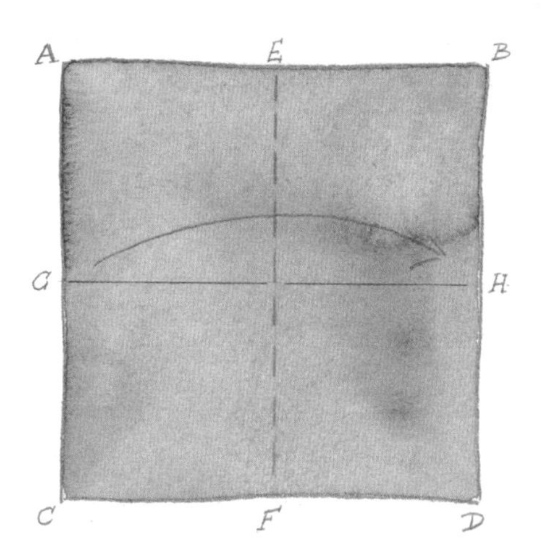

1. 沿水平中心线折出折痕并展开，然后把AC折向BD。

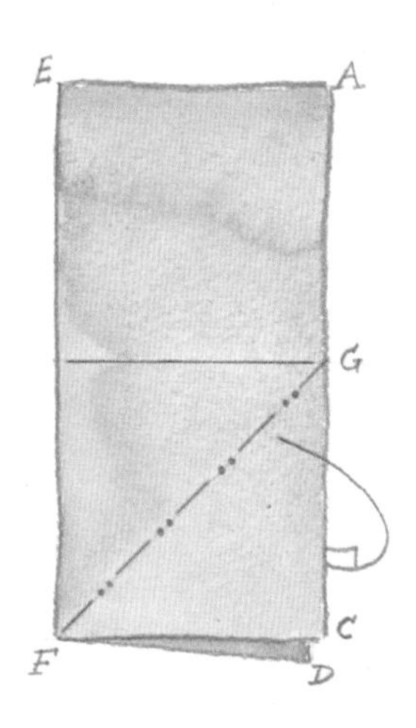

2. 角C和D分别向内山形折叠。

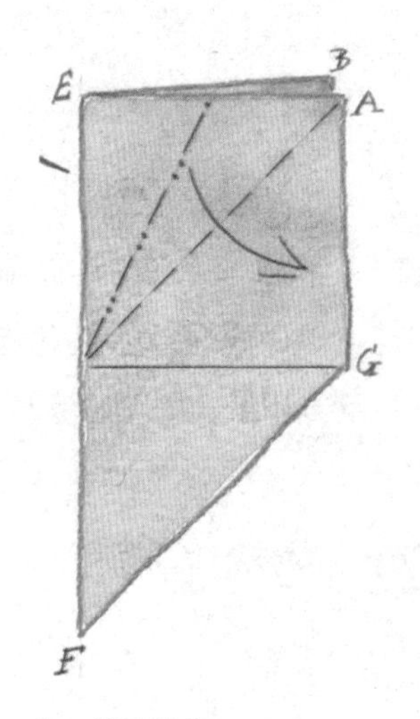

3. 角E挤压折叠。

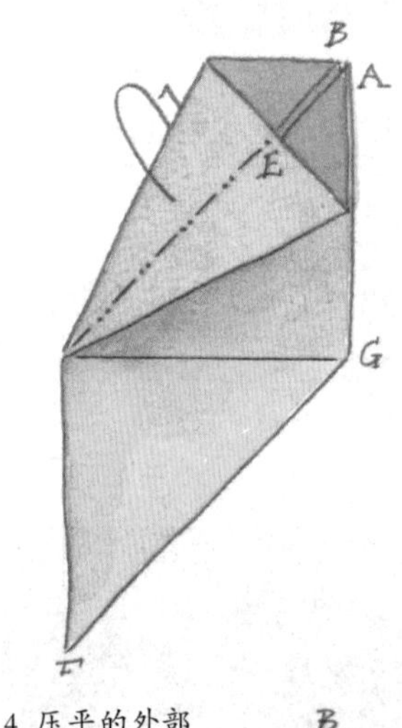

4. 压平的外部
向后折叠。

5. 打开G和H之间的纸，翻转。

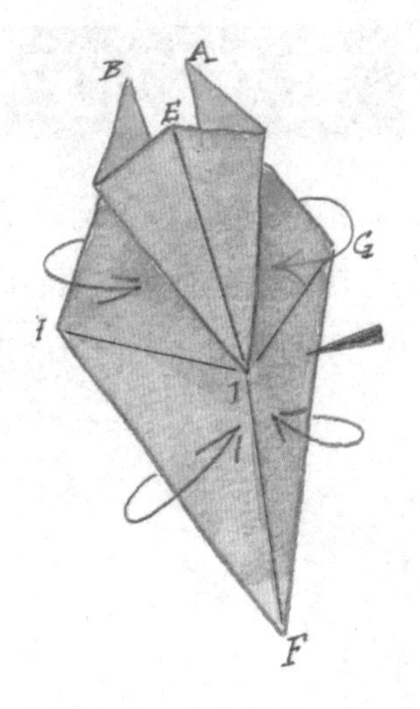

6. 如图示为一个棱锥形，角I是顶点（最靠近你的点）。把I向里推使纸张彻底翻转。这时候角I变成离你最远的点。

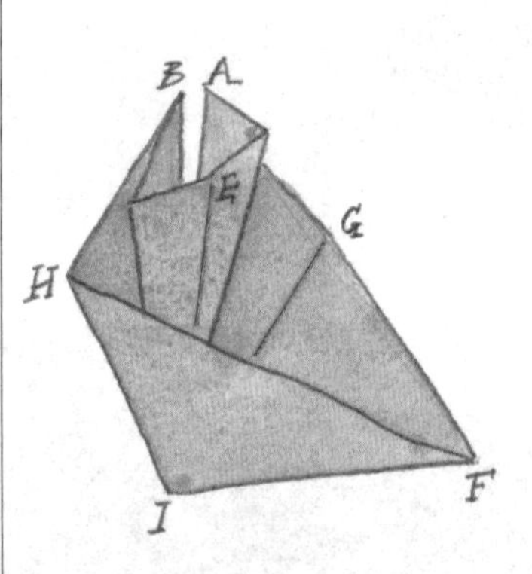

7. 这是得到的形状。标记I。

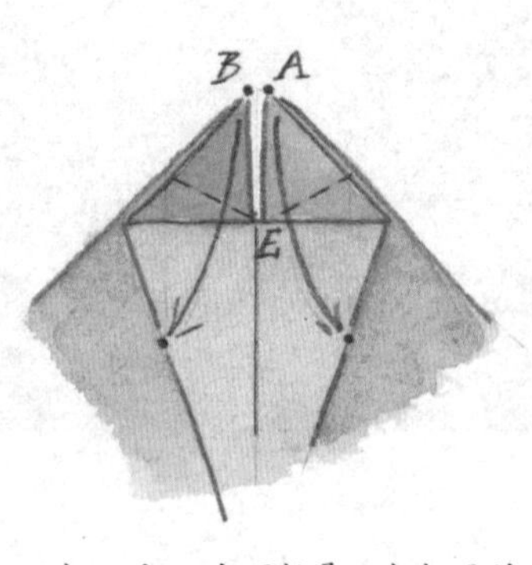

8. 把B和A向下折叠，与标示的点重合。

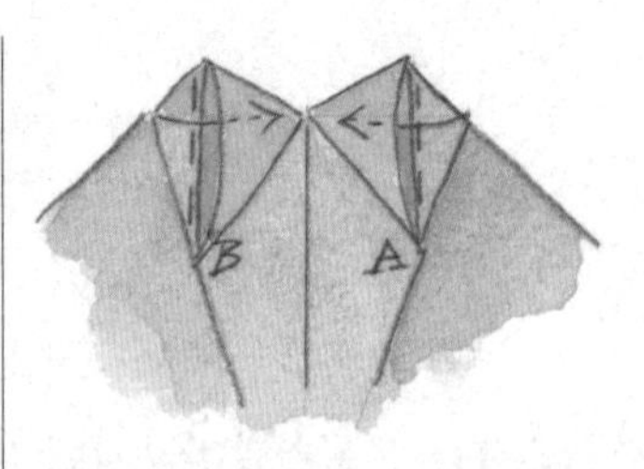

9. 把多余的纸塞入B和A的开口中。

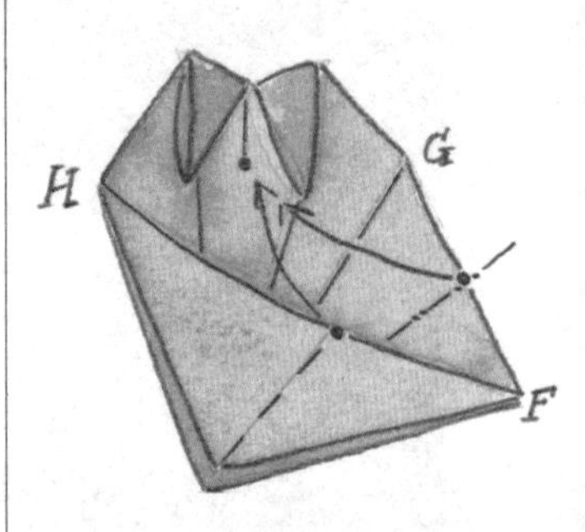

10. 如图示折叠，把外部的两个短片折至内部。

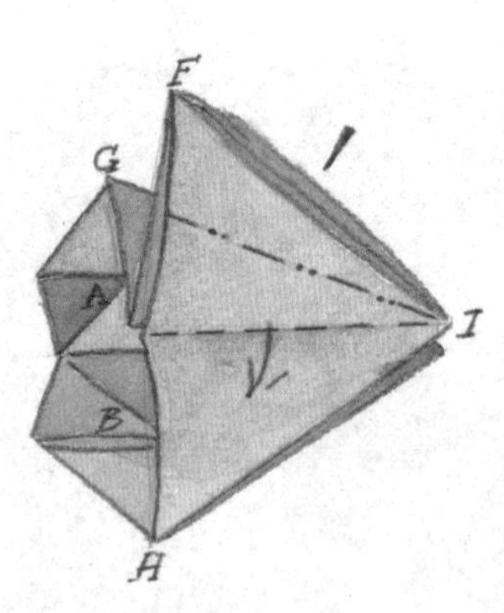

11. 压平F，不久之后它就可以站立起来了。

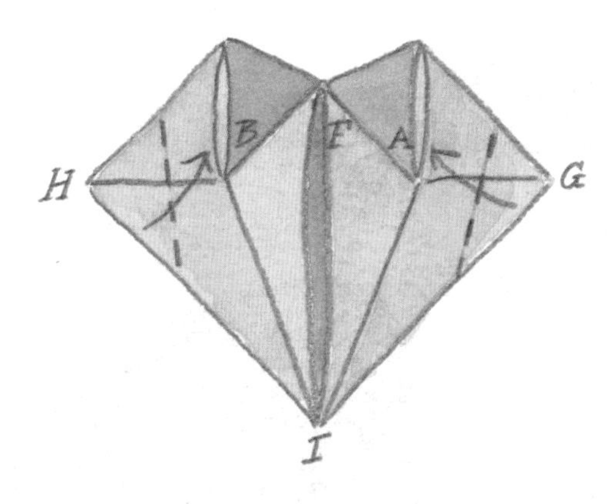

12. 将 H 和 G 向内折入。

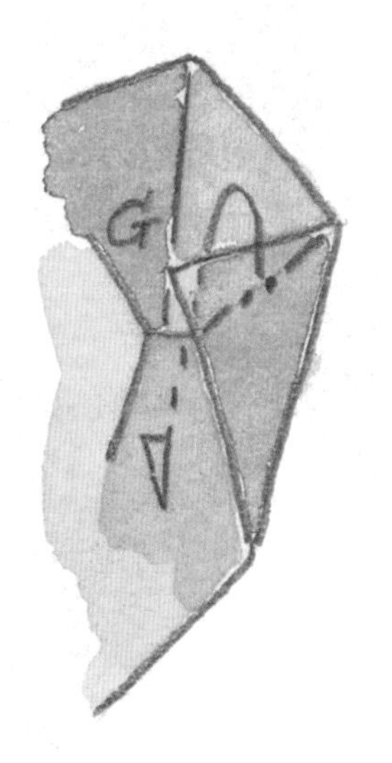

13. 折叠 G 点，使三角形锁于边后。

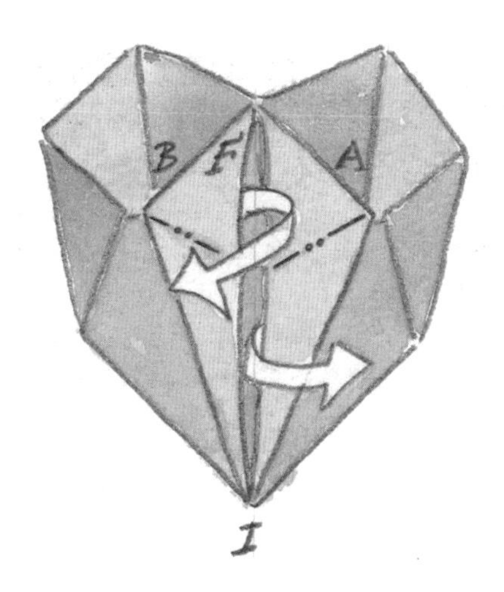

14. 打开 F 和 I 之间的开口。

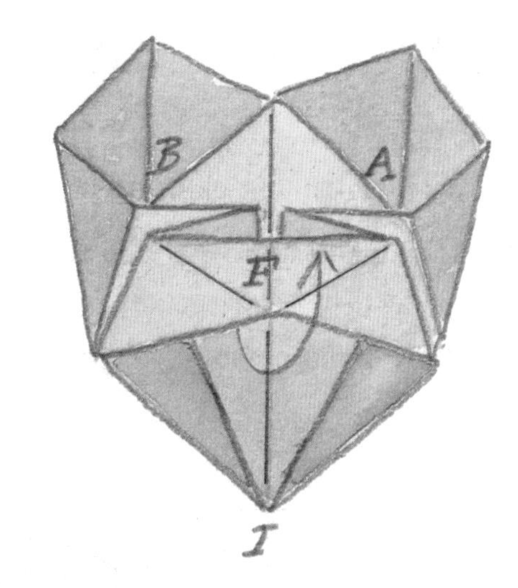

15. 如图示，把纸压平。

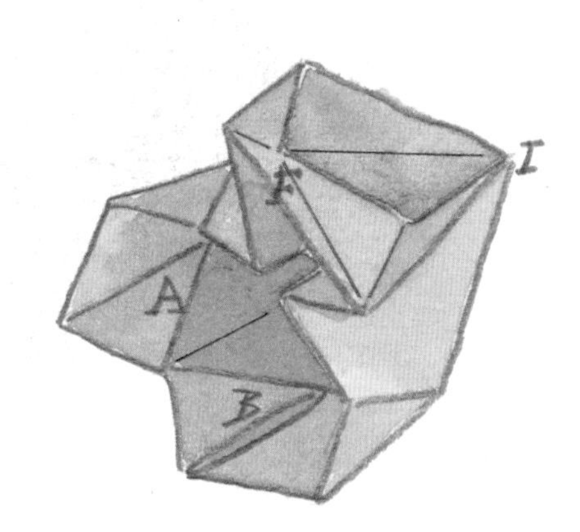

16. 再使开口闭合一部分。翻转。

17. 直立的心制作完成。

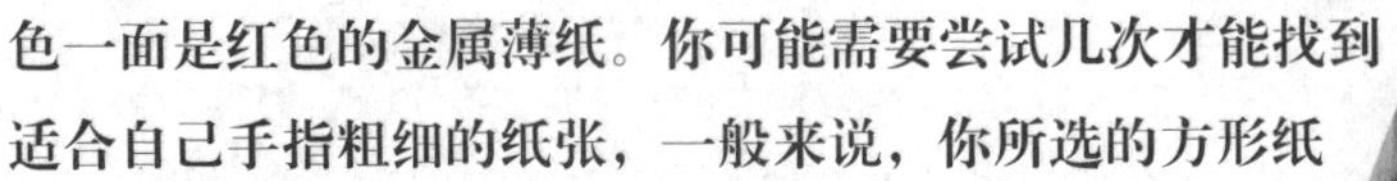

心形指环

这个作品可以用作餐巾扣或者戒指。它需要的材料非常好找，你只需一张一面是金色一面是红色的金属薄纸。你可能需要尝试几次才能找到适合自己手指粗细的纸张，一般来说，你所选的方形纸的边长减去锁扣处的交叠部分就是戒指大概的圆周长，你可以作个参考。

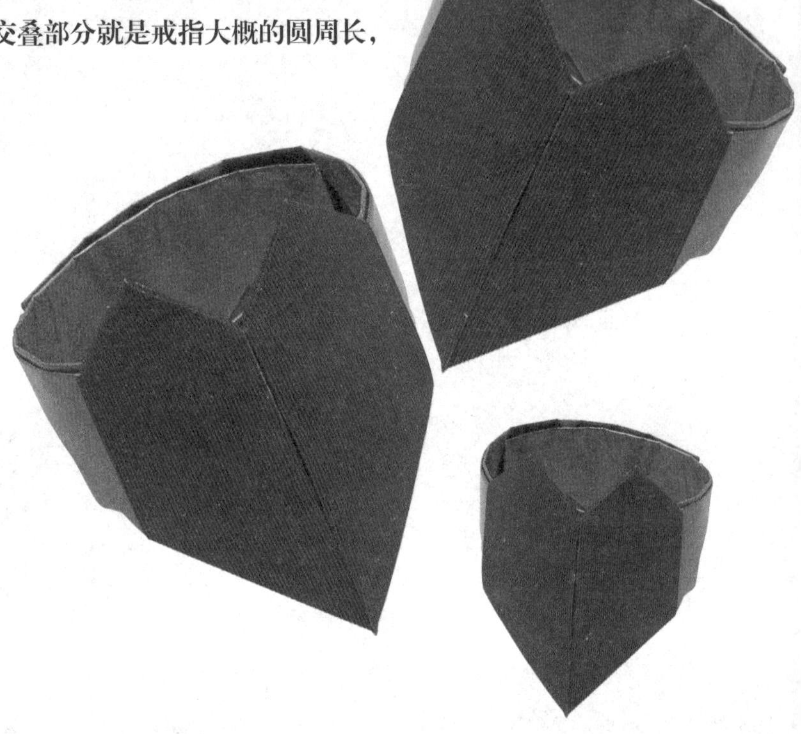

1. 开始时先使红色的那一面朝上，我们将要把这张纸水平地8等分。首先我们折出水平的中心折痕，然后把顶边和底边往这条中心线的方向折，展开，形成两条4分线。

2. 把顶边和底边分别折向离它们最近的那条折痕。展开。

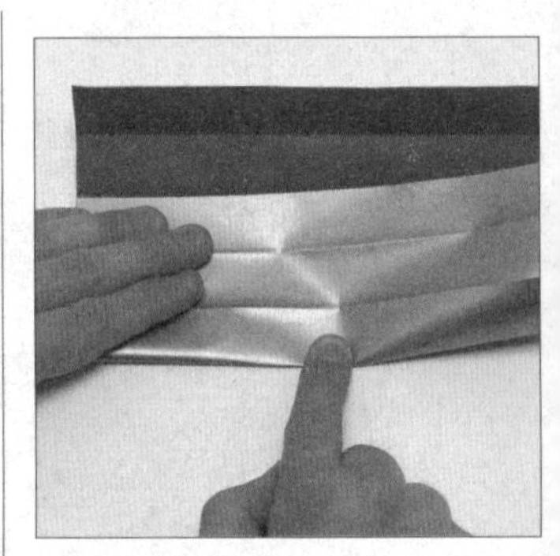

3. 把顶边和底边分别折向它们对面的4分线（就是现在位于相对的自然边后的第2条折痕）。

4. 现在你已经完成了水平 8 等分线的折叠。如图放置纸张，并在纸张上做一个对折，形成一条竖直的中心折痕。然后展开。

5. 翻到反面。然后把顶端第 1 条 8 等分的纸条往下折。

6. 再翻到反面，然后把顶端的两个角往下折，使本来的水平边和竖直的中心线重合。

7. 再翻到反面，把顶角往下折到从顶端数下来的第 3 条折痕处。

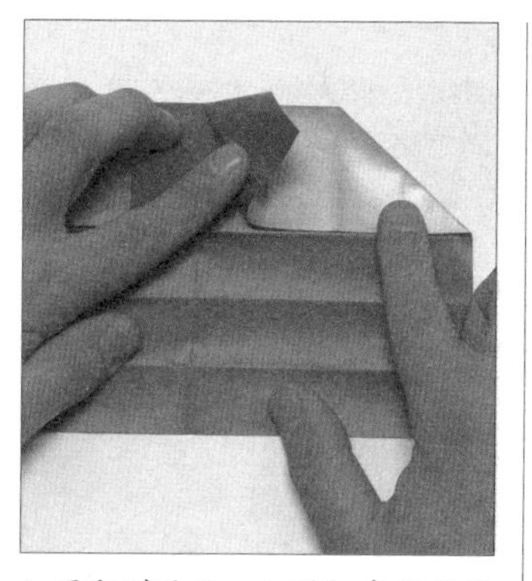

8. 再翻到反面，如图把中间的竖直折边往上往外推，直到这条折边和背后的水平顶边重合为止，压平纸张。然后在另外一边重复一样的折叠。

9. 如图为第 8 步完成后的形状。

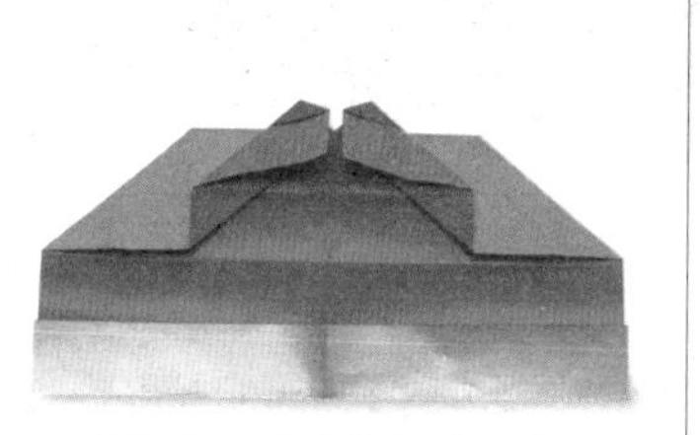

10. 再把上一步往上翻的纸片往下折，使本来短的那条水平边和竖直的中心线重合。

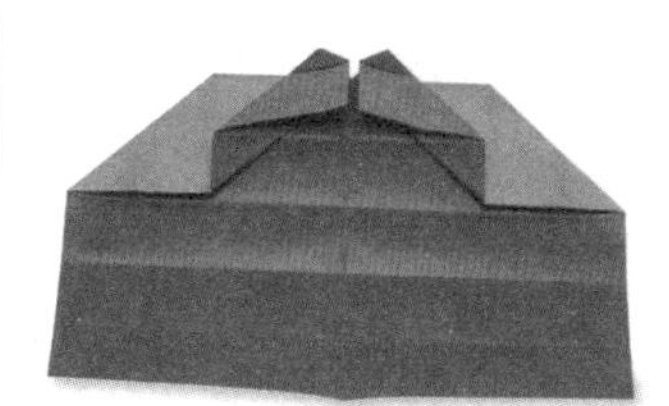

11. 在底部向上折一个 8 等分的纸条。

12. 再把这个纸条往上折 3 次，每次向上折叠都要使上一步的折边在下一条 8 分线稍微下面一点的地方，这样就能保证折完之后的纸条是平坦的。这一步结束之后，这个水平的纸条变得很厚。

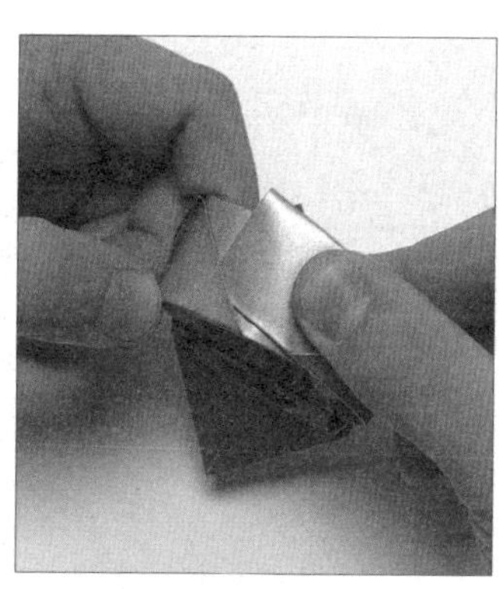

13. 捏住这个厚纸条的两端，把它弯曲成一个指环。然后把一个末端尽可能插到另一末端外表面上由一条斜折痕形成的口袋里。然后用你的手指用力捏指环，这样可以使指环更加结实。

发光的心

手工折纸中很少有独创的观念。大部分的设计虽然很好，但都是从相关的主题中衍生而来的，所以偶然找到一个新鲜的切入点，是非常令人愉快的。在这个设计中，最后的形状是很普通的，但是当将其对着灯光的时候，会显示出一个透明的心形！折纸时要很小心，特别是在第2～3步中，否则这颗心就会比例失调。使用一张薄的正方形纸，因为厚的纸是没有办法显示出心形的。

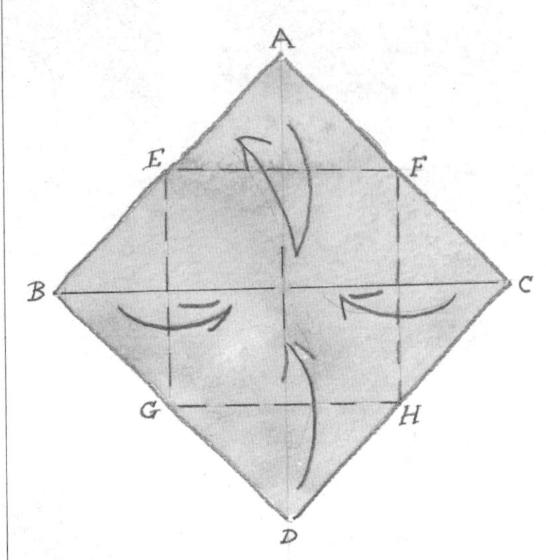

1. 折出水平对角线BC，展开。把4个角折叠至中心点，然后把A展开。

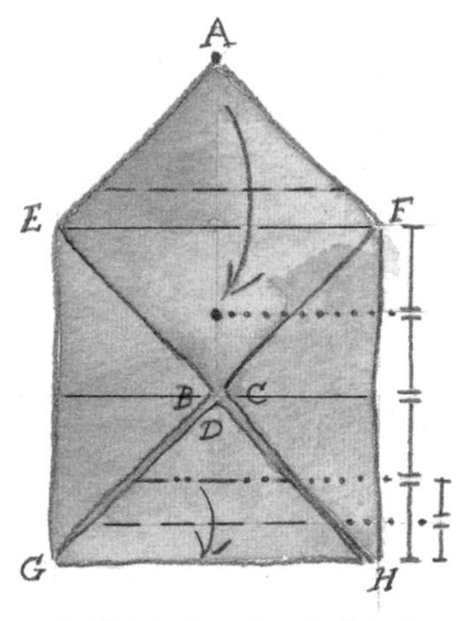

2. 如图示把角 A 向下折叠。将三角形 DGH 如图示打褶。

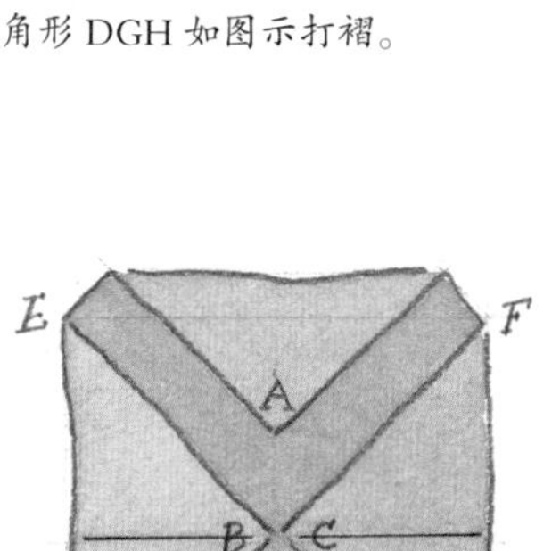

3. 把角 G 与 H 折入，它们与三角形 D 交叠的折痕要非常小。这是很关键的，因为会影响到心的比例。

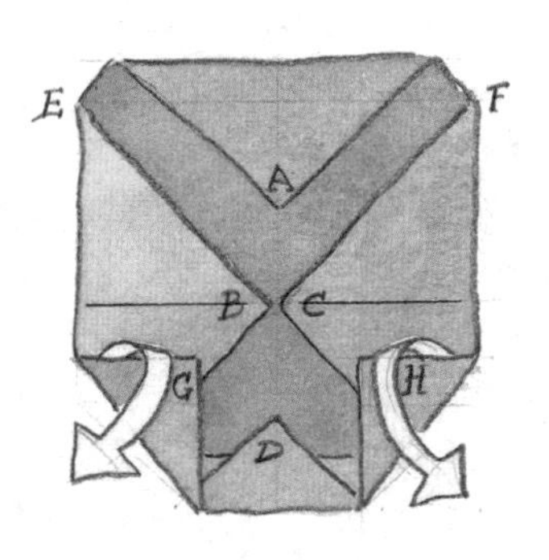

4. 把第 3 步展开。

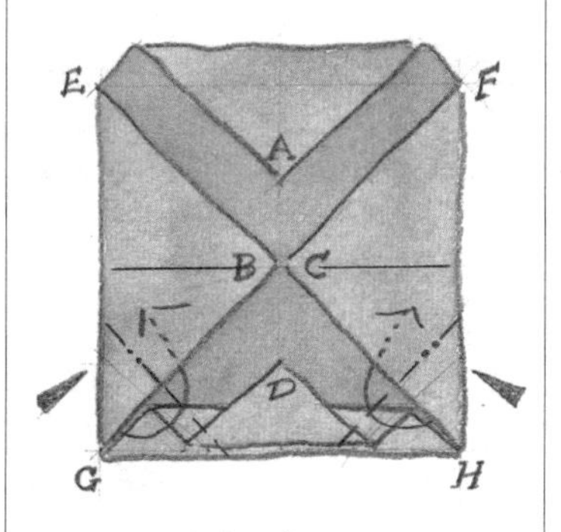

5. 重新折叠第 3 步，但折叠时要把折痕的顶端向外，把 G 推入至 B 下方，H 在 C 下方。

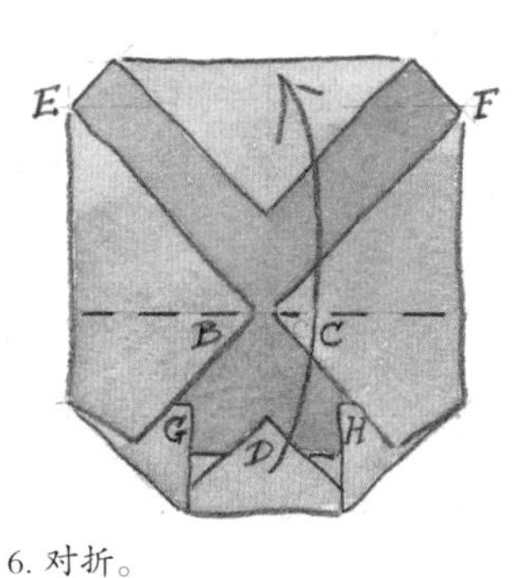

6. 对折。

7.E 和 F 折入很短的边。

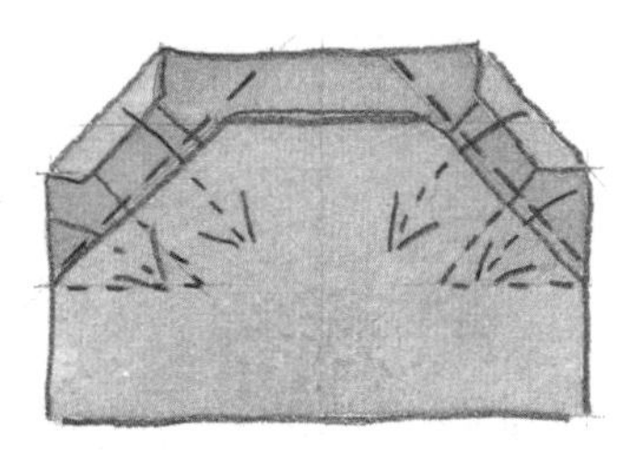

8. 如图示翻折，把边锁入第 5 步所制的“口袋”中。

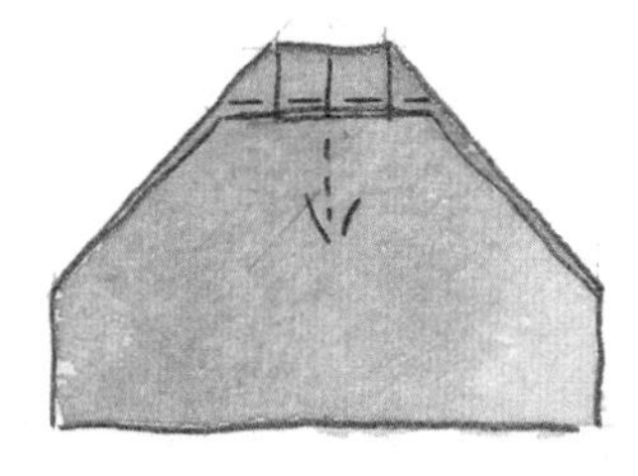

9. 把多余的纸折入顶端的开口中。

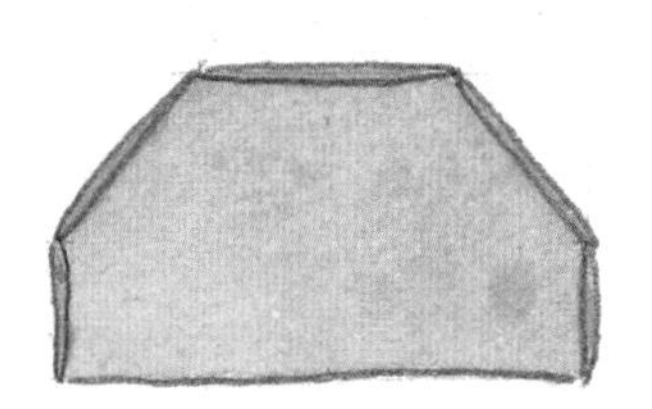

10. 注意锁合平整。

11. 要看到心形，需把纸举起来对着窗口或是其他发散的光源（但不是太阳）。

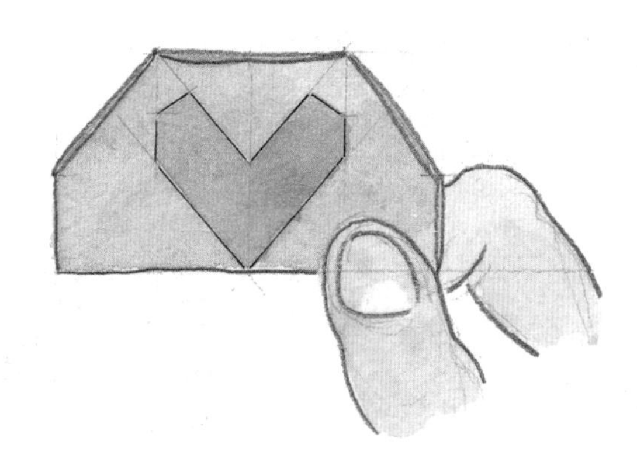

星星花环

制作这个星星花环需要很多不同颜色的棉纸。这里使用了4种颜色，制作时你可根据需要，选择所用颜色的数量。

1. 首先把不同种颜色的棉纸单独折叠起来，在纸的最上层画上一个星星的形状。接下来把星星剪取下来，所有颜色的纸重复相同步骤。

2. 在一个星星的4个尖角上贴上双面胶，然后在上面放上一个不同颜色的星星。

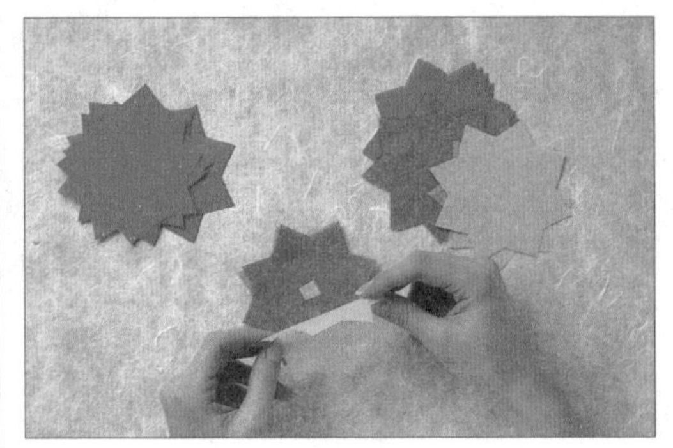

3. 在第2个星星的中间贴上一片双面胶，再放上另一种颜色的星星。重复这些步骤，把星星的边角或中心粘贴起来，直至已经得到足够长的花环。

螺旋形花环

螺旋形花环可以用来装饰你的房间，现在就教你它的制作方法。这里使用的是其中一面颜色比另一面稍深的双色绉纸。

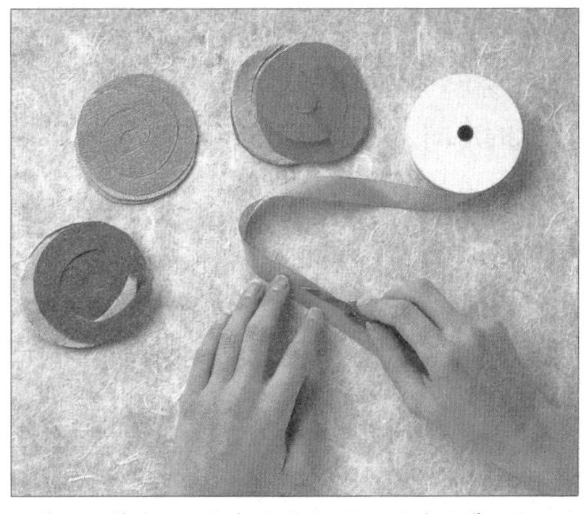

2. 剪取足够多不同颜色的圆后，取一些宽丝带，用工艺刀沿丝带等距地制造小的切口，切口与丝带边缘平行。

1. 首先沿饮料瓶底部在不同颜色的绉纸上描画出圆并剪取下来。接下来向中心剪取螺旋形，当中保留一个“小球”。

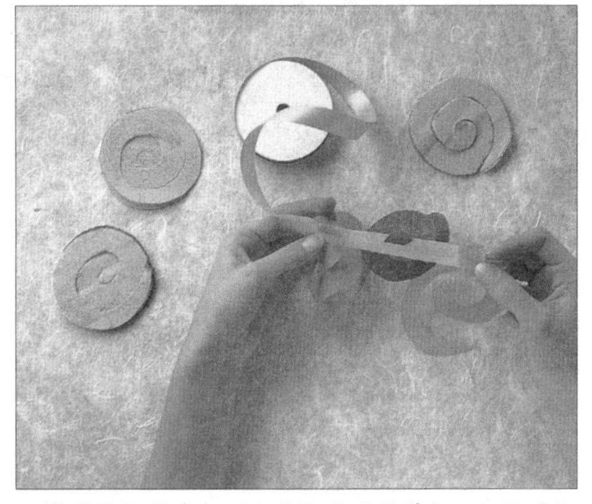

3. 将圆绉纸的中心“小球”推过丝带切口，使它们位于适当的位置。注意，要把不同颜色的绉纸圈沿着丝带交错安放。

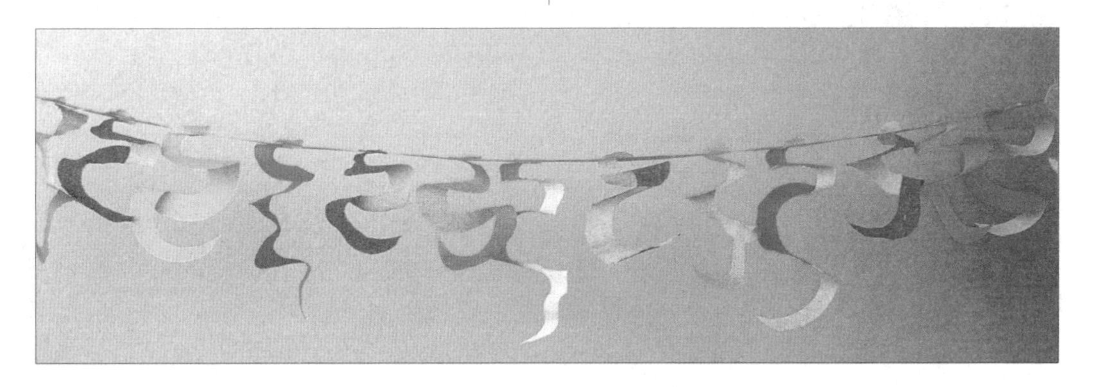

圆形花环

这些由鲜艳的棉纸制成的简单花环可以用来布置你的房间。可以将不同的颜色交替使用或是只使用一种颜色。

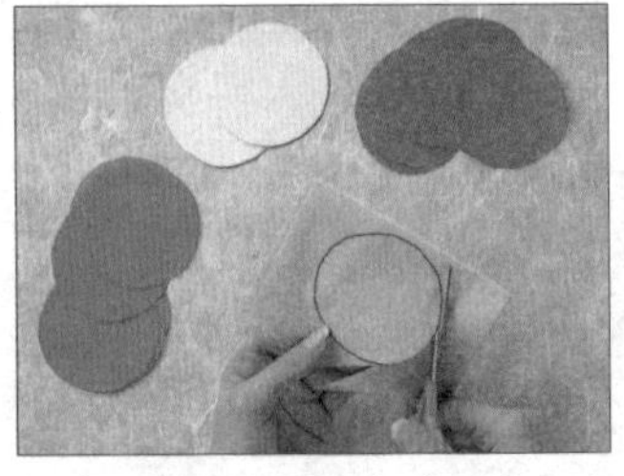

1. 剪取两张圆形的卡片以及一些不同颜色的圆形棉纸。

2. 取10张圆形棉纸对折，然后再对折至1/4。棉纸不要超过10张，否则不能完全折叠。接下来，从折后的边沿着圆形的外边界线条剪入，剪至2/3处。

3. 展开圆形，按另一种方法再次对折，再对折至1/4，这时出现新的折痕。在靠近中心的位置跟随圆的外沿如图示剪出切口。把它展开放平。

4. 把一个圆纸片粘贴至一张圆形卡片上，然后在圆纸片中心的位置涂上胶水，粘贴上另一个圆纸片。

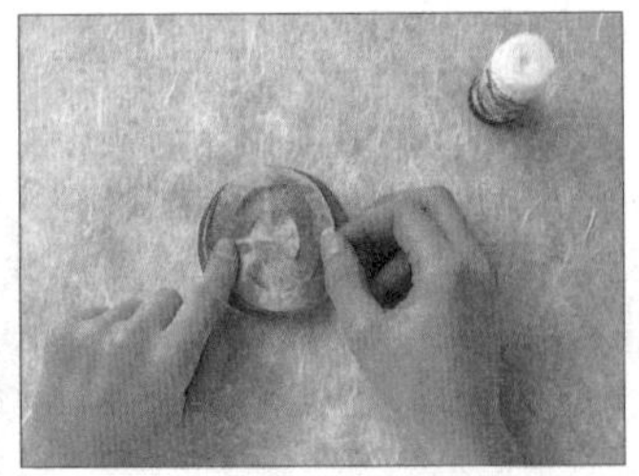

5. 把下一个圆纸片的顶端和底部同第2个圆纸片粘贴。重复以上粘贴步骤，中心粘贴和顶端、底部粘贴相交替。最后，把另一张圆形卡片粘贴至最后一张圆形棉纸片上。拉开两边卡片以展示花环。

巴洛克式圣诞环

刺绣箍是制作这个美丽的环的基础。这里使用的是椭圆形的，但是圆形的会更好。

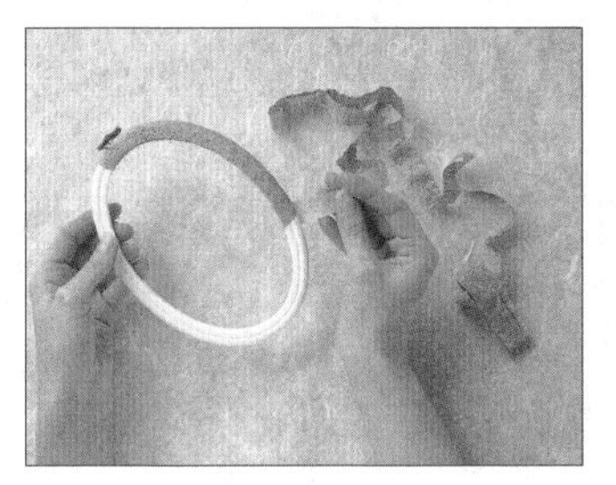

1. 剪取一长条金属绉纸，把它的一端粘贴于刺绣箍上，沿箍缠绕直至完全覆盖刺绣箍。

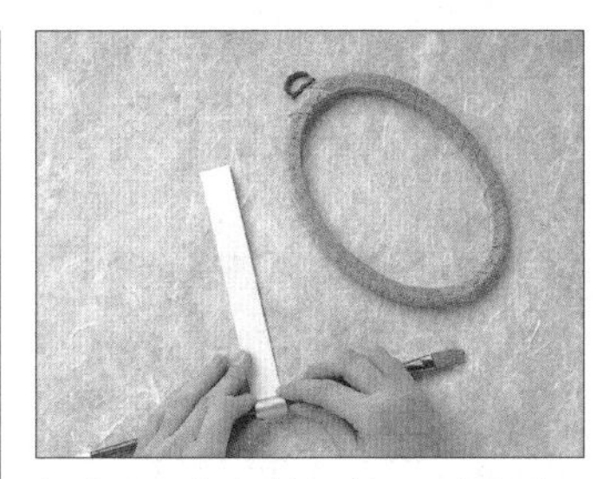

2. 剪取一条金色卡片，尺寸约为 1 厘米 ×30 厘米，把它紧紧地缠在颜料刷或铅笔上，使之卷曲。

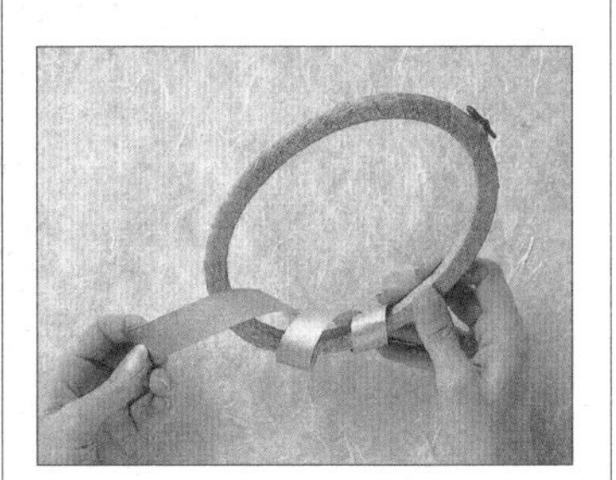

3. 把卷曲的金色卡片条一端粘贴至环的右侧中心，然后绕于环上，另一端固定于稍超过底部的位置。

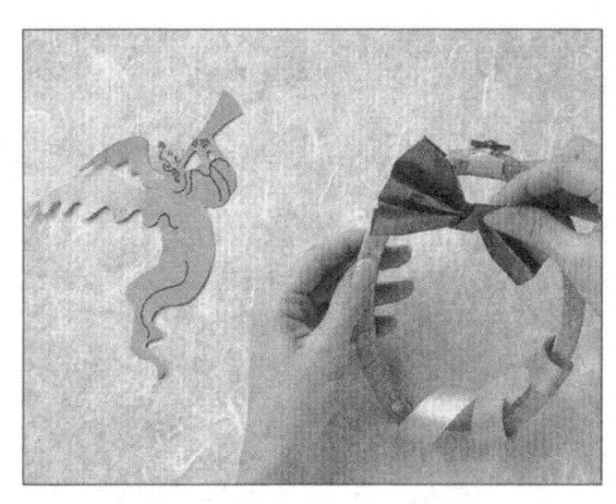

4. 测量出所需尺寸，根据模板图案在金色卡片背面画出一个吹喇叭的天使并剪下来，用黑色签字笔画上五官。用金色绉纸做一个蝴蝶结并粘贴于环的顶端。

5. 把天使粘贴于环的左侧。

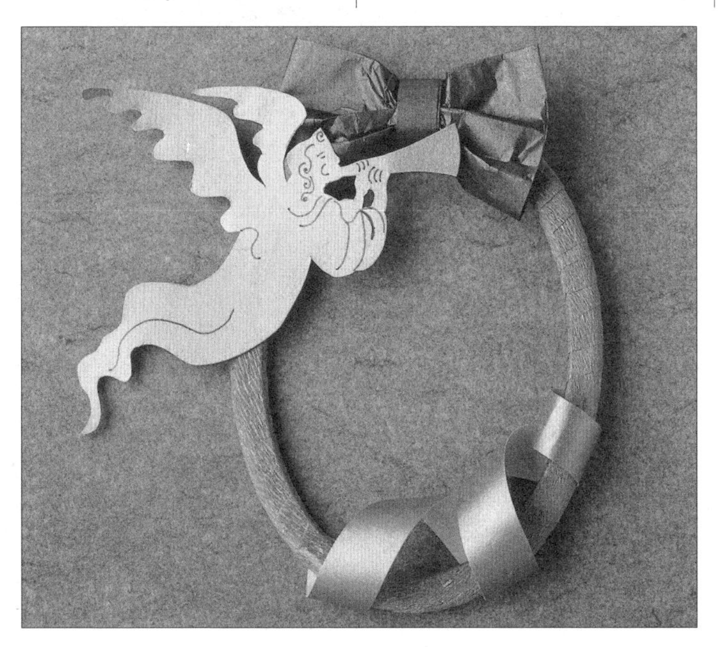

圣诞环

制作一个新的可以挂于树上的装饰品，这是一种快速、简单而且不用花费金钱的方法。这些挂件是由木制窗帘环包上鲜艳的绉纸制成的。

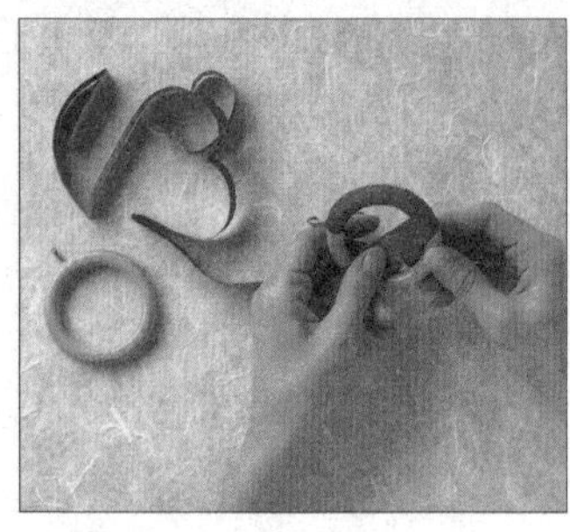

1. 剪取2厘米宽的彩色绉纸条。取一个木制窗帘环，用绉纸缠绕环直至将其完全包住，在末端的地方粘贴。

2. 取一条细丝带，把它固定于环的顶端。把丝带有间隔地缠绕于环上，仍显露出绉纸。当丝带从底部绕回顶端时固定，然后系成环状用于悬挂。

3. 用绉纸制成一个蝴蝶结，把它粘贴于圣诞环的顶端，完成装饰。

圣诞树挂饰

不寻常的圣诞树装饰总是很难找到。如果你需要一个可以替代闪烁的小挂件的方法，那么你可能会想要用纸制作你自己的装饰品。这些挂饰的设计和结构十分简单，但是你却可以轻松地制作出十分华丽，甚至立体的装饰品来装饰你的圣诞树。

1. 根据所需的尺寸把模板放大，描绘出装饰品的形状，再转移至薄卡片上。剪下每个图形，在每个装饰品背面用强力胶水粘上一个挂钩并用胶带固定。

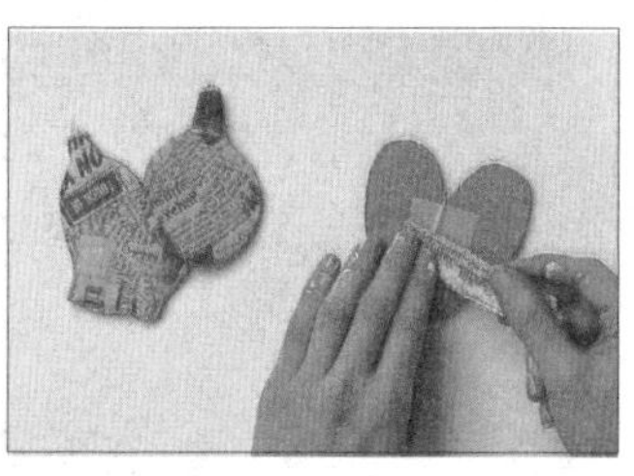

2. 让胶水干燥1小时，然后在每个装饰品上覆盖3层浸透稀释的聚乙烯醇胶水的小报纸条。在温暖又通风的地方让装饰品干燥整晚。

3. 轻轻地将干燥后的装饰品磨平，涂上两层白漆。

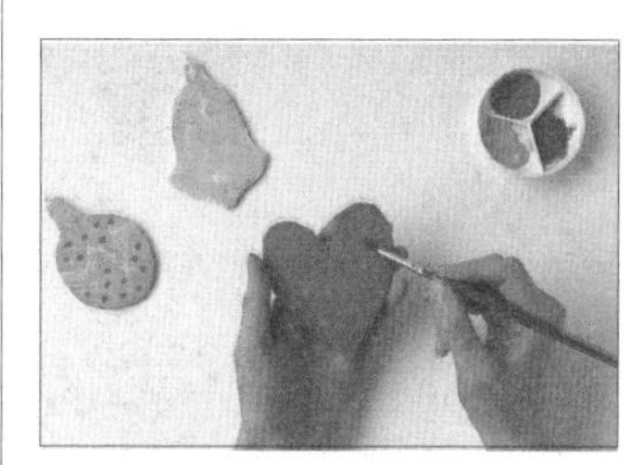

4. 先用铅笔画上任意的图案，然后用广告颜料装饰。如果需要，可用黑色墨水强调细节。让装饰品彻底干燥，然后涂上两层透明光泽清漆。当它们变干后，在每个装饰品顶端系上线。

三维圣诞树

增加层数能够使纸质圣诞树变得立体。圣诞树完成后，可以贴上各种纸质的星星作为简单的装饰。

1. 分别从3种颜色的纸上剪取3张圣诞树形状的图案，尺寸逐次减小。

2. 剪取12个小正方形卡片，把其中6个一个一个地叠放并粘贴成块，另外6个用相同方法粘贴。把一个卡片块粘贴于最大的“圣诞树”的上端，另一个粘贴于中等的“树”上。

3. 把中等的“树”的“树梢”粘贴于最大的“树”上，最小的“树”粘贴于中等“树”上。

4. 用星星粘纸来装饰3棵树。可在背面贴上丝带使树可以悬挂展示。

圣诞树蝴蝶结

用微微发光的蝴蝶结装饰圣诞树，给自己一个迷人的圣诞节。为了外观协调，蝴蝶结需和其他的小挂件相匹配。

1. 从金属色包装纸上剪取尺寸为18厘米 ×12厘米的长方形。将纸片中心聚拢在一起形成蝴蝶结的形状，用钉书钉在适当位置固定。

2. 取一段金属棉纸，缠绕于蝴蝶结中部，覆盖住钉书钉。不要将整段棉纸缠完，留一部分垂落于蝴蝶结前面。背面用双面胶固定。

3. 从金属色包装纸中剪取尺寸为20厘米 ×8厘米的长方形作为尾部。每个尾部的一端剪成箭形。

4. 在尾部的顶端打一个褶。用钉书钉将两个尾部钉在一起。

5. 用双面胶将尾部粘在蝴蝶结后面。将一段丝带绕成环粘贴于完成的蝴蝶结背部，用于悬挂。

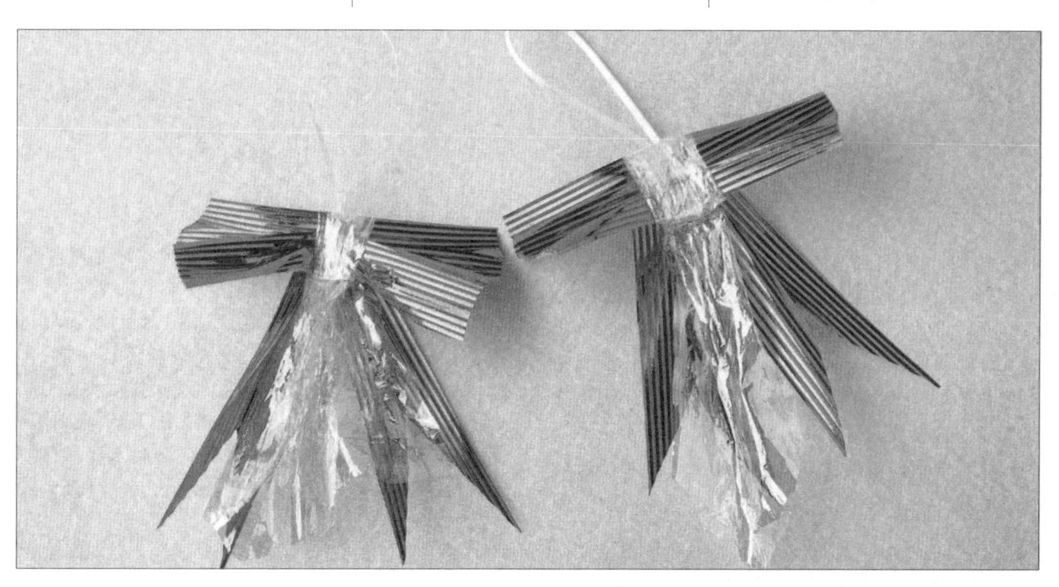

花瓶

这个花瓶并不防水，但它可以用来保存人造花或干花，就其自身来说，绝对是一件装饰艺术品。你可以通过下面介绍的简单方法来制作这个花瓶，也可以制作其他形状或尺寸的花瓶。

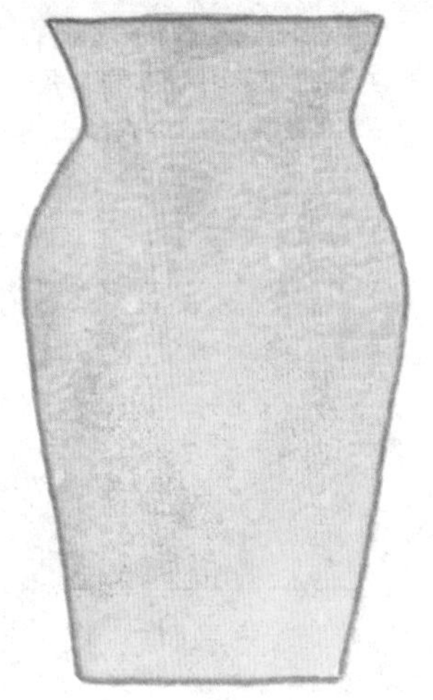

花瓶形状（前 / 后）裁取 2 个

花瓶壁

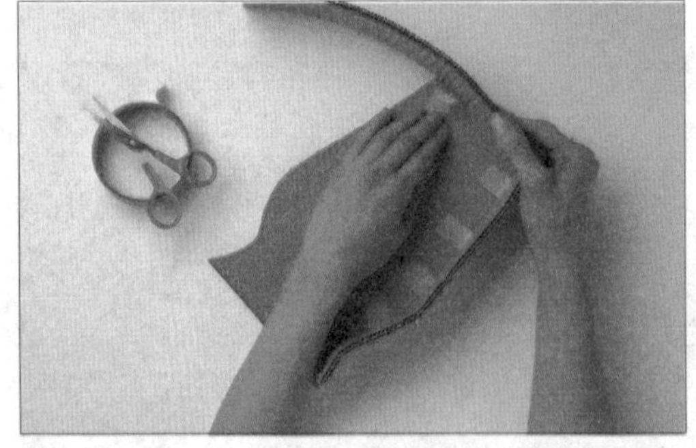

1. 根据所需尺寸将模板中的图形按比例放大，再转移至厚瓦楞纸板上并剪取下来。将花瓶壁放置于花瓶形状的纸板上，使其上的条纹垂直向下，这使花瓶壁容易弯曲成所需形状。将花瓶壁粘贴于一个花瓶形状块内侧边沿的适当位置。涂上一层稀释的聚乙烯醇胶水，用来防止花瓶变形，在温暖的地方干燥 3 ~ 4 小时。

2. 撕取细条状的报纸并浸泡于稀释的聚乙烯醇胶水中，在花瓶部件上覆盖 4 层这样的纸条定型。在温暖的地方平放干燥整晚，然后用细砂纸将它们轻轻磨平。在花瓶形状与花瓶壁的内侧涂上两层白漆。

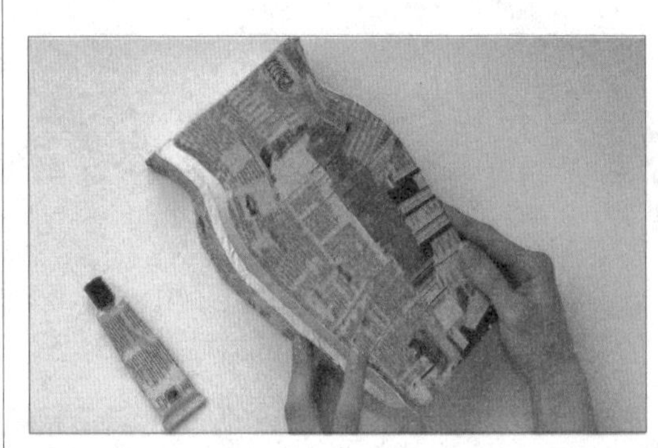

3. 接合花瓶，着色面朝内。使用强力胶水将各部分粘贴起来，接合处用胶带固定。

4. 让花瓶干燥至少 1 个小时。当花瓶干后，在接合边沿封上 3 层浸透了稀释的聚乙烯醇胶水的纸条，把任何的小气泡或是多余的胶水挤出，以使得花瓶表面更平滑。

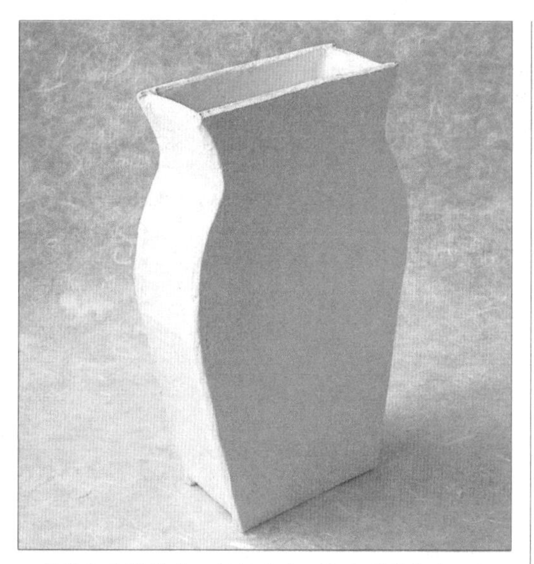

5. 让花瓶干燥整晚，轻轻磨平，涂上两层白漆。

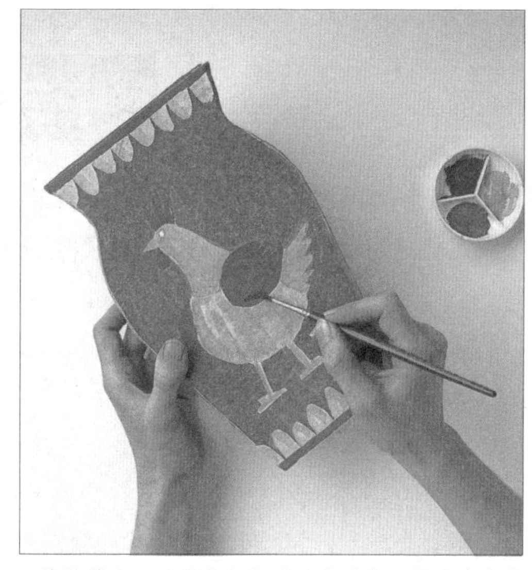

6. 装饰花瓶。用铅笔轻轻地画上图案，然后填充广告颜料。当颜料完全干后，涂上一层透明光泽清漆。

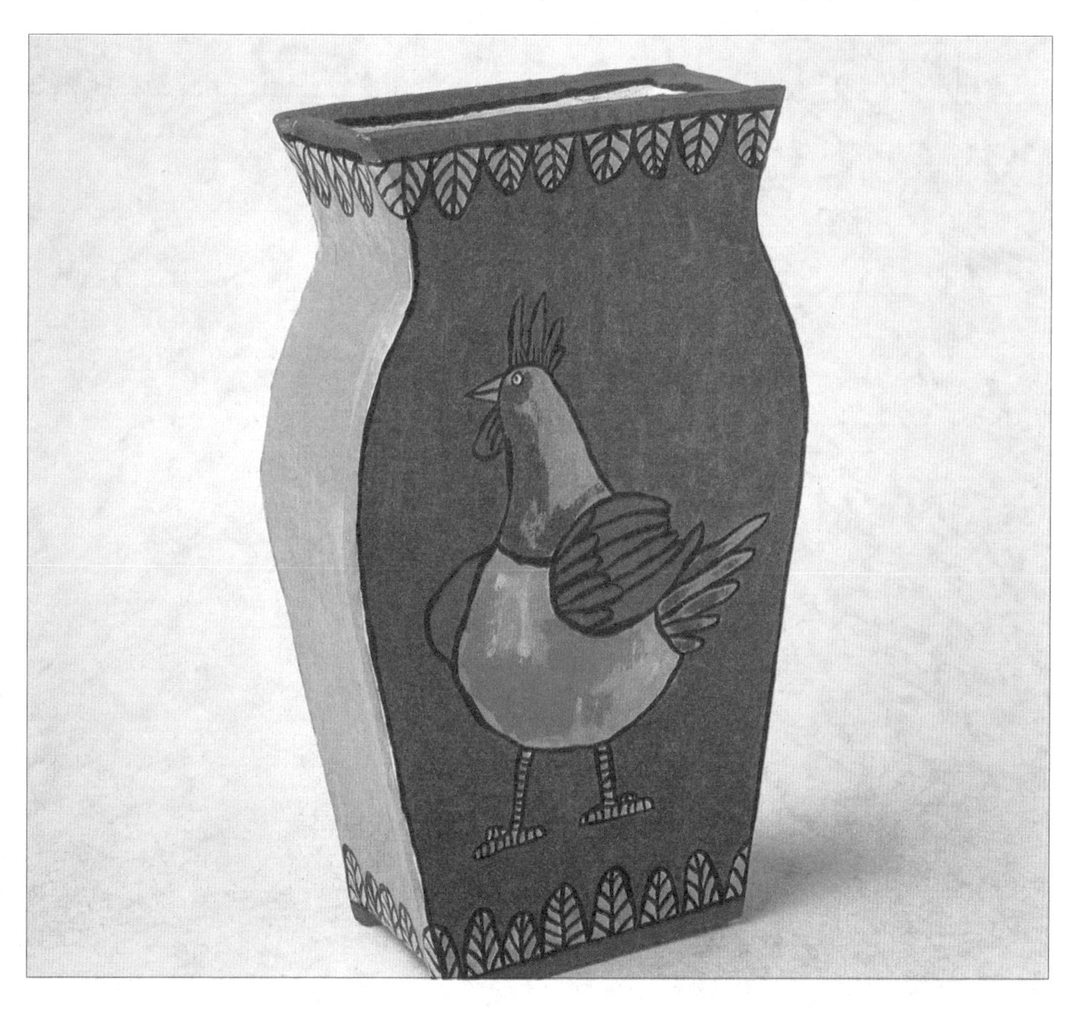

中式花瓶

这个精妙的设计由一系列精美的折法组成，将花瓶从平面转变到立体的那一步是其中最精彩的环节。使用一张正方形纸，不能太小。如果使用的是折纸专用纸，要从白色面开始。

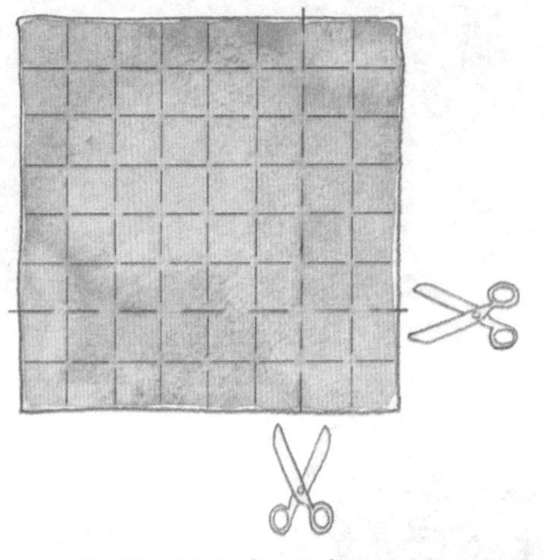

1. 把正方形纸折出折痕，折痕分别为水平和垂直8等分线，然后小心沿如图所示的垂直和水平的两条线剪开，得到6×6的格子。

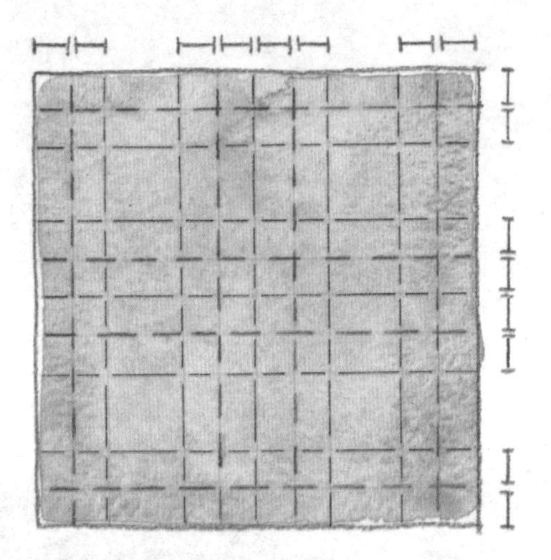

2. 如图所示，增加额外的折痕。

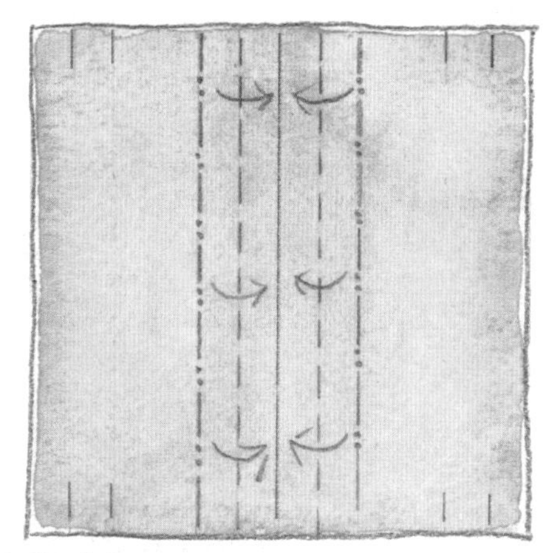

3. 如图示打褶。

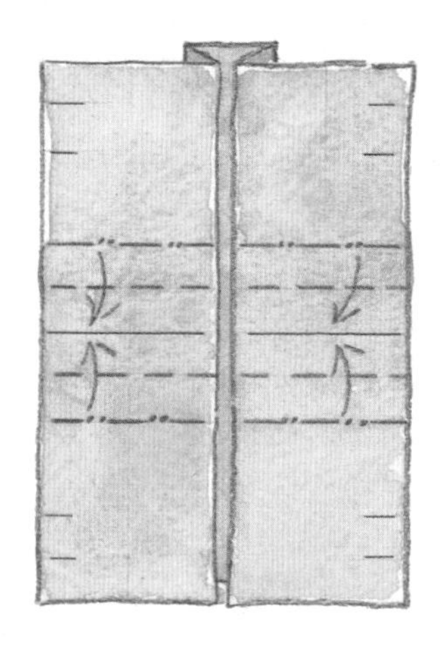

4. 同样地，水平打褶。

5. 这是得到的纸张形状。翻转。

6. 这是所得形状。

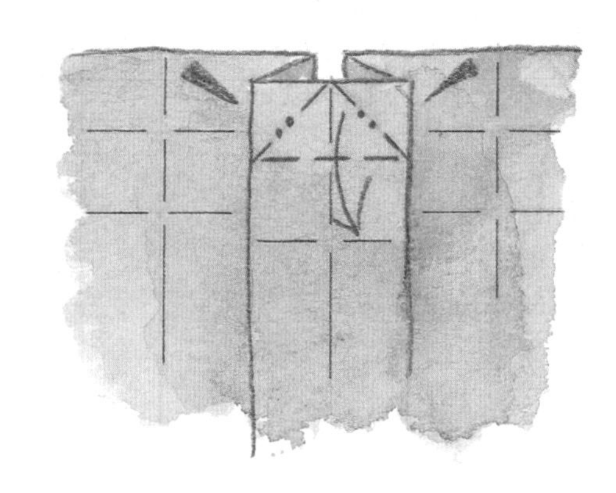

7. 把每一个褶的末端提起并压平。

8. 如图所示。

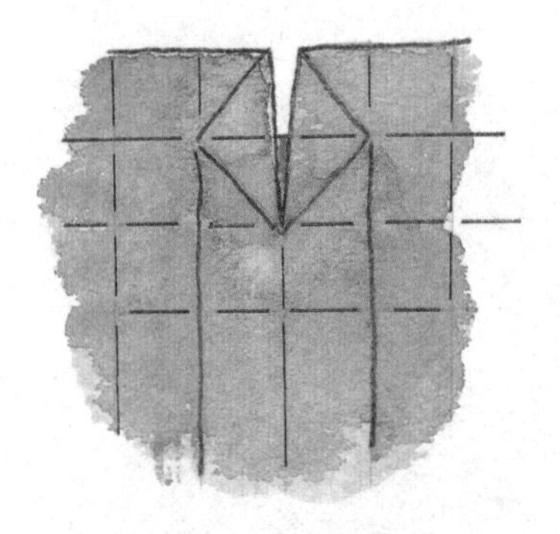

9. 在每一条边上重复操作。

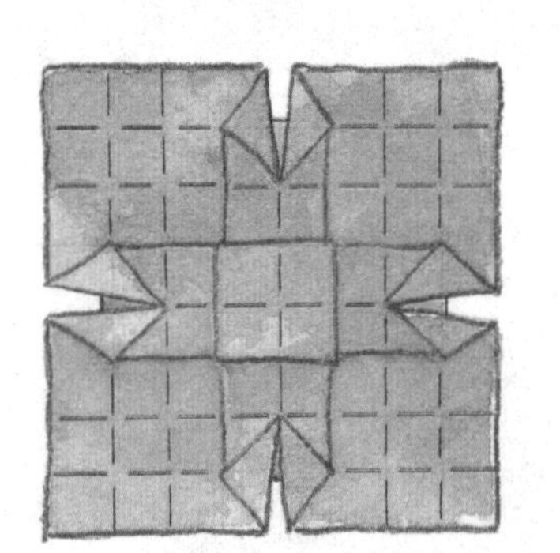

10. 这是压平后的褶的形状。翻转。

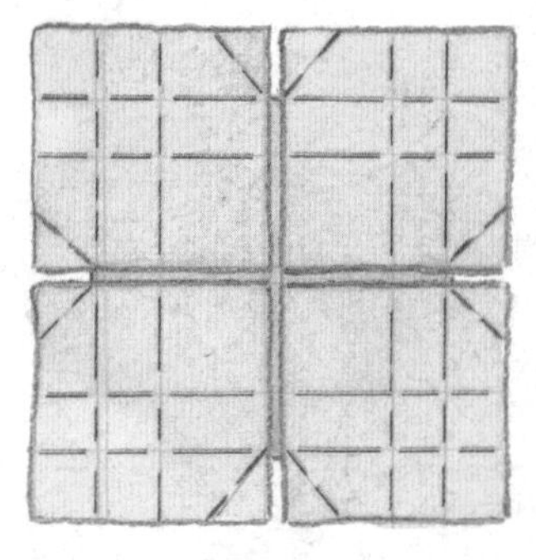

11. 把褶上每一个自由的角折出折痕并展开，这是第 14 步的准备工作。

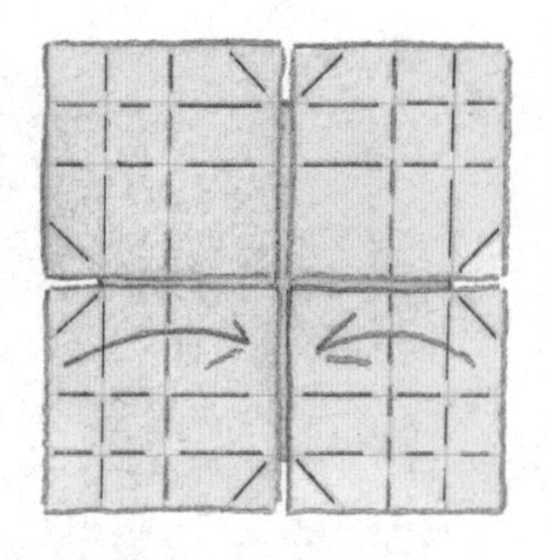

12. 把侧面折至竖直中心线。

13. 把顶端和底部边线折至中心，把角塞入开口下。

14. 把自由的角向内折入，做成一个正方形的开口。

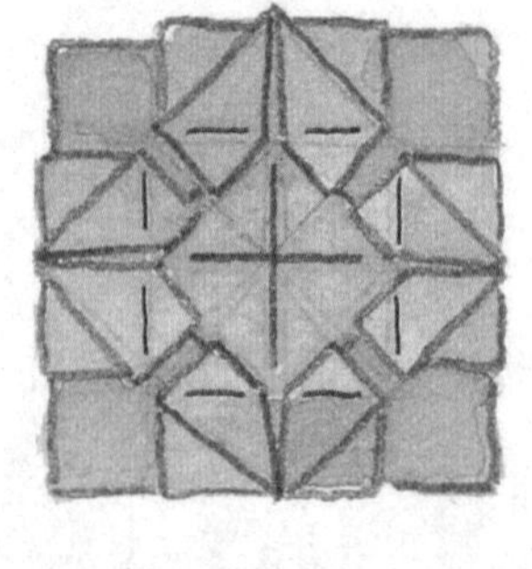

15. 如图示，翻转。

16. 有趣的环节到了！小心地拉出陷于褶内的纸层，使花瓶变得立体。做这项工作时，要常常旋转纸张，以使 4 个面大小相同。

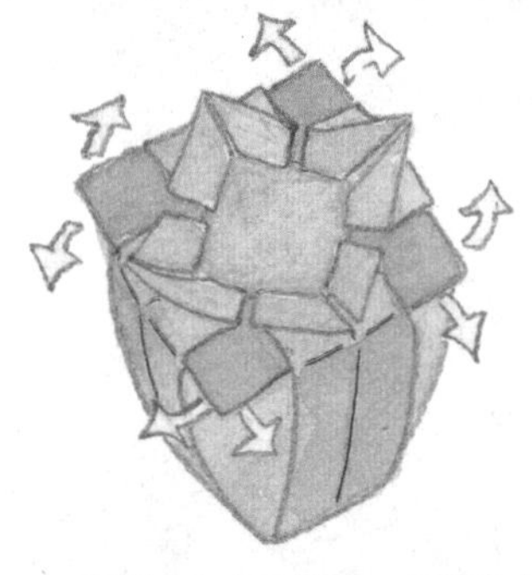

17. 这是拉开后的效果。将手指伸入花瓶内部，把花瓶壁和顶端的角弄平滑。

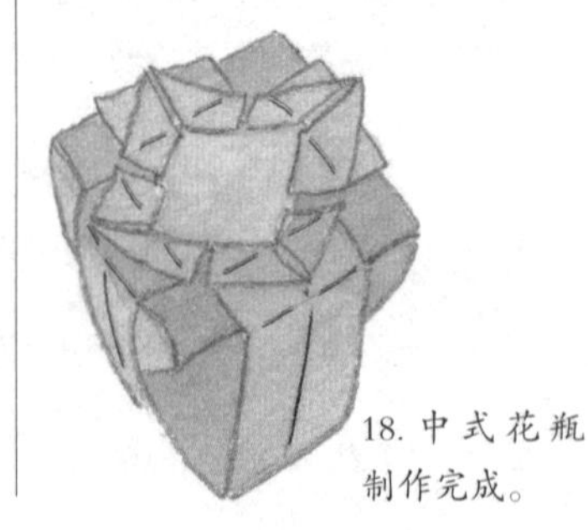

18. 中式花瓶制作完成。

可以悬挂的装饰品（1）

这种叫不上具体名字的装饰品，它的一端可以被悬挂起来。你需要准备两张大小一样的脆纸，而且最好正反面的颜色不一样。

1. 先折一个初步基础形，并使闭合的一端位于顶端。现在在外面的颜色就是最后作品的主要颜色。

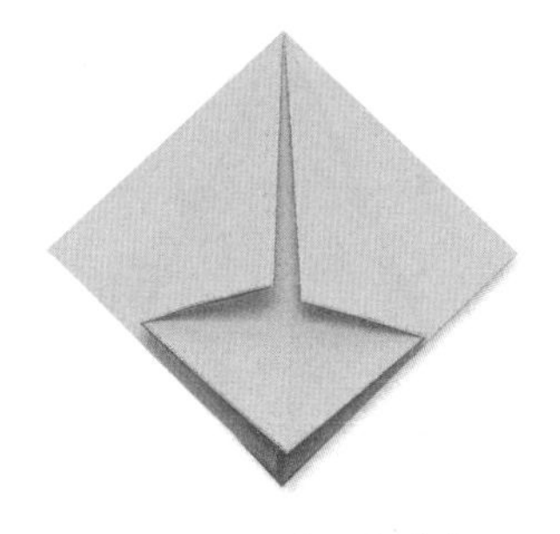

2. 把上面一层纸的两个外角往里折，使本来的斜边和竖直的中心线重合。

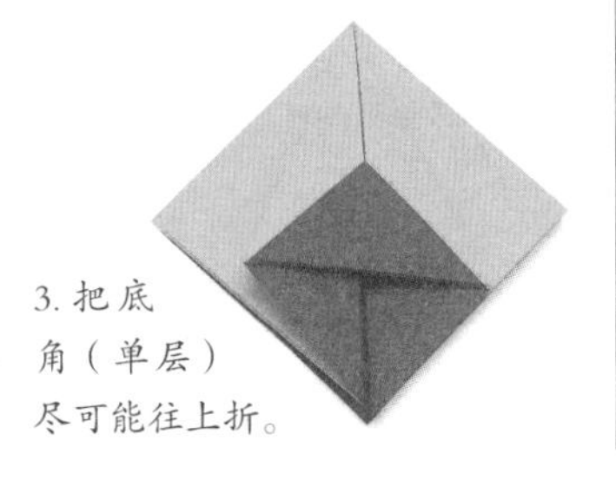

3. 把底角（单层）尽可能往上折。

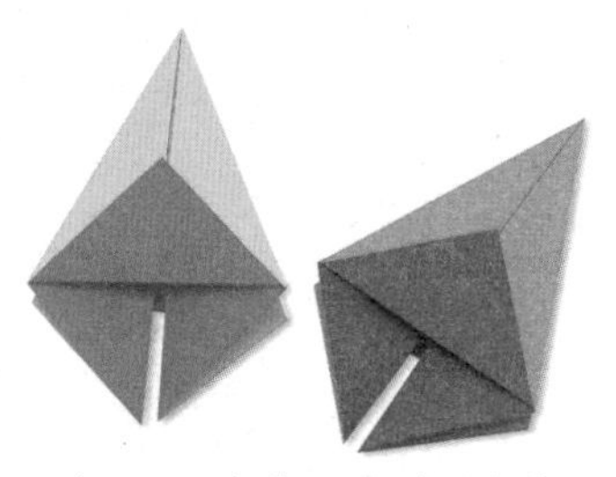

4. 在反面重复第 2～3 步的折叠。然后用相同的方法再做一个。

5. 使它们的光滑面分开，形成立体的形状。

6. 现在把左手拿的模块插入到右手边那个中，并且确保平面完全插入到第 3 步形成的小三角形里面。

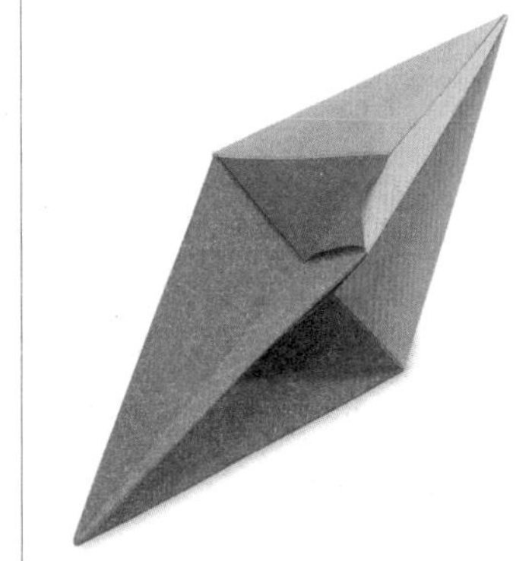

7. 等所有的尖角全部插入到口袋之后，继续相互推两个部分，使它们能完全地锁扣起来。

可以悬挂的装饰品（2）

根据组合设计可以折叠出许多相同的个体，然后无须胶水就可锁合成装饰品或几何模型。近年来，它已经变成了东西方折纸文化中非常受欢迎的分支。方法1使用的是长方形纸，方法2用到了小正方形纸。

方法1

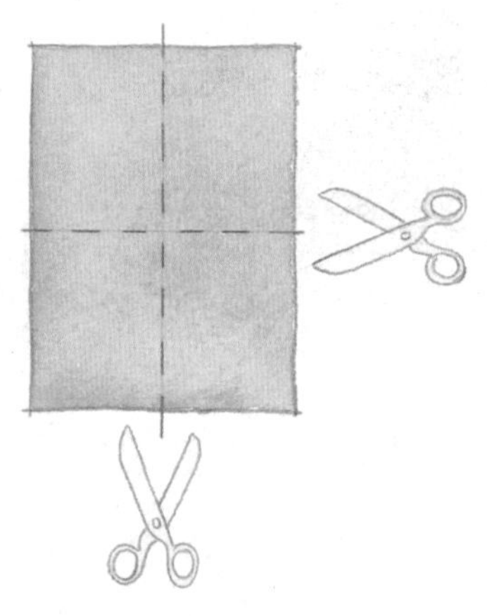

1. 把A4纸剪至原纸的1/4。为了使4个模板颜色有变化，可以剪取两张不同颜色的纸。

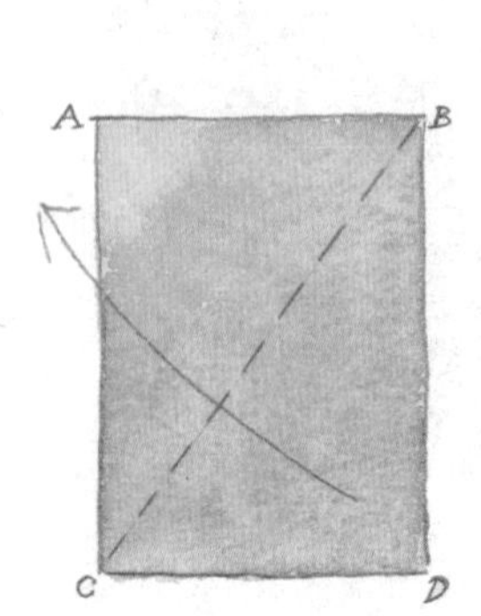

2. 取其中一张，沿BC对角线折叠。

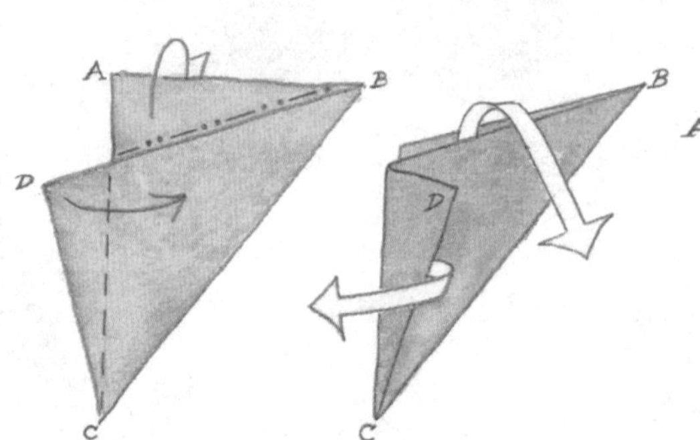
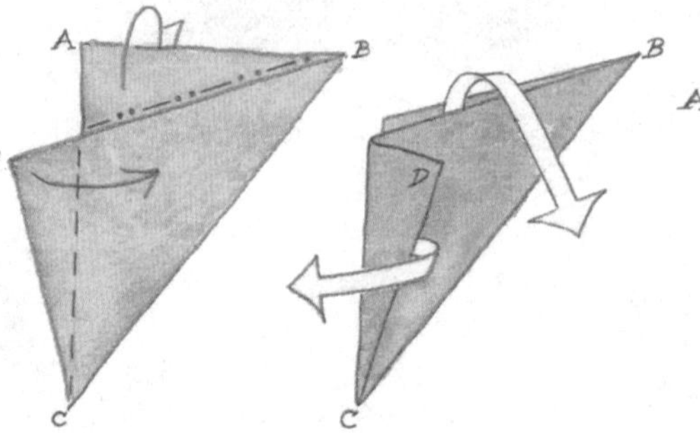

3. 将A向后翻折，D向前折。

4. 稍稍展开，但并不完全压平。

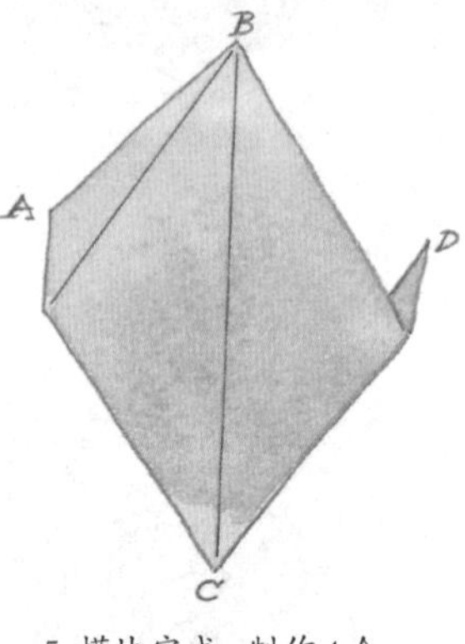

5. 模块完成。制作4个，每种颜色2个。

方法 2

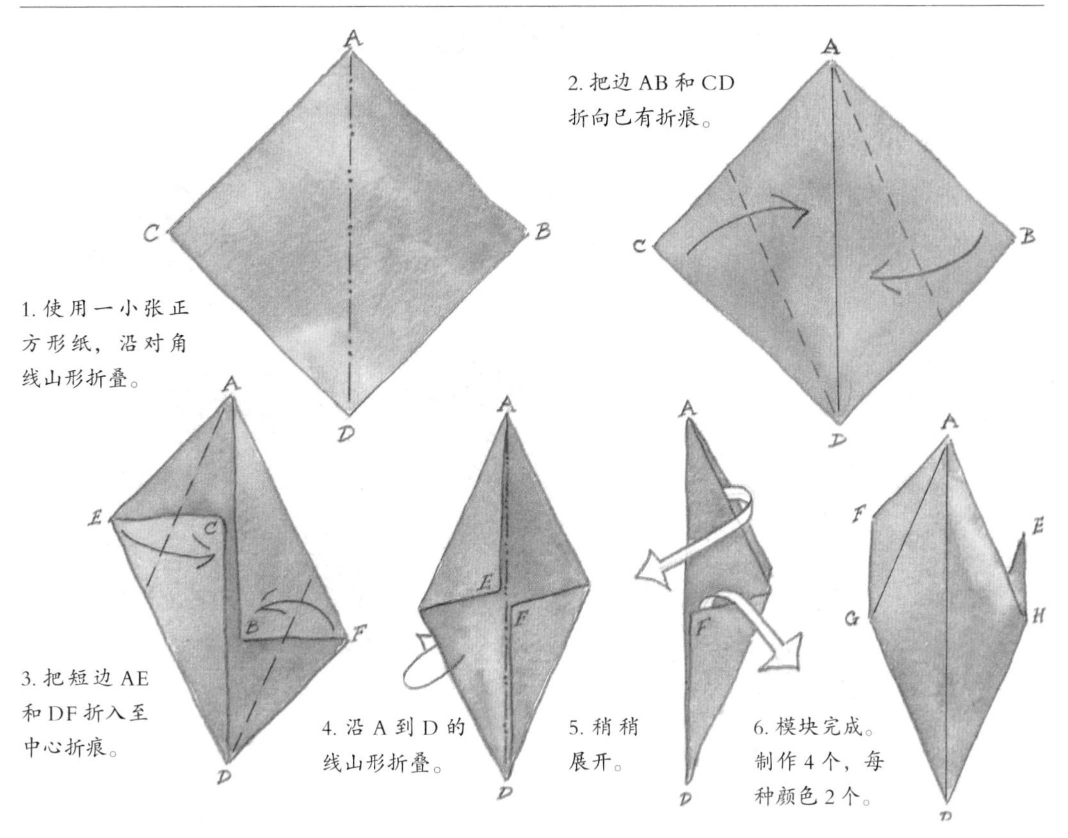

1. 使用一小张正方形纸，沿对角线山形折叠。

2. 把边 AB 和 CD 折向已有折痕。

3. 把短边 AE 和 DF 折入至中心折痕。

4. 沿 A 到 D 的线山形折叠。

5. 稍稍展开。

6. 模块完成。制作 4 个，每种颜色 2 个。

组合

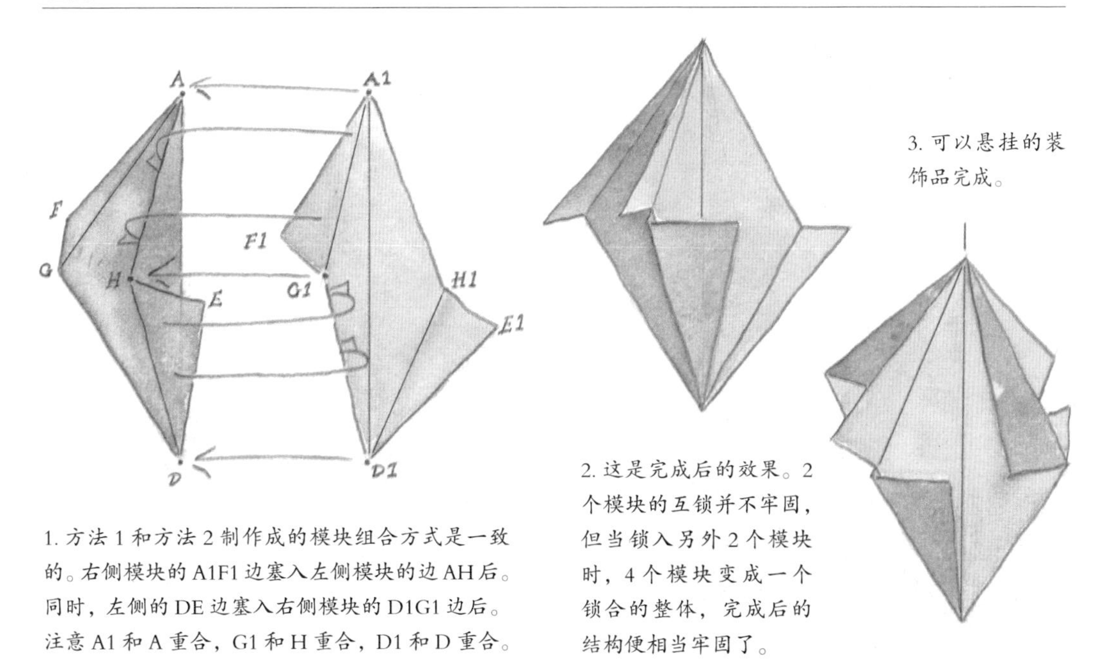

1. 方法 1 和方法 2 制作成的模块组合方式是一致的。右侧模块的 A1F1 边塞入左侧模块的边 AH 后。同时，左侧的 DE 边塞入右侧模块的 D1G1 边后。注意 A1 和 A 重合，G1 和 H 重合，D1 和 D 重合。

2. 这是完成后的效果。2 个模块的互锁并不牢固，但当锁入另外 2 个模块时，4 个模块变成一个锁合的整体，完成后的结构便相当牢固了。

3. 可以悬挂的装饰品完成。

贝壳

在这个贝壳的设计中，有光泽的表面会起很大的作用。完成这个作品，你需要准备一张方形纸，在开始的时候要把你想要放在作品外部的颜色朝下。

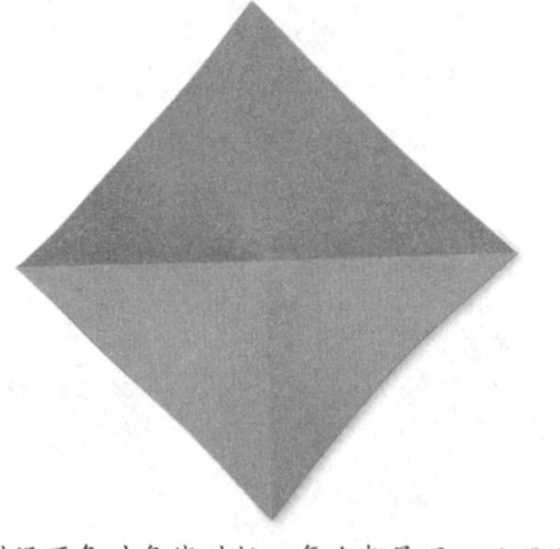

1. 分别沿两条对角线对折，每次都展开，从而形成两条前折痕。

2. 把上下两个角折到中间。

3. 翻到反面，把上下两条边往中间折，使它们和中间的水平折痕重合。

4. 展开第 3 步的折叠，再翻到正面。

5. 把两边的两个角往里折，这一步新形成的折痕应该在第 3 步完成的折痕末端的两点处。

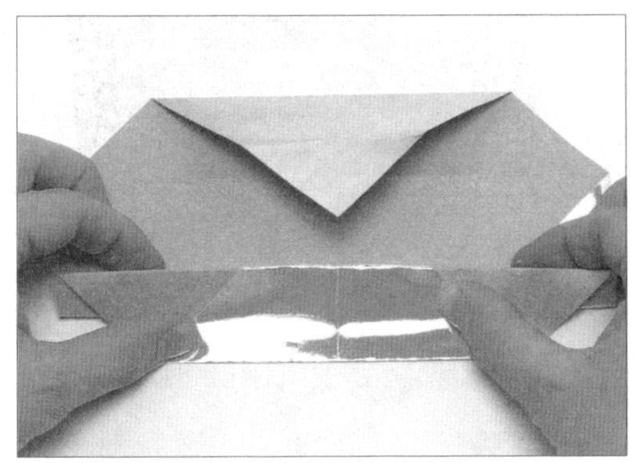

6. 捏住第 3 步形成的水平山线，把它往前折，直到它和水平的中心折痕重合。把整条折痕压平。这时，你可以看见一个水平的褶皱。

7. 在上边缘重复第 6 步的折叠。然后做一个谷形对折，使两个外角重合。

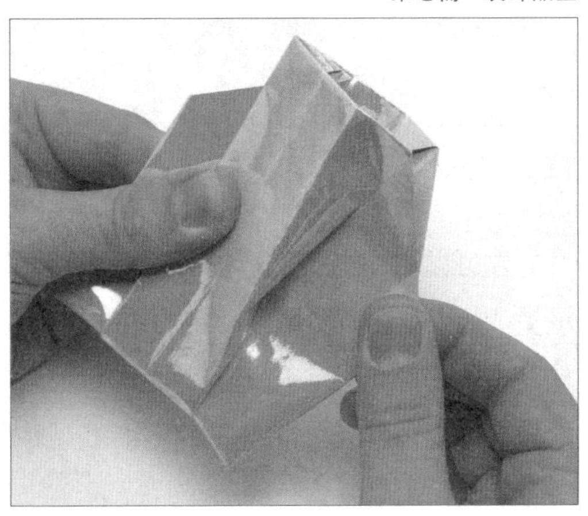

8. 用你的左手紧紧捏住中间部分，右手捏住外边缘。把这部分纸片往外拉，使第 6 步形成的褶皱区域伸展开来。

9. 这个新的折痕并不一直延伸到贝壳的最外端。你需要稍微把贝壳的内部往外顶，使它的表面有一个弧度。然后轻柔地把这个弧度周围的纸张压平，以使贝壳保持它的弧度。在左边重复一样的折叠。再在反面重复一样的折叠。

10. 在贝壳的外端增加一个很小的山形折叠，角度要柔和。

星星(1)

你可以用小鸟基础形的折痕完成这颗美丽的星星。如果把许多星星以一定的角度叠合在一起，粘在有同样颜色的卡片上，就能得到很好的浮雕效果。你需要准备一张薄脆的方形纸，并在开始的时候使作为星星颜色的那一面朝下。

1. 先分别沿两条对角线做两次对折，每次都展开，形成两条折痕。

2. 在两条相邻的边上做出风筝基础形。

3. 展开后在另外3对相邻的边上也做风筝基础形。这一步后，纸上将会形成一些对称的折痕，并且在中间有一个8边形。

4. 把纸张翻到反面，然后做一个对折，把底边折到顶边位置。

5. 展开后再做一次对折，使这次的折痕和刚才折成的折痕垂直。展开，然后再翻到反面，这时候对角线和小鸟基础形的折痕都是谷线。

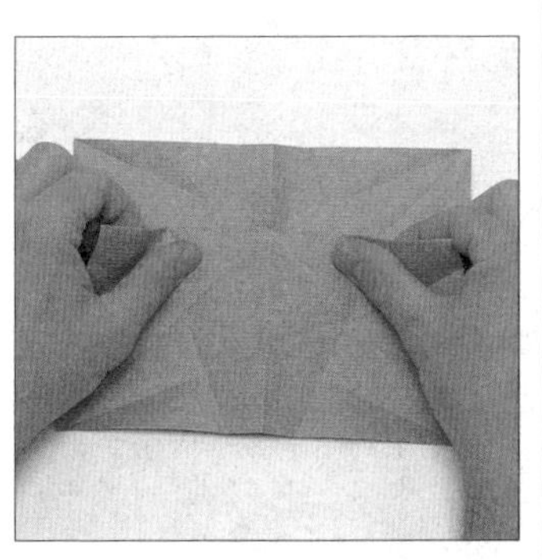

6. 用食指和拇指捏住水平的中心山线，把它往上拉，直到它位于顶端的小鸟基础形折痕和竖直中心线的交点的位置。压平。

7. 如图为第 6 步完成后的形状。

8. 旋转纸张位置，使第 6 步完成的褶皱现在位于竖直位置，并且小的那一端在右边。再次用手指捏住水平的折痕往上拉，使它位于第 6 步的折边和最上面的小鸟基础形折痕的交点位置。这时候，你会在右上角看见一个小的正方形，压平作品。

9. 从现在开始，我们只需要利用已经存在的折痕来折叠就可以了。首先在大的正方形的底边上重新折出风筝基础形，使两条相邻的边旋转，同时压平在新的位置上。

10. 如图为第 9 步完成后通过旋转纸张得到的图形。

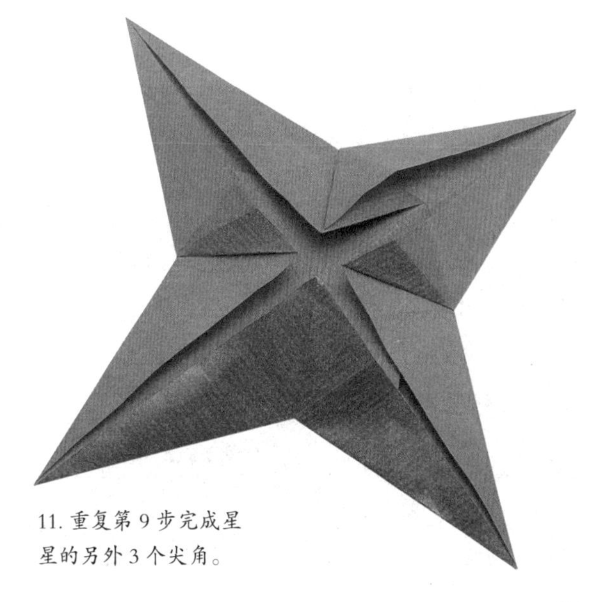

11. 重复第 9 步完成星星的另外 3 个尖角。

星星(2)

第7步中所制的形状作为预备基础形在折纸中很知名，这么说的原因是因为其他很多的高级基础形都可以由它折出来，包括鸟、青蛙，以及它们延伸出来的变化。使用一张正方形彩色纸或是箔纸，彩色面朝上。

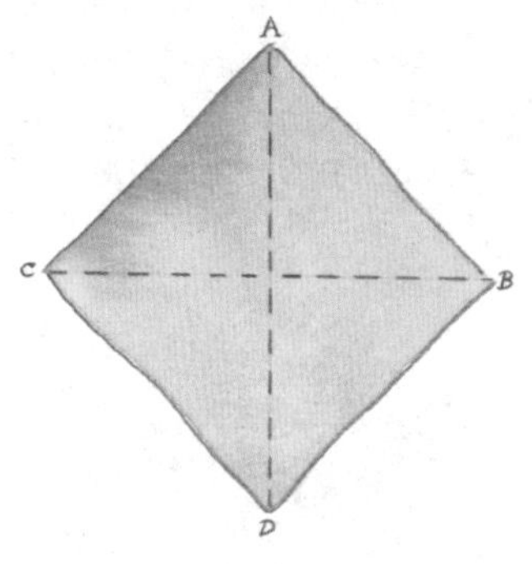

1. 使用谷形折法折出两条对角线，展开。翻转。

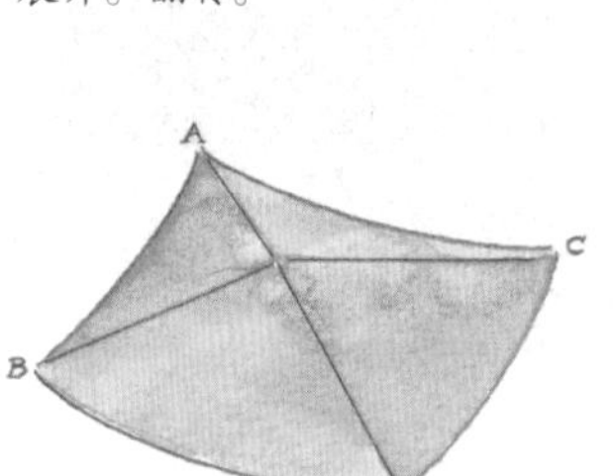

2. 确认此时的对角线呈山形。

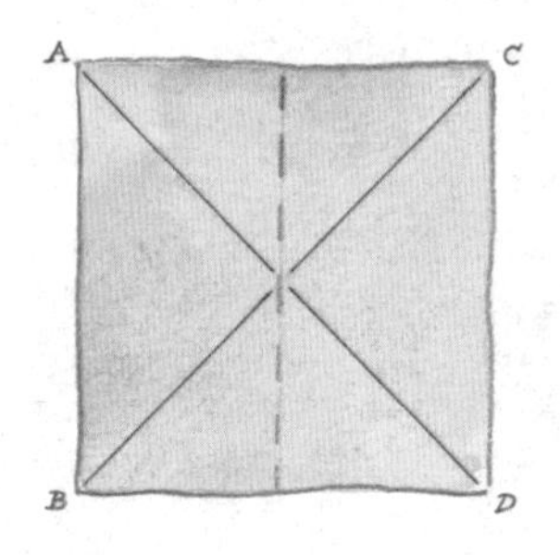

3. 沿竖直中心线对折，展开。

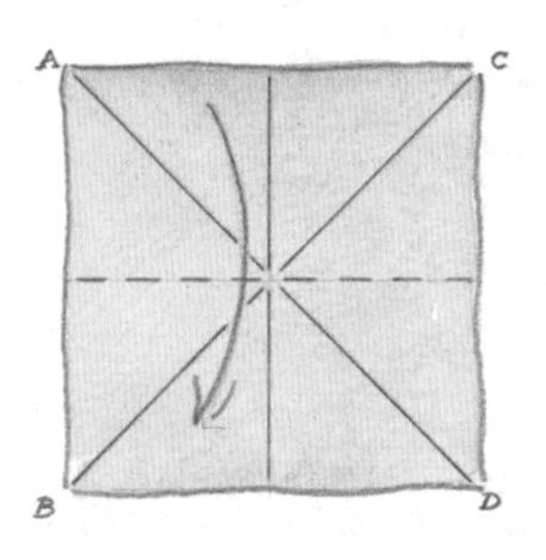

4. 然后沿水平中心线对折。

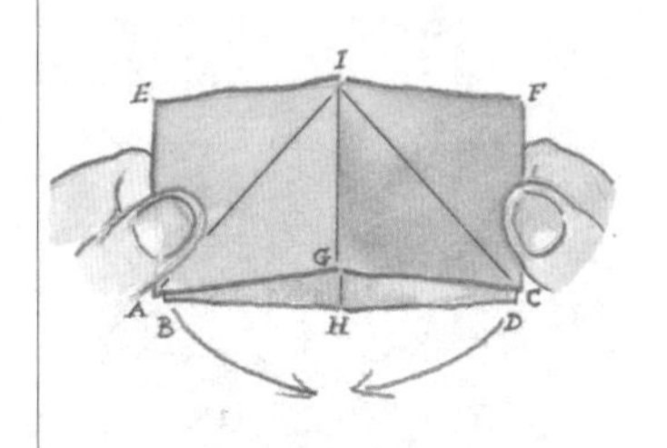

5. 如图示拿住。如果山线和谷线位置正确，那么在手相对摆动时，纸张会显现一个立体的菱形。

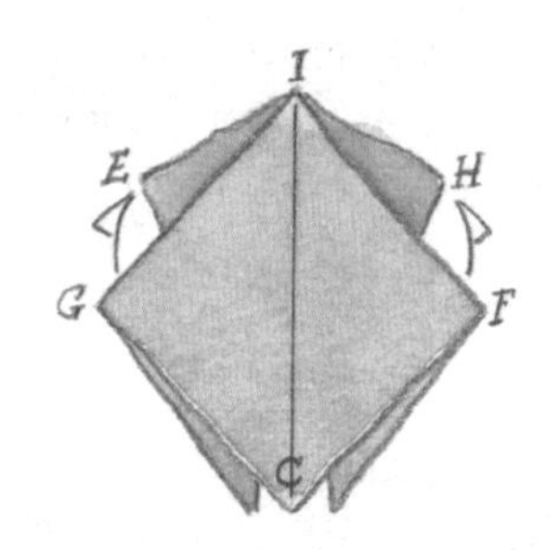

6. 如图示，把G与E、F与H压平。

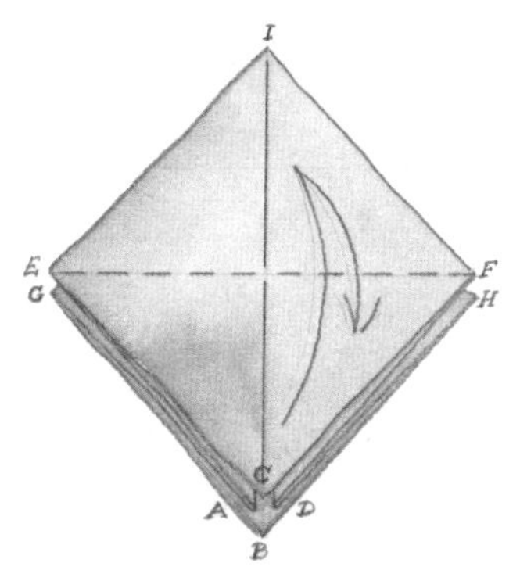

7. 单层的角 C 向上翻折至 I，展开。

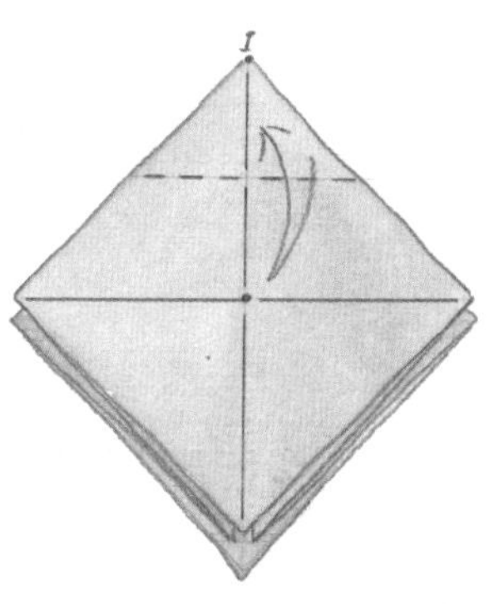

8.I 向下折至中心点，展开。把纸稍稍展开。

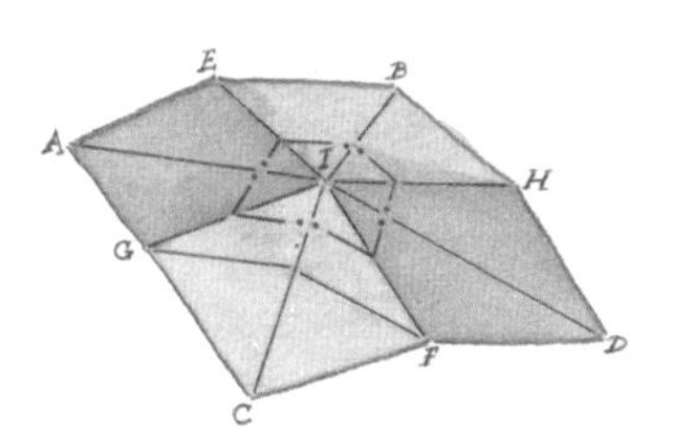

9. 第 8 步中所得折痕形成一个正方形，把 4 条边折成山形折痕。

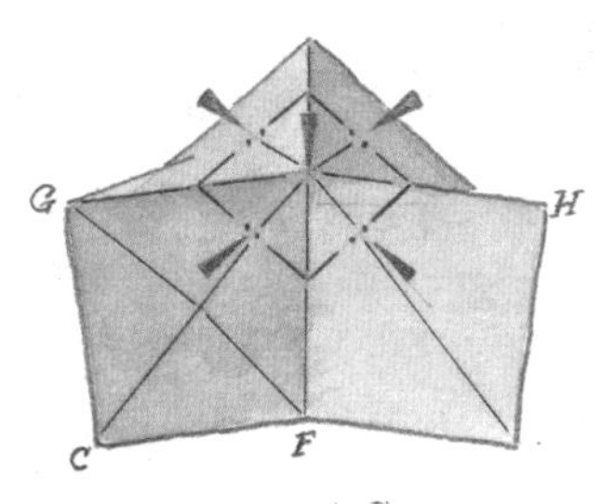

10. 如图示，把中心正方形压平，然后向下推入。

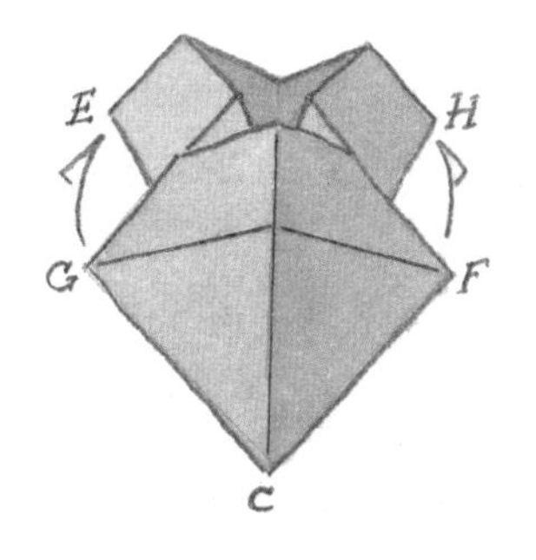

11. 如图示，重新组成第 8 步的形状，但现在 I 陷入纸张内。

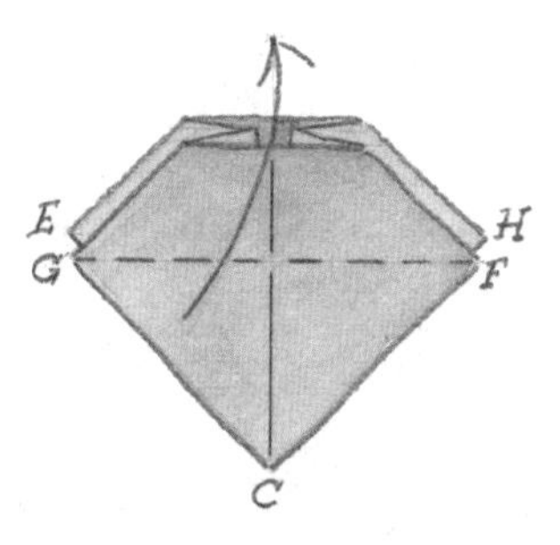

12.C 再次向上折。

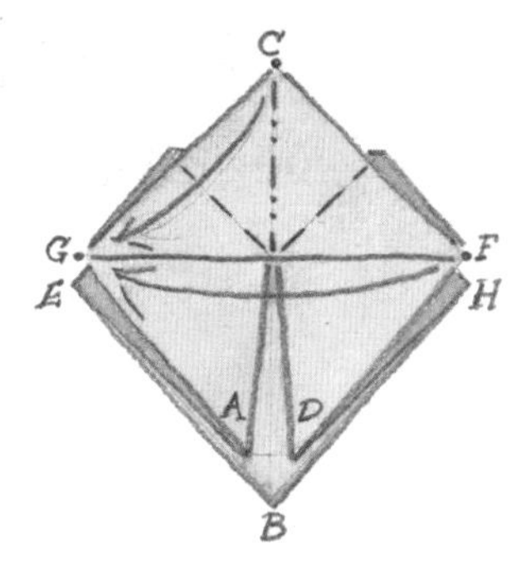

13. 把 C 折向 G，同时把角 F 带向与 G 重合。注意从 G 出发的折痕是山形，不是谷形。

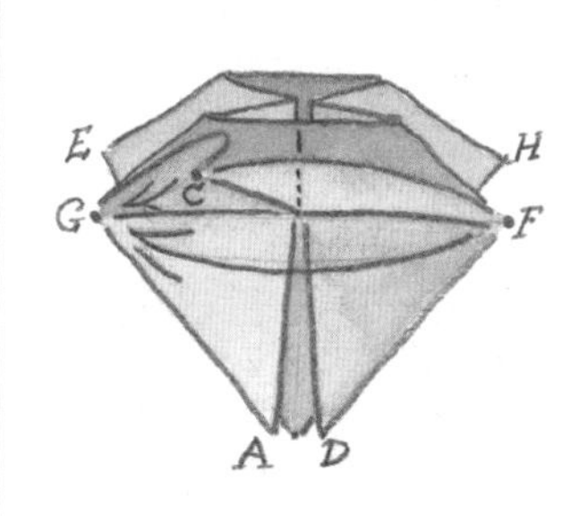

14. 过程中。

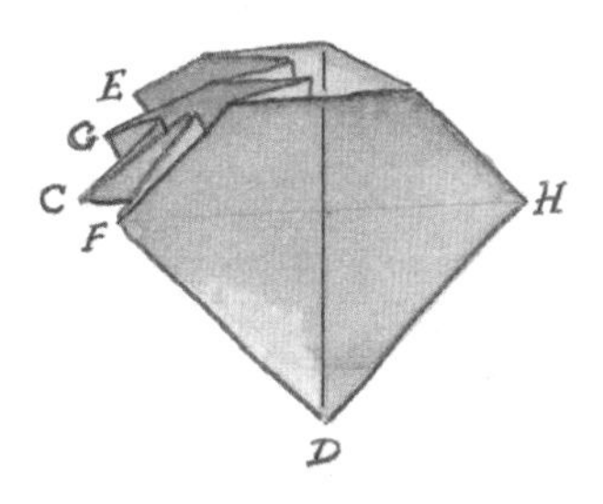

15. 完成。注意 F、C、G 和 E 各自的位置。

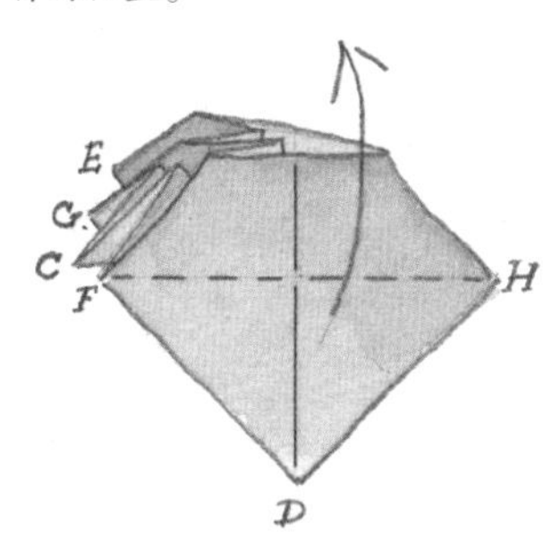

16. 同样地，D 沿线 FH 向上折叠。

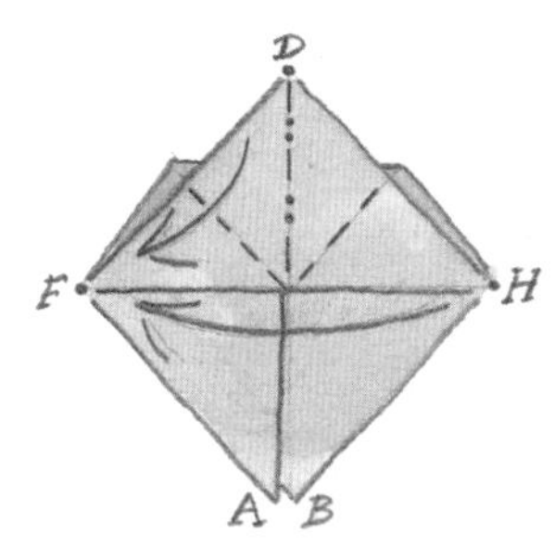

17. 把 D 折向 F，同时把 H 带向与 F 重合。重复这些步骤处理 A，然后是 B，每次翻转纸张时要保持两边纸张层数一致。令尖端散开成对称图形。

18. 星星制作完成。串上线悬挂。

组合型星星

折叠这样一个星星，看似困难，其实很简单。因为它的组合方式很直接，所用的30个模板也很容易完成。你需要准备正反面颜色一样的硬纸，单一的颜色更能增强作品的整体性效果，而且太多的颜色会将我们的注意力从它的简洁和优雅中拉开。

1. 如图放置纸张，然后在两个方向上分别对折，使两组对边重合。展开后，再折一条对角线的前折痕。

2. 把底角往上折，使它的尖端和从右下边缘到左上边缘所折的折痕重合，并使新完成的折痕和右角相接。这个折叠很需要技巧，因为这条折痕和右角形成的角度很小，所以要小心折叠。

3. 现在把第2步完成的那部分纸片竖起来，沿着本来的对角线折痕做一个山形折叠，然后旋转这个折痕，使它和下面的竖直对角线折痕重合。

4. 如图为第 3 步的过程。

5. 如图为第 3 步完成后的形状。然后在顶角重复第 3 ~ 4 步，并压平纸张。

6. 把右下边缘往上折，使它和竖直的中心线重合。

7. 把第 6 步折的部分翻起来，可以看见一个很窄的纸条形成的口袋，把第 3 ~ 4 步完成的小三角形插入到这个口袋中。

8. 小心地往右拉动第 6 步所折的纸片，确保它已经被锁扣住而不会滑出来。

9. 第 7 ~ 8 步完成之后，在相邻的纸片上重复第 6 ~ 8 步。

10. 翻到反面，然后把稍短的那条边往上折，使它和长边重合。

11. 在另外一边重复一样的折叠。完成之后整个作品是一个菱形。

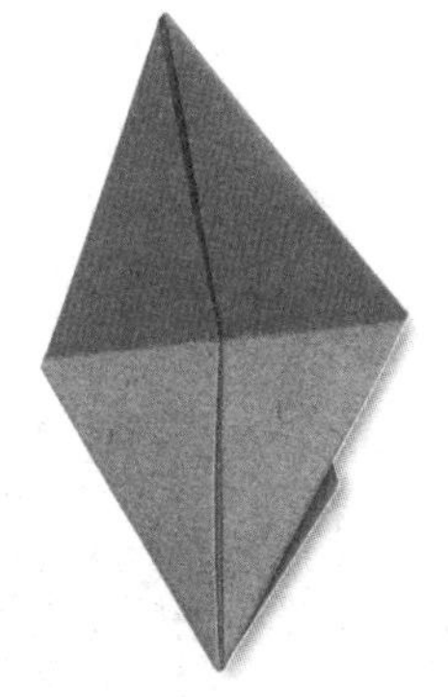

12. 翻到反面，然后对折，使两个尖角重合。展开。

13. 把第 10 ~ 11 步的折叠稍稍展开，这样形成了其中一个立体的部分。用同样的方法再折出其他 29 个。

14. 任意取两个。然后把一个的尖角插到另一个的菱形的中间。

15. 如图为两个部分锁扣在一起。

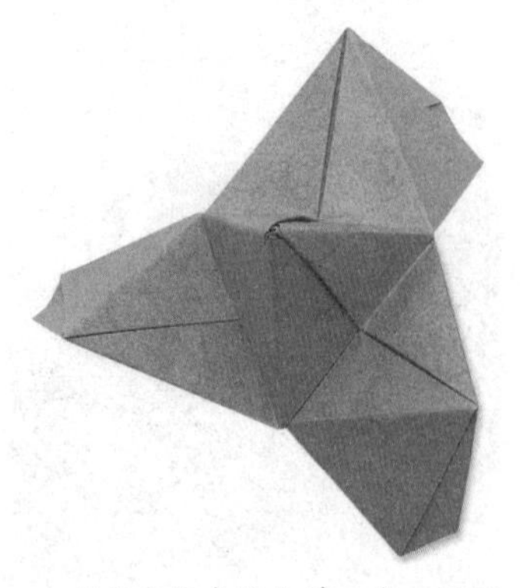

16. 现在我们来增加第 3 个。用同样的方法把它和第 2 个锁扣起来，同时也需要使它和第 1 个锁扣。你可以通过旋转来完成。

17. 在作品中加入更多的部分，这时候你可以发现，任何 5 个部分都组成一个五角星。

18. 快要完成的时候，也是用同样的办法锁扣最后的模块。

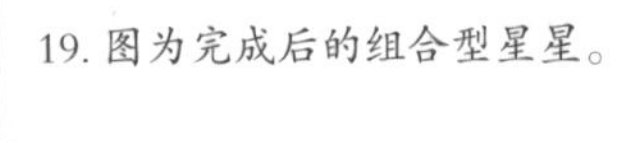

19. 图为完成后的组合型星星。

散花

这个作品在原来的基础上改进后增加了惊人的效果。试着用标准的折纸专用纸张折叠，因为它非常薄，正好适合这个作品。你可以折很多个来组成最后的散花，建议刚开始的时候折 4 个。

1. 沿着对角线对折一张薄脆的方形纸。用力地捏底边，使中心折痕变明显，然后把单层的顶角往下折到底边。

2. 把下面的两个尖角往里折，使本来的斜边分别和大三角形的边重合。

3. 展开第 2 步的折叠，然后把两个尖角往上折，使它们和顶角重合。如图所示为右边的尖角往上折后的形状。用同样的方法处理左边。

4. 利用第 2 步形成的两条山线，分别把两个尖角往回折，然后插进口袋中（在水平折痕下面）。

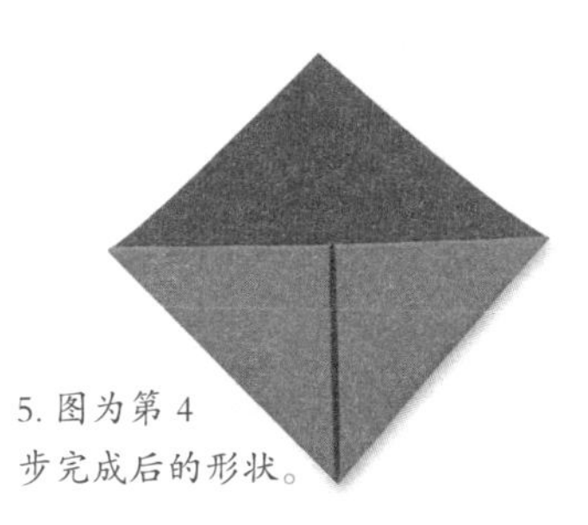

5. 图为第 4 步完成后的形状。

6. 沿着竖直的中心折痕做一个山形对折，然后如图调整位置。

7. 把下面的单层角往上折，使它和上步的折痕接触。在背面重复一样的折叠。现在这个小散花就呈现为波浪状。

使用方法：

折至少 3 个以上的模块，然后把它们用同样的方法叠在一起放在你的掌心上，每一个都是双色的那面朝上，厚重的那一端指向你的手指。把这一堆散花抛向高空，它们会在不同的方向上散落。

组合装饰

模块折叠的要求就是要用简单的个体组合成复杂的整体，而整体的效果远远大于个体的简单叠加。这里的设计需要 30 个模块，要用 1 个小时的时间制作。所有模块都要非常小心地折叠，然后按照“5+3”（五边形和三边形）互锁的要求，把它们组合在一起，最后会得到一个漂亮而牢固的中空装饰品。使用 30 张边长为 10 厘米的正方形纸。如果使用折纸专用纸，从彩色面开始。

1. 折出两条谷形对角线，展开。翻转。

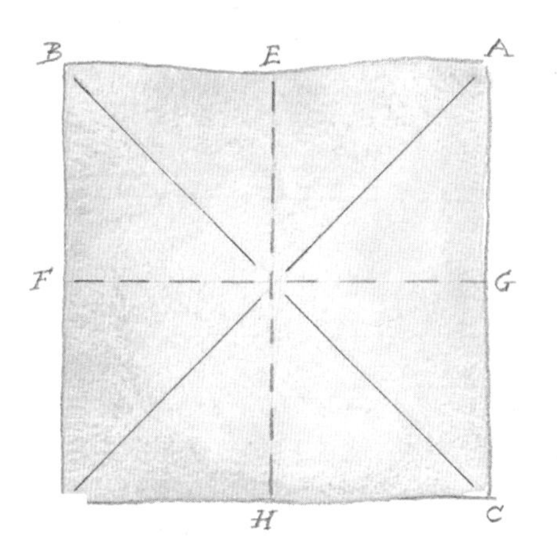

2. 折出竖直中心线和水平中心线，展开。对角线此时为山线。

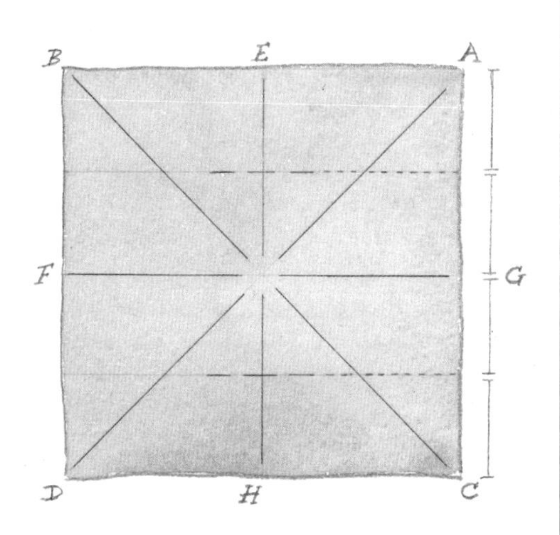

3. 捏紧折痕EH的4等分点。

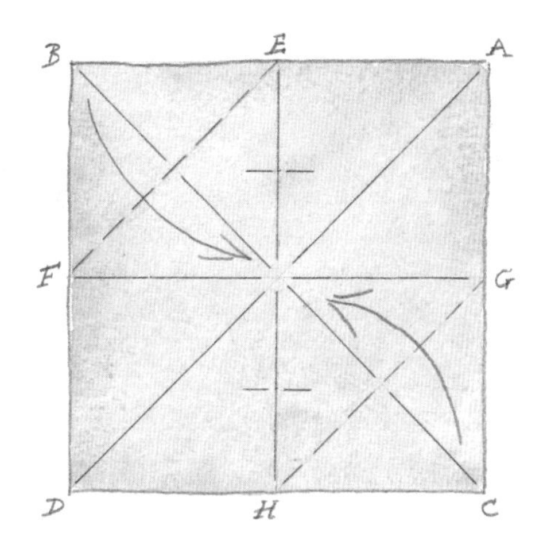

4. 将角B和C折至中心点。

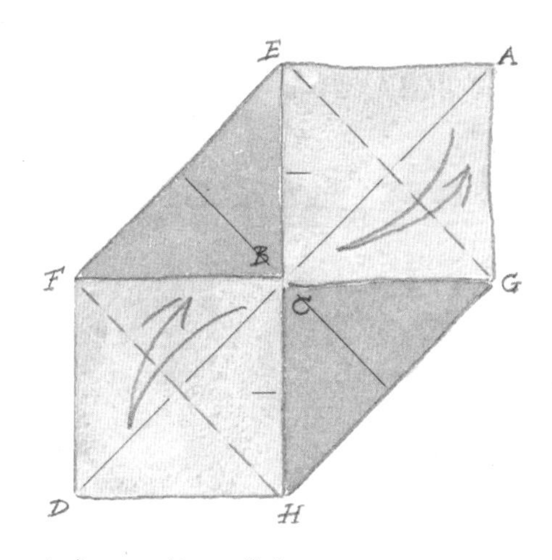

5. 把角A、D折入，展开。

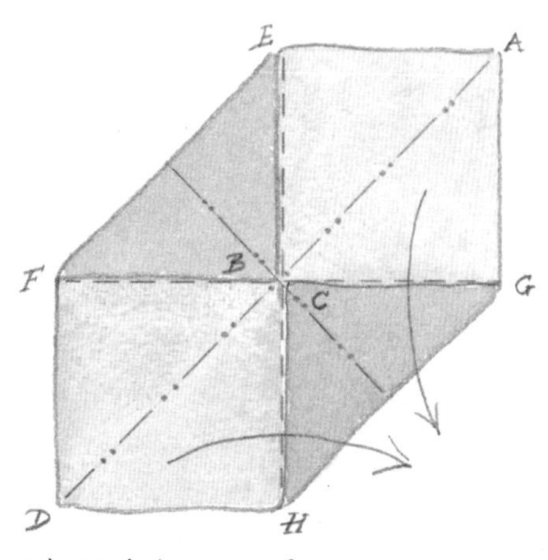

6. 所有的折痕进行下沉折叠。

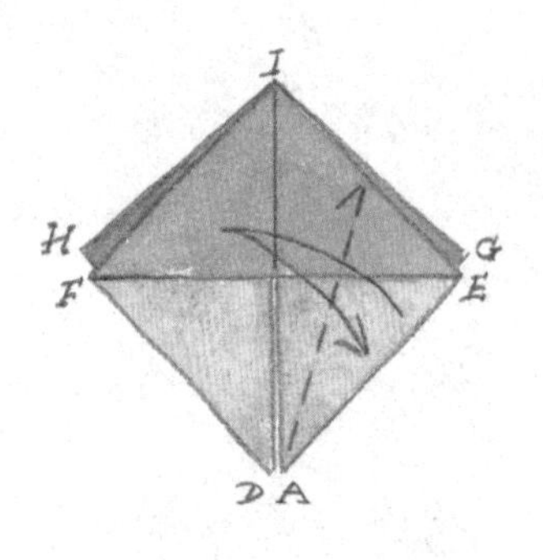

7. 从A到第3步所制点之间折一条折痕，将E向左折。展开。

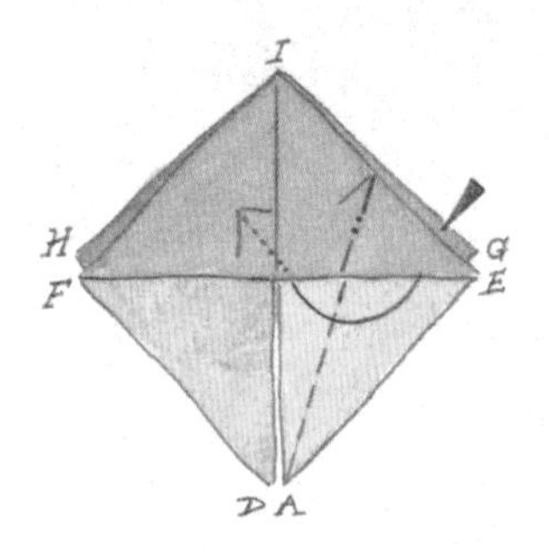

8. 重新折出折痕，但要将E向内折叠。

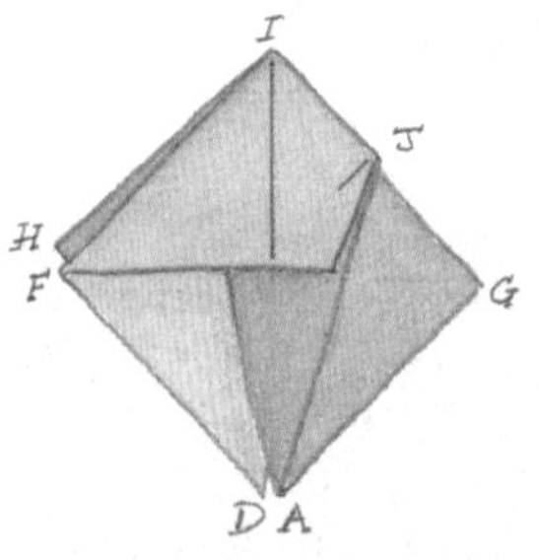

9. 这是折后的效果。翻转。

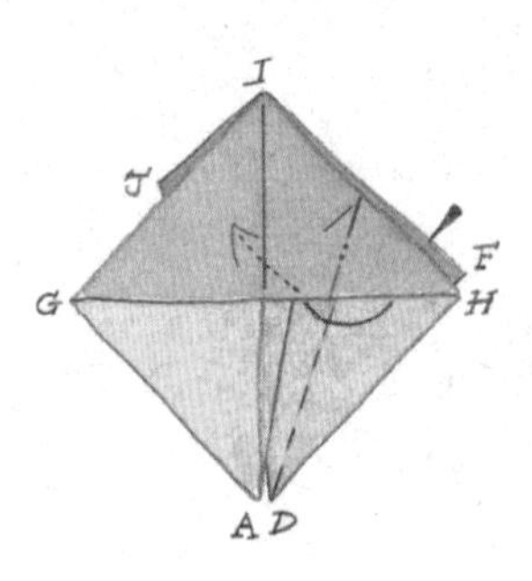

10.H处重复第7～9步。

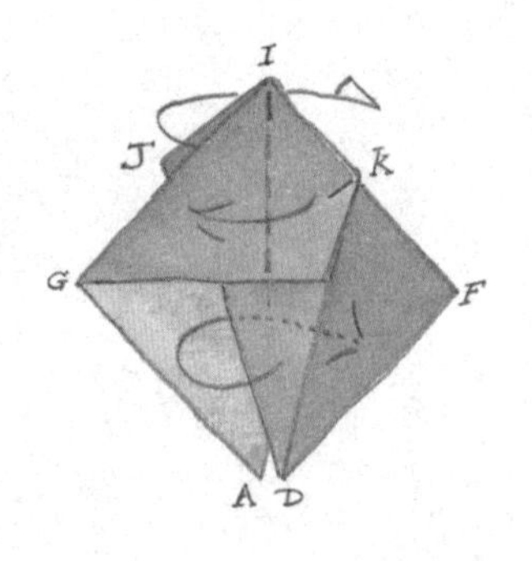

11. 把K向左折，使D上方的三角形向内转动，翻到右边。背面的J重复相同操作。

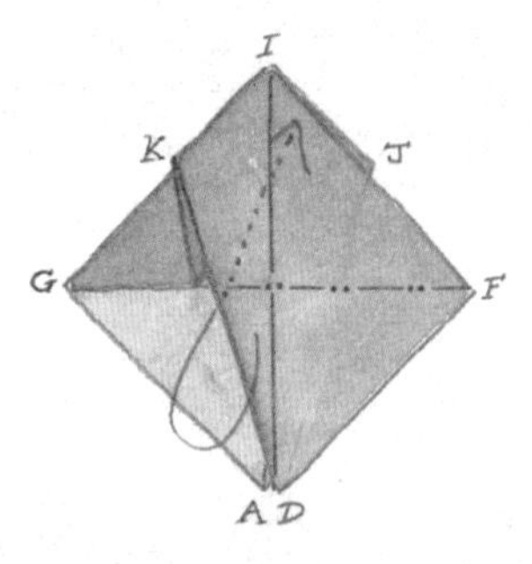

12. 将D向内山形折叠，K下方产生一个开口。A重复相同操作。

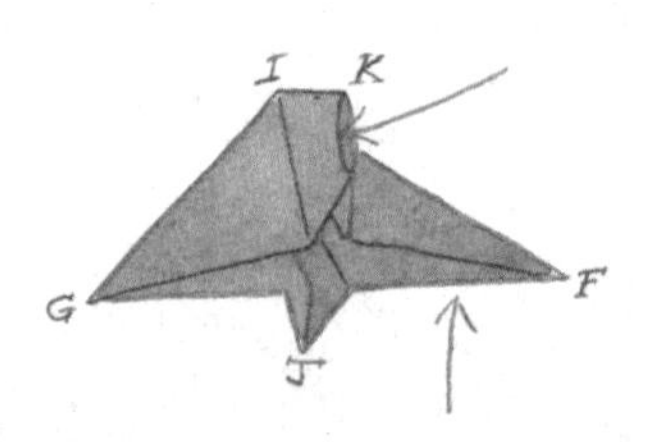

13. 这是完成后的模块。注意J和K下方关闭的开口与F和G上的伸展片。其他模块制作方法同上。

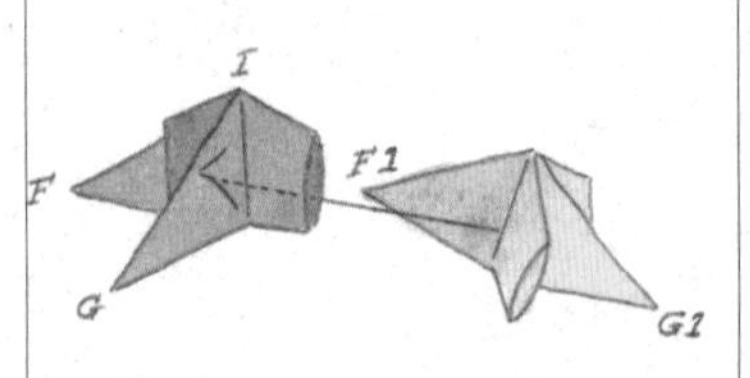

14. 把伸展片(F1)塞入另一个模块中，深入到这个模块的内部。要使两个模块锁合，需把F或G（取决于F1插入的是哪一块伸展片）向G1折叠。

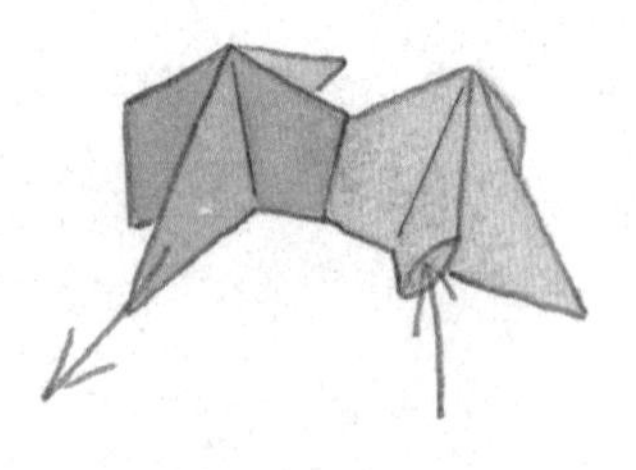

15. 邻近的伸展片和开口重复相同步骤。

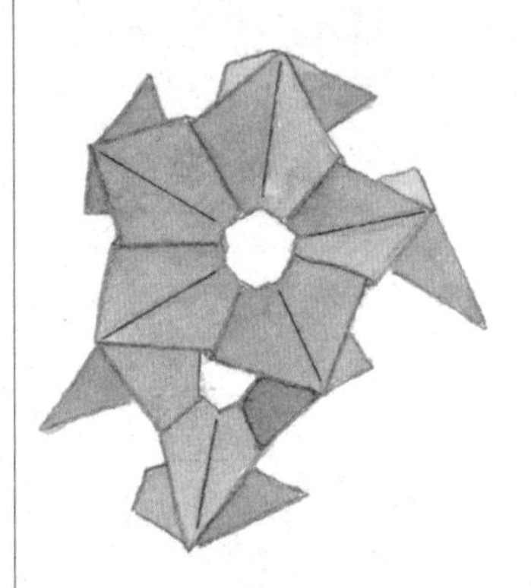

16. 把5个模块锁合于一起，五角形的中心不再有多余的伸展片。图中下端所示的第6个模块，是用于连接相邻的两个五角形的，因此它本身的中心会制造出一个无活动边的三角形。如此一来，完成后的作品就是三角形和五角形的结合体。其余的模块按照这个步骤锁合。

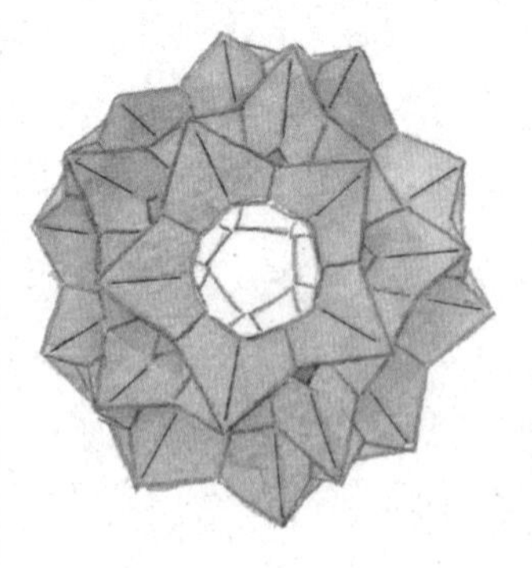

17. 完成后的形状。

同心螺旋

这个吸引人的纸制品可悬挂于窗前，如果是用涂成金色的卡片制成的，那当它在气流中轻轻转动时将会吸引很多人的目光。

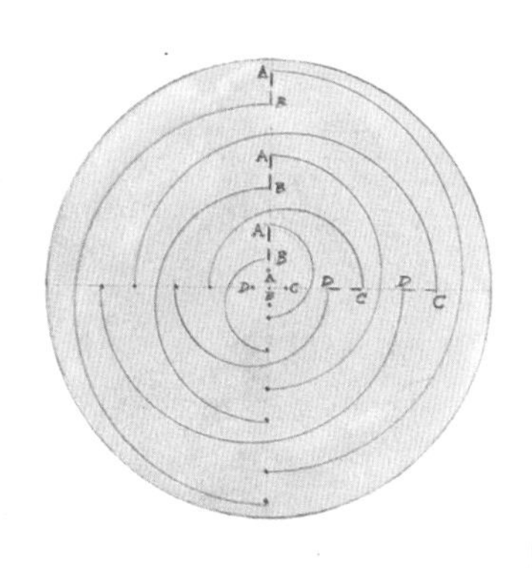

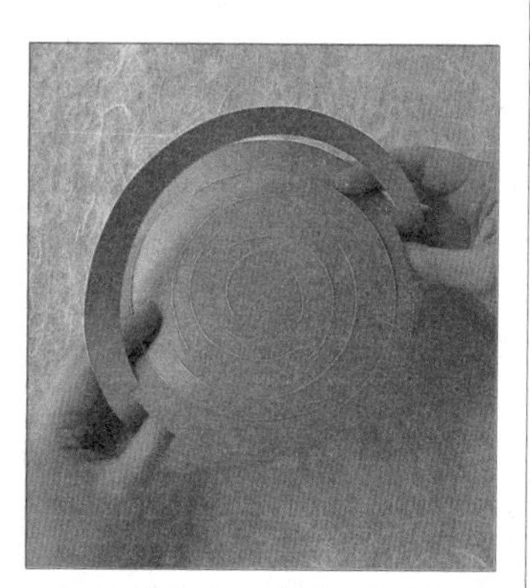

1. 根据所需尺寸将模板按比例放大，再转移至彩色卡片上。用工艺刀裁出切口，轻轻地将中间的圆面转动至偏离框架。

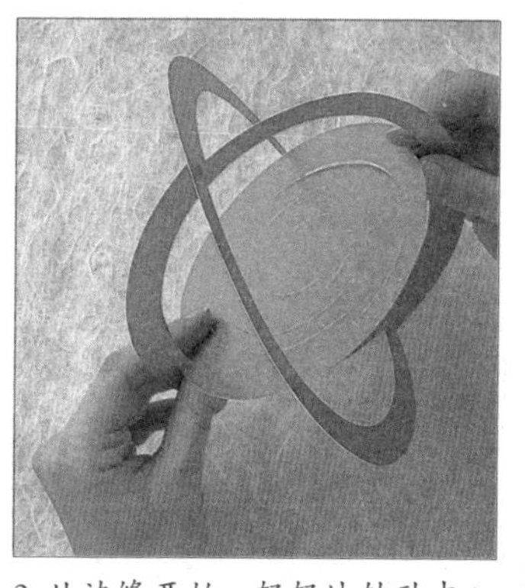

2. 从边缘开始，轻轻地转动中心的部分，与外环成90°，构成第一个螺旋。

3. 把每一个环按照相同的角度转动，继续制作螺旋，逐渐向中心移动，直至完成。

建筑物

这个作品展示了正方形如何通过沿1/2处和1/4处折叠来自然地得到长方形和三角形，并且，它们可以连接组合成这里所展示的、有着变色屋顶的半抽象建筑。通常，创新的最好方法便是让纸张脱离设计，让人随兴发挥。使用一张正方形折纸专用纸，白色面朝上。

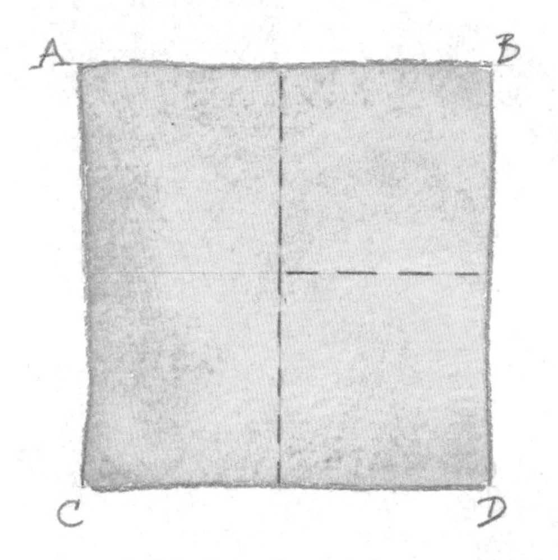

1. 如图示折出折痕。注意短折痕在右。

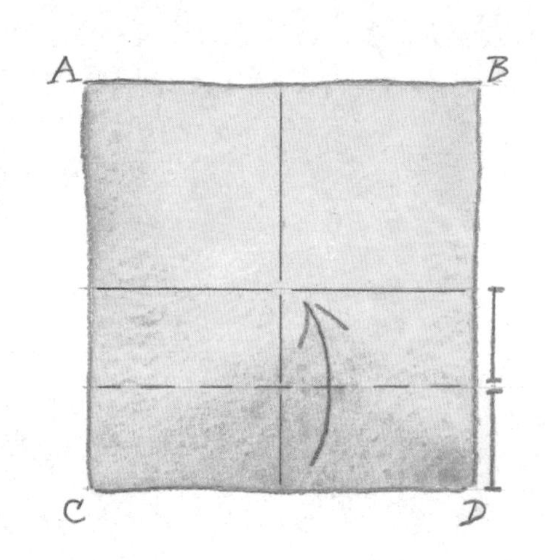

2.CD边折向中心折痕，然后沿竖直中心线对折。

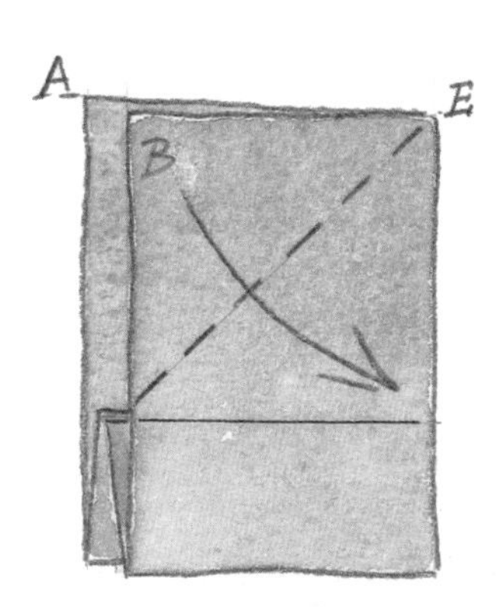

3. 角 B 向下折。

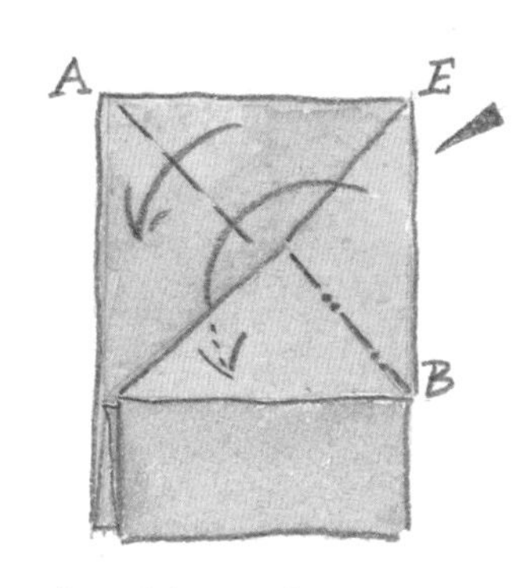

4. 把 E 反折入 B 后。

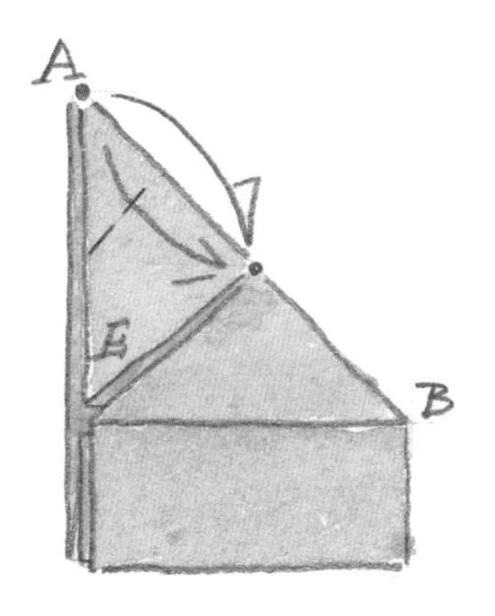

5. 展开纸，如图示折叠角 A。

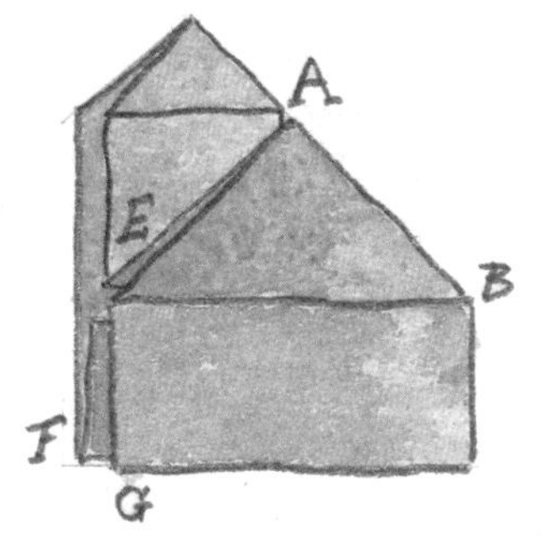

6. 翻转。

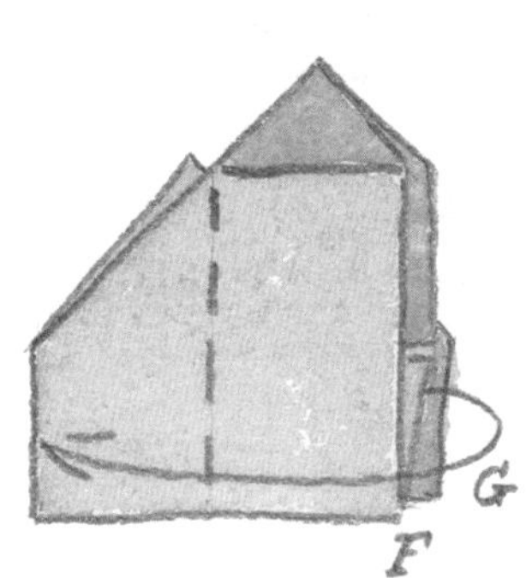

7. 把 F 转回至左边。

8. 如图示手持纸张向外拉开，角 H 将升高。如图示折叠并将 H 压平。

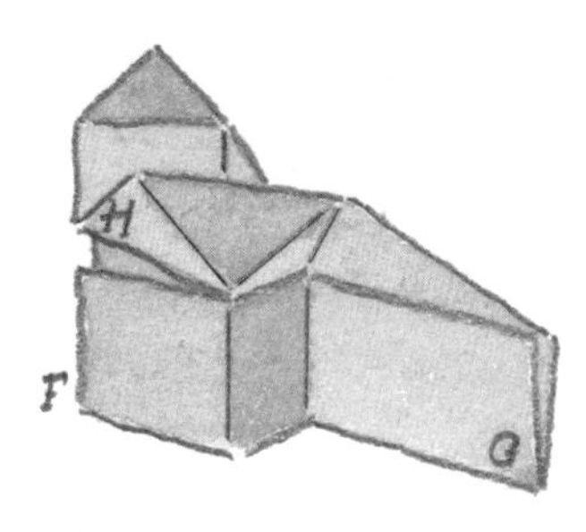

9. 翻转。

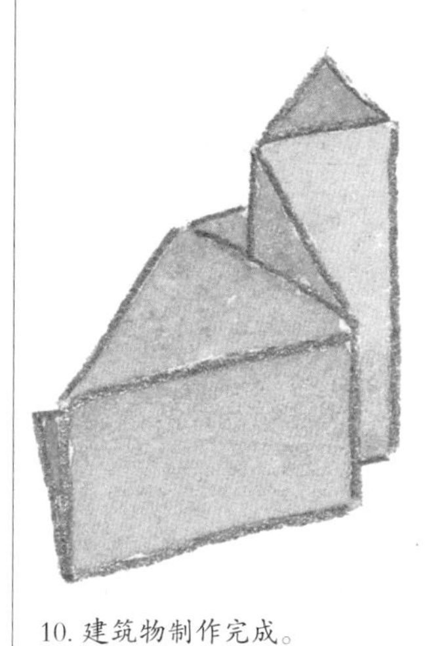

10. 建筑物制作完成。

可变的房子

以下的一系列奇妙的作品均是出自于同一个基础形，即一座房子。这里所展示的还不是全部，它还可以折成畚箕、钱包、狐狸玩偶、王冠……尝试按照这种方法来折叠，然后看看你可以发现什么。使用一张正方形的折纸专用纸，白色面朝上。

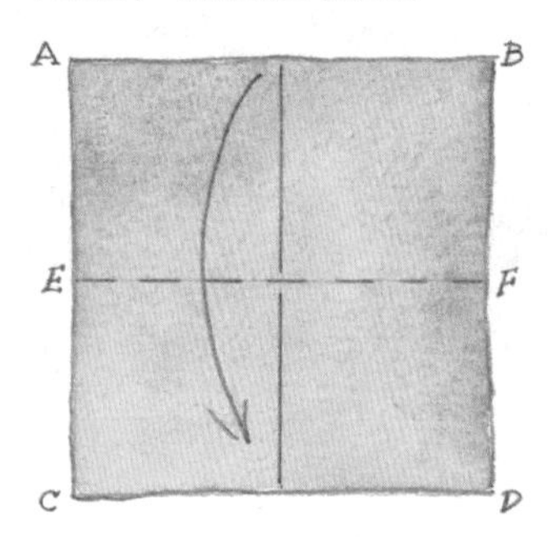

1. 沿竖直中心线对折并展开，然后把AB向下折至与CD重合。

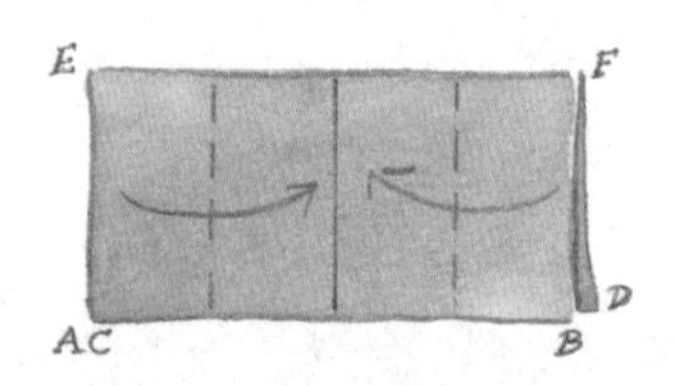

2. 把边缘折向竖直中心线。

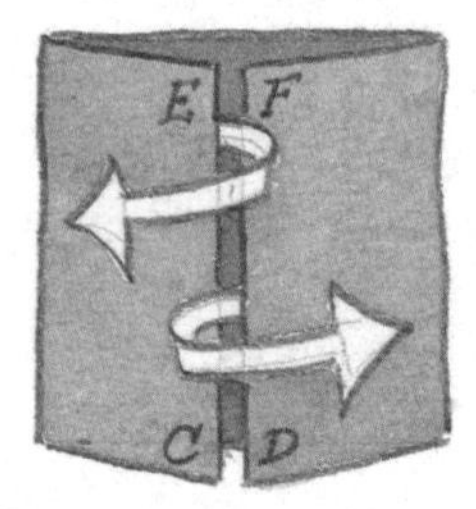

3. 展开。

房子

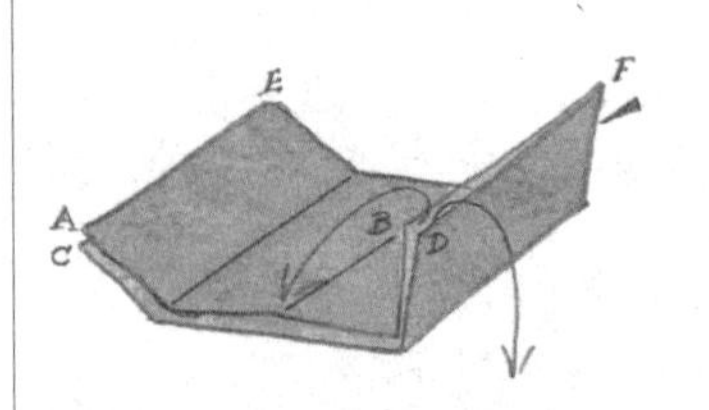

4. 把边BDF提起来。分开B和D，按压F下的边。

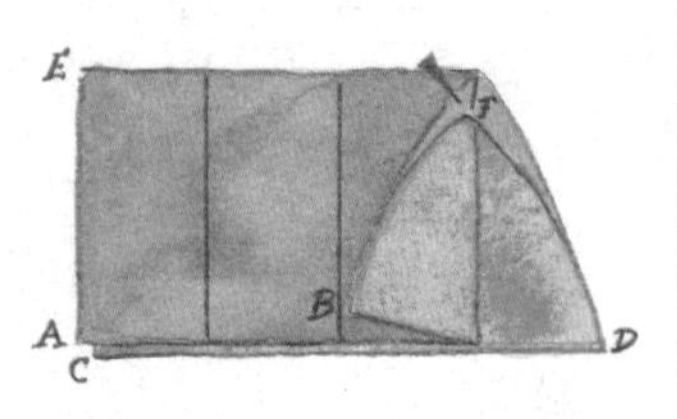

5. 如图示，把B和D拉开，压平F。

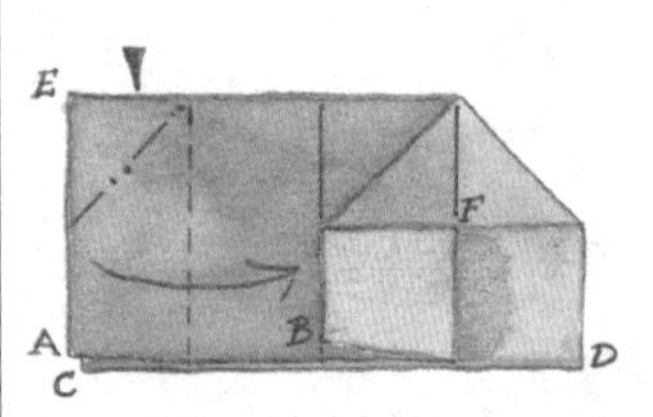

6. 在左侧重复第4～5步，使A和C分离，把E压平。使A和B相接触。

7. 房子完成。

立体房子

1. 从房子的第6步开始制作。C和D向后翻折。

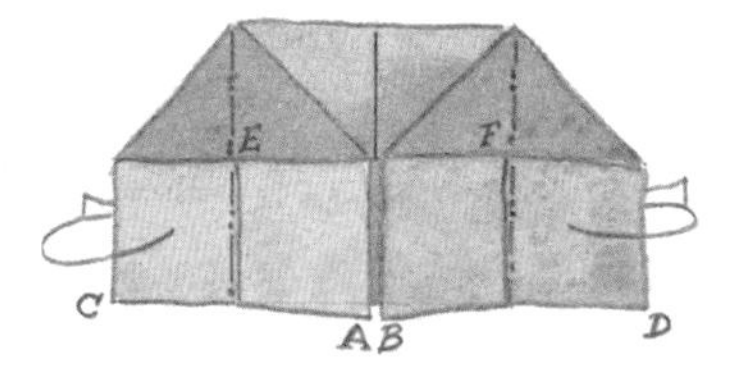

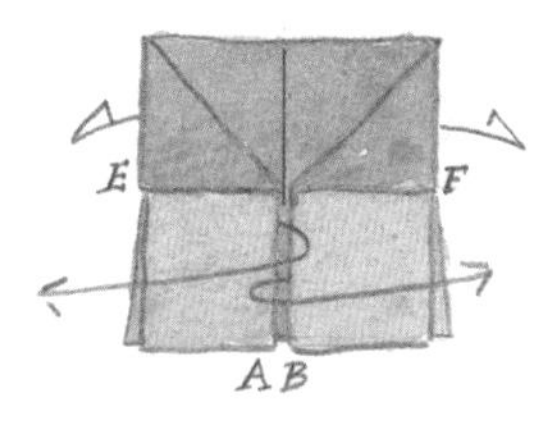

2. 展开AC和BD。

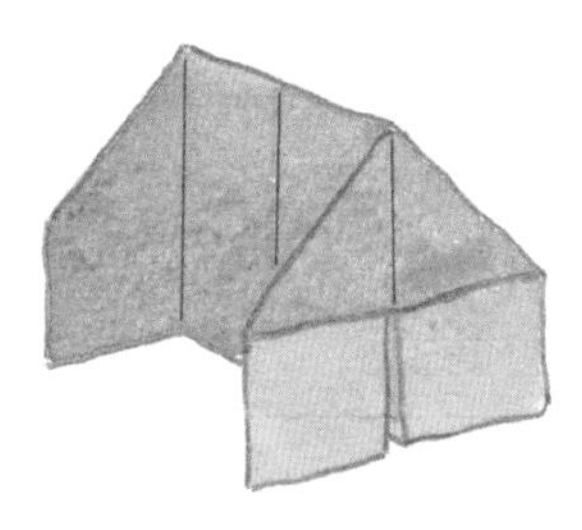

3. 立体房子制作完成。

椅子

1. 从房子的第6步开始制作。AB向上折至与顶边重合。

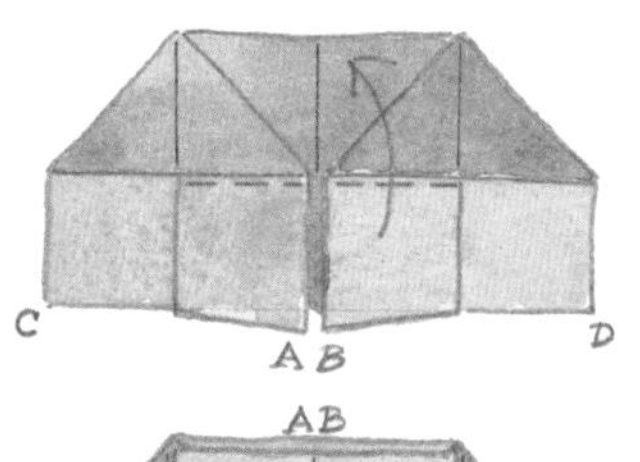

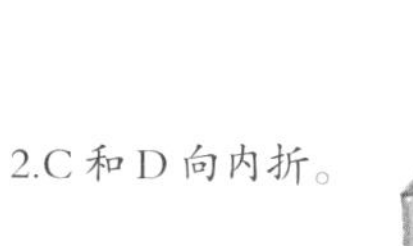

2.C和D向内折。

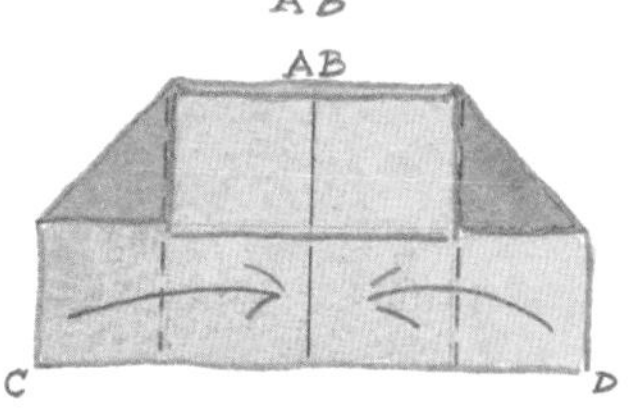

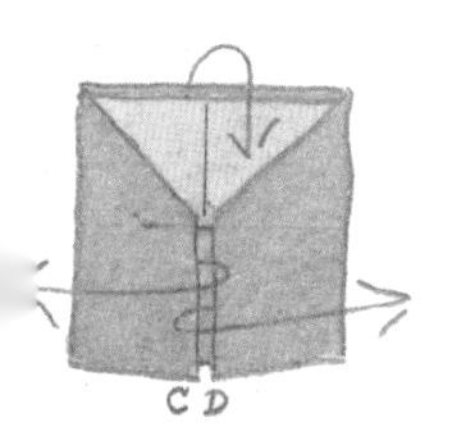

3.C和D展开，然后拉下AB。

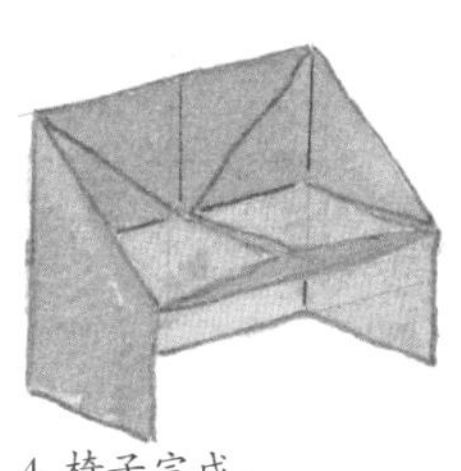

4. 椅子完成。

风琴

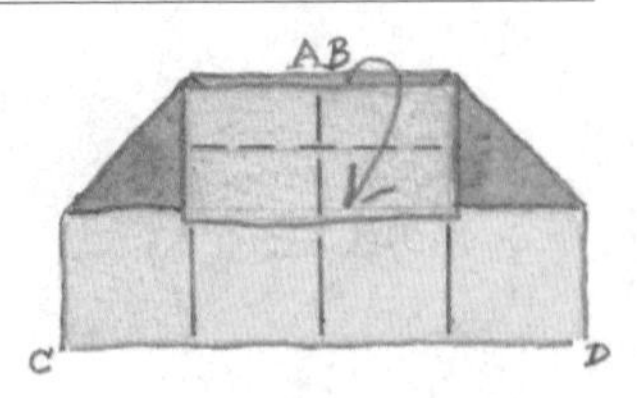

1. 从椅子的第 2 步开始制作。AB 边向下翻折至纸张中心已有的折叠边。

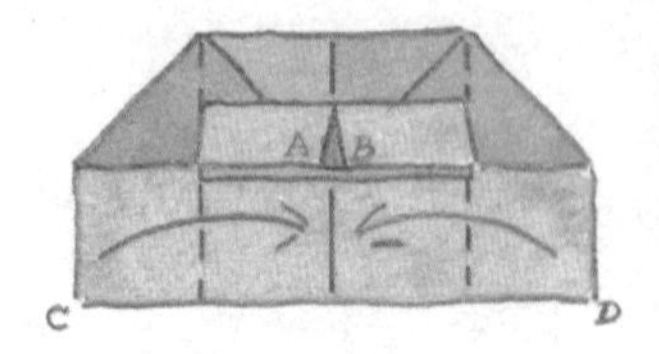

2.C 和 D 向内折。

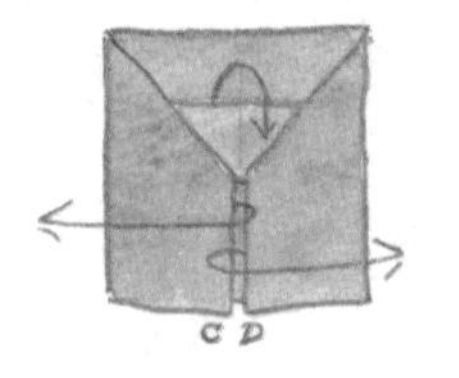

3.C 和 D 展开，拉下风琴架。

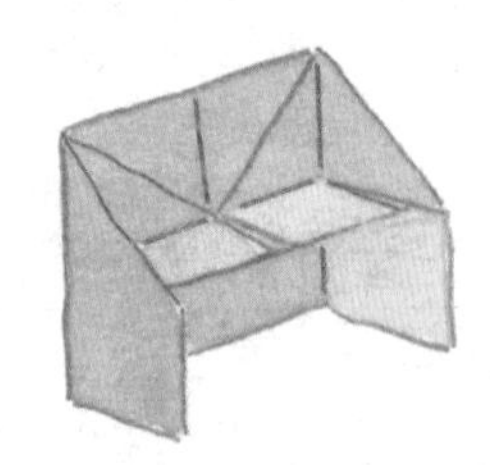

4. 风琴完成。

美国大兵帽

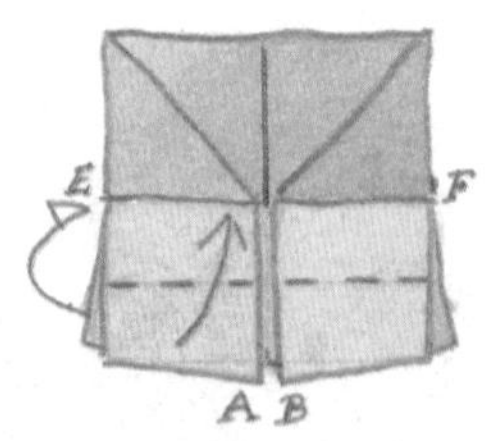

1. 从立体房子的第 2 步开始制作。把 AB 向上折至与 EF 重合，背面重复操作。

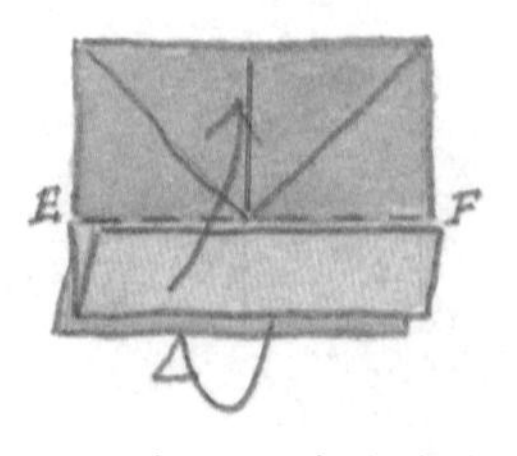

2. 折痕 EF 下部分向上翻折。背面重复操作。

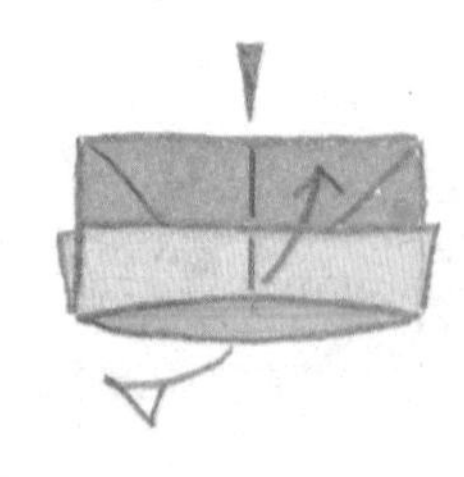

3. 展开帽子。

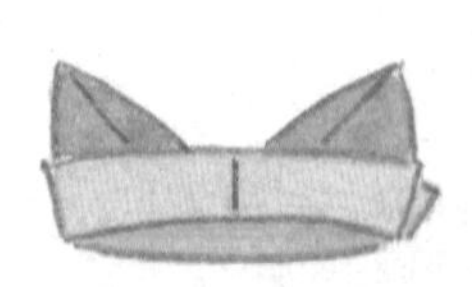

4. 美国大兵帽制作完成。使用大张报纸裁剪成的正方形纸，可以制作出正常尺寸的帽子。

纸链条

在这个作品中，两个很简单的部分结合成锁链的一个链环，而其他的链环又以相同的方式和第1个链环锁扣，最后形成一个美丽的花环链条。

1. 准备一张长短边比例为2∶1的长方形纸张，做一个对折，使两条长边重合。展开，形成一条水平的中心折痕，然后把两条边折向这条中心线。

2. 旋转纸张90°，同样折出一条水平的中心前折痕，然后把两个短边折向这条中心线。

3. 沿着长的那条中心折痕做一个山形的对折，然后如图放置纸张。

4. 用左手的食指和拇指捏住纸条的左边，用右手捏住右边，把上面的一层纸往上拉。

5. 旋转这个拉出来的纸条，使它和作品的其余部分垂直，然后压平。

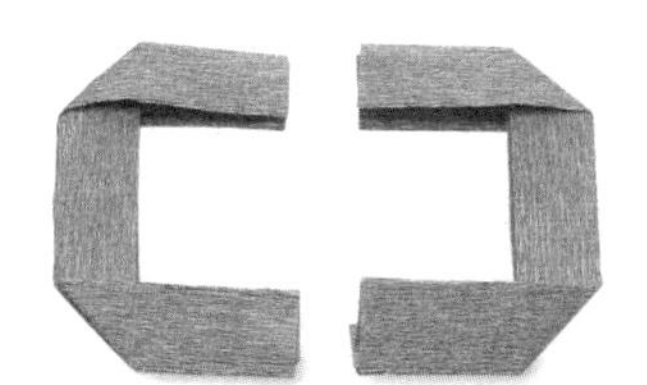

6. 在左边重复第4～5步，这样就完成了一半。然后用同样的方法完成第2个。

7. 把其中一个的内部自然边（就是第1步折叠完成的部分）打开，然后把另一半的末端插到打开的纸条下面，这样就把两个部分结合起来形成了一个链环。

8. 重复第7步，可以把很多个链环串在一起。

折叠纸巾

折叠纸巾总会在餐桌上吸引人的注意力。鸭蹼是折叠纸巾的基础形。凯布尔自助餐具套为享用自助餐或野餐的客人同时准备好了纸巾和餐具。

鸭蹼

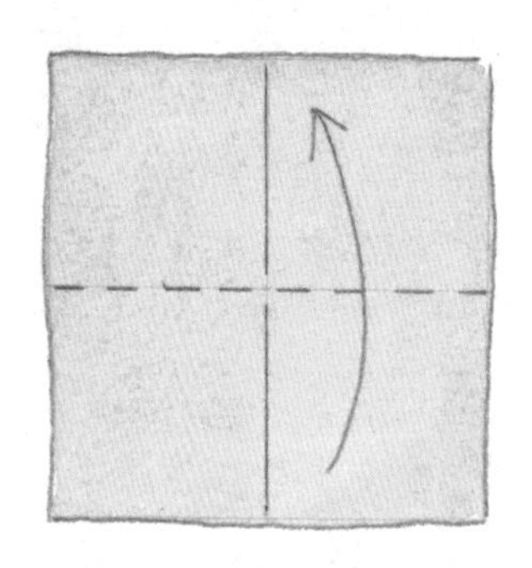

1. 纸巾完全打开，然后把底边向上对折至顶端。

2. 把顶边向下谷形折叠。

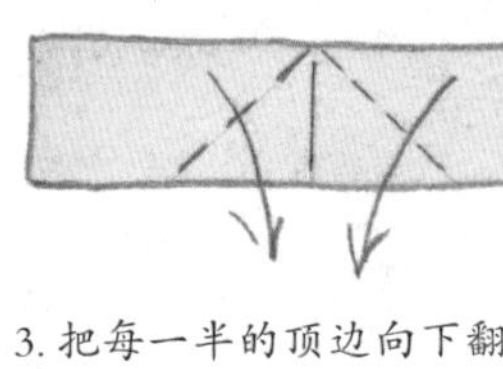

3. 把每一半的顶边向下翻折至中心折痕。

4. 如图所示，把纸巾翻转。

5. 把右侧山形折叠到左侧之后。

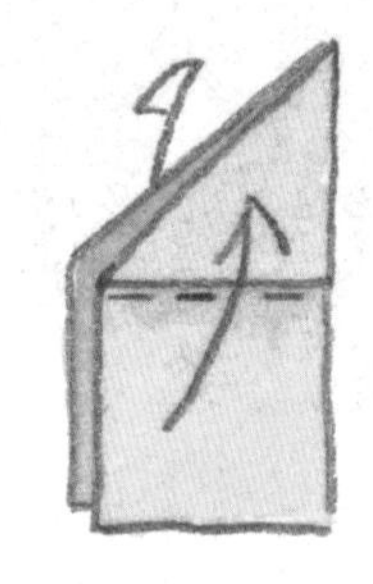

6. 把前面的正方形向上谷形折叠覆盖住三角形。背面重复。

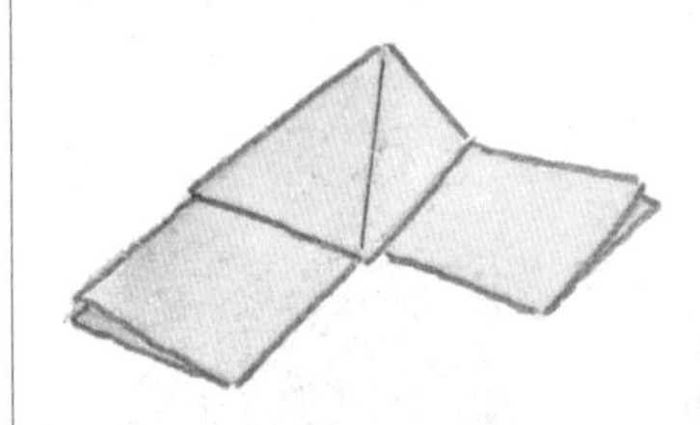

7. 鸭蹼纸巾完成。

凯布尔自助餐具套

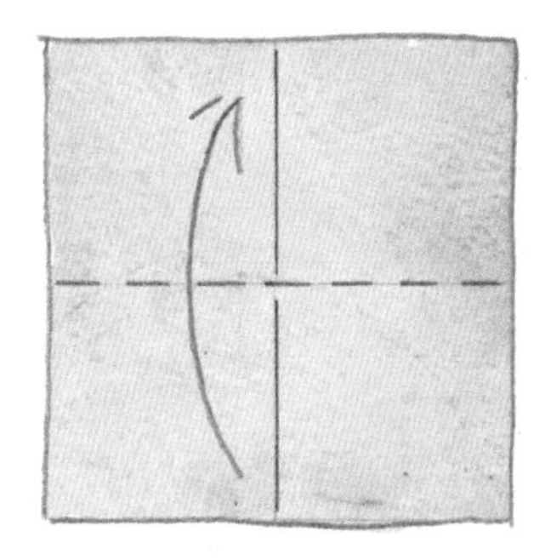

1. 纸巾完全打开，然后把底边向上对折至顶端。

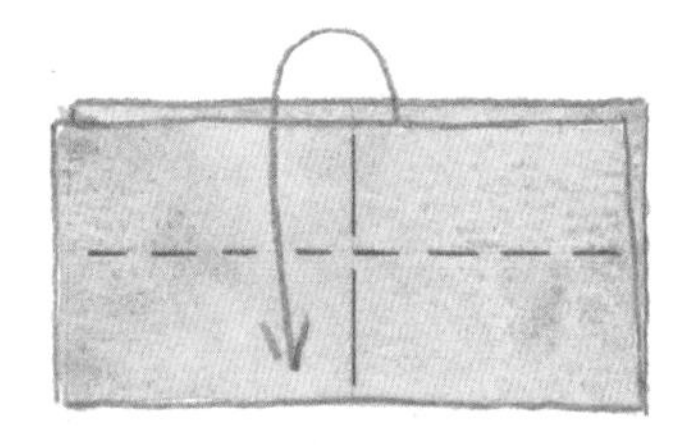

2. 把前一层的顶端向下翻折。

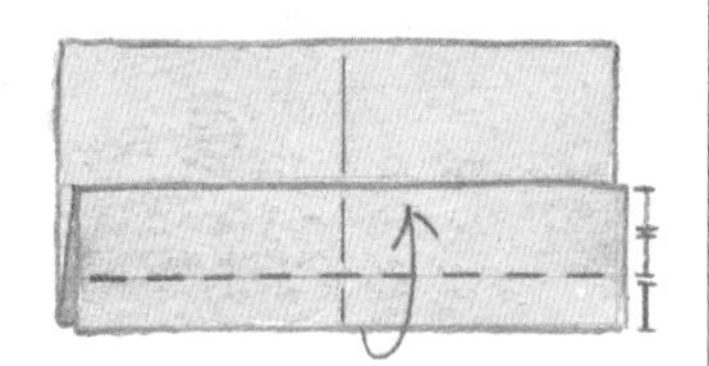

3. 把最外层向上翻折一小短边。

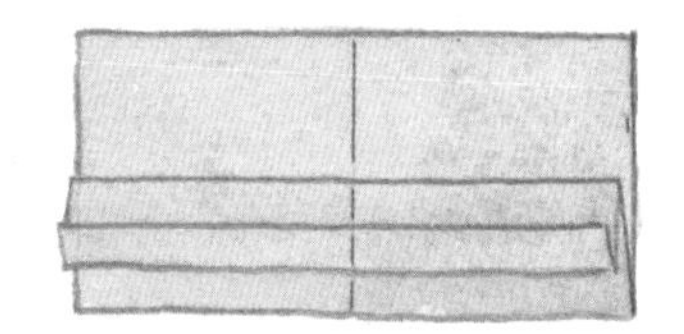

4. 如图示，把纸巾翻转。

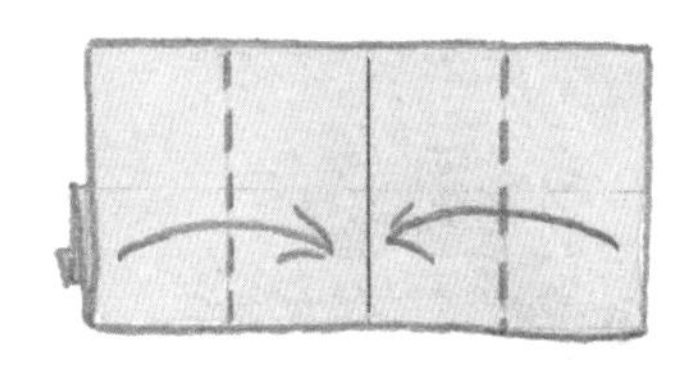

5. 把侧边折至中间。

6. 令其中一半稍长，塞入另一半中，锁平纸巾。

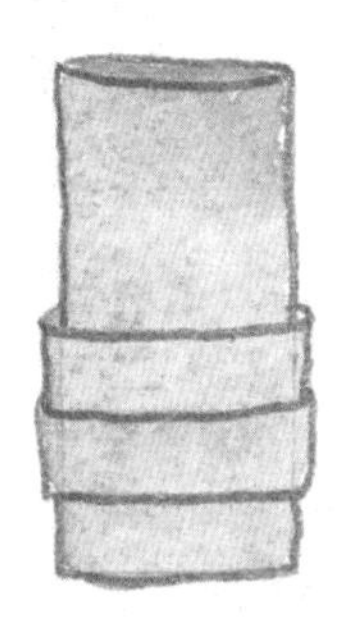

7. 凯布尔自助餐具套完成。放入餐具准备用餐。

美观的纸巾

这里介绍了一种非常快捷的方法，它可以让你在普通的纸巾上体现出自己的个性。也许只是随意涂鸦，但一个圆点或者一个圆圈都能美化你的纸巾。尝试画出不同的图案，让它们都拥有自己的个性吧！

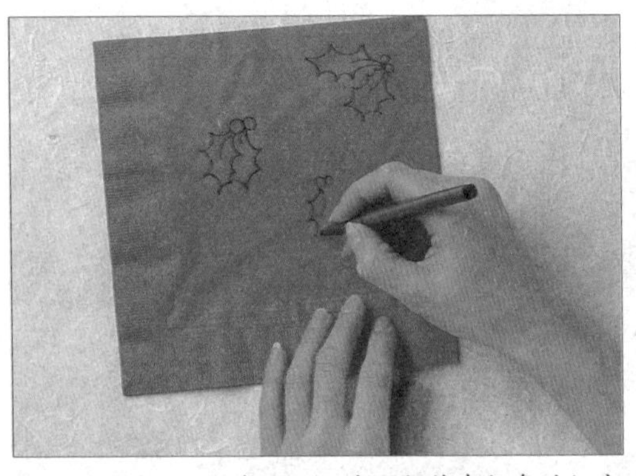

1. 为了制造圣诞的氛围，可先用钢笔在红色的纸巾上轻轻地画上缀带着浆果的冬青树叶。

2. 然后用中等粗细的银色金属钢笔沿已有钢笔线仔细描画并覆盖原有线条。

3. 使用金色钢笔在黑色纸巾上错落地画上弯月和星星，万圣节的氛围便即刻显现了。

纸巾装饰

通过快速简单的方法，用彩色卡片给你的纸巾穿上美丽的外套。可以选用颜色对比鲜明或者相协调的彩色卡片来满足需要。

1. 在卡片上裁取与纸巾同等大小的正方形。

2. 将卡片向上对角折叠。从对比色卡片中裁取三角形，稍小于前一张折起的三角形，将该三角形的两条直角边剪成锯齿形。

3. 将纸巾对折，插入折叠的卡片内。如果愿意，可以尝试将上一层卡片剪成不同的形状，或者只是保留最朴素的样子，然后粘贴上从杂志里剪下来的图案。

圆点纸巾

这里教你一种快速而简单的方法，装饰用于儿童聚会或是特殊主题宴会的纸巾。基本的思想是把两种颜色的餐巾结合在一起，在其中一种颜色的餐巾上剪取图案使另一种颜色显露出来。

1. 取两种不同颜色的纸巾，它们应该是相同的尺寸和相同的构造，这样才能很好地合在一起。大部分的纸巾是3层，在开始时需要将它们分离使每种颜色保留两层，这样可以避免完成后的纸巾太薄。

2. 把浅色的纸巾沿对角线对折，剪成两半。

3. 小心地将剪好的其中一半粘贴于深色纸巾上。再从剩下的一半上剪取圆点，把它们粘贴于深色的纸巾上。

4. 接下来从另一张深色纸巾上剪取圆点，粘贴于浅色三角纸巾上。

装饰板

也许你的家里有一件可以陈列在墙壁上的装饰板，但如果没有的话，何不来制造一个呢？做好后，你还可以加上一句富有哲理的格言，以展示你的品位。

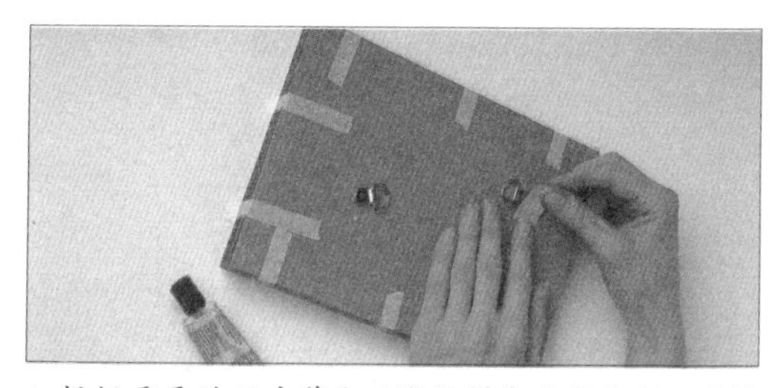

1. 根据需要的尺寸剪取3张同样大小的纸板，用强力胶水粘贴在一起，边沿用胶带固定，制成装饰板。在装饰板上涂一层稀释的聚乙烯醇胶水，让它干燥。用强力胶水在装饰板背面粘上两个图片挂钩，挂钩的柄用胶带固定。

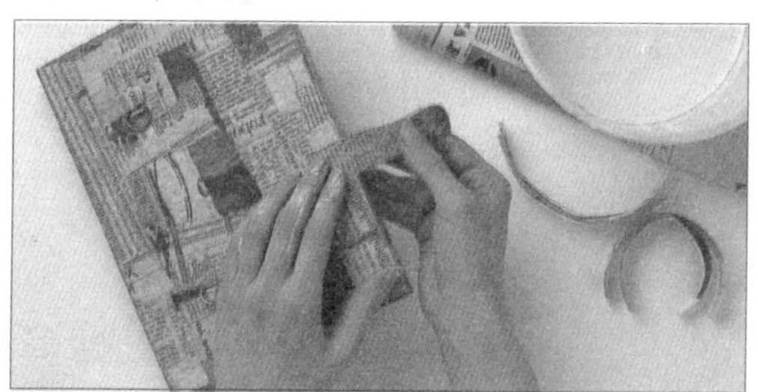

2. 让挂钩后的胶水至少干燥1小时，然后在装饰板上覆盖5层约2.5厘米宽、浸透稀释的聚乙烯醇胶水的报纸条。

3. 用砂纸轻轻地磨平装饰板表面，然后涂上两层白漆。留时间等待颜料彻底变干。

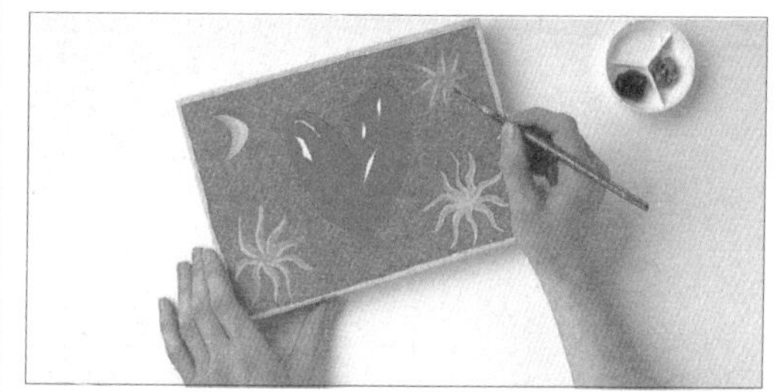

4. 最后，用铅笔画上图案，用广告颜料装饰这个装饰板。给完成后的装饰板涂两层无毒透明的光泽清漆。在装饰板背面挂钩上系上链条或绳子，将装饰板悬挂于墙上。

蜡染效果

使用蜡笔和稀薄的颜料可以在纸上制造出有趣的蜡染效果。可以用色彩强烈的制图墨水来增强效果。

1. 用一种颜色或是多样颜色的蜡笔在白纸上画上图案。用颜料刷蘸取稀薄颜料或稀释后的墨水，刷在蜡上。如果有需要可以使用两层颜料来达到更强烈的色层效果。

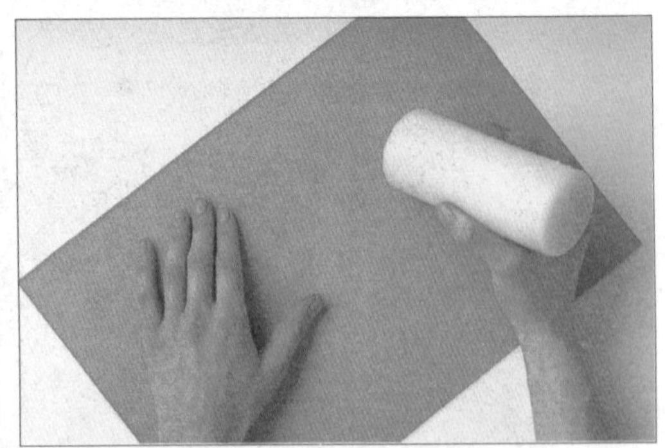

2. 想要使纸的底色表现出多彩的效果，可以使用一支干净的蜡烛在彩色纸上画上图案。在蜡迹上画上一种颜色并等待其变干。接下来，画上更多的蜡迹，再在蜡迹上画上另一种颜色，使第2组的图案中呈现第1层颜料的颜色。

斑点效果

根据颜料的应用和刷子颤动的剧烈程度，制造出来的斑点可以产生多种效果。用轻拍的方式可以制造出精美斑点，而更猛烈一些的动作可以制造更粗犷的效果。

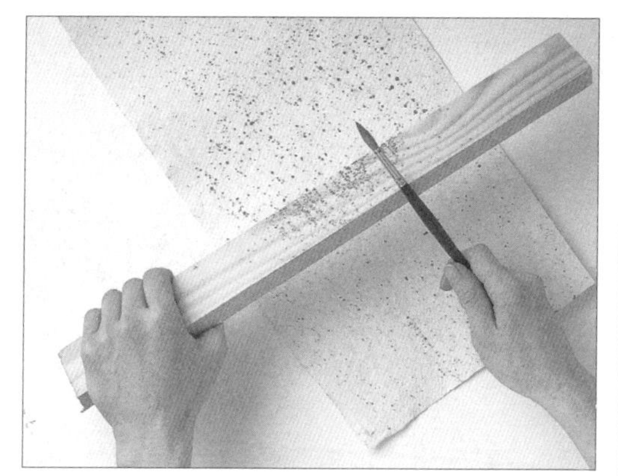

1. 将纸放置在平面上。混合颜料至相当稀薄，用颜料刷蘸取颜料。手持木头于纸的上方，并将刷子架在木头上，沿着木头的一端到另一端轻拍，制造斑点的效果。

2. 可以制造多种颜色的斑点，与第 1 层颜料相调和或对比强烈的颜色都可以使人印象深刻。为了得到效果好的喷雾状斑点，可先用钉刷蘸取稀薄颜料并将其放置在纸上方，手持钉刷，钢毛朝上。在钢毛上拉动硬纸板（朝身体方向拉动，这样颜料不会溅于身上），将刷子在纸上方移动以使斑点均匀。

羽状褶裥

把带状彩纸卷曲并挤压成不同的形状制作羽状褶裥，是一种传统的工艺方法。在这里它们被用来装饰卡片。

1. 剪取尺寸为0.7厘米×25厘米的彩色纸条来制作单个的羽状褶裥。从一端开始，将纸条卷起来。

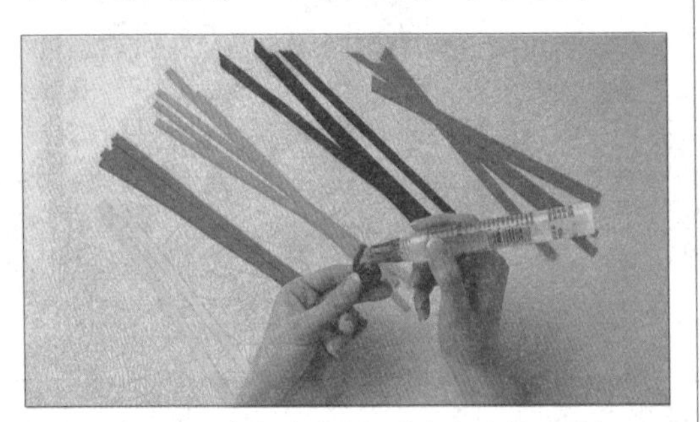

2. 完全卷好后，将它稍稍展开并在末端粘贴固定。

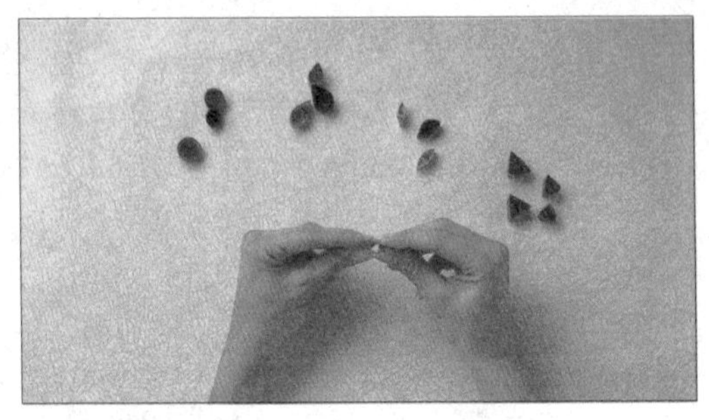

3. 纸条卷好后可以粘贴成羽状褶裥传统型的一种，例如三角形、梨形、卷轴形或眼形。

4. 取一张已折好的有好看背景色的卡片，将羽状褶裥在上面排列成图案并粘好。使用打孔机在卡片一头打孔，然后将丝带从孔中穿过，制作成新颖可爱的小卡片或礼品标签。

用海绵轻拍做装饰

将颜料用海绵轻拍于材料上作为一种装饰的形式已经使用了许多年，特别是应用在陶器上。这种方法能使普通的材料表面产生生动的斑驳效果。如果喜欢，你也可以通过此法创造更为精细的背景图案。

1. 在茶碟或小调色板中混合少许颜料，颜料要足够黏稠。然后用海绵蘸取颜料在纸表面轻拍，制造随意的图案。如果想先确定图案的厚度，可以先在报纸上轻拍来测试颜料的浓度。

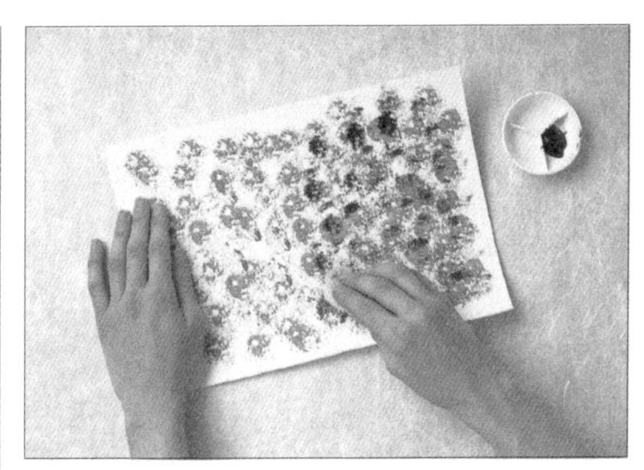

2. 创造两种或更多种颜色的图案，需要彻底地清洗海绵并尽量挤干水分。第1层颜色变干后，逐次添加其他颜色，但需要确保每一层颜色在制造下一层颜色前有时间变干。

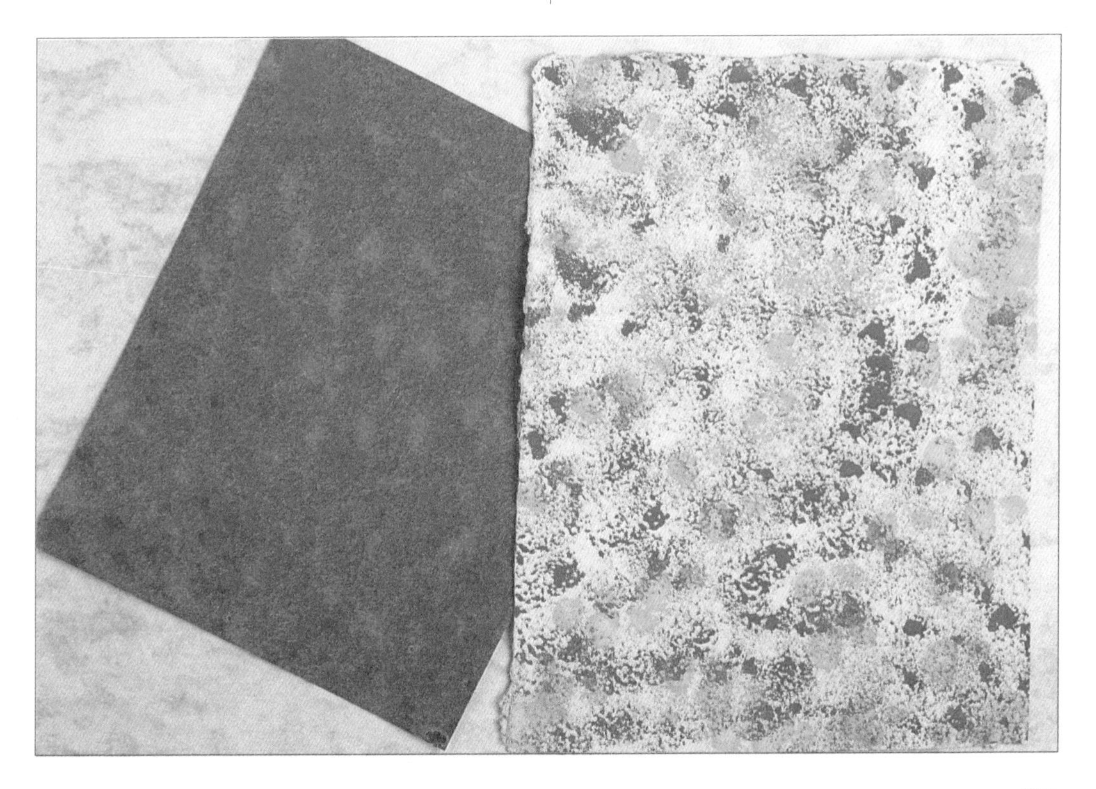

印章花纹纸

将土豆雕刻成复杂精致的印章，在纸上便能制造出一些有趣的图案。如想得到一个可以持久使用的印章，可以使用橡皮块制作。印章可以与颜料或墨水印色盒一起使用。

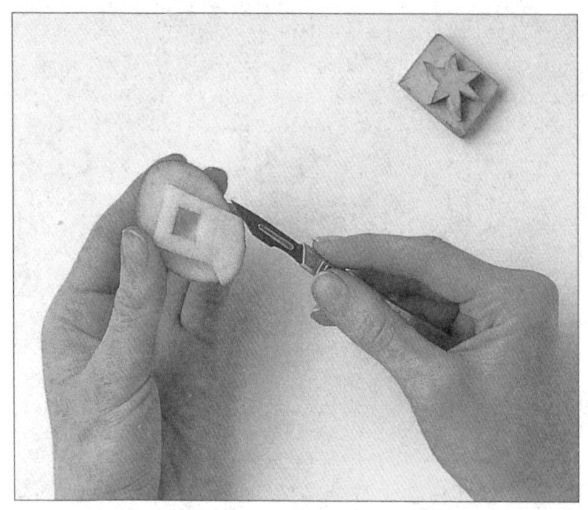

1. 制作土豆印章，需要将土豆对半切开，土豆表面要整齐平坦，这样图案才能均匀地印在纸上。可以直接在土豆上雕刻图案，也可以先用铅笔在土豆上画好图案，再用工艺刀小心地雕刻。使用相同的步骤制作橡皮印章。

2. 用少许水调和颜料，用颜料刷蘸取颜料轻拍于印章表面。用力将印章按压于纸上再提起，提起时要竖直向上，以免弄脏印好的图案。

3. 橡皮印章可以同墨水印色盒一起使用，也可以和颜料一起使用。

4. 将印章图案和对比色的斑点效果结合使用，可以制造更生动的效果。在这里，使用了蘸取黄色颜料的钉刷在已印有黑色印章图案的紫色纸上制造斑点。在纸张上方手持钉刷，朝身体方向拖动硬纸板（这样可以避免颜料溅到身上）。

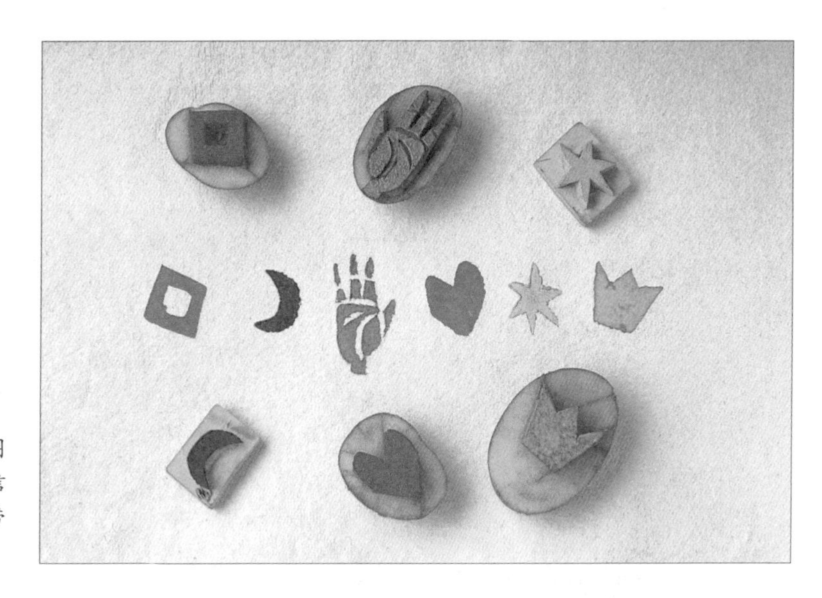

5. 在橡皮上雕刻一组图案，可以在信函开头或信封上使用，使你的信纸带有个人风格。

绉纸装饰

使用绉纸来装饰信纸，可以使普通的信纸变得非常特别。可以先在其他的纸上练习，待取得满意的效果后，再在信纸上操作。

1. 取一张信纸，在顶端中心标记2组垂直线，每组2条。线长大约为2厘米，2组线距离为2.5厘米。用工艺刀将线划开。

2. 剪取一张与信纸颜色相协调的绉纸。小心穿过已制得的“桥梁”。

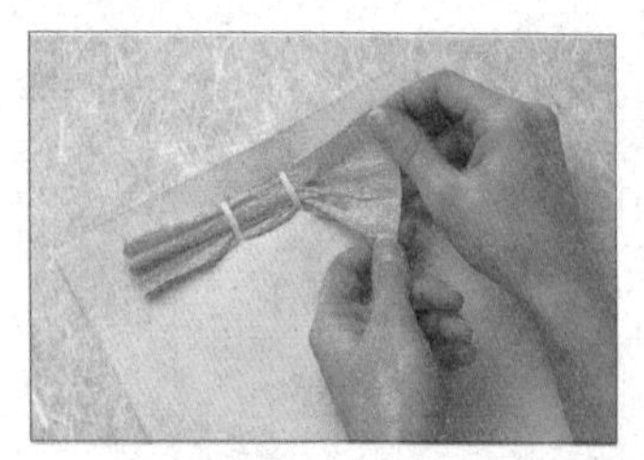

3. 绉纸穿到中心后，将两侧面展开成蝴蝶结形。

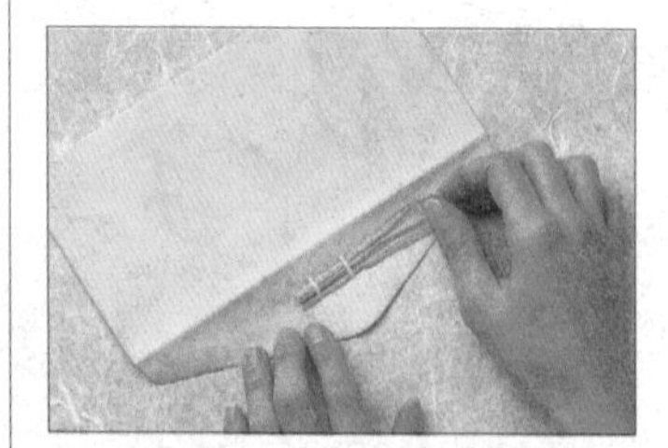

4. 信封背面封口处重复蝴蝶结的设计，完成一整套作品。

5. 在信纸的上端标记并裁剪出一连串的垂直线，可以达到另一种效果。剪取一条与切口相同宽度的绉纸，以及另一条更窄、颜色对比更强烈的绉纸。

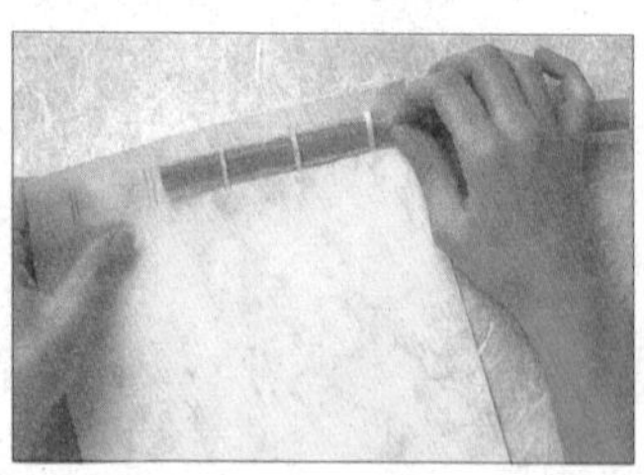

6. 为了便于将绉纸从切口中穿过，可先将信纸垂直切口处对折，完成后再展开。

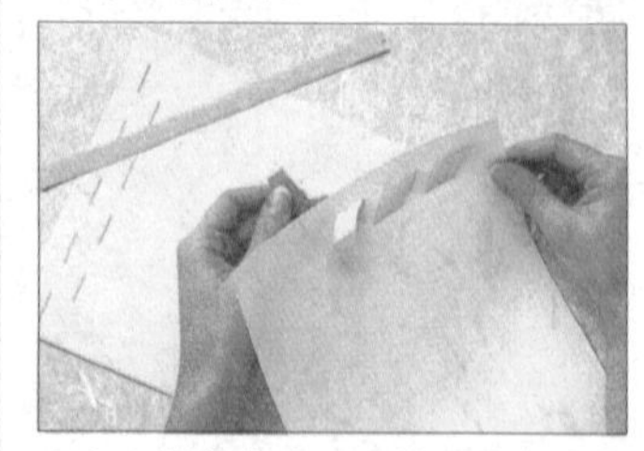

7. 这个款式中使用两排水平线切口来代替垂直线。将条状的绉纸穿过切口，可以形成斜纹状的图案。

羽形与梳齿形装饰

混合颜料与纤维素墙纸糊可以制造彩色的“胶体”，创造多种效果。

1. 在装有墙纸糊的碗中加入适量颜料，充分混合至理想的颜色状态。使用前可先在其他纸上测试色彩的浓度。接下来，取两张相同尺寸的纸（如有必要可进行修整），然后用颜料刷涂上一层彩色糊。

2. 将其中一张放于另一张上，着色面相对。然后从一端开始轻轻地把两张纸分离。完成这个过程我们会得到精致的羽形图案。

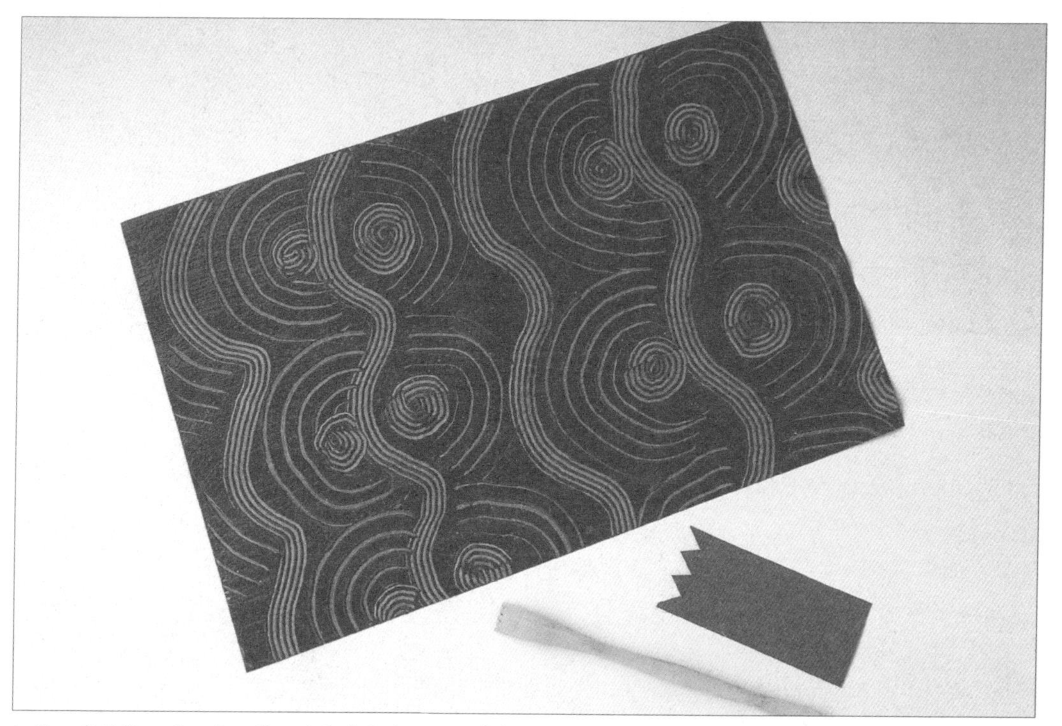

3. 取一条纸板，用工艺刀将一端裁剪成齿形，制作成梳理工具。使用锯齿状的陶质工具或叉子，也可以产生锯齿花纹的效果。首先，在彩纸上涂上一层彩色糊。然后，用梳理工具在糊状物上拖曳，留下梳齿痕。通过这个方法，在同一张纸上使用不同尺寸的梳理工具，可以达到很多不同的效果。

纸梨

通过这种方法，你可以制造出任何纸制的水果或蔬菜。制作过程中，使用胶带将揉皱的报纸定型，可以制作出十分逼真的形状。这也可能会激发你的灵感，让你想尝试一些真正奇异的造型，例如一个星形的水果！

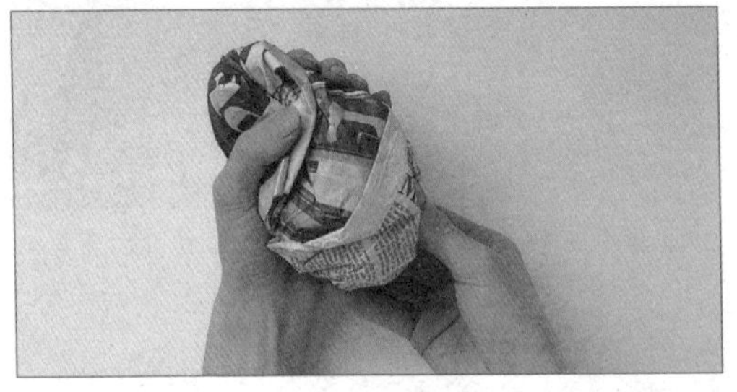

1. 把一张报纸弄皱，扭曲成鸡蛋的形状，用胶带粘上。可能需要增加一些小张揉皱的纸来达到满意的效果。

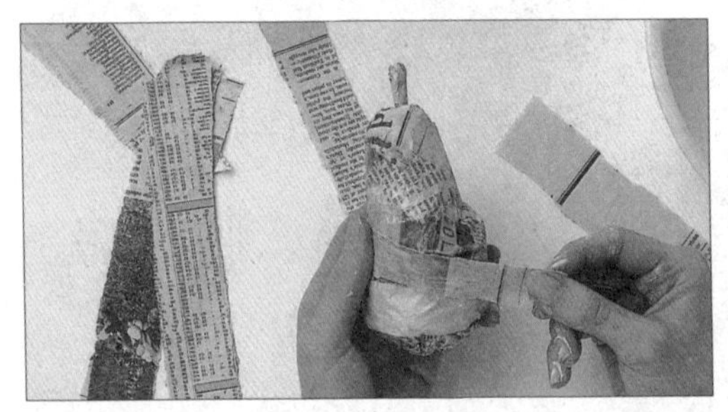

2. 制作梨的柄，需要把一小张报纸卷成一个细管，把顶端扭弯，然后牢固粘贴。在梨的顶端弄一个洞，把柄插入，用胶带固定。

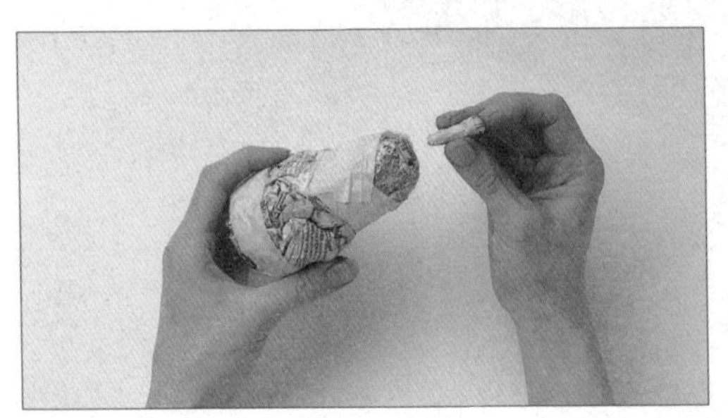

3. 把报纸条浸入稀释的聚乙烯醇胶水中，在梨上覆盖3层报纸条。用手抚平表面。

4. 将梨放在通风的地方干燥整晚。用砂纸轻轻地把梨表面磨平，然后涂上两层白漆。

5. 用广告颜料上色。当梨干后，在表面涂上两层透明清漆。你也许更喜欢用假缎来代替光泽清漆，那会使梨看起来更自然。

装饰用酒杯

这是一个用硬纸板做成的具有异国风情的纸杯。这种纸器具的制作方法具有普遍性，只要小小的创意，就能把所有纸上的设计用纸板制作成成品。

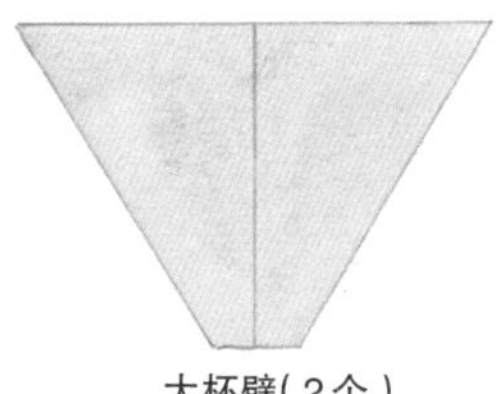

大杯壁(2个)

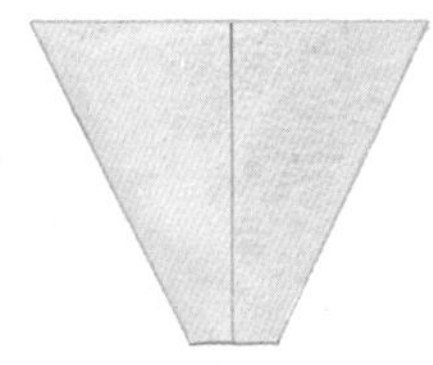

小杯壁(1个)

手柄(1个)

1. 根据所需的尺寸将模板中组成杯子的部件按比例放大，再转移至硬纸板上。组合杯子时，首先使用聚乙烯醇胶水将3块三角形纸板粘合在一起，再使用条形的胶带加以固定，然后组合底部。

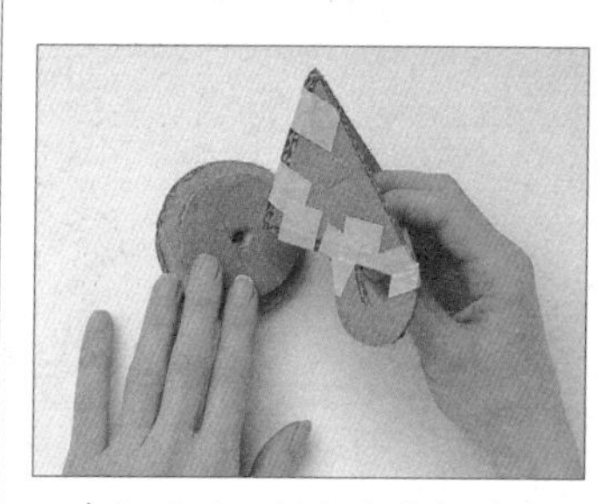

2. 在杯子的一侧粘上手柄并使用胶带固定。将杯状物与底部粘合在一起，需先使用尖的铅笔在底部中心挖一个洞。在杯的尖端涂上胶水，然后插入底部洞中。最后，使用胶带在适当位置进行特别加固。

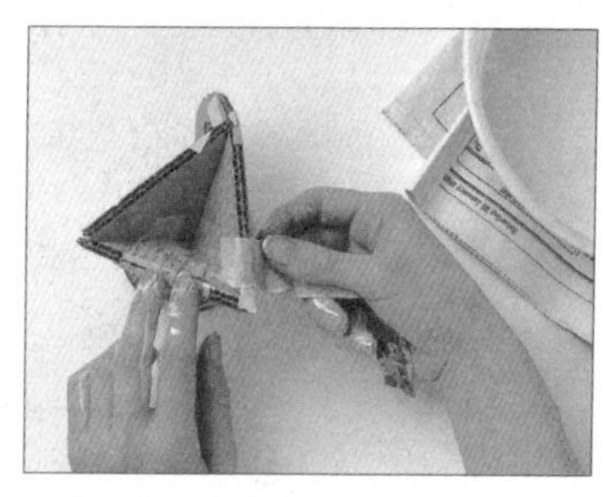

3. 在茶杯上涂上一层稀释的聚乙烯醇胶水以防变形，然后封上4层浸透稀释的聚乙烯醇胶水的短报纸条。注意，报纸条要足够窄，可以环绕于手柄的周围。

4. 在温暖的地方让杯子干燥整晚。然后轻轻地将干后的杯子磨平，涂上两层白漆。

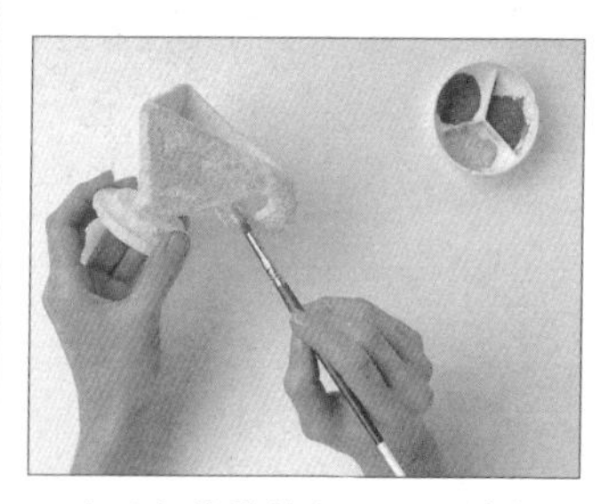

5. 使用颜料装饰杯子。颜料完全干后，涂上一层透明光泽清漆。

花形碗

制作这个碗状物采用的是传统的方法，即将几层处理过的纸放入润滑过的模具中，等变干后移出。这个作品中使用的是普通的碗，但其实各种各样的物品都可以成为有趣的模具——需要记得先润滑，否则纸张将会和模具永久粘合在一起！

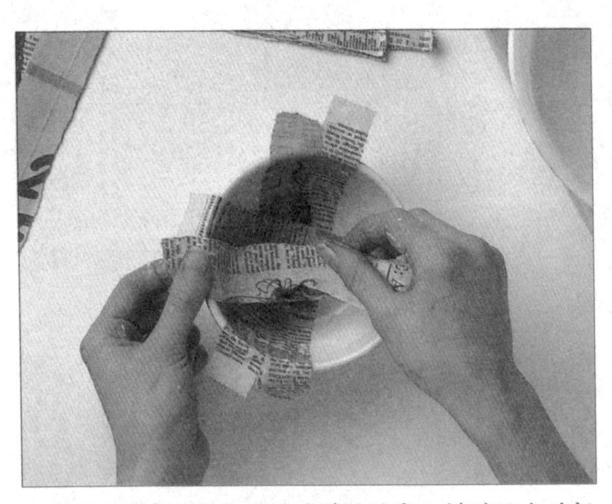

1. 在碗的内部糊上 5 层浸透稀释的聚乙烯醇胶水的报纸条，两张报纸条之间允许 2.5 厘米的交叠。在温暖的地方干燥 48 小时。

2. 用钝的小刀将纸碗轻轻撬出，倒置干燥几个小时。

3. 将粗糙的外边缘修剪至剩下大约 0.5 厘米。

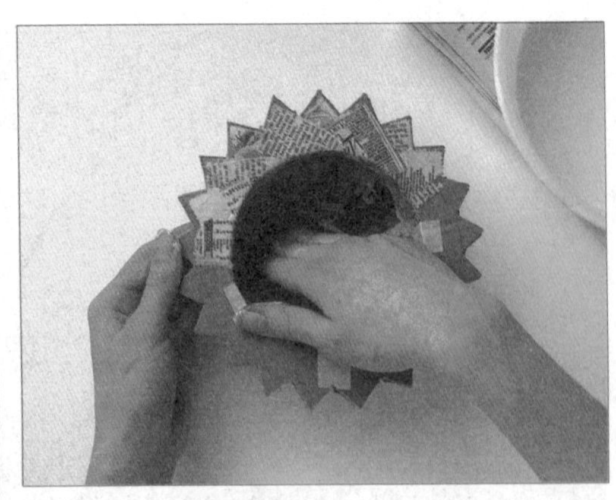

4. 从厚纸板中剪取锯齿形的碗边，放于纸型碗边的上方。用强力胶水将剪得的碗边粘贴于碗上，用胶带适当固定。让胶水干燥大约 1 个小时，然后在碗边上糊一层纸，小心地将接合点掩盖起来。

5. 碗边的下侧用相同的方法糊上一层纸。让碗干燥24小时，轻轻地将表面磨平，然后涂上两层白漆。

6. 用铅笔随意地画上装饰图案，然后涂上广告颜料。让碗彻底干燥，然后涂上两层透明的光泽清漆。

加框画

如果你正想着如何填补墙上的一处空白且有多余的相框，不妨尝试一下下面介绍的这种制作抽象海岸风景画的方法。你可以根据相框的不同尺寸，改变图案来制作一系列的作品。

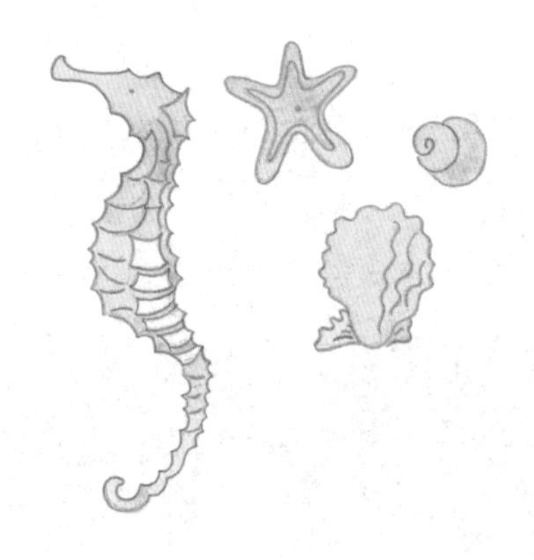

1. 根据相框尺寸将模板图案按比例放大。将它画在模板卡片上并用工艺刀小心地裁剪线条以凸显其形状。

2. 将模板卡片放在主要背景色的彩纸上。然后剪取其他颜色的正方形或长方形彩纸片，其大小要足够填满模板图案的空间。

3. 将彩纸片放到模板卡片与背景彩纸之间。

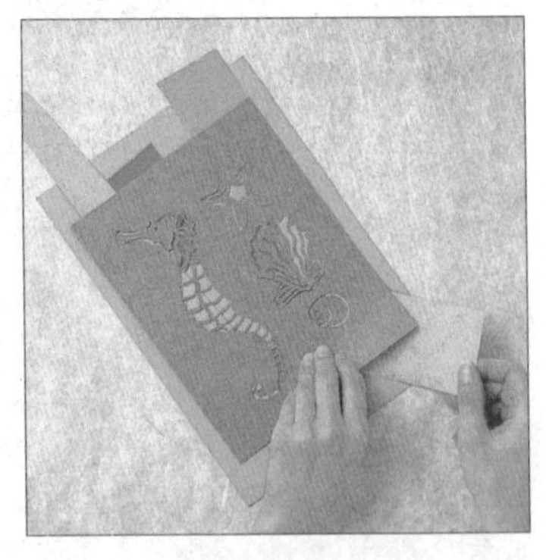

4. 如果对图片所呈现的色彩比例满意，就将所有的纸片粘贴于该位置。最后，修剪超出模板外的彩纸，并将图片与模板固定。

镶嵌画

镶嵌瓷砖是一种传统的技艺，并且是装饰地板的实用方法。这种方法同样也可以用于制作一幅吸引人的纸画。只要有足够的耐心，就能制作出一张用于装裱和展示的美丽图片。

1. 根据所需尺寸将模板中的图案按比例放大，再转移至尺寸为30厘米 ×20厘米的白色卡片上。

2. 选择你喜欢的彩纸，先把它们剪成条状，然后再剪成正方形。它们无需与镶嵌效果中的图形和边缘完全吻合。

3. 把不同颜色的正方形纸片分堆，分别粘贴于图画上。

4. 继续在各个颜色区域中粘贴正方形纸片。当纸片粘好后，用工艺刀在边缘进行修整，以得到平滑的曲线。

5. 制作边框，需剪取两条宽3厘米、长与白色卡片相同的褐色卡片条。剪取两条相同尺寸的黄色纸条，画上波浪线并剪取下来。把黄色纸条粘贴于褐色卡片上，再把它们粘贴于白色卡片上。当覆盖完所有的区域后，剪取眼睛和嘴并粘贴于适当位置。

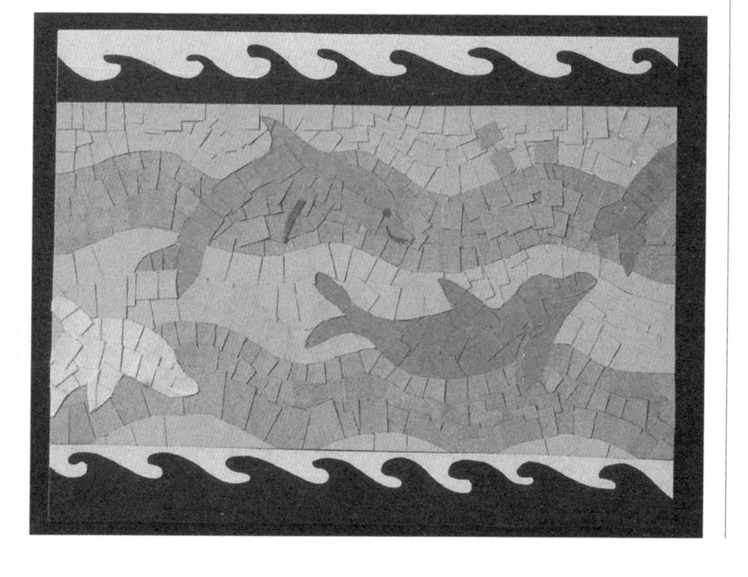

动物剪纸图案

这些鸡、青蛙和大象是用纸钉固定起来的，它们拥有会活动的肢与翼。它们的结构十分简单，可以尝试用相同的方法制作其他一些动物。

1. 根据所需尺寸把选择的动物模板按比例放大，再转移至纸或卡片上。每个动物要剪取两个身体。注意，其中的一张要从反面剪取，以使身体可以粘贴起来。每个腿、翅膀、耳朵等都要剪取两份。要从反面剪取图案，只需要简单地把它翻转过来。

2. 用签字笔或彩色铅笔给动物的每一部分上色，然后把它们分别剪取下来。

3. 把身体组合起来，需要使用工艺刀在每个身体的肢翼位置和每个身体部件的顶端开个小孔。在身体部件的前面插入一个纸钉，穿过身体至另一面来固定。

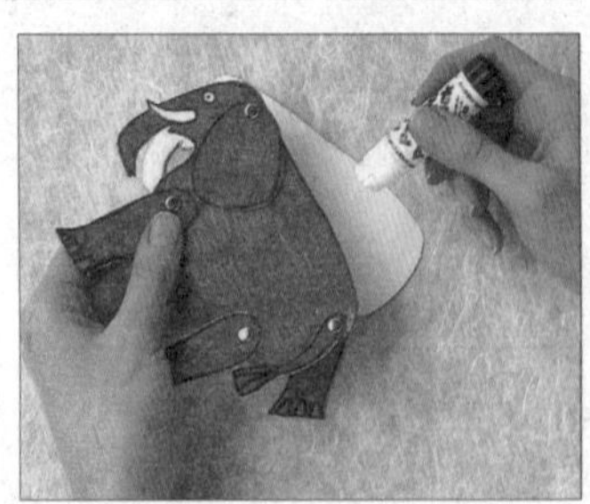

4. 要把两半身体连接起来，需在每一半动物身体的顶端边缘涂上一点胶水，然后与另一半粘贴。

单色剪纸装饰

剪纸装饰是一种使用剪纸来装饰物体表面的传统艺术。这个使用单色的剪纸图案和用牛皮纸包裹的现代箱子制成的作品很有古典的感觉。

1. 从选择图案开始。这里使用的图案来自于包装纸，沿着它们的轮廓小心地剪取下来。

2. 把图案排列在盒子上然后粘贴。这里使用的是纸箱，但你也可以把剪纸图案用于木箱上，譬如一个旧的雪茄盒。然后，如果需要的话，可以在装饰好的箱子上涂上一层清漆。

彩色玻璃垂饰

在你的窗户上挂上这样一个“彩色玻璃”饰品，享受光线穿过“玻璃”时那明亮的色彩吧。你可以从盘子或首饰中选择你的设计图案，或者像下面一样使用“凯尔特船”的设计。

1. 在两张黑色图画纸上分别描画出你设计的图案，然后用锋利的工艺刀裁剪出形状。小心地裁剪内部的线条，保持图形的完整。

2. 选择好各色棉纸要放置的位置，描绘并剪取形状。然后把剪好形状的各色棉纸与黑色纸上的轮廓一一对应并粘贴好。可以根据自己的意愿使用或多或少的颜色。当感到满意的时候，可以将一层纸覆盖于另一层上制造较深的色调。

3. 所有的图形填满后，将另一张裁剪好的黑色纸粘贴上，使两部分纸上的线条重合。在顶端系上一条丝带，将其展示于你的窗上。

抽象彩色玻璃

以下将提供一种简单但有效的方法，教你制作一件抽象的“彩色玻璃”作品。它的制作过程十分有趣，并且因为要将纸撕成条状，而会出现许多意想不到的效果。

1. 从黑纸中剪取两张相同的框架结构。将彩色棉纸撕成条状。

2. 剪取两张略大于框架开口的棉纸，一张颜色明亮，另一张颜色较深。将颜色较明亮的棉纸粘贴于其中一个框架的背面。将条状纸进行排列，使它们与较明亮棉纸边沿交叠，适当固定。

3. 最后，粘上深色棉纸，使条状纸被夹在中间。在上面粘贴上另一张黑色框架。

巴洛克式小摆设

制作这件小摆设需要使用到泡沫小球，在工艺品店可以找到这种一般被用来制作玩偶头部的、不同尺寸的小球。

1. 选择适当的颜色，在小球表面涂上水彩颜料。

2. 颜料变干后，从桌巾上剪取一些图案。将它们排列于小球表面，然后粘贴。

3. 从桌巾上剪下一个图案，用一个纸钉穿过图案中心。接下来把图案钉至小球的顶端。

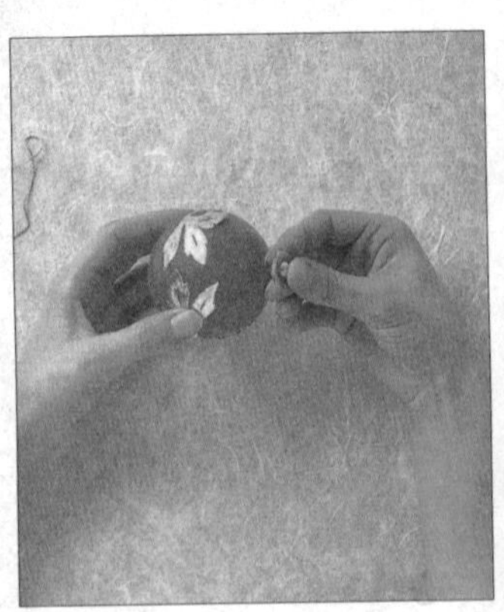

4. 剪取一些金线，缠绕在纸钉上，使其能悬挂在圣诞树上。

鲜果和蔬菜标签

以下是一些有趣的水果和蔬菜式样的礼物标签。在水果和蔬菜中可以找到大量有趣的形状，这里胡萝卜、豌豆和香蕉等，只是其中的一部分。

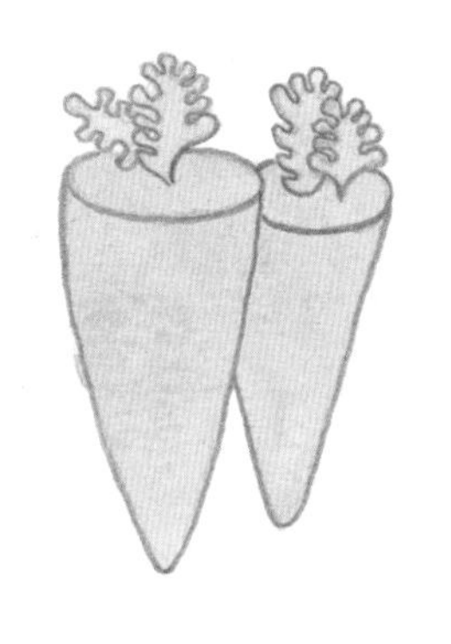

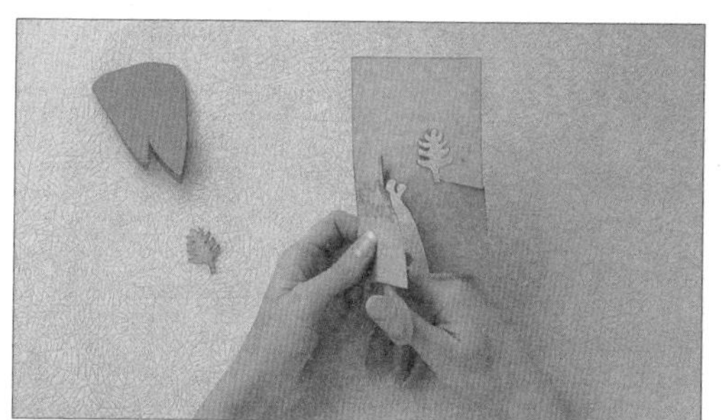

1. 把模板按比例放大，再转移至橘色卡片上来制作一个胡萝卜礼品标签。剪取一对胡萝卜，顶端不要裁开，保持折痕完整。接下来剪取一些绿色植物。

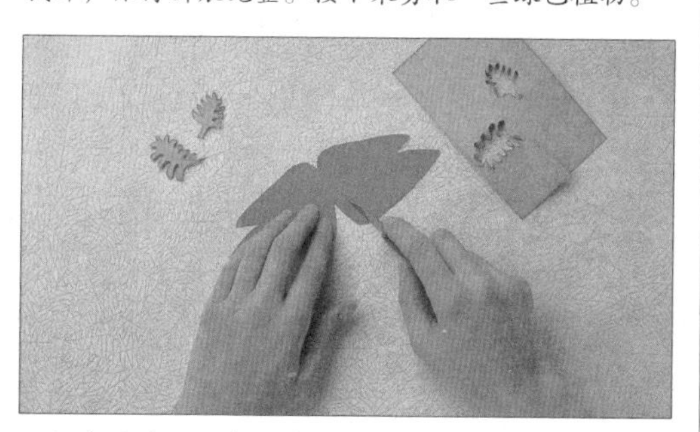

2. 把卡片展开，在胡萝卜顶端刻出两道细缝。

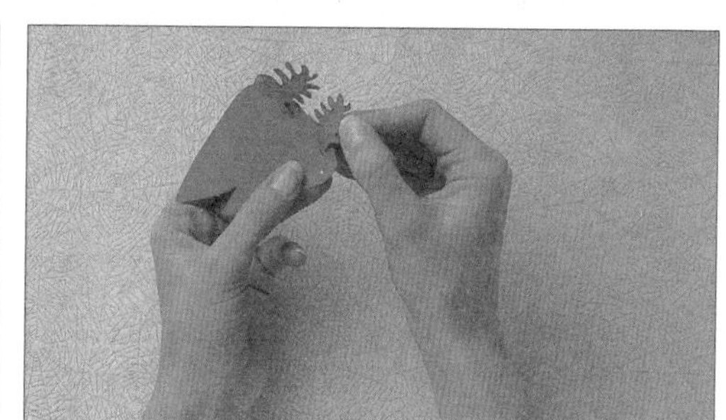

3. 把绿色植物插入细缝，在背后用胶带固定。

4. 用棕色签字笔在胡萝卜上画上阴影。

运动的太阳

运动的物体有不同的形式，可以从简单的抽象形状，到十分复杂夸张的形象。这个运动的太阳采用了传统的制作方法，其特点是排列的太阳以及云朵，如果挂在微风中会轻轻飘动。

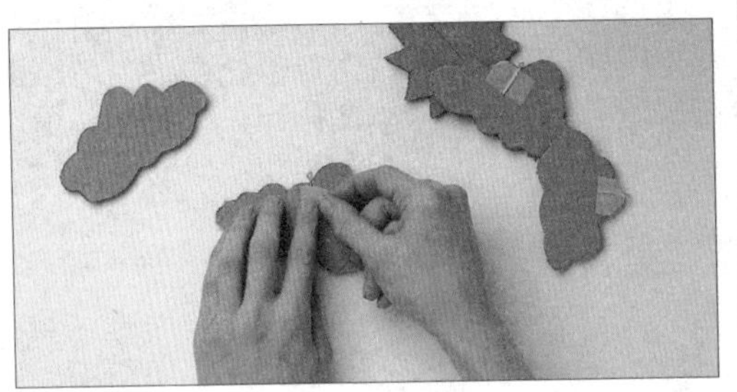

1. 根据所需尺寸将模板放大，再转移至薄卡片上。在每一块运动的物体背面，用强力胶水粘上一个金属丝挂钩，再用胶带固定挂钩。

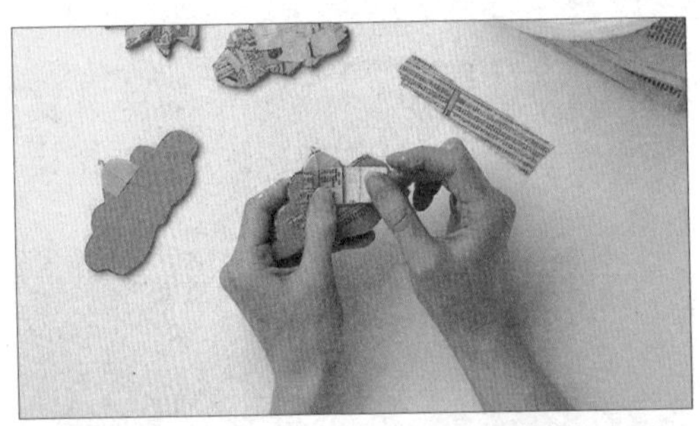

2. 让胶水干燥1个小时。然后将短的窄条报纸浸入稀释的聚乙烯醇胶水中，在每张卡片上覆盖3层报纸条。让这些卡片在温暖的地方干燥整晚。

3. 用砂纸轻轻地将每块运动的物体表面磨平，然后涂上两层白漆。

4. 先用铅笔画上图案，然后再使用广告颜料加以装饰。如果需要，可以使用黑色墨水强调一下细节。等颜料变干后，在所有的部件上涂上两层透明光泽清漆。

5. 组合这些运动的物体，需剪取两段约为15厘米长的细金属丝。用尼龙绳将其中的一段悬挂于另一段的中心。用短尼龙绳穿过挂钩，将太阳和云朵系在金属丝上。在上端的金属丝中间系一根尼龙绳，将整个挂饰挂于合适的位置。

第八篇

日常用品

也许折一些实用的日常用品你可以得到更大的满足感。你可以折叠出很多雅致而又实用的东西，比如礼品盒、相框或者商业卡夹。这些既可以应用在日常生活中，也可以作为特别礼物之用。当然在折叠之前，先谨慎地选择好纸张材料——越耐用的纸张越好。

果品盒

通常在折纸界很少有圆形的作品，但是这里要介绍的就是一个有很优美弧度的设计。它常被用作餐桌的装饰品，可以盛放坚果、糖或者其他聚会用的食品。你可以选择一张坚硬的方形纸，最好是正反颜色不同的纸张，可以根据你的喜好选择颜色。

1. 首先使次要颜色的那一面朝上，通过对折做出两条对角线的前折痕。然后翻到反面，在两个方向上对折，展开，完成如图所示的前折痕。现在是主要颜色的那一面朝上。

2. 在做了一个薄饼卷基础形之后，把每一个角再往外折，使角的顶端和外边相齐。

3. 翻到反面，如图放置成一个正方形。然后把底边往上折，使它和中心线重合，用力完成这个折痕。

4. 展开第3步的折叠，在剩下的3条边上重复一样的操作，每次折完后都展开。

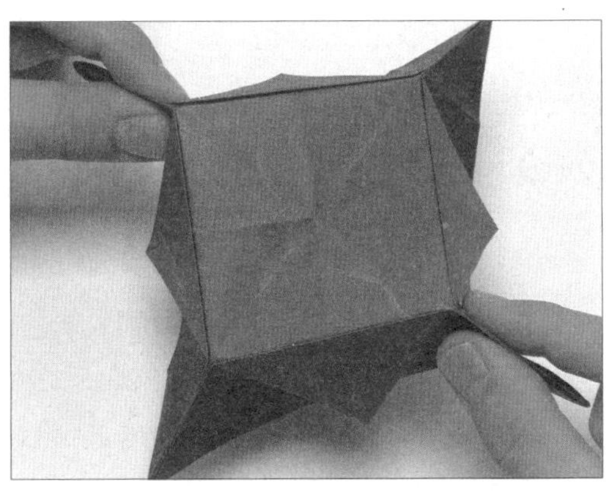

5. 翻到反面。然后利用对角线和第 3 ~ 4 步的前折痕把中心正方形外面的 4 个角往后折。这时候你可以看出中心正方形的折痕可以构成一个水雷基础形。

6. 把中心点往里推，使之内沉，然后放平在桌上。

7. 压平后整个作品看上去像一个常规的水雷基础形。

8. 利用第 3 ~ 4 步形成的折痕，在所有的尖角上做内翻折（前面和后面），把它们插到下面。然后把作品压平。

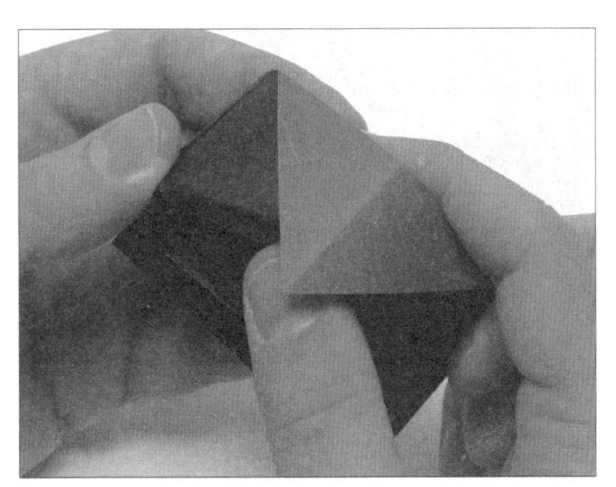

9. 如图拿住作品，小心地把顶边后面的小口袋打开，然后用你的拇指把底边往上顶，并使它平滑地弯曲。

10. 在剩下的 3 个边上重复同样的操作。最后把底部捏成圆形，间隔捏出一定的弧度。

巧克力盒子

这个盒子的制作过程十分简单，只需要一些折叠与粘贴步骤就能达到很好的效果。你可以在里面装满巧克力，当成礼物送给朋友。

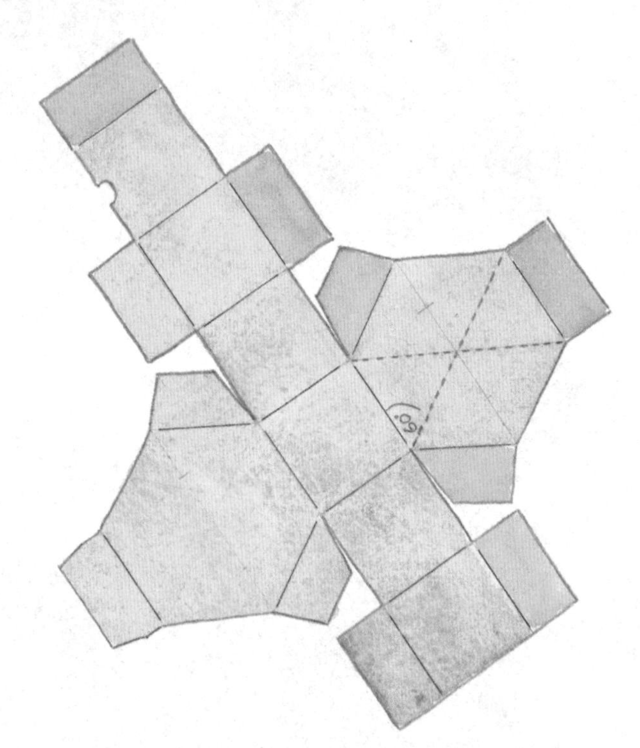

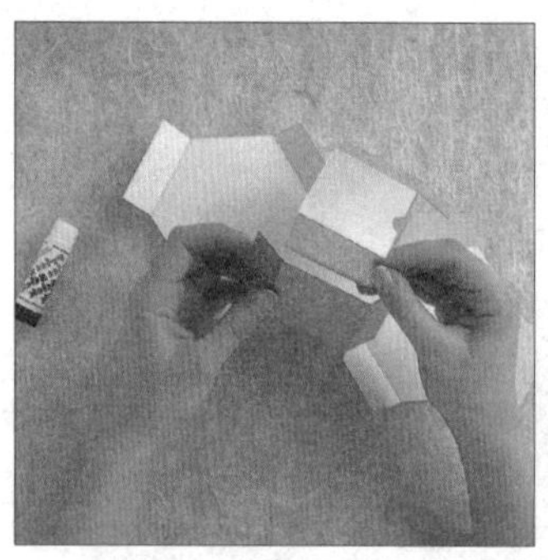

1. 根据所需尺寸将模板按比例放大，再转移到卡片上。用工艺刀剪出图形，再沿着折痕的背部刻划。将末端短边用胶水粘贴，构成最基本的盒子形状。

2. 将盒子底部的短边锁合在一起。如果各边剪得整齐，底部便不需要胶水也可以牢固锁合。最后装入糖果，将盖子折好。

糖果袋

如果用防油的纸来折，这个袋子就可以盛放油的或黏的食品。为了增强牢固性，可以使用两张方纸一起折叠。如果是用于盛放糖果或蜜饯，可以使用不太薄的纸。使用一张边长为 15 ～ 25 厘米的正方形纸。如果使用折纸专用纸，从彩色一面开始折叠。

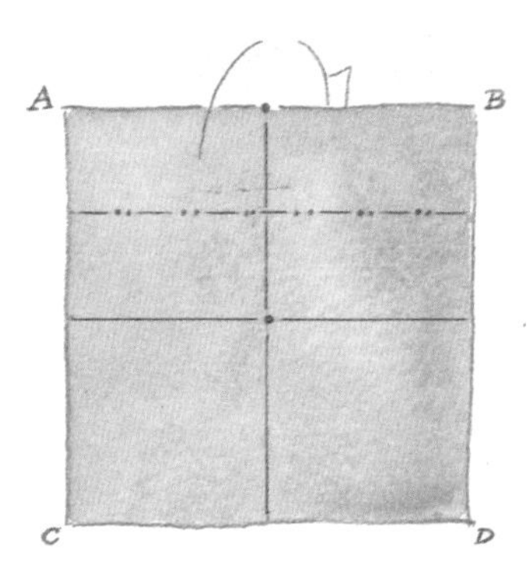

1. 把纸水平和垂直对折再展开。AB 边山形折叠至中心折痕。

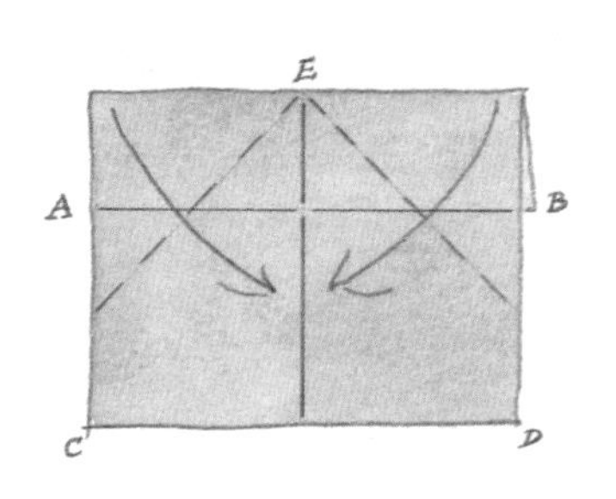

2. 把顶端边角折至中心折痕。

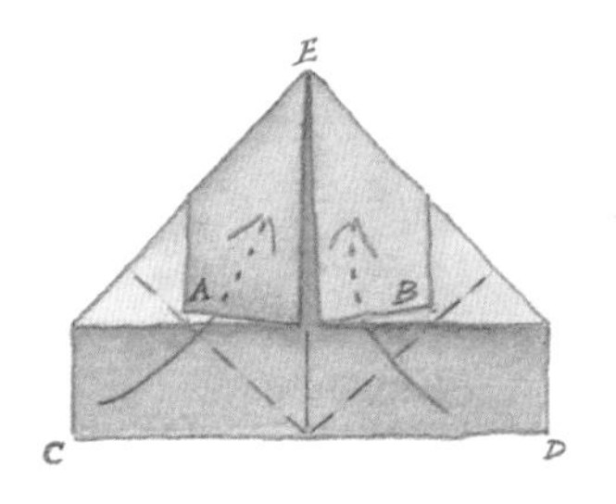

3. 把底部边角 C 和 D 用同样方法折入，但是要分别塞入 A 和 B 的下方，锁平。

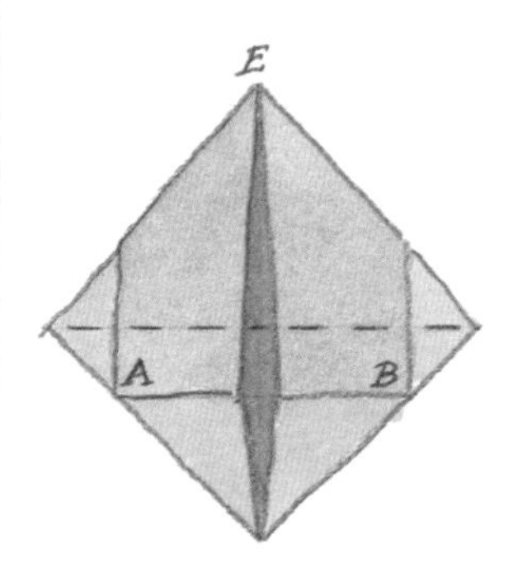

4. 在中间沿中线谷形折叠。

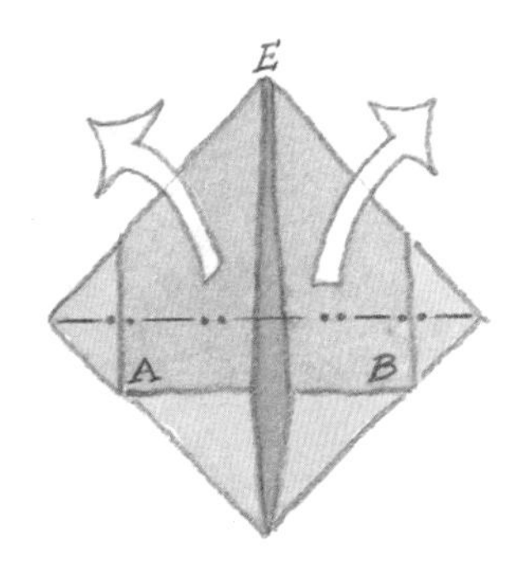

5. 展开后再山形折叠，制成柔软的折痕。拉开袋子。

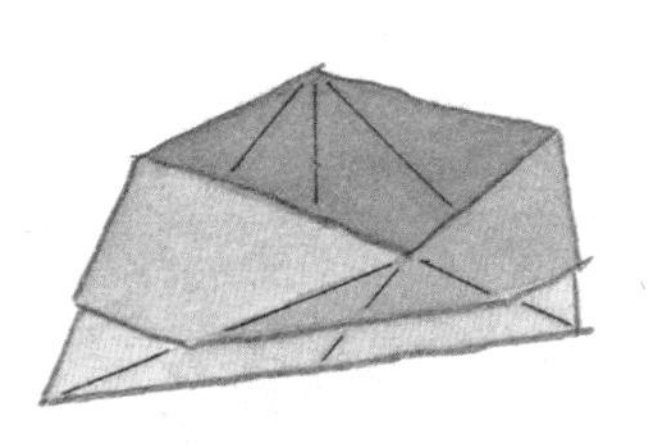

6. 糖果袋完成了。

点心盒

点心盒是一种很受欢迎的传统作品，作为餐桌上的装饰品，它有很大的实用性，可以用来盛放食物。必须提醒的是，你要用较硬的方形纸来制作。

1. 先折一个薄饼卷基础形。这时外面部分的颜色就是点心盒的颜色。

2. 把薄饼卷基础形当作一个平常的正方形，在此基础上折一个初步基础形，注意要把薄饼卷的一面朝外，这样使初步基础形上面有贯穿上下的原始边。调整位置，使开口的尖端置于顶部。

3. 用你的手指伸进一个在面上的原始边形成的口袋中，把上面的单层纸向你的方向拉。最后把拉下来的纸压平，可以看见一个长方形。

4. 上图为完成第 3 步后的形状。现在，在反面重复同样的折叠，压平纸张。

5. 这时候，在中心线的每边都有两片纸。在你像翻书本一样翻动它们的时候，把右边最上面的那片往左折，然后将背面翻过来，同样，把右边最上面的那片纸往左边折。这时候，你可以看见中心线的每边还是有两片纸，而且两边看起来是一样的。

6. 把上面一层纸的外边沿往里折到中心线对齐。

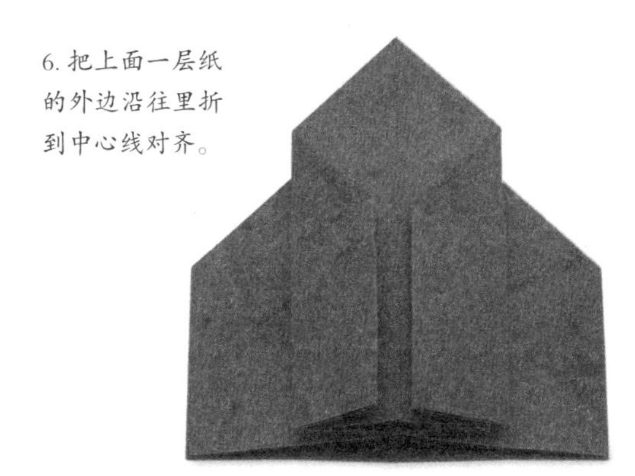

7. 把上顶角往下折，使尖角和底边重合。然后在背面重复第 6 步和第 7 步的折法。

8. 捏住在第 7 步完成的两片像翅膀一样的纸片，向外拉开点心盒。

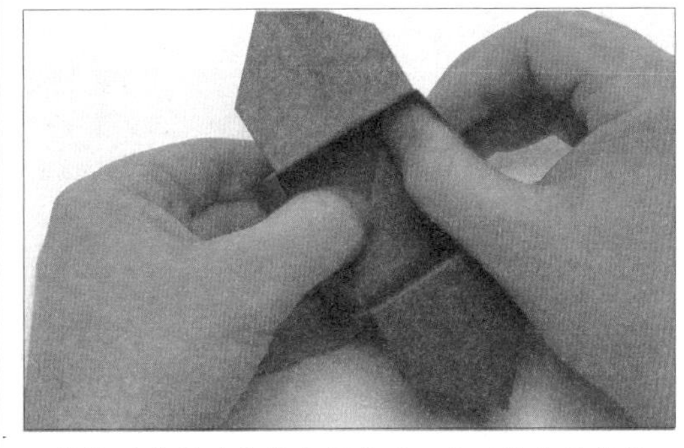

9. 继续用你的手指使中间出现一个凹进去的空间，然后把空间撑开。

彩蛋篮（1）

这个作品是复活节主题的经典作品，当里面放满彩蛋的时候，整个作品显得很喜庆。你需要准备一张方形纸，最好是正反面的颜色不一样，还要一条和这个正方形边长一样的长条纸。

1. 开始的时候先折一个初步基础形，基础形外面的颜色就是最后完成时篮子的颜色。调整位置，使封闭的尖角朝向你。

2. 如图把顶端的单层纸分别往下折，使之和底部封闭的尖角重合。

3. 再把折下来的尖角往回折，使它的顶端和水平的中心线重合。

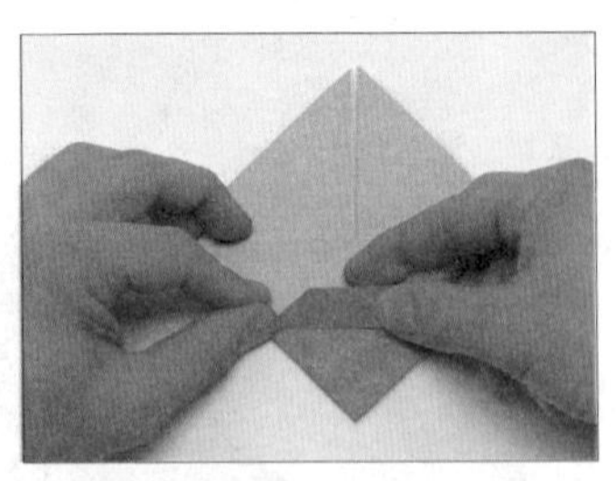

4. 把上一步往上折的三角形打开，然后把尖角往上折，使它和第 3 步的折痕对齐，然后恢复到如图位置。

5. 如图再次把上一步完成的底边往上折，在篮子的中间形成一个很厚的边缘。然后在背面重复第2～5步的操作。

6. 你可以看到在竖直中心线的两边都有两个大的纸片，把中心线当作轴，使右边最上面的纸片转到左边，然后翻到反面，重复一样的操作。

7. 在新形成的正反两面上重复第2～4步的操作。

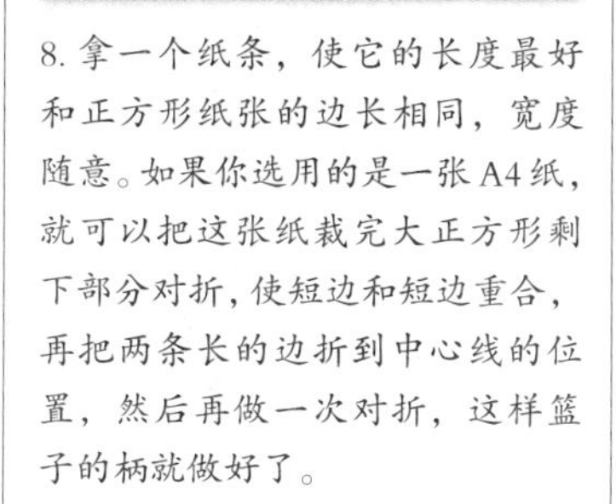

8. 拿一个纸条，使它的长度最好和正方形纸张的边长相同，宽度随意。如果你选用的是一张A4纸，就可以把这张纸裁完大正方形剩下部分对折，使短边和短边重合，再把两条长的边折到中心线的位置，然后再做一次对折，这样篮子的柄就做好了。

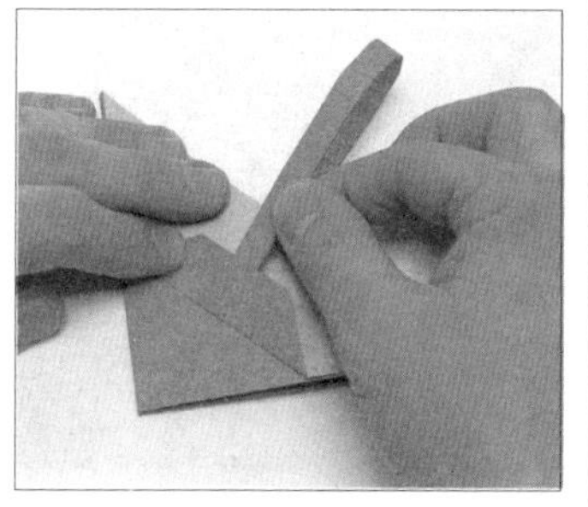

9. 把篮柄的一个末端插到第4步形成的纸片后面，直到最底端。

10. 用第5步的方法把这部分纸再往上折，使篮柄固定。在反面重复第9～10步。

11. 再把这部分的纸往上折一次，这样篮柄的位置就更牢固了。在反面重复一样的折叠。

12. 把上层的两个外角往里折，使它们的角尖和篮子顶端的竖直中心线重合。在背面重复一样的折叠。

13. 如果观察这个作品，你会看见在靠近篮子的顶端有两个菱形的纸片，以菱形最下面的那条边为折痕，把这个菱形的顶角往下拉。这个步骤能够很自然实现。然后在相邻的菱形纸片上重复一样的折叠。

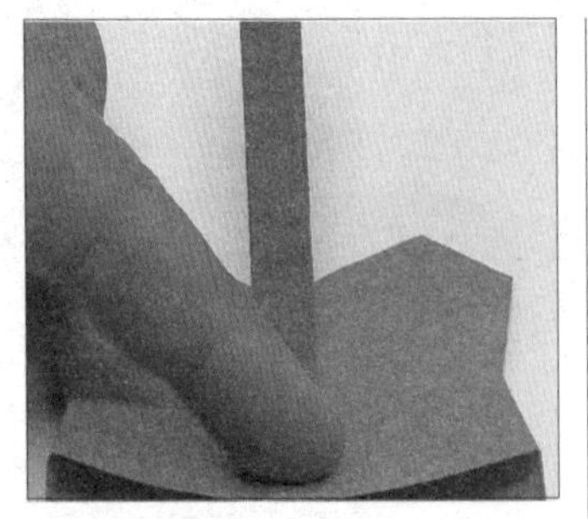

14. 把本来在这两片纸片后面的水平折边翻下来放置在前面，压平。在背面重复第13～14步的操作。

15. 如图为第13步和第14步完成后的形状。

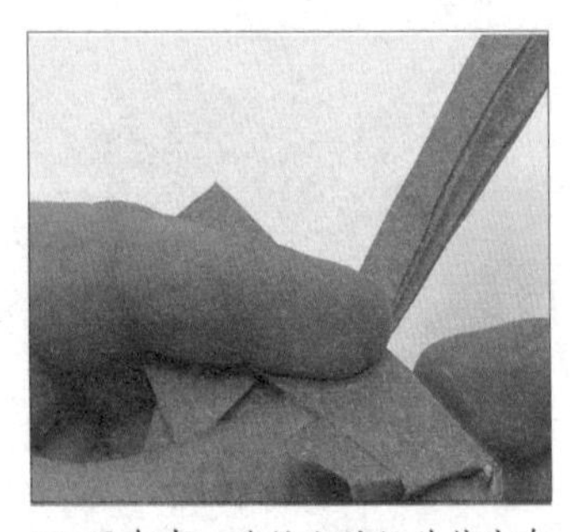

16. 现在有一些很小的纸片伸出在篮子的外面，如图以篮沿儿为界把这4个小纸片往里折（你可以先把这些纸片折到篮沿的后面，然后展开，插到最外层纸的后面）。

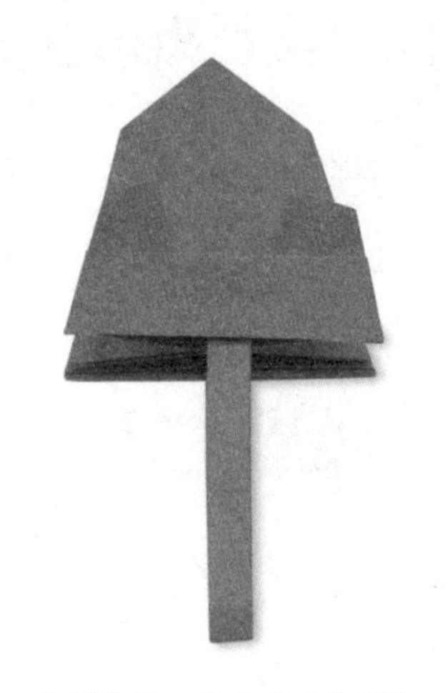

17. 如图为第16步完成后的形状。

18. 如图所示，现在还有4个小的尖角指向前方。在这些尖角上做山形折叠，并把它们插入到后面的小口袋中，这些小口袋是先前的斜折边形成的。

19. 在篮子的尖角上做一个折叠，使新的折痕和篮子的两个底角相接，然后展开。这样篮子就完成了。

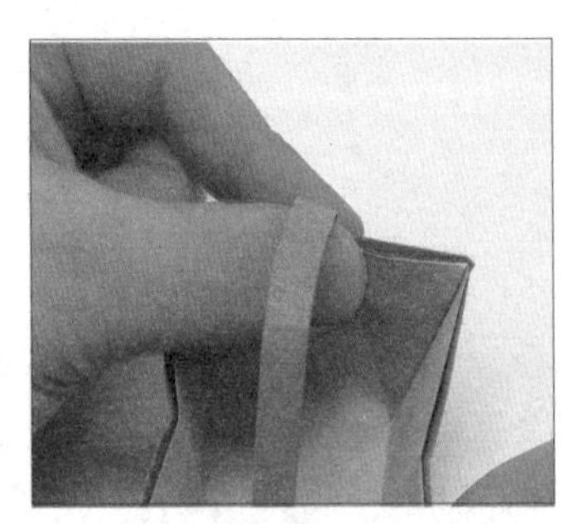

20. 用手拿住篮柄的两端把篮子轻轻地打开。然后在一些需要的地方调整折痕，使篮柄平滑弯曲，篮子形状就会更优美。

21. 图为完成后的复活节彩蛋篮。

彩蛋篮（2）

用一个包装精美的篮子盛装彩蛋，会让复活节变得非常特别。用来制作篮子的卡片与棉纸可选择水仙黄色，或者如下面所用的明亮的粉红色。

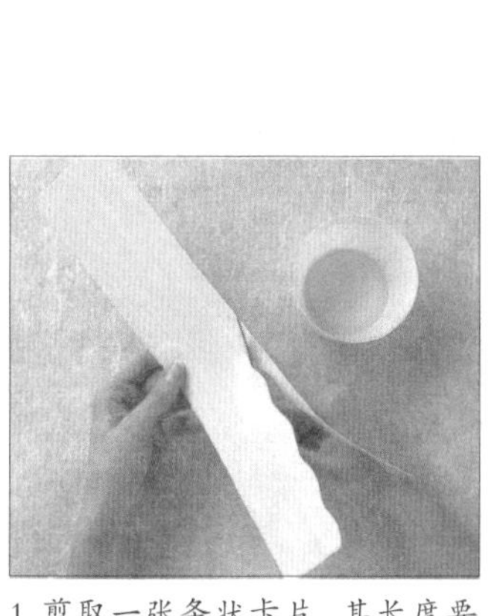

1. 剪取一张条状卡片，其长度要足以包裹住碗状物，宽度要比碗的高度略高一些。然后沿着上端边沿剪取波浪线。

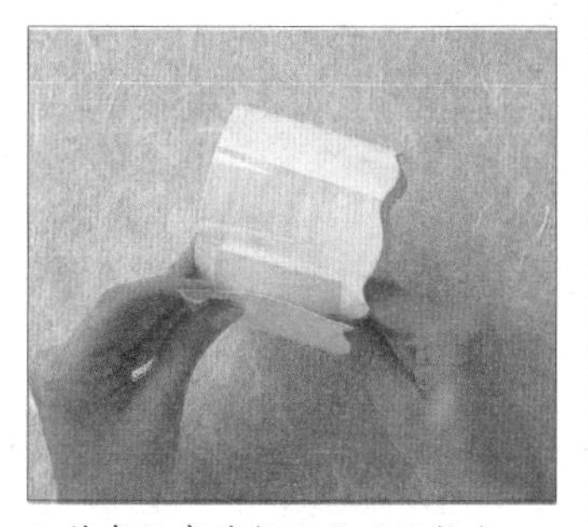

2. 将条状卡片粘贴于碗状物上。

3. 取一张正方形的金属棉纸，将其放入碗状物的底部。

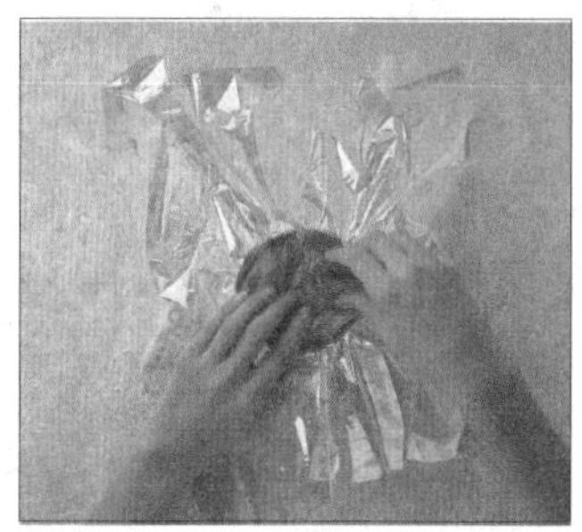

4. 将一大张亮粉色的棉纸揉皱，放入碗状物的底部。把巧克力蛋放入粉色棉纸中。将四周的金属棉纸拢在一起并用粉红色丝带系住。

糖果锥

在婚礼或聚会上摆放糖果有许多可爱又简单的方法。比如，用雅致的包装纸制成圆锥、卷上红色丝带，并在圆锥内部配上红色棉纸，最终的作品会成为聚会上的亮点。

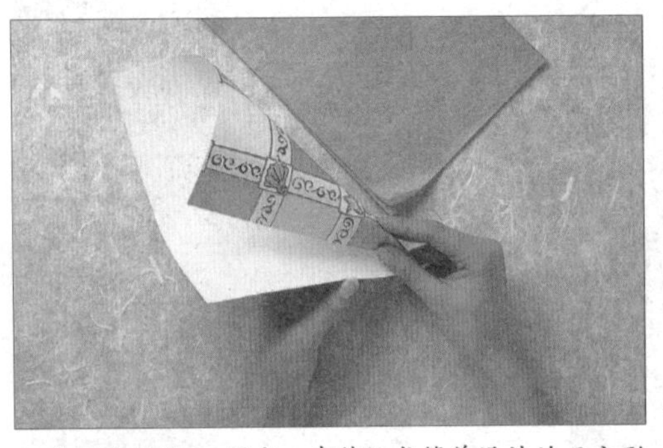

1. 选用边长为20厘米、有花纹或简单设计的正方形纸。从一个边角开始把纸卷成圆锥体。

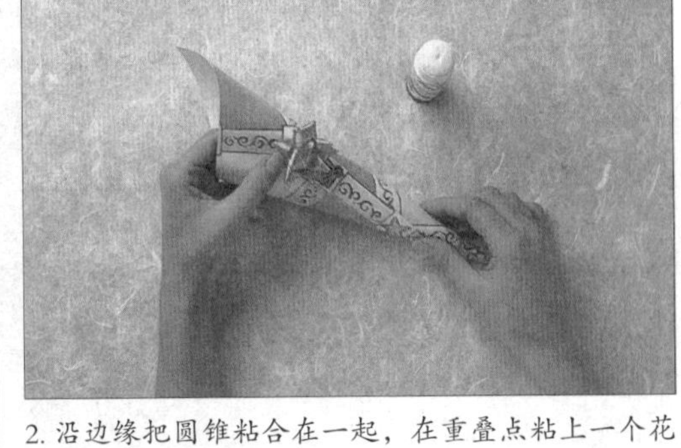

2. 沿边缘把圆锥粘合在一起，在重叠点粘上一个花饰。把圆锥的顶端压平。

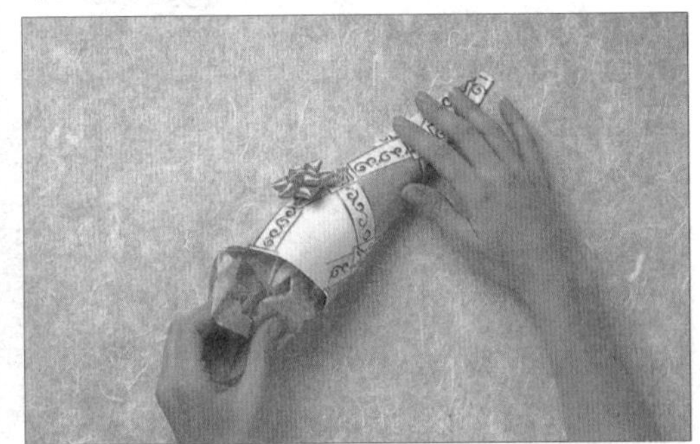

3. 把一些相配的棉纸揉皱，从开口的一端塞入圆锥内。完成后就可用来装糖果了。

带“尾巴”的糖果锥

在不同场合，可以使用不同的纸和丝带来改变糖果锥的式样。

1. 选用一张黑色正方形纸和一张金色正方形纸。首先在距离边缘 1.5 厘米的地方画一条线作为参照，然后将黑色正方形纸相邻的两边剪取成锯齿形。

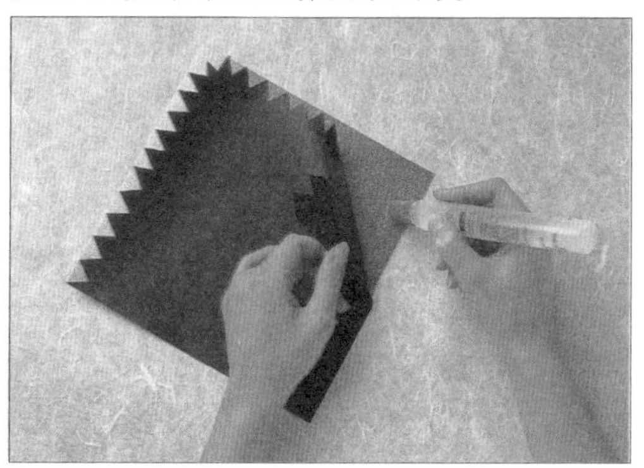

2. 把黑色纸粘贴于金色纸上，再把纸卷成圆锥，沿着交叠的边缘粘贴。

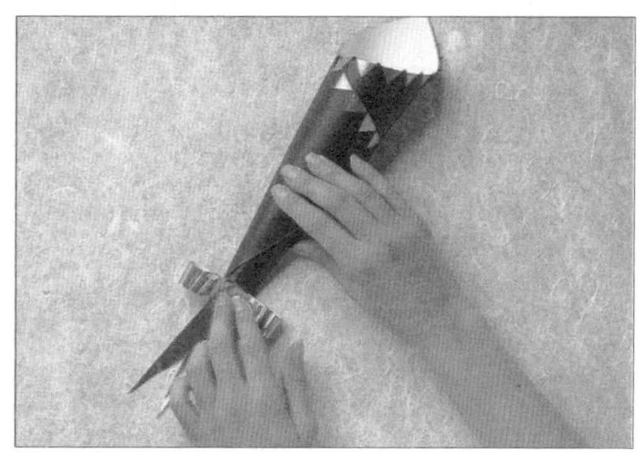

3. 轻轻地压平圆锥的顶端，粘上一个蝴蝶结或丝带。

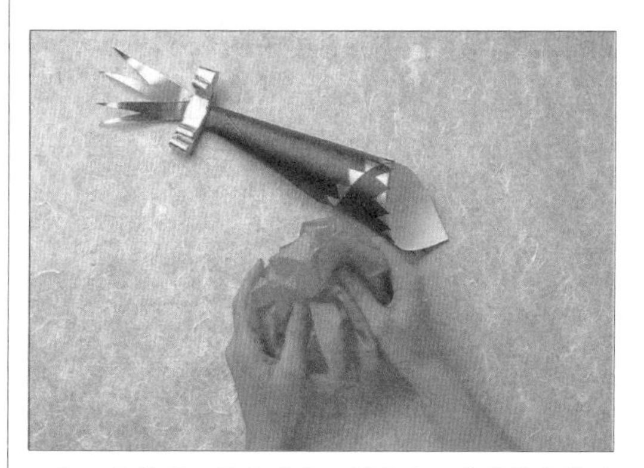

4. 取一些棉纸，揉皱后塞入圆锥内。在圆锥中装满金币巧克力。

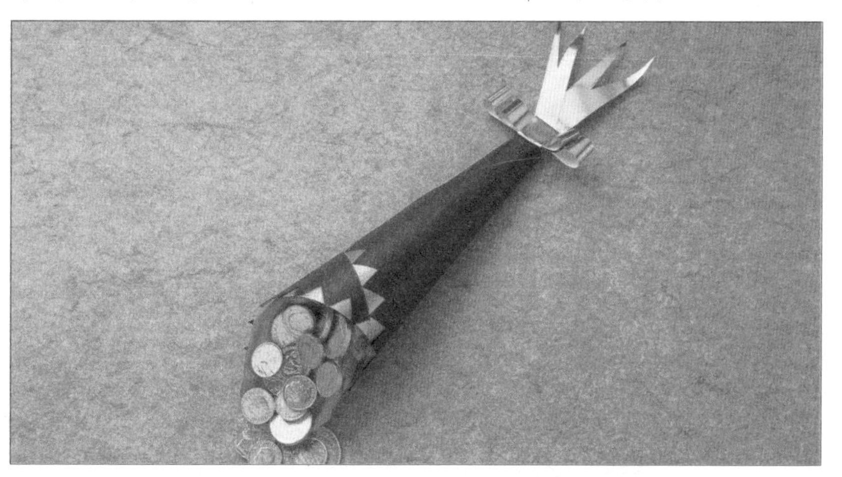

美丽的糖果盒

巧克力常常被用作待客的物品，特别是用精美的容器盛装之后更诱人。下面教你一个简单的方法，制作一个漂亮的糖果盒。

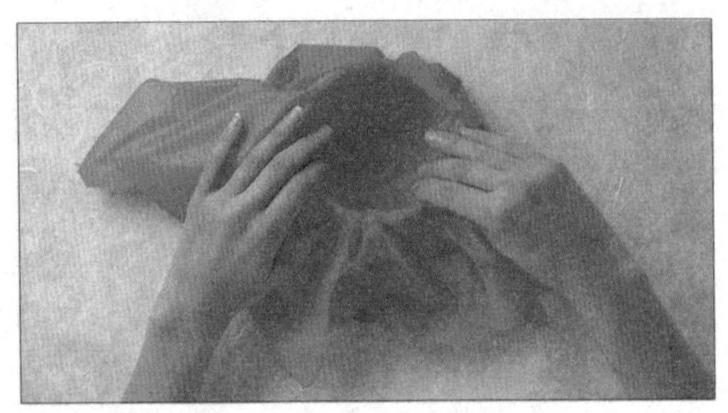

1. 用一张棉纸覆盖住整个碗状物，将纸的中心部位放入碗状物中，然后包裹住碗状物。

2. 用胶水或胶带将棉纸粘贴于碗状物的底面，在必要的地方修整。

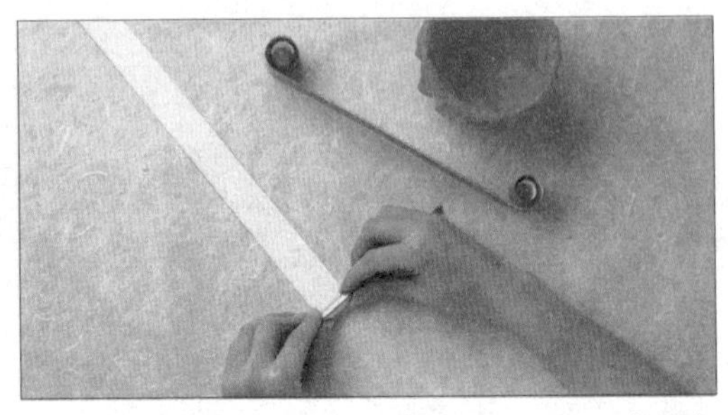

3. 剪取两条尺寸为3厘米×50厘米，不同颜色的金属色卡片。将卡片条的两端紧紧地缠绕在铅笔或颜料刷上使卡片条变卷曲。

4. 将两条卡片互相垂直粘贴起来并放入碗状物中。在容器底部放入另一张已揉皱的棉纸，并在顶端放上巧克力。

小盒子

可以把这个盒子做成不同的尺寸，在特别的时刻填满手工的糖果作为礼物。它的装饰可以有很多种方式，可以用小块的亮彩色陶器来仿效镶嵌工艺，也可以用玻璃“宝石”。

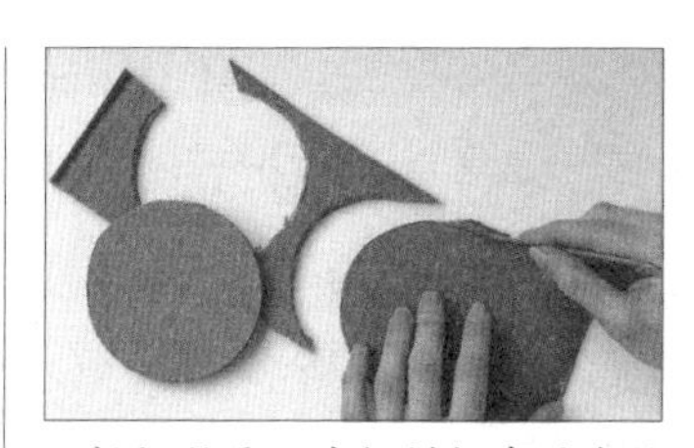

1. 根据所需尺寸把模板中的盒子部件按比例放大，除了盖柄之外，都转移至厚的瓦楞纸板中，使用工艺刀剪取。盒壁的条纹应沿着卡片的宽垂直。从薄的瓦楞纸板中剪取盖柄。

2. 组合盒子的主要部分与盒盖。把盒壁的瓦楞纸板弯成一个圆并在末端粘贴，然后把它粘贴固定于盒子底部。把盖柄固定于盒盖适当的位置。

底部和盖（2个）

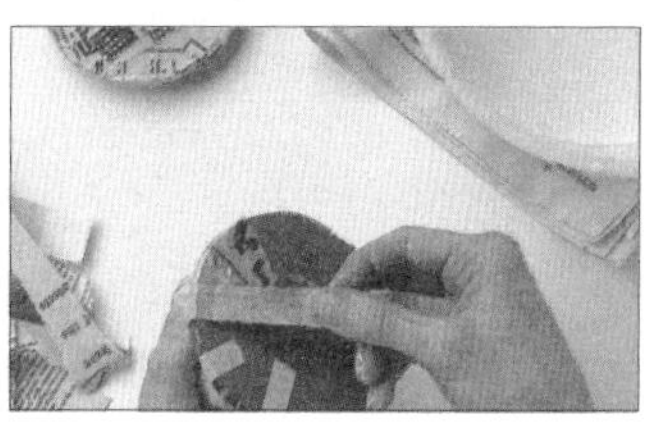

3. 把报纸撕成条浸于稀释的聚乙烯醇胶水中，在盒子的主要部分和盒盖上覆盖4层纸条。纸条要足够细，以确保得到光滑的表面。

盒壁

盖柄（1个）

4. 在温暖通风的地方让盒子干燥整晚。当盒子干透后，用砂纸轻轻地磨平表面，再涂上两层白漆。在通风的地方进行彻底干燥。

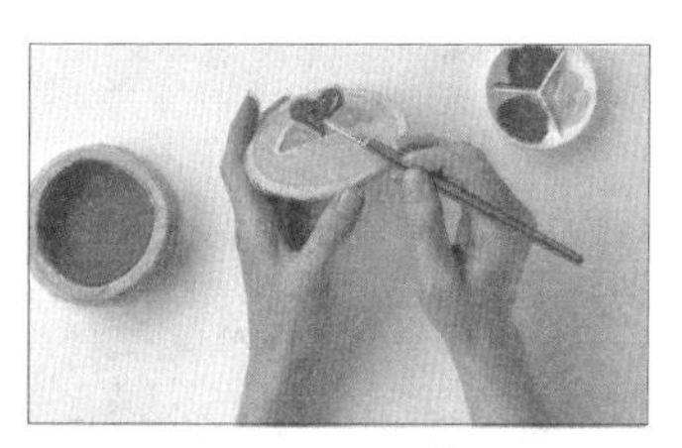

5. 使用广告颜料装饰盒子和盒盖，内外均需装饰。等颜料干后，涂上一层透明光泽清漆。

方盒

这个作品的折叠方法和后面“杂物盒”的折叠方法基本上相同，只是做了一点修改，就是在底部的折叠上把纸张折成了3等分。完成这个小盒子，你需要两张坚硬的纸张，其中用来折盖子的纸应该比完成后的盒子稍微大一点。开始的时候使当作盒子颜色的那面朝下。

1. 在纸上分别沿两条对角线对折，每次都展开。然后分别在两个方向上对折，使对边相互重合，也都展开。最后形成如图的折痕。

2. 把4个角都往里折，使它们的顶端和中心点重合。

3. 在每一个方向上3等分。

4. 如图把左边和右边的角完全展开。

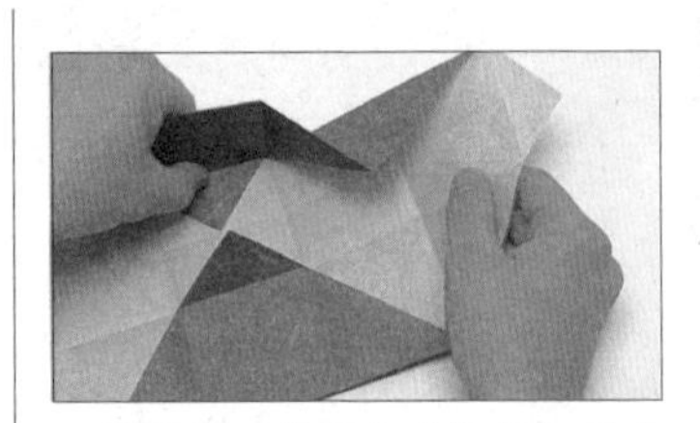

5. 利用第3步形成的折痕把顶边竖起来，使它和作品的底部垂直。同时把右角也向上呈直角竖起，如图所示，形成一个褶。

6. 如图为第5步完成后的形状。

7. 在底边上重复第 5 ~ 6 步的折叠，也形成一个褶。

8. 把第 5 ~ 7 步完成后剩下的大纸片往里折，使它盖住盒子的外边缘，从而形成盒子的形状。

9. 如图为第 8 步完成后的形状。

10. 在作品剩下的一端上重复第 5 ~ 9 步的操作。这样，盒子的底部就完成了。

11. 在另外一张纸上也做一个薄饼卷基础形。要求这个基础形比开口盒子的边都长大概 2 厘米。

12. 把开口的盒子放在纸张中央，然后把纸张的一边以直角的方式往上折，使被折起的边紧紧贴在盒子的边上。用力捏出这条折痕。

13. 在剩下的 3 条边上重复第 12 步的折叠。

14. 重复第 4 ~ 10 步的折叠，用折盒子的方法来完成盖子的折叠。

杂物盒

这种传统的盒子有一个盖子和分隔的支架。这个支架可以把盒子分成很多格，通常用可以折盒子的纸的背面来折，这样就能得到一个相关的颜色。盒子可以用来放从纸夹到首饰的任何小杂物。折这个作品之前，你需要准备同样大小的3张方形硬纸。

1. 我们先来折盒子，把第1张方形纸对折，使相对的两条边对齐，这样就能出现一条中心折痕。这时候可以看见里面的颜色就是完成时盒子的颜色。

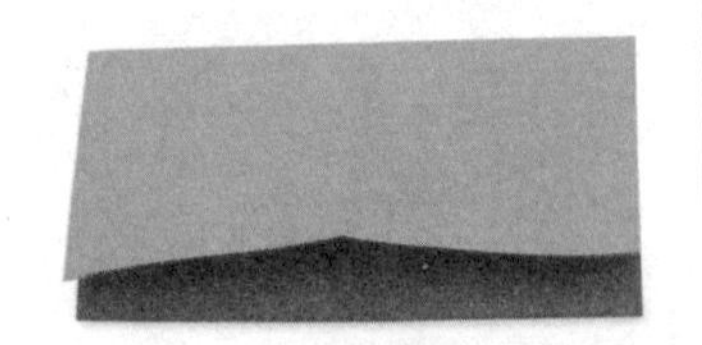

2. 展开，旋转纸张，让第1步形成的折痕垂直于你的身体。然后将另外两条边缘再对折一次。再次旋转纸张180°，使第2条折痕位于顶端。

3. 把下边沿的两个角（单层）往上折，使它们的一条边和中间的竖直折痕重合，另一条边和上面的折痕重合。翻到纸张的背面，重复相同的操作。

4. 打开第2步的折叠，然后把有薄饼卷的那一面朝上，这时候可以看见新形成的正方形。

5. 把下边缘往上折，使它和纸张的水平中心线重合，用力做一条折痕。

6. 展开第 5 步的折叠。确保这片薄饼卷的角没有翘起来。

7. 旋转纸张，在余下的 3 边上重复第 5 步的折叠，再做 3 次的折叠和展开。图为这一步完成时的折痕形状。

8. 然后把左右两边的薄饼卷片完全打开。

9. 利用第 5 步形成的折痕，重新折叠上边缘和下边缘，使它们和水平中心线重合。

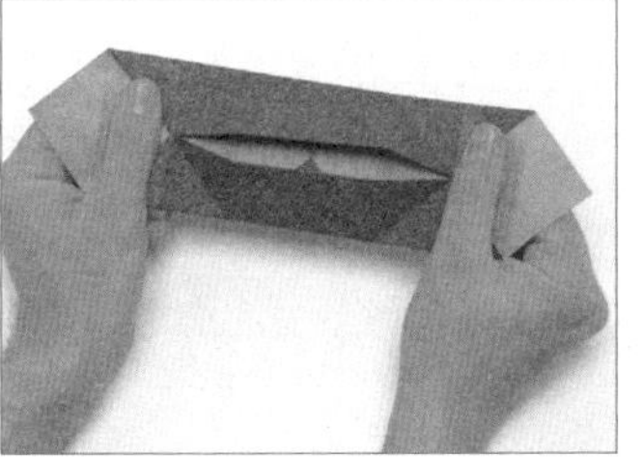
10. 如图握住纸张的两端：大拇指放在纸张的上面，其他的手指放在纸张的背面。这时候你看纸张的末端，可以发现每一端都有两条竖直的折痕，折痕中间形成了一个长方形。你的大拇指应该放在这个长方形中间。

11. 两只手握住两个末端慢慢往里推，这时候纸张的中间形成一个立体盒子的形状。其中，第 9 步形成的两条边缘变成了盒子的两条边，而在你的拇指之间的两条竖直折痕则成了盒子的另外两条边。

12. 把握着纸的手指松开，你可以看见还有两片纸在盒子的外面。通过旋转使它们正对你，然后做一个山形折叠，把它们往盒子的里面折，盖住盒子的边缘。

13. 这样盒子就完成了。现在我们要开始折盖子和分隔的支架了。

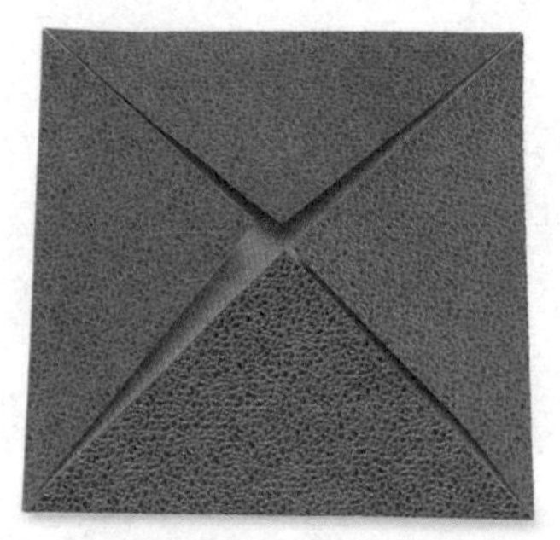

14. 从上面折盒子的第 4 步开始折盖子。

15. 这一步和折盒子的第 5 步一样，只是在把下边缘往上折的时候并不是和中心线重合，而是要折到离中心线还有3毫米的地方。不要翻起来，继续在相对的那条边做同样的折叠。

16. 为了确保盖子和盒子配套，请把刚刚折的两条边翻起来，使它们保持垂直台面的状态，然后把完成的盒子往这两个折痕的中间放。盖子应该和盒子刚好适合。然后在另外的两条边上重复一样的操作。

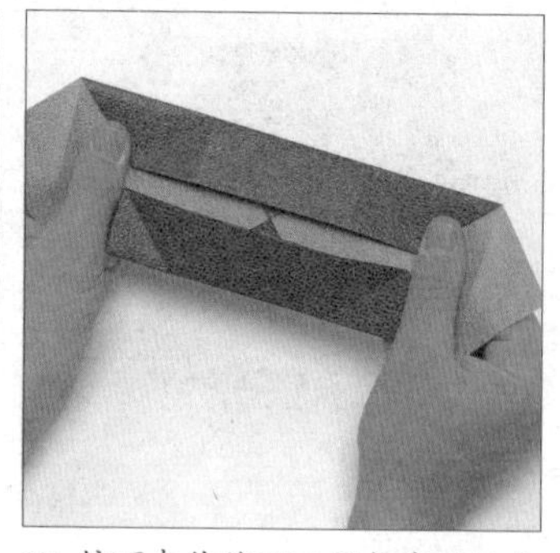

17. 接下来你就可以用折盒子的方法来完成盖子的折叠。

18. 把完成后的盖子盖在盒子上。

19. 如果你希望支架的颜色是折盒子和盖子的纸的背面颜色的话，开始的时候就要把纸张的背面朝上。分别沿两条对角线对折，然后展开。

20. 翻到背面，做两次对折（每次使两条对边对齐），然后展开。

21. 折水平的 3 分线。

22. 旋转纸张，在另外一个方向上做 3 分线。这次，你可以通过把下边缘折到对角线和上一步完成的 3 分线的交点的方法来完成这些 3 分线的折叠。

23. 展开。图为完成后的样子。

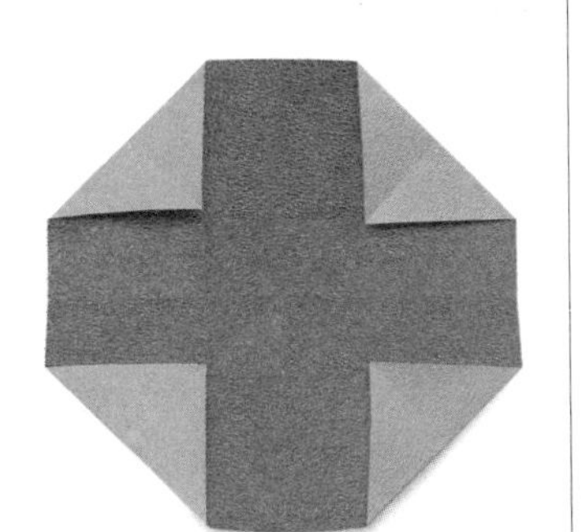

24. 把4个角往里折，和中间正方形的角相对。

25. 如图把4条边自然往里折。

26. 利用已经有的折痕折成水雷基础形，注意使上一步完成的面在外。

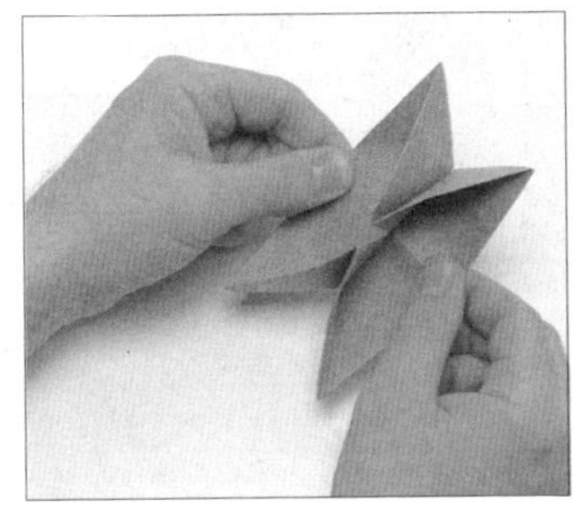

27. 把水雷基础形的顶角往下折到底边。

28. 捏住水雷基础形的两条底边和第27步往下折的小三角形，打开，使两个外翼分离。这时中间部分并不是平的。

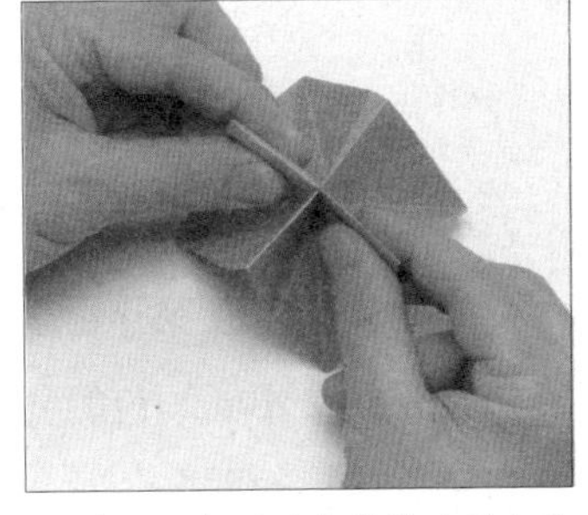

29. 在已经打开的水雷基础形上你可以看见一条水平的折痕，顺着这条折痕做一个山形折叠。如果这时候你把它放在工作台面上，并用力往下压，就可以很明显地看到支架的形状。

30. 把整个作品翻转过来，用你的拇指和食指顺着原有的折痕仔细地捏支架的4个底面，使4个底面组成一个大平面。

31. 如图把完成后的支架放在盒子里。

有盖盒子

这个盒子可以保存物品或隐藏一个惊喜。制作几个不同颜色的盒子组成一套，可以赠送给你的朋友。

1. 盒子与盒盖制作方法相同。根据所需尺寸将模板按比例放大并转移至彩色薄卡片上，使用工艺刀小心地剪取下来。将短边折起形成直立的侧面。

2. 接下来，在中间的短边上涂上胶水，粘住侧面。重复相同的步骤来制作盒盖，再把它盖在底部上，完成盒子。

连体礼品盒

这个盒子由单张的卡片制作而成，四周能够紧紧地合拢，用来装糖果或小饼干是十分结实的。你还可以根据自己的需要把这个盒子做成高的或是扁平的。

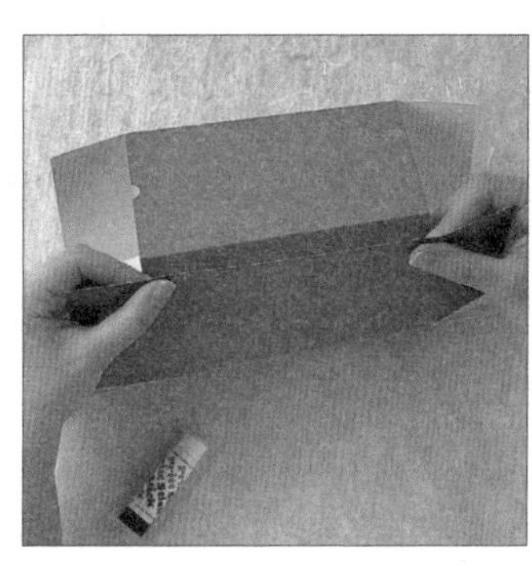

1. 根据所需尺寸将模板按比例放大，再把它转移至卡片上并用工艺刀剪取下来。沿着短边的背面折痕进行刻划。把盒子的侧面折起并将末端的短边粘贴在一起。

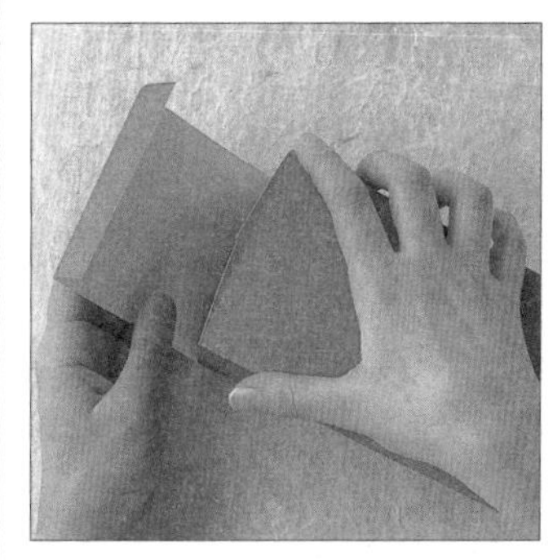

2. 把盒子底部的短边互锁，在无胶水的情况下也可以安全地互锁。

别针盒

别针盒是一个简单却又实用的作品，也可以用作餐桌的装饰品，用来盛放聚会用的小物件。完成这个作品你需要一张硬的方形纸。

1. 在两个方向都做 3 等分折叠，形成如图所示的折痕。如果你先沿着对角线折一条前折痕，那么第 2 个 3 等分折叠就不用再通过大概的估计来完成，而只需要简单地把两条自然边往中间折，使新的折痕通过对角线和前一个 3 等分线的交叉点就可以了。

2. 使作为盒子颜色的那面朝下，把相对的两条外边折到第 1 条水平折痕线的位置，也就是说，这是两条 1/6 的折痕线。

3. 旋转 90°，在剩下的两条相对边上也折 1/6 线。

4. 用一只手捏住底边，另一只手捏住被部分盖住的尖角，并把它往外拉，如图压平。在剩下的3个角上重复一样的折叠。

5. 如图为第4步完成后的形状。

6. 翻到反面，把上下两个外边往里折，使它们和水平的中心线重合。如图为完成这一步后的形状。

7. 再翻到反面。

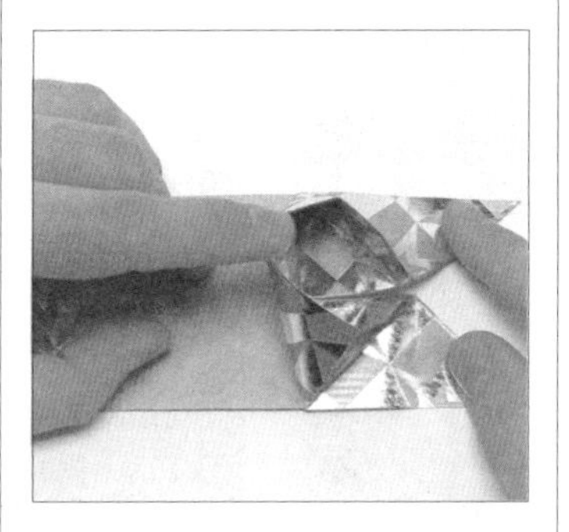

8. 用一只手按住右边的两个尖角，另一只手的手指放到如图位置，把这个长方形往左拉，直到它被拉到作品中间。这时候你就可以把它压平成一个菱形了。在左边重复一样的折叠。

9. 如图为两边都完成第8步后的形状。

10. 在作品上做一个谷形对折，把上部折到下部。

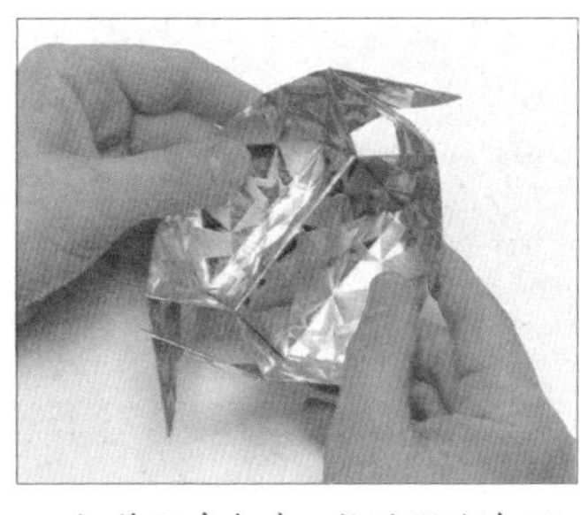

11. 把作品拿起来，长的那边在下。然后轻轻拉开顶边的两个口袋，形成别针盒的两个隔间。摆正两个尖角的位置，使其中一个在另外一个的上面。

12. 把其中一个尖角插入到另外一个的尖角中——这是很难的。

13. 最后把这两个锁住的尖角作为整体往外翻，使这两个纸片和底边平行。用手指把折痕都弄平滑。

书桌整理盒

简单的盒子可以有多种用途，下面的这个盒子对于那些书桌上的零碎物品来说就是再理想不过的容身之处了。

1. 根据所需的尺寸将模板按比例放大并转移至一张薄卡片上，用工艺刀裁取下来。把侧面短边折入。

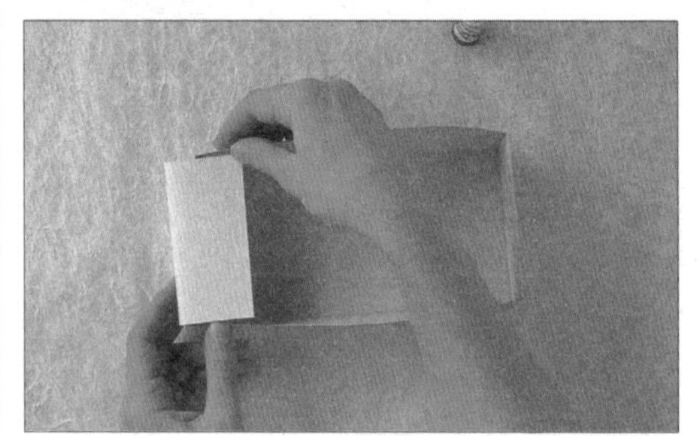

2. 在连接底部的短边上涂上胶水，向侧面短边内翻折后粘贴牢固，将盒子锁住。在盒子里放入铅笔、钢笔、墨水瓶或其他有用的物件。

曲边盒子

无论两部分是分开还是组合在一起，这个与众不同的盒子都是一样美丽的。为了达到最好的效果，可以选择两种对比色或是互补色的卡片来制作盒子的两部分以突出曲线。

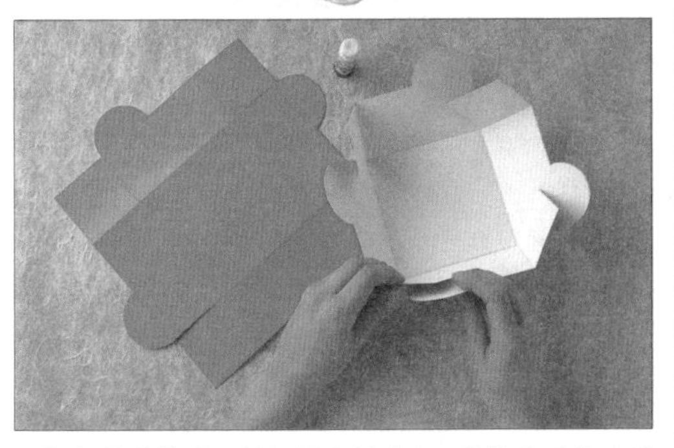

1. 根据所需将图示模板按比例放大，转换至两张不同颜色的卡片上。用工艺刀剪出图案，在曲线附近时要特别小心。两部分使用相同的方法制作：折叠起来将短边粘在半圆下，构成侧面。

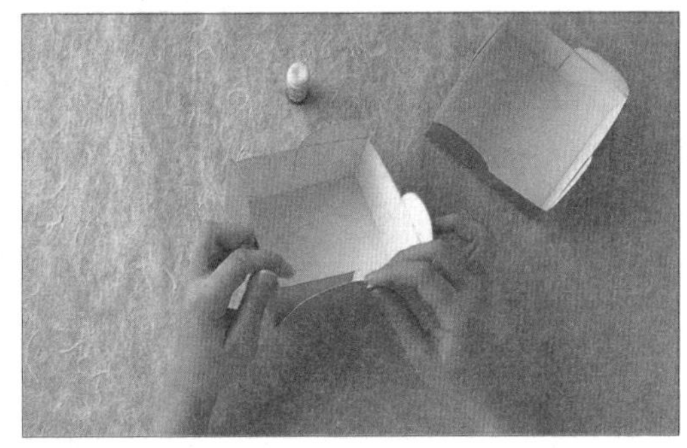

2. 另一半重复相同的步骤，将每一边粘贴牢固。

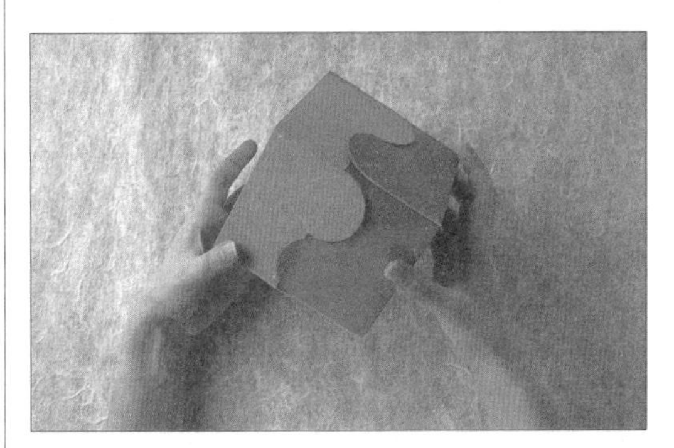

3. 互锁两部分将盒子组装起来，确保每个半圆露在盒子的外面。

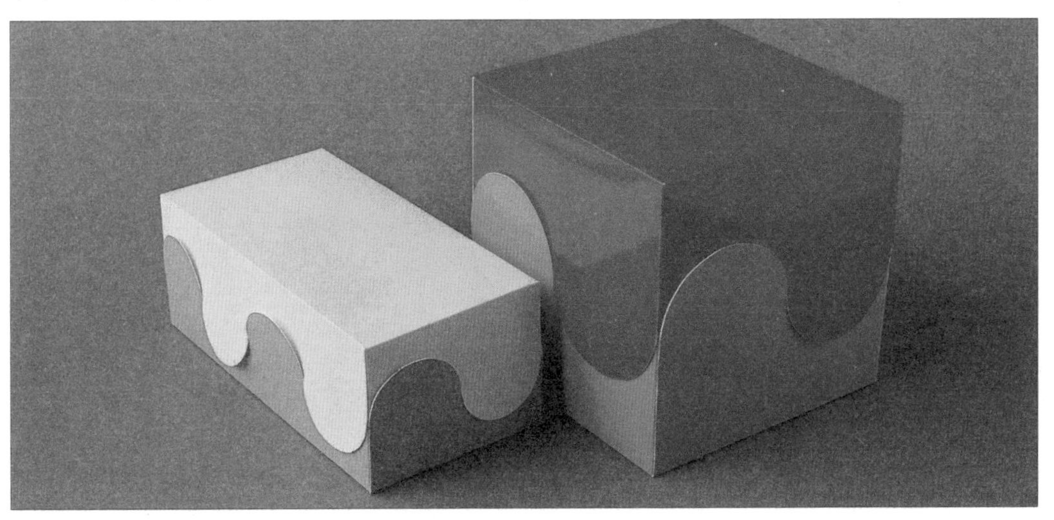

星星盒子

以下是一种较为简单的装饰用折纸盒子。制作一个方形的直边盒子相对比较容易，譬如传统盒子作品。随着最后的形状变得复杂，技术的难度也会增加，这个设计是相当大胆的。使用一张正方形的折纸专用纸，彩色面朝上。

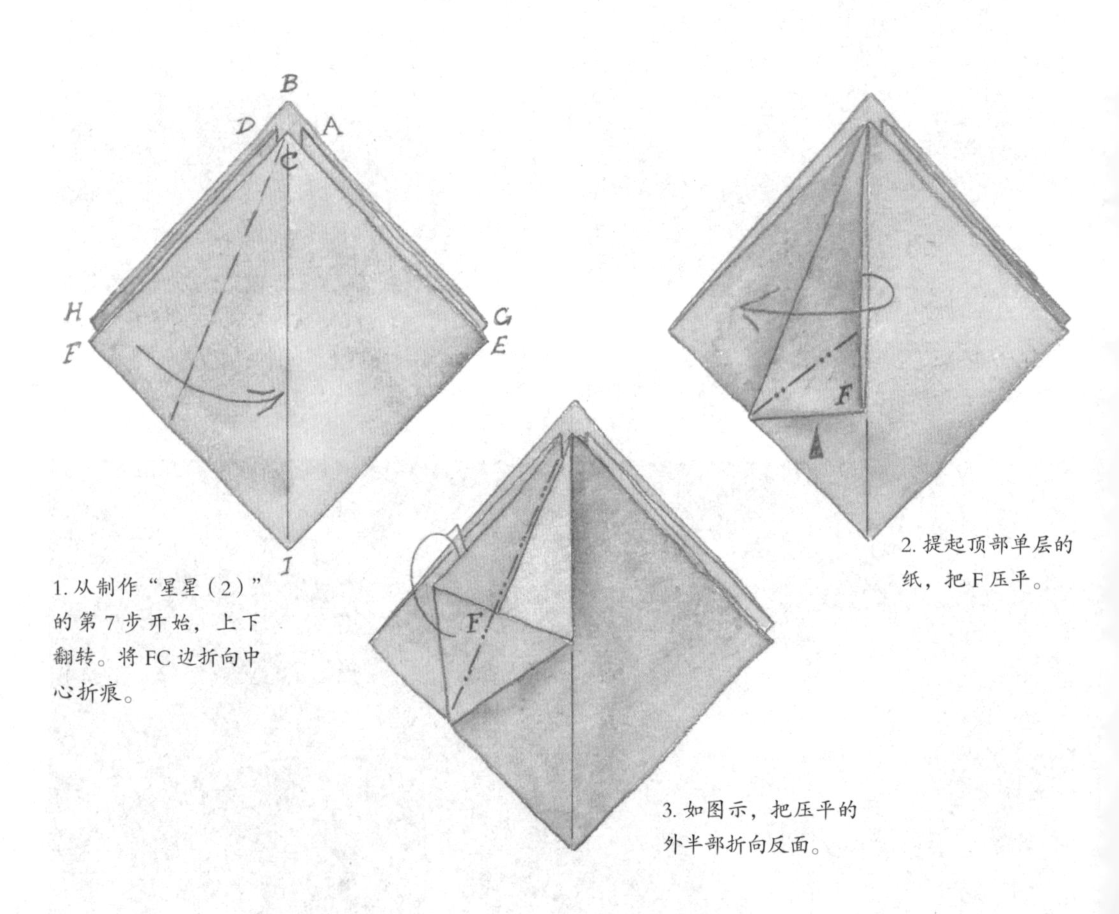

1. 从制作“星星（2）”的第7步开始，上下翻转。将FC边折向中心折痕。

2. 提起顶部单层的纸，把F压平。

3. 如图示，把压平的外半部折向反面。

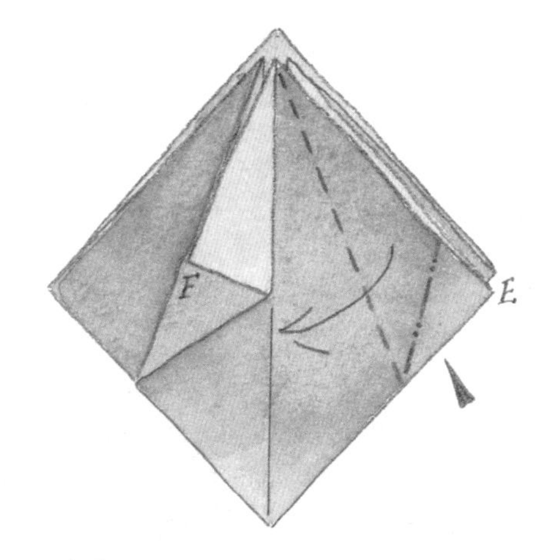

4.E 点重复第 2 ~ 3 步。

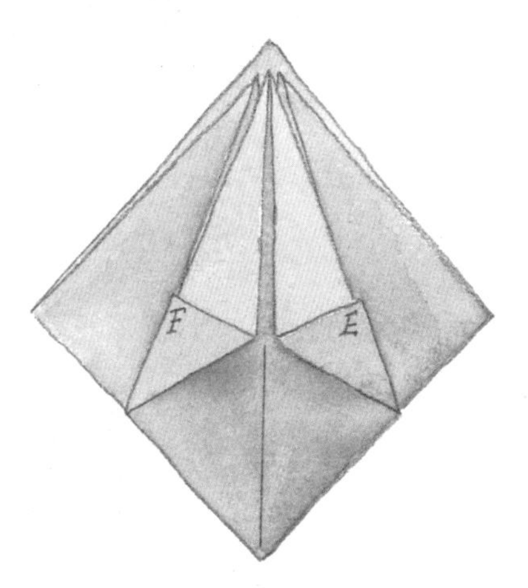

5. 翻转。

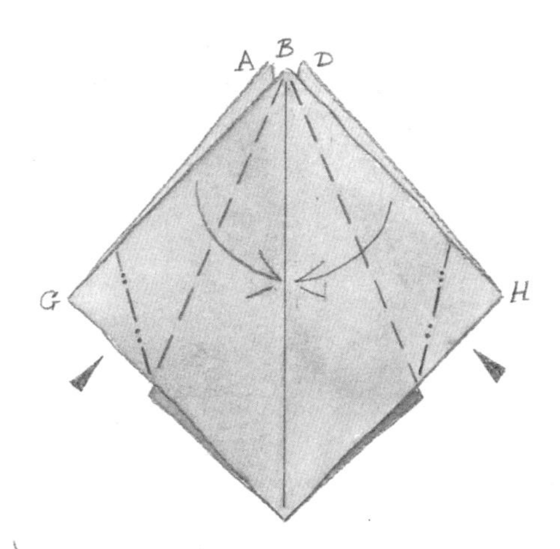

6.G 和 H 重复第 2 ~ 4 步。

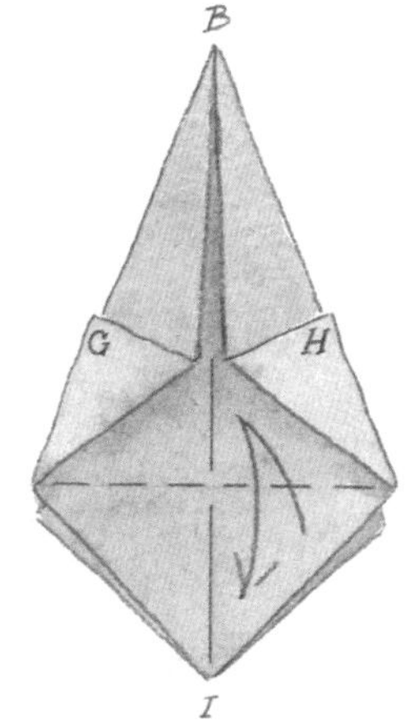

7. 沿着纸张最宽处折出折痕再展开。为了便于进行第9步的操作，谷线可以再进一步进行山形折叠。

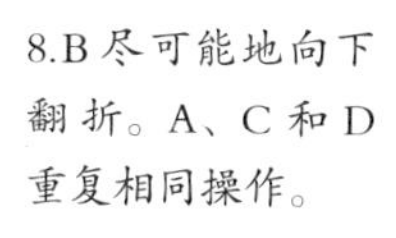

8.B 尽可能地向下翻折。A、C 和 D 重复相同操作。

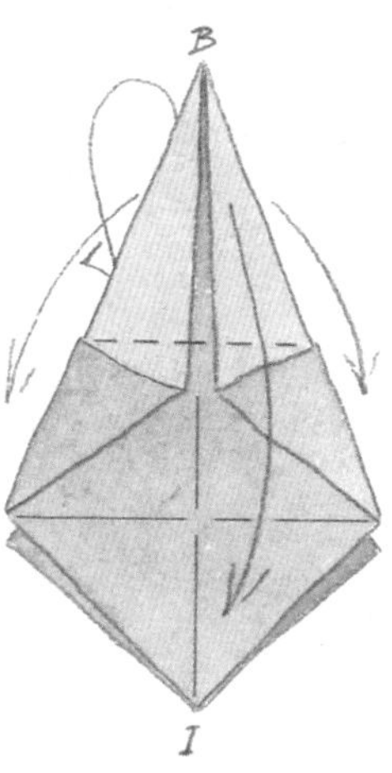

9. 打开盒子，沿第 7 步中折痕把底部压平。

10. 星星盒子制作完成。

便笺盒

取一个普通的手写便笺簿和一些信封，把它们用一个特别的便笺盒装饰起来。这些不同的便笺盒都可以用装饰纸和卡片做成。

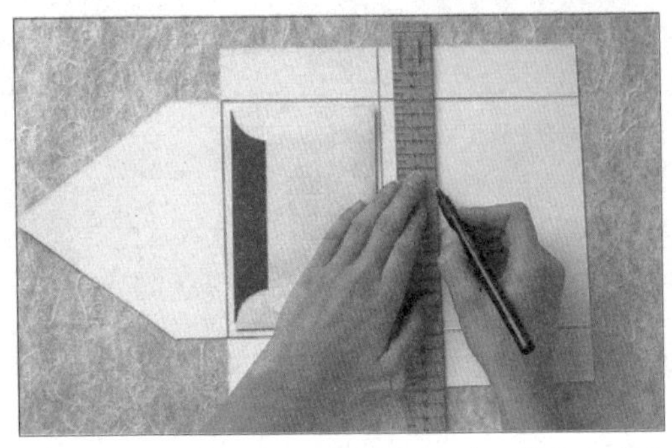

1. 使用一个信封来确定便笺盒的尺寸。剪取一张卡片，长为信封的长度再加上 8 厘米，宽为信封宽度的 3 倍再加上 8 厘米。

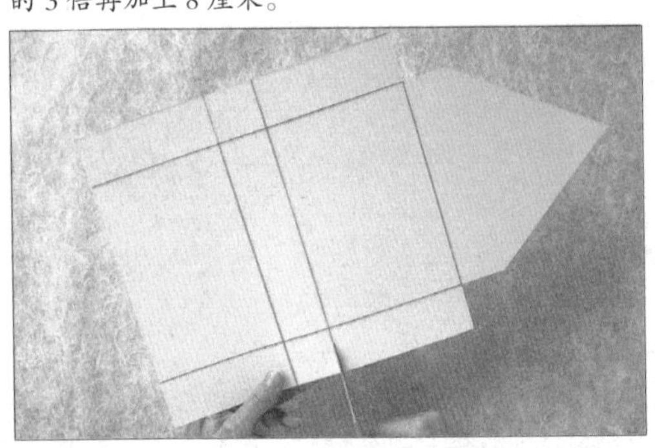

2. 裁剪卡片，根据想要完成的便笺盒的风格决定有没有尖角的边。

3. 在卡片无记号的一面涂上胶水，用褐色的纸覆盖并粘贴，然后修整边缘。在示例中，用来覆盖的纸上面的装饰是手绘完成的，但是你可以根据需要使用任何的包装纸或者墙纸。

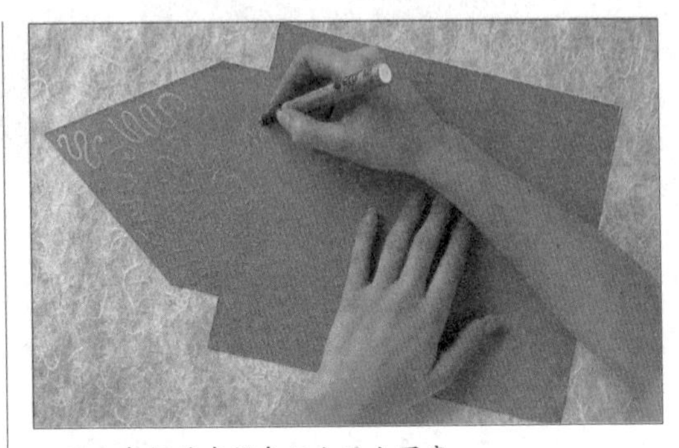

4. 用金色钢笔在褐色纸上画上图案。

5. 在便笺盒内部，沿标记的线刻划出短边的线。

6. 制作便笺，需从手写便笺簿中取 6 张纸，然后在每张纸上贴上一张褐色纸或是包装纸。根据尺寸修剪。

7. 如前所述，用金色钢笔画图案用来装饰褐色面。将纸对折，把6张便笺和信封放入便笺盒中。

8. 接下来，把便笺盒合拢并粘合在一起。制作封口，需把纸钉推过封套边的尖端以及盒子上短边的前方。用环绕于纸钉上的线来固定。

废纸箱

废纸箱可以作为雅致的礼物赠送友人，并且这个礼物能马上派上用场。你可以在废纸箱上包上与友人的房间装饰相匹配的纸，或是有你喜欢的图案的纸。

1. 制作这个废纸箱，首先要从厚卡片上剪取边长为20厘米的正方形作为底面，再剪取4个宽为20厘米，高为25厘米的侧面。将所有卡片的一面都覆盖上深色调的纸。

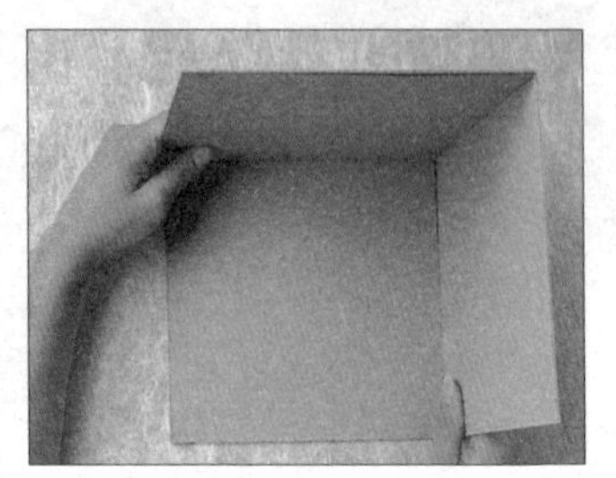

2. 使用冲击黏合剂，将侧面粘贴于底面上，并且侧面之间也相互粘贴住。

3. 现在从装饰纸上剪取边长为24厘米的正方形。将装饰纸牢固地粘贴于底面上，边角沿对角线剪开。将转角向上围绕粘贴于箱子的侧面上，以增加牢固性。

4. 剪取一张足以围绕整个盒子侧面的包装纸，将纸粘贴于盒子上并在底部进行必要的修整，完成最后的加工。

5. 在盒子顶部，将边角剪斜后，把多余的纸向内翻折并粘贴于盒子的内侧面。这样看起来会非常专业。

礼品盒

以下用一种简单而流行的方法，教你制作一个外形精美，可用来包装礼物的盒子。这个可爱的盒子也可以用来装物品。

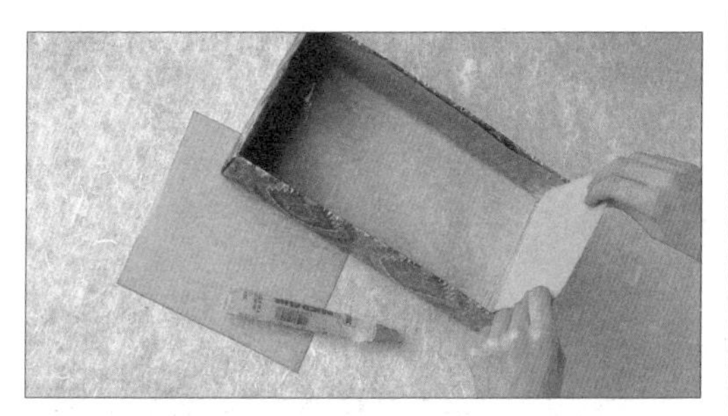

1. 用花纹纸包裹住鞋盒外表面。

2. 把纯色纸排列整齐，粘贴于鞋盒内表面。

3. 将鞋盒盖的内外表面用纯色纸粘贴覆盖。将一些与纯色纸颜色协调的棉纸轻轻揉皱，垫放在鞋盒底部，再放入礼物盖上盒盖。

4. 用从花纹纸上裁取的条形纸带粘贴在盒盖上代替丝带，做进一步的装饰。

礼品袋（1）

这个礼品袋制作起来十分简单，但能带给人一种雅致的感觉。它不但可以取代包装纸，而且因其足够牢固，可以盛装各种礼品。

2. 接下来，粘贴侧面的长边，构成袋子的形状。

1. 根据所需尺寸将模板按比例放大并转移至装饰纸上，然后小心地用工艺刀裁剪下来。在折痕的背面小心地划线以使它们更容易折叠。把袋子顶端的边向内翻折并粘贴。

3. 先把短边折入，然后把袋子底部的边粘好。

4. 轻轻地按压侧面的长边，使侧面向内凹，形成袋子侧面的褶。

5. 用打孔机在袋子每一面的顶端各打两个孔。剪取两段短的丝带并将丝带的末端分别穿入孔里，在孔的背面将绳的末端打结固定，制成两个手环。

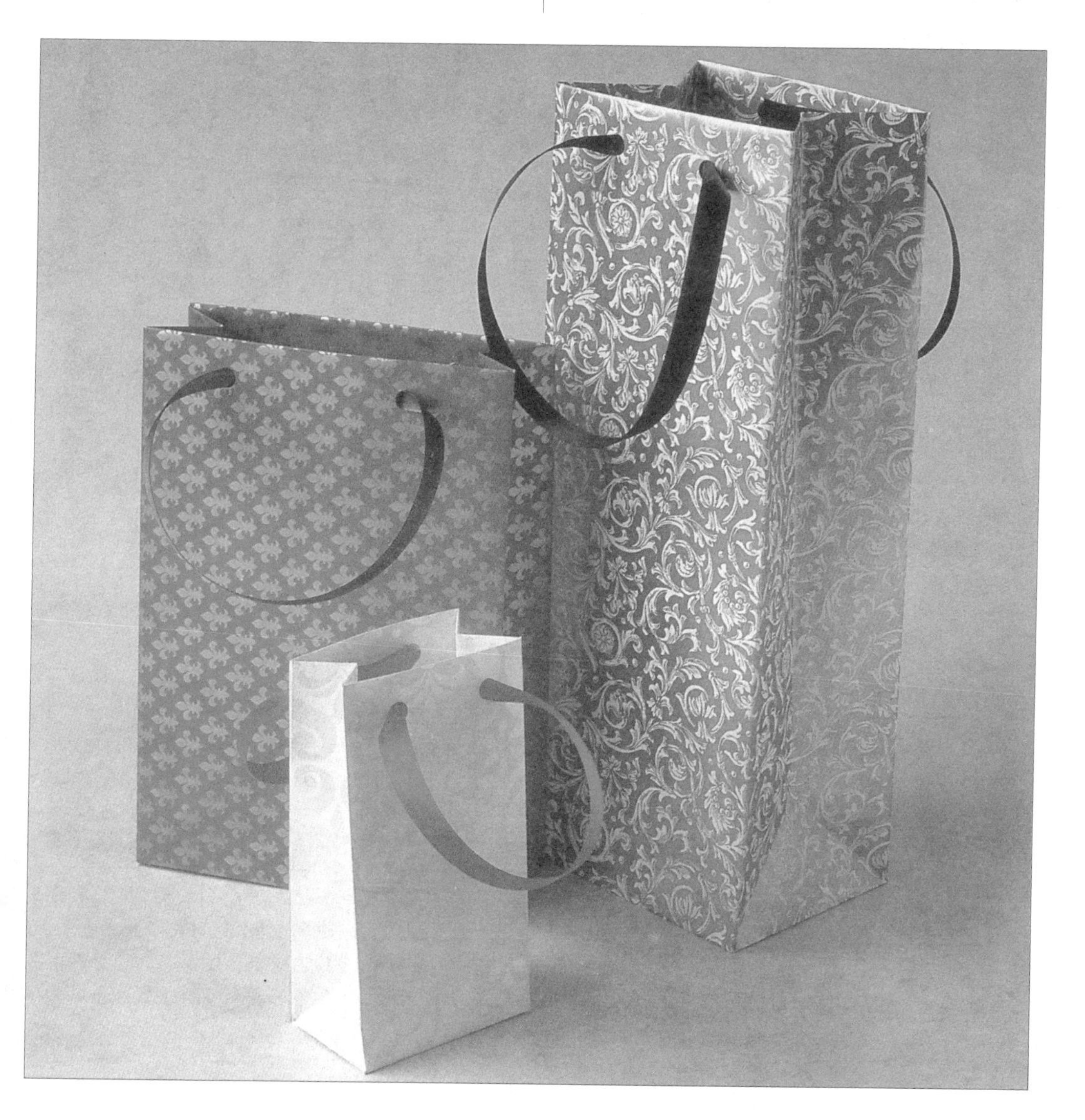

礼品袋（2）

这个作品在顶端有很巧妙的开合设计。第1次折这个礼品袋的时候，你可以选择脆的纸，然后可以尝试使用柔软的或者有纹理的纸张来完成一个更漂亮实用的礼品袋。纸张的大小要求是A4纸，并且开始的时候使作袋子颜色那一面朝下。

1. 首先如图放置纸张，使长的一边置于水平位置。然后做两条3分线，展开。

2. 在左下角上折一条45°的折痕，使角本来的竖直边和最近的水平边重合。这条折痕不需要很用力，因为它只是后面步骤的前折痕。

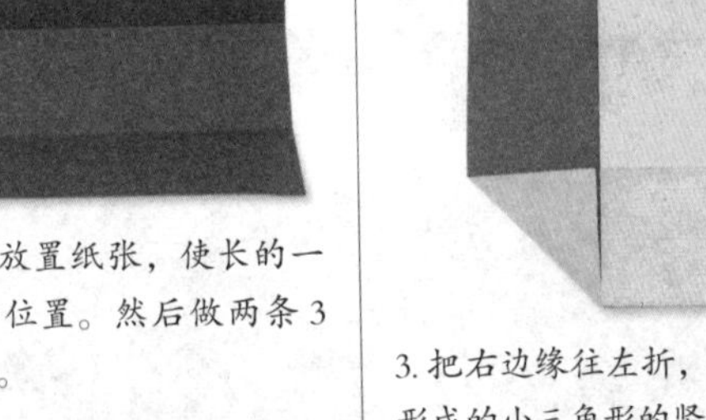

3. 把右边缘往左折，使它和第2步形成的小三角形的竖直边重合。

4. 展开。然后在相对的边上重复第2～3步。

5. 展开第4步。如图所示为完成后的折痕形状。

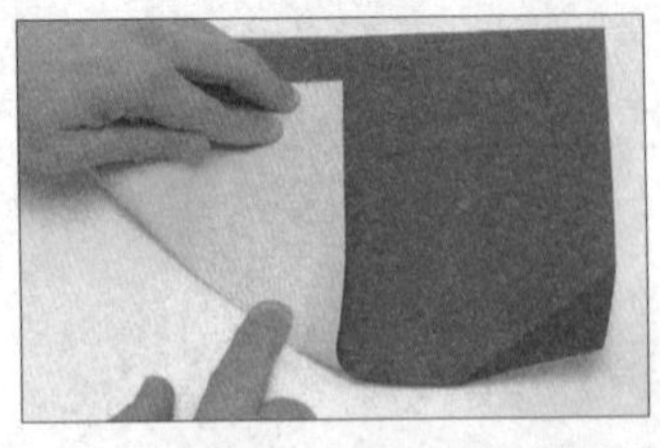

6. 把左下角往上折，使本来的底边现在和较远的那条竖直边重合，如图所示。注意这次只需要捏出最下面的中心正方形内的那部分折痕。

7. 展开第 6 步的折叠。

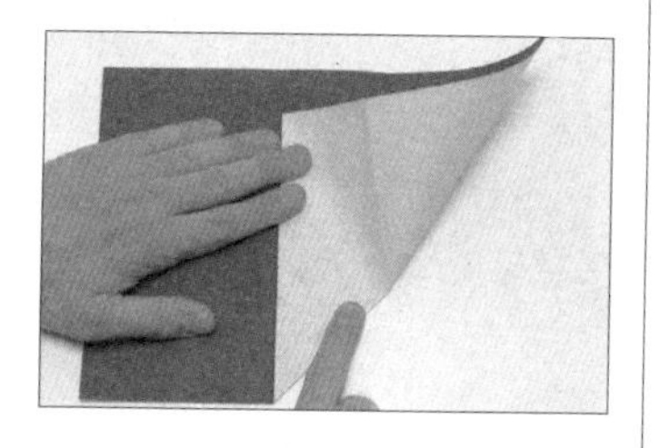

8. 在右边的纸上重复第 6 步的折叠，同样也只折出在下面的中心正方形内的那部分折痕。然后展开。

9. 如图为第 8 步完成后的形状。

10. 然后在顶边上重复第 6 ~ 9 步的操作。

11. 利用已经存在的折痕把顶边往下折，使它和下面的那条 3 等分线重合。

12. 顺着上端中心正方形中的斜折痕，如图把一部分自然边往外折。现在这个作品就是三维的了。

13. 在作品底边的同一个末端重复第 11 和 12 步的操作。如图显示的是经过转变位置后的形状，这时候你已经可以看到第 12 ~ 13 步后形成的袋子。

14. 在袋子底的正方形上有两个小的三角形纸片，这两个小三角形上有一条斜的折痕，顺着这两条折痕把这个小三角形纸片对折。

15. 这样，作品变成了三维的袋子形状，你可以发现有两边是两层纸交叠的。

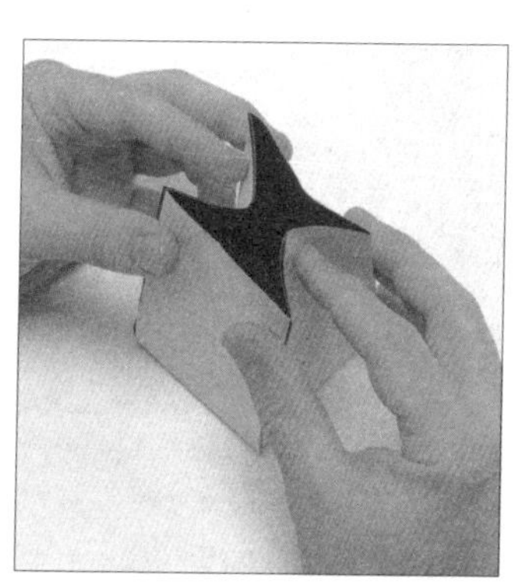

16. 如图在袋子的开口处把前面和后面的纸张捏压在一起，往中间折。

17. 如图捏住顶端部分。

18. 捏住所有的纸层，把上边缘往下折大约 1 厘米的宽度，形成一条贯穿袋子顶端的边沿。如果你用的是更大的纸张，那么这个宽度也应该相应变大。

19. 把这条水平边沿的一半展开，使它向上竖起。这时候把中间部分的纸张压平，你可以看见一个类似于领结的形状。

20. 把第 19 步展开的纸张折到袋子的后面，使整个袋子对称。

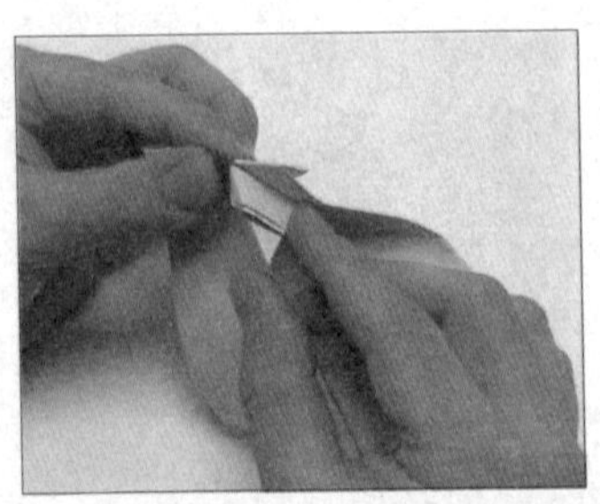

21. 如图在顶端的所有角上都做山形的折叠，使它们插入到纸层的中间位置，这样就完成了袋子的扣。

22. 图为完成后的袋子形状。

漂亮的纸袋

使用一种自己喜爱的颜色的纸或包装纸制作这个简洁的纸袋。你可以自己设计样式。这个纸袋可以用于存放钱、照片或者特别的信件。

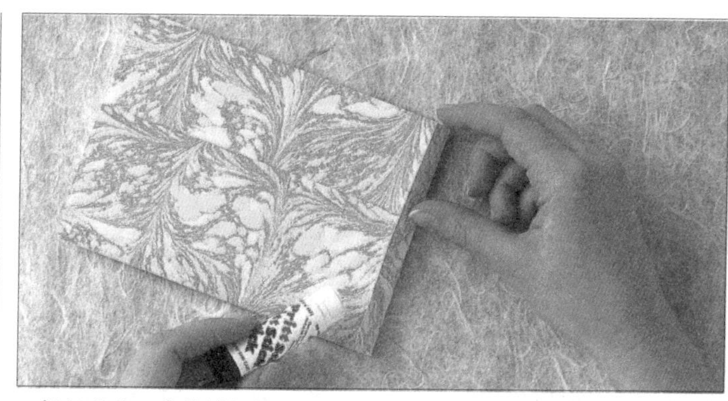

1. 根据所需尺寸将模板按比例放大，再转移至纸上。用工艺刀将边沿裁去。将侧面向内翻折，并将两侧面的长边互相粘贴固定。

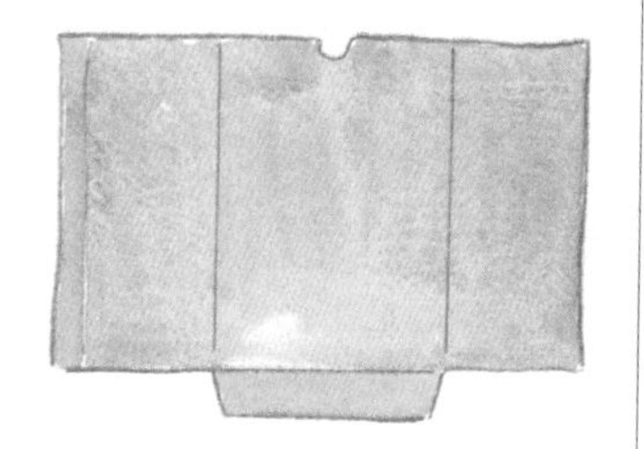

2. 将底部短边粘贴封口，纸袋就可以使用了。

封口的袋子

这个袋子有一个锁住的封口，可以保护内部物品的“安全”。你可根据自己的设计选择一张喜欢的纸或是简单的纸来完成这个作品。

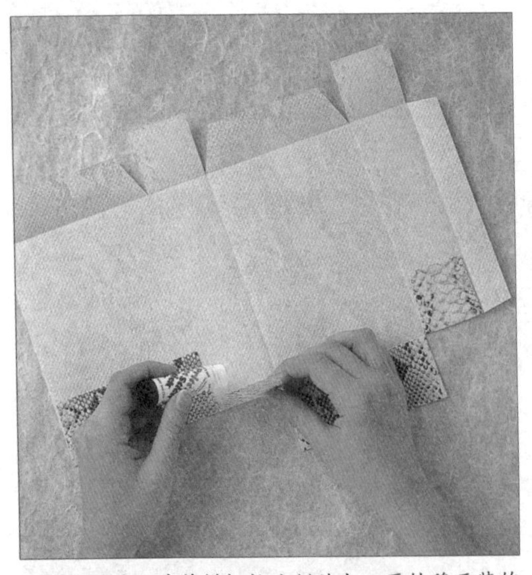

1. 根据所需尺寸将模板按比例放大，再转移至装饰纸中，用工艺刀把模板形状剪取出来。在折痕背部进行刻划以使它们更容易折叠。沿着顶端边缘把除了封口以外的所有边向下翻折并粘贴。

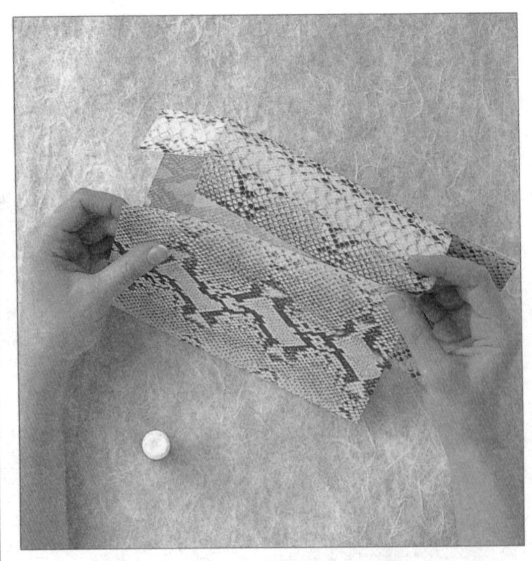

2. 粘贴末端的短边，形成袋子。

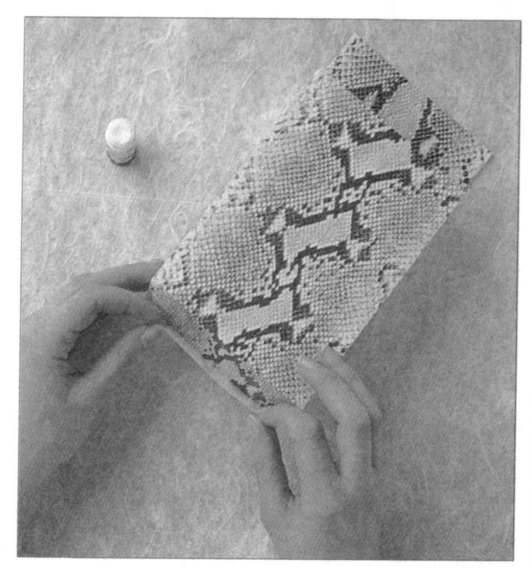

3. 先把短边折入，粘贴盒子的底部。

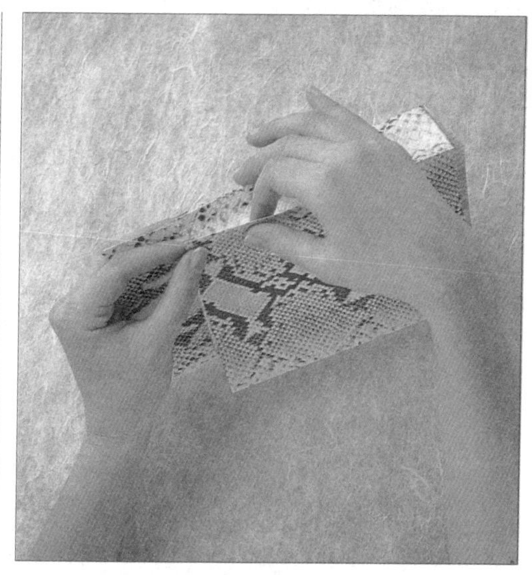

4. 轻轻地同时按压侧面的两条长边使纸向内凹进，做成袋子侧面的褶。把剩余的短边向下翻折，插入褶的前半部分，封好袋子。

球体包装

一直以来，球状的礼品都是较难包装的，可以用以下方法解决这个问题：把礼品放在纸中间，用纸将礼品包起，使纸的边缘在礼品上部形成一束，并用丝带打结，或是将纸打褶。在此选择将纸打褶。

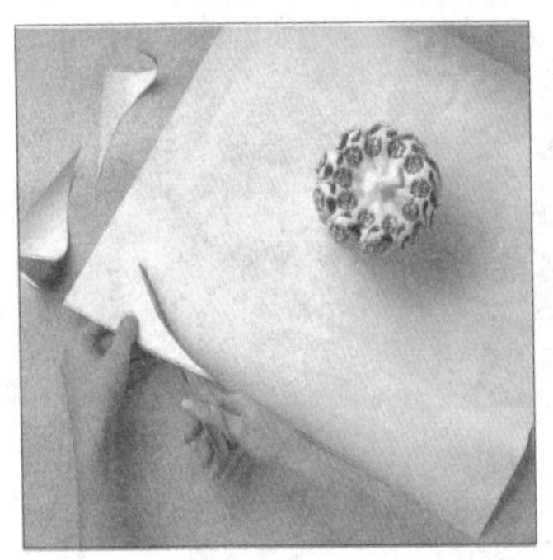

1. 将礼品放置于一张方形纸的中央。将纸的边角剪成圆形，使方纸变圆。

2. 开始制作时，先捏住纸边缘的一部分，拉至礼品上方，接下来将纸沿着球体一周打褶。在制作过程中用胶带固定褶。

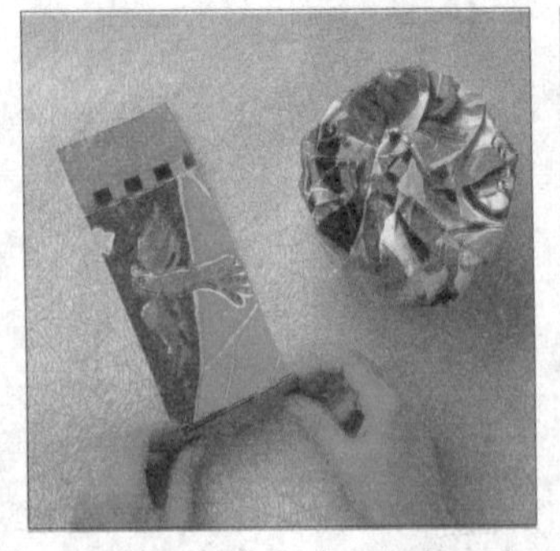

3. 继续整齐地打褶直至绕完一圈。制作一个褶形扇来装饰顶端：取用一长条纸对折，正面朝外；沿纸长打褶。

4. 然后，捏紧褶形扇的底部，把扇形打开。用双面胶把它粘贴在礼物上。

蝴蝶结形礼品包装

下面教你一种通过制作立体的蝴蝶结包装纸来包装礼物的有趣方法。

1. 先用一张简单的绉纸包装礼品，然后制作蝴蝶结。需剪取5厘米宽的对比色绉纸条，再把它分剪成6厘米长的小纸片。

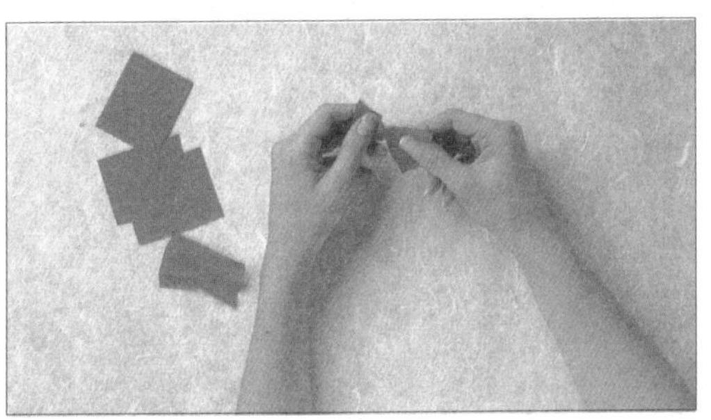

2. 把每一张绉纸片的中间聚拢，拧成蝴蝶结的形状。

3. 用双面胶或胶水把蝴蝶结粘贴于包装好的礼品上。

4. 也可以把两种颜色的绉纸拧在一起做成蝴蝶结，让礼品变得更立体。

双色礼品包装

以下介绍另外一种方法，教你制作独具匠心的包装纸。使用两层颜色协调的绉纸。

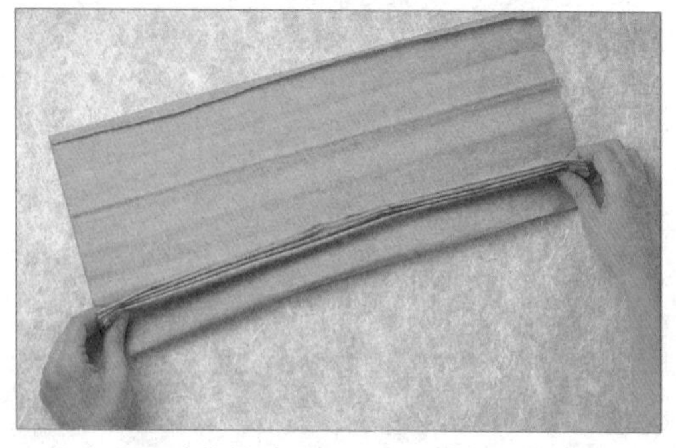

1. 首先要知道礼物的大小，接下来从选择好的每一张纸中剪取该尺寸。选择一种颜色作为上层，将其按纵向打褶。

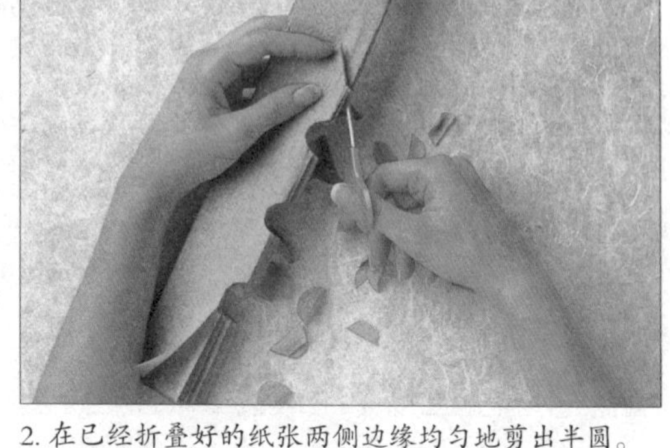

2. 在已经折叠好的纸张两侧边缘均匀地剪出半圆。

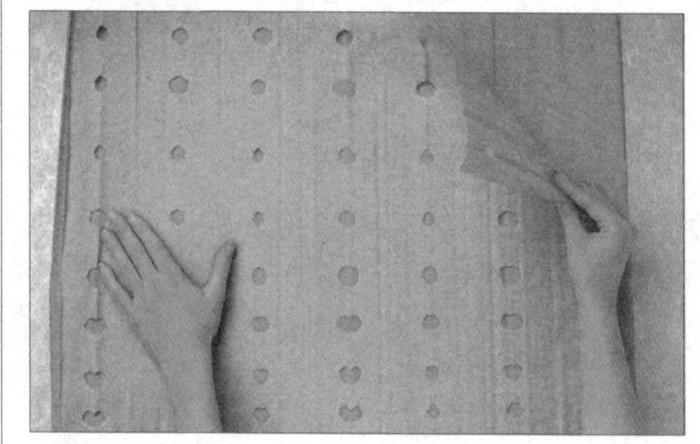

3. 展开已经处理过的绉纸，将其与下层绉纸粘贴。通过已经剪得的圆孔就可以看到下层绉纸的颜色。通过改变裁剪花样的形状和大小，可以使你的双层绉纸更为精致和出彩。现在就用这种双色多点包装纸来装饰你的礼品吧。

手绘包装纸

将一张普通的黑色纸转变成色彩明快的包装纸，从中可以得到许多乐趣。

1. 取一张足够包装礼品的黑色纸。接下来选择你想要使用的颜料色彩。示例中选用了紫红色、橘色和金色用以反衬黑色背景。在小碟子中准备好颜料后，每次使用一种颜色随意地画上斑点装饰纸张。

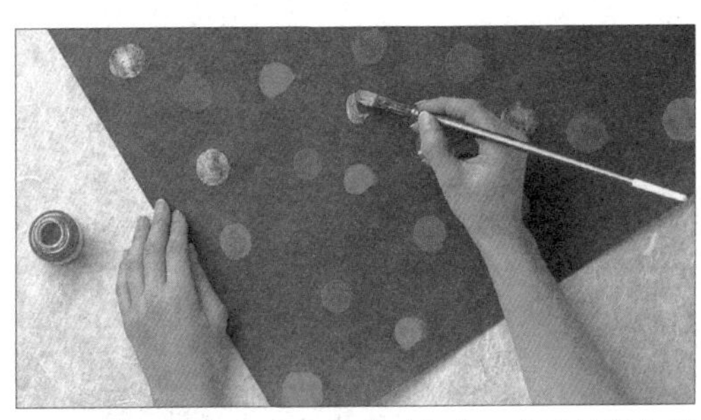

2. 按照自己的想法添加更多的颜色，直至纸张色彩变得明快。

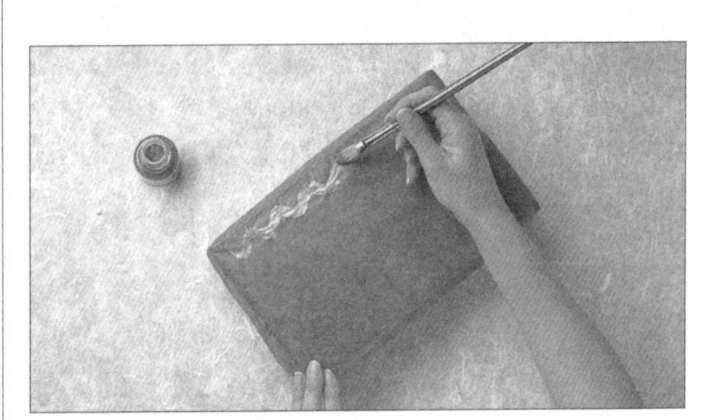

3. 为了画出更规整的图案，可以先将礼品包装好，再根据礼品的形状描画波浪线。

经典的信纸

如果在匆忙的情况下需要写一封信，而又希望信纸富有时尚感，那就可以尝试下面提供的方法，它能让你快速地制作出美丽的信纸。需要用到一些浅色的有经典设计图案的包装纸。

1. 从包装纸上裁取与信纸相同大小的长方形，再裁取相同大小的描图纸。将描图纸粘贴在包装纸的上面，抚平。使用黑色签字笔写信以保证字迹看起来清晰。

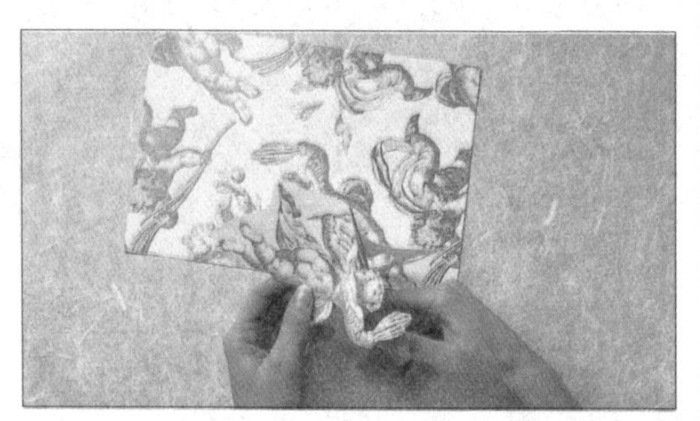

2. 如果有较多的时间，也可以从包装纸上选择一个特别的图案并且剪下来。

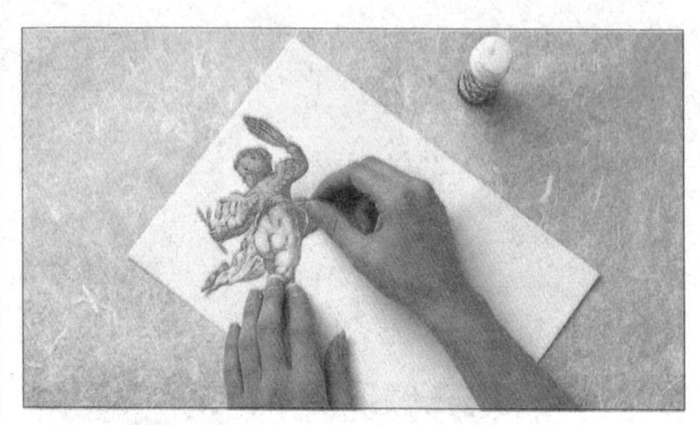

3. 将图案粘贴在白纸上。

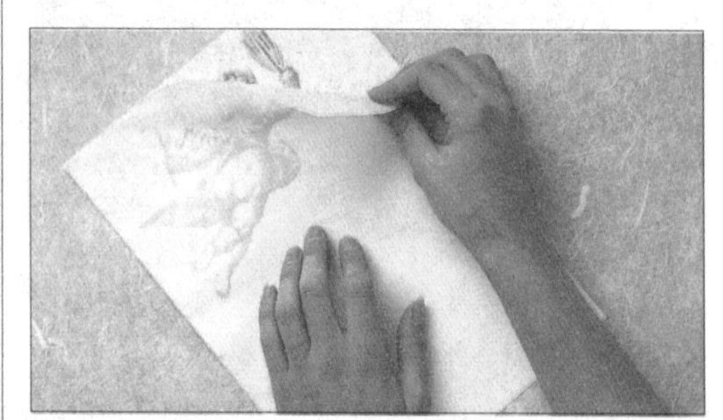

4. 像之前一样，将一张描图纸覆盖于白纸上并粘贴，形成雅致的双层信纸。可以通过这种方法制作出一系列粘贴了不同包装纸图案的信纸。

动物主题信纸

以下有一些关于制作动物主题信纸的创意。你可以利用这些创意，以你最喜爱的动物为主角，来设计新颖的信纸。

1. 制作一个丛林的主题：先取一张橘色纸，再从黑色纸上剪取斑纹形状。

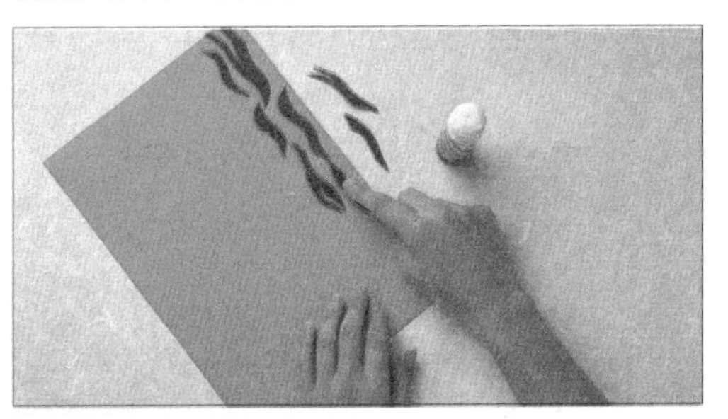

2. 沿着橘色纸的一侧排列老虎斑纹，并用胶水粘贴。要在一张白色的信纸上增添颜色，也可以剪取抽象的花体形状并将其粘贴于纸的右侧。

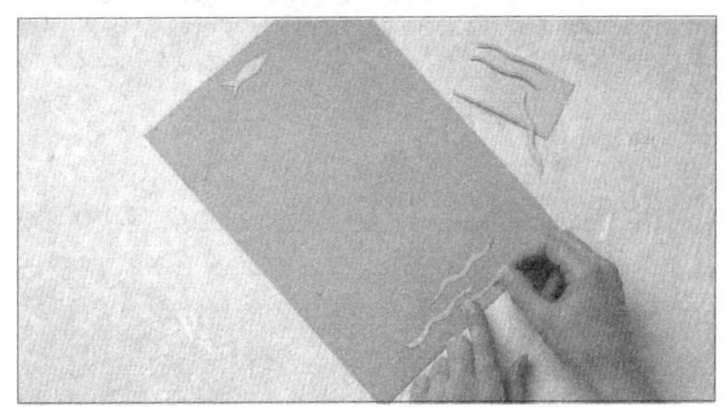

3. 制作一个鱼的主题，需要从蓝色的纸上剪取水波纹和鱼的形状，然后将它们分别粘贴于信纸的顶端和底部。

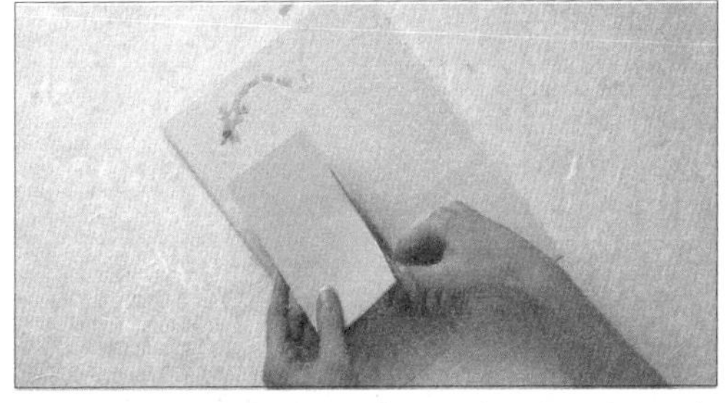

4. 这个跳跃的青蛙由以下步骤制作而成：先从绿色纸上剪取一个青蛙的形状，将其粘贴于信纸的顶端；然后从绿色纸上剪取小长方形，沿曲线粘贴在青蛙的后面，用以表现青蛙的跳跃。

抽象信纸

使用以下这种用撕与粘的方法制作出的信纸，每一张都显得与众不同。

1. 在信纸的上方正中，用工艺刀剪出一个小长方形。接下来，选择两张不同颜色、大小刚好能够覆盖信纸开口的卡片，将其中一张对半撕开。

2. 将撕好的其中一半粘贴于另一张完整的长方形纸上。

3. 将粘好的卡片粘贴于信纸顶端开口处的背面。

4. 可以选择一张有你喜爱的图案的包装纸来取代普通的卡片，放在开口之后，也可以根据你想要的效果剪取不同形状的开口。在这一步骤中，可以将一些纸粘贴在卡片上，插入开口中粘贴，使它从上部开口中显露出来。

5. 普通的纸和花纹纸可以混合使用。

centimetres

牛皮纸装饰的信纸

有时候只需要很少的东西就可以达到很好的装饰效果，这个作品中就只使用了再生牛皮纸来装饰信纸。

1. 第 1 个方法：需撕取一长条牛皮纸，如图所示把它粘贴于信纸的右侧或横放于信纸顶端。

2. 用金色钢笔沿纸条画上图案。可以自己创造图案。

3. 第 2 个方法是用牛皮纸装饰两个边角。用金色钢笔画上图案，然后用黑色签字笔描画轮廓。

4. 相同主题的另一个方法是撕取更宽的牛皮纸条，然后撕成 4 个正方形。把它们粘贴于信张的顶端，然后用签字笔画上黑色圆点进行装饰。

雅致的信封

要寻找一个和你自制的信纸尺寸、风格都匹配的信封也许会是一个问题，那么，你可以尝试自己制作一个。

1. 将需要放入的信放在彩色卡片上，测量出所需的尺寸。它的长度必须是测量长度加上 3 厘米再乘以 2，宽度是测量的宽度加上 6 厘米。为了制作一个尖角的封口，你还需要在长度的基础上增加 10 厘米。

2. 剪去多余的角，将底部和侧面折起并粘贴。

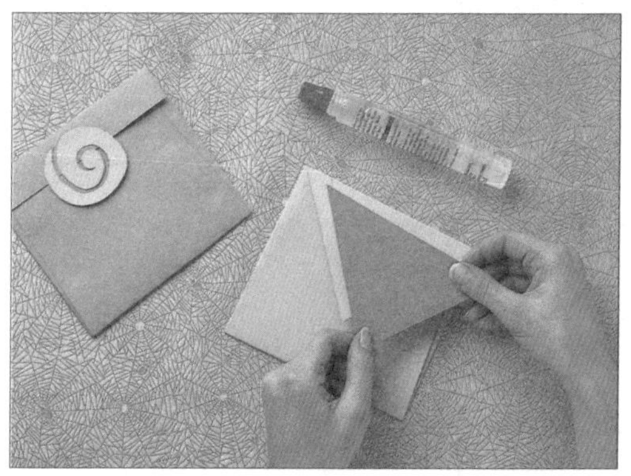

3. 在另一种颜色的纸上剪取一个图案，将它粘贴于信封背面的封口处。如果信封有一个尖角的封口，你还可以从对比色的纸上剪取一个大小相同的三角形粘贴在上面。

做成信封的信

如果你把信纸像折便笺一样折成信封的样子，会显得别开生面，还可以用小金属片封口。

1. 把一张书写纸折成3部分，使顶端第3部分的面积稍小于其他两部分。

2. 从第3部分折页顶端的中心点向两个边角画线，然后裁剪掉两边的小三角形，形成信封的封口。

3. 在顶端贴一个金属片作为封口处的装饰。金色的、金属的或者发亮的卡片会更适合。

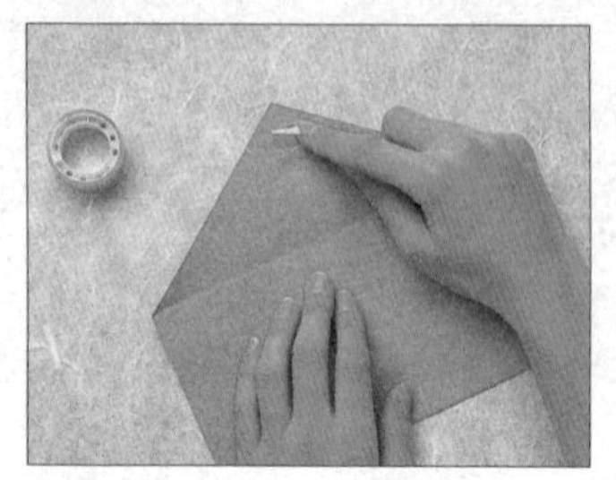

4. 用一小块双面胶封口，然后在背面画上地址线。

5. 装饰这种信有很多种方法，可以在上面贴上对比色的纸条而使它看起来像个礼物。

信纸的折叠

折信纸有很多的方法，这里要介绍的是怎样把信纸折成一个可以自己锁扣的信封。一张 A4 纸或任何其他有相同比例的长方形纸张都适合这种折叠。

1. 先做一个对折，使短的两边重合形成中心折痕，然后展开。注意这时候是写字的或者打印的那面朝上。

2. 如图把两个相对的角以 45° 往里折，使本来的竖直边和中心折痕重合。

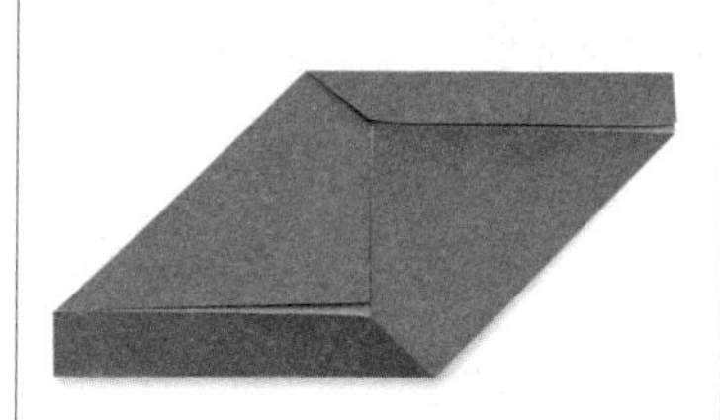

3. 旋转纸张，使本来的中心折痕成竖直方向。把两条外面的自然边往里折，使它们和里面的自然边重合。

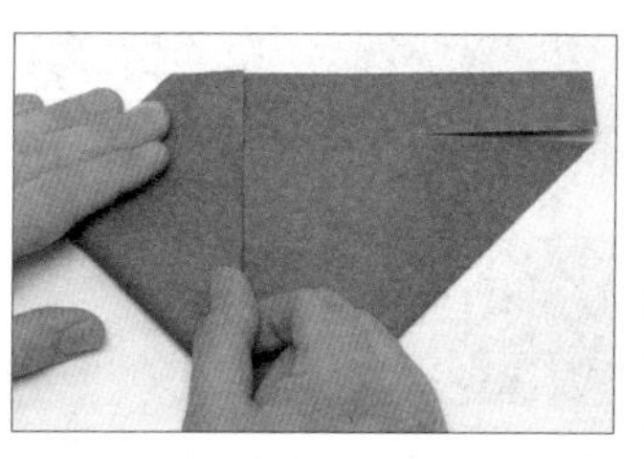

4. 像第 2 步一样，把外面的两个角以 45° 往里折，使本来的水平边和中心线重合。

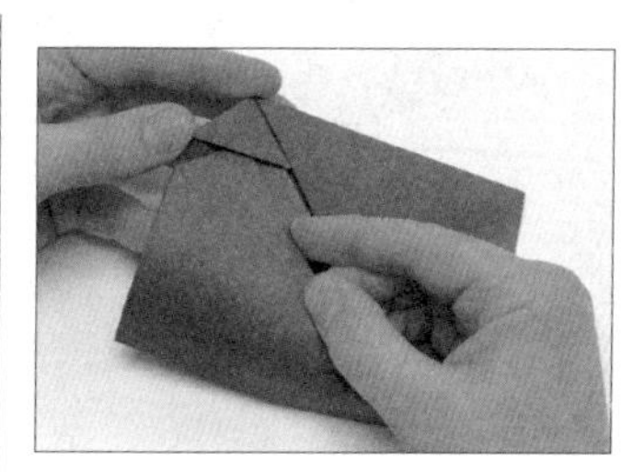

5. 把两片折过去的纸插到下面的小三角形口袋中。

6. 翻转到反面。在反面写上收这封信的人的姓名、地址。

奇妙的信封

这个奇妙的信封应用了一种特殊的方法，它一旦折成之后就不能重新折叠，除非你把它撕破。你需要准备一个坚硬的办公信封，使用 A4 大小的纸。

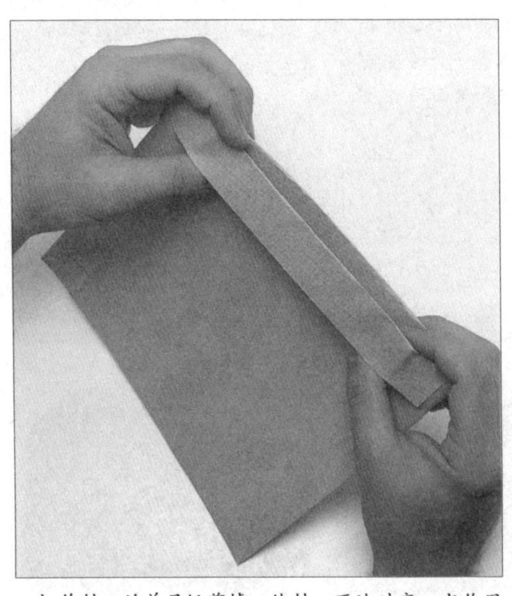

1. 把作封口的单层纸剪掉，使封口两边对齐。当你用下面介绍的折叠方法折完之后，信封的封口折边自然朝外。让你的朋友看到这条折边，然后剪掉这部分，再让他折一次。当然，他折不出来，除非把纸张撕破。

2. 现在要来演示这个游戏的折叠方法了。把信封开口的那端往里折（两层纸一起折）大概 2 ~ 3 厘米。

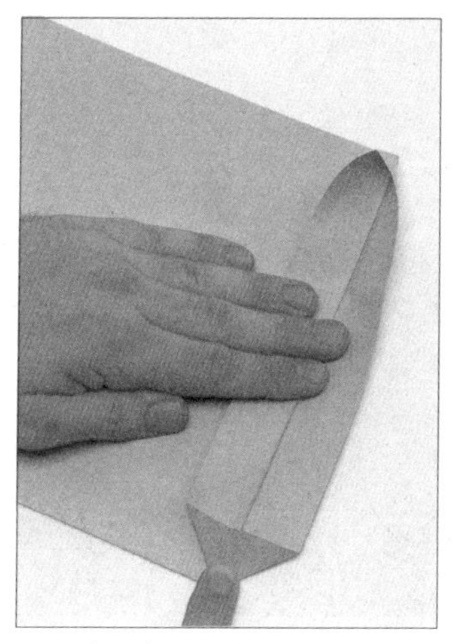

3. 把第 2 步完成部分的上层纸打开，压平后在信封口的两个外角上都会形成一个小的三角形。

4. 翻转到反面。

5. 把两条长的外边往里翻，使折痕和第 3 步的小三角形的长边重合。

6. 翻到反面，把仍留在外面的边做山形折叠。这样，封口两边就一样了。

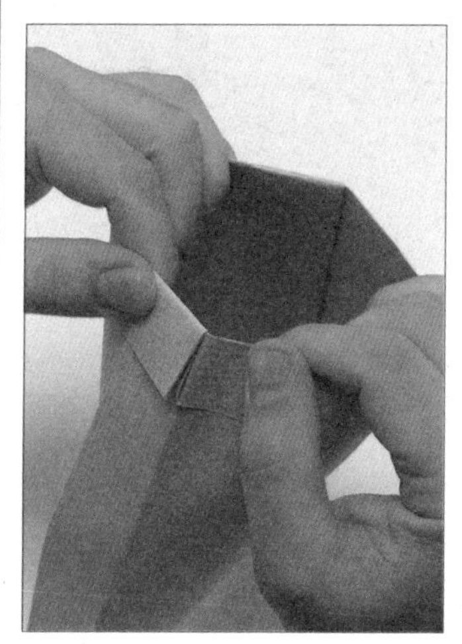

7. 小心地把你的手指伸入信封开口的里面，用食指和拇指捏住封口一边的角。

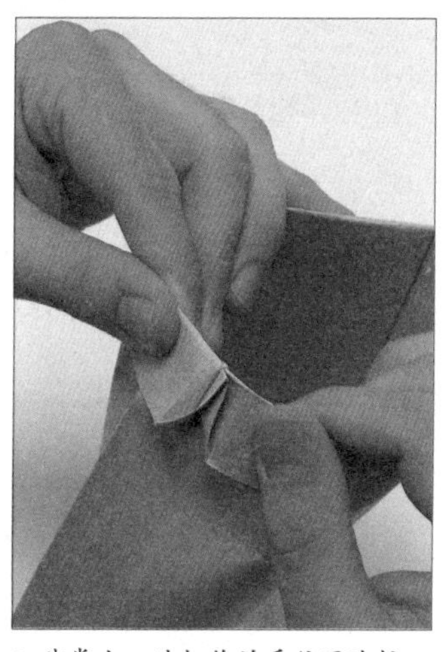

8. 非常小心地把你的手往两边拉，使封口末端的角伸展开来，而本来被遮住的那部分纸也被拉了出来。直到所有的被遮部分完全展开。

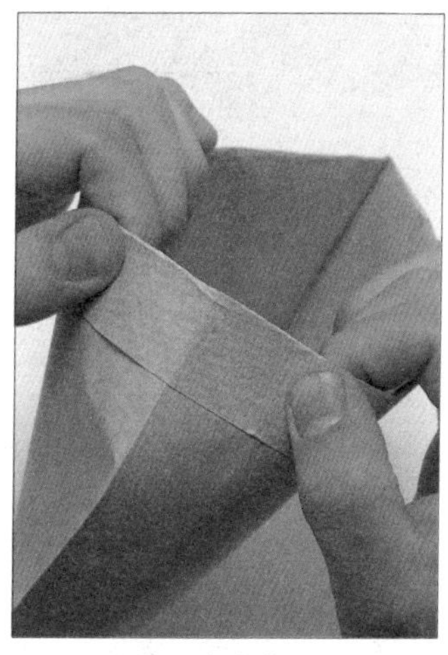

9. 如图为第 8 步完成后的形状，然后用同样的方法处理另外一边的角。现在你可以看见先前介绍的信封状态了：信封口末端的折边自然向外。

自用的信封

自制信封增加了许多的乐趣。你可以使用不同颜色的纸，制作一整套简单的或有花纹的信封，还可以简单地添加一个白色的小标签。

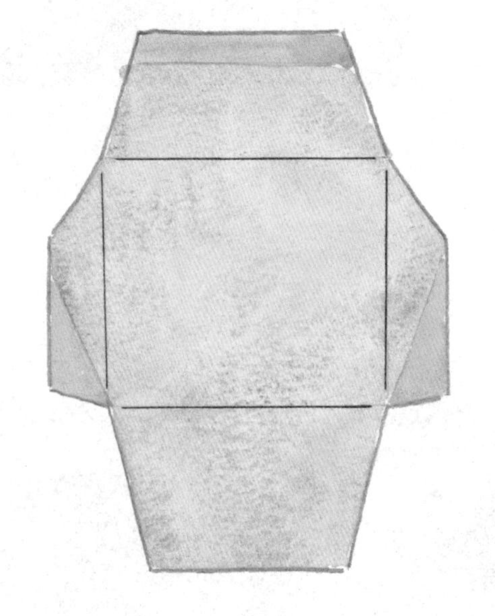

1. 根据所需尺寸将模板按比例放大，再转移至硬纸上。用剪刀沿着将要折叠的折痕背面轻轻刻划，然后将侧边向内折叠。

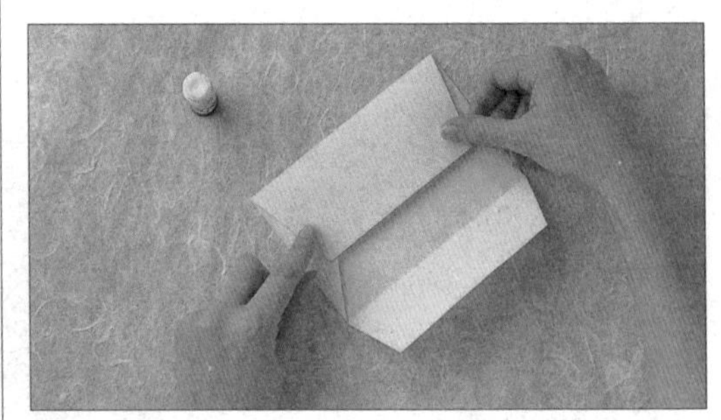

2. 将底边粘贴于侧边上形成信封的形状。放入信或是卡片，用胶水封上。

信架

无论是放置纸还是卡片，这个信架都需要木块作为其稳固的底座。可以在信架上覆盖与书桌上其他摆设相协调的花纹纸，以达到和谐统一的效果。

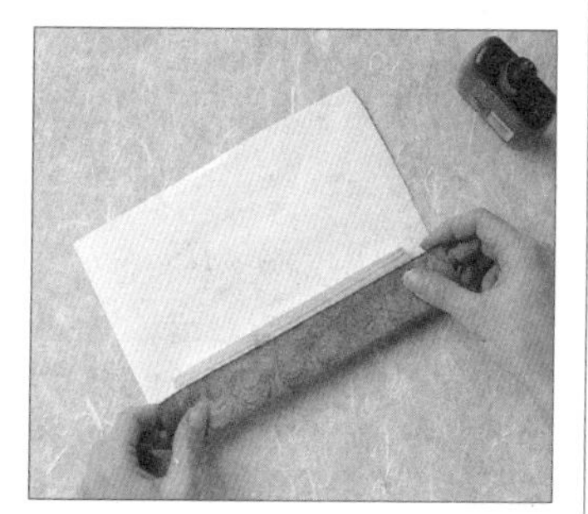

1. 用花纹纸完全地覆盖住木块，适当粘贴固定。在需要的地方进行修整。

2. 剪取3张支撑卡片，一张尺寸为25厘米×13厘米，另外两张尺寸为20厘米×9厘米。配合每一张卡片，剪取尺寸稍大于卡片的花纹纸。将纸粘贴于卡片上，小心地将纸角剪去，处理成斜角，将剩余边向后翻折，注意粘贴牢固。每一张卡片重复相同的步骤。

3. 在卡片背面粘贴一张稍小于卡片的花纹纸。

4. 用强力胶水将小卡片粘贴于包好的木头窄边，注意要位于中间。后面的卡片用相同的方法粘贴。

5. 要完成这个信架，需要将粘贴好的部件粘贴于底座上。

美丽的装订册

如果你有一本旧书或是照相簿，想要让它们重新变得光鲜，那么就可以给它们包上封面。制作这个作品时需要测定原物品的尺寸，例如要做一个相片簿，就要根据相片的大小来决定尺寸。

1. 首先剪取两张比书或相片簿的长宽都多1厘米的厚卡片。如果要封的是活页相片簿，需测量活页侧面打孔处距页边的尺寸，然后在一张最后用做封面的卡片的顶端标记出相同的尺寸。在该宽度外侧裁剪掉一细条纸。

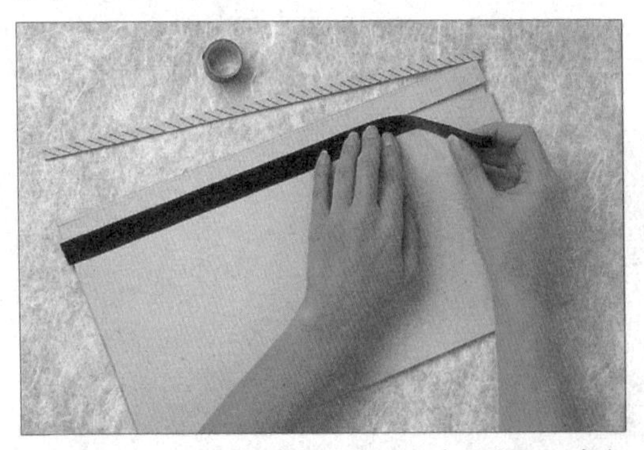

2. 以封面为例，把修剪过的卡片放在封底上，窄条放在卡片之前，使两者之间移除细条处有一缝隙。用胶布把两部分粘合起来，翻转后在另一面粘上另一条胶布。这样就做成了可翻折的封面。

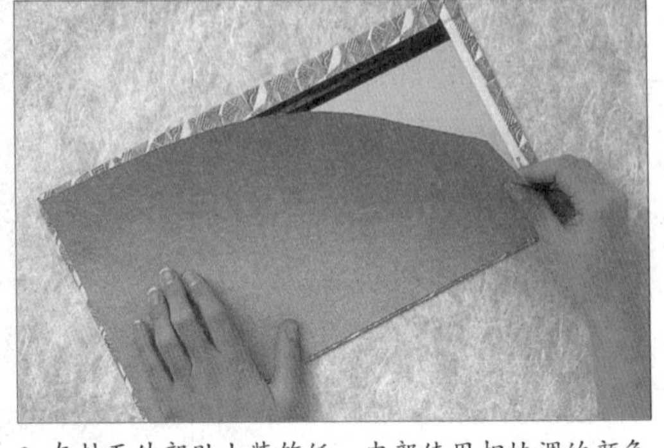

3. 在封面外部贴上装饰纸，内部使用相协调的颜色或者简单的对比色的纸。

4. 在封底卡片上放上相片簿或书页，描画出孔所在位置，并用打孔机打孔。在封面上重复相同步骤。

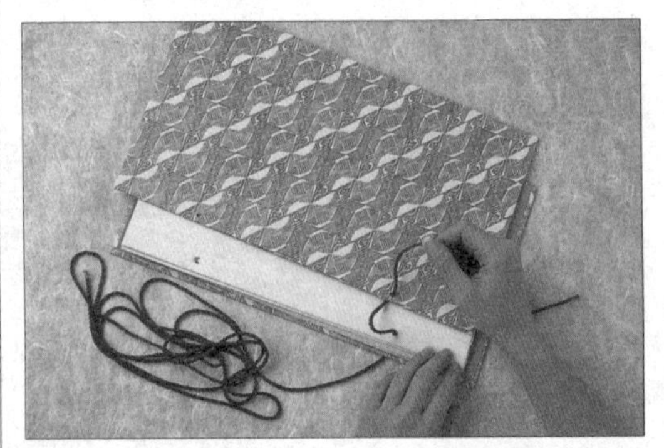

5. 把书页放于封底上，将孔对齐，再把封面放于其上。将一条质量好的丝带从孔中穿过，完成制作。

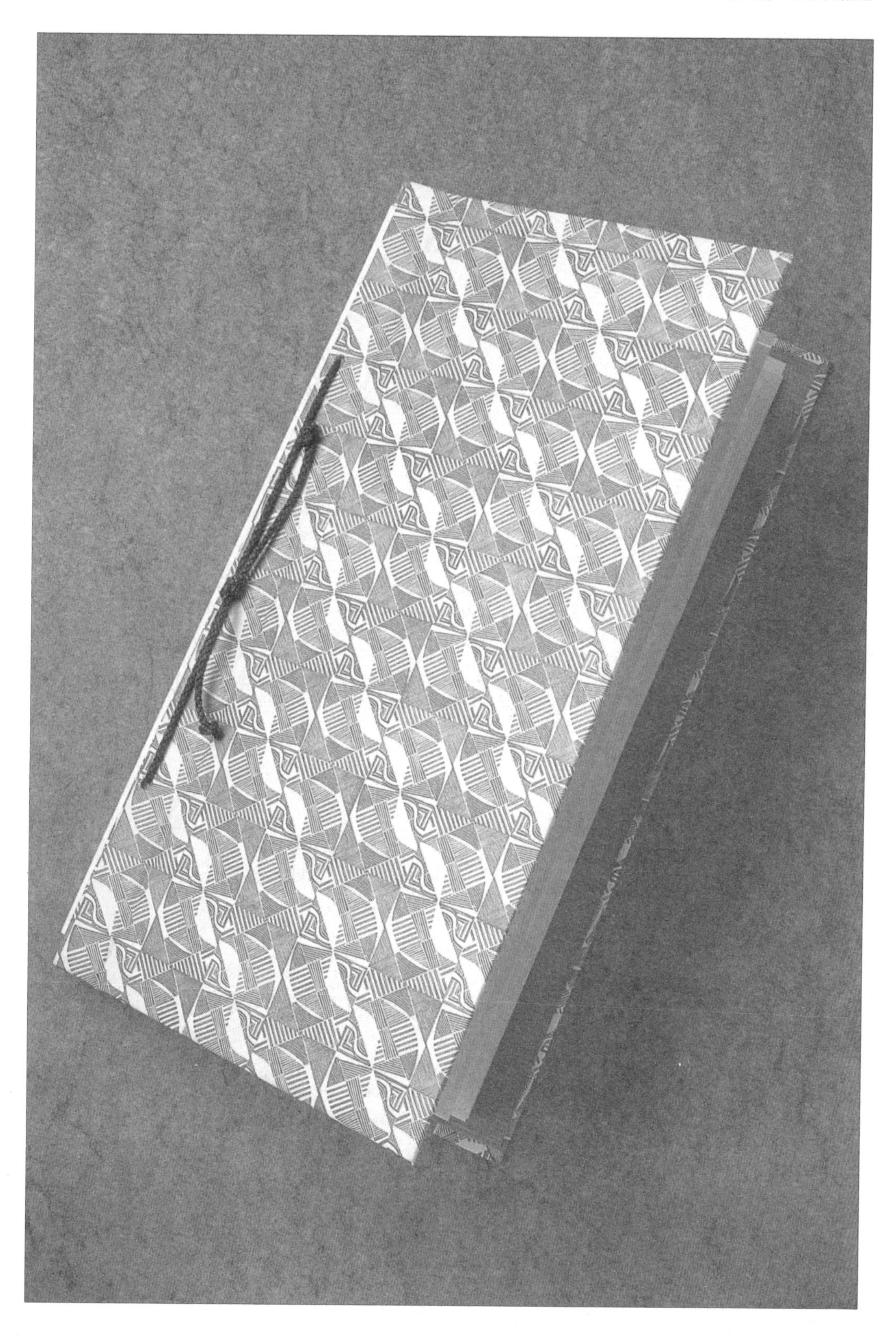

贴纸册子

还有什么能比做贴纸装饰的册子更能唤起童年时代的记忆呢？这个小册子可以用来做日记本、笔记本或者速写本。

1. 将一些书写纸对折，制成册子，在中间的地方按压形成折痕。

2. 把册子打开，用针线缝 3 段长针脚来装订册子。

3. 使用精美图片可以给册子制造怀旧的感觉。图片可以从杂志上剪取，也可以购买。

书桌记事簿

选择一张和书桌的颜色相匹配的包装纸来制作记事簿，使二者协调，是一个很好的想法。你可以选择一张手工制的大理石花纹纸，也可以选择抽象的纸或两张简单但相协调的纸，使这个作品变得更加时尚。

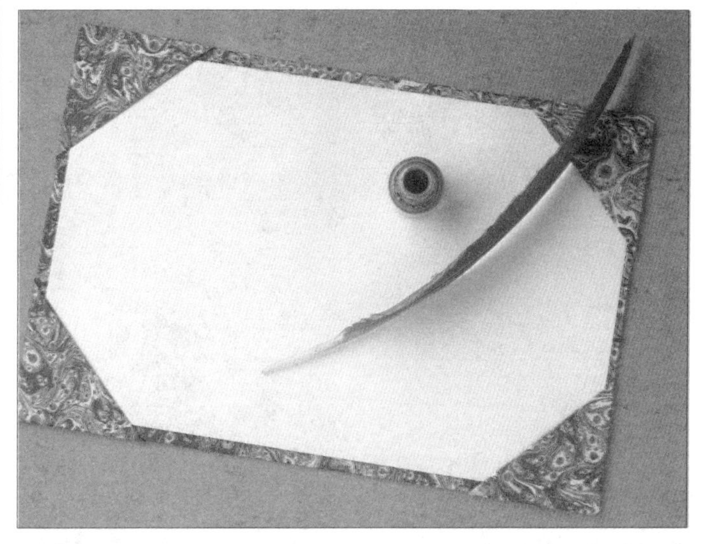

1. 剪取一张尺寸为46厘米×30厘米的厚卡片，这将是记事簿完成后的尺寸。从你选取的纸中剪取3张四周均比卡片长3厘米的纸。

2. 将边缘翻折粘贴于卡片的背面，边角修剪成斜角斜接在一起。

3. 剪取4张三角形薄卡片，尺寸为10厘米×10厘米×14厘米，再覆盖上已剪取的相同尺寸的彩纸，用来制作边角。将三角形的底边和顶角向下翻折粘贴。4张薄卡片重复相同的步骤。

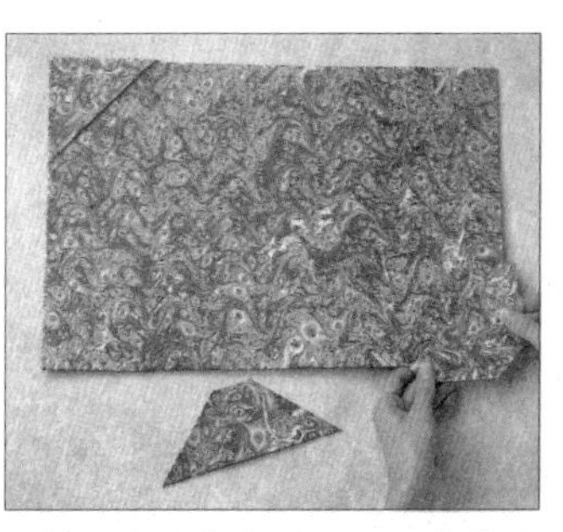

4. 将4块边角分别放于记事簿的边角，将边缘折叠并牢固粘贴。

5. 剪取另一张同记事簿尺寸相同的彩纸，粘贴于背面。在必要的地方进行修整。

6. 插入一张吸墨纸，嵌入边角内。

卡片册子

只需一小张礼品包装纸就可以制作这样一个卡片册子或礼品标签。需要使用针线来缝合固定。

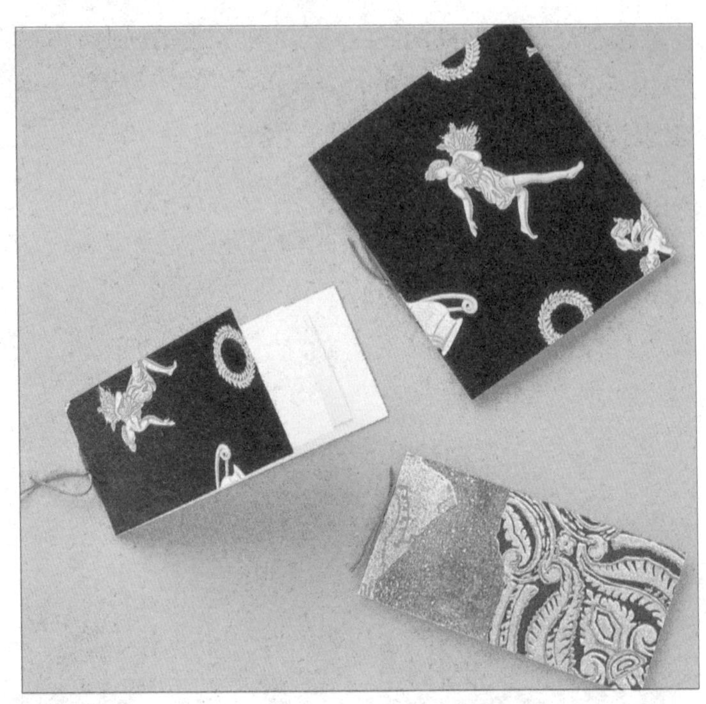

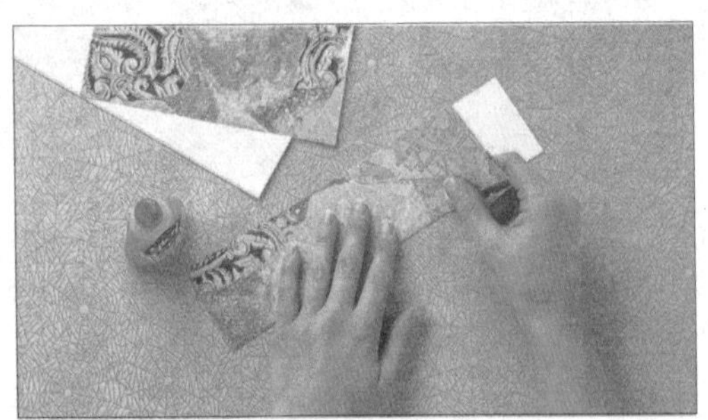

1. 取一张尺寸为 28 厘米 ×7 厘米的白色卡片，剪取相同尺寸的包装纸，将包装纸粘贴在卡片上。

2. 使用尺和工艺刀在卡片反面中间轻刻一道划痕，沿划痕对折制作成外部卡片。

3. 剪取一张面积稍小于卡片的白纸并对折。

4. 使用针和刺绣线将卡片和白纸缝合在一起，将线打结固定。

抽象的弹出式卡片

漂亮的弹出式作品总是会让人印象深刻。只要你掌握了制作这样的卡片的基本技巧，你就可以将自己的创意付诸实践了。

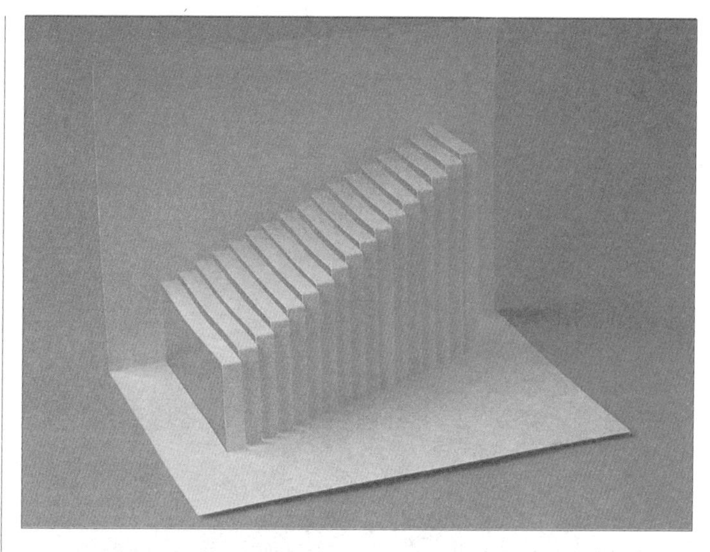

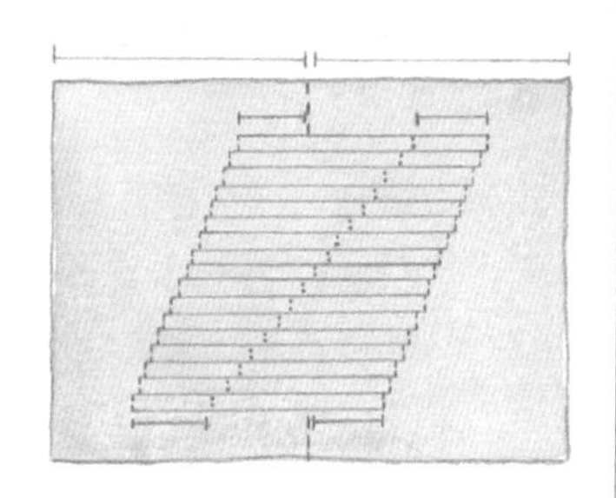

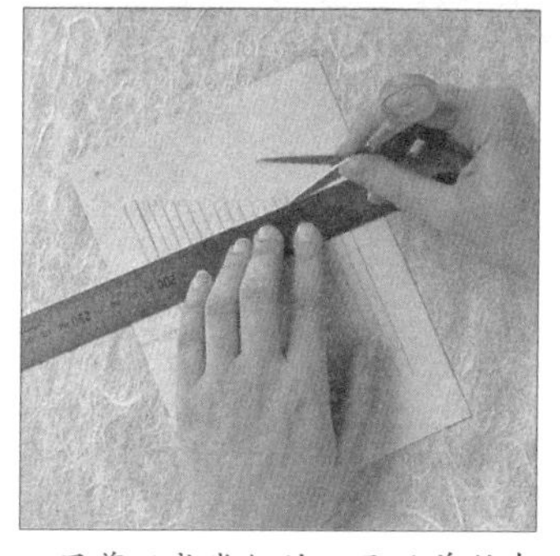

2. 用剪刀或类似的工具沿着所有的短折痕刻划，注意不要将纸直接刻穿。

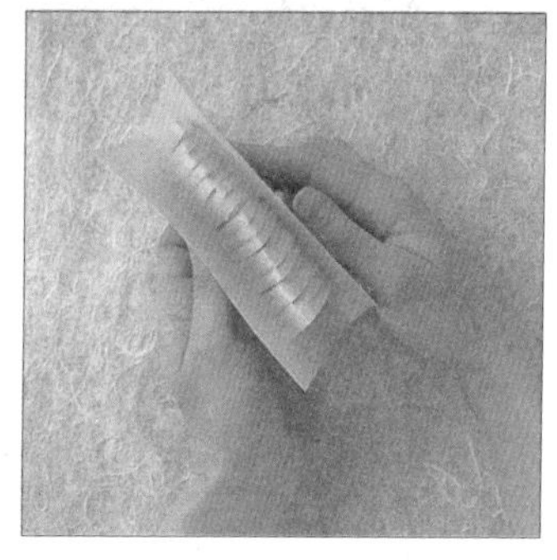

4. 将纸的两面合上，确保所有的部分并排均匀地折叠。

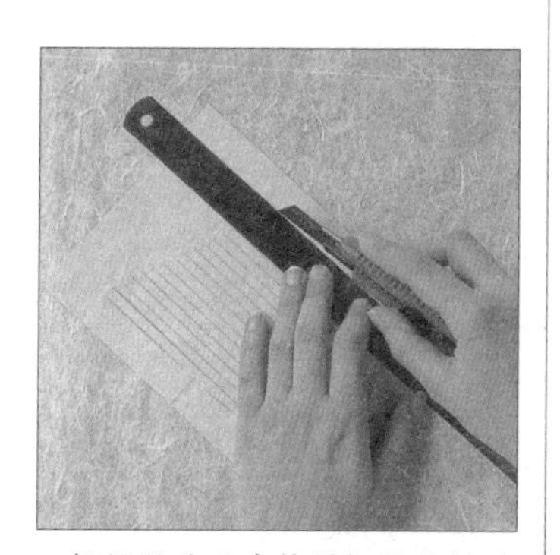

1. 根据所需尺寸将模板按比例放大，再转移至纸上。用一把金属尺或是其他硬直边对准每条直线，用工艺刀沿尺将纸上的线刻穿。

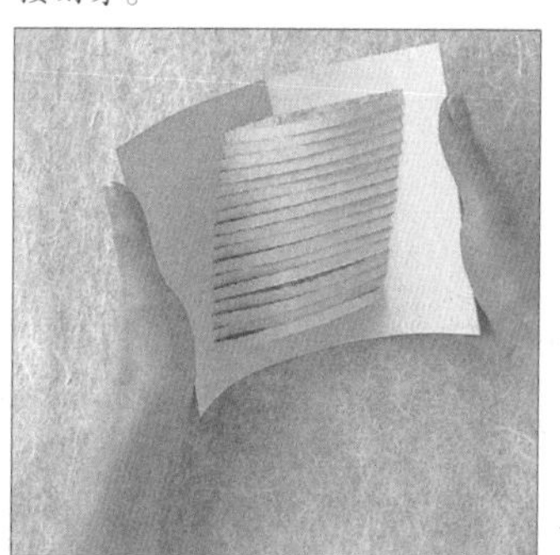

3. 两手拿纸，开始小心地将这个弹出式卡片对折。纸条应该向外弯曲，而且彼此保持平行。

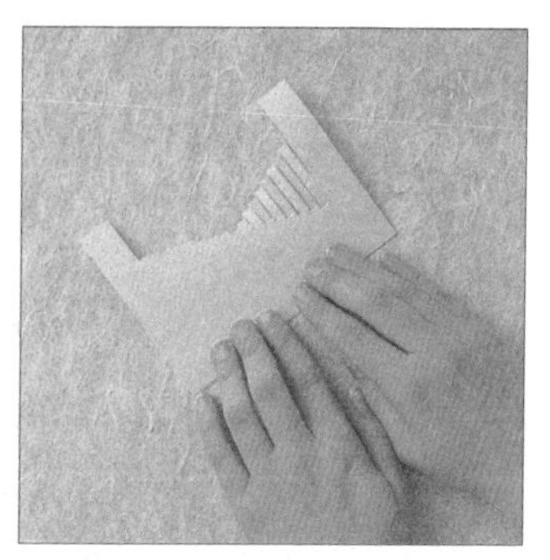

5. 把纸平放、推压，以加固所有的折痕。展开卡片效果就出来了。

浪漫的心形卡片

这种中间开口的卡片具有多种用途。它可以作为圣诞贺卡，也可以只是一个用于问候的抽象设计。以下将介绍心形卡片的制作过程。

1. 取一张尺寸为34厘米×14厘米的卡片。在卡片中心做记号并将两边都折向中间，使它们对接。在另一种颜色的卡片上画出心形并裁剪下来。将心形对半剪开。

2. 剪取长条形的棉纸，纵向对折。在心形卡片背面外沿涂上胶水，然后将棉纸打褶做成装饰，粘贴于心形卡片涂胶水处。最后将两张半心形卡片分别粘贴于卡片的两边开口处。

情人卡片

这个弹起的“惊喜”将会给情人节增添一些乐趣。使用相同的技巧还可以制作不同的卡片，例如圣诞贺卡，或是庆祝朋友乔迁之喜的卡片。

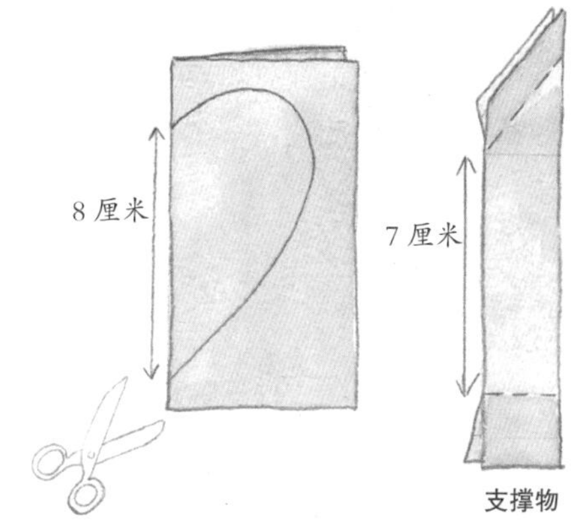

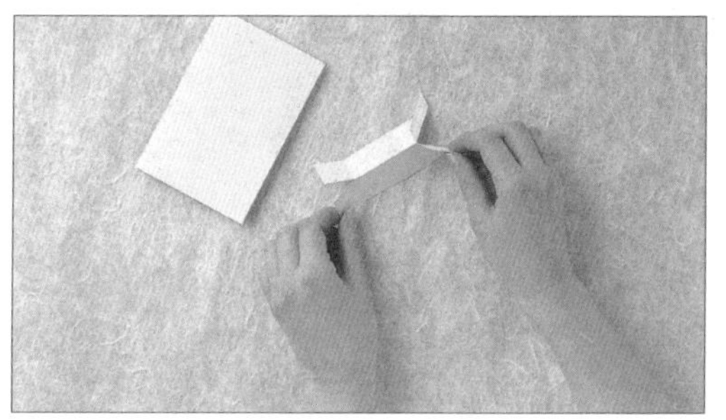

1. 根据所需尺寸将模板中的支撑物按比例放大，从硬纸上剪取下来。然后将配套的纸对折形成基础卡片。将支撑物折成正确的形状，底部短边向上翻折。

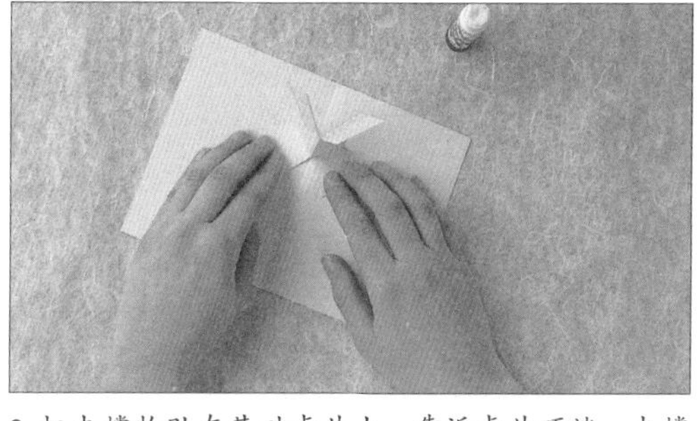

2. 把支撑物贴在基础卡片上，靠近卡片顶端，支撑物的折痕要与卡片的折痕重合。注意，支撑物要对称地放于卡片折痕上。

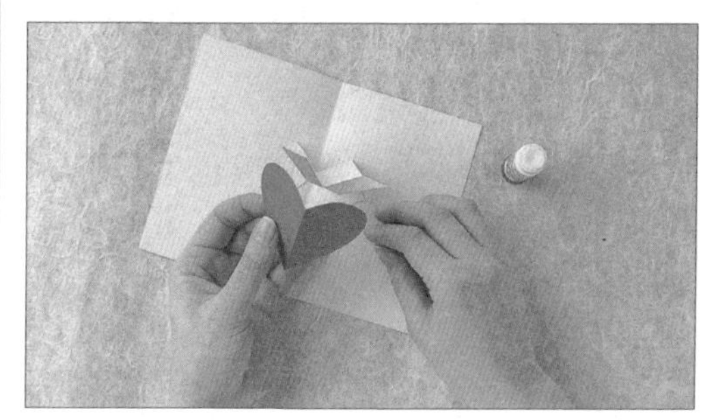

3. 从红色纸中剪取一个心形的图案，把它粘贴于支撑物的顶端。在卡片内侧边缘进行装饰，使之与红心相配。当卡片打开时，心会突然弹出来给对方一个惊喜。

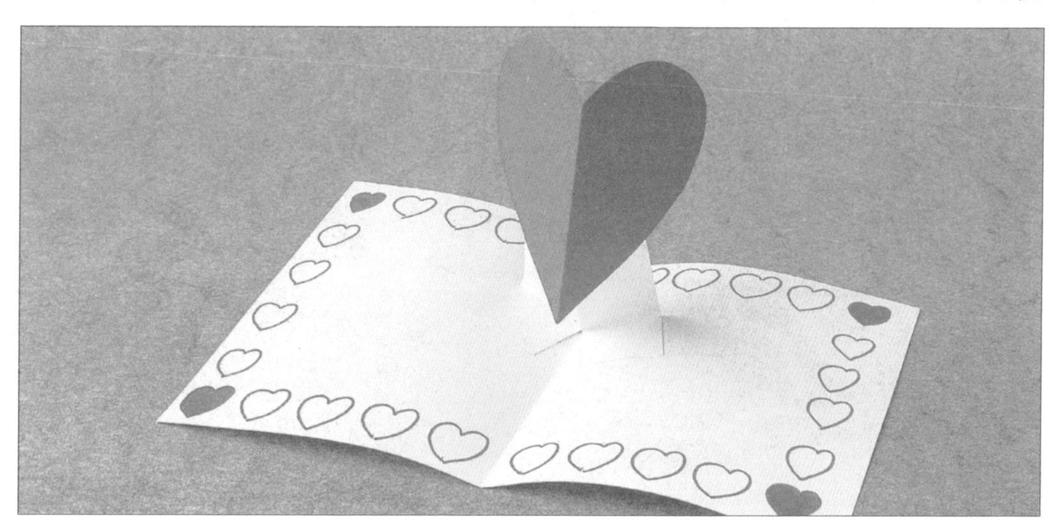

弹出式生日卡片

用这张不同寻常的卡片作为生日卡片非常理想。只要你掌握了这种简单的弹出技巧，就可以针对不同的生日年份使用不同的数字。下面以21岁为例。

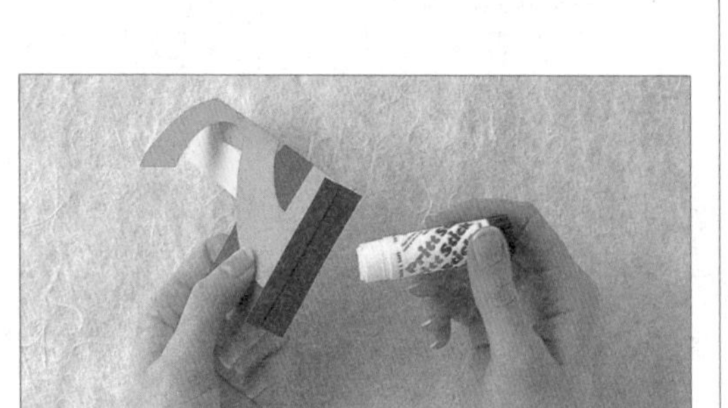

1. 根据所需尺寸将图示“21”模板按比例放大，再将图案转移至白纸上。使用工艺刀将图案剪取下来并在数字上涂上颜料。颜料干后，将“21”对折并在每个短边下侧涂上胶水。

2. 把一张硬纸对折形成卡片的形状。把“21”的一个短边粘贴于底部卡片的一半边上，使底部的折痕对齐卡片中间的折痕。

3. 要完成制作，需在“21”的另一个短边上涂上胶水，把底部卡片的另一侧折叠覆盖于短边上。卡片展开后，数字“21”便会弹出。

花式卡片

这个简单创意可以用于制作祝贺康复的卡片或母亲节贺卡，也可以用于制作生日卡。

1. 取一张长方形的卡片并对折。在卡片的一面画上雏菊的图案，再把卡片打开放平，用工艺刀把雏菊的图案裁出来。

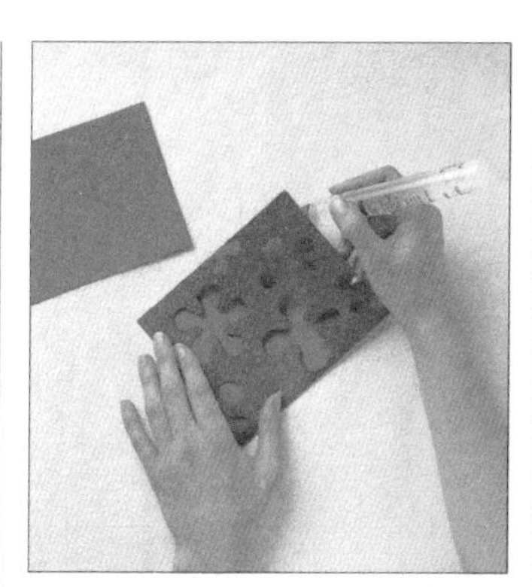

2. 剪取与折好后的卡片尺寸相同的粉色卡片。在裁好图案的卡片内侧涂上胶水，把它放于粉色卡片上并粘好。

3. 从橘色卡片中剪取圆点，再把它们粘贴于合适的位置，做成雏菊的花心。

椰树形卡片

制作椰树形卡片，关键是要使折叠的部分保持完整并且能够直立起来。你也可以使用类似的方法创作出图示中的建筑形卡片。

1. 取一张正方形的彩色卡片对折。在卡片上面画上椰子树叶子的形状，只剪除两层卡片中叶子上部的多余部分。

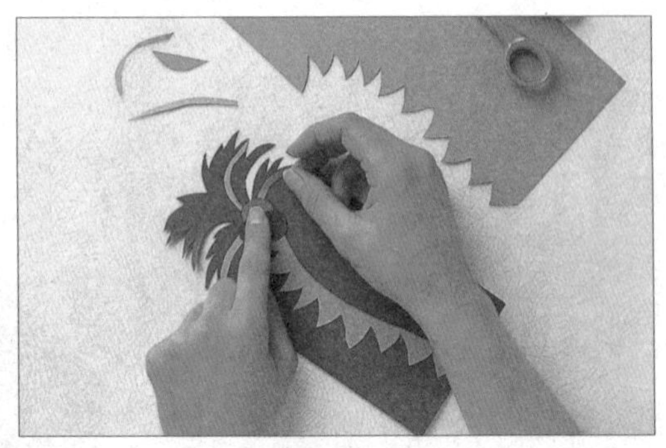

2. 从橘色和褐色纸中剪取椰子的形状，把它们粘贴于卡片上树叶的下方。

3. 在浅色卡片上画出一个树干的形状并剪取下来。沿着一侧边缘剪取锯齿形，再把它粘贴于卡片上。

卡片的花边

通过对卡片边缘部分的处理，可以使整个卡片看起来更具美感。

1. 制作基本的卡片，需要把一张长方形的卡片对折，使顶面略短于底面。

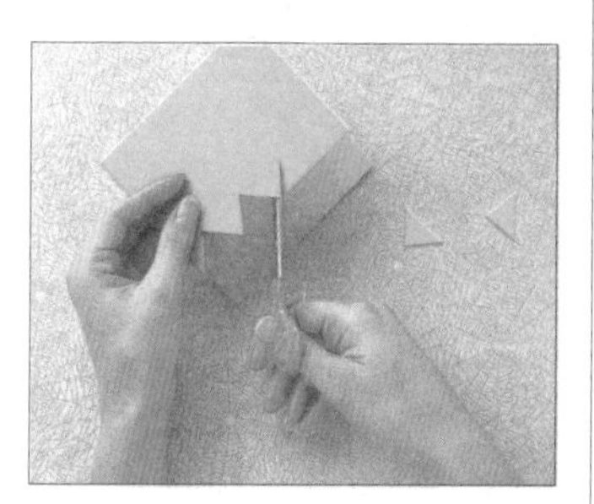

2. 将短面边缘剪成锯齿形。

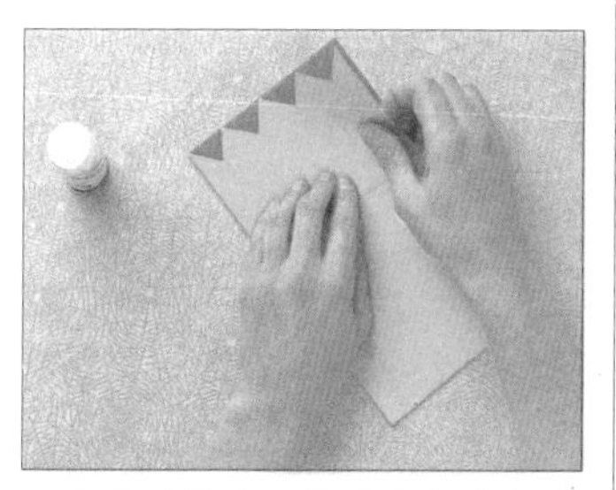

3. 在背面粘贴一张对比色的卡片使锯齿形边变得立体。

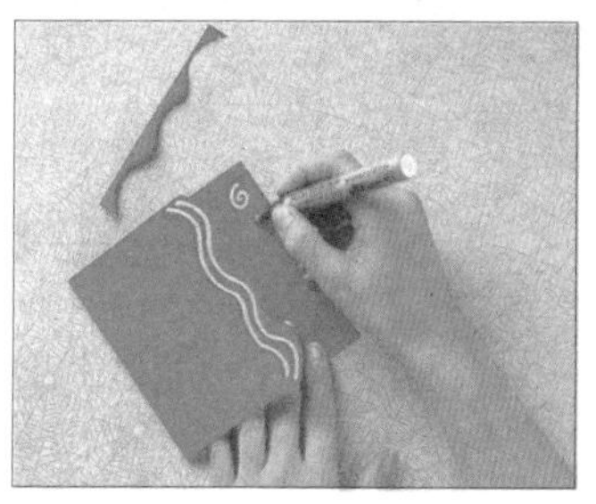

4. 也可以将短面的边剪取成波浪形，然后沿着曲线画上银线作装饰。在长面边缘处画上一排小旋涡完成最后的装饰。

5. 这种做法稍稍复杂一些。取一张亮色的卡片，折成基本的形状，然后在前一面粘上有反差的包装纸。固定后，修剪侧边。在主要的边缘上画上拱形和其他图案，裁剪出拱形和其他形状。

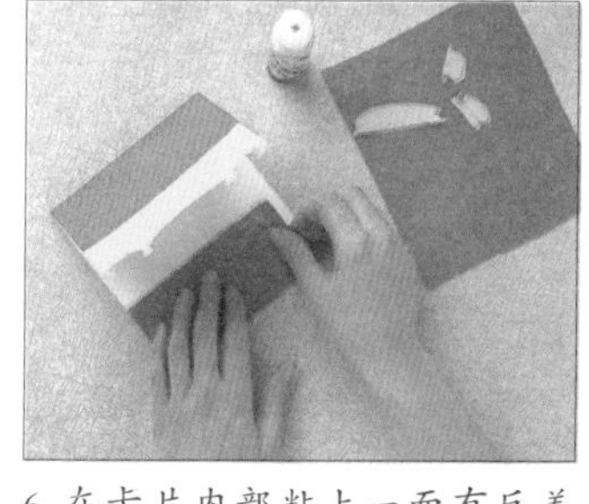

6. 在卡片内部粘上一面有反差的棉纸。

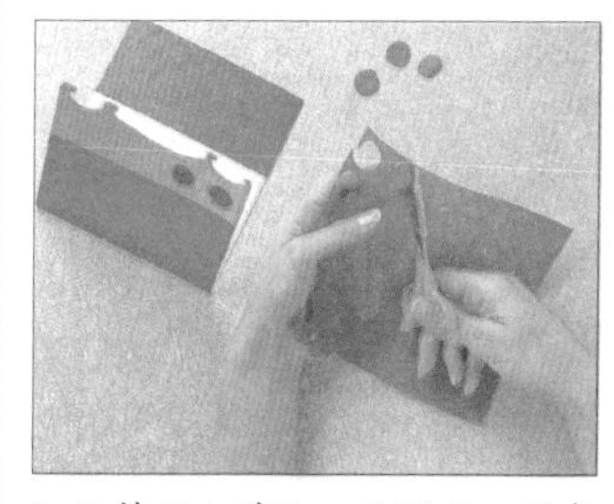

7. 从棉纸上剪取一些圆点，沿卡片边缘粘贴。

商业卡夹

实用钱夹的折叠已经很普遍了，也许你也同样喜欢这种经过改进后专门用来放信用卡的卡夹。正反面不同颜色的人造皮纸是完成这个作品最适合的材料。你可以选用任何长短比例的长方形纸，这里使用的是一张 22 厘米 ×26 厘米大小的纸张。

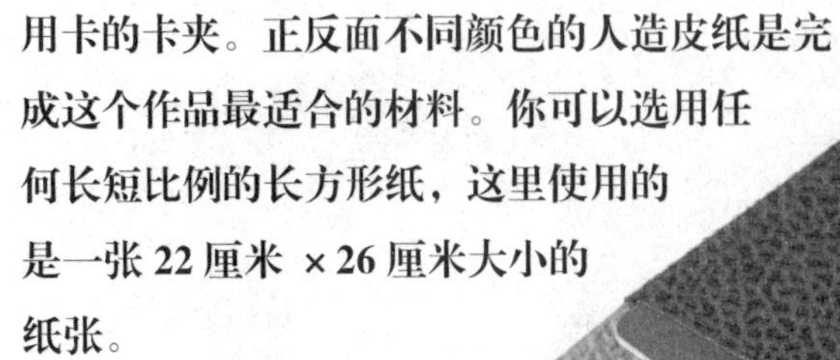

1. 在纸上做一个对折，使短边相互重合。这时候内部的颜色就是最后完成时卡夹的颜色。

2. 旋转 180°，把单层的底边往上折出一个很细的条，大概 1 ~ 2 厘米宽。

3. 翻到反面，在底边上重复第 2 步的折叠，注意两个折叠后的底边在同一水平位置。

4. 再把单层的底边往上翻，使它和顶边相距大约 3 ~ 4 厘米。

5. 翻到反面，然后在这一面上重复一样的折叠。如果你愿意，也可以使第 4 步描述的距离在两边不一样。

6. 展开第 4 步的折叠，在两个底角上都做一条斜的折痕，使本来的竖直边和第 4 步形成的水平折痕重合。

7. 重新折叠第 4 步，在相反的边上重复一样的折叠。

8. 如图所示为打开中心折边后的形状。

9. 翻到反面。

10. 把左边缘往中间折，大概折 1 ~ 2 厘米的宽度。

11. 把右边的纸片往左折，使右边的两个角分别插入左边两个小三角形的口袋中。

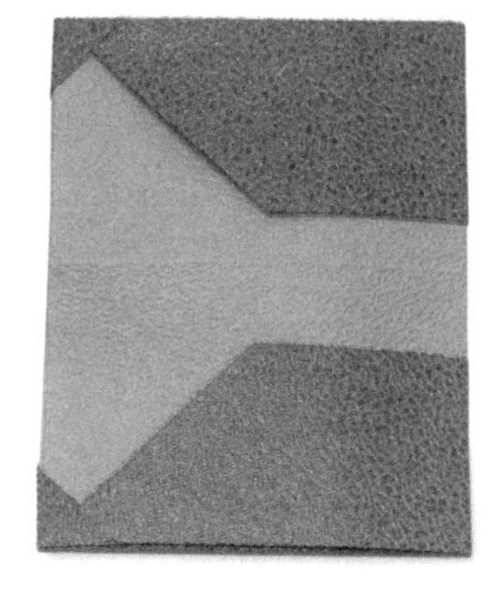

12. 如图为第 11 步完成后的形状。

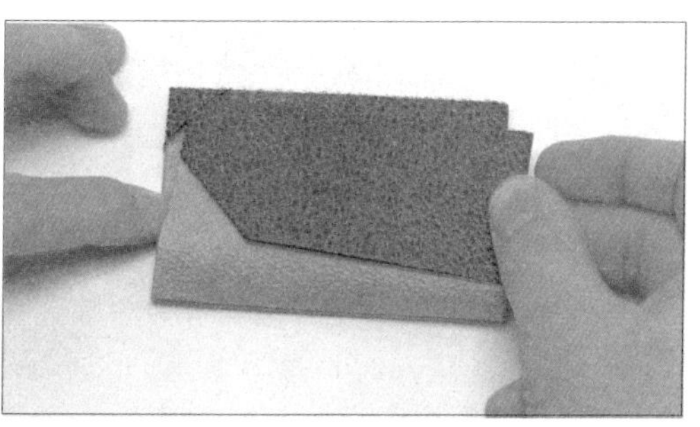

13. 沿着原始的水平中心折痕做一个谷形对折，如图再把一边的角插入到另一边的小三角形口袋中。这样就把作品叠合在一起了。

主题席次牌

简单的创意往往会产生最不平凡的作品，以下便是一些关于用拼贴画来制作席次牌的介绍，它可以为你的餐桌创造一个主题。

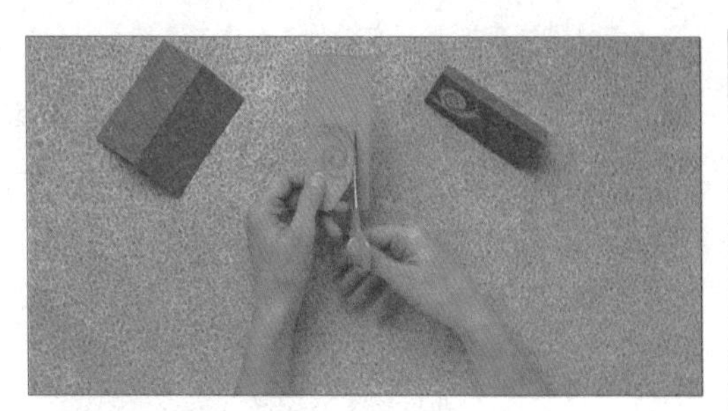

1. 在彩纸上画一个蜗牛并剪取下来，将其粘贴于对比色席次牌的前面。可以使用任何的动物形象，甚至可以给每人设计一个单独的动物形象！

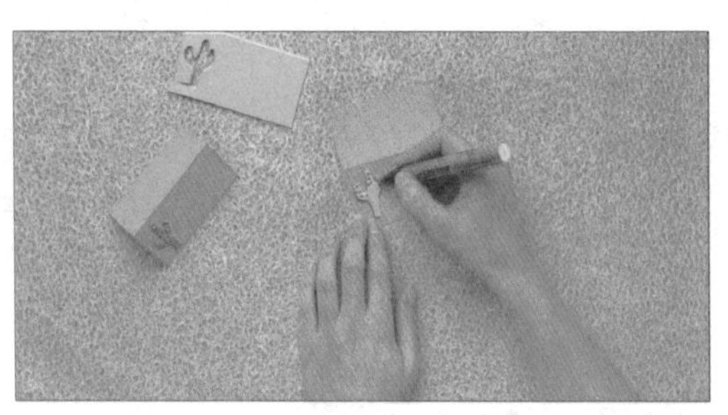

2. 制作一个墨西哥主题，需要从绿色纸或卡片上剪取一个仙人掌的形状，再将它粘贴于黄色席次牌上。用金色钢笔画上小圆点，用来象征仙人掌的刺。

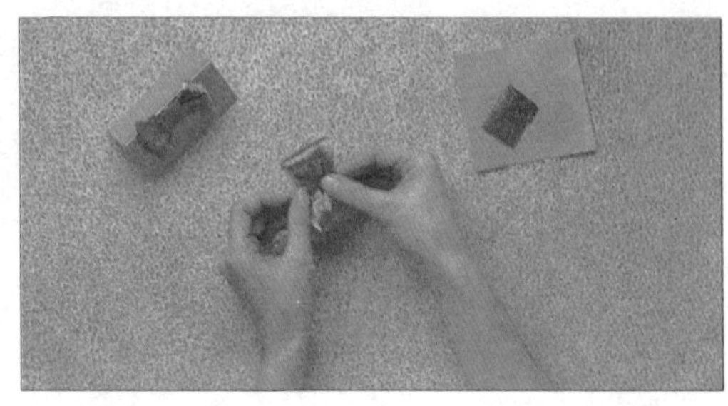

3. 制作这样一个活泼的蝴蝶结卡片，可以给餐桌增添一些娱乐效果。取一张长方形的金属绉纸，将两端折向中间并适当固定。用一张较小的绉纸条卷绕在蝴蝶结的中心，将末端适当固定。

4. 最后，将蝴蝶结粘贴于席次牌上端。

餐桌席次牌

以下是一些别致的餐桌席次牌，制作这些席次牌时可通过把装饰纸插入卡片中得到有趣的三维效果。自己动手试一下吧！

1. 首先，取一张尺寸为13厘米 ×10厘米的黑色卡片，纵向对折，再打开放平。在下部分卡片的左上角处，用工艺刀割两条细缝，其中一条稍高于另一条。然后，从红色与橘色纸中剪取火焰的形状。

2. 将“火焰”插入卡片上的细缝中，并按不同角度排列，使它们伸展出不同的长度。

3. 翻转卡片，在背面用胶带把“火焰”的末端固定。

4. 制作这个鱼形的拼贴画卡片，需制作一张橘色卡片并贴上一条绿色的鱼。在卡片底部开一条细缝。剪取波浪状的绿色纸条当作杂草，把它们推过细缝并进行排列。在背面用胶带固定。

5. 可以在卡片上覆盖花纹纸作为装饰。将卡片对折，然后在前一面靠近折痕处裁出一长条细缝。剪取两段长度是细缝2倍的绉纸，打褶做成装饰，仍需稍长于细缝。把绉纸插入细缝，用胶带在背面固定。在正面中间粘上一小张白色卡片并用金色钢笔画上装饰图案，完成制作。

站立的席次牌

这些突显在卡片上的新奇图案能使你的席次牌更与众不同。你可以从对比色的彩色卡片中剪取简单、易认的图案来装饰你的席次牌。

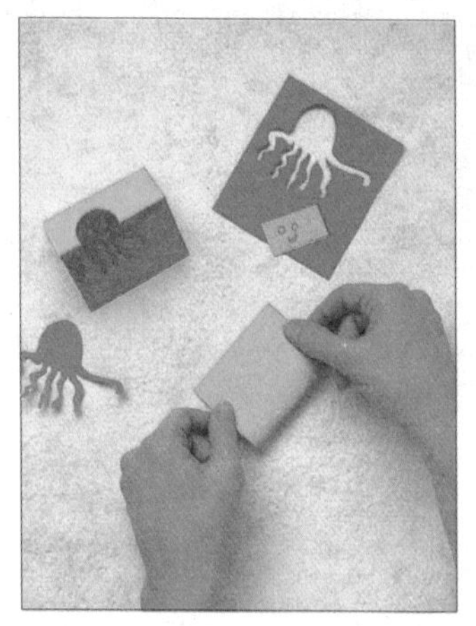

1. 取一张绿色的正方形卡片并对折。从橘色卡片上剪取一个章鱼的形状，不要直接粘贴于绿色卡片上，而是把它的下半部粘贴于折线下方。从绿色卡片中剪取章鱼的面部特征并粘贴。

2. 制作一个节日的席次牌，要从绿色卡片上剪取两片冬青树叶。把它们粘贴于红色卡片的上方使冬青树叶向上伸展。剪取红色圆点用来代表浆果并粘贴到冬青树叶上。

3. 制作这个火箭席次牌，需把卡片对折，然后展开放平。用金色钢笔在下半部画上太空船的形状并使火箭延伸过对折线。用工艺刀沿着火箭的上半部分裁剪，然后再把卡片对折，火箭便站立起来了。

圣诞礼物标签

如果想要摆脱传统形状的礼品标签，下面介绍一种方法，可以帮你制作出有立体效果的标签。

1. 取一张长条形的红色卡片，对折并使一边稍长于另一边。在另一张绿色卡片上画出圣诞树的图案并剪取下来。

2. 将“树”粘贴于红色卡片的短边上，并将最上端的分枝以上部分剪掉，使卡片顶端呈圣诞树尖的形状。

3. 然后，粘贴上红纸制的圆点来装饰“树”。

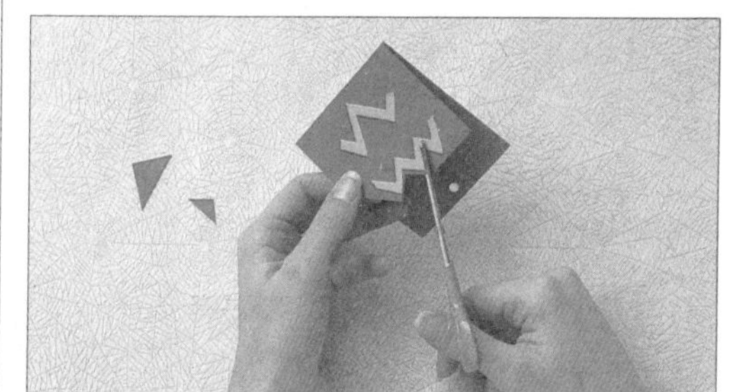

4. 尝试各种抽象设计，粘贴于卡片前端并沿图案的形状剪除多余部分。

系丝带的标签

使用系着蝴蝶结的标签来隐藏你的秘密，可以给礼品增加一些神秘感。这也是恋人之间传递短笺的理想创意。

1. 将一张长方形的卡片对折。展开后在前后边的中间位置各划开一个小窄缝，用来穿丝带。

2. 用金色金属钢笔在另一张黑色纸上画上一个图案，并将纸粘贴于卡片上。

3. 在卡片内写入你要说的话，然后将一段金色丝带从窄缝中穿过并打结，把你的秘密藏起来。

礼品标签

自己制作礼品标签不仅可以显示独特的个人风格，而且可以节省费用。通常可以使用已经用过的贺卡制作成新的礼品标签。另外，从包装纸上剪取图案来制作标签也是一个好办法。

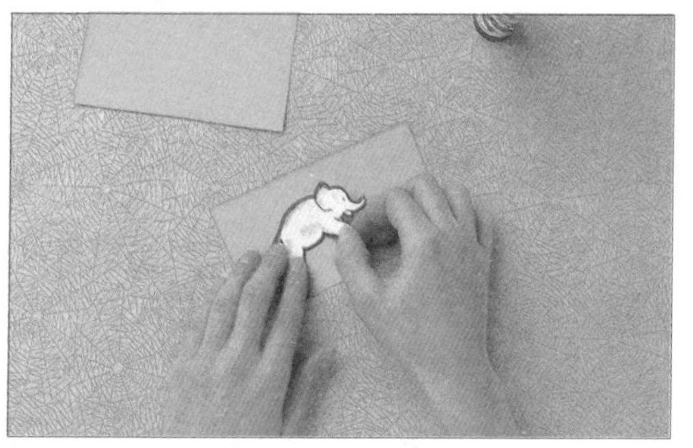

1. 包装完礼品后，从多余的包装纸上剪取合适的图案。将图案粘贴在与之颜色相协调的薄卡片上。

2. 将薄卡片沿着图案的轮廓剪下来，留出一定的边。

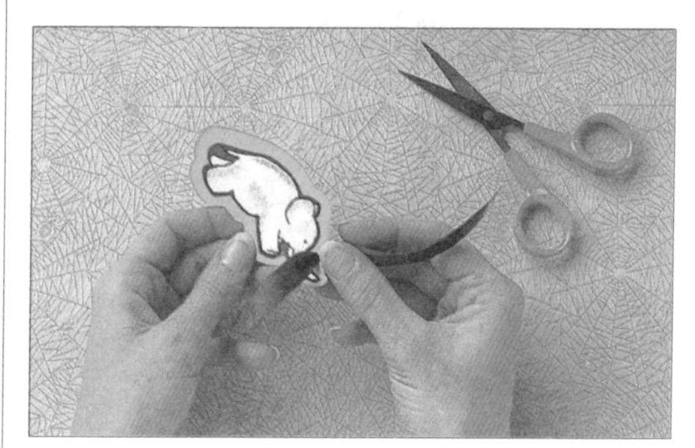

3. 接下来用剪刀在卡片中钻一个孔，将丝带从孔中穿过。在标签上写上你的留言，把它系到礼品上。

礼物盒标签

动物的模型在折纸界很流行，这些小动物都可以很容易地完成，甚至可以由你自己设计。你可以改变下面作品折叠过程中的一两个步骤，得到不同的效果。你需要准备两张边长为 7 ~ 8 厘米的方形纸，而且最好其中一张方形纸的正反面是不同的颜色，以形成小狗的鼻子。

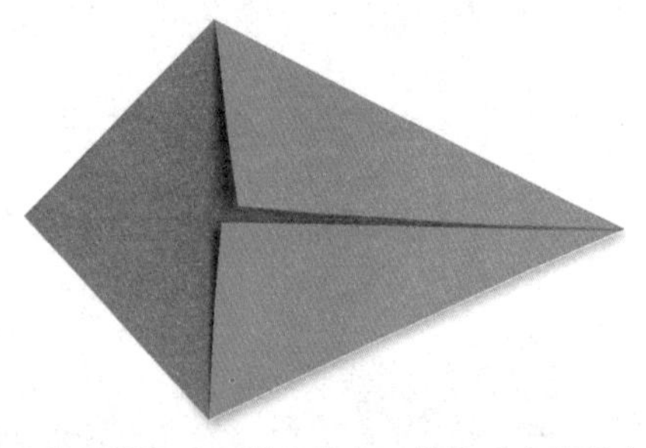

1. 拿正反面颜色不一样的或者一样的正方形纸来折叠小狗的身体都可以。先折一个风筝基础形。

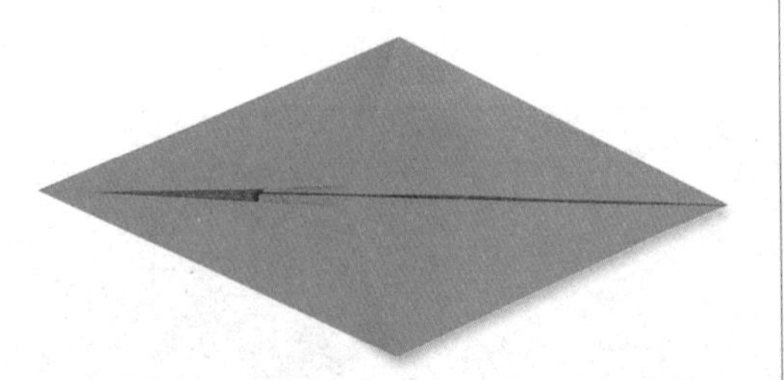

2. 把两条短的斜边往里折，使它们和水平的中心线重合。

3. 把右边的尖角往左折，使它和第 2 步所折的两个纸片的底边相遇。

4. 把第 3 步所折的纸片的上边缘再部分往右折，使它和右边的竖直边重合，这会形成小狗的尾巴。

5. 翻到反面，这样小狗的身体就完成了。当你折完小狗的头后，需要把身体和头装配起来，这就要在组装时把身体旋转 90°。

6. 现在我们来折小狗的头。在剩下的正方形上沿对角线对折，这时候在里面的颜色就是完成后小狗鼻子的颜色。调整纸张位置，使这一步完成的折痕位于水平顶端。

7. 把左右两个尖角往下折到直角的位置。

8. 利用脊痕把第 7 步所折的纸片（右边）竖起来，使它垂直于作品的其他部分，然后对称地把它压平。

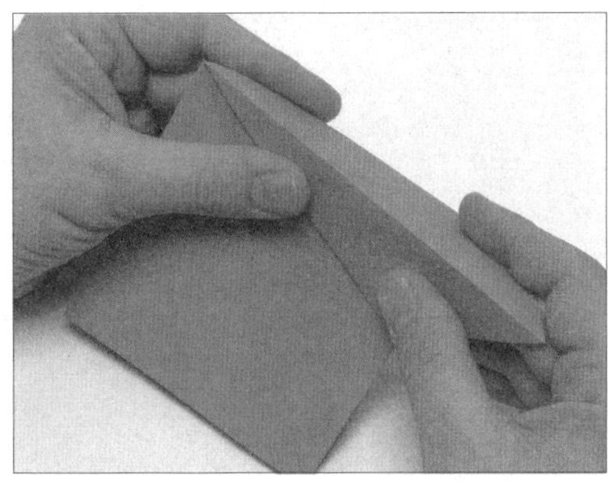

9. 顺着脊痕在这个压平的纸片上做一个山形的对折，把上半部分折到后面，这一部分将用来形成小狗的耳朵。

10. 在左边的尖角上重复第 8 ~ 9 步。

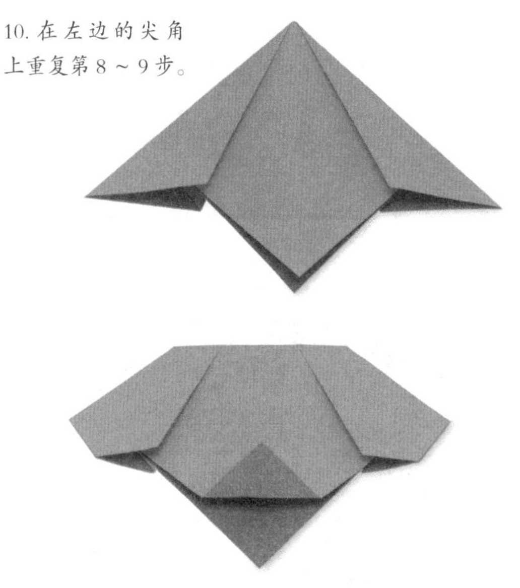

11. 把下面的底角（单层）小部分地往上折，形成小狗的鼻子。把顶角往后折，形成小狗的头部。然后在两个耳朵外角上做山形折叠，完成小狗的耳朵。

12. 用胶水把小狗的头贴在身体上。如图就是完成后的小狗礼物标签，可以直接贴在礼物盒上。

拼贴画标签

如果你已用简洁的包装纸包装了礼品，那么还需要一个拼贴画做成的标签，它会是非常合适的最后点缀。

1. 制作希腊风格的标签，需从绿色纸上剪取一个希腊式的壶与装饰用的圆点。

2. 将它们粘贴在折叠好的橘色卡片上。

3. 在卡片上打孔，将一段彩线从孔中穿过并打结。

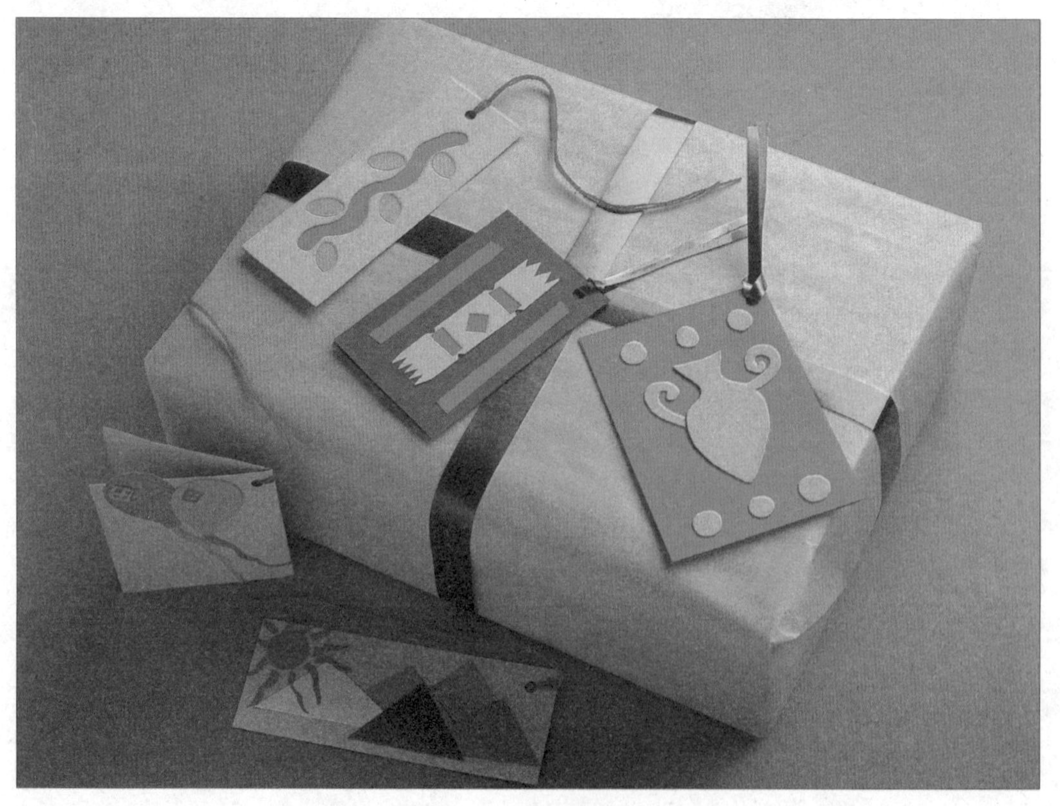

书角

如果你使用了这样的书角，就再也不用担心在书中找不到上次读的地方了。这是一个实用的作品，完成它你需要一张很小的方形纸，最理想的边长是7～8厘米。

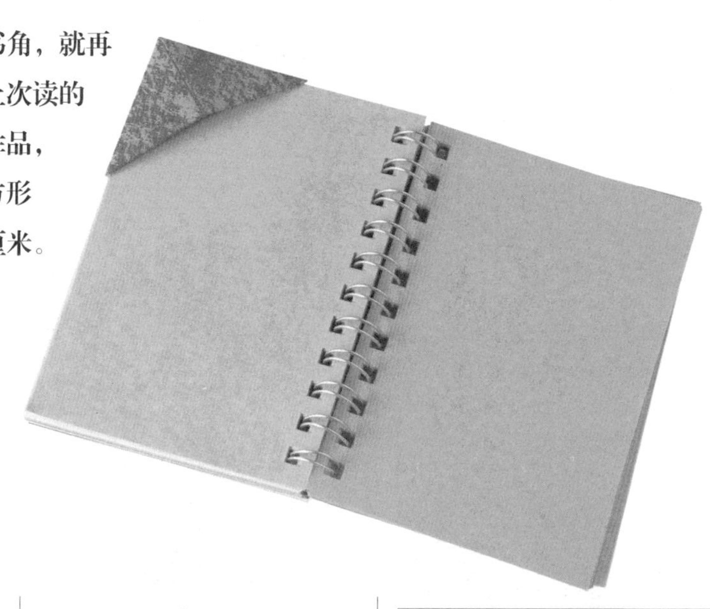

1. 沿对角线对折。此时外面显示的颜色就是最后书角的颜色。

2. 把这个大三角形再对折，用新的折痕来标志底边的中心点。然后把单层的顶角往下折，使它和这个中心点重合。

3. 同样把两个外角往里折，使它们和这个点重合。

4. 在右边展开第3步的折叠，然后如图所示把这个外角往上折。

5. 利用第3步形成的折痕做一个山形折叠，把这个尖角插到第2步形成的水平折痕的后面。

6. 在左边的角上重复一样的折叠，如图即为完成后的书角。使用的时候把书页插入到这个三角形的袋中，这样一来，从正面看就只看见下面的三角形了。

圣诞树日历

这个美丽的圣诞树日历可以使你的圣诞倒计时变得更加有趣。你可以从旧圣诞卡片中剪取图片，来装饰圣诞树上的窗口。

1. 剪取两张树形的卡片，一张红色的，一张绿色的。以边长为2厘米的正方形薄卡片模板为标准，在绿树上随意标记出25个窗口。接下来用工艺刀将窗口的3条边裁开。

2. 将绿树放置于红树的上方，粘贴时绿树需稍高于红树，以使绿树的底边显示出红线。小心地打开每一个窗口并用铅笔在红树上标记位置。移走绿树。从旧圣诞卡上剪取25个小图案，将它们粘贴于红树上的标记处。

3. 将绿树粘贴于红树上，注意所有的窗口对齐。

4. 用裁剪出的红色和橘色圆形卡片装饰树，用以代表圣诞树上的小挂件。

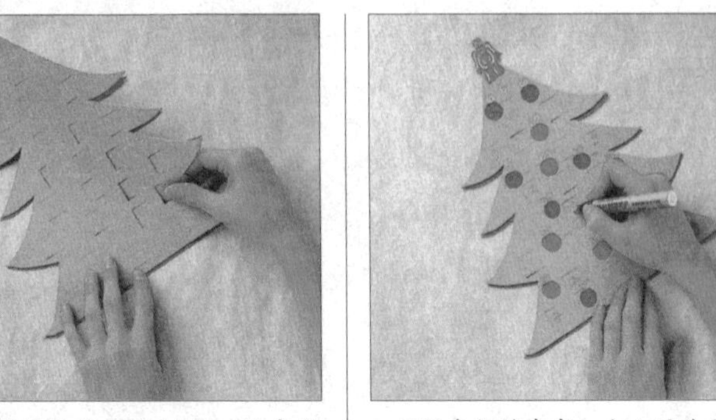

5. 用银色钢笔在每一个小圆片上画上蝴蝶结，然后将窗口编为1～25号。

图片日历

这是一个即使孩子也能学会的制作礼物的简单方法。制作中的原材料——日历册，你可以在商店找到。

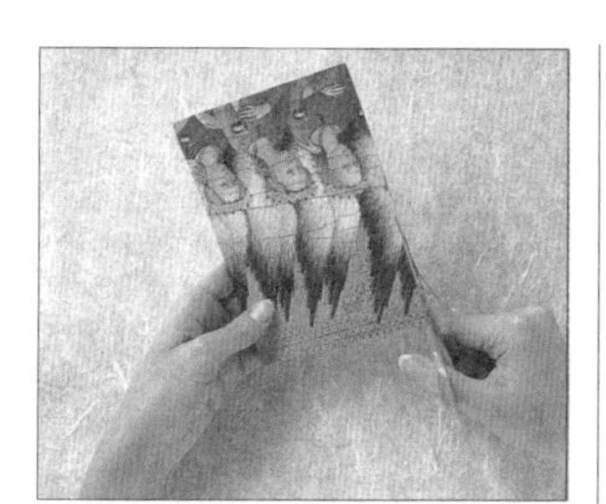

1. 从旧贺卡或杂志上剪取一张喜爱的图片。

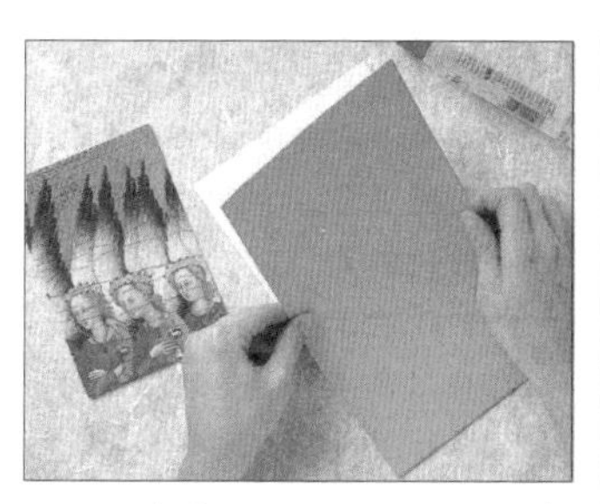

2. 接下来剪取一张面积稍大的卡片，然后选择一张与图片颜色相协调的彩纸。将纸覆盖并粘贴于卡片上。

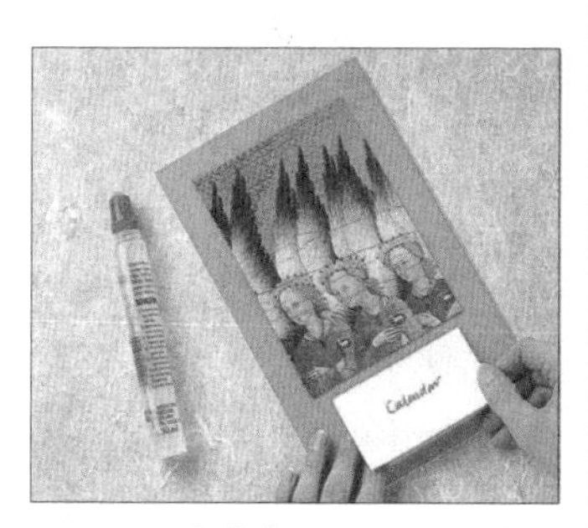

3. 确定图片在卡片上的位置并粘贴，使其位于中心，但要在底部留出较多空间用于放置日历册。在适当位置粘贴日历册。将颜色与之协调的丝带打成一个环，用胶带固定于卡片背面。要增加更多的装饰，可以用相同的丝带制作一个小蝴蝶结，粘贴于日历册的正上方。

埃及风格的餐桌摆设

古埃及是制作这一套具有异国情调的餐桌摆设的灵感来源，这套摆设包括了装饰成古铜色和金色的置物垫、餐巾套和席次牌。

1. 制作这个置物垫，需要剪取一张法老的头像卡片，底部宽30厘米，高为27厘米。在卡片上覆盖古铜色的纸并粘好，再用铅笔在卡片的中间区域轻轻地标示出脸部的形状。根据所需尺寸把模板中的五官按比例放大至黑色纸上并剪取下来，再粘贴至相应的位置上，或者使用黑色签字笔描画。从黑色纸中剪取胡须，粘贴至合适的位置，然后用金色钢笔在胡须上画出交叉的线条。

2. 剪取2厘米宽的蓝色纸条作为头巾上的装饰，把它们平行地贴于古铜色卡片上，头顶的纸条稍稍弯曲。在耳垂处添加蓝色圆点作为耳饰。

3. 制作这个埃及风格的餐巾套，需要剪取一张长为18厘米的正方形卡片。卡片的一面用古铜色纸覆盖，另一面覆盖黑色纸。把卡片沿对角线的平行线折叠，古铜面在内部，再根据图示添加蓝色纸条。根据卡片的边缘修剪纸条的长度。从古铜色纸中剪取埃及人的眼睛图案，把它粘贴至餐巾套的正面。

4. 制作这个席次牌，需要剪取两张黑色的三角形卡片。裁去两个三角形的顶角，再用胶带从背面把它们粘贴在一起。剪取一个古铜色的图案，把它粘贴在前面，然后用金色钢笔写上名字。

装饰桌巾

选用一张圆形、轻质、颜色鲜艳的彩色卡片，来制作这个棉纸桌巾的底部，并将其装饰出最佳的效果。

1. 要得到一个大型的桌巾，需要沿餐盘在卡片和棉纸上画出圆形并剪取下来。

2. 将棉纸对折3次，形成8等分，沿圆边剪出圆齿图案。

3. 棉纸再对折，在侧边轻轻画上一些几何图案，然后将这些图案剪出。

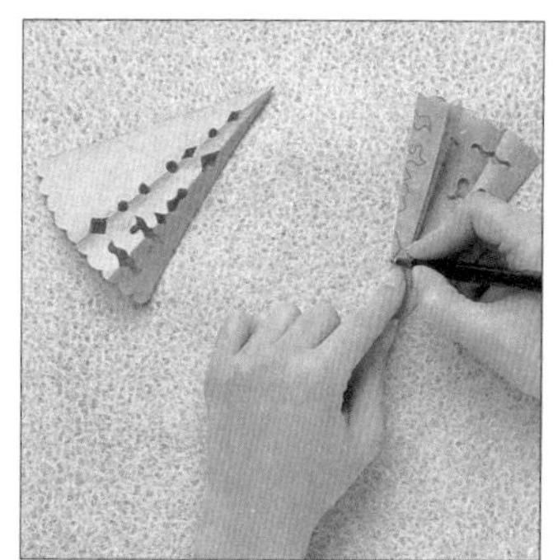

4. 将棉纸展开，恢复成8等分，将两侧边向内翻折。同前一步骤一样在两边缘画出并剪取几何图案。展开桌巾并放置于卡片上，起到装饰的作用。

动物桌垫

无论是孩子的还是成年人的聚会，这样有趣的餐桌摆设都将带来快乐的气氛！选择亮粉色或者淡粉色的卡片来制作这个有趣的动物桌垫吧。

1. 使用盘子作为模板，在粉色卡片上画出一个直径大约为24厘米的圆形并剪下来，记得包括两个耳朵的形状。

2. 使用绿色和蓝色卡片，剪取小动物的脸部特征并将它们粘贴于适当位置。

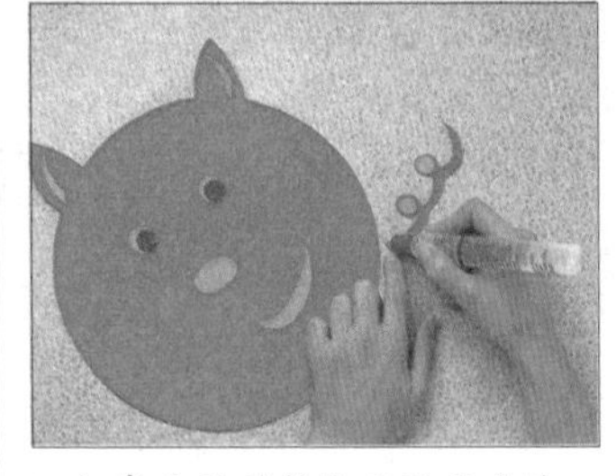

3. 把卷曲的动物尾巴贴于右边，完成小动物桌垫的制作。

4. 制作席次牌，需取用一张边长为9厘米的正方形绿色卡片。沿着卡片中间画线，并在上半部画上小动物的头部和耳朵。用工艺刀沿着小动物的头部和耳朵刻划，然后轻轻折叠，小动物的头部就会竖立起来了。

5. 如前所述，在一张粉色卡片上贴上小动物的脸部特征，然后把完成的脸部贴于折好的卡片上，加上弯曲的尾巴。

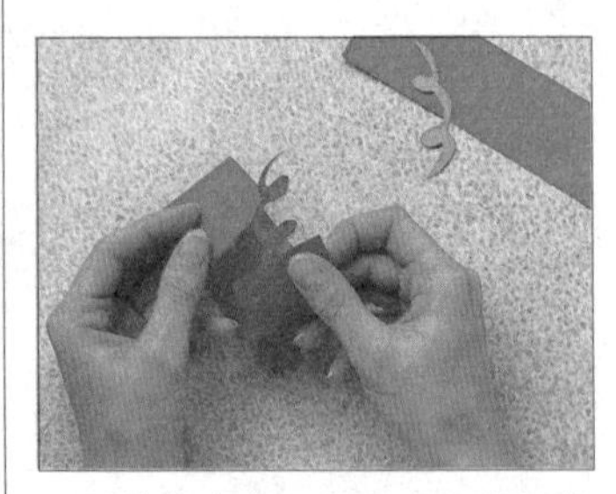

6. 制作餐巾套，需取用一条粉色卡片，尺寸为22厘米 ×5厘米，把两端粘在一起。胶水干之前，在接合点塞入一条绿色的弯曲尾巴状的卡片，用手紧紧捏住直至胶水完全变干。

纹章桌垫

无论是招待圆桌会议的贵宾，还是安排一场男孩的聚会，那些带有纹章图案的餐桌垫毫无疑问都会为整个聚会增色。

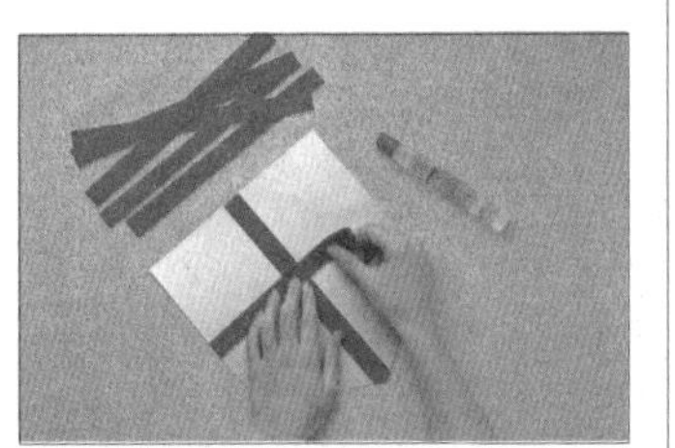

1. 从银色卡片上剪下一个长和宽约为25厘米的盾形。剪取6条尺寸为2厘米×27厘米的紫色卡片。使用两条，在盾形中粘贴成十字，将边缘修剪整齐。

2. 剪取8条波纹状的橘色卡片与5个紫色圆点。按照图示模板，衡量所需的尺寸，绘制并剪取鸢尾花形的纹章。

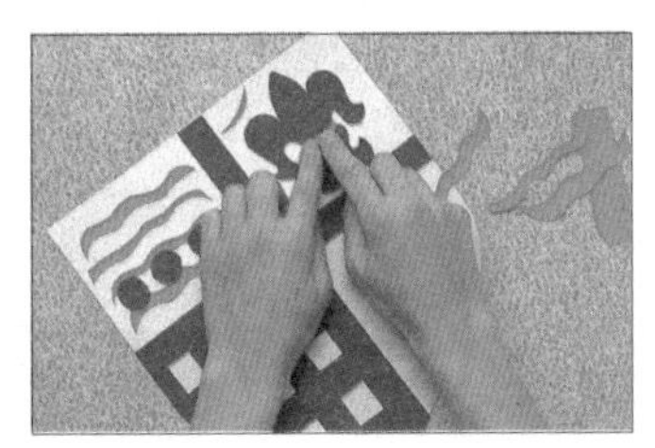

3. 按照图中的设计，将剪得的图案排列到盾形卡片上并逐个粘贴。纹章桌垫完成了。

4. 取一张尺寸为22厘米×5厘米的紫色卡片，将两条短边连接粘贴。从银色卡片上剪取一张小的盾形，从橘色卡片上剪取一个鸢尾花形的纹章。将纹章粘贴于盾形上，再将盾形卡片粘贴于餐巾套上。

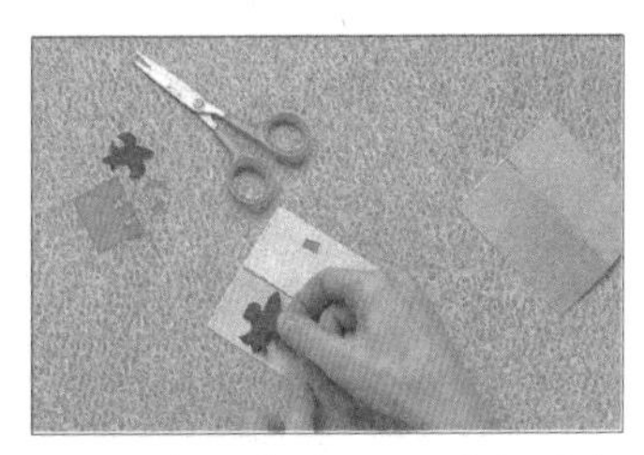

5. 要完成纹章的主题，我们再来添加一个席次牌。剪取尺寸为9厘米×10厘米的银色卡片，从中间纵向地折叠。再从紫色卡片上剪取一个更小的、高4厘米的鸢尾花形的纹章，将其贴于银色卡片上。最后添上橘色镶边。

模板制作

模板制作是一种被广泛使用的手工艺，可以产生很多种效果。可以使用蜡笔将模板图案与其他的装饰工艺，比如斑点与蜡染效果结合起来。模板镂花刷或海绵都可以应用于绘制：刷子能制造出点画的效果，而海绵则可以产生实心浓厚的效果。

1. 在模板卡上画上图案并用工艺刀小心裁剪出来。

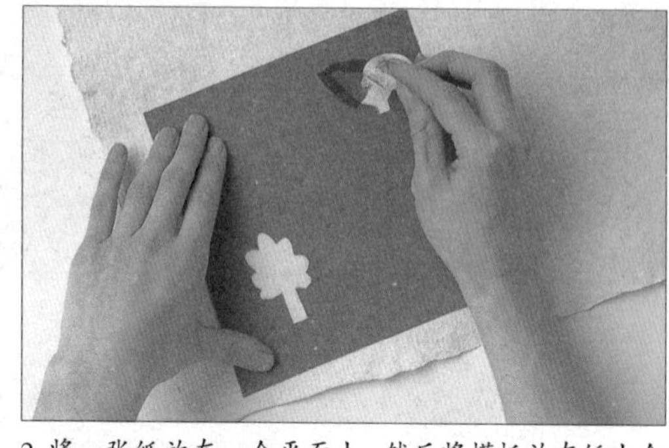

2. 将一张纸放在一个平面上，然后将模板放在纸上合适的位置。混合颜料直至足够黏稠后，用海绵吸取并仔细地轻拍在模板卡的图案上。注意，颜料不要太稀以免从卡片图案边缘渗漏到纸上，造成图案模糊。

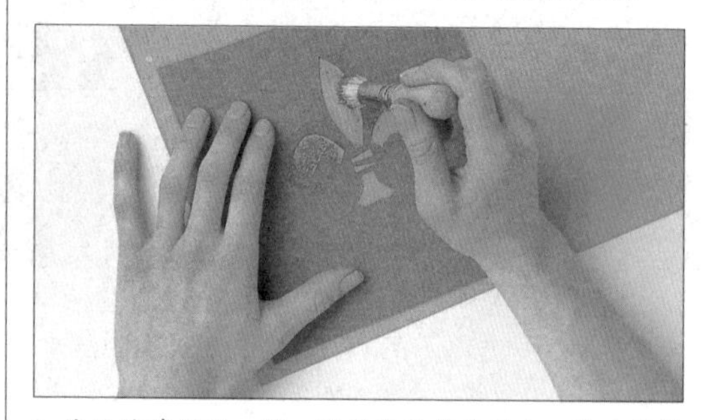

3. 使用镂花刷时，将一张纸平放在平面上，然后将模板卡放在纸上面。用刷子蘸上足够浓稠的颜料并轻轻按压于模板上，覆盖图案下的纸张。同样的，要确定颜料不是太稀。在模板上轻拍颜料达到斑驳的效果。

模板设计

使用现成的或自己裁剪的模板都可以制作这些漂亮的信纸。轻轻地用模板刷抹上颜料或是用软蜡笔上色能快速达到效果。

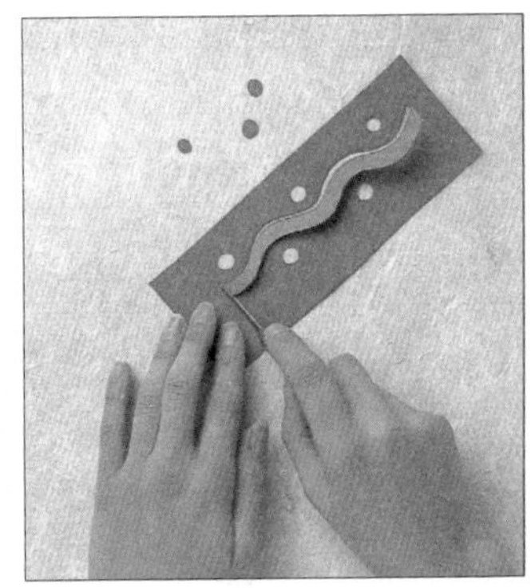

1. 根据所需将模板图案转移至模板卡片上，用工艺刀裁剪下来。

2. 将颜料在碟子中调好，用模板刷蘸取颜料。然后，一只手牢牢地按住模板卡片，另一只手用刷子在信纸上涂上颜料。

3. 可以使用彩色蜡笔来代替颜料。一只手牢牢地按住模板卡片，另一只手轻轻地填充图案。注意，每一笔都要向相同方向描绘。

古典式大理石花纹纸

制作大理石花纹纸有好几种方法，都可以达到古老的装订册和传统意大利信纸上的美丽效果。制作过程中，需要让颜料悬浮于水面上，并形成排列的图案，再转移至纸上。

1. 在一个干净的金属盘或深碟子中加入一半的温水。剪取适合盘子尺寸的纸。用白酒将少许油画颜料稀释，然后用刷子把稀释后的颜料点于水的表面。

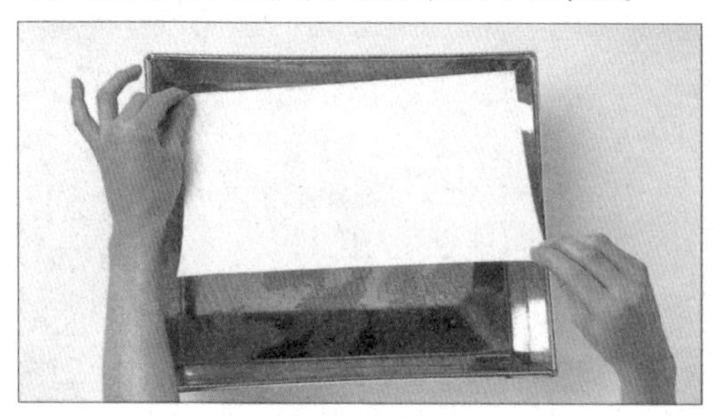

2. 颜料将会散开，在水的表面创造出不同的图案。手持纸左上角与右下角，转动着放于水的表面。

3. 小心地把纸从盘子中拿起。颜料将会粘附在纸上，形成大理石花纹的效果。在室温下把纸张平放至干燥。

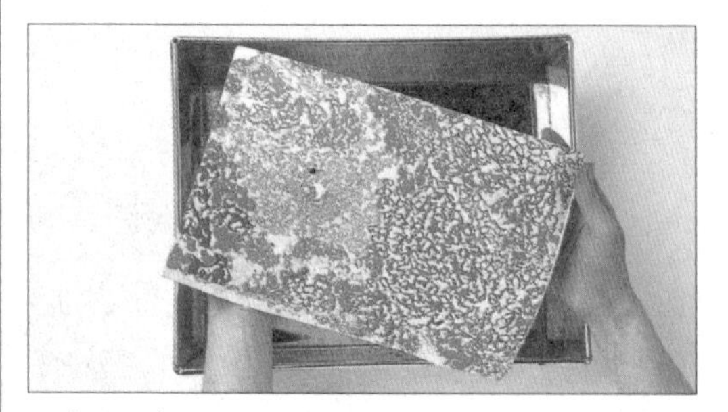

4. 在水的表面添加两种或更多种颜色的颜料来创造多彩的效果。在放入纸之前使用颜料刷的末端或金属棒来搅动颜料。制作后面的纸之前，要先使用废纸清除水表面多余的颜料以保持水的干净。

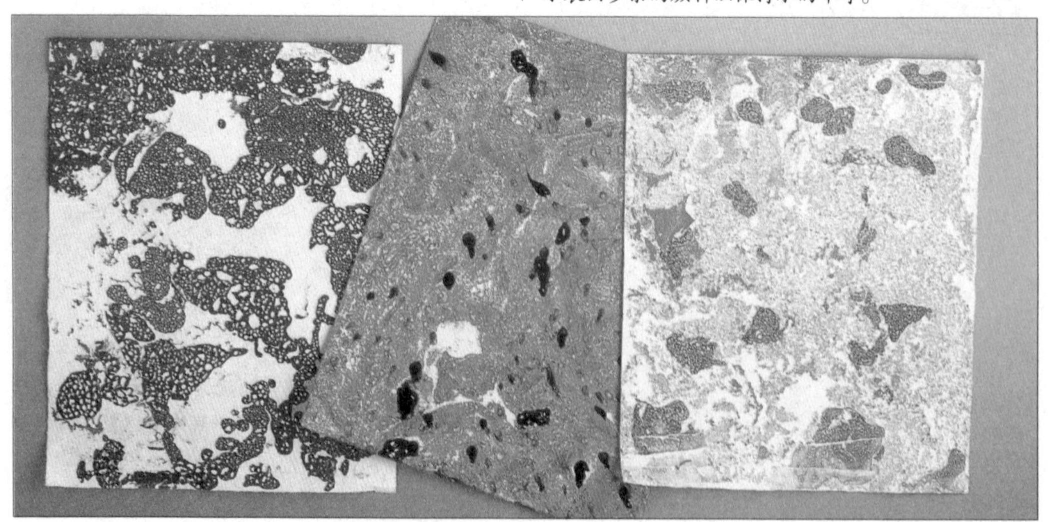

大理石花纹标签

在使用大理石花纹纸包装完礼品后，不可避免地，总会剩下一些小片的纸，若丢掉了会觉得可惜。这时，把它们做成礼品标签既是很好的利用方式，又可以给你的礼品增色。你甚至可以把它们做成10张一套的标签集，作为礼物送给朋友。

1. 首先从剩余的大理石花纹纸中剪取一些有趣的形状。

2. 然后选择一些对比色的卡片，以使大理石花纹的美丽颜色突显出来。把大理石花纹图案粘贴于卡片上，根据图案的形状修剪卡片。

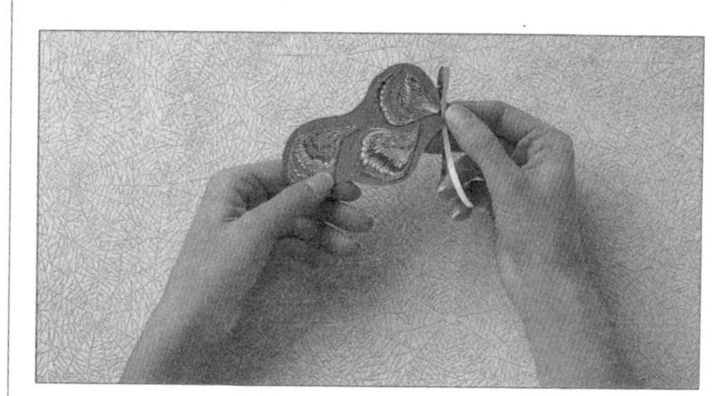

3. 在标签上打一个孔，用于穿丝带。

闪光的相框

这个相框由两种颜色的金箔装饰而成，侧面开口，可以安放各种尺寸的照片，还能将它制作成更大尺寸以容纳更大的照片。

1. 根据所需尺寸将模板中的框架按比例放大，把前面一块转移至厚的瓦楞纸板上，垫片转移至薄的纸板上。再从薄纸板中剪取一块长方形，用做框架的背部，把垫片粘贴于这个长方形的背面的三边，并用胶带固定。左边开口用以插入照片。当胶水干后，在部件上涂上稀释的聚乙烯醇胶水用以防止部件变形，继续干燥 3 ~ 4 小时。在前面一块纸板背部粘上挂钩并用胶带固定。

2. 将 2.5 厘米宽的报纸条浸泡于稀释的聚乙烯醇胶水中，用其覆盖住相框的两个部件。让它们干燥整晚，然后用细砂纸轻轻磨平。

3. 在接合两个部件前涂上两层白漆。尽管白漆最后会被覆盖，但白色的框架表面能使我们更容易看到粘贴箔纸的位置。使用强力胶水把背部与前面一块粘住，接合处用胶带固定。在接合处覆盖两层浸透了稀释的聚乙烯醇胶水的报纸，然后涂上两层白漆。

4. 当每一块都变干后，开始装饰框架。剪取适合相框的条形银箔，把它们粘贴于适当位置。注意覆盖框架的内侧边缘。接着，剪取金箔图案并围绕相框粘贴。最后，在框架背后的挂钩上系上绳子。

相框（1）

你可以选择一张A4的纸作材料，用这种规格的纸做出来的相框可以放一张15厘米×10厘米大小的照片。另外，你选择的纸张最好是坚硬的羊皮纸，并且要把有图案的那面朝下，这样图案就能出现在相框的4个角上。

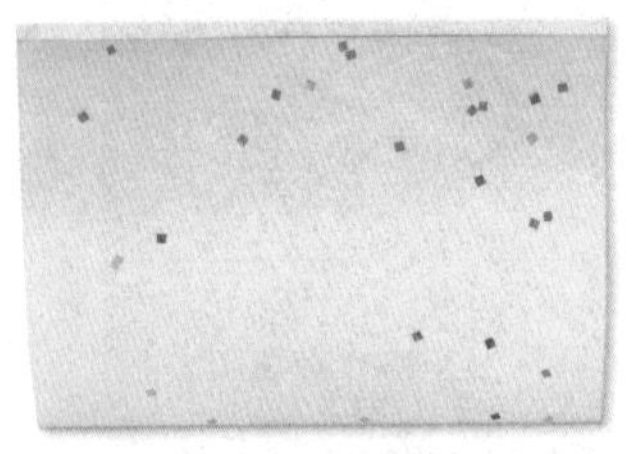

1. 先做一个对折，使两条短边重合。

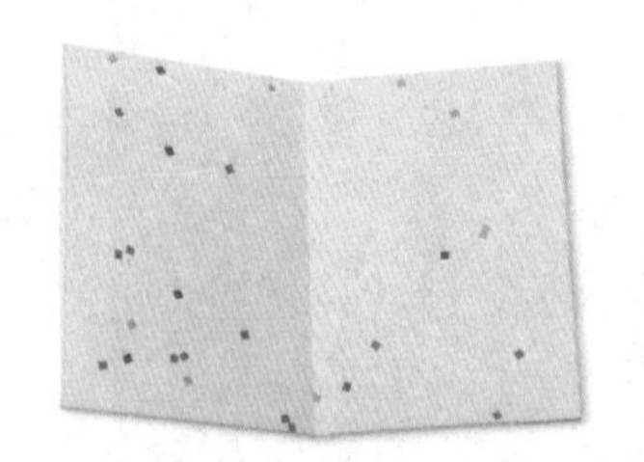

2. 再做一次对折，这样纸张就被分为4份，然后展开这一步。调整纸张位置，使第1步完成的折痕位于顶边位置。

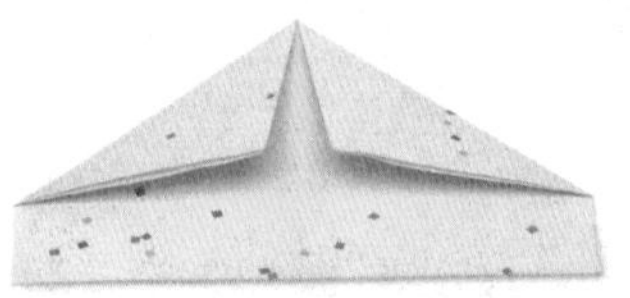

3. 把上面的两个外角往下折，使本来的顶边和竖直的中心折痕重合。

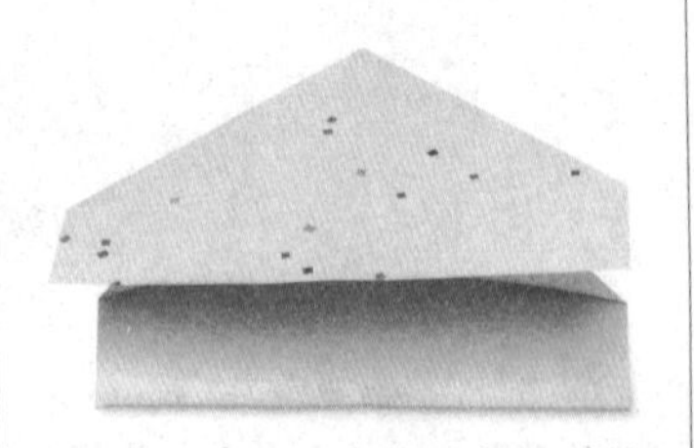

4. 把第3步的两个纸片打开并做内翻折。

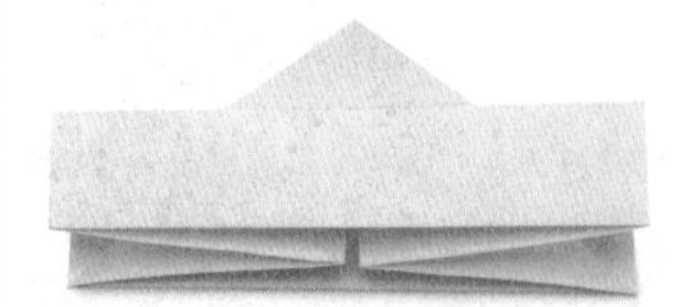

5. 把底边尽可能往上折，使新的折痕连接两个外角。在背面重复一样的折叠。

6. 展开第5步的折叠，把顶角往下折，使它的顶端和上一步完成的折痕重合。

7. 用手捏住整个作品的单层纸，同时保持第 6 步折成的小三角形不变，打开作品的两个外层纸片。

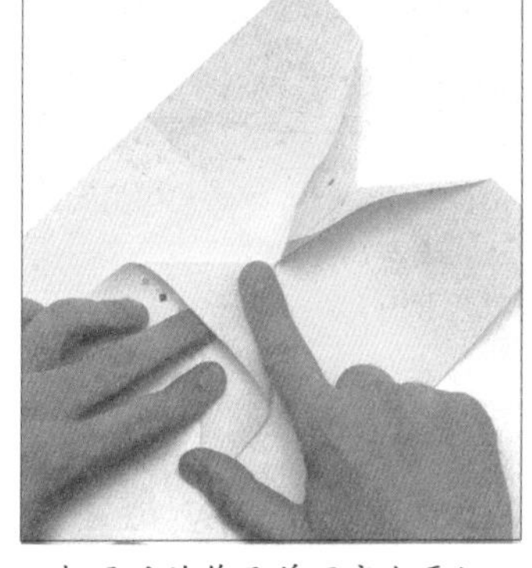

8. 打开后的作品并不完全平坦，你必须把中间的部分压平，使之形成两个三角形。

9. 如图为第 8 步完成后的形状，其中间部分看上去像是领结。

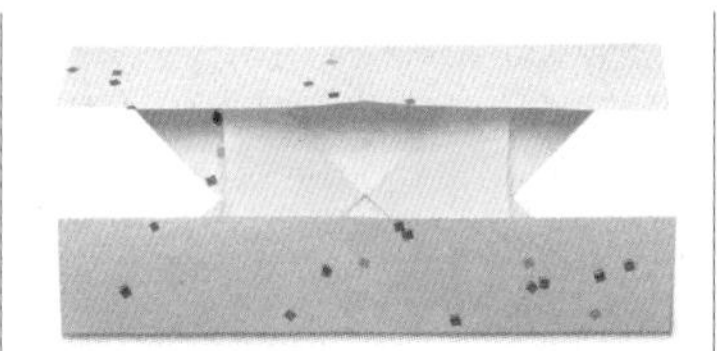

10. 利用第 5 步折成的折痕，把外边往里面折。

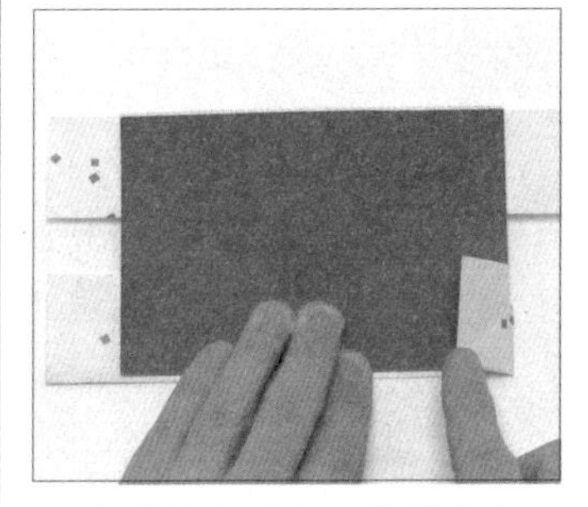

11. 如图在纸的中心位置放上照片，这时候你可以看见四周有 4 个超出的小纸片。把这 4 个小纸片往里折，盖住照片的边缘。

12. 如图为第 11 步完成后的形状。

13. 把照片拉出来，然后重新插入 4 个新出现的角中，如图所示。

14. 在相框的背面有一个三角形的纸片，把它以一个合适的角度打开，相框就能“站立”了。如图就是完成后的相框。

相框（2）

用厚卡片和包装纸制作自己设计外观的相框。可选择不同的纸来衬托照片中的色彩，并与家具相协调。

1. 根据所需尺寸剪取两张厚卡片，在其中一张上用尺和工艺刀开一个窗。框架一般为3厘米宽，但可以根据照片做改变。

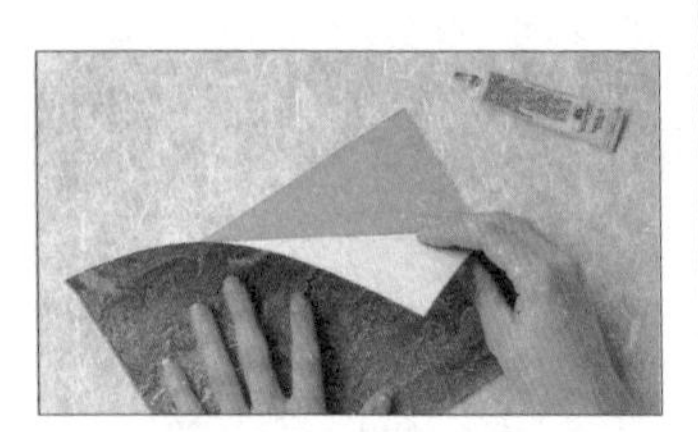

2. 制作衬背卡片，需剪取与卡片相同宽度但稍长于卡片的一张大理石花纹纸，然后把它粘贴于卡片上，多余长度沿顶端边缘翻折。

3. 将框架放于另一张大理石花纹纸上，轻轻地标记并裁剪出一个稍小的窗口，约保留1.5厘米宽的折边。把折边从窗口向框架内侧面翻折并粘贴。裁掉纸的外部边角，把顶边向下粘贴固定。

4. 从厚卡片中剪取隔离条，沿着衬背卡片的3条侧边粘贴。

5. 在隔离条上涂上胶水，小心地把框架粘贴在上面。在框架的花纹纸的两侧边和底边上涂上胶水并向后翻折，使它们包住衬背卡片的三边。

6. 剪取一张与框架尺寸相同的大理石花纹纸，把它贴于背部，进行必要的修整。

7. 剪取约为框架一半长的卡片制作支撑物，将末端剪成尖角。用纸覆盖支撑物，多出的纸在钝的一端形成交叠。

8. 把支撑物上多出的纸粘贴于框架的背面。

9. 用相同的纸做成支撑搭扣，把它粘贴于框架与支撑物的背面。

丝带辫与丝带卷

礼品搭配彩色的丝带可以达到许多不同的效果。可以将丝带打成辫状或缠绕起来组成多彩的装饰，束在包装好的礼品上。

1. 使用丝带最简单的方法之一便是做成丝带卷。可以使用闭合的剪刀拉伸丝带使之形成自然的小卷。使用不同长度和颜色的丝带并将它们捆成一束系在你的礼品上。

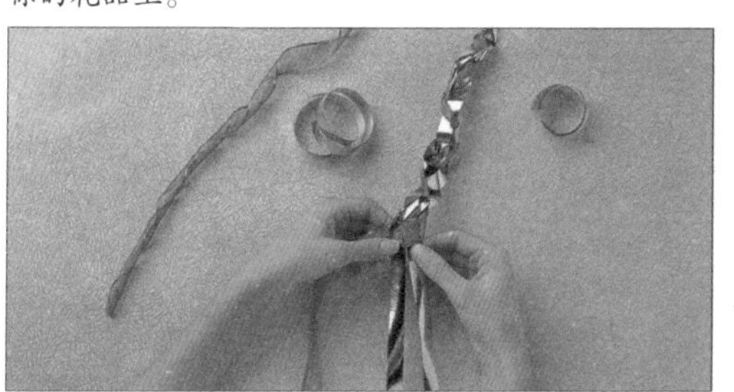

2. 使用丝带的另一种有效的方式是把至少3种不同颜色的丝带编织成辫。将丝带一端以胶带联结，编至需要的长度。固定并切断丝带末端。

3. 在这个例子当中，为了制造色彩缤纷的效果，需要将一整团混合了各种颜色及宽度的丝带编织在一起。用胶带联结并修剪末端。

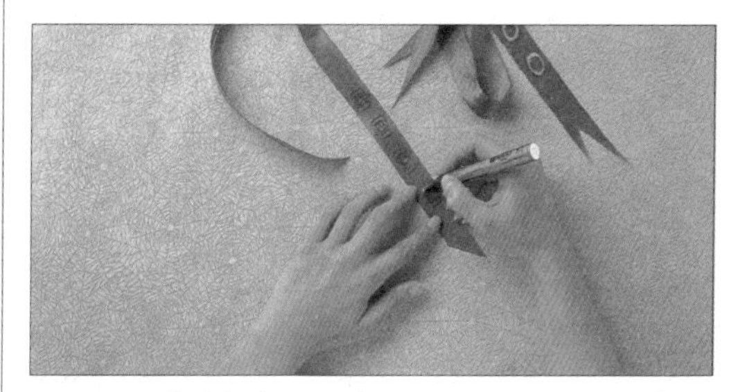

4. 要使丝带看起来更独特，可以使用签字笔或者金属钢笔在丝带上绘制包装纸上的图案。

丝带花饰

选择与包装纸搭配的丝带花饰可以使礼品看起来很特别。用丝带可以制作成不同形状的花饰，如放射状或者简单的蝴蝶结形。可以选择各种普通的或别致的丝带，也可以从包装纸上剪取纸条来代替丝带。

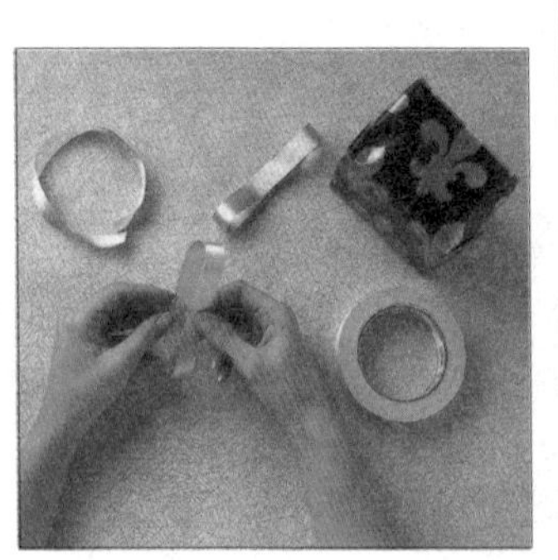

1. 剪取8段丝带，4段长30厘米，另外4段长24厘米。使用双面胶将每一段粘成环状。

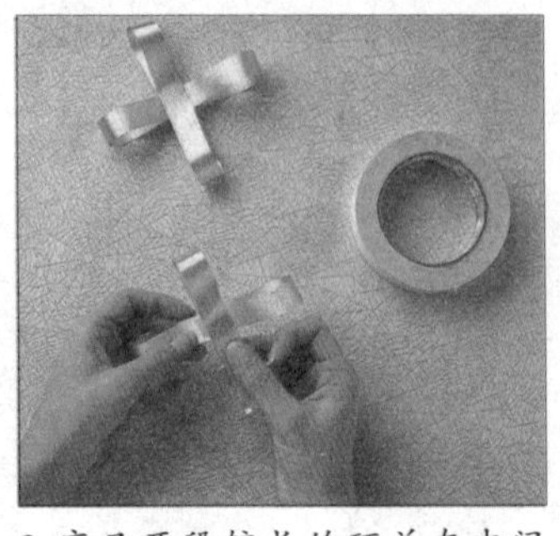

2. 交叉两段较长的环并在中间用胶布粘贴来制作花饰。然后制作另一个交叉并连接至第一个交叉，制作成底层。

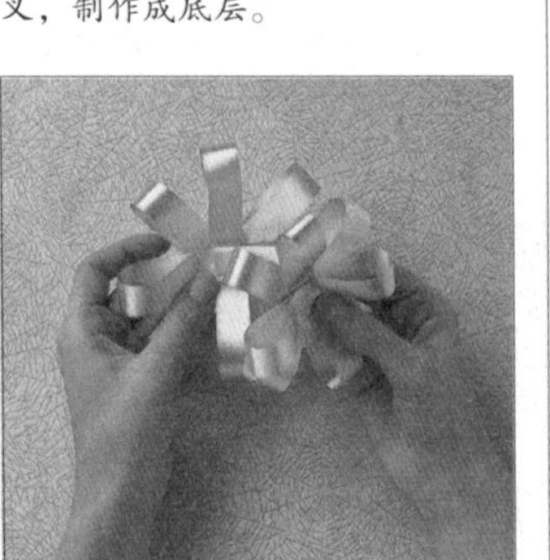

3. 短环重复相同步骤并且连接至底层。

4. 在中心放置一个小环结束制作，将其固定于已包装好的礼品上。

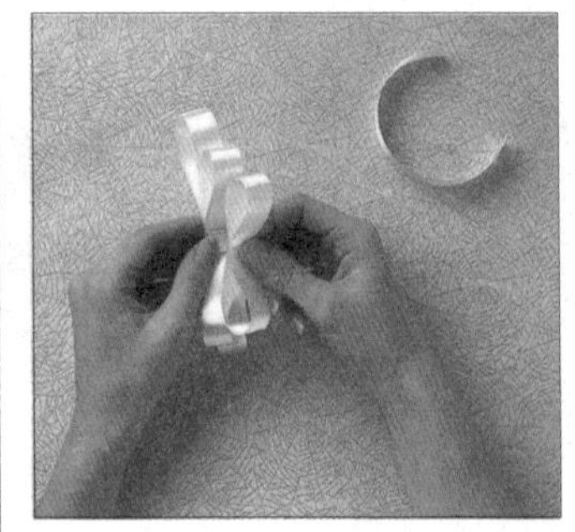

5. 制作另一个不同的丝带装饰，需从长30厘米的丝带开始，剪取每一段递减5厘米的丝带环。从最底层最长的丝带环开始，逐层在中间固定，形成扇形。

东方纸扇

这里教你用简单的方法制作一把东方纸扇。设计因采用了日式扇子的风格，所以在制作过程中需要用到日本的米纸。

1. 剪取一张椭圆形的薄卡片。注意，卡片不能过厚。用工艺刀在卡片上裁剪出扇子的底部区域。

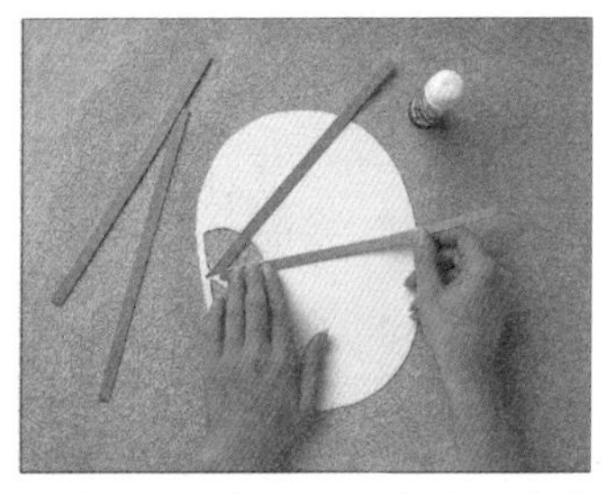

2. 剪取细条卡片，使卡片沿着剪取的线条排列于底部，用胶水固定，两侧相同。

3. 裁取两条 14 厘米 ×1.5 厘米、顶端呈锥形的厚卡片，制作手柄。用双面胶将两条厚卡片分别粘贴于扇面上并使之重合，与扇面底部联结。

4. 用米纸沿扇面的边缘和支柱覆盖住整个扇面。可以在两面使用不同颜色的纸作为变化。如找不到米纸，也可以用棉纸代替。用剪刀修剪边缘。

5. 用长的米纸条缠绕手柄，并在根部粘贴固定。

餐巾扣

完成这个餐巾扣需要的纸张很简单，只要在一张A4纸的长边上裁取一条宽为4厘米的纸即可。注意，开始的时候朝下一面的颜色是最后完成时露在外面的颜色。

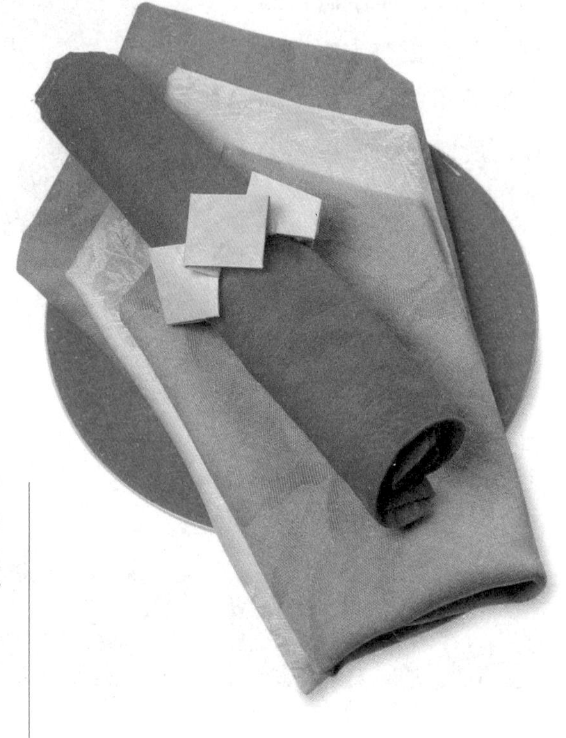

1. 如图放置纸条位置，做一个对折，使两条长边重合，展开后形成一条中心的前折痕。同样再做一次对折，使两条短边重合，展开后形成一条竖直的中心折痕。

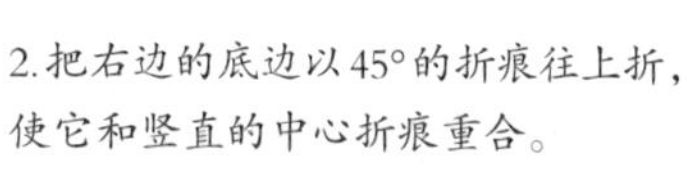

2. 把右边的底边以45°的折痕往上折，使它和竖直的中心折痕重合。

3. 展开第2步的折叠。然后把右边的顶边往下折，使它也和竖直的中心折痕重合。

4. 展开第3步的折叠，然后通过这两条斜折痕的交点做一条竖直的山线。换句话说，你需要折一个水雷基础形的前折痕。完成这一步最好的方法是把右边纸片往后折，直到这两条斜折痕在长边上的部分重合，然后展开。

5. 利用第2～4步完成的前折痕，如图形成一个水雷基础形。

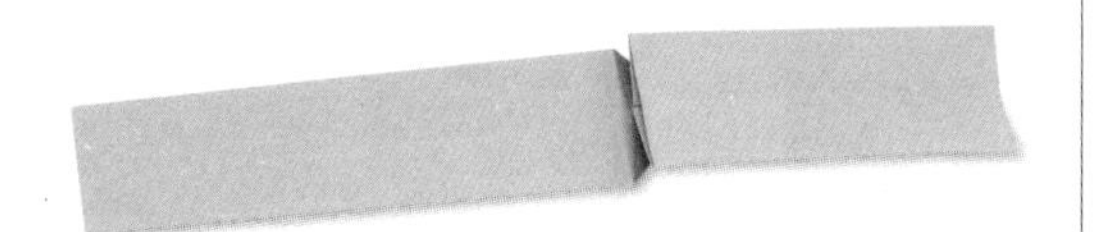

6. 把上面的纸片尽可能往回折（这时候新完成的折痕刚好在内翻折完成的水雷基础形的边缘上）。

7. 在第 6 步形成了两个自由的角，把它们往里翻，使它们和水平的中心线重合。

8. 在竖直的中心线的左边重复第 2 ～ 7 步。

9. 把右边的底边往上折，使它和第 7 步完成的纸片的边缘重合。

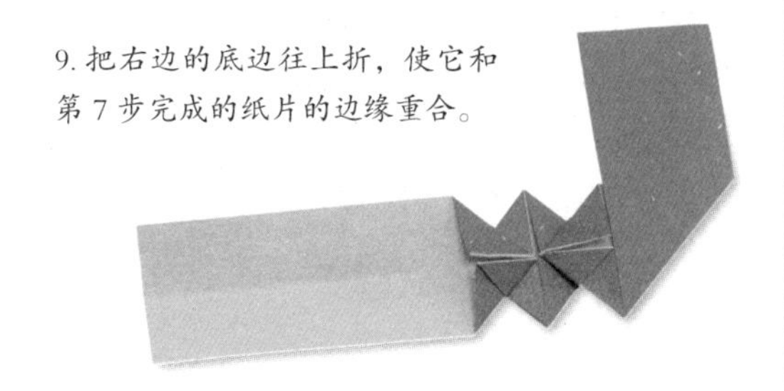

10. 接下来在两边也重复第 2 ～ 6 步。

11. 把每一边的底边和顶边都往里面折，使它们和水平的中心线重合。

12. 展开第 11 步的折叠。然后在一边的末端做一个很小的谷形折叠，而在另一边的末端做一个相同大小的山形折叠。

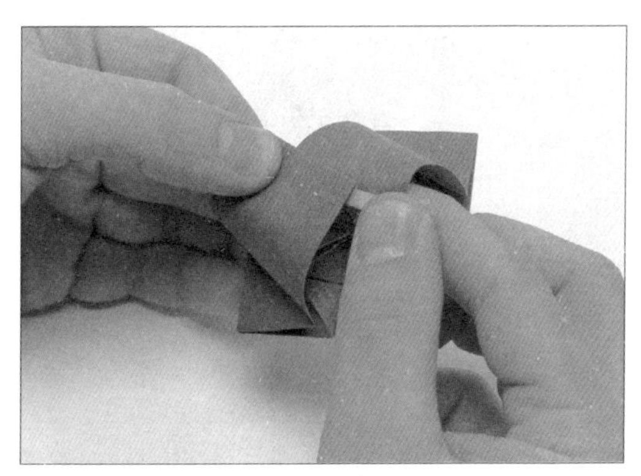

13. 用两只手分别抓住纸条的两端，把纸条绕成一个环，并使第 12 步完成的山形纸片钩住谷形纸片。

14. 小心地往里折叠环的边缘（利用第 11 步完成的前折痕），使它们和中心线重合。然后用你的拇指和其他手指捏出环的形状，并使其平滑地弯曲。

心形杯垫

这里要介绍的是特别受人喜爱的具有创造性的心形杯垫。你需要选用两张表面光滑的方形纸张，最好是平的金属箔片，而且两张的颜色要不一样：比如红色和粉色就很好。开始的时候使作杯垫外面颜色的那一面朝下。

1. 把第 1 张方形纸对折，使底边和顶边重合，接着展开，形成一条水平的中心折痕。然后把上下两条边折向这条中心折痕。

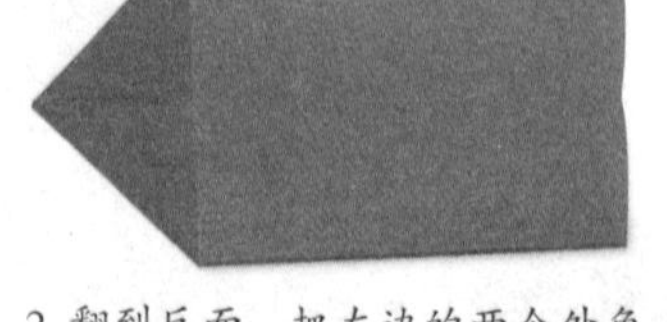

2. 翻到反面。把左边的两个外角往里折，使本来的竖直边和水平的中心线重合。

3. 展开第 2 步的折叠。

4. 把左边的纸片往右折，形成一条新的竖直折痕，要求这条折痕接连第 2 步完成的两条折痕和底边与顶边的交点。

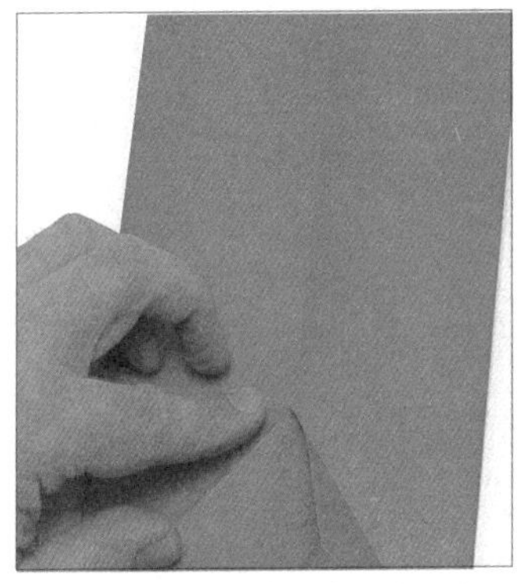

5. 如图用手按住第 4 步完成的部分不动，把其中一个自由角往下拉。

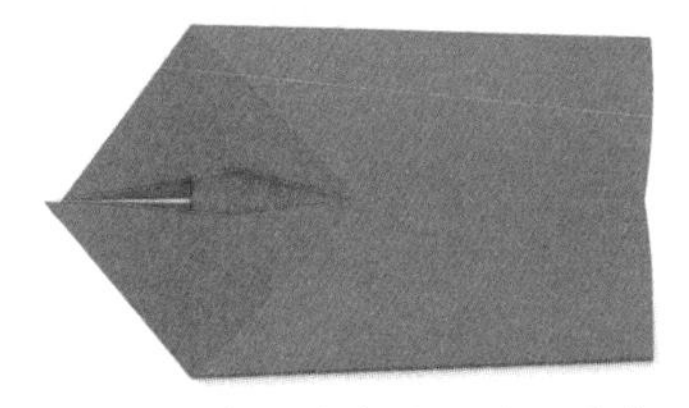

6. 把上一步拉出来的纸片压平成尖角。在另一个角上重复一样的折叠。

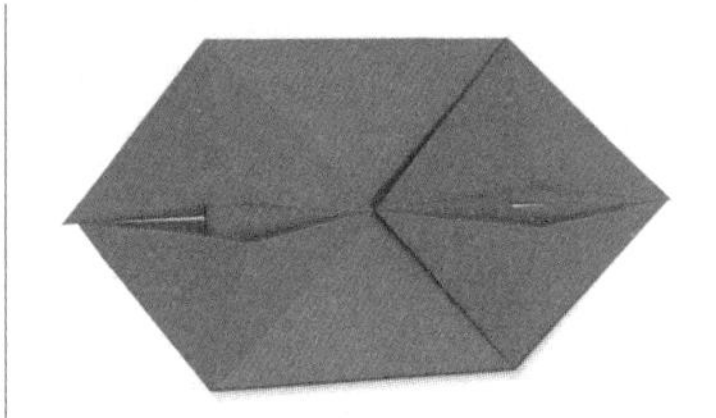

7. 在作品的另一端重复第 2 ~ 6 步的操作。

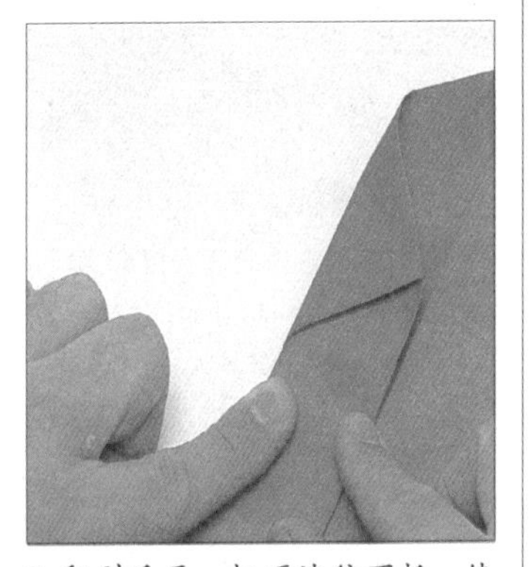

8. 翻到反面，把顶边往下折，使它和水平的中心折痕重合，这一步只要轻轻捏出折痕即可，因为我们只需要找出顶边和中心边之间的中间位置。

9. 在底边上重复第 8 步的折叠。展开第 8 ~ 9 步的折叠。

10. 把两条外边都往里折，使它们分别和第 8 ~ 9 步捏出来的折痕重合。

11. 接下来的第 11 ~ 16 步都是在外角上完成的，在剩下的 3 个角上重复一样的折叠。首先我们把右下角的外边尽可能地往里折，形成一条和外边平行的折痕，并且这个折痕要和底边上的角相接成一条直线。

12. 把尖角往下交叠，使短的顶边现在和第 10 步折成的长条边重合。

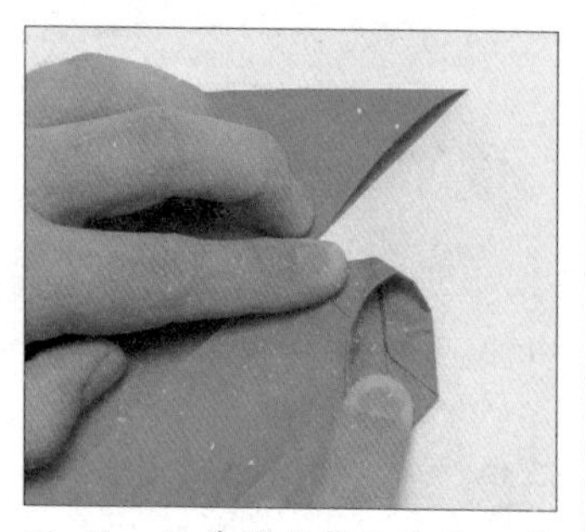

13. 用一只手按住这个大的三角形，另一只手把三角形上窄的条往回折，使它如图和窄条的下半部分相靠。然后你需要把新的小三角形压平，这个部分将会用来形成心形的棱角。

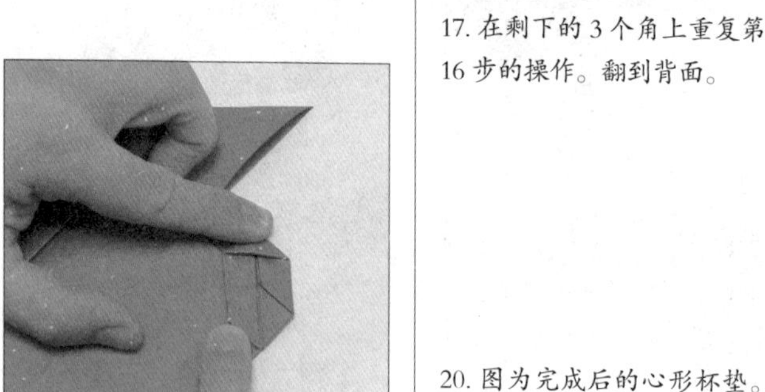

14. 如图为第13步完成后的形状。

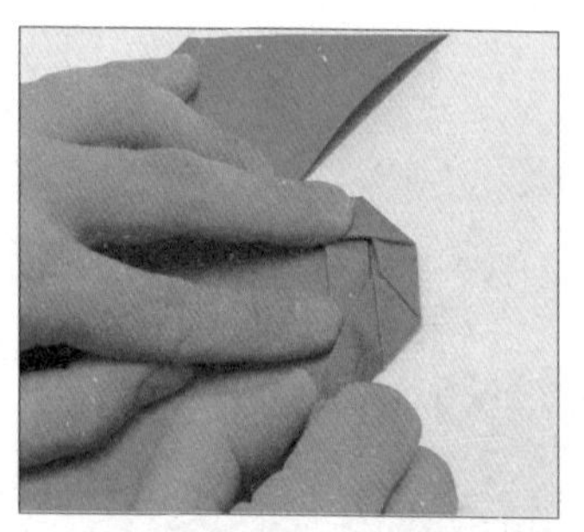

15. 最后，把第13步折叠后的尖角插到竖直的长边下，这样就可以扣住这个窄条。

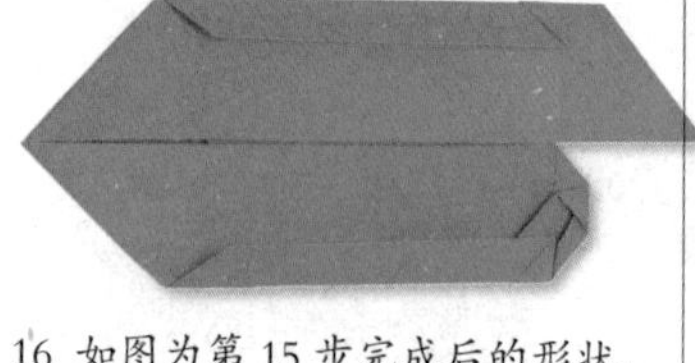

16. 如图为第15步完成后的形状。

17. 在剩下的3个角上重复第11～16步的操作。翻到背面。

18. 用另外一张方形纸再折一个相同的部分。最后，你可以看到两个心形的尖角是相对着的。把其中一个尖角拉起来，然后把另外一个边插到这个尖角下面。

19. 在另一边重复一样的操作，使4个心形按次序排列在一起。

20. 图为完成后的心形杯垫。

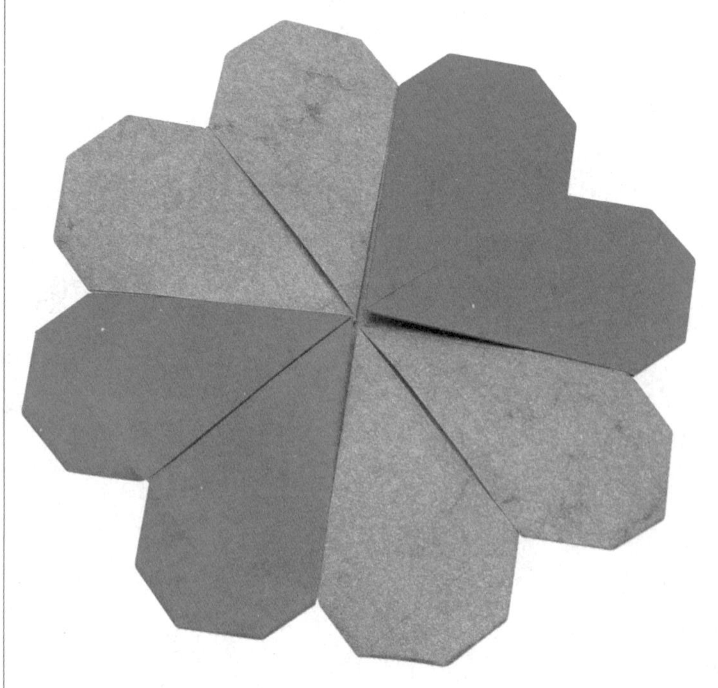

碗

这个作品有把已经做好折痕但显然无法预测的图案，下沉制作成几何和抽象的形状的特点。在这个例子中，需要注意的是柔软的、像软垫一样的底部与直边碗壁形成的反差。第 13 ~ 14 步中的锁合机制，也让人相当有成就感。使用一张正方形的折纸专用纸，白色面朝上，或者使用两面颜色一致的纸。

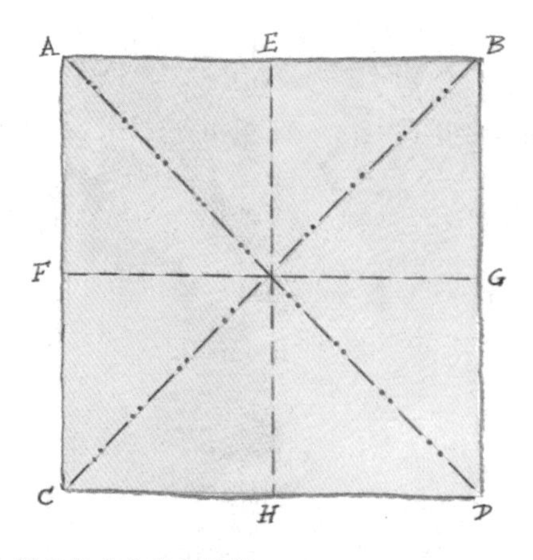

1. 如图示折出山线和谷线。

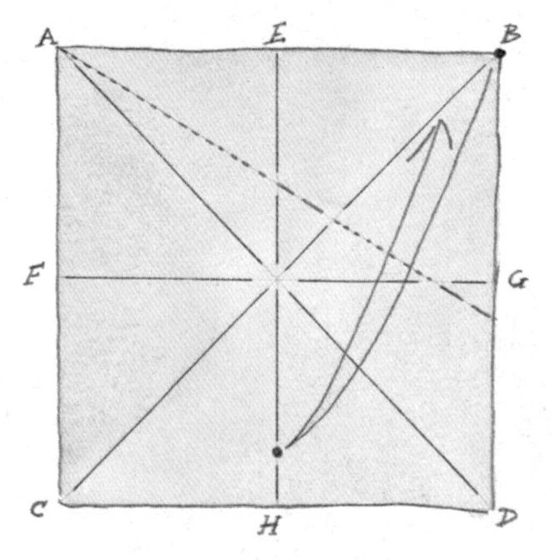

2. 把角B轻轻地放于折痕HE上，如果把纸张压平，那么出现的折痕将会准确地通过角A。然而，此时只需要在图示中的位置压平制造两条短折痕。注意折叠要精确。

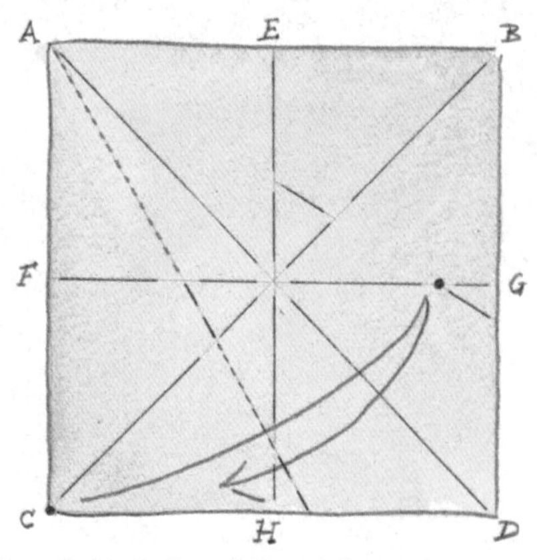

3. 把C放于GF上，重复之前步骤。

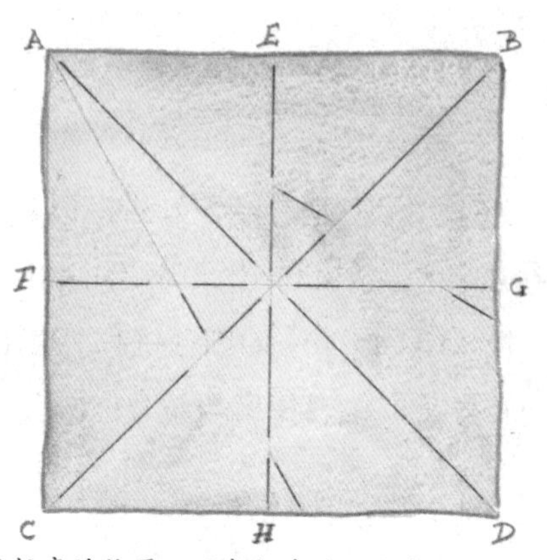

4. 注意折痕的位置，两条折痕均指向角A。重复相同的步骤，得到分别指向角B、C和D的折痕。

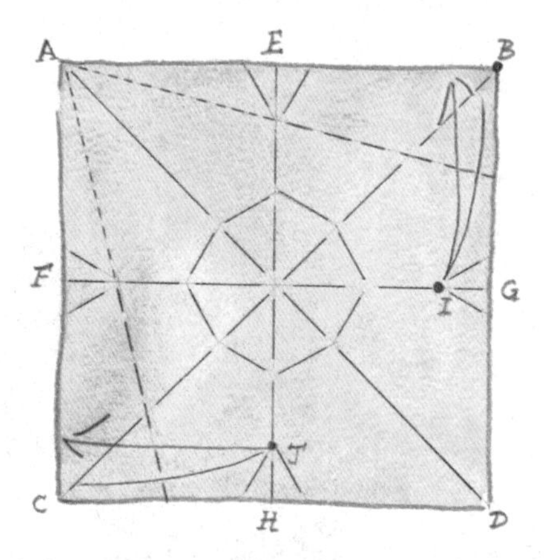

5. 注意中心的八角形和E、F、G、H点的“V”形。把B折向点I，但只在图示处折出折痕。同样地，把C折向J。注意，如果延长的话，这两条折痕会交于点A。

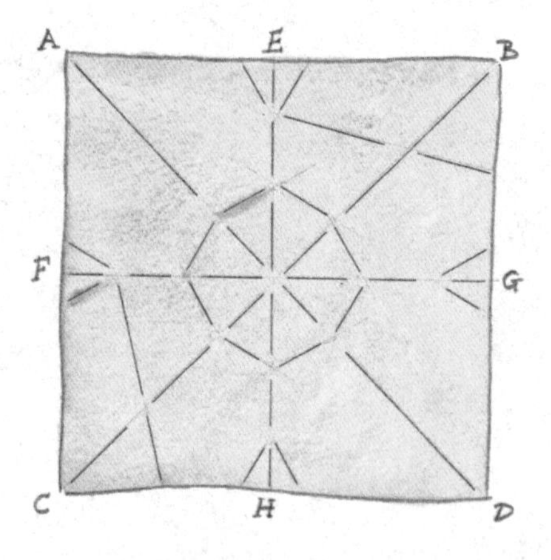

6. 这是折痕的图案。重复第5步，制造如果延长会分别交至点B、C和D的折痕。

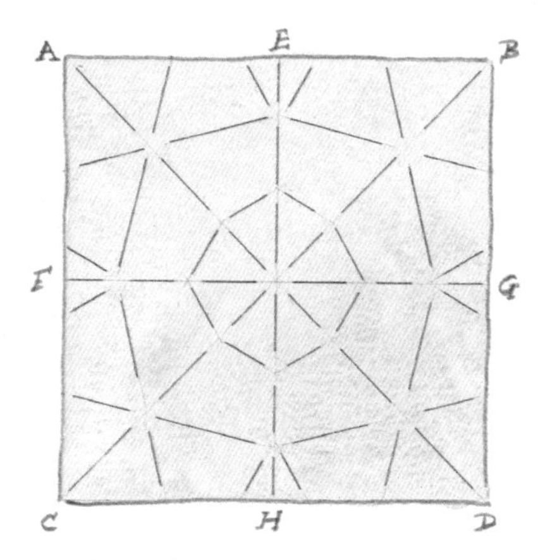

7. 这是当前的折痕图案。

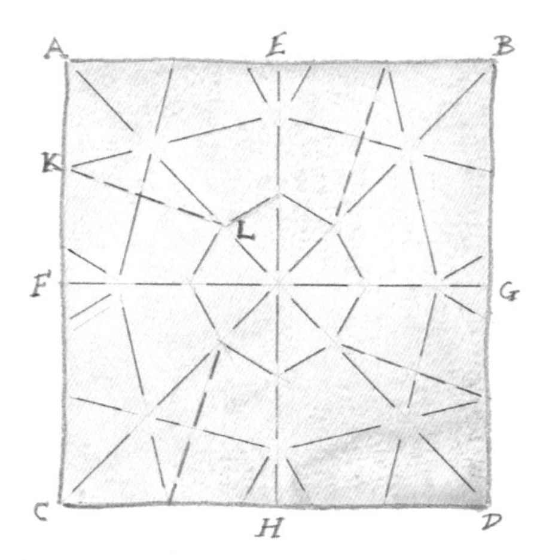

8. 在角 A 的左边做出折痕 KL，然后在每个角的左边重复相似的操作，每次把纸转动 90°。

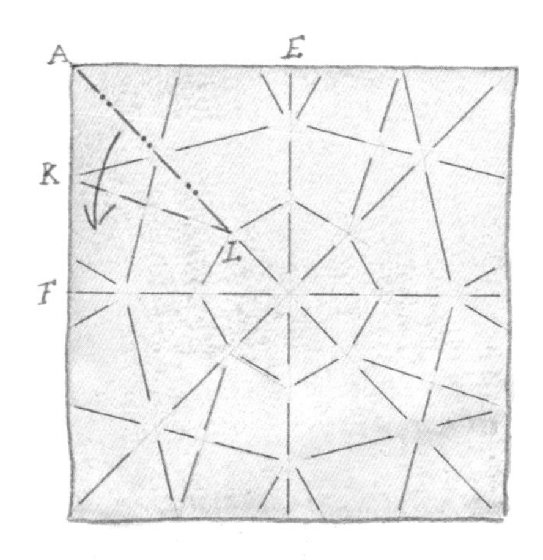

9. 沿 AL 和 KL 折一个褶，使纸张变得立体。注意，L 是向内凹，而不是凸起的。

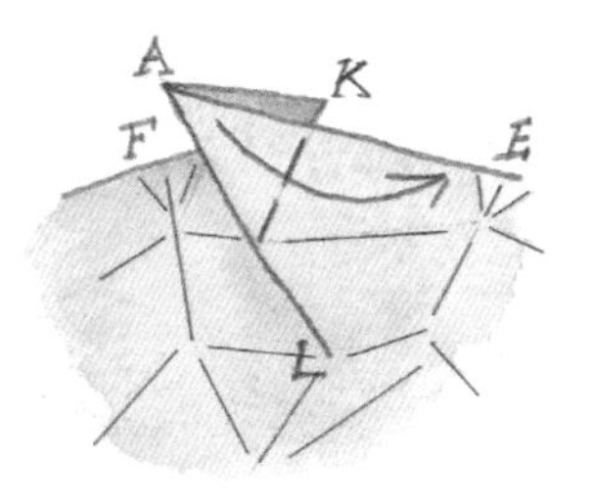

10. 将 A 沿已有折痕向右折叠。B、C 和 D 重复该步骤，都折向右边。

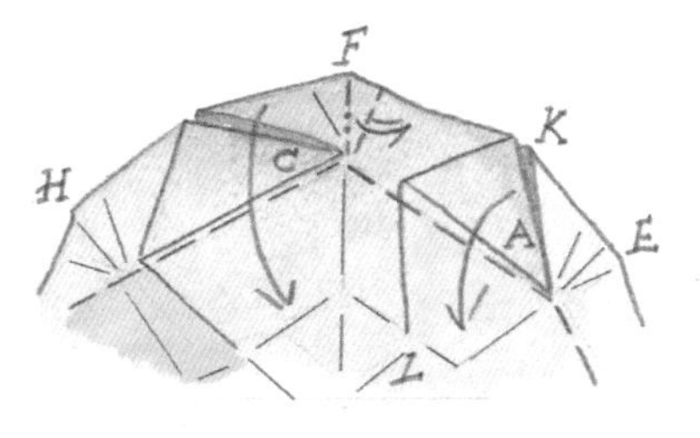

11. 沿碗所有的折痕下沉折叠。注意在 F 处的褶，E、G 和 H 重复该步骤。

12. 这是当前的碗，它是个松散的、锁合不牢并且相当粗笨的形状。把它上下翻转。

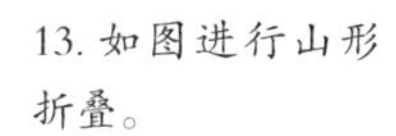

13. 如图进行山形折叠。

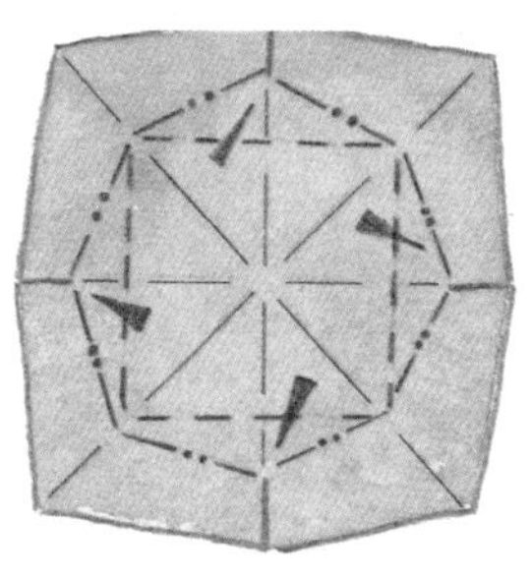

14. 制作成由 4 个墩子以及平的三角形组成的平底碗。这些平的三角形把角 K 包在纸层里面，所以碗的内部是平整的。翻转。

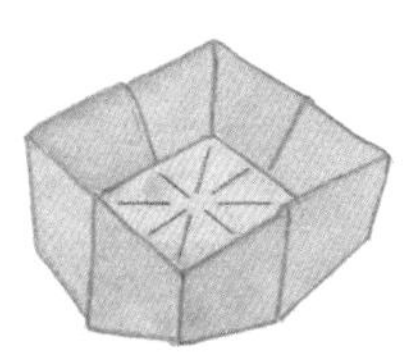

15. 碗制作完成。注意柔软的像垫子一样的底部形状。

杯子

杯子也许是最简单的一个作品，可以被所有年龄段的初学者接受。在折叠杯子时，注意要把用来表现杯子外壳颜色的那一面置于背面。如果你想用折叠好的杯子喝东西的话，就要使用那种平滑的有光泽的材料，比如镀了箔的礼品包装纸，但必须确保安全卫生。

1. 把纸沿对角线对折。

2. 把右上的原始边（单层）往下折，使它的边缘和第 1 步形成的底边重合。

3. 展开第 2 步的折叠。

4. 把右角往左折，使它的尖端和第 2 步形成的折痕的末尾重合。

5. 用同样的方法折叠左边部分。如图对称放置。

6. 把上面的角（单层）往下折，紧紧地盖住第 4 步和第 5 步形成的部分。

7. 反面重复相同的折叠。把上面的两个边打开。如图所示就是可以用的纸杯。

雅致的灯罩

你可以使用剩余的墙纸或互补色的纸来制作这个灯罩，为你的房间增色。

1. 首先取一个灯罩框架，将它放置于你选择好的纸上。缓慢地转动框架并沿框架形状在纸上描画，得到正确的尺寸。然后用剪刀或工艺刀沿着画好的线稍外一点剪取出一张稍大于框架的纸。使用硬币，沿纸的边缘画出圆齿边。

2. 沿画好的圆齿边裁剪，直至剪完整个边缘。

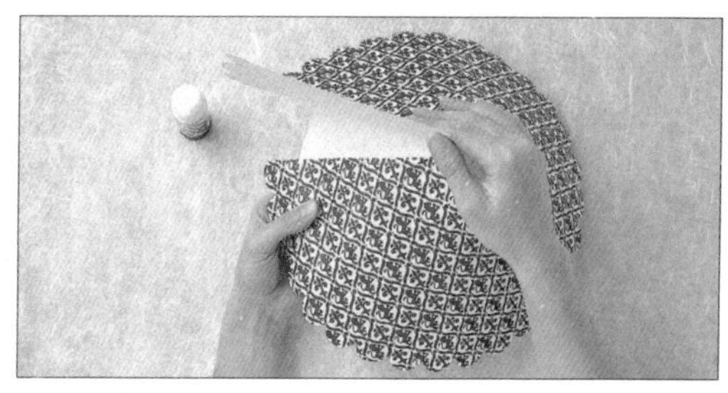

3. 在框架上涂一层胶水，仔细地贴上纸，抚平纸以消除隆起或者折痕。

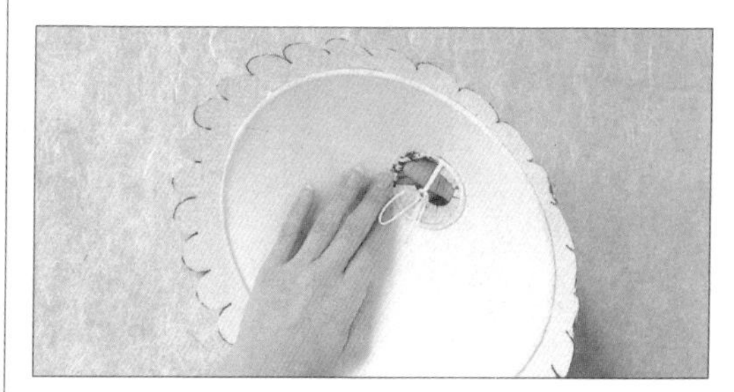

4. 沿着纸灯罩顶端剪出小的短片，向内翻折粘贴，直至完成整个框架，使灯罩与灯相匹配。

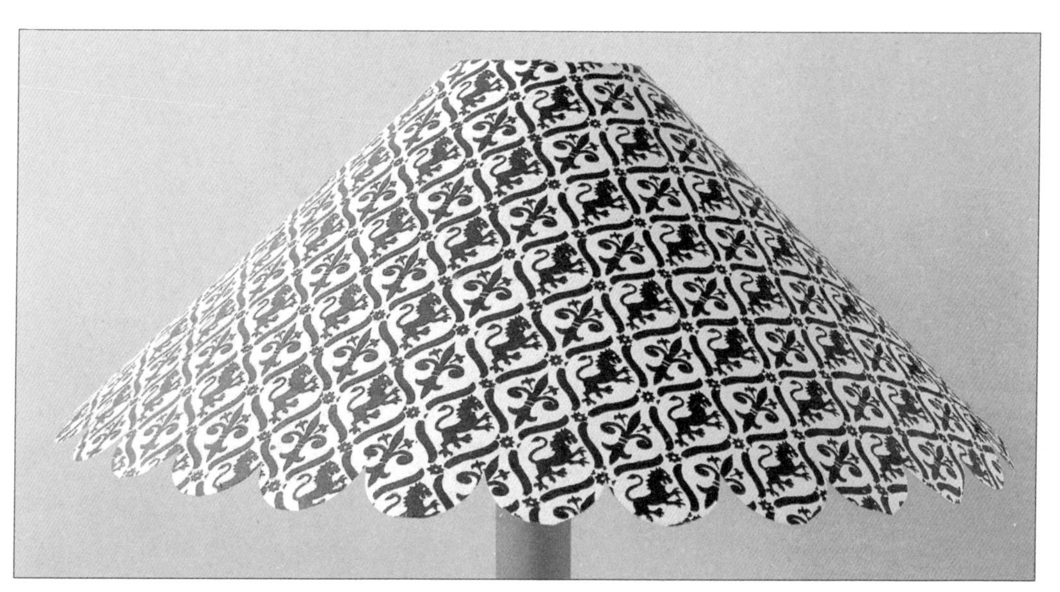

精美的铅笔筒

这个铅笔筒是一个有趣的创意，它可以使你的书桌生动起来，也可以作为精美的私人礼物送给朋友。完成后加上配套的铅笔，更会增添艺术感。

1. 测量出筒状物的高度和侧面周长，剪取两张略大于该尺寸的纸。可以使用墙纸、包装纸或大理石花纹纸。

2. 将其中的一张小心地塞入筒状物的内侧并粘贴，沿内壁按压。

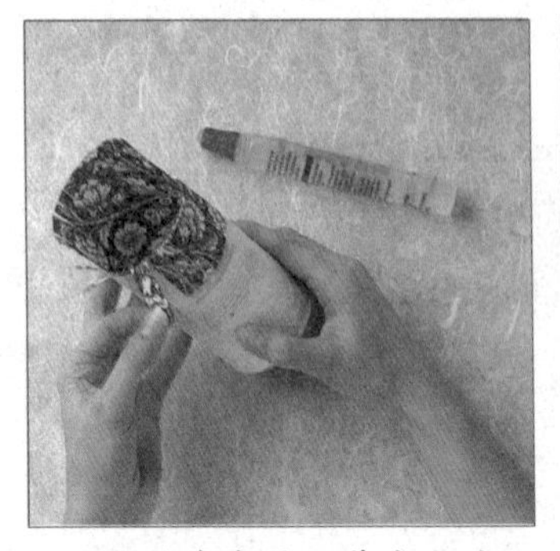

3. 沿顶端多余的纸剪出小的短片，并逐个翻折粘贴于外侧面。

4. 将另一张纸粘贴于筒的外侧，纸要与筒的顶端平齐。

5. 在底部多余的纸上再次剪出小的短片，将它们粘贴于底面上。

6. 在花纹纸上沿筒的底部画圆，剪取尺寸稍小一点的圆。在圆上涂上胶水并放入筒的底部。

7. 剪取另一个圆，并粘贴于底部外面。

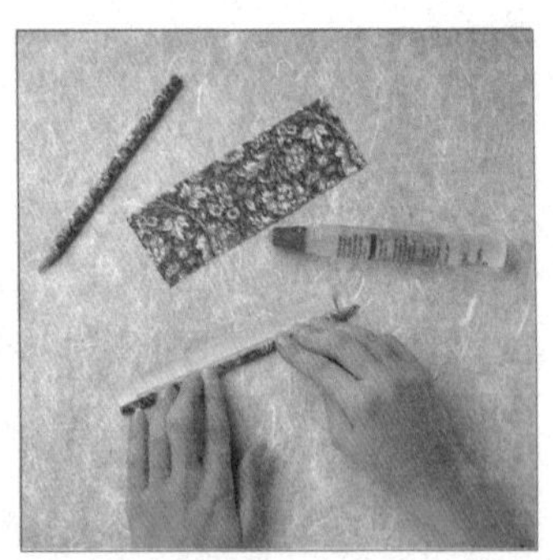

8. 制作配套的铅笔，需要剪取一条相同花纹的纸条，长度与铅笔相同，宽度为铅笔周长的 2 倍。在纸上涂上胶水并将铅笔放于一端滚动。在需要的地方进行修整。

外星人发夹

简简单单地在一个发夹上缠上发光的纸，就能使它变成一个不一样的头饰。配上T恤或者紧身连衣裤和贴身衬衣，就完成了扮外星人的全套装备。

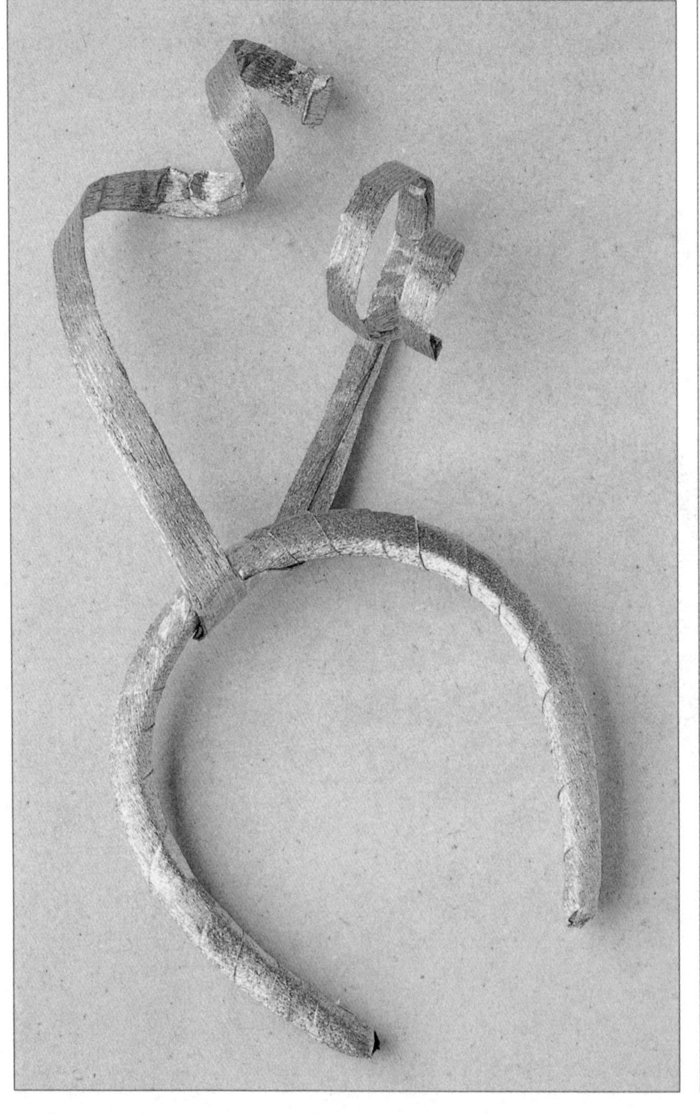

1. 将一个旧的发夹缠绕上蓝色的金属绉纸条，注意不要把纸撕破。在纸条末端用胶水或胶带固定。

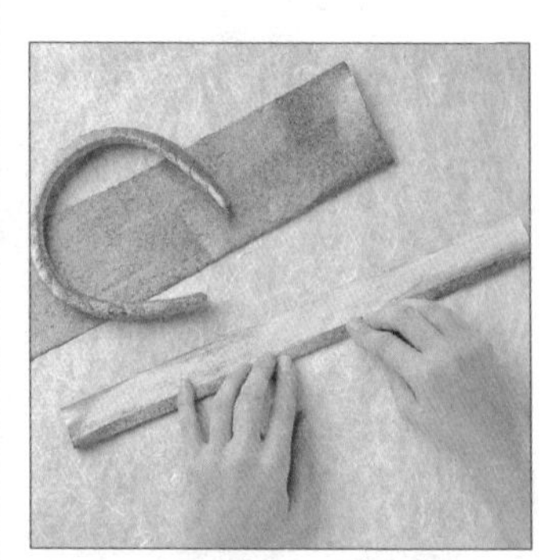

2. 剪取两段绉纸，将它们沿纵向卷拢，粘贴成管状。

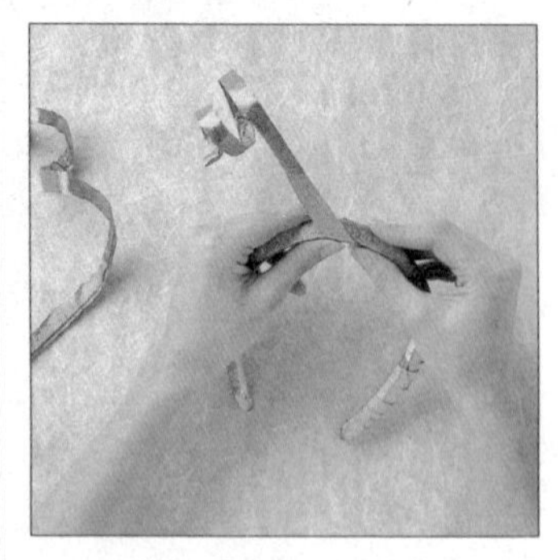

3. 把纸管的顶端轻轻地缠绕于铅笔或是颜料刷上，使它变弯曲。另一段重复相同的步骤。用透明胶带把这个外星人的“天线”固定于发夹上，再调整成合适的形状。

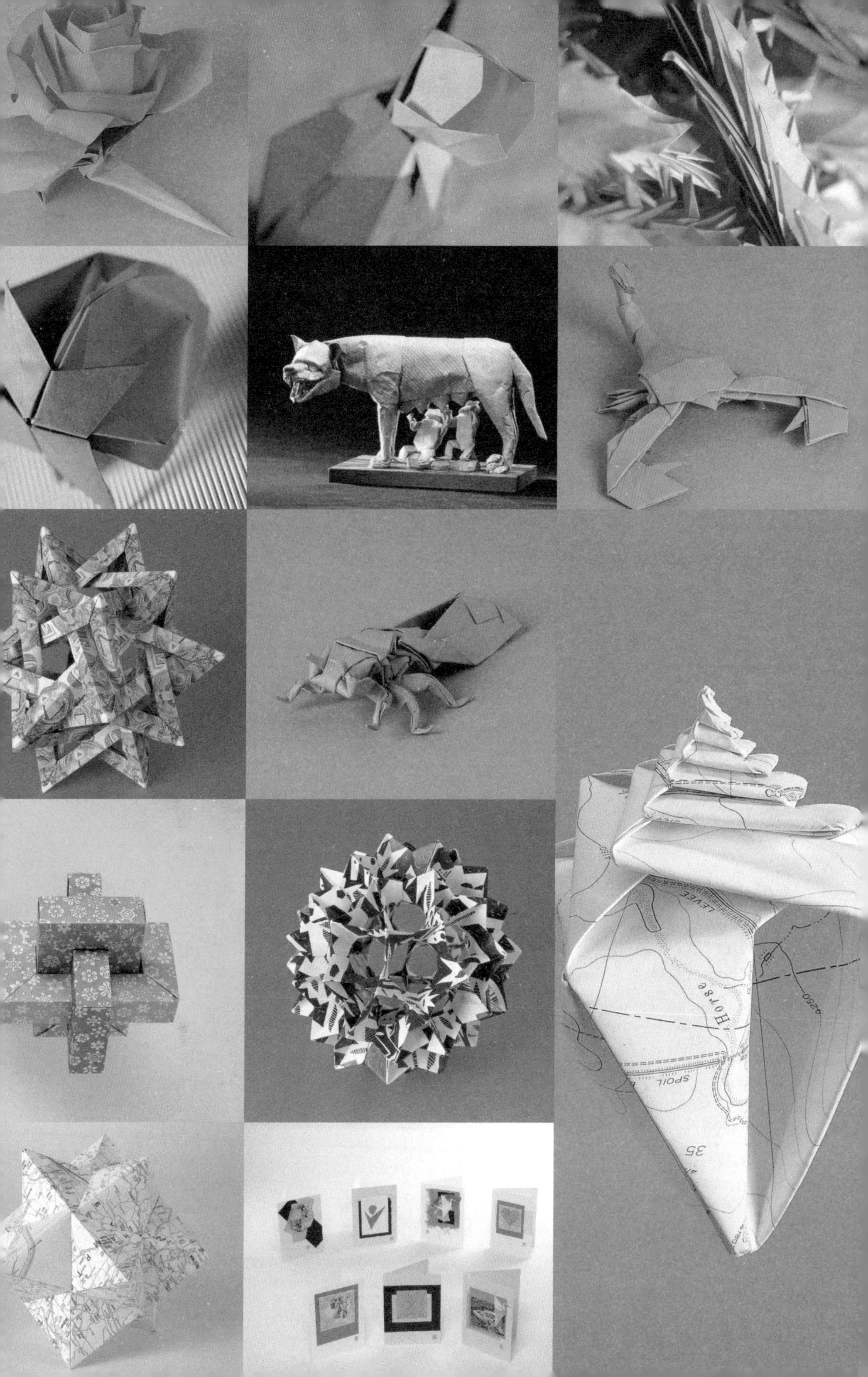
4150
LEVEE
Horse
4250
SPOIL
35

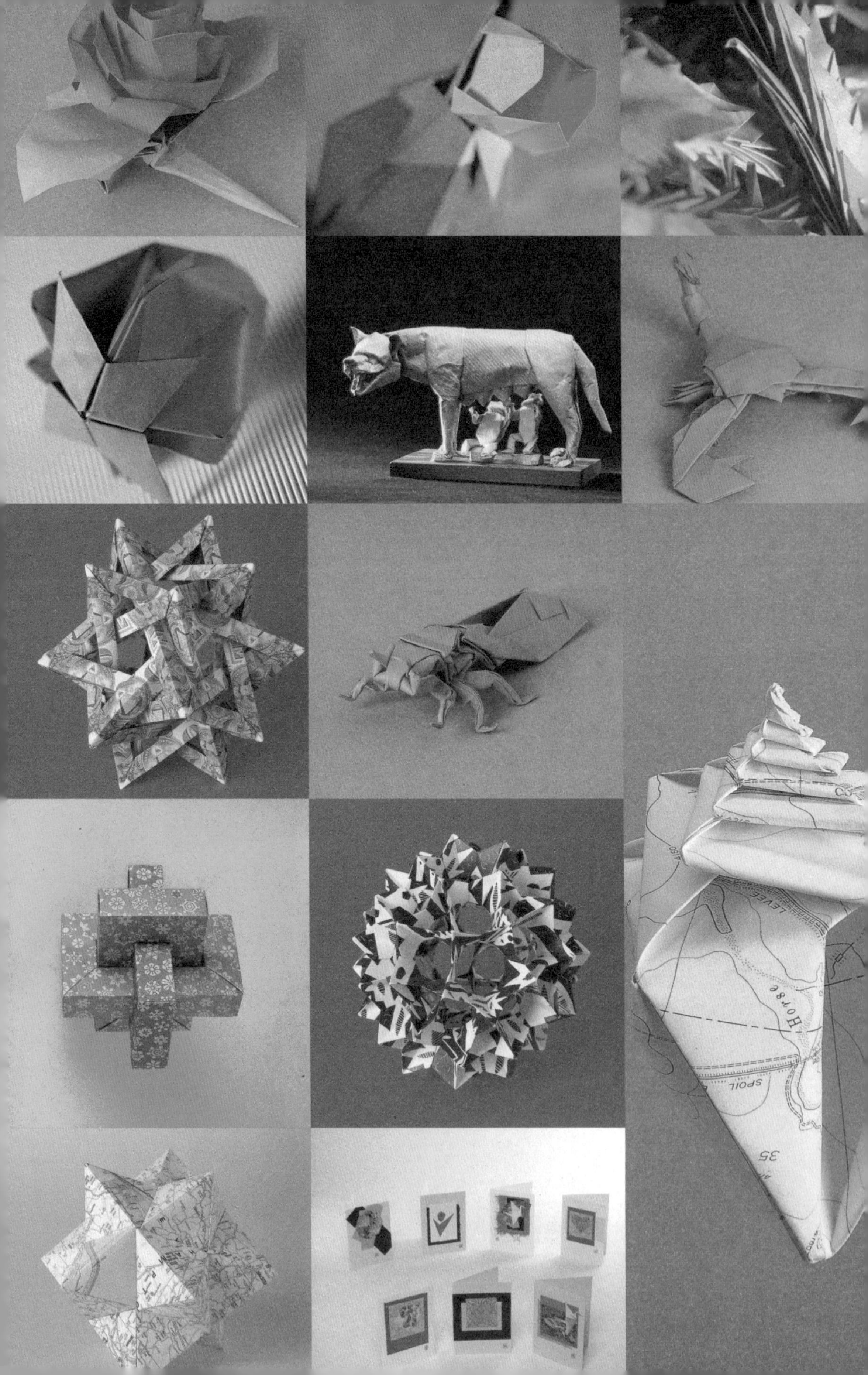

Horse
LEVEE
SPOIL
35